Das Osiris-Komplott

Clive Cussler
Graham Brown

Das Osiris-Komplott

Ein Kurt-Austin-Roman

Aus dem Amerikanischen
von Michael Kubiak

Weltbild

Die amerikanische Originalausgabe erschien 2015 unter dem Titel *The Pharaoh's Secret* bei G. P. Putnam´s Sons, a memeber of Penguin Group (USA) Inc., New York.

Besuchen Sie uns im Internet:
www.weltbild.de

Genehmigte Lizenzausgabe für Weltbild GmbH & Co. KG,
Werner-von-Siemens-Straße 1, 86159 Augsburg

Übersetzung: Michael Kubiak
Umschlaggestaltung: Johannes Frick, Neusäß
Umschlagmotiv: © Johannes Frick, Neusäß unter Verwendung von Motiven von Shutterstock (© Marioiram, © sdecoret, © Dudarev Mikhail)
Satz: Datagroup int. SRL, Timisoara
Gesamtherstellung: CPI Moravia Books s.r.o., Pohorelice
Printed in the EU
ISBN 978-3-95973-252-9

2019 2018 2017 2016
Die letzte Jahreszahl gibt die aktuelle Lizenzausgabe an.

PROLOG

IN DER TOTENSTADT

Abydos, Ägypten
1336 v. Chr., im siebzehnten Jahr der Herrschaft des Pharaos Echnaton

Der Vollmond warf einen bläulichen Schimmer auf den ägyptischen Wüstensand, verlieh den Dünen die Farbe von Schnee und machte aus den verlassenen Tempeln von Abydos Bauwerke aus Alabaster und Knochen. Das helle Licht des Nachtgestirns erzeugte Schatten, die gerade über die Säulen und Mauern glitten, als eine Prozession von Eindringlingen durch die Totenstadt wanderte.

Sie bewegten sich mit langsamen, feierlichen Schritten durch die Nekropole, dreißig Männer und Frauen, die Gesichter von den Kapuzen wallender Gewänder verhüllt, die Augen auf den Weg gerichtet, der vor ihnen lag. Sie passierten sowohl die Grabkammern, in denen die Pharaonen der Ersten Dynastie ruhten, als auch die Schreine und Monumente, die während des Mittleren Reiches zu Ehren der Götter errichtet worden waren.

An einer Kreuzung, wo der Treibsand den erhöhten Fußweg bedeckte, kam die Prozession schweigend zum Stehen. Ihr Anführer, Manu-hotep, blickte in die Dunkelheit, den Kopf lauschend zur Seite geneigt, und fasste den Speer mit festerem Griff.

»Hast du etwas gehört?«, fragte eine weibliche Stimme hinter ihm.

Sie gehörte seiner Frau, die jetzt über seine Schulter blickte. Hinter ihnen warteten mehrere andere Familien und ein Dutzend Diener, die Bahren trugen. Auf ihnen lagen die Kinder einer jeden Familie, alle von der gleichen rätselhaften Krankheit dahingestreckt.

»Stimmen«, sagte Manu-hotep. »Ein Flüstern.«

»Aber die Stadt ist verlassen«, sagte die Frau. »Die Nekropole zu betreten, ist laut dem Erlass des Pharaos ein Verbrechen. Selbst wir riskieren den Tod, indem wir uns hier aufhalten.«

Er schlug die Kapuze seines Mantels zurück. Zum Vorschein kamen ein glatt rasierter Schädel und eine goldene Halskette, die ihn als Mitglied von Echnatons Hofstaat auswies. »Niemand ist sich dessen deutlicher bewusst als ich.«

Über Jahrhunderte hatte Abydos, die Totenstadt, in voller Blüte gestanden, bevölkert von Priestern und gläubigen Anhängern von Osiris, dem Herrscher des Totenreichs und Gott der Fruchtbarkeit. Die Pharaonen der früheren Dynastien waren dort begraben worden, und obgleich zahlreiche Könige der jüngeren Zeit an anderen Orten die ewige Ruhe fanden, hatten sie doch gerade dort immer wieder neue Tempel und Monumente zu Osiris' Ehren errichtet. Alle – mit Ausnahme von Echnaton.

Fünf Jahre nachdem er seinem Vater Amenophis III. als Amenophis IV. auf den Thron gefolgt war, hatte er etwas Unvorstellbares getan: Zuerst hatte er seinen Namen in Echnaton geändert, und dann hatte er die alten Götter abgeschafft, hatte ihre Anzahl per Dekret erst drastisch reduziert und dann den ägyptischen Götterhimmel zerschlagen und durch einen einzelnen Gott seiner Wahl ersetzt. Dies war Aton, der Sonnengott, dem die Priester und Untertanen von nun an huldigen mussten.

Deshalb wurde die Totenstadt aufgegeben, und Priester und Anbeter hatten sie schon vor langer Zeit verlassen. Jedem, der innerhalb ihrer Grenzen angetroffen wurde, drohte die Todesstrafe. Jemandem wie Manu-hotep jedoch, der zum Hofstaat des Pharaos gehörte, drohte noch Schlimmeres: unbarmherzige Folter, bis er seine Verfehlung ausdrücklich bereute und darum bat, getötet zu werden.

Ehe Manu-hotep weitersprechen konnte, nahm er eine Bewegung wahr. Aus der Dunkelheit stürmten drei Männer Waffen schwingend auf die Gruppe zu.

Manu-hotep stieß seine Frau in die Schatten zurück, benutzte den Speer in seiner Hand als Lanze und stieß zu. Er traf den Anführer des Trios in der Brust und spießte ihn auf. Aber der zweite Mann kam hinter ihm hervor und griff Manu-hotep mit einem bronzenen Dolch an.

Als er sich wegdrehte, um der Klinge auszuweichen, geriet Manu-hotep ins Straucheln und stürzte. Im Sand liegend, riss er den Speer an sich und stieß ihn dem zweiten Angreifer entgegen. Er verfehlte ihn zwar, aber während der Mann zurückwich, drang eine zweite Speerspitze durch seinen Körper und ragte in Magenhöhe aus seinem Leib, als einer der Diener in den Kampf eingriff. Der verwundete Mann sank auf die Knie, schnappte keuchend nach Luft und schaffte es nicht einmal mehr, einen Schmerzenslaut von sich zu geben. Als er sich im Sand ausstreckte, hatte der dritte Angreifer bereits kehrtgemacht und rannte um sein Leben.

Manu-hotep erhob sich und schleuderte den Speer mit einer kraftvollen Körperdrehung. Er verfehlte sein Ziel nur um wenige Zentimeter, und der flüchtende Angreifer verschwand in der Nacht.

»Grabräuber?«, fragte jemand.

»Oder Spione«, sagte Manu-hotep. »Ich habe schon seit Tagen das Gefühl, dass wir verfolgt werden. Wir müssen uns beeilen. Wenn er es schafft, dem Pharao Meldung zu machen, werden wir den nächsten Morgen nicht erleben.«

»Vielleicht sollten wir diesen Ort lieber verlassen«, drängte seine Frau. »Ich glaube, dass das, was wir vorhaben, ein Fehler ist.«

»Echnaton zu folgen, war ein Fehler«, sagte Manuhotep. »Der Pharao ist ein Ketzer. Weil wir ihn unterstützt haben, bestraft uns Osiris jetzt. Gewiss hast du bemerkt, dass nur *unsere* Kinder in den tiefen Schlaf gefallen sind, aus dem sie nicht mehr aufwachen; nur *unser* Vieh ist auf der Weide verendet. Wir müssen

Osiris um Gnade bitten. Und wir dürfen keine Zeit mehr verlieren und sollten es so bald wie möglich tun.«

Während dieser Worte festigte sich Manu-hoteps Entschluss. In den langen Jahren der Regentschaft Echnatons war jeglicher Widerstand mit Waffengewalt gebrochen worden, aber die Götter hatten begonnen, selbst Rache zu üben, und jene, die dem Pharao gefolgt waren, traf es am schlimmsten.

»Hier entlang«, sagte Manu-hotep.

Sie drangen nun tiefer in die verlassene Stadt ein und erreichten schon bald das größte Bauwerk der Nekropole, den Tempel des Osiris.

Breit und mit einem flachen Dach versehen, das seine Weitläufigkeit unterstrich, war der Tempel von hohen Säulen umgeben, die wie riesige steinerne Pflanzenschösslinge aus mächtigen Granitblöcken in den nächtlichen Himmel wuchsen. Eine breite Rampe führte zu einer Plattform aus sorgfältig geglätteten Steinplatten hinauf. Roter Marmor aus Äthiopien wechselte sich mit blauem Lapislazuli aus Persien ab. Den Eingang zum Tempel bildeten zwei mächtige bronzene Torflügel.

Manu-hotep blieb vor ihnen stehen und zog sie mit erstaunlicher Leichtigkeit auf. Der Geruch von Weihrauch wallte ihm entgegen, und der Anblick von Feuer vor dem Altar sowie lodernden Fackeln in Wandhalterungen überraschte ihn. Im flackernden Lichtschein waren Sitzbänke zu erkennen, die man zu einem Halbkreis angeordnet hatte. Tote Männer, Frauen und Kinder lagen darauf, umringt von schluchzenden und Gebete flüsternden Angehörigen ihrer Familien.

»Anscheinend sind wir nicht die Einzigen, die sich über Echnatons Verbot hinwegsetzen«, stellte Manu-hotep fest.

Einige der im Tempel Anwesenden wandten sich zu ihm um, zeigten darüber hinaus jedoch keinerlei Reaktion.

»Schnell«, trieb er seine Diener zur Eile an.

Sie kamen im Gänsemarsch herein und legten die Leiber der Kinder überall dort ab, wo sie Platz fanden, während sich Manu-hotep dem prachtvollen Altar des Osiris näherte. Dort kniete er mit gesenktem Kopf neben dem Feuer nieder und verbeugte sich, um ein Gebet zu sprechen. Aus den Falten seines Mantels zog er zwei Straußenfedern hervor.

»Gebieter der Toten, in tiefer Not kommen wir zu dir«, flüsterte er. »Unsere Familien wurden von großem Leid heimgesucht. Unsere Heime sind verflucht, unsere Äcker und Weiden sind unfruchtbar und wertlos. Wir bitten dich, hab Erbarmen mit unseren Toten und nimm sie gnädig im Jenseits auf. Dich, der du das Tor des Totenreiches bewachst, der du über die Wiedergeburt des Korns aus der gefallenen Saat gebietest, flehen wir an: Gib unseren Heimen und unserem Land das Leben zurück.«

Ehrfürchtig legte er die Federn nieder, streute eine Mischung aus Quarzsand und Goldstaub darauf und trat vom Altar zurück.

Ein Windstoß wehte durch den Altarraum und bog die Flammen zur Seite. Ein dumpfes Dröhnen folgte und brach sich als vielfältiges Echo an den Wänden der Tempelhalle.

Erschreckt fuhr Manu-hotep herum und konnte gerade noch sehen, wie die mächtigen Torflügel am Ende des Tempels zuschlugen. Beunruhigt bemerkte er, dass die Fackeln an den Wänden heftig flackerten und zu verlöschen drohten. Aber dann beruhigten sie sich und brannten gleich wieder so hell wie zuvor. In ihrem Licht gewahrte er die Umrisse mehrerer Gestalten hinter dem Altar, wo vor einem Augenblick noch niemand gestanden hatte.

Vier von ihnen waren in schwarze und goldene Gewänder gehüllt – Priester des Osiris-Kults. Der Fünfte jedoch war anders gekleidet, so als sei er der Herrscher der Unterwelt persönlich. Seine Arme und Hüften waren mit dem Stoff umwickelt, in den gewöhnlich die Mumien der Toten eingehüllt wurden. Armreifen und Halsketten aus Gold funkelten auf grünlich schimmernder Haut, und eine Krone aus geflochtenen Straußenfedern schmückte seinen Kopf.

In der einen Hand hielt diese Gestalt einen Schäferstab, in der anderen einen goldenen Flegel, um den Weizen zu dreschen und das lebendige Korn von der toten Spreu zu trennen. »Ich bin der

Bote des Osiris«, sagte dieser Priester. »Das Abbild von dem Großen Herrscher des Totenreichs.«

Die Stimme war tief und volltönend und hatte einen nicht mehr irdischen Klang. Jeder der im Tempel Anwesenden verneigte sich, und die Priester zu beiden Seiten des Altars traten vor. Sie schritten um die Toten herum und verstreuten Laubblätter, Blüten und, wie es Manuhotep erschien, getrocknete Hautfetzen von Schlangen und Eidechsen.

»Du erbittest die Gnade des Osiris«, sagte der göttliche Gesandte.

»Meine Kinder sind tot«, erwiderte Manu-hotep. »Für sie erbitte ich die Gunst eines angenehmen Lebens im Totenreich.«

»Du dienst dem Verräter«, erhielt er als Antwort. »Daher bist du es nicht wert, einer solchen Gnade teilhaftig zu werden.«

Manu-hotep hielt den Kopf gesenkt. »Ich habe meiner Zunge gestattet, Echnatons Forderungen zu verbreiten«, gestand er. »Dafür magst du mich bestrafen. Aber nimm meine Angehörigen im Jenseits auf, wie es ihnen versprochen worden war, ehe Echnaton uns verdorben hat.«

Als Manu-hotep aufzublicken wagte, sah er, dass der Avatar ihn mit schwarzen Augen fixierte.

»Nein«, sagten die Lippen schließlich. »Osiris verlangt ein Zeichen von dir. Du musst ihm beweisen, dass du aufrichtig bereust.«

Ein knochiger Finger deutete auf eine rote Amphore, die auf dem Altar stand. »Dieses Gefäß enthält ein Gift, das man nicht schmecken kann. Nimm es und träufle es in Echnatons Wein. Es wird seine Augen verdunkeln und ihn blenden. Er wird dann seine geliebte Sonne nicht mehr betrachten können, und seine Regentschaft wird enden und zu Staub zerfallen.«

»Und meine Kinder?«, fragte Manu-hotep. »Wenn ich dies tue, werden sie mit einem angenehmen Leben nach dem Tode belohnt?«

»Nein«, sagte der Priester.

»Aber warum nicht? Ich dachte, du …«

»Wenn du diesen Weg wählst«, unterbrach ihn der Priester, »wird Osiris dafür sorgen, dass deine Kinder wieder in dieser Welt leben können. Er wird den Nil erneut in einen Fluss des Lebens zurückverwandeln und zulassen, dass auch deine Felder wieder fruchtbar sind. Nimmst du diese Ehre, Osiris zu rächen, an?«

Manu-hotep zögerte. Dem Pharao den Gehorsam zu verweigern, war eine Sache, aber ihn zu ermorden …

Während er noch nachdachte, bewegte sich der Priester plötzlich und tauchte ein Ende des Flegels in das Feuer neben dem Altar. Die Lederriemen der Waffe fingen zischend Feuer, als seien sie mit Öl getränkt. Mit einer Drehung des Handgelenks schwang der Priester die Waffe hinab auf die trockenen Laubblätter und die Spreu, die von seinen Begleitern verstreut worden waren. Laub und Spreu gerieten sofort in Brand, und die Flammen folgten dem Weg, den die Priester zuvor gegangen waren, bis die Lebenden und die Toten von einem Feuerkreis umschlossen waren.

Manu-hotep wich vor den Hitzewogen zurück. Der Rauch und die Dämpfe entfalteten ihre Wirkung, verschleierten seine Sicht und störten seinen Gleichgewichtssinn. Als er den Kopf hob, erkannte er, dass ihn bereits eine ganze Flammenwand von den Priestern, die sich jetzt entfernten, trennte.

»Was hast du getan?«, schrie seine Frau.

Die Priester stiegen die Treppe hinter dem Altar hinunter. Die Flammen loderten brusthoch, und Trauernde und Tote waren in diesem Flammenring gefangen.

»Ich habe gezögert«, murmelte er. »Ich hatte Angst.«

Osiris hatte ihnen eine Chance geboten. Aber er hatte sie nicht genutzt. Hilflos und verzweifelt starrte Manuhotep die mit Gift gefüllte Amphore auf dem Altar an. Ihre Umrisse verschwammen in der Hitze, und als sich dann eine dichte Rauchwolke auf Altar und Tempelbesucher herabsenkte, verschwand sie vollständig.

Manu-hotep erwachte von dem hellen Licht, das durch die Öffnungen im Dach des Tempels hereindrang. Das Feuer war erloschen und hatte einen Ring aus Asche übrig gelassen. Der Geruch von Rauch lag in der Luft, und die dünne Schicht einer Substanz bedeckte den Fußboden, die aussah, als hätte sich der Morgentau mit der Asche vermischt, oder so, als sei ein feiner Regen gefallen.

Ausgelaugt und verwirrt richtete er sich auf und schaute sich um. Die Torflügel am Ende der Tempelhalle standen offen. Kühle Morgenluft wehte herein. Die Priester hatten sie doch nicht getötet. *Aber weshalb nicht?*

Während er noch krampfhaft nach einer Erklärung suchte, bewegte sich neben ihm eine kleine Hand mit winzigen Fingern. Er wandte den Kopf und sah seine Tochter, die wie in einem krampfartigen Anfall zitterte. Dabei öffnete und schloss sich ihr Mund wie bei einem Fisch, der am Flussufer aufs Trockene geraten war.

Er streckte die Hand nach ihr aus. Sie war warm – nicht kalt – und bewegte sich und wirkte auch gar nicht mehr starr. Er konnte es kaum fassen. Sein Sohn bewegte sich ebenfalls und zuckte mit den Beinen wie ein Kind während eines heftigen Traums.

Er versuchte, die Kinder zum Sprechen zu bringen und vom Zittern zu befreien, aber beides gelang ihm nicht.

Die Kinder der anderen Familien befanden sich in dem gleichen Zustand.

»Was ist mit ihnen?«, fragte seine Frau furchtsam.

»Sie sind zwischen Leben und Tod gefangen«, vermutete Manu-hotep. »Wer kann wissen, welche Schmerzen sie erleiden müssen.«

»Was sollen wir tun?«

Jetzt galt es, nicht mehr zu schwanken. Kein Zögern mehr. »Wir tun das, was Osiris verlangt«, sagte er. »Wir blenden den Pharao.«

Er stand auf und stapfte durch die Asche zum Altar.

Die rote, mit Gift gefüllte Amphore stand noch immer auf ihrem Platz, allerdings war sie jetzt rußgeschwärzt. Er ergriff sie, erleichtert und von der Richtigkeit seiner Entscheidung überzeugt. Und voller Hoffnung.

Er und die anderen verließen den Tempel und warteten darauf, dass ihre Kinder wieder sprachen oder auf sie reagierten oder auch nur zur Ruhe kamen. Es würde Wochen dauern, bevor dies geschähe, Monate, bis all jene, die wiederbelebt worden waren, den gleichen Zustand erreicht hätten, in dem sie sich befunden hatten, ehe sie der Tod ereilte. Aber zu diesem Zeitpunkt würden die Augen Echnatons ihre Sehkraft eingebüßt haben, und die Regentschaft des ketzerischen Pharaos mochte dann längst ihrem Ende entgegentaumeln.

1

Bucht von Abukir, an der Mündung des Nils
1. August 1798, kurz vor Einbruch der Abenddämmerung

Der donnernde Klang von Kanonenschüssen rollte über die weite Fläche der Bucht von Abukir, während Blitze das graue Zwielicht des sinkenden Tages für kurze Momente aufhellten. Weiße Schaumfontänen wurden in die Höhe geschleudert, als gusseiserne Geschosse dicht vor ihren anvisierten Zielen im Wasser einschlugen. Aber das angreifende Schiffsgeschwader näherte sich mit hohem Tempo einer vor Anker liegenden Flotte. Die nächste Salve würde nicht vergebens abgefeuert werden.

Aus diesem Gewirr von Segelmasten entfernte sich ein Langboot, angetrieben von den starken Armen sechs französischer Matrosen. In anscheinend selbstmörderischer Mission nahm es direkten Kurs auf das Schiff, das sich im Zentrum der Schlacht befand.

»Wir kommen zu spät!«, rief einer der Ruderer.

»Pullt, was das Zeug hält!«, antwortete der einzige Offizier in der Gruppe. »Wir müssen die *L'Orient* erreichen, ehe die Briten sie umzingeln und die gesamte Flotte angreifen!«

Die betreffende Flotte war Napoleons große Mittelmeer-Marinestreitmacht, die aus siebzehn Schiffen inklusive dreizehn Linienschiffen bestand. Sie erwiderten die englischen Salven mit einer Serie eigener Donnerschläge, und die Szenerie versank schnell in einer Wolke dichten Pulverdampfs, noch bevor die Abenddämmerung hereinbrach.

In der Mitte des Langboots saß ein französischer Zivilist namens Emile D'Campion und fürchtete um sein Leben.

Wenn er nicht damit gerechnet hätte, jeden Moment sterben zu müssen, wäre er vielleicht von der rohen Schönheit des Panoramas beeindruckt gewesen. Der Künstler in ihm – denn er war ein bekannter Maler – hätte möglicherweise darüber nachgedacht, wie sich die Wildheit des augenblicklichen Geschehens am besten auf das unschuldige Gewebe einer Leinwand übertragen ließ. Das entsetzliche Pfeifen der Kanonenkugeln, die kreischend auf ihre Ziele zurasten. Die hohen Segelmasten, die sich wie ein Dickicht von Bäumen zusammendrängten, in banger Erwartung der Holzfälleraxt. Besondere Sorgfalt hätte er vielleicht darauf verwendet, den Kaskaden weißer Gischt den letzten rosigen und blauen Schimmer des sich verdunkelnden Himmels zu verleihen. Aber D'Campion zitterte am ganzen Körper und krampfte die Hände zu beiden Seiten um den Bootsrand, um nicht von der Sitzbank zu rutschen.

Als eine verirrte Kugel kaum einhundert Meter von ihnen entfernt ins Wasser der Bucht einschlug und einen schäumenden Krater erzeugte, konnte er nicht mehr an sich halten und musste seiner Angst mit einer in dieser Situation eigentlich unsinnigen Frage Luft machen: »Weshalb in Gottes Namen schießen sie auf uns?«

»Das tun sie gar nicht«, erwiderte der Offizier.

»Wie wollen Sie dann erklären, weshalb die Kanonenkugeln so nahe bei uns einschlagen?«

»Die übliche englische Schießkunst«, sagte der Offizier.

»Sie ist *extrêmement pauvre*. Absolut armselig.«

Die Matrosen lachten. Ein wenig zu heftig, zu laut, dachte D'Campion. Sie hatten ebenfalls Angst. Seit Monaten wussten sie, dass sie der Fuchs waren, den die englischen Hunde jagten. Sie hatten einander in Malta um nur eine Woche verfehlt und in Alexandrien um nicht mehr als vierundzwanzig Stunden. Nun, nachdem Napoleons Heer an Land gegangen war und sie in der Mündung des Nils ankerten, hatten die Engländer und ihr Jagdführer, Horatio Nelson, schließlich die Witterung aufgenommen.

»Ich muss wohl unter einem unglücklichen Stern geboren worden sein«, murmelte D'Campion halblaut. »Ich sage, wir kehren um.«

Der Offizier schüttelte den Kopf. »Meine Befehle verlangen, dass ich Sie und diese Koffer zu Admiral Brueys d'Aigalliers an Bord der *L'Orient* bringe.«

»Ich kenne Ihre Befehle«, entgegnete D'Campion. »Ich war zugegen, als Napoleon sie formulierte. Aber wenn Sie vorhaben, dieses Boot zwischen die Kanonen der *L'Orient* und der Schiffe Nelsons zu lenken, dann werden Sie am Ende nur fertigbringen, dass wir alle den Tod finden. Wir müssen umkehren, entweder zum Strand oder zu einem der anderen Schiffe.«

Der Offizier wandte sich von seinen Männern ab und blickte über die Schulter in das Zentrum der Schlacht. Die *L'Orient* war das größte und stärkste Kriegsschiff der Welt. Sie war eine schwimmende Festung, wog fünftausend Tonnen und hatte eine Mannschaft von über eintausend Männern. Flankiert wurde sie von zwei anderen französischen Linienschiffen und befand sich damit in einer unangreifbaren Verteidigungsposition. Nur dass offenbar niemand die Briten davon in Kenntnis gesetzt hatte, deren kleinere Schiffe sie direkt und unbehelligt angriffen.

Breitseiten wurden auf kürzeste Entfernung zwischen der *L'Orient* und dem britischen Kriegsschiff *Bellerophon* ausgetauscht. Das kleinere englische Schiff bekam am meisten ab, da seine Steuerbordreling zu Brennholz zertrümmert wurde und zwei seiner Masten brachen und umkippten und auf die Decks krachten. Die *Bellerophon* trieb manövrierunfähig nach Süden, aber noch während sie sich aus dem Schlachtgeschehen entfernte, füllten andere englische Schiffe augenblicklich die Lücke, die sie hinterließ. In der Zwischenzeit drehten ihre kleineren Fregatten im flachen Wasser und schoben sich durch die Lücken in der französischen Kampflinie.

Mitten in dieses Gewimmel hineinzurudern, betrachtete D'Campion als vollkommenen Irrsinn und machte einen anderen Vorschlag. »Warum bringen wir die Koffer nicht zu Admiral Brueys, sobald er die englische Flotte erledigt hat?«

Nach diesen Worten nickte der Offizier. »Seht ihr?«, sagte er zu seinen Männern. »Deshalb nennt *Le Général* ihn *savant*, einen Wissenden.«

Der Offizier deutete auf eins der Schiffe in der französischen Nachhut, die noch nicht von den Engländern angegriffen worden war. »Nehmt Kurs auf die *Guillaume Tell*«, sagte er. »Dort ist Konteradmiral Villeneuve. Er wird wissen, was zu tun ist.«

Die Ruderer legten sich wieder mit aller Kraft in die Riemen, und das kleine Boot entfernte sich eilig aus dem tödlichen Schlachtgetümmel. Sich einen Weg durch die Dunkelheit und die dichten Rauch- und Pulverdampfwolken suchend, brachte die Mannschaft das Boot zum Ende der französischen Linie, wo vier Schiffe warteten und eine seltsame Ruhe herrschte, während weiter vorn heftige Kämpfe tobten.

Kaum war das Langboot mit einem dumpfen vernehmlichen Laut gegen die dicke Rumpfbeplankung der *Guillaume Tell* gestoßen, als auch schon Seile von der Reling herabgelassen wurden. Sie wurden eilig gesichert, und Männer und Fracht wurden schnellstens an Bord gehievt.

Als D'Campion auf dem Deck stand, hatte die Heftigkeit und Wildheit der Seeschlacht in einem Maße zugenommen, wie er es sich in seinen schlimmsten Träumen nicht hätte vorstellen können. Die Engländer hatten sich einen bedeutenden taktischen Vorteil erkämpft, obgleich sie leicht in der Unterzahl waren. Anstatt sich auf ein Gefecht Breitseite gegen Breitseite mit der gesamten französischen Flotte einzulassen, hatten sie die Nachhut aus französischen Schiffen ignoriert und das Feuer auf den vorderen Abschnitt der französischen Linie verdoppelt. Jedes französische Schiff musste sich jetzt gegen zwei englische Schiffe wehren, je eins auf beiden Seiten. Das Ergebnis war vorhersehbar: Die glorreiche französische Kriegsflotte wurde vollkommen zerschlagen.

»Admiral Villeneuve wünscht, Sie zu sprechen«, sagte ein Stabsoffizier zu D'Campion.

Er wurde unter Deck geführt und zu Konteradmiral Pierre-Charles Villeneuve gebracht. Der Admiral hatte volles schlohweißes Haar, ein schmales Gesicht unter einer hohen Stirn und eine lange römische Nase. Er trug eine makellose Uniform, die im Wesentlichen aus einer dunkelblauen Jacke bestand, die mit goldenen Borten und goldenen Knöpfen und einer roten Schärpe verziert war. In D'Campions Augen sah der Offizier aus, als nehme er an einer Parade und nicht an einer Schlacht teil.

Für einen Moment strich Villeneuve mit den Fingerspitzen über die Schlösser des schwersten Koffers. »Wenn ich richtig verstanden habe, sind Sie einer von Napoleons *savants*.«

Savant war Bonapartes Wort, über das sich D'Campion und einige andere ärgerten. Sie waren Naturwissenschaftler und Gelehrte, von General Napoleon zusammengerufen und nach Ägypten gebracht, wo nach seiner Überzeugung Schätze zu finden waren, die die Bedürfnisse von Leib und Seele erfüllten.

D'Campion war ein angehender Experte in der neuen Wissenschaftsdisziplin, die sich mit dem Übersetzen aus alten Sprachen beschäftigte, und in dieser Hinsicht barg kein Ort größere Geheimnisse oder vielfältigere Möglichkeiten als das Land der Pyramiden und der Sphinx.

Und D'Campion war nicht nur einer von den vielen *savants*. Napoleon hatte ihn persönlich ausgewählt, den Wahrheitsgehalt einer geheimnisvollen Legende zu überprüfen. Eine umfangreiche Belohnung wurde ihm versprochen, darunter größerer Reichtum, als D'Campion in zehn Leben hätte erwerben können, und ein Landbesitz, der ihm von der neuen Republik geschenkt werden würde. Er würde mit Orden ausgezeichnet und mit Ruhm und Ehre überhäuft werden, aber zuerst müsste er etwas finden, von dem es gerüchteweise hieß, dass es im Land der Pharaonen existierte – eine Möglichkeit zu sterben und danach wieder ins Leben zurückzukehren.

Einen Monat lang hatten D'Campion und seine kleine Gruppe an einem Ort, den die Ägypter *Totenstadt* nannten, so viel eingesammelt und weggeschafft, wie sie tragen konnten.

»Ich gehöre zur Commission des sciences et des arts«, sagte

D'Campion und verwendete die offizielle Bezeichnung, die er vorzog.

Villeneuve war anscheinend nicht beeindruckt. »Und was haben Sie an Bord meines Schiffes gebracht, Monsieur Commissaire?«

D'Campion wappnete sich, seinen Standpunkt verteidigen zu müssen. »Das darf ich nicht sagen, Admiral. Die Koffer müssen auf strikten Befehl General Napoleons persönlich geschlossen bleiben. Über ihren Inhalt ist strengstes Stillschweigen zu bewahren.«

Villeneuve schien noch immer unbeeindruckt. »Sie können jederzeit wieder verschlossen werden. Geben Sie mir den Schlüssel.«

»Admiral«, warnte D'Campion, »der General wird nicht sehr erfreut sein.«

»Der General ist nicht hier!«, schnappte Villeneuve.

Napoleon war zwar zu dieser Zeit bereits eine mächtige Persönlichkeit, aber Kaiser war er noch nicht. Das Direktorium, das aus fünf Männern bestand, die die Revolution anführten und steuerten, behielt die Kontrolle über die Entwicklung, während andere bereits Vorbereitungen trafen, die Macht zu ergreifen.

Dennoch fiel es D'Campion schwer, Villeneuves Handlungsweise zu verstehen. Napoleon war jemand, mit dem man sich lieber nicht anlegen sollte. Ebenso wenig mit Admiral Brueys d'Aigalliers, der Villeneuves direkter Vorgesetzter war und kaum einen Kilometer entfernt um sein Leben kämpfte. *Weshalb beschäftigte sich Villeneuve mit solchen Dingen, wenn er doch eigentlich Nelson angreifen sollte?*

»Den Schlüssel!«, verlangte Villeneuve ungeduldig.

D'Campion wurde aus seinen Gedanken gerissen und traf die zu diesem Zeitpunkt vernünftigste Entscheidung. Er nahm die Schnur, an welcher der Schlüssel hing, von seinem Hals und reichte sie Villeneuve. »Hiermit übergebe ich die Koffer in Ihre Obhut, Admiral.«

»Das sollten Sie auch lieber tun«, sagte Villeneuve. »Sie dürfen sich zurückziehen.«

D'Campion wandte sich zum Gehen, hielt dann jedoch inne und wagte es, eine andere Frage zu stellen. »Werden wir bald in die Schlacht eingreifen?«

Der Admiral hob eine Augenbraue, als sei die Frage völlig absurd. »Wir haben keine Befehle, das zu tun.«

»Befehle?«

»Von Admiral Brueys auf der *L'Orient* wurden keine entsprechenden Signale gegeben.«

»Admiral«, sagte D'Campion, »die Engländer beschießen ihn von beiden Seiten. Jetzt ist wohl kaum der richtige Zeitpunkt, auf Befehle zu warten.«

Villeneuve stand plötzlich auf und ging wie ein wütender Bulle auf D'Campion los. »Erdreisten Sie sich etwa, mir Ratschläge zu erteilen?«

»Nein, Admiral, es ist nur so, dass …«

»Der Wind steht ungünstig«, fauchte Villeneuve und winkte ab. »Wir müssten durch die Bucht gegen den Wind aufkreuzen, um auch nur halbwegs in die Nähe des Kampfgeschehens zu gelangen. Für Admiral Brueys wäre es erheblich einfacher, sich zu uns zurückfallen zu lassen, damit wir ihn unterstützen können. Bisher allerdings hat er sich noch nicht dazu entschlossen.«

»Aber wir können doch nicht untätig hier ausharren!«

Villeneuve ergriff einen Dolch, der auf seinem Schreibtisch lag. »Ich töte Sie, wenn Sie weiter in diesem Ton mit mir reden. Außerdem, was wissen Sie schon vom Segeln oder Kämpfen, *Savant*?«

D'Campion wusste, dass er seine Grenzen überschritten hatte. »Ich entschuldige mich, Admiral. Es war ein anstrengender und nervenaufreibender Tag.«

»Lassen Sie mich allein«, sagte Villeneuve. »Und danken Sie Gott, dass wir noch nicht in die Schlacht eingreifen, denn in diesem Fall würde ich Sie mit einer Glocke um die Schultern aufs Vorderdeck stellen, damit die Engländer etwas haben, worauf sie zielen können.«

D'Campion machte einen Schritt rückwärts, verbeugte sich knapp und entfernte sich dann eilig. Er stieg hinauf an Deck, fand in der Nähe des Bugs einen freien Platz und verfolgte von dort aus das Gemetzel in der Ferne.

Selbst aus dieser Distanz betrachtet war die Brutalität der Schlacht kaum zu ertragen. Für einen Zeitraum von mehreren Stunden feuerten die beiden Flotten aus nächster Nähe aufeinander; Seite an Seite und Mast an Mast trieben die Schiffe nebeneinander her, während Scharfschützen auf dem Oberdeck darauf lauerten, jeden zu töten, der sich ins Freie hinauswagte.

»*Ce courage*«, murmelte D'Campion. Wie tapfer die Kämpfenden waren!

Aber Tapferkeit reichte nicht aus. Mittlerweile feuerte jedes englische Schiff drei bis vier Schüsse für jeden Schuss ab, den die Franzosen abgaben. Und dank Villeneuves Weigerung, in den Kampf einzugreifen, verfügten sie auch noch über mehr Schiffe.

Im Zentrum der Schlacht bepflasterten drei Schiffe Nelsons die *L'Orient* und zerstampften sie zu einem Schrotthaufen, der kaum noch als Schiff zu erkennen war. Ihre eleganten Konturen und die alles überragenden Masten waren längst dahin. Die massiven Seitenwände des Rumpfs waren zersplittert und geborsten. Auch wenn noch einige Kanonen intakt waren und Kugeln gegen die Gegner schleuderten, konnte D'Campion doch erkennen, dass das Flaggschiff dem Tod geweiht war.

D'Campion sah Flammen wie Quecksilber über das Hauptdeck huschen. Sie tanzten hin und her und zeigten keinerlei Erbarmen, als sie an den Leinen der längst gefallenen Segel emporkletterten und durch die offenen Luken ins Schiffsinnere tauchten.

Plötzlich zuckte ein Blitz auf und blendete D'Campion, obgleich er beinahe gleichzeitig die Augen vor dem grellen Licht schloss. Darauf folgte ein Donnerschlag, der lauter war als alles, was D'Campion jemals gehört hatte. Er wurde von der Druckwelle zurückgeschleudert, die zudem sein Gesicht versengte und sein Haar in feine Asche verwandelte.

Er landete halb auf der Seite, schnappte gierig nach Luft und rollte sich mehrmals über die Decksplanken, um winzige Flammen zu ersticken, die über seine Jacke züngelten. Als er schließlich aufblickte, bekam er einen Schock.

Die *L'Orient* war verschwunden.

Flammen loderten auf dem Wasser in einem weiten Kreis um die ehemalige Position des Flaggschiffs herum. So heftig war die Explosion gewesen, dass sechs weitere Schiffe in Brand geraten waren – drei der englischen Flotte und drei der französischen. Der Schlachtenlärm ließ nach, als Matrosen mit Pumpen und Schöpfeimern einen verzweifelten Kampf aufnahmen, um die eigene Vernichtung durch die gierigen Flammen abzuwenden.

»Das Feuer muss ins Magazin eingedrungen sein«, war die Stimme eines zu Tode betrübten französischen Matrosen zu hören.

In den Laderäumen eines jeden Kriegsschiffs hatte man Hunderte Fässer Schießpulver gestapelt. Bereits der winzigste Funke war gefährlich und konnte das Ende bedeuten.

Tränen rannen über das Gesicht des Matrosen. D'Campion verspürte in seinem Magen eine brennende Übelkeit, aber er war von dem grässlichen Anblick viel zu überwältigt, um eine Reaktion der Trauer zu zeigen.

Mehr als eintausend Mann hatten sich auf der *L'Orient* befunden, als sie in Abukir eingetroffen war. D'Campion selbst hatte sich an Bord des Flaggschiffs aufgehalten und des Öfteren mit Admiral Brueys d'Aigalliers zu Abend gespeist. Fast jeder, den er während dieser Reise kennengelernt hatte, war auf diesem Schiff gewesen, sogar die Kinder – Söhne der Offiziere, die gerade elf Jahre alt waren. Während sein Blick über die im Wasser treibenden Trümmer glitt, konnte sich D'Campion nicht vorstellen, dass auch nur einer von ihnen überlebt hatte.

Dahin waren außerdem – abgesehen von den Koffern, die Villeneuve jetzt in Besitz genommen hatte – die Bemühungen seines einmonatigen Aufenthalts in Ägypten und die einmalige Gelegenheit seines Lebens.

D'Campion sank auf das Deck. »Die Ägypter haben mich gewarnt«, sagte er.

»Sie haben Sie gewarnt?«, wiederholte der Seemann fragend.

»Dass ich keine Steine aus der Totenstadt mitnehmen soll. Ein Fluch läge auf ihnen, sagten sie. Ein Fluch … und ich habe sie noch wegen ihres lächerlichen Aberglaubens ausgelacht. Aber nun …«

Er versuchte aufzustehen, aber die Beine versagten ihm den Dienst, und so sackte er wieder auf die Planken. Der Matrose kam zu ihm und half ihm, unter Deck zu gelangen. Dort wartete er auf die letzte englische Attacke, die sie endgültig vernichten würde.

Sie erfolgte im Morgengrauen, als sich die Engländer sammelten und anschickten, die Reste der französischen Flotte anzugreifen. Doch anstelle des von Menschen erzeugten Donners und des Krachens und Knirschens von Holzbalken beim Aufprall eiserner Kanonenkugeln hörte D'Campion nur das Pfeifen des Windes in der Takelage, als sich die *Guillaume Tell* in Bewegung setzte.

Er schleppte sich hinauf an Deck und stellte fest, dass sie sich unter vollen Segeln auf Nordostkurs befanden. Die Engländer verfolgten sie, fielen jedoch schnell zurück. Gelegentliche Rauchwolken verrieten ihre vergeblichen Versuche, die *Guillaume Tell* aus der Ferne mit einem Kanonenschuss zu treffen. Und schon bald waren nicht einmal mehr ihre Segel am Horizont zu sehen.

Für den Rest seiner Tage zweifelte D'Campion an Villeneuves Mut, aber niemals äußerte er sich abfällig über die Schlauheit des Mannes und versicherte jedem, der ihm zuhörte, dass er dem Vizeadmiral sein Leben verdankte.

Am späten Vormittag hatten die *Guillaume Tell* und drei andere Schiffe unter Villeneuves Kommando Nelson und seine unbarmherzigen Kampfgefährten weit hinter sich gelassen. Sie gelangten nach Malta, wo D'Campion bis zu seinem Tod arbeitete, studierte, sogar brieflich mit Napoleon und Villeneuve korrespondierte und über den verlorenen Schatz nachgrübelte, den er aus Ägypten mitgenommen hatte.

2

M.S. Torino, siebzig Meilen westlich von Malta
Gegenwart

Die M.S. *Torino* war ein 1973 erbautes, einhundert Meter langes Frachtschiff mit stählernem Rumpf. Mit ihrem fortgeschrittenen Alter, ihrer bescheidenen Größe und der niedrigen Geschwindigkeit war sie mittlerweile nicht mehr als ein »Küstenfahrer«, der kurze Strecken auf dem Mittelmeer zurücklegte und während seiner üblichen Runde, die Libyen, Sizilien, Malta und Griechenland einschloss, auch kleine Inseln anlief.

In der Stunde vor Sonnenaufgang fuhr sie nach Westen, war siebzig Meilen von ihrem letzten Zielhafen in Malta entfernt und unterwegs zu der kleinen Insel Lampedusa, die von Italien verwaltet wurde.

Trotz der frühen Stunde standen mehrere Männer auf der Brücke. Jeder von ihnen wirkte hochgradig nervös – und mit gutem Grund. Während der letzten Stunde folgte ihnen ein unbekanntes Schiff ohne Positionslichter.

»Holen sie weiter zu uns auf?«

Die Frage wurde vom Kapitän des Schiffes, Constantin Bracko, gerufen, einem stämmigen Mann mit Preisboxerarmen, ergrautem Haar und Bartstoppeln, die seinem Gesicht das Aussehen von grobem Sandpapier verliehen.

Mit einer Hand auf dem Ruder wartete er auf eine Antwort. »Nun?«

»Das Schiff ist noch immer hinter uns«, antwortete der Erste Offizier. »Es folgt jeder Kursänderung. Und kommt stetig näher.«

»Alle Lichter löschen«, befahl Bracko. Ein anderer Matrose legte eine ganze Serie von Hauptschaltern um, und die *Torino* wurde dunkel. Als das Schiff mit der Nacht verschmolz, änderte Bracko abermals den Kurs.

»Das wird uns wenig nützen, wenn sie über Radar oder Nachtsichtgeräte verfügen«, sagte der Erste Offizier.

»Immerhin gewinnen wir ein wenig Zeit«, erwiderte Bracko.

»Könnte es der Zoll sein?«, fragte ein anderer Matrose.

»Oder die italienische Küstenwache?«

Bracko schüttelte den Kopf. »So viel Glück werden wir nicht haben.«

Der Erste Offizier wusste, was diese Feststellung bedeutete. »Die Mafia?«

Bracko nickte. »Wir hätten zahlen sollen. Schließlich schmuggeln wir in ihren Gewässern. Dafür verlangen sie ihren Anteil.«

In der Annahme, dass er ihnen im Dunkel der Nacht entkommen könnte, war Bracko ein Risiko eingegangen. Diesmal waren die Würfel zu seinen Ungunsten gefallen. »Holt die Waffen heraus«, entschied er. »Wir müssen kämpfen.«

»Aber Constantine«, sagte der Erste Offizier. »Bei dem, was wir geladen haben, wird das böse enden.«

Das Deck der *Torino* war mit Frachtcontainern vollgestellt, aber in den meisten befanden sich Drucktanks, so groß wie Autobusse, die mit flüssigem Propangas gefüllt waren. Sie schmuggelten auch andere Dinge, darunter zwanzig Fässer einer geheimnisvollen Substanz, die von einem Kunden aus Ägypten an Bord geschafft worden waren. Auf Grund der hohen Benzinsteuern in ganz Europa war es jedoch das Propangas, das den höchsten Profit versprach.

»Sogar Schmuggler müssen Steuern zahlen«, murmelte Bracko leise vor sich hin. Mit ihren Forderungen nach Schutzgeldern, Transitgeldern und Liegegebühren waren die kriminellen Syndikate genauso schlimm wie die Regierungen. »Jetzt müssen wir doppelt zahlen. Geld und Fracht. Vielleicht sogar dreifach, wenn sie ein Exempel an uns statuieren wollen.«

Der Erste Offizier nickte. Er hatte nicht den geringsten Wunsch, den Treibstoff eines Fremden mit seinem Leben zu bezahlen. »Ich hole die Pistolen«, sagte er.

Bracko warf ihm einen Schlüssel zu. »Weck die Männer. Wir kämpfen, oder wir sterben.«

Der Schiffsoffizier machte sich auf den Weg zum Waffenschrank und zu den Kojen auf dem Unterdeck. Während er sich entfernte und im Niedergang verschwand, betrat eine andere Gestalt das Ruderhaus. Es war ein Passagier, der sich mit dem seltsam klingenden Namen Ammon Ta vorgestellt hatte. Bracko und die Mannschaft nannten ihn den *Ägypter*.

»Warum wurde das Schiff verdunkelt?«, fragte Ammon Ta ganz offen heraus. »Weshalb ändern wir den Kurs?«

»Können Sie sich das nicht denken?«

Nach kurzem Überlegen schien der Ägypter zu begreifen. Er zog eine 9-mm-Pistole aus seinem Hosenbund, hielt sie locker in der Hand und ging zur Tür, um in die Dunkelheit hinauszublicken.

»Hinter uns«, sagte Bracko.

Bracko hatte die Worte noch nicht vollständig ausgesprochen, als er schon den Beweis erhielt, dass er sich irrte. Auf der Backbordseite, nicht weit vom Bug entfernt, flammten zwei Scheinwerfer auf. Einer tauchte die Kommandobrücke in blendendes Licht, der andere war auf die Reling gerichtet.

Zwei Schlauchboote näherten sich in rasender Fahrt. Instinktiv drehte ihnen Bracko das Schiff entgegen, aber es hatte keinen Sinn. Sie beschrieben einen weiten Bogen und kamen zurück, wobei sie sich nach Kurs und Tempo der *Torino* richteten.

Enterhaken wurden hochgeschleudert und verfingen sich in den drei Stahlkabeln, die die Sicherheitsreling darstellten.

Sekunden später begannen zwei Gruppen bewaffneter Männer an den Enterseilen empor und auf die *Torino* zu klettern.

Von den Booten wurde Feuerschutz gegeben.

»Volle Deckung!«, rief Bracko.

Aber während ein dichter Kugelregen ein Brückenfenster zerschmetterte und als Querschläger von der Wand gegenüber dem Fenster abprallte, machte der Ägypter keinerlei Anstalten, sich eine Deckung zu suchen. Stattdessen trat er hinter die schwere

Lukentür, warf einen Blick hinaus und feuerte aus der Pistole in seiner Hand mehrere Schüsse ab.

Zu Brackos Überraschung waren die Pistolenschüsse tödlich. Ammon Ta hatte trotz des schwankenden Decks und des ungünstigen Schusswinkels zwei der Piraten mit perfekten Kopftreffern ausgeschaltet. Sein dritter Schuss löschte einen der Suchscheinwerfer, der in ihre Richtung schwenkte.

Nach den Schüssen zog sich der Ägypter ohne Hast oder hektische Bewegungen zurück, als ein wahrer Kugelorkan aus Maschinenpistolen entfesselt wurde.

Bracko blieb auf dem Deck liegen, während die Projektile durch das Ruderhaus sirrten. Eine Kugel streifte seinen Arm. Eine andere zertrümmerte eine Flasche Sambuca, die Bracko als Talisman dort aufbewahrte. Als sich die Flüssigkeit auf dem Deck ausbreitete, betrachtete Bracko dies als schlechtes Omen. Drei in der Flasche enthaltene Kaffeebohnen sollten Wohlstand, Gesundheit und Glück verheißen, aber sie waren nirgendwo zu sehen.

Mittlerweile rasend vor Wut, holte er seine eigene Pistole aus dem Schulterhalfter, um sich an dem Kampf zu beteiligen. Er schaute zu dem Ägypter hinüber, der stehengeblieben war. Angesichts der Kaltblütigkeit des Mannes und seiner tödlichen Präzision änderte Bracko blitzschnell seine Meinung von ihm. Er wusste zwar nicht, wer dieser Ägypter wirklich war, hatte jedoch plötzlich das Gefühl, er könnte der gefährlichste Mann auf dem Schiff sein.

Gut, dachte er, wenigstens ist er auf unserer Seite.

»Hervorragend geschossen«, rief er. »Vielleicht habe ich mich in Ihnen getäuscht.«

»Vielleicht habe ich das auch so gewollt«, sagte der Ägypter.

Weitere Schüsse fielen in der Dunkelheit, diesmal rührten sie vom Heckbereich des Schiffes her. Als Antwort erhob sich Bracko und feuerte blindlings durch das zertrümmerte Fenster zurück.

»Sie vergeuden Munition«, sagte der Ägypter.

»Ich verschaffe uns etwas Zeit«, widersprach Bracko.

»Die Zeit arbeitet für die«, sagte der Ägypter und deutete nach draußen. »Mindestens zwölf Männer haben Ihr Schiff geentert. Und ein drittes Schlauchboot nähert sich von achtern.«

Eine zweite Maschinenpistolensalve aus dieser Richtung bestätigte die Aussage des Ägypters.

»Das ist nicht gut«, meinte Bracko. »Der Waffenschrank befindet sich auf dem unteren Achterdeck. Wenn meine Männer nicht an ihn herankommen oder es nicht schaffen sollten, hierher zurückzukehren, sind wir hoffnungslos in der Unterzahl.«

Der Ägypter ging zur Lukentür, öffnete sie einen Spaltbreit und blickte in den Niedergang hinunter. »Scheint, als ob genau das bereits der Fall ist.«

Der Klang rennender Füße hallte durch den Laufgang, und Bracko wappnete sich für einen Zweikampf, aber der Ägypter zog nun die Tür vollständig auf und ließ einen humpelnden, blutenden Matrosen hereinstolpern.

»Sie haben das Unterdeck besetzt«, stieß der Matrose keuchend hervor.

»Wo sind die Gewehre?«

Der Matrose schüttelte den Kopf. »Wir sind nicht an sie herangekommen.«

Der Mann presste sich eine Hand auf den Leib, wo Blut aus einer Schusswunde heraussickerte. Er sackte zu Boden und blieb reglos liegen.

Das Enterkommando arbeitete sich in Richtung Bug vor und schoss auf alles, was ihm in den Weg kam. Bracko ließ das Ruder los und versuchte, seinem Matrosen zu helfen.

»Lassen Sie ihn«, sagte der Ägypter. »Wir müssen von hier weg.«

Bracko hasste es, die Anweisung des Ägypters zu befolgen, aber er konnte erkennen, dass jede Hilfe zu spät käme. Entschlossen, ein Blutbad anzurichten, spannte Bracko seine Pistole und ging zur Lukentür. Er war bereit, wild um sich schießend in den Kampf zu stürzen, gleichgültig was ihn da draußen erwartete, aber der Ägypter ergriff seinen Arm und hielt ihn zurück.

»Lassen Sie mich los«, verlangte Bracko.

»Damit Sie sinnlos sterben können?«

»Sie haben meine Mannschaft ermordet. Das kann ich nicht geschehen lassen, ohne darauf zu reagieren.«

»Ihre Mannschaft ist bedeutungslos«, erwiderte Ammon Ta eisig. »Wir müssen zu meiner Fracht.«

Bracko war perplex. »Glauben Sie wirklich, dass Sie mit Ihrer Ladung Hasch lebend hier rauskommen?«

»Diese Fässer enthalten etwas weitaus Wirkungsvolleres«, entgegnete der Ägypter. »Wirkungsvoll genug, um Ihr Schiff vor diesen Narren zu retten, wenn wir rechtzeitig herankommen. Und jetzt bringen Sie mich gefälligst dorthin.«

Während der Ägypter noch redete, gewahrte Bracko in den Augen des Mannes eine seltsame Eindringlichkeit.

Vielleicht – nur vielleicht – phantasierte er ja nicht. »Kommen Sie.«

Mit dem Ägypter im Schlepptau kletterte Bracko durch das zertrümmerte Brückenfenster und sprang auf den nächststehenden Frachtcontainer hinab. Der Abstand betrug gut zwei Meter, und er landete ziemlich unbeholfen mit einem lauten Dröhnen. Dabei stauchte er sich das Knie.

Der Ägypter landete neben ihm, duckte sich sofort und wandte sich mit einem fragenden Gesichtsausdruck um.

»Ihre Fracht befindet sich in der ersten Containerreihe«, erklärte Bracko. »Folgen Sie mir.«

Sie verfielen in Laufschritt und sprangen von Container zu Container. Als sie die vorderste Reihe erreichten, kletterte Bracko zwischen den Containern aufs Deck hinunter.

Der Ägypter folgte dicht hinter ihm, und sie blieben für einen Moment zwischen den Stahlbehältern in Deckung. Mittlerweile hatte der durch die Entfernung gedämpfte Lärm des Feuergefechts abgenommen. Es fielen nur noch vereinzelte Schüsse. Die Schlacht neigte sich ihrem Ende entgegen.

»Dies ist der Container«, sagte Bracko.

»Öffnen Sie ihn«, verlangte der Ägypter.

Bracko benutzte für das Vorhängeschloss den Hauptschlüssel und zog mit einem kräftigen Ruck an dem Hebel, der die Tür sicherte. Innerlich krümmte er sich, als die betagten Scharniere mit einem schrillen Kreischen protestierten.

»Hinein«, befahl der Ägypter.

Bracko betrat den dunklen Container und knipste eine Handlampe an. Einer der zylindrischen Propangasbehälter nahm den größten Teil des Raumes ein, aber vor der hinteren Wand standen die weißen Fässer, die der Ägypter an Bord gebracht hatte.

Bracko führte Ammon Ta zu ihnen.

»Was nun?«, fragte Bracko.

Der Ägypter gab keine Antwort. Stattdessen löste er den Deckel von einem der Fässer und legte ihn beiseite. Zu Brackos Überraschung quoll ein weißer Nebel über den Rand des Behälters und schwebte abwärts.

»Flüssiger Stickstoff?«, fragte Bracko und spürte sofort, wie sich die Luft in seiner Nähe abkühlte. »Was um alles in der Welt bewahren Sie darin auf?«

Ammon Ta ignorierte ihn auch jetzt und arbeitete schweigend weiter. Er holte eine mit Stickstoff gekühlte Flasche mit einem seltsamen Symbol auf dem Korpus heraus. Während Bracko das Symbol anstarrte, dämmerte ihm, dass dies wahrscheinlich Nervengas oder irgendeine andere Art von biologischer Waffe war.

»Hinter dem sind die da draußen her!«, platzte Bracko heraus, wirbelte herum und packte den Ägypter. »Es geht gar nicht um Propangas oder Schutzgeld. Die wollen eigentlich Sie und diese Chemikalie. Sie sind der Grund, weshalb diese Kerle meine Mannschaft getötet haben!«

Die spontane Attacke hatte den Ägypter überrumpelt, aber der Mann erholte sich schnell von dem Schreck. Er schlug Brackos Hände zur Seite, drehte dem Kapitän einen Arm auf den Rücken und stieß ihn zu Boden.

Einen Moment später, nachdem er mit den Decksplanken Bekanntschaft gemacht hatte, spürte Bracko, wie das Gewicht des Ägypters auf seiner Brust landete. Er blickte in ein gnadenloses Augenpaar.

»Ich brauche dich nicht mehr«, sagte der Mann.

Ein brennender Schmerz durchfuhr Bracko, als ein Dolch mit dreieckiger Klinge in seinen Magen gestoßen wurde. Der Ägypter drehte ihn, zog ihn dann heraus und erhob sich.

Überwältigt von grässlichen Schmerzen, bäumte sich Bracko auf und löste den Griff. Sein Kopf sank auf den stählernen Boden des Containers, während er die Hände auf den Leib presste und das warme Blut spürte, das seine Kleidung tränkte.

Ihn erwartete nun ein langsamer und qualvoller Tod. Ein Tod, den zu beschleunigen der Ägypter nicht für notwendig hielt, während er in aller Ruhe das Blut von der kurzen dreieckigen Klinge abwischte und den Dolch in die Scheide zurückschob, ein Satellitentelefon hervorholte und auf eine Taste drückte.

»Unser Schiff ist überfallen worden«, meldete er jemandem am anderen Ende der Verbindung. »Kriminelle, wie es scheint.«

Eine lange Pause folgte, dann schüttelte der Ägypter den Kopf. »Es sind zu viele, um den Kampf gegen sie aufzunehmen … ja, ich weiß, was getan werden muss … der Dunkle Nebel darf nicht in die Hände der anderen fallen. Empfiehl mich Osiris. Wir sehen uns im Totenreich.«

Er trennte die Verbindung, ging zum Ende der Propangasflasche und benutzte einen großen Rollgabelschlüssel, um ein Auslassventil zu öffnen. Ein lautes Zischen ertönte, als Gas auszuströmen begann.

Als Nächstes holte er eine kleine Sprengladung aus einer Tasche seiner Jacke, befestigte sie an der Gasflasche und stellte den Zeitzünder ein. Danach kehrte er zum vorderen Ende des Frachtcontainers zurück, öffnete seine Tür einen Spaltbreit und schlüpfte in die Dunkelheit hinaus.

In einer Pfütze seines eigenen Blutes liegend, wusste Constantine Bracko genau, was ihn erwartete. Trotz seines fast sicheren

Todes – gleichgültig, wodurch verursacht – war er entschlossen, die Explosion wenn irgendwie möglich zu verhindern.

Er wälzte sich herum, vor Schmerzen stöhnend. Er schaffte es noch, bis zur Gasflasche zu kriechen, wobei er eine breite Blutspur auf dem Stahlboden hinterließ. Dann versuchte er, das Auslassventil mit dem Engländer-Schraubenschlüssel zu verschließen, musste jedoch feststellen, dass ihm die Kraft fehlte, das schwere Werkzeug in Position zu bringen und festzuhalten.

Er ließ es auf das Deck fallen und schob sich vorwärts, wobei ihm jede Bewegung einen unterdrückten Schmerzensschrei entlockte. Der Geruch des Propangases war betäubend, der Schmerz in seiner Magengrube wirkte wie eine lodernde Feueresse. Seine Augen quittierten nach und nach den Dienst. Er fand die Sprengladung, konnte jedoch die Knöpfe auf dem Zifferblatt der Zeituhr kaum noch erkennen. Er zerrte an dem Timer, und dieser löste sich von der Flasche, als gleichzeitig die Türen des Frachtcontainers aufschwangen.

Bracko wandte sich um. Zwei Männer stürmten herein und richteten ihre Waffen auf ihn. Als sie näher kamen, entdeckten sie den Zeitzünder in seiner Hand.

In diesem Augenblick sprang er auf null, explodierte in Brackos Griff und entzündete das Propangas. Der Frachtcontainer sprengte sich selbst mit einem grellweißen Lichtblitz auseinander.

Die Wucht der Explosion lockerte den vorderen Stapel der Frachtcontainer und ließ sie über die Reling ins Meer kippen.

Bracko und die beiden Männer der Piratenbande verdampften in dem Explosionsblitz, aber Brackos Bemühungen hatten den Plan des Ägypters vereitelt. Von der Stahlwand der Gasflasche zu weit entfernt, war die Ladung nicht stark genug, um den Zylinder zu verletzen. Stattdessen löste sie eine Verpuffung aus und entzündete ein alles verzehrendes Feuer, das von dem noch immer aus dem offenen Auslassventil strömenden Propangas gespeist wurde.

Die Flammenzunge leckte aus dem Tank heraus und brannte sich wie ein Schneidbrenner durch alles hindurch, in dessen Nähe sie kam. Als der Tank verrutschte, sank die Spitze der Flamme herab und leckte über das Deck.

Während die überlebenden Piraten die Flucht ergriffen, weichte das stählerne Deck unter der Gasflasche auf und wölbte sich. Innerhalb mehrerer Minuten wurde das Deck so weit geschwächt, dass das Ende der schweren Gasflasche teilweise einsank und hindurchrutschte. Die Flasche ragte nun in einem schiefen Winkel in die Höhe, und die Flamme hüllte sie ein. Von diesem Zeitpunkt an war alles nur noch eine Frage der Zeit.

Etwa zwanzig Minuten lang setzte das brennende Schiff seine Fahrt nach Westen fort, ein treibender Feuerball, der meilenweit zu sehen war. Kurz vor Tagesanbruch traf die *Torino* auf ein Riff, das sich nur eine halbe Meile von der Küste Lampedusas entfernt befand.

Frühaufsteher auf der Insel kamen heraus, um das Feuer zu beobachten und zu fotografieren. Während sie verfolgten, wie die Propangasflasche platzte, wurden fünfzehntausend Gallonen unter Druck stehenden Treibstoffs freigesetzt, und eine blendend helle Explosion, heller als die aufgehende Sonne, illuminierte den Horizont.

Als der Lichtblitz erlosch, war der Bug der M.S. *Torino* verschwunden und der Rumpf so aufgerissen wie eine Sardinenbüchse. Darüber sammelte sich eine dunkle Wolke, die auf die Insel zutrieb und wie ein Regenschauer im Wind hing, der den Erdboden nicht erreichte.

Seevögel stürzten vom Himmel herab, tauchten mit leisem Klatschen ins Wasser und schlugen mit dumpfen Lauten auf dem Sand auf.

Die Männer und Frauen, die herausgekommen waren, um das Spektakel zu verfolgen, rannten nun los, um sich in Sicherheit zu bringen. Aber die tentakelartigen Ausläufer des treibenden Nebels überholten sie, und sie stürzten genauso abrupt und unerwartet zu Boden, wie die Möwen vorher vom Himmel gefallen waren.

Vom Wind getrieben, segelte der Schwarze Nebel über die Insel hinweg und weiter nach Westen. Er hinterließ eine Totenstille – und eine Landschaft, die mit reglosen Leibern übersät war.

3

Mittelmeer, siebzehn Meilen südöstlich von Lampedusa

Eine schemenhafte Gestalt sank lässig und in gleichmäßigem Tempo auf den Meeresboden hinab. Von unten betrachtet erschien der Taucher eher wie ein Bote des Himmels als wie ein Mensch. Erheblich größer wirkte er wegen zwei Atemflaschen, einem entsprechend verstärkten Tragegeschirr und einem Antriebsaggregat, das zusammen mit einem Paar stummelartiger Flügel auf seinem Rücken festgeschnallt war. Um das seltsame Bild zu vervollständigen, bewegte sich die Gestalt in einer Lichtwolke, die von zwei auf den Schultern fixierten Scheinwerfern erzeugt wurde, deren gelbe Lichtstrahlen sich in die Dunkelheit bohrten.

In einhundert Fuß Tiefe und dicht über dem Meeresgrund konnte der Mann deutlich einen Lichtkreis auf dem Meeresboden erkennen. Innerhalb dieses Kreises war eine Gruppe orangefarben gekleideter Taucher damit beschäftigt, einen so erheblichen Fund auszugraben, dass er der epischen Geschichte der Punischen Kriege zwischen Karthago und Rom ein neues Kapitel hinzufügen würde.

Er landete etwa zwanzig Meter von der beleuchteten Arbeitszone entfernt und betätigte den Schalter des Sprechgeräts an seinem rechten Arm.

»Hier ist Austin«, sprach er in das Helmmikrofon. »Ich bin unten angekommen und begebe mich jetzt zur Ausgrabung.«

»Roger«, antwortete eine leicht verzerrte Stimme in seinem Ohr. »Zavala und Woodson erwarten Sie schon.«

Kurt Austin aktivierte sein Unterwasserantriebsaggregat, hob leicht vom Meeresgrund ab und bewegte sich in Richtung der Ausgrabungsstelle. Auch wenn die meisten Taucher standardisierte Trockentauchanzüge trugen, testeten Kurt und zwei andere die neu entwickelten Membrananzüge, in denen ein konstanter Druck herrschte und die ihnen gestatteten, Tauchfahrten ohne die sonst notwendigen Dekompressionspausen durchzuführen.

Bisher hatte Kurt seinen Anzug benutzerfreundlich und komfortabel gefunden. Dass er ein wenig klobig erschien, war eigentlich keine Überraschung. Als er die beleuchtete Zone erreichte, passierte Kurt ein dreibeiniges Stativ mit einem Unterwasserscheinwerfer. Ähnliche Leuchtkörper waren rund um den Arbeitsbereich aufgestellt worden. Sie waren durch Stromkabel mit einer Gruppe windmühlenähnlicher Turbinen in geringer Entfernung verbunden.

Die herrschende Strömung trieb die Turbinenflügel an, die wiederum den elektrischen Strom zum Betreiben der Scheinwerfer erzeugten, die ihrerseits gestatteten, dass die Ausgrabungen erheblich zügiger durchgeführt werden konnten.

Kurt ließ sich von seinem Unterwasserantrieb über das Heck des alten Schiffswracks hinwegtragen und landete auf der anderen Seite.

»Seht mal, wer endlich den Weg hierher gefunden hat«, sagte eine freundliche Stimme über die Helmsprechanlage.

»Ihr kennt mich doch«, erwiderte Kurt. »Ich warte immer, bis die Schwerstarbeit erledigt wurde, dann erscheine ich und ernte den Ruhm.«

Die anderen Taucher lachten. Nichts konnte weiter von der Wahrheit entfernt sein. Kurt Austin war stets als Erster am Ort des Geschehens, verließ ihn als Letzter und verbiss sich gerne aus reiner Sturheit in ein scheinbar zum Scheitern verurteiltes Projekt, bis es wieder zum Leben erwachte oder sämtliche Möglichkeiten im wahrsten Sinne des Wortes erschöpft waren, um einen weiteren Versuch zu starten.

»Wo ist Zavala?«, fragte Kurt.

Die anderen Taucher deuteten auf einen Punkt weiter draußen, in fast vollkommener Dunkelheit. »Er besteht darauf, Ihnen etwas Wichtiges zu zeigen. Wahrscheinlich hat er eine altertümliche Flasche Gin gefunden.«

Kurt nickte, aktivierte seinen Antrieb und steuerte dorthin, wo Joe Zavala zusammen mit einer Taucherin namens Michelle Woodson arbeitete. Sie hatten einen Bugabschnitt des Wracks ausgegraben und starre Kunststoffwände aufgebaut, um zu verhindern, dass Sand und Schlick nachrutschten und auffüllten, was sie soeben freigelegt hatten.

Kurt sah, wie Joe sich leicht straffte, und dann hörte er über die Helmsprechanlage den fröhlichen Tonfall in der Stimme seines Freundes.

»Tun Sie lieber so, als ob Sie sehr beschäftigt seien«, sagte Joe. »*El Jefe* stattet uns einen Besuch ab.«

Genau genommen traf es zu. Kurt war der Chef der Abteilung für Spezial-Unternehmungen der National Underwater and Marine Agency, ein ziemlich einzigartiger Zweig der Bundesregierung, der sich mit den Geheimnissen der Weltmeere befasste. Aber Kurt gestaltete seine Tätigkeit nicht wie ein typischer Boss. Er bevorzugte Teamarbeit, zumindest so lange, bis schwierige Entscheidungen getroffen werden mussten. Diese traf er selbst. Das, so war er überzeugt, lag in der Verantwortung eines Leitenden.

Was Joe Zavala anging, so war er eher so etwas wie Kurt Austins Komplize und weniger ein Angestellter. Die beiden gerieten seit Jahren immer wieder in die heikelsten Situationen. Allein im vorangegangenen Jahr waren sie an der Entdeckung der S.S. *Waratah* beteiligt gewesen, einem Schiff, das verschwunden und, wie allgemein vermutet, 1909 gesunken war; dann waren sie unter der Demarkationslinie zwischen Nord- und Südkorea in eine Invasion geraten, und schließlich hatten sie eine weltweite Falschgeldoperation gestoppt, die derart raffiniert eingefädelt worden war, dass dabei ausschließlich Computer und nicht eine einzige Druckerpresse verwendet wurden.

Danach waren beide reif für einen ausgiebigen Urlaub gewesen. Eine Expedition, um auf dem Grund des Mittelmeers nach

Überresten des Altertums zu suchen, bot sich dabei als ideale Erholungsaktivität an.

»Ich hab schon gehört, dass ihr beiden hier unten eine ruhige Kugel geschoben habt«, scherzte Kurt. »Ich bin nur gekommen, um diese Praxis zu beenden und eure Gehälter zu kürzen.«

Joe lachte. »Du wirst doch wohl niemanden feuern, der bloß die Absicht hatte, seine Wettschulden zu bezahlen, oder?«

»Du? Du zahlst Wettschulden? Den Tag möchte ich erleben.«

Joe deutete auf das freigelegte Gerippe eines antiken Schiffes. »Was hast du mir gesagt, als wir zum ersten Mal das Bild des Tiefen-Sonars erblickt haben?«

»Ich sagte, es sei das Wrack eines karthagischen Schiffes«, erinnerte sich Kurt. »Und du hast darauf gewettet, dass es eine römische Galeere ist – was sich, angesichts aller Artefakte, die wir geborgen haben, zu meinem nicht geringen Entsetzen, als richtig erwiesen hat.«

»Aber was wäre denn, wenn meine Einschätzung nur zu fünfzig Prozent zutrifft?«

»Dann würde ich sagen, dass du besser bist als sonst.«

Joe lachte wieder und wandte sich an Michelle. »Zeigen Sie ihm, was wir gefunden haben.«

Sie winkte Kurt zu sich herüber und richtete ihre Lampe auf den freigelegten Abschnitt. Dort war ein langer, spitzer Dorn zu sehen – der Rammsporn der römischen Galeere –, den man in eine andere Art von Holz hineingestoßen hatte. Dort, wo sie und Joe den Sand entfernt hatten, konnte Kurt den geborstenen Rumpf eines anderen Schiffes erkennen.

»Was ist das, was ich dort sehe?«, fragte Kurt.

»Das, mein Freund, ist ein *Corvus*«, antwortete Joe.

Das lateinische Wort ließ sich am besten mit »Rabe« übersetzen, und der antike Eisensporn ähnelte tatsächlich dem spitzen Schnabel eines Vogels, sodass Kurt sich vorstellen konnte, woher diese Waffe ihren Namen hatte.

»Für den Fall, dass du im Geschichtsunterricht nicht aufgepasst haben solltest«, fuhr Joe fort, »nur so viel: Die Römer waren lediglich bescheidene Seefahrer und den Karthagern unterlegen. Sie waren jedoch bessere Soldaten und fanden einen Weg, um dies zu ihrem Vorteil auszunutzen, indem sie ihre Feinde rammten, diesen Eisensporn in den Rumpf eines feindlichen Schiffs bohrten und dann eine Art schwenkbare Gangway benutzten, um an Bord der Schiffe ihrer Feinde zu gelangen. Mit Hilfe dieser Taktik verwandelten sie jede Seeschlacht in einen Nahkampf Mann gegen Mann.«

»Haben wir dann also zwei Schiffe vor uns?«

Joe nickte. »Eine römische Trireme und ein karthagisches Schiff, durch den *Corvus* untrennbar miteinander verbunden. Dies ist eine Schlachtenszene von vor zweitausend Jahren, im Strom der Zeit erstarrt und konserviert.«

Kurt staunte über diese unerwartete Entdeckung. »Wie konnte es passieren, dass sie auf diese Weise gleichzeitig gesunken sind?«

»Die Wucht des Zusammenpralls hat wahrscheinlich beide Schiffsrümpfe bersten lassen«, vermutete Joe Zavala. »Und als ihr Schiff zu sinken begann, konnten die Römer den *Corvus* nicht freibekommen. So gingen sie dann Arm in Arm unter, zusammengeschmiedet für alle Ewigkeit.«

»Was bedeutet, dass wir beide recht haben«, sagte Kurt. »Ich vermute, dass du mir trotz allem den Dollar nicht bezahlen wirst.«

»Einen Dollar?« Diese entgeisterte Frage kam von Michelle Woodson. »Bei Ihren heftigen Diskussionen über dieses Thema während der letzten Monate ging es nur um einen einzigen Dollar?«

»Eigentlich drehte es sich sogar nur um die Frage, wer die Klappe am weitesten aufreißen darf«, gestand Kurt.

»Außerdem kürzt er mir immer wieder mein Gehalt«, sagte Joe. »Daher kann ich mir als Einsatz nicht mehr leisten.«

»Sie beide sind einfach unverbesserlich«, seufzte die Taucherin mit einem Ausdruck komischer Verzweiflung.

Kurt hätte dieser Feststellung gerne aufrichtig zugestimmt, erhielt dazu jedoch gar nicht mehr die Gelegenheit, weil eine andere Stimme im Helmfunk erklang und ihn unterbrach.

Eine Schrift auf dem helminternen Display bestätigte, dass der Funkruf von der *Sea Dragon* über ihnen an der Wasseroberfläche kam. Das Symbol eines kleinen Vorhängeschlosses hinter seinem und Joes Namen verriet ihm außerdem, dass der Ruf ausschließlich an sie weitergeleitet wurde.

»Kurt, hier ist Gary«, sagte die Stimme. »Können Sie und Zavala mich gut verstehen?«

Gary Reynolds war der Kapitän der *Sea Dragon.*

»Laut und deutlich«, sagte Kurt. »Wie ich sehe, benutzen Sie den privaten Kanal. Ist was nicht in Ordnung?«

»Das befürchte ich. Wir haben einen Notruf aufgefangen. Und ich weiß nicht, wie wir darauf reagieren sollen.«

»Wie das?«, fragte Kurt.

»Weil der Ruf nicht von einem Schiff kam«, sagte Reynolds. »Sondern von Lampedusa.«

»Von der Insel?«

Lampedusa war eine kleine Insel mit fünftausend Einwohnern. Sie gehörte zu Italien, lag jedoch näher bei Libyen als bei der Südspitze von Sizilien. Die *Sea Dragon* hatte dort jede Woche für einen Tag angelegt, um aufzutanken und Proviant zu laden, ehe sie auf ihre Position über dem gesunkenen Wrack zurückkehrte. Auch zu diesem Zeitpunkt hielten sich fünf Angestellte der NUMA an Land auf, um die Logistik der Forschungsgruppe zu organisieren und die Artefakte, die aus dem Meer zutage gefördert wurden, zu katalogisieren.

Joe stellte die nächstliegende Frage: »Warum sollte jemand auf einer Insel einen Hilferuf über einen Seenotkanal senden?«

»Keine Ahnung«, erwiderte Reynolds. »Die Jungs in der Funkzentrale waren so schlau, sofort den Recorder einzuschalten, als ihnen klar wurde, was sie da empfingen. Wir haben uns die Aufnahme mehrmals angehört. Sie klingt ein wenig verzerrt, aber der Ruf kam zweifelsfrei von Lampedusa.«

»Können Sie uns den Notruf vorspielen?«

»Ich dachte schon, Sie würden niemals darum bitten«, sagte Reynolds. »Warten Sie einen Moment.«

Nach einigen Sekunden Stille hörte Kurt das Summen und Knistern atmosphärischer Störungen und ein Feedbackpfeifen, ehe er eine Stimme ausmachen konnte. Das erste Dutzend Worte konnte Kurt nicht verstehen, doch dann wurde das Signal klarer und die Stimme lauter. Sie gehörte einer Frau. Einer Frau, die sehr ruhig klang, aber gelegentlich auch besorgt, wenn nicht gar verzweifelt.

Etwa zwanzig Sekunden lang sprach sie Italienisch, dann wechselte sie ins Englische.

»… ich wiederhole, hier ist Dr. Renata Ambrosini … wir wurden angegriffen … zurzeit sind wir im Krankenhaus eingesperrt … wir brauchen dringend Hilfe … Wir sind hermetisch abgeriegelt, und unser Sauerstoffvorrat geht zur Neige. Bitte antworten Sie!«

Sekundenlanges atmosphärisches Rauschen folgte, dann wurde die Nachricht wiederholt.

»Irgendein Verkehr auf den Notruf-Frequenzen?«, fragte Joe Zavala.

»Nichts«, antwortete Reynolds. »Aber aus übergroßer Vorsicht habe ich unser Logistik-Team gerufen. Niemand hat geantwortet.«

»Das ist seltsam«, sagte Joe. »Eigentlich soll ständig jemand am Funkgerät sitzen, während wir hier draußen sind.«

Kurt war der gleichen Meinung. »Rufen Sie jemand anderen«, empfahl er Reynolds. »Im Hafen befindet sich eine Station der italienischen Küstenwache. Versuchen Sie, den Kommandanten zu erreichen.«

»Bereits geschehen«, sagte Reynolds. »Ich habe es auch per Satellitentelefon versucht für den Fall, dass die Funkgeräte durch irgendetwas gestört wurden. Ich habe sogar jede Telefonnummer auf Lampedusa angewählt, die ich finden konnte, inklusive der örtlichen Polizeistation und des Restaurants, in dem wir am ersten Tag unserer Ankunft Pizzas für alle bestellt hatten. *Niemand hat geantwortet!* Panikmache ist wirklich nicht mein Ding, aber aus irgendeinem Grund ist die gesamte Insel tot.«

Kurt neigte nicht zu voreiligen Schlussfolgerungen, aber die Frau hatte das Wort *Angriff* benutzt. »Alarmieren Sie die italienischen Behörden in Palermo«, entschied er. »Notruf ist Notruf, auch wenn er nicht von einem Schiff kommt. Geben Sie durch, dass wir nachschauen, ob wir in irgendeiner Form Hilfe leisten können.«

»Dass Sie so etwas vorhaben, dachte ich mir schon«, sagte Reynolds. »Ich habe mir die Tauchpläne angesehen. Joe und Michelle können mit Ihnen zusammen auftauchen. Aber alle anderen müssen vorher in die Druckkammer.«

Damit hatte Kurt gerechnet. Er setzte das restliche Team über die aktuelle Situation in Kenntnis. Sie legten ihr Werkzeug sofort beiseite, schalteten die Arbeitslampen aus und begannen mit einem langsamen Aufstieg. Unterwegs trafen sie auf die Dekompressionskammer, die an Kabeln herabgelassen wurde, sodass sie schließlich unter sicheren Druckverhältnissen zur Meeresoberfläche hinaufgehievt werden konnten.

Kurt, Joe und Michelle gelangten mit ihren motorisierten Hard Suits auf direktem Weg an die Wasseroberfläche, und Kurt befreite sich von seinem Tauchanzug, als Reynolds die nächste Hiobsbotschaft für sie bereithielt. Nicht eine einzige Reaktion war auf Lampedusa erfolgt. Und ebenso wenig hatte sich irgendeine Einheit des Militärs oder der Küstenwache im Umkreis von einhundert Meilen um die Insel gemeldet.

»Auf Sizilien werden in diesem Augenblick zwei Hubschrauber aufgetankt, aber sie können frühestens in einer halben Stunde in der Luft sein. Und danach haben sie eine Stunde Flugzeit vor sich.«

»Bis dahin könnten wir längst am Strand von Lampedusa sitzen, unser Dessert löffeln und einen Absacker bestellen«, sagte Joe.

»Deshalb bitten sie uns ja auch, mal nachzuschauen«, sagte Reynolds. »Offensichtlich sind wir in dieser Region die Einzigen mit halboffiziellem Status. Auch wenn sich unsere Regierung auf der anderen Seite des Atlantiks befindet.«

»Gut«, sagte Kurt Austin. »Dann brauchen wir wenigstens nicht um Erlaubnis zu bitten oder eine amtliche Warnung zu ignorieren, uns gefälligst herauszuhalten.«

»Dann bring ich uns mal auf den richtigen Kurs«, sagte Reynolds.

Kurt nickte. »Und schonen Sie die Pferde nicht.«

4

Als sich die *Sea Dragon* der Insel Lampedusa näherte, war das erste Anzeichen drohenden Unheils eine Wolke dunklen, öligen Rauchs, die über der Insel schwebte und langsam, aber stetig größer wurde. Kurt betrachtete sie durch ein starkes, hochauflösendes Fernglas.

»Was siehst du?«, fragte Joe.

»Irgendein Schiff«, antwortete Kurt. »Es liegt dicht vor der Küste.«

»Ein Tanker?«

»Kann ich nicht genau erkennen«, sagte Kurt. »Zu viel Rauch. Was ich aber erkennen kann, das ist ausgeglühtes und verbogenes Metall.« Er wandte sich an Reynolds.

»Halten Sie darauf zu, damit wir uns einen besseren Überblick verschaffen können.«

Die *Sea Dragon* änderte den Kurs, und der Rauch über ihnen wurde noch dichter und dunkler.

»Der Wind schiebt diesen Qualm quer über die Insel«, stellte Joe Zavala fest.

»Ich frage mich, was der Eimer geladen hatte«, sagte Kurt Austin. »Wenn es irgendwas Giftiges war …«

»Diese Ärztin sagte, sie sei gefangen und ihr Sauerstoff werde knapp«, meinte Joe. »Daraufhin stellte ich mir vor, wie das Krankenhaus um sie herum nach einer Explosion oder während eines Erdbebens einstürzt. Aber ich glaube, sie meinte damit eher, dass sie und ihre Leute sich vor den Dämpfen versteckt haben.«

Kurt blickte abermals durch das Fernglas. Das vordere Ende des Schiffes sah aus, als wäre es von einem riesigen Dosenöffner aufgerissen worden – eigentlich machte es sogar den Eindruck, als wäre das halbe Schiff verschwunden. Der verbliebene Teil des Rumpfs war rußgeschwärzt.

»Das Schiff liegt offenbar auf dem Riff«, sagte Kurt. »Anderenfalls wäre es längst untergegangen. Einen Namen kann ich nicht erkennen. Jemand soll in Palermo anrufen und durchgeben, was wir gefunden haben. Wenn man dort in Erfahrung bringen kann, um welches Schiff es sich handelt, findet man vielleicht auch Hinweise, welche Fracht es geladen hatte.«

»Wird erledigt«, sagte Reynolds.

»Und Gary«, fügte Kurt hinzu und ließ das Fernglas sinken, »sorgen Sie dafür, dass wir immer den Wind im Rücken haben.«

Reynolds nickte. »Das brauchen Sie mir nicht zweimal zu sagen.«

Er nahm eine leichte Kursänderung vor und drosselte ihre Geschwindigkeit, während sie das brennende Wrack nicht aus den Augen ließen. Als sie nur noch fünfhundert Meter von dem Frachter entfernt waren, meldete sich ein Matrose vom Vorderdeck.

»Sehen Sie sich das mal an!«, rief er.

Reynolds schaltete die Maschinen in den Leerlauf, und die *Sea Dragon* kam nach und nach zum Stillstand, während Kurt Austin über das Hauptdeck zum Bug ging. Er sah, dass der Matrose auf ein halbes Dutzend Objekte deutete, die in Schiffsnähe im Wasser trieben. Die Objekte waren etwa fünf Meter lang, hatten eine torpedoähnliche Form und eine dunkelgraue Farbe.

»Grindwale«, sagte der Matrose, als er die Spezies identifizierte. »Vier erwachsene Tiere. Zwei Kälber.«

»Und sie treiben bauchoben«, stellte Kurt fest. Eigentlich lagen die Wale halb auf der Seite und waren von Seetang, verendeten Fischen und Kalmaren umringt. »Was immer auf dieser Insel passiert ist, es hat auch das Wasser in Mitleidenschaft gezogen.«

»Die Ursache muss dieser Frachter sein«, sagte jemand anderer.

Kurt gab dem Sprecher recht, äußerte sich jedoch nicht dazu. Er war damit beschäftigt, die toten Exemplare ozeanischer Fauna zu inspizieren, die an ihnen vorbeitrieben. Er konnte hören, wie sich Joe per Funk mit den italienischen Behörden unterhielt und ihren letzten Fund meldete. Dabei fiel ihm auf, dass nicht alle Kalmare den Tod gefunden hatten. Einige klammerten sich aneinander und hielten sich mit ihren kurzen dünnen Tentakeln krampfartig umschlungen.

»Vielleicht sollten wir lieber von hier verschwinden«, sagte der Matrose, zog die Vorderseite seines Hemdes hoch, um damit Nase und Mund zu bedecken, als könnte er sich auf diese Weise vor giftigen Dämpfen schützen, die möglicherweise die Luft verseuchten.

Kurt wusste, dass ihnen nicht viel passieren konnte, da sie eine Viertelmeile mit dem Wind im Rücken von dem Frachtschiff entfernt waren und nicht der geringste Hauch von Qualm in der Luft wahrzunehmen war. Aber auch unter diesen Bedingungen stand für ihn die Sicherheit der Mannschaft an erster Stelle.

Er kehrte ins Steuerhaus zurück. »Ziehen Sie sich um eine weitere Meile zurück«, sagte er. »Und behalten Sie diese Rauchwolke im Auge. Falls der Wind dreht, müssen wir von hier verschwunden sein, ehe uns die Wolke einholt.«

Reynolds nickte, gab Gas und kurbelte am Ruder. Während das Schiff Fahrt aufnahm, hängte Joe das Funkmikrofon in seine Halterung zurück.

»Was hast du erfahren?«

»Ich habe ihnen geschildert, was wir vorgefunden haben«, berichtete Joe. »Anhand der AIS-Daten der vergangenen Nacht vermuten sie, dass der Frachter die M.S. *Torino* ist.«

»Was hat sie geladen?«

»Hauptsächlich Maschinenteile und Textilien. Nichts Gefährliches.«

»Textilien, von wegen«, sagte Kurt. »Wann ist mit der Ankunft dieser Helikopter zu rechnen?«

»In zwei bis drei Stunden.«

»Es hat doch geheißen, sie seien in einer halben Stunde in der Luft?«

»Sie sind auch gestartet«, sagte Joe. »Aber nach unserem Bericht sind sie noch mal nach Sizilien zurückgekehrt, um nachzutanken, und dann haben sie ein Team zusammengestellt, das auf den Umgang mit Gefahrengut spezialisiert ist.«

»Das kann ich ihnen nicht verdenken«, sagte Kurt. Dennoch wollte ihm das Schicksal der Ärztin, die sie angefunkt hatte, und der Angehörigen des NUMA-Teams, die sich nicht gemeldet hatten, ganz zu schweigen von den fünftausend Männern, Frauen und Kindern, die auf Lampedusa lebten, nicht aus dem Sinn gehen. Er traf eine schnelle Entscheidung, die einzige, die ihm sein Gewissen erlaubte.

»Wir machen das Schlauchboot flott. Ich fahre rüber, um nach unseren Freunden zu sehen.«

Reynolds hatte mitgehört und reagierte sofort. »Sind Sie verrückt geworden?«

»Durchaus möglich«, erwiderte Kurt. »Aber wenn ich drei Stunden damit warte, mich zu vergewissern, ob unsere Leute noch am Leben oder schon tot sind, drehe ich am Ende zweifellos durch. Erst recht, wenn sich herausstellt, dass wir ihnen hätten helfen können, stattdessen aber Däumchen gedreht haben.«

»Genau meine Meinung«, sagte Joe.

Reynolds musterte sie mit ernstem Blick. »Und wie wollen Sie es schaffen, nicht an dem zu sterben, was offenbar die gesamte Bevölkerung der Insel ausgeschaltet hat?«

»Wir haben Vollgesichtshelme und eine Menge Sauerstoff. Wenn wir die tragen, dürfte uns nichts passieren.«

»Es gibt Nervengase, die ihre Wirkung bei Hautkontakt entfalten«, gab Reynolds zu bedenken.

»Wir haben Trockentauchanzüge, die wasserdicht sind«, konterte Kurt. »Die sollten eigentlich ausreichen.«

»Außerdem können wir Handschuhe tragen und jede Lücke mit Isolierband abkleben«, fügte Joe hinzu.

»Isolierband?«, sagte Reynolds. »Sie wollen Ihr Leben der fragwürdigen Festigkeit von Klebeband anvertrauen?«

»Das wäre nicht das erste Mal«, gab Joe Zavala zu. »Ich hab damit früher sogar mal die Tragfläche eines Flugzeugs geflickt. Allerdings hat es nicht so gut funktioniert, wie wir geplant hatten.«

»Dies hier ist eine ernste Angelegenheit«, sagte Reynolds, der nicht fassen konnte, was die beiden offenbar beabsichtigten zu tun. »Sie sind im Begriff, Ihr Leben für nichts und wieder nichts aufs Spiel zu setzen. Dabei gibt es nicht den geringsten Grund anzunehmen, dass auf dieser Insel noch jemand am Leben ist.«

»Das stimmt nicht«, widersprach Kurt Austin. »Ich habe zwei Gründe. Zuerst einmal haben wir diesen Funkspruch aufgefangen, der offensichtlich abgesetzt wurde, nachdem das Unglück passiert ist. Diese Ärztin und mehrere andere Personen waren am Leben – zumindest noch zu diesem Zeitpunkt. Dazu in einem Krankenhaus. Sie sprachen davon, dass sie an irgendeinem Ort hermetisch abgeriegelt seien, vermutlich um sich vor dem Gift zu schützen. Andere Leute könnten genauso gehandelt haben. Inklusive unseres Festland-Teams. Außerdem sind einige Kalmare da draußen auch noch nicht verendet. Sie paddeln herum, halten sich aneinander fest und bewegen sich heftig genug, um zu signalisieren, dass sie noch nicht bereit sind, auf einen Grill gelegt zu werden.«

»Das ist ziemlich dünn«, sagte Reynolds.

Für Kurt reichte es aber aus. »Ich werde ganz sicher nicht hier herumsitzen und warten, nur um nachher erfahren zu müssen, dass wir den Leuten hätten helfen können, wenn wir schneller reagiert hätten.«

Reynolds schüttelte den Kopf. Er wusste, dass er mit seinen Argumenten nicht durchdringen würde. »Okay, schön«, gab er sich geschlagen. »Aber was sollen wir in der Zwischenzeit tun?«

»Hören Sie den Funkverkehr ab, und behalten Sie die Pelikane auf der Boje da draußen im Auge«, sagte Kurt und deutete auf ein Trio weißer Vögel, das auf einer Kanalmarkierung saß. »Wenn einer von ihnen stirbt und ins Meer fällt, machen Sie kehrt und verschwinden Sie von hier, und zwar so schnell Sie können.«

5

Ein paar Meilen entfernt kauerte eine Gestalt düster vor sich hinbrütend in einem Schlauchboot, das von dem mittlerweile gestrandeten Frachter stammte. Ammon Ta war von dem Schiff geflüchtet, indem er das mit einem eigenen Funkgerät ausgerüstete Schlauchboot an achtern, das die Mannschaft sonst benutzte, um den Schiffsrumpf zu inspizieren, zu Wasser gelassen hatte.

Er hatte sich kaum einhundert Meter vom Schiff entfernt, als die Explosion stattfand. Sein spontaner Gedanke war, dass er sich noch viel zu nahe beim Schiff befand. Eigentlich hätte ihn die Druckwelle töten, wenn nicht gar vollständig verbrennen müssen, aber der dumpfe Explosionsknall hatte ihn lediglich erschreckt. Das Schiff war nicht vollkommen vernichtet worden, wie er es erwartet hatte.

Irgendetwas musste schiefgegangen sein. Sein Instinkt riet ihm, noch einmal an Bord zurückzukehren, denn trotz der ersten Explosion folgte der Frachter mit unvermindertem Tempo seinem Kurs. Doch das kleine Boot war viel zu langsam, um ihn einzuholen.

Er hatte nichts anderes tun können, als zu beobachten, wie das Schiff seine Fahrt fortsetzte, bis es auf Grund lief und schließlich auf die Weise explodierte, wie er es eigentlich beabsichtigt hatte.

Aber auch dann ging noch einiges schief. Anstatt das mit flüssigem Stickstoff gekühlte Serum zu zerstören, hatten das Feuer und die Explosion bewirkt, dass es verdampfte und sich zu einem tödlichen Nebel sammelte, der sich nach Westen ausbreitete und die ganze Insel einhüllte. Seine Bemühungen, geheim zu halten, was er und seine Bosse beabsichtigten, waren offenbar geworden und nun für die ganze Welt deutlich zu erkennen.

Als wenn dies noch eines Beweises bedurfte, fing er mit dem Funkgerät des Schlauchboots einen Notruf auf. Er kam von einer Ärztin, die mit einigen Patienten im Krankenhaus der Insel gefangen saß. Er konnte deutlich hören, wie sie schilderte, eine Gaswolke gesehen zu haben, ehe sie und einige andere sich in ein sicheres Versteck hatten zurückziehen können.

Also traf er eine schicksalhafte Entscheidung. Für den Fall, dass die Ärztin noch am Leben war, müsste er sie und jeden Beweis beseitigen, den sie möglicherweise gesammelt hatte.

Er griff in seine Jackentasche, holte eine vorbereitete Injektionsspritze hervor, klopfte mit der Fingerspitze gegen den Glaszylinder, um dafür zu sorgen, dass sich keine Luftblasen in der Nadel gesammelt hatten, stieß sie dann in seinen Unterschenkel, drückte den Kolben in den Zylinder und injizierte sich ein Gegengift. Für einen Moment breitete sich in seinem Körper ein eisiges Gefühl aus, während der Inhalt der Spritze in seinem Körper verteilt wurde, und dann verspürte er in Händen und Füßen ganz kurz ein heftiges Kribbeln.

Nachdem diese Empfindung wieder nachgelassen hatte, startete er den Motor des Schlauchboots, lenkte es in Richtung Insel und folgte dem Verlauf der Küste, bis er einen sicheren Landeplatz fand.

Er gönnte sich keine Ruhepause, sondern überquerte eilig den Strand und stieg eine in den Fels gehauene Treppe zu einer schmalen Straße hinauf, die oberhalb des Strandes verlief.

Bis zum Krankenhaus musste er zwei Meilen zurücklegen. Und nicht weit davon entfernt befand sich der Flugplatz. Er würde diese Ärztin suchen, sie und die anderen Überlebenden töten und dann den Flugplatz aufsuchen, wo er ein kleines Flugzeug stehlen und damit nach Tunesien oder Libyen oder sogar Ägypten fliehen könnte, und niemand würde jemals erfahren, dass er auch nur einen Fuß auf die Insel gesetzt hatte.

6

»Nicht gerade das, was ich Freizeitkleidung nennen würde«, sagte Joe.

Eingepackt in ihre Tauchausrüstung, unter der glühenden Sonne in einem Boot zu sitzen, war nicht nur qualvoll heiß und ungemütlich, es hatte auch eine absolut klaustrophobische Wirkung. Nicht einmal der Wind erreichte sie durch die mehrschichtigen Anzüge.

»Aber immer noch besser, als an giftigen Dämpfen zu ersticken«, sagte Kurt.

Joe nickte und hielt ihren Motorflitzer auf Kurs zur Küste.

Sie bogen um die Mole und in den winzigen Hafen von Lampedusa ein. Dutzende von kleinen Booten, die im Hafenbecken ankerten und auf den Wellen tanzten, boten einen malerischen Anblick.

»Nirgendwo eine Menschenseele zu sehen«, stellte Joe fest.

Kurt ließ den Blick über das Wasser zu den Straßen und Gebäuden wandern, die den Hafen säumten. »Die Promenade wirkt vollkommen verlassen«, sagte er. »Kein Verkehr. Nicht mal ein Fußgänger.«

Lampedusa hatte nicht mehr als fünftausend Einwohner, aber nach Kurts Erfahrung war die Hälfte von ihnen immerzu auf der Hauptstraße unterwegs, vor allem dann, wenn er es besonders eilig hatte, irgendwohin zu gelangen. Motorroller und Kleinwagen flitzten in alle Richtungen, kompakte Lieferwagen schlängelten sich wendig durch das Gewühl, und alles in jenem gewagten italienischen Fahrstil, der einen Eindruck erweckte, als könne sich die halbe Bevölkerung für die Formel Eins qualifizieren.

Die Insel plötzlich so still zu erleben, ließ ihn erschauern. »Halte dich nach rechts«, sagte er. »Um dieses Segelboot herum. Wir können eine Abkürzung zur Operationszentrale benutzen.«

»Eine Abkürzung?«

»Dort drüben ist ein privater Anlegeplatz, der näher an unserem Gebäude liegt als der Hauptkai«, sagte Kurt. »Ich hab dort schon ein paar Mal geangelt. Es erspart uns eine Menge Fußweg.«

Joe änderte den Kurs, und sie passierten ein Segelboot auf ihrer Backbordseite. Auf dem Deck lagen zwei Gestalten und rührten sich nicht. Die erste war ein Mann, der anscheinend gestürzt war und dessen Arm sich in den Segelleinen verfangen hatte. Die zweite Gestalt war eine Frau.

»Vielleicht sollten wir …«

»Für sie können wir nichts tun«, unterbrach Kurt ihn. »Fahr weiter.«

Joe verkniff sich eine Bemerkung, hielt jedoch das Boot auf Kurs, und bald machten sie es an dem kleinen Pier fest, den Kurt erwähnt hatte.

»Ich glaube, wir brauchen uns keine Sorgen zu machen, dass jemand das Boot stiehlt.«

Schwerfällig kletterten sie in ihren klobigen Anzügen aus dem Boot und gelangten schnell zur Straße am Anfang des Piers. Weitere Körper lagen auf der Straße, darunter ein Paar in mittlerem Alter mit einem Kleinkind und einem Hund an einer Leine. Tote Vögel bedeckten den Bürgersteig zwischen zwei Schatten spendenden Bäumen.

Kurt ging an den Vögeln vorbei und kniete für einen Moment nieder, um das Paar zu untersuchen. Bis auf Blutergüsse und Abschürfungen, wo sie auf dem Erdboden aufgeschlagen waren, gab es keinerlei Anzeichen für Blutungen oder äußerliche Verletzungen. »Sieht aus, als seien sie auf der Stelle umgefallen. Ohne Vorwarnung.«

»Was immer diese Leute erwischt hat, es war verdammt schnell«, sagte Joe.

Kurt schaute hoch, orientierte sich und deutete zur nächsten Straße. »Dort entlang.«

Er und Joe marschierten zwei Blocks weiter, bis sie das kleine

Gebäude erreichten, das die NUMA für die Dauer der Expedition angemietet hatte und als Logistikzentrum benutzte. Im vorderen Teil befand sich eine Garage, in der nun technisches Gerät und Gegenstände gelagert wurden, die aus dem gesunkenen römischen Schiff stammten. Hinter der Garage schlossen sich vier Räume an, die als Büros und Schlafquartiere benutzt wurden.

»Abgeschlossen«, stellte Joe fest, als er auf die Klinke der Tür drückte, die ins Haus führte.

Kurt machte einen Schritt rückwärts, holte aus und trat mit voller Wucht gegen die Holztür. Holzsplitter wirbelten durch die Luft, und die Tür schwang auf.

Joe schritt über die Schwelle. »Larisa?«, rief er. »Cody?«

Kurt rief ebenfalls, wobei er sich fragte, wie viel von seinen Rufen überhaupt aus dem Helm hinausdrang. Das meiste hallte nämlich in seinen Ohren wider. Zumindest kam es ihm so vor.

»Lass uns in den hinteren Räumen nachschauen«, drängte Kurt. »Falls jemand auf die Idee gekommen ist, dass es chemische Dämpfe waren, dürfte die beste Taktik darin bestanden haben, sich in eins der Zimmer im Innern des Hauses zurückzuziehen und dort auszuharren.«

Sie drangen in den hinteren Teil des Gebäudes vor, und Kurt betrat einen Raum, den er leer vorfand. Joe stieß die gegenüberliegende Bürotür auf und fand etwas. »Hier drin.«

Kurt verließ den leeren Raum und kam zu Joe herüber. Vier Mitglieder ihres Logistik-Teams lagen dort mit den Gesichtern auf einem Tisch. Es sah aus, als hätten sie gerade eine Landkarte studiert, als es sie erwischte. In einem Bürosessel in der Nähe, zusammengesunken, als wäre er dort eingeschlafen, saß Cody Williams, der Experte für römische Antiquitäten. Er hatte die Expedition geleitet.

»Offenbar haben sie gerade ihre Morgenbesprechung gehabt«, sagte Kurt. »Untersuch sie auf Lebenszeichen.«

»Kurt, sie sind nicht …«

»Schau trotzdem nach«, erwiderte Kurt ernst. »Wir müssen ganz sicher sein.«

Joe untersuchte die Gruppe am Tisch, während Kurt sich zu Cody hinabbeugte, ihn aus dem Sessel hievte und auf den Fußboden legte. Er war schlaff wie eine Stoffpuppe, nur ungleich schwerer.

Obgleich Kurt ihn schüttelte, zeigte er keinerlei Reaktion.

»Ich kann keinen Puls spüren«, meldete Joe. »Nicht dass ich erwartet hätte, mit diesen Handschuhen irgendetwas zu spüren.«

Joe machte Anstalten, einen der Handschuhe abzustreifen. »Tu das nicht«, warnte Kurt.

Joe befolgte den Rat, und Kurt holte ein Messer hervor, dessen Klinge er für einige Sekunden unter Codys Nase hielt. »Nichts«, sagte er schließlich. »Die Klinge beschlägt nicht. Sie atmen nicht mehr.«

Er verstaute das Messer und bettete Codys Kopf wieder behutsam auf den Fußboden. »Was zum Teufel hatte der Frachter geladen?«, fragte er laut. »Ich kenne nichts, das eine ganze Insel so schnell auslöschen könnte. Außer vielleicht irgendein vom Militär entwickeltes Nervengas.«

Diese Vorstellung war für Joe nicht weniger verwirrend. »Wenn du ein Terrorist wärest und über einen beträchtlichen Vorrat an Nervengas verfügen würdest, warum um alles in der Welt solltest du es ausgerechnet hier einsetzen? Dies hier ist nicht mehr als ein unbedeutender Fleck auf der Landkarte, für den sich zurzeit vor allem Schmuggler oder Flüchtlinge aus Afrika interessieren, an dem man aber sonst doch nur Touristen, Fischer und Sporttaucher antrifft.«

Kurt betrachtete abermals die unglücklichen Mitglieder des Ausgrabungs-Teams. »Ich habe nicht die geringste Ahnung. Aber eines kann ich dir jetzt schon versichern: Wir werden die Leute suchen, die das hier getan haben. Und wenn wir sie finden, werden sie sich wünschen, niemals von diesem Ort gehört zu haben.«

Joe Zavala kannte den Unterton in der Stimme seines Freundes. Er stand in krassem Gegensatz zu der lockeren, fröhlichen Grundstimmung, die Kurt sonst auf seine Umgebung ausstrahlte. In gewisser Weise verriet dieser Tonfall die dunkle Seite seiner Persönlichkeit. Andererseits verkörperte sie eine typisch amerikanische Reaktion: *Tritt mir nicht auf die Zehen. Und wehe, du tust es doch!*

Manchmal versuchte Joe, seinen Freund zu besänftigen, wenn er derart in Rage geriet, aber in diesem Augenblick fühlte er sich genauso.

»Ruf die *Sea Dragon*«, sagte Kurt. »Melde ihnen, was wir gefunden haben. Ich geh mal auf die Suche nach einem Satz Zündschlüssel. Wir müssen schnellstens zu diesem Krankenhaus, und ich habe keine Lust auf einen langen Fußmarsch.«

7

Der V-8-Motor des Jeeps erwachte mit einem kehligen Röhren zum Leben und versetzte mit seinem Lärm einer Insel, auf der zurzeit Totenstille herrschte, einen Schock.

Kurt spielte mit dem Gaspedal und ließ den Motor mehrmals aufheulen, als könnte er damit den Bann vertreiben, mit dem die Insel und ihre Bewohner offensichtlich belegt worden waren.

Er legte den Gang ein und fuhr los, während Joe eine Karte von der Insel studierte. Es war nur eine kurze Fahrt, die jedoch erheblich erschwert wurde durch Dutzende von liegen gebliebenen Autos mit dampfenden Kühlern und Motorrollern, die nicht weit von ihren leblosen Lenkern auf dem Asphalt lagen. An jeder Kreuzung hatte eine Massenkarambolage stattgefunden, und die Gehsteige waren übersät mit Fußgängern, die an den Stellen lagen, wo sie kurz vorher zusammengebrochen waren.

»Das ist wie das Ende der Welt«, sagte Joe heiser. »Die reinste Totenstadt.«

Nicht weit von der Krankenhauszufahrt versperrte eine weitere Massenkarambolage den Weg. Diesmal war ein Lastwagen daran beteiligt, der umgekippt war und dessen halbe Ladung sich auf die Straße ergossen hatte. Um ihr auszuweichen, lenkte Kurt den Jeep den Bordstein hinauf und durch einen Steingarten und brachte wenig später den Wagen mit kreischenden Bremsen vor dem Haupteingang des Hospitals zum Stehen.

»Offenbar ein moderner Betrieb«, sagte Joe und deutete mit einem Kopfnicken auf das sechsstöckige Gebäude.

»Soweit ich mich erinnere, wurde es modernisiert und vergrößert, um die Flüchtlinge zu versorgen, die in Booten aus Libyen und Tunesien hierherkommen.«

Kurt schaltete den Motor aus, stieg aus dem Jeep und hielt plötzlich inne, als irgendetwas seine Aufmerksamkeit erregte.

»Stimmt was nicht?«, fragte Joe.

Kurt blickte in die Richtung, aus der sie gekommen waren. »Ich dachte, ich hätte gesehen, wie sich irgendwas bewegt.«

»Was für ein *irgendwas*?«

»Ich bin mir nicht sicher. Drüben bei den Autowracks und dem Lastwagen.«

Kurt beobachtete den Unfallort längere Zeit, aber da rührte sich nichts.

»Sollen wir nachschauen?«

Kurt schüttelte den Kopf. »Wahrscheinlich war es gar nichts. Nur ein Lichtreflex auf meiner Helmscheibe.«

»Es könnte ein Zombie gewesen sein«, versuchte Joe die angespannte Stimmung ein wenig zu lockern.

»In diesem Fall kann dir nichts passieren«, sagte Kurt. »Soweit ich weiß, ernähren sie sich ausschließlich von Gehirnen.«

»Wie lustig«, sagte Joe. »Aber mal ehrlich, sollte jemand überlebt haben und uns in dieser Aufmachung sehen, wird er es sich bestimmt zweimal überlegen, ob er sich bemerkbar machen und uns ansprechen soll.«

»Wahrscheinlich war es nur eine optische Täuschung«, erwiderte Kurt. »Komm, lass uns reingehen.«

Sie kamen zum Eingang, und die automatischen Türen glitten mit einem leisen Rauschen auf. Sie gingen an etwa einem Dutzend Besucher im Wartezimmer vorbei, von denen die Hälfte auf dem Fußboden lag und die andere Hälfte zusammengesunken auf Stühlen saß. Eine Krankenschwester lag hinter dem Empfangspult.

»Irgendetwas sagt mir, dass wir uns nicht anzumelden brauchen«, sagte Joe.

»Nein, Anmelden ist nicht nötig«, bestätigte Kurt. »Ich habe ein Drittel der Atemluft in meinem Tank verbraucht. Bei dir wird es ähnlich sein. Dies ist ein ziemlich großes Haus. Ich habe wenig Lust, jedes Zimmer zu überprüfen.«

Er fand ein Personalverzeichnis, schlug es auf und überflog die

Namen. Ambrosini stand gleich auf der ersten Seite – seltsamerweise war der Name handschriftlich eingetragen, während man die anderen Namen ausgedruckt hatte. »Offenbar ist sie neu hier«, sagte Kurt. »Unglücklicherweise wird keine Zimmer- oder Stockwerknummer angegeben.«

»Wie wäre es damit?«, fragte Joe und hielt ein Mikrofon hoch, das offenbar mit der Haussprechanlage verbunden war. »Vielleicht antwortet sie, wenn sie gerufen wird.«

»Perfekt.«

Während er das Mikrofon dicht an seine Helmscheibe hielt, bemühte er sich, so deutlich wie möglich zu sprechen. »Dr. Ambrosini oder irgendwelche Überlebenden im Krankenhaus, mein Name ist Kurt Austin. Wir haben Ihren Notruf empfangen. Wenn Sie diese Botschaft hören« – fast hätte er gesagt, »melden Sie sich über das weiße Paging Phone« –, »rufen Sie bitte den Empfang. Wir versuchen, zu Ihnen vorzudringen, wissen jedoch nicht, wohin wir uns wenden müssen.«

Die Nachricht wurde über die Haussprechanlage im ganzen Haus verbreitet. Sie klang zwar ein wenig gedämpft, aber noch immer deutlich genug, um verstanden zu werden. Er wollte sie gerade wiederholen, als sich die automatischen Türen hinter ihnen öffneten.

Beide Männer fuhren gleichzeitig herum, aber da war niemand, nur der verlassene Krankenhausvorplatz. Nach zwei Sekunden schlossen sich die Türen wieder.

»Je eher wir diese Leute finden und von hier verschwinden können, desto glücklicher werde ich sein«, sagte Joe.

»Du nimmst mir das Wort aus dem Mund.«

Das Telefon auf dem Empfangspult begann zu zwitschern, gleichzeitig blinkte eine kleine weiße Lampe auf einer Instrumententafel.

»Ein Anruf auf Leitung eins für Sie, Dr. Austin«, sagte Joe.

Kurt drückte auf die Lautsprechertaste.

»Hallo?«, fragte eine weibliche Stimme. »Ist dort jemand? Hier spricht Dr. Ambrosini.«

Kurt beugte sich zu dem Lautsprecher hinab und sagte laut und deutlich: »Mein Name ist Kurt Austin. Wir haben Ihren Funkspruch gehört. Wir sind hier, um zu helfen.«

»Oh, Gott sei Dank«, antwortete sie. »Sie klingen amerikanisch. Sind Sie von der NATO?«

»Nein«, erwiderte Kurt. »Mein Freund und ich gehören zu einer Organisation namens NUMA. Wir sind Taucher und Experten für Schiffsbergungen.«

Eine kurze Pause entstand. »Wie kommt es, dass Sie von dem Gift verschont wurden? Es hat doch bei jedem gewirkt, der damit in Berührung kam. Ich habe es mit eigenen Augen gesehen.«

»Sagen wir einfach, wir tragen die für diesen Anlass geeignete Kleidung.«

»In gewisser Weise sind wir sogar overdressed«, fügte Joe hinzu.

»Okay«, sagte die Ärztin. »Wir sind im vierten Stock gefangen. Wir konnten einen der Operationssäle mit Kunststofftüchern und chirurgischem Klebeband abdichten, aber wir werden nicht mehr allzu lange hierbleiben können. Die Luft wird spürbar schlechter.«

»Italienisches Militär mit einer Spezialeinheit zur Abwehr chemischer und biologischer Kampfmittel ist hierher unterwegs«, berichtete Kurt. »Aber Sie müssen noch ein paar Stunden durchhalten.«

»Das können wir nicht«, erwiderte die Ärztin. »Wir sind hier neunzehn Personen. Die CO_2-Konzentration nimmt ständig zu.«

In einem Rucksack hatte Kurt zwei zusätzliche Trockentauchanzüge und einen kleineren tragbaren Sauerstofftank mitgebracht. Sie hatten geplant, jeden, den sie antreffen würden, zur *Sea Dragon* zu bringen und dann zurückzukehren und die restlichen Überlebenden zu holen. Aber wenn zwanzig Personen in der Falle saßen …

»Ich sehe da ein Riesenproblem«, sagte Joe leise.

»Nicht nur eins, sondern einen ganzen Katalog«, murmelte Kurt.

»Was meinten Sie?«, fragte die Ärztin.

»Wir können Sie nicht herausholen«, sagte Kurt.

»Viel länger können wir hier aber nicht durchhalten«, erwiderte sie. »Einige der älteren Patienten sind bereits ohnmächtig geworden.«

»Gibt es im Krankenhaus irgendwelche Einrichtungen für den sachgerechten Umgang mit Gefahrengut?«, fragte Kurt. »Dort finden wir vielleicht geeignete Schutzkleidung.«

»Nein«, erwiderte sie. »So was gibt es hier nicht.«

»Was ist mit Sauerstoff?«, fragte Joe. »Alle Krankenhäuser haben doch Sauerstoff.«

Kurt nickte. »Du nimmst mir die Frage aus dem Mund, mein Freund.«

»Ist ja nicht das erste Mal.«

Kurt hob eine Hand und machte eine Geste, die ausdrückte, dass dies auf keinen Fall der Zeitpunkt für flapsige Wortgeplänkel war.

Während Joe verständnisvoll nickte, drehte sich Kurt wieder zu dem Freisprechtelefon um. »In welchem Stockwerk befindet sich Ihr Materiallager? Wir holen Ihnen mehr Sauerstoffflaschen. Auf jeden Fall genug, damit Sie in Ihrem Versteck bleiben können, bis das italienische Militär eintrifft.«

»Ja. Das könnte funktionieren«, sagte sie. »Das medizinische Materiallager befindet sich im dritten Stock. Bitte beeilen Sie sich.«

Kurt unterbrach die Verbindung, und sie gingen zum Fahrstuhl. Joe drückte auf den Rufknopf, und die Lifttür glitt auf und gab den Blick auf einen Arzt und eine Krankenschwester frei, die in einer Ecke der Kabine zusammengesunken waren.

Joe machte Anstalten, die beiden Körper hinauszuziehen, aber Kurt winkte ab. »Dazu haben wir jetzt keine Zeit.«

Er drückte auf den Knopf neben der »3«, und die Tür schloss sich. Als nach kurzer Aufwärtsfahrt die Signalglocke ertönte, eilte Kurt sofort durch den Flur, während Joe den Körper des Arztes in die Türöffnung und vor die Lichtschranke bettete.

»Ein ziemlich makabrer Türstopper«, meinte Kurt, als Joe zu ihm aufholte.

»Aber ich glaube, es macht ihm nichts aus«, erwiderte Joe.

»Nein, wahrscheinlich nicht.«

Sie fanden den Vorrats- und Materialraum am Ende des Flurs und brachen die Tür auf. In einem der hinteren Regale stand eine Plastikbox mit der Aufschrift *Medical Oxygen*. Kurt öffnete den Deckel und fand acht grüne Stahlflaschen. Er hoffte, dass sie ausreichten.

Joe hatte in der Zwischenzeit eine fahrbare Krankenbahre aufgetrieben, die er jetzt vor die Plastikbox schob. »Wir können die Flaschen darauf stapeln. Dann brauchen wir sie nicht zu schleppen.«

Kurt legte die Stahlbehälter auf die Liegefläche, und Joe schnallte sie fest, damit sie nicht herunterrollten.

Dann schoben sie die Bahre durch die Tür in den Flur hinaus und versuchten, mit ihr die Kurve zu kriegen – doch sie machten Bekanntschaft mit der Flurwand.

»Wo hast du Fahren gelernt?«, fragte Kurt ungehalten. Dass sie so viel Zeit verloren, ärgerte ihn.

»Diese Dinger sind schwieriger zu manövrieren, als man annimmt«, erwiderte Joe entschuldigend.

Sie richteten die Bahre aus und nahmen Kurs auf den Fahrstuhl. Auf halbem Weg dorthin hörten sie ein weiteres Glockensignal und das Zischen der aufgleitenden Tür des zweiten Fahrstuhls.

»In diesem Bau spukt es offensichtlich«, meinte Joe und setzte den Weg fort.

»Oder das elektrische System hat sich selbstständig gemacht«, erwiderte Kurt.

Während sie sich den Fahrstühlen näherten, taumelte eine braungebrannte Gestalt aus der zweiten Kabine heraus und sackte zu Boden.

»Helfen Sie mir«, keuchte der Mann, stützte sich an der Wand ab, während er sich halb aufrichtete. »Bitte!«

Verblüfft ließ Kurt die Bahre los und ging neben dem Mann auf die Knie hinunter.

Seine Augen waren anfangs halb geschlossen, aber als sich Kurt zu ihm hinabbeugte, schlug er sie auf und fixierte Kurt. Keine Spur von Benommenheit oder Schmerzensqual lag in den schwarzen Pupillen, sondern nur eine eiskalte tödliche Drohung, unterstrichen von der kurzläufigen Pistole, die der Mann plötzlich hervorholte und abfeuerte.

8

Der Pistolenschuss hallte durch den schmalen Flur, und Kurt Austin kippte nach hinten, wobei er sich grotesk verrenkte. Er landete auf der Seite und blieb regungslos liegen.

Überrascht, aber mit schnellen Reflexen geboren, die er während seines halben bisherigen Lebens im Boxring geschärft hatte, katapultierte sich Joe Zavala vorwärts. Seine durch einen Handschuh geschützte Hand schlug den Arm des Mannes so weit beiseite, dass die beiden nächsten abgefeuerten Kugeln in die Korridorwand einschlugen. Ein Kopfstoß, verstärkt durch den stählernen Tauchhelm, streckte den Schützen zu Boden. Die Waffe wurde ihm aus der Hand geprellt und schlitterte über den abgewetzten weißen Linoleumfußboden des Flurs.

Beide Männer streckten sich nach der Waffe. Joe erreichte sie als Erster, ergriff sie und stand auf. Doch die Handschuhe behinderten ihn, und er konnte den Finger nicht auf den Abzug legen. Der hagere Angreifer warf sich gegen ihn, und sie brachen durch eine Tür mit der Aufschrift *Achtung MRT.*

Die harte Landung auf dem Fußboden trennte sie voneinander. Behindert durch die eingeschränkte Sicht aus dem Helm, verlor Joe für einen kurzen Moment die Pistole und seinen Gegner aus den Augen. Als er sich umsah, war die Pistole nirgendwo zu sehen, aber der Mann, der sie attackiert hatte, lag gut fünf Meter entfernt im Korridor. Er war anscheinend bewusstlos.

Joe kämpfte sich auf die Füße und machte einen Schritt vorwärts. Er hatte ein heftiges Schwindelgefühl, als würde er von einer unsichtbaren Macht nach hinten gezogen. Ehe er einen weiteren Schritt machen konnte, spürte er, wie sein Gleichgewichtssinn streikte. Sein erster Gedanke war, dass das Gift bei ihm seine Wirkung entfaltete, aber er bildete sich das Schwindelgefühl nicht ein. Er wurde tatsächlich nach hinten gezogen, als hätte jemand zwischen seinen Schulterblättern ein Seil gespannt und zerrte nun daran.

Die Ursache wurde ihm schnell klar. Sie waren bei ihrem Sturz durch die Tür im MRT-Labor des Krankenhauses gelandet. Fünf Meter hinter ihm stand eine Maschine mit den Ausmaßen eines Kleinwagens. Sie war mit starken, supragekühlten Magneten ausgestattet, die keinen Ausschalt-Modus hatten. Da er während seiner Studentenzeit in den Semesterferien einmal in einem Krankenhaus gearbeitet hatte, war Joe mit den Gefahren vertraut, die von MRT-Maschinen ausgingen, nämlich dass jegliches eisenhaltige Metall, das diesen Maschinen zu nahe kam, wie mit einem Traktorstrahl von ihnen angezogen wurde. Und Joe trug eine stählerne Pressluftflasche auf dem Rücken und einen mit Stahl verstärkten Taucherhelm auf dem Kopf.

Er lehnte sich nach vorn, kämpfte gegen die magnetische Anziehungskraft an und bemühte sich zu verhindern, dass sie ihn von den Füßen riss. Er machte ein paar Schritte in dieser Körperhaltung und wirkte wie jemand, der sich gegen einen Orkan stemmt. Aber er kam nur langsam vorwärts.

Sein offenbar verwundeter Gegner war nur drei Meter von ihm entfernt und schon im Begriff, sich von seinem Sturz zu erholen, aber trotz seiner verzweifelten Bemühungen konnte Joe ihn nicht erreichen.

Also beugte er sich weiter vor, stemmte sich gegen die hinter ihm wirkende Kraft und setzte seinen Fuß auf einen nassen Fleck auf dem Fußboden. Der Fuß rutschte weg, als er keinen Halt mehr fand. Das reichte schon aus. Im nächsten Moment wurde Joe von den Füßen gerissen und flog durch die Luft.

Mit dem Rücken prallte er gegen die gewölbte Vorderfront der Maschine, wobei sein Kopf peitschenartig zurückfederte und mit einem metallischen Dröhnen gegen die Verkleidung schlug.

Die Magneten hielten ihn an Ort und Stelle fest, sodass er in einem schiefen Winkel auf der Wölbung klebte. Dank der Stahleinlagen in seinen Taucherschuhen wurden auch seine Füße fixiert, desgleichen sein linker Arm, weil er eine Armbanduhr aus

Edelstahl trug. Er schaffte es aber, den rechten Arm zu bewegen, konnte sich jedoch nicht aus seiner misslichen Lage befreien.

Mittlerweile hatte sein Angreifer das Bewusstsein wiedererlangt. Er kam auf die Füße, blickte zu Joe hinüber und schüttelte dann den Kopf, als sähe er Gespenster. Er brach in schallendes Gelächter aus und hob die Pistole, die jedoch plötzlich aus seiner Hand flog und neben Joe gegen das Gehäuse der Maschine knallte.

Joe verdrehte sich und streckte die rechte Hand nach ihr aus, aber die Pistole klebte an der Maschine und befand sich außer Reichweite.

Der Angreifer war völlig perplex, erholte sich aber schnell von der Überraschung. Er zog eine zweite Waffe aus der Tasche – eine kurze dreieckige Klinge, die aus einem messingfarbenen Schlagring herausragte. Er schob die Finger durch die Grifföffnungen, ballte die Hand zur Faust und kam langsam auf Joe zu.

»Vielleicht können wir darüber reden«, sagte Joe. »Ich glaube, Sie brauchen Hilfe, stimmt's? Möglicherweise eine bessere Krankenversicherung. Ein Arrangement, das auch Geisteskrankheiten einschließt.«

»Sie können genauso gut das Unausweichliche akzeptieren«, sagte der Mann. »Auf diese Weise wird es sicher einfacher.«

»Für Sie vielleicht.«

Der Mann stieß zu, aber Joe riss einen Fuß von der Maschine los, trat zu und erwischte eine Gesichtshälfte des Mannes.

Der Treffer stoppte den Angreifer und warf ihn zurück. Rasende Wut verzerrte sein Gesicht, er hob den Arm, um Joe einen tödlichen Stoß in die Brust zu versetzen, als hinter ihm die Tür aufschwang. Kurt erschien in der Öffnung, mit einem Ständer für einen intravenösen Tropf in der Hand. Er ließ ihn einfach los, und der Stahlstab flog auf Joe und seinen Widersacher zu. Er durchbohrte den Körper des Angreifers wie ein Speer und nagelte ihn neben Joe auf das Gehäuse der MRT-Einheit.

Joe verfolgte, wie das Licht in den Augen des Mannes erlosch, und dann drehte er den Kopf in Kurts Richtung. »Es wurde aber auch Zeit, dass du dich mal blicken lässt. Als ich dich dort liegen sah, hatte ich schon für einen kurzen Moment angenommen, dass du dich erst mal ausgiebig ausruhen würdest.«

Joe konnte die tiefe Delle in Kurts Helm erkennen und sah durch die Acrylglasscheibe das Blut, das aus einer Kopfwunde über sein Gesicht herabfloss.

»Ich war weggetreten«, sagte Kurt. »Aber ich dachte, es bestünde kein Grund zur Eile. Ich wusste ja, dass du hier irgendwo rumhängen würdest.«

Ein freudloses Lächeln glitt über Joes Gesicht. »Diesen Kalauer konntest du dir wohl nicht verkneifen, oder?«

»Er war einfach zu schön und passte doch ausgezeichnet, oder?«

»Na, du solltest lieber nicht näher kommen, sonst endet dein Einsatz damit, dass du neben mir noch so einen Kühlschranktürmagneten darstellst.«

Kurt blieb in der Türöffnung stehen, die Hände gegen den Türpfosten gestützt, um zu vermeiden, vorwärtsgezogen zu werden. Er schaute sich suchend um. Links von ihm und durch eine Plexiglasscheibe zu erkennen, befand sich der menschenleere MRT-Kontrollraum. »Wie schaltet man den Apparat aus?«

»Das kann man nicht«, antwortete Joe. »Die Magnete sind ständig wirksam. In dem Krankenhaus in El Paso, in dem ich damals gearbeitet habe, klebte ein Rollstuhl an einem dieser Apparate. Sechs Männer waren nötig, um ihn wegzuziehen.«

Kurt nickte und behielt seine Position bei. Seine Aufmerksamkeit galt dem Mann, der versucht hatte, sie beide zu töten. »Was meinst du, welches Problem hat er?«

»Abgesehen von dem Speer, der aus seiner Brust ragt?«

»Ja, abgesehen davon«, bestätigte Kurt.

»Keine Ahnung«, sagte Joe. »Obwohl ich es schon sehr seltsam finde, dass das einzige Wesen auf dieser Insel, das sich aus eigener Kraft bewegen kann, ein Verrückter sein soll, der uns aus keinem ersichtlichen Grund töten wollte.«

»Das überrascht dich?«, sagte Kurt. »Irgendwie habe ich mich daran gewöhnt. Diese Dinge passieren uns doch ständig. Aber was mich erschreckt, ist seine Aufmachung – beziehungsweise die Tatsache, dass er keine besondere Sorgfalt darauf verwendet hat. Wir schwitzen uns in unserer besten Imitation eines Biowaffen-Schutzanzugs die Pfunde herunter, während er hier in Straßenkleidung und ohne Atemmaske herumläuft.«

»Vielleicht ist die Luft jetzt wieder sauber«, sagte Joe. »Was bedeutet, dass ich …«

»Riskier das bloß nicht«, sagte Kurt und hob warnend eine Hand. »Bleib in deinem Anzug, bis wir ganz sicher sein können. Ich bringe diesen Sauerstoff zu Dr. Ambrosini. Mal sehen, ob sie irgendeine Vorstellung hat, was hier geschehen ist.«

»Ich würde dir gern helfen«, sagte Joe, »aber …«

Kurt grinste. »Ja, ich weiß, irgendwie hängst du gerade fest.«

»Das muss an der anziehenden Wirkung meiner Persönlichkeit liegen«, sagte Joe.

Kurt lachte, dann entfernte er sich mit eiligen Schritten durch den Flur.

9

Renata Ambrosini saß auf dem Fußboden des Operationssaals, wartete und war ganz und gar machtlos. Dies war ein Zustand, an den sie weder gewöhnt war, noch fand sie ihn erträglich.

Während sie möglichst flache Atemzüge machte, um den Rest Sauerstoff, der in dem hermetisch verschlossenen Raum noch vorhanden war, so lange wie möglich zu erhalten, strich sie sich mit den Fingern durch ihr volles mahagonifarbenes Haar, raffte es zusammen und flocht es zu einem Pferdeschwanz, der die Strähnen bändigte und dafür sorgte, dass sie ihr nicht ständig in die Augen fielen. Sie streckte sich und glättete den Stoff ihres Laborkittels und tat überhaupt alles Mögliche, das ihr einfiel, um ihre Gedanken von der Uhr und dem fast unkontrollierbaren Drang abzulenken, die Dichtung von der Tür zu entfernen und diese weit aufzureißen.

Sauerstoffmangel verursachte Schmerzen und benebelte den Geist, Renata Ambrosini ließ sich jedoch nicht beirren. Die Luft im Saal war schlecht, aber die Luft draußen war tödlich. Dieser Gedanke beherrschte ihr Bewusstsein.

Im Herzen der Toskana geboren, war Renata in verschiedenen Regionen Italiens aufgewachsen, da sie regelmäßig ihren Vater begleitet hatte, der seinerzeit in einer Sonderfunktion für die Carabinieri tätig gewesen war. Während einer durch Machtkämpfe zwischen den Mafia-Clans ausgelösten Verbrechenswelle war ihre Mutter, ein unschuldiges Opfer, umgekommen, als Renata gerade fünf Jahre alt gewesen war. Und ihr Vater hatte einen Kreuzzug begonnen und war mit ihr durch das ganze Land gereist, während er Sondereinheiten aufbaute, die sich auf den Kampf gegen das organisierte Verbrechen und die grassierende Korruption spezialisiert hatten.

Von Geburt an ausgestattet mit der Beharrlichkeit und Entschlossenheit ihres Vaters und den klassischen Schönheitsattributen ihrer Mutter, hatte Renata mit einem Stipendium Medizin studiert, als Beste ihr Studium abgeschlossen und nebenbei als Mannequin gearbeitet, um ihre Rechnungen bezahlen zu können. Schließlich hatte sie aber die Arbeit in einer Notaufnahme dem Laufsteg vorgezogen. Zum einen bedeutete die Tätigkeit als Model, ständig von anderen beurteilt zu werden, also eine Situation, die sie als unerträglich empfand. Außerdem war sie mit knapp einem Meter sechzig selbst für eine Europäerin kaum groß genug und dank ihrer weiblichen Rundungen für eine Tätigkeit als wandelnder Kleiderständer eher ungeeignet.

In dem Bemühen, von anderen als das ernst genommen zu werden, was sie wirklich war, trug sie ihr Haar glatt frisiert, benutzte nur wenig Make-up und versteckte sich gelegentlich hinter einer schlichten Brille, die sie eigentlich gar nicht nötig hatte. Dennoch, mit vierunddreißig Jahren und seidig glänzendem olivfarbenem Teint sowie Gesichtszügen, die eine flüchtige Ähnlichkeit mit der jungen Sophia Loren hatten, ertappte sie des Öfteren ihre männlichen Kollegen dabei, wie sie sehnsuchtsvoll hinter ihr herschauten.

Daher beschloss sie, sich nicht zu schonen und schwierigere Aufgaben zu übernehmen, wodurch sie nach Lampedusa kam und jeden Zweifel aus dem Weg räumte, wer sie war und welche hohen Ansprüche sie an sich selbst stellte. Angesichts dieser Katastrophe fragte sie sich allerdings, ob sie diese Mission überhaupt überleben würde. Sie machte einen weiteren Atemzug und kämpfte gegen die Müdigkeit an, die durch die hohe Konzentration von Kohlenmonoxid rapide zunahm. Dann warf sie einen Blick auf ihre Armbanduhr. Zehn Minuten waren verstrichen, seit sie mit dem Amerikaner gesprochen hatte.

»Warum brauchen sie so lange?«, fragte eine junge Laborantin, die neben ihr saß.

»Vielleicht ist der Fahrstuhl außer Betrieb«, versuchte sie einen lahmen Scherz, dann zwang sie sich aufzustehen und nach ihren Leidensgenossen zu sehen.

Der Raum bot all jenen Schutz, die sie hatte um sich sammeln können, als der Angriff begann. Die Gruppe bestand aus einer Krankenschwester, einer Laborantin, vier Kindern und zwölf erwachsenen Patienten mit unterschiedlichen Gebrechen. Unter diesen befanden sich drei Immigranten, die mit einem baufälligen Ruderboot von Tunesien herübergekommen waren, nachdem sie die glühende Sonne, die Ausläufer eines heftigen Sturms und während der letzten fünfhundert Meter, die sie schwimmend zurücklegen mussten, zwei Haiattacken überstanden hatten. Nach alldem wäre es höchst unfair, wenn sie nun an einer Kohlenmonoxidvergiftung im Operationssaal des Krankenhauses sterben müssten, das eigentlich ihre Rettung gewesen war.

Als sie feststellte, dass mehrere Patienten kaum noch auf ihre Fragen reagierten, ergriff sie die letzte der tragbaren Sauerstoffflaschen. Sie öffnete das Ventil, hörte jedoch kein Zischen. Die Flasche war leer.

Dann rutschte sie ihr aus der Hand, fiel mit einem metallischen Klappern auf den Fußboden und rollte durch den Raum bis zur gegenüberliegenden Wand. Keiner ihrer Schutzbefohlenen reagierte. Sie meldeten sich nach und nach ab und fielen in einen Schlaf, der schon bald mit einem Hirnschaden oder mit dem Tod enden würde.

Sie stolperte zur Tür, legte eine Hand auf das Klebeband, um es abzureißen. Aber ihre Finger waren zu schwach.

»Reiß dich zusammen, Renata«, befahl sie sich. »Bleib wach!«

Ein orangefarbener Schemen betrat den Raum. Ein Mann in irgendeiner Art von Uniform. Ihr müder Geist formte den Gedanken, dass er aussah wie ein Astronaut. Oder möglicherweise wie der Besucher von einem anderen Stern. Vielleicht war es auch nur eine Halluzination. Dann schien er zu verschwinden, was sie als Bestätigung für ihren letzten Gedanken ansah.

Sie erfasste einen Zipfel des Klebebands, um es aufzureißen, und hörte einen lauten Ruf.

»Tun Sie das nicht!«

Sie ließ die Hand sinken, sackte auf die Knie und kippte dann auf die Seite. Auf dem Boden liegend sah sie noch, wie sich ein dünner Schlauch durch die Klebebanddichtung am unteren Rand der Tür schlängelte. Er zischte wie eine Schlange, und für einen kurzen Moment war sie überzeugt, dass das gewundene Etwas genau das war – eine lebendige Schlange.

Doch dann klärte sich ihr Geist allmählich. Sauerstoff – reiner, kalter Sauerstoff – strömte herein.

Anfangs nur langsam, aber dann lösten sich die Spinnweben vor ihren Augen immer schneller auf. Ein Schwindelanfall folgte, unangenehm, aber willkommen. Sie atmete tief ein, während ihr Körper erschauerte und ein Adrenalinstoß ein kurzes Rauschgefühl erzeugte.

Ein zweiter Schlauch bohrte sich durch die Kunststoffdichtung, und der Zustrom an Sauerstoff verdoppelte sich. Renata rollte sich zur Seite, damit das Leben erhaltende Gas ungehindert bis zu ihren Gefährten drang.

Als sie genügend Kraft gesammelt hatte, erhob sie sich und blickte durch das Fenster in der Tür. Der Astronaut im orangefarbenen Anzug erschien wieder und ging zum Wandapparat der Haussprechanlage. Neben ihr erklang ein leises Knistern im Lautsprecher. »Sind alle okay?«

»Ich glaube, wir haben es geschafft«, antwortete sie. »Was ist mit Ihrem Kopf? Sie bluten ja.«

»Eine Tür, die zu niedrig war«, sagte Kurt.

Sie entsann sich, Schüsse gehört zu haben. Sie hatte angenommen, sie habe es sich nur eingebildet. »Es wurde doch geschossen«, sagte sie. »Hat jemand Sie angegriffen?« Er wurde ernst. »Das ist tatsächlich geschehen.«

»Wie sah er aus?«, fragte sie. »War er allein?«

Ihr Retter verlagerte sein Gewicht, und seine Haltung straffte sich ein wenig. »Soweit ich erkennen konnte, ja«, sagte er und klang schon nicht mehr so lässig und fröhlich. »Haben Sie mit irgendwelchem Ärger gerechnet?«

Sie zögerte. Wahrscheinlich hatte sie längst zu viel gesagt. Und selbst wenn weitere Gefahr drohte, dann war dieser Mann da draußen vor der Tür der Einzige, der sie möglicherweise verteidigen konnte, bis das italienische Militär eintraf.

»Ich meinte nur …«, begann sie und überlegte es sich anders. »Das Ganze ist so verwirrend.«

Sie erkannte, dass er sie durch seine gesprungene Helmscheibe und das Fenster in der Tür eingehend studierte. Beide Scheiben hatten eine so verzerrende Wirkung, dass sie seinen Gesichtsausdruck nicht richtig deuten konnte, aber sie spürte, dass er sie kritisch musterte. Als ob er sie vollkommen durchschaute.

»Sie haben recht«, pflichtete er ihr schließlich bei. »Sehr verwirrend. Alles, was bisher passiert ist.«

Sein Tonfall verriet ihr, dass auch sie damit gemeint war. Sie konnte in diesem Augenblick kaum mehr tun, als zu schweigen und sich weiterhin bedeckt zu halten. Er hatte ihr das Leben gerettet, aber sie hatte keine Ahnung, wer er war und wie sie ihn einschätzen sollte.

10

Reagan National Airport, Washington, D.C.
5:30 Uhr

Vizepräsident James Sandecker zündete sich mit einem silbernen Zippo-Feuerzeug, das er sich vor fast vierzig Jahren auf Hawaii gekauft hatte, eine Zigarre an. Er besaß zahlreiche andere Feuerzeuge, einige von ihnen waren sehr teuer gewesen, aber das weit gereiste Zippo, durch den häufigen Gebrauch von seinen Fingern stellenweise spiegelblank gewetzt, war sein liebstes. Es erinnerte ihn daran, dass es Dinge gab, die für die Ewigkeit gebaut waren.

Er machte einen Zug an der Zigarre, genoss das Aroma und formte dann beim Ausatmen einen schiefen Rauchkringel. Einige verstohlene Blicke wurden in seine Richtung geschickt. Rauchen war in der Air Force Two nicht gestattet, aber den Vizepräsidenten würde wohl niemand darauf aufmerksam machen. Vor allem nicht zu diesem Zeitpunkt, während sie auf der Rollbahn standen, sich nicht vom Fleck rührten und eigentlich anlässlich eines Wirtschaftsgipfels längst nach Rom hätten gestartet sein müssen.

Eigentlich waren es nur zehn oder fünfzehn Minuten, um die sich der Start verzögerte, aber Air Force One und Air Force Two wurden niemals am Boden festgehalten, es sei denn, es gab ein technisches Problem. Und wenn dies der Fall war, dann hätte der Secret Service den Piloten unbedingt angewiesen, die Maschine zum Terminal zurückzulenken, und den Vizepräsidenten aus der Maschine geholt, bis der Schaden behoben wäre.

Sandecker nahm die Zigarre aus dem Mund und blickte zu Terry Carruthers hinüber, seinem persönlichen Berater. Terry war Princeton-Absolvent, erstaunlich intelligent, ließ keinen

Auftrag unerledigt und befolgte Anweisungen absolut buchstabengetreu. Tatsächlich war er viel zu gut, um Anweisungen zu befolgen, dachte Sandecker, da es anscheinend bedeutete, dass die Initiative zu ergreifen, nicht unbedingt zu seinen Tugenden gehörte.

»Terry«, sagte Sandecker.

»Ja, Mr. Vice President.«

»Seit ich das letzte Mal Linie geflogen bin, habe ich nicht mehr so lange auf dem Rollfeld gestanden«, beschwerte sich Sandecker. »Und um Ihnen eine Vorstellung davon zu vermitteln, wie lange das her ist – Braniff war damals das Maß aller Dinge.«

»Sehr interessant«, sagte Terry.

»Das ist es, nicht wahr?«, sagte Sandecker mit einem Tonfall, der andeutete, dass er noch auf etwas anderes hinauswollte. »Was meinen Sie, weshalb man uns festhält? Wegen des Wetters?«

»Nein«, sagte Carruthers. »Das Wetter war, als ich das letzte Mal nachgeschaut habe, an der gesamten Ostküste ausgezeichnet.«

»Hat der Pilot den Zündschlüssel verlegt?«

»Das bezweifle ich, Sir.«

»Nun … vielleicht haben sie den Weg nach Italien vergessen.«

Carruthers lachte glucksend. »Ich bin mir ziemlich sicher, dass sie über entsprechendes Kartenmaterial verfügen, Sir.«

»Okay«, sagte Sandecker. »Was denken Sie denn, weshalb die zweitwichtigste Persönlichkeit des Landes auf der Rollbahn Däumchen drehen muss, während die Maschine eigentlich längst in der Luft sein sollte?«

»Nun, das weiß ich wirklich nicht«, stammelte Carruthers. »Ich bin schließlich die ganze Zeit über hier bei Ihnen gewesen.«

»Ja, das sind Sie, nicht wahr?«

Eine kurze Pause trat ein, während Carruthers verarbeitete, worauf Sandecker anspielte. »Ich gehe mal zum Cockpit und erkundige mich.«

»Entweder das«, sagte Sandecker, »oder ich bekomme einen

Wutanfall dritten Grades und verlange von Ihnen einen detaillierten Bericht über den Zustand und die Effizienz der nationalen Flugüberwachung.«

Carruthers öffnete seinen Sicherheitsgurt und startete durch wie der Blitz. Sandecker zog ein weiteres Mal an seiner Zigarre und bemerkte, dass die beiden Secret-Service-Agenten, die der Maschine zugeteilt worden waren, Mühe hatten, ein Grinsen zu unterdrücken.

»Das«, sagte Sandecker, »nenne ich einen klassischen Fall von aktivem Nachhilfeunterricht.«

Kurz darauf begann das Telefon in der Armlehne von Sandeckers Sessel zu blinken. Er griff nach dem Hörer.

»Mr. Vice President«, sagte Carruthers, »uns wurde soeben ein Zwischenfall im Mittelmeer gemeldet. Eine kleine Insel vor der italienischen Küste ist offenbar von Terroristen angegriffen worden. Es kam zu irgendeiner Explosion, durch die Giftstoffe freigesetzt wurden. Der gesamte Flugverkehr wird zurzeit umgeleitet, je nach Flugziel vorübergehend eingestellt oder auf andere Zielflughäfen verteilt.«

»Ich verstehe«, sagte Sandecker, nun wieder ernst. Etwas in Carruthers' Stimme verriet ihm, dass diese Information noch nicht alles war, was er erfahren sollte. »Gibt es weitere Einzelheiten?«

»Nur dass die erste Meldung von diesem Zwischenfall von Ihrer alten Truppe kam, der NUMA.«

Sandecker hatte die NUMA gegründet und während der längsten Zeit ihres Bestehens auch geleitet, ehe er dann das Angebot annahm, den Posten des Vizepräsidenten zu bekleiden. »Die NUMA?«, sagte er. »Warum waren sie die Ersten, die davon erfuhren?«

»Ich weiß es nicht genau, Mr. Vice President.«

»Danke, Terry«, sagte Sandecker. »Sie sollten lieber zurückkommen und sich erst einmal hinsetzen.«

Carruthers legte auf, und Sandecker wählte sofort die Nummer des Kommunikationsoffiziers. »Verbinden Sie mich mit der NUMA-Zentrale.«

Es dauerte nur wenige Sekunden, den Ruf weiterzuleiten, und schon bald sprach Sandecker mit Rudi Gunn, dem stellvertretenden Direktor der NUMA.

»Rudi, hier ist Sandecker«, meldete er sich. »Ich habe gehört, wir seien in einen Zwischenfall im Mittelmeer verwickelt.«

»Das ist richtig«, antwortete Rudi.

»Hat Dirk damit zu tun?«

Dirk Pitt war der jetzige Direktor der NUMA, und während Sandeckers Amtszeit als Direktor war Pitt sein bester Mann gewesen. Sogar jetzt noch verbrachte er mehr Zeit im aktiven Dienst als im Büro.

»Nein«, sagte Rudi Gunn. »Dirk ist in Südamerika an einem anderen Projekt beteiligt. Diesmal betrifft es Austin und Zavala.«

»Wenn es nicht der eine ist, dann ist es immer der andere«, schimpfte Sandecker. »Geben Sie mir die Details.«

Rudi erklärte, was sie wussten und was sie nicht wussten, und berichtete dann, dass sie bereits mit einem hohen Offizier der italienischen Küstenwache und dem Chef eines der italienischen Geheimdienste gesprochen hatten. Ansonsten gab es nur wenig, was er noch hinzufügen konnte.

»Von Kurt oder von Joe habe ich bisher nichts gehört«, gab Rudi zu. »Der Kapitän der *Sea Dragon* sagte, sie seien schon vor Stunden an Land gegangen. Seitdem herrscht Sendepause.«

Jeder andere hätte sich gefragt, weshalb zwei Männer verrückt genug waren, um mit behelfsmäßiger Schutzkleidung in eine toxische Zone einzudringen, aber Sandecker hatte Austin und Zavala rekrutiert, weil sie zu genau diesem Typ Männer gehörten. »Wenn jemand weiß, wie er sich in solchen Situationen zu verhalten hat, dann sind es diese beiden«, sagte er.

»Das stimmt«, sagte Rudi. »Wenn Sie es wünschen, halte ich Sie auf dem Laufenden, Mr. Vice President.«

»Das würde ich begrüßen«, erwiderte Sandecker, während die Strahltriebwerke von Air Force Two warmliefen.

»Sieht so aus, als würden wir jetzt endlich starten. Wenn Sie mit Kurt und Joe sprechen sollten, bestellen Sie ihnen, dass ich in ihre Richtung unterwegs bin und dass ich, falls sie sich nicht schnellstens aus dem Staub machen, ihnen persönlich auf die Pelle rücke.«

Es mochte nur ein Scherz sein, aber es war jene Art von subtilem Ansporn, den seinen Männern zu vermitteln Sandeckers besondere Stärke war.

»Ich werde es ihnen genauso übermitteln, Mr. Vice President.« Der Tonfall von Rudis Stimme war nun hörbar zuversichtlicher als zu Beginn des Gesprächs.

Sandecker legte auf, während der Düsenjet auf die Startbahn einschwenkte und mit aufheulenden Triebwerken beschleunigte. Nach anderthalb Meilen kam die Nase hoch, und Air Force Two hob zu der langen Reise nach Rom ab. Während des Steigflugs streckte sich Sandecker in seinem Sessel aus und dachte für eine Weile darüber nach, in was Kurt und Joe da hineingestolpert sein mochten. In diesem Moment wäre es ihm nicht einmal im Traum eingefallen, dass er die Antwort auf diese Frage persönlich erhalten würde.

11

Hospitalschiff Natal
Mittelmeer

Kurt Austin, Joe Zavala und die Überlebenden von Lampedusa saßen in der frischen Luft auf dem Oberdeck eines italienischen Versorgungsschiffes, dessen Schornstein ein großes rotes Kreuz zierte. Sie waren von Soldaten in Schutzanzügen evakuiert, in Armeehubschrauber gesetzt und nach Osten geflogen worden. Die Operation war glatt verlaufen. Der schwierigste Teil war, Joe vom MRT-Gerät zu lösen, aber sobald die metallischen Elemente seiner Ausrüstung abgetrennt worden waren, hatten sie ihn ohne Mühe herunterziehen und wieder auf die Füße stellen können.

Nach ausgiebigen Dekontaminierungsduschen und einer Reihe medizinischer Tests erhielten sie frische Kleidung in Gestalt von Reservekampfanzügen der Armee, wurden aufs Oberdeck geführt und dort mit dem besten Espresso bewirtet, den Kurt, soweit er sich erinnern konnte, je in seinem Leben getrunken hatte.

Nach einer zweiten Tasse stellte er fest, dass er es im wahrsten Sinne des Wortes nicht fertigbrachte, still zu sitzen.

»Du hast wieder diesen seltsamen Ausdruck in den Augen«, sagte Joe.

»Irgendetwas lässt mir keine Ruhe.«

»Wahrscheinlich das Koffein«, sagte Joe. »Von der Menge, die du getrunken hast, würde sogar ein Elefant das große Zittern kriegen.«

Kurt blickte auf seine leere Tasse, dann wieder zu Joe. »Schau dich um«, forderte er ihn auf. »Und sag mir, was du siehst.«

»Ich hab ja nichts Besseres zu tun«, erwiderte Joe. Er sah abwechselnd in jede Richtung. »Blauer Himmel, glasklares Wasser.

Menschen, die sich ihres Lebens erfreuen. Auch wenn ich sicher bin, dass du etwas gefunden hast, was dir offenbar die Laune verdirbt.«

»Genau«, sagte Kurt. »Das habe ich. Wir sind alle hier draußen. Jeder der Überlebenden. Jeder außer der Person, mit der zu reden ich am brennendsten interessiert bin: Dr. Ambrosini.«

»Ich habe sie ausgiebig betrachten können, als wir an Bord kamen«, sagte Joe und rührte ein wenig Zucker in seinen Kaffee. »Ich kann gut nachvollziehen, dass du sie gern wiedersehen möchtest. Wer hätte bei dieser Ärztin nicht den Wunsch, ein wenig Onkel Doktor mit ihr zu spielen.«

Dass sie besonders attraktiv war, ließ sich nicht leugnen, aber Kurt wollte sich aus vollkommen anderen Gründen mit ihr unterhalten. »Ob du es glaubst oder nicht, aber ich interessiere mich mehr für ihren Verstand.«

Skeptisch hob Joe eine Augenbraue, dann trank er beiläufig einen weiteren Schluck von seinem Kaffee – eine Reaktion, die ausdrückte: *Aber klar doch.*

»Das meine ich ernst«, beharrte Kurt. »Ich möchte ihr einige wichtige Fragen stellen.«

»Angefangen mit ›Wie lautet Ihre Telefonnummer?‹«, vermutete Joe. »Kurz darauf gefolgt von ›Ihre Kabine oder meine?‹«

Kurt musste lachen. »Nein«, wehrte er ab. »Als ich zum Operationssaal kam, sagte sie ein paar Dinge, die mir seltsam erschienen. Anscheinend wusste sie etwas von dem Kerl, der uns töten wollte. Ganz abgesehen davon, dass sie den Vorfall von Anfang an einen Angriff nannte, und zwar bereits in ihrem Notruf, den wir aufgefangen hatten.«

Joe schaute Kurt fragend an. »Worauf willst du hinaus?«

Kurt zuckte die Achseln, als sei das offensichtlich. »Ein Frachtschiff brennt vor der Küste, dunkler Qualm treibt über die Insel, Menschen fallen deswegen tot um: Das ist ein Desaster. Ein Unfall. Ich würde es sogar eine Katastrophe nennen. Aber einen Angriff?«

»Das ist ein starkes Wort«, sagte Joe.

»So stark wie dieser Kaffee«, sagte Kurt.

Joe blickte aufs Meer hinaus. »Ich glaube, ich erkenne allmählich, was dich beschäftigt. Und während ich gerne die Stimme der Vernunft bin, frage ich mich schon die ganze Zeit, woher sie so gut Bescheid wusste, dass sie ein paar Leute aufsammelte und sich mit ihnen schnell genug in einem speziellen Raum einschloss, um dem Schicksal aller anderen Insassen des Krankenhauses zu entgehen. Selbst für eine noch so gute Ärztin ist das eine verdammt schnelle Reaktion.«

Kurt nickte. »Aber es ist die Art von Reaktion, die jemand, der Ärger erwartet, in Gedanken längst vorbereitet hat.«

»Sozusagen ein Notfall-Plan.«

»Oder eine Standardvorgehensweise.«

Kurt ließ den Blick unauffällig in die Runde schweifen. Sie wurden von einem Trio italienischer Matrosen beobachtet. Es war lediglich eine oberflächliche Ehrenwache, und die Matrosen schienen nicht allzu eifrig bei der Sache zu sein. Zwei von ihnen lehnten am anderen Ende des Oberdecks an der Reling und unterhielten sich. Der dritte stand neben einem kleinen Kran in ihrer Nähe und rauchte eine Zigarette. »Meinst du, du könntest die Wächter ablenken?«

»Nur wenn du versprichst, dass du dich an ihnen vorbeischleichst, ein wenig Unruhe stiftest und uns derart in die Bredouille bringst, dass sie sich entschließen, uns von Bord zu bringen«, sagte Joe.

Kurt hob eine Hand, als wollte er einen Eid leisten. »Ich schwöre es hoch und heilig.«

»Na schön«, sagte Joe und leerte seine Kaffeetasse. »Auf geht's.«

Während Kurt sich bereithielt, stand Joe auf und schlenderte zu dem dritten Anstandswauwau hinüber. Er war der Einzige, der nahe genug bei ihnen war, um sich ihnen wirkungsvoll in den Weg zu stellen. Ein Gespräch war schnell in Gang gebracht, wobei Joe heftig mit den Händen gestikulierte, um die Augen des Wächters abzulenken und in Bewegung zu halten.

Kurt erhob sich und ging zu dem vorderen Teil des Oberdecks.

Dort trat er neben einer geschlossenen Lukentür in den Schatten des Schiffsaufbaus und lehnte sich gegen die Schotte. Als Joe nach oben auf etwas deutete, das ihm am Schiffsaufbau aufgefallen war, legte der Wächter den Kopf in den Nacken und sah blinzelnd in die Sonne. Diese Gelegenheit nutzte Kurt, zog die Lukentür auf, schlüpfte durch den Spalt und schloss sie leise hinter sich.

Glücklicherweise war der Laufgang hinter der Tür verlassen. Das wunderte ihn überhaupt nicht. Das Versorgungsschiff war sehr groß, etwa zweihundert Meter lang, mit weitgehend leeren Stauräumen und einer Mannschaft von weniger als zweihundert Mann. Die meisten Laufgänge waren verlassen. Die eigentliche Herausforderung bestand darin, schnellstens den Laufgang zu finden, der ihn zur Krankenstation brächte, wo Dr. Ambrosini sicherlich anzutreffen war.

Er ging durch den Korridor in Richtung Schiffsbug, wo die Dekontaminationsprozeduren und die medizinischen Tests durchgeführt worden waren. Die Krankenstation musste sich hier ganz in der Nähe befinden. Wenn er sie fand, würde er anklopfen und Halsschmerzen oder eine Blinddarmreizung vortäuschen. Das hatte er nicht mehr getan, seit er das achte Schuljahr absolviert hatte.

Er schnappte sich einen kleinen Karton mit Maschinenteilen, der vor der Werkstatt zurückgelassen worden war. Jahre in der Navy und seine Reisen mit der NUMA hatten ihn vieles gelehrt. Dazu gehörte auch, dass – wenn man nicht angehalten oder angesprochen werden wollte – man zielstrebig seinen Weg verfolgen, jeden Augenkontakt vermeiden und, falls möglich, etwas in der Hand haben sollte, das aussah, als ob es schnellstens irgendwohin gebracht werden müsste.

Die Taktik funktionierte ausgezeichnet, als er eine Gruppe Matrosen passierte, ohne dass einer von ihnen auf ihn achtete. Sie blieben hinter ihm zurück und verschwanden hinter einer Gangbiegung außer Sicht, als Kurt eine Treppe fand und in die darunterliegende Etage hinabstieg und seinen Weg zum vorderen Abschnitt des Schiffes fortsetzte.

Alles entwickelte sich zu seiner Zufriedenheit, bis er erkannte, dass er sich verirrt hatte. Anstelle des medizinischen Zentrums fand er lediglich leere Lagerräume und verschlossene Türen.

»Du bist ja wirklich ein toller Forscher«, murmelte er vor sich hin. Als er sich darüber klar zu werden versuchte, welche Richtung er einschlagen sollte, kamen ein Mann und eine Frau in weißen Laborkitteln in eine Unterhaltung vertieft die Treppe herunter.

Kurt ließ sie vorbeigehen und folgte ihnen dann. »Die erste Regel, wenn man sich verlaufen hat«, sagte er sich. »Häng dich an jemanden, der sich offensichtlich auskennt.«

Er folgte ihnen zwei weitere Treppenabschnitte abwärts und dann durch einen langen Flur, bis sie schließlich durch eine Lukentür verschwanden, die sich leise hinter ihnen schloss.

Kurt wagte sich näher heran. Nichts auf der Tür – keine Aufschrift, kein Symbol – deutete darauf hin, dass sich dahinter etwas anderes befand als ein Lagerraum, aber als er sie einen winzigen Spalt öffnete und hindurchsah, entdeckte er, wie gründlich er sich geirrt hatte.

Ein saalartiger Raum erstreckte sich vor ihm, erhellt von starken weißen Deckenleuchten. Er sah wie ein Frachtraum aus, aber er war leer – bis auf hunderte und aberhunderte von Körpern, die auf Pritschen oder auf Matten lagen, die man auf dem kalten Stahlfußboden ausgebreitet hatte. Einige trugen Badezeug, als habe man sie am Strand aufgesammelt, andere waren mit Freizeitshorts und T-Shirts bekleidet, und wieder andere trugen weniger farbenfrohe Straßen- oder Arbeitskleidung wie zum Beispiel graue Kittel, die denen glichen, die Kurt beim Krankenhauspersonal gesehen hatte. Keine einzige der Gestalten auf den Matten und Pritschen rührte sich.

Kurt zog die Tür weiter auf, trat über die Schwelle und ging auf diese Masse lebloser Katastrophenopfer zu. Was ihn überraschte, war nicht ihre Anwesenheit an diesem Ort – schließlich hatte irgendjemand die Toten bergen müssen, und den ganzen Tag über waren Hubschrauber gestartet und gelandet. Es war vielmehr die

Tatsache, dass zahlreiche der Opfer an Elektroden, Monitore und andere Geräte angeschlossen waren. Neben anderen standen fahrbare Galgen mit intravenösen Injektionsvorrichtungen, während einige von medizinischem Personal untersucht wurden.

Eine Gestalt verfiel in konvulsivische Zuckungen, als ein Techniker einen Stromstoß durch ihren Körper schickte, und entspannte sich wieder, sobald der Strom abgeschaltet wurde.

Für einen Moment nahm niemand von Kurt Notiz – schließlich war er genauso gekleidet wie ein Matrose, und sie waren viel zu sehr mit dem beschäftigt, was immer sie in diesem Moment taten. Als er jedoch weiter in den Saal hineinging und Cody Williams und zwei andere Mitglieder des NUMA-Teams erkannte, verriet Kurt seine Anwesenheit. Einer von ihnen erhielt eine Injektion, während ein Satz Elektroden von seinem Kopf entfernt wurde. Cody wurde einer Schocktherapie unterzogen.

»Was zum Teufel ist hier los?«, rief Kurt.

Ein Dutzend Gesichter fuhr zu ihm herum. Plötzlich erkannten alle, dass er nicht zur Schiffsbesatzung gehörte. »Wer sind Sie?«, fragte einer von ihnen.

»Wer zum Teufel sind Sie?«, wollte Kurt wissen. »Und welche Art von Experimenten führen Sie mit diesen Leuten durch?«

Kurts Stimme hallte durch den saalartigen Frachtraum. Seine offensichtlich aggressive Haltung nahm das medizinische Personal mit sichtlichem Erschrecken zur Kenntnis. Einige wechselten aufgeregt gemurmelte Worte. Jemand sagte auf Deutsch etwas zu ihm, während ein paar andere nach dem Sicherheitsdienst riefen.

Fast im gleichen Moment erschien ein Trupp italienischer Militärpolizisten. Sie bewegten sich von zwei Seiten auf ihn zu.

»Wer immer Sie sein mögen, Sie haben hier jedenfalls keinen Zutritt«, erklärte einer der Ärzte. Sein Englisch hatte einen Akzent, aber keinen italienischen. Kurt tippte auf Französisch.

»Schaffen Sie ihn von hier weg«, verlangte ein anderer. Zu Kurts Überraschung klang er, als käme er aus Kansas oder Iowa.

Trotz der Warnung ging Kurt weiter zum NUMA-Personal, an dem anscheinend herumexperimentiert wurde. Er wollte sehen, was sie mit seinen Leuten anstellten, und dem augenblicklich ein Ende machen. Die MPs stoppten ihn jedoch mit gezückten Schlagstöcken und schussbereiten Tasern.

»Sperren Sie ihn ein«, knurrte ein anderer Arzt. »Und überprüfen Sie und sichern Sie das restliche Schiff. Wie zum Teufel sollen wir unter diesen Bedingungen unsere Arbeit tun?«

Ehe Kurt in Gewahrsam genommen und weggebracht werden konnte, erklang eine weibliche Stimme. »Halten Sie es wirklich für nötig, unseren Helden in Ketten zu legen und ihn in eine Zelle einzusperren?«

Die Worte waren auf Englisch gesprochen worden, wurden jedoch mit italienischem Akzent und genau der richtigen Mischung von Autorität und Sarkasmus betont, um zu gewährleisten, dass ihnen gehorcht wurde. Sie kamen von Dr. Ambrosini, die in diesem Moment auf einem Laufgang über ihnen erschienen war.

Mit der Grazie einer Balletttänzerin stieg sie eine Leiter herab und kam quer durch den Frachtraum genau dorthin, wo Kurt und die MPs einander gegenüberstanden.

»Aber Dr. Ambrosini …«, protestierte einer der ausländischen Ärzte.

»Aber nichts, Dr. Ravishaw. Er hat mir das Leben gerettet und das Leben von achtzehn anderen Personen, und dann hat er uns auch noch den besten Hinweis auf die Ursache dieses Problems geliefert, seit wir mit unserer Untersuchung begonnen haben.«

»Das verstößt gegen alle Regeln«, sagte Dr. Ravishaw.

»Ja«, erwiderte sie, »das tut es wohl.«

Kurt verfolgte das Geplänkel mit großem Vergnügen und stellte amüsiert fest, dass Dr. Ambrosini zwar die kleinste Person im Saal war, hier jedoch eindeutig das Kommando hatte. Sie klang aufrichtig erfreut, Kurt zu sehen, aber ein Lächeln und eine freundliche Behandlung reichten bei weitem nicht aus, um seinen Zorn zu besänftigen. »Wollen Sie mir nicht endlich erklären, was hier im Gange ist?«

»Können wir uns unter vier Augen unterhalten?«

»Liebend gern«, sagte er. »Zeigen Sie mir, wo.«

Dr. Ambrosini ging voraus zu einem kleinen Büro direkt neben dem Frachtraum. Kurt folgte ihr und schloss die Tür, nachdem er eingetreten war. Dem Aussehen nach wurde das Büro normalerweise von einem Quartiermeister benutzt, doch zurzeit war es vom medizinischen Personal belegt.

»Zuerst einmal«, begann sie, »möchte ich mich bei Ihnen dafür bedanken, dass Sie mich gerettet haben.«

»Sieht so aus, als hätten Sie sich eben schon dafür revanchiert.«

Sie ging mit einem Lachen über Kurts Entgegnung hinweg, strich sich eine Haarsträhne aus dem Gesicht und schob sie hinter ihr Ohr. »Ich habe erhebliche Zweifel daran, dass ich Sie vor irgendetwas gerettet habe«, sagte sie. »Eher habe ich wohl diese armen MPs vor einem schmerzhaften Handgemenge bewahrt. Das hätte zumindest ihre Egos nachhaltig angekratzt.«

»Ich denke, Sie überschätzen mich«, sagte Kurt.

»Das bezweifle ich sehr«, erwiderte sie, verschränkte die Arme vor der Brust und lehnte sich gegen die Schreibtischkante.

Es war ein nettes Kompliment. Wahrscheinlich traf es sogar halbwegs zu, aber Kurt war schließlich nicht hergekommen, um Nettigkeiten auszutauschen. »Können Sie mir endlich verraten, weshalb diese Quacksalber da draußen mit meinen toten Freunden seltsame Experimente durchführen?«

»Diese Quacksalber sind meine Freunde«, sagte sie in einem Tonfall, der deutlich machte, dass es ihr damit sehr ernst war.

»Zumindest sind sie am Leben.«

Sie holte tief Luft, als überlegte sie, wie viel sie offenbaren sollte, und atmete dann aus. »Ja«, sagte sie. »Nun, ich kann verstehen, weshalb Sie verärgert sind. Ihre Freunde, wie alle anderen Menschen auf der Insel auch, haben sehr gelitten. Aber wir müssen in Erfahrung bringen …«

»Welches Gift sie getötet hat?«, unterbrach Kurt die Ärztin. »Ich finde, das ist eine großartige Idee. Wenn ich mich nicht irre, wird so etwas mittels Bluttests und Gewebeuntersuchungen festgestellt. Und während Sie schon dabei sind, sollten Sie vielleicht auch den Rauch untersuchen, der von dem Frachter aufsteigt. Aber solange Sie mir nichts nennen, was mir möglicherweise entgangen ist, besteht keine Notwendigkeit für die Frankenstein-Therapie, die ich soeben da draußen habe verfolgen können.«

»Frankenstein-Therapie«, wiederholte sie. »Das ist eine überraschend zutreffende Beschreibung dessen, was sie versuchen.«

Kurt war verwirrt. »Und weshalb ist meine Beschreibung so treffend?«

»Weil«, sagte Dr. Ambrosini, »wir tatsächlich versuchen, Ihre Freunde und die restlichen Opfer ins Leben zurückzuholen.«

12

Für einen Augenblick fehlten Kurt die Worte. »Sagen Sie das noch mal«, war alles, was er zustande brachte.

»Ich nehme Ihnen in keiner Weise übel, dass Sie überrascht sind«, sagte sie. »Wie Dr. Ravishaw vorhin meinte: Das, was hier geschieht, verstößt gegen alle Regeln.«

»Ich würde eher sagen, dass es vollkommen verrückt ist«, erwiderte er. »Sie können doch nicht ernsthaft annehmen, Menschen wiederzubeleben, so wie eine Art Medizinmann.«

»Wir sind keine Ghuls«, sagte sie. »Es ist nur so, dass die Männer und Frauen in diesem Frachtraum gar nicht wirklich tot sind. Zumindest noch nicht. Und wir suchen verzweifelt nach einer Methode, um sie aufzuwecken, ehe sie endgültig sterben.«

Kurt vergegenwärtigte sich, was sie sagte. »Ich habe mehrere von ihnen selbst überprüft«, entgegnete er dann. »Sie haben nicht geatmet. Auf meinem Rundgang, während ich auf die Ankunft des italienischen Militärs wartete, bin ich durch Räume gegangen, in denen lagen Patienten, die an EKG-Geräte angeschlossen waren: Von einem Herzschlag war da keine Spur.«

»Ja«, gab sie zu, »dessen bin ich mir bewusst. Aber Tatsache ist dennoch, dass sie atmen und dass ihre Herzen Blut transportieren. Es ist nur so, dass sie extrem flach atmen und dies auch noch in besonders langen Intervallen von im Durchschnitt weniger als einem Atemzug alle zwei Minuten. Ihre Herzfrequenz bewegt sich im einstelligen Bereich, und die ventrikulären Kontraktionen sind derart schwach, dass ein herkömmlicher Monitor sie gar nicht wahrnimmt.«

»Wie ist so etwas möglich?«

»Sie befinden sich in einer Art Koma«, erklärte sie, »wie wir es noch nie zuvor beobachtet haben. Bei einem normalen Koma werden bestimmte Bereiche des Gehirns ausgeschaltet. Nur die tiefsten, primitivsten Funktionen bleiben in Betrieb. Es wird angenommen, dass diese Reaktion ein Verteidigungsmechanismus des Körpers ist, der dem Gehirn oder dem Organismus den Prozess der Selbstheilung ermöglicht. Diese Patienten hingegen zeigen Restaktivitäten in allen Teilen des Gehirns, reagieren jedoch nicht auf Drogen oder andere Reize, die wir bisher probeweise eingesetzt haben.«

»Können Sie mir das auch so erklären, dass ich es als Laie verstehe?«

»Bisher sind die Gehirne nicht beschädigt worden«, sagte sie, »aber sie können nicht aufwachen. Stellen Sie sich die Leute als Computer vor, die in den Standby- oder Schlafmodus versetzt wurden und durch keinen Tastendruck mehr hochgefahren werden können.«

Kurt kannte sich gerade so weit in menschlicher Physiologie aus, um beurteilen zu können, wann er seine eigene Gesundheit in Gefahr brachte, daher beschloss er lieber noch einmal zu fragen, anstatt voreilige Schlüsse zu ziehen. »Wenn ihre Herzen so schwach und unregelmäßig schlagen und nur geringe Blutmengen durch den Körper pumpen und ihre Atmung derart reduziert ist, besteht dann nicht die Gefahr hochgradigen Sauerstoffmangels und schwerer Schäden am Gehirn?«

»Schwer zu sagen«, erwiderte Dr. Ambrosini. »Wir nehmen jedoch an, dass sie sich in einer Art scheintotem Zustand befinden. Eine niedrige Körpertemperatur und geringe zelluläre Aktivität lassen darauf schließen, dass ihre Organe nur wenig Sauerstoff verbrauchen. Das könnte bedeuten, dass flache Atmung und eine schwache kardiovaskuläre Aktivität ausreichen, um ihre Gesundheit und die Gehirne intakt zu erhalten. Haben Sie schon mal gesehen, wie jemand aus eiskaltem Wasser gefischt wurde, nachdem er fast ertrunken war?«

Kurt nickte. »Vor Jahren habe ich einen Jungen und einen Hund aus einem zugefrorenen Teich gerettet. Der Hund hatte ein Eichhörnchen bis aufs Eis verfolgt und ist mit den Hinterläufen eingebrochen. Der Junge versuchte, ihm zu helfen, aber das

Eis brach weiter, und beide versanken im Wasser. Als wir sie herausholten, war das arme Kind blau angelaufen, weil es etwa sieben Minuten lang unter Wasser ausgeharrt hatte. Der Junge hätte eigentlich längst tot sein müssen. Der Hund ebenfalls, aber die Sanitäter schafften es, beide wieder ins Leben zurückzuholen. Der Junge hat sich vollständig erholt, kein Hirnschaden. Haben wir es hier mit etwas Ähnlichem zu tun?«

»Wir hoffen es«, sagte die Ärztin, »obwohl es nicht genau dasselbe ist. Im Fall des Jungen hat das kalte Wasser in seinem Körper eine Spontanreaktion ausgelöst, die rückgängig gemacht werden konnte, sobald man ihn wieder auf Normaltemperatur erwärmte. Diese Leute hier waren aber keinem derartigen Temperaturwechsel ausgesetzt. Sie kamen mit einer toxischen Substanz in Kontakt. Und, zumindest bis zu diesem Zeitpunkt, konnten weder Wärme noch Kälte und nicht einmal ein Elektroschock oder eine direkte Adrenalininjektion noch irgendetwas anderes aus unserer Frankenstein-Trickkiste sie aus diesem Zustand herausholen.«

»Mit was für einem Giftstoff haben wir es zu tun?«, fragte Kurt.

»Das wissen wir nicht.«

»Es muss dieser Rauch von dem Frachter sein.«

»Das könnte man annehmen«, sagte sie und nickte, »aber wir haben den Rauch untersucht. Er enthält Rückstände von verbranntem Petroleum sowie eine Mischung aus Blei- und Asbestspuren, im Grunde nichts anderes als das, was man nach jedem Schiffsfeuer findet.«

»Treffen demnach das Feuer und die Wolke über der Insel rein zufällig aufeinander? Irgendwie kann ich das nicht glauben.«

»Ich auch nicht«, sagte sie. »Aber in der Wolke ist nichts nachzuweisen, das hätte auslösen können, was wir auf der Insel gesehen haben. Schlimmstenfalls ruft der Qualm Augenreizungen, Atemnot und Asthmaanfälle hervor.«

»Nur wenn es nicht der Rauch ist, was ist es dann?«

Sie hielt inne, sah ihn sekundenlang nachdenklich an, ehe sie fortfuhr. Kurt spürte, dass sie beschlossen hatte, sich offener zu äußern. »Wir tippen auf ein Nervengas, das durch die Explosion freigesetzt wurde, ob absichtlich oder zufällig, sei vorerst dahingestellt. Viele Nervengase sind nur für kurze Zeit stabil. Die Tatsache, dass wir keine Spur davon im Erdreich, in der Luft oder in Blut- und Gewebeproben der Opfer finden können, legt den Schluss nahe, dass der Stoff, ganz gleich ob biologischen oder chemischen Ursprungs, lediglich für einige Stunden wirksam ist.«

Kurt erkannte zwar die Logik in ihren Äußerungen, doch andere Dinge ergaben noch immer keinen Sinn für ihn. »Aber weshalb wird so etwas gerade gegen einen Ort wie Lampedusa eingesetzt?«

»Wir haben keine Ahnung«, sagte sie. »Daher neigen wir auch zu der Erklärung, dass es ein Unfall war.«

Während Kurt sich diese Möglichkeit durch den Kopf gehen ließ, sah er sich im Raum um. Hinter dem Schreibtisch standen zwei Whiteboards, auf denen medizinische Begriffe notiert waren. Unter anderem auch eine Liste verschiedener Medikamente, die sie ausprobiert und deren Namen sie durchgestrichen hatten. Er entdeckte außerdem eine Landkarte der Mittelmeerregion, in der mehrere kleine Fähnchen verteilt waren. Eines dieser Fähnchen markierte einen Ort in Libyen, ein anderes steckte in einer nördlichen Region des Sudan. Weitere markierten Punkte im Mittleren Osten und in Teilen Osteuropas.

»In Ihrem Notruf sprachen Sie von einem Angriff«, sagte er und deutete mit einem Kopfnicken auf das entsprechende Whiteboard. »Ich vermute, Sie haben auf einen Angriff getippt, weil es nicht der erste Vorfall dieser Art war.«

Sie presste die Lippen aufeinander. »Sie sind zu scharfsichtig, als Ihnen guttut. Die Antwort lautet ja. Vor sechs Monaten fand man eine Gruppe von Extremisten im gleichen Zustand vor. Niemand wusste, was ihnen zugestoßen war. Sie starben acht Tage später. Wegen der historischen Bindungen zwischen Italien und Libyen erklärte sich meine Regierung bereit, die Angelegenheit zu untersuchen. Wir entdeckten schon bald ähnliche Vorfälle in verschiedenen Krankenhäusern in Libyen und danach an allen anderen Orten, die auf der Landkarte markiert wurden. In jedem Fall fielen radikale Gruppen oder einflussreiche Persönlichkeiten in ein unerklärliches Koma und starben wenig später. Wir gründeten eine Sonderermittlungseinheit, übernahmen dieses Schiff als schwimmendes Kriminallabor und begannen, nach Antworten auf unsere Fragen zu suchen.«

Kurt war von dieser Art Krisenmanagement beeindruckt. »Und welche Rolle spielen Sie in dieser Angelegenheit?«

»Ich bin Ärztin«, erwiderte sie ein wenig pikiert. »Expertin in Neurobiologie. Ich arbeite für die italienische Regierung.«

»Und Sie waren zufällig auf Lampedusa, als der Angriff stattfand, oder?«

Sie seufzte. »Ich war auf Lampedusa, um mir den einzigen Verdächtigen anzusehen, den wir mit den Ereignissen in Verbindung bringen konnten. Einen Arzt, der im Krankenhaus arbeitete.«

»Kein Wunder, dass Sie so genau wussten, wie Sie sich und die anderen schützen konnten«, meinte Kurt.

Sie nickte. »Wenn Sie dort gearbeitet hätten, wo ich gearbeitet habe, und wenn Sie die Dinge gesehen hätten, die ich gesehen habe – in Syrien, im Irak und an anderen Orten –, würden Ihnen sicherlich ebenso wie mir ständig in Alpträumen Menschen begegnen, die tot vor Ihnen umfallen, vergiftet von einem unsichtbaren Gas, das die Zellen zerstört. Man achtet sehr genau auf seine Umgebung und ist ständig in Verteidigungshaltung, fast paranoid. Und ja, als ich diese Wolke erblickt habe und die Menschen zusammenbrechen sah, sobald sie mit ihr in Berührung kamen, da wusste ich sofort, womit wir es hier zu tun haben. Ich wusste es einfach.«

Ihre Vorgeschichte und ihre Umsicht sowie die schnelle Reaktion nötigten Kurt einiges an Achtung ab. »Der Tote«, sagte er, »dieser Mann, der uns angegriffen hat – war er Ihr Verdächtiger?«

»Nein«, erwiderte sie. »Wir wissen nicht, wer er ist. Offenbar hatte er keinerlei Papiere bei sich. Er hat auch keine unveränderlichen Kennzeichen, anhand derer man ihn identifizieren könnte, und seine Fingerkuppen wurden verätzt – absichtlich, nehme ich an –, sodass es auch keine Fingerabdrücke von ihm gibt. Die Papillarleisten sind mit Narbengewebe bedeckt. Außerdem gibt es keinen Hinweis, dass jemand, auf den seine Beschreibung zutrifft, irgendwann auf die Insel gekommen ist. Normalerweise hat das nicht viel zu bedeuten, aber bei all den Immigranten und Asylsuchenden, die nach Lampedusa kommen, wird jeder gründlich überprüft und registriert, ganz gleich, ob er mit dem Flugzeug landet, durch den Hafen hereinkommt oder auf einem baufälligen Floß an der Küste angetrieben wird.«

»Aber wenn dieser Mann mit der Pistole nicht Ihr Verdächtiger ist, wer ist es dann?«

»Ein Arzt namens Hagen. Er arbeitete in Teilzeit im Krankenhaus. Hagen hat eine dubiose Vergangenheit. Wir wussten, dass er auf irgendeine Lieferung wartete, und wussten außerdem, dass sie heute eintreffen sollte. Was wir allerdings nicht wussten, war, woher sie kam, wer sie übergeben hat und was genau geliefert wurde. Aber wir konnten seine Anwesenheit an drei Orten während oder kurz vor den anderen Angriffen nachweisen. Daher nehmen wir an, dass er irgendetwas damit zu tun hatte.«

Kurt fügte das Puzzle zusammen. »Demnach war der Tote mit der Pistole der Kurier«, sagte er, »der das Nervengift oder die toxische Substanz zu Dr. Hagen brachte, als ihm alles im wahrsten Sinn des Wortes um die Ohren flog.«

»Das ist unsere Theorie«, sagte Dr. Ambrosini.

»Und was ist mit Hagen?«

Mit skeptischer Miene schüttelte sie den Kopf. »Von den rund fünftausend Einwohnern von Lampedusa ist Hagen der Einzige, über den nichts bekannt ist. Wir hatten ihn unter ständiger Beobachtung, aber unglücklicherweise wurde das Team, das ihn beschattete – wie alle anderen auch –, von dem Gift außer Gefecht gesetzt.«

Kurt lehnte sich auf seinem Stuhl zurück und blickte zur Decke, wo sein Blick an einer schmalen Linie hängen blieb, auf der sich zwei unterschiedliche Farbschattierungen überlagerten und eine dritte, dunklere Farbe bildeten. »Also zieht die tödliche Wolke über die Insel hinweg, und die einzigen beiden Personen, die offensichtlich gegen ihre tödliche Wirkung immun sind, sind Ihr Verdächtiger und der Mann, der uns töten wollte.«

Sie nickte. »Korrekt. Sagt Ihnen das irgendetwas?«

Natürlich sagte ihm das etwas. »Offenbar verfügen sie über irgendeine Art Gegengift«, erwiderte er. »Etwas, das die lähmende Wirkung dieser toxischen Substanz, die diese Komazustände auslöst, neutralisiert.«

»Genau das nehmen wir auch an«, sagte sie. »Leider haben wir weder in Hagens Büro noch in seiner Wohnung oder in seinem Pkw irgendeinen Hinweis gefunden, der uns weiterhelfen könnte. Auch im Blut des Toten gab es nichts, woraus man auf die Zusammensetzung des Gegengifts schließen könnte.«

»Ist das überraschend?«, fragte Kurt.

»Eigentlich nicht«, antwortete sie. »Da das Nervengas eine sehr kurze Wirkperiode hatte, kann man wohl davon ausgehen, dass jedes Gegengift ähnlich kurzlebig sein dürfte.«

Kurt erkannte das Problem auf Anhieb. »Demnach ist das Gegengift bereits zerfallen und wirkungslos. Aber wenn Sie den vermissten Arzt fänden, könnte man ihn vielleicht dazu bewegen, Ihnen zu verraten, wie und wo man mehr davon beschaffen könnte.«

Der Anflug eines Lächelns huschte über ihr Gesicht. »Sie haben es genau erfasst, Mr. Austin.«

»Nennen Sie mich nicht so«, bat er. »Dann fühle ich mich richtig alt.«

»Dann eben Kurt«, sagte sie. »Ich heiße Renata.«

Das gefiel ihm. »Haben Sie irgendeine Vorstellung, wo sich Ihr Verdächtiger versteckt haben könnte?«

Sie sah ihn prüfend an. »Warum fragen Sie?«

»Kein besonderer Grund.«

»Sie haben doch nicht etwa vor, ihn zu suchen? Oder etwa doch?«

»Natürlich nicht«, sagte Kurt. »Das klingt viel zu gefährlich. Was bringt Sie überhaupt auf diesen Gedanken?«

»Ach, ich weiß nicht«, sagte sie kokett. »Eigentlich alles, was ich bei Ihnen bisher gesehen habe, ergänzt durch ein Gespräch, das ich mit dem Vizedirektor der National Marine and Underwater Agency geführt habe, kurz bevor Sie in meine behelfsmäßige Krankenstation eingebrochen sind.«

Kurt sah sie an, als habe sie ihn bei einem Streich ertappt. »Sie haben mit meinem Boss gesprochen?«

»Mit Rudi Gunn«, bestätigte sie. »Ja. Das ist ein ganz reizender Mann. Er sagte mir, Sie würden sicherlich Ihre Hilfe anbieten. Und wenn ich Ihr Angebot ablehnte, dann würden Sie sich sowieso einmischen und höchstwahrscheinlich alles vermasseln.«

Sie grinste jetzt ganz offen. Sie fand offenbar so viel Gefallen an diesem Gespräch, dass Kurt leicht erraten konnte, worauf das Ganze hinauslief. »Für wie viel hat er mich denn verkauft?«

»Ich fürchte, für nicht mehr als ein Lied.«

»*O sole mio*?«

»Nicht ganz *sole*«, sagte sie. »Er hat Mr. Zavala als Bonus dazugelegt.«

Kurt tat so, als sei er beleidigt, den Italienern wie eine billige Hilfskraft angeboten worden zu sein, dabei war er mit dem Handel mehr als zufrieden. »Werde ich in Euros bezahlt oder …«

»Mit einem kräftigen Schulterklopfen und dem Gefühl, etwas Gutes getan zu haben«, sagte sie. »Wir suchen die Leute, die das hier getan haben, und hindern sie daran, ihren Plan, wie auch immer er aussehen mag, endgültig auszuführen. Und wenn wir Glück haben, können wir mit dem Gegengift, das Hagen und den unbekannten Angreifer immun gemacht hat, die Opfer aus dem Koma holen.«

»Ich kann mir keine bessere Belohnung vorstellen«, erwiderte Kurt. »Wo fangen wir an?«

»Auf Malta«, sagte sie. »Hagen ist während des vergangenen Monats drei Mal dort gewesen.«

Sie zog eine Schublade auf, holte einen Hängeordner heraus,

entnahm ihm einen Satz heimlich aufgenommener Fotos und reichte ihn Kurt. »Mit diesem Mann hat er sich mehrmals getroffen. Vergangene Woche hatten sie sogar eine ziemlich hitzige Diskussion.«

Kurt studierte das Foto. Es zeigte einen Mann, der in einem Tweedsakko mit ledernen Ellbogenschützern wie ein Gelehrter aussah. Er saß in einem Straßencafé und unterhielt sich mit drei Männern. Es wirkte eher so, als würde er von ihnen umringt werden.

»Der Mann in der Mitte ist Hagen«, erklärte Renata.

»Bei den anderen beiden sind wir nicht sicher. Wahrscheinlich seine Schutztruppe.«

»Wer ist dieser gelehrt aussehende Mann?«

»Der Direktor des Ozeanographischen Museums von Malta.«

»Das begreife ich nicht«, sagte Kurt. »Museumsdirektoren haben doch mit Terroristen oder Waffenhändlern, die Nervengas und biologische Waffen anbieten, normalerweise nichts zu schaffen. Sind Sie ganz sicher, dass es da eine Verbindung gibt?«

»Wir sind uns überhaupt nicht sicher«, gab sie zu. »Außer dass Hagen sich regelmäßig mit diesem Mann getroffen hat, und zwar mit der Absicht, einige Artefakte zu kaufen, die das Museum nach einer Galaparty in zwei Tagen versteigern lassen will.«

Das gefiel Kurt ganz und gar nicht. »Jeder hat sein spezielles Hobby«, sagte er. »Sogar Terroristen.«

Sie setzte sich. »Antike Artefakte zu sammeln ist ganz gewiss nicht Hagens Hobby. Er hat niemals irgendein Interesse daran bekundet. Jedenfalls nicht bis jetzt.«

»Okay«, sagte Kurt. »Aber er wird doch sicher nicht so dumm sein und dorthin zurückkehren.«

»Das hatte ich auch angenommen«, erwiderte sie. »Außer dass jemand zweihunderttausend Dollar auf Hagens Konto bei einer Bank auf Malta eingezahlt hat. Ein Konto, das er an genau dem Tag eröffnete, nach dem er sich mit dem Museumsdirektor getroffen hatte. Interpol hat diese Transaktion bestätigt. Sie wurde mehrere Stunden nach dem Zwischenfall auf Lampedusa veranlasst.«

Kurt erkannte sofort, was sich logischerweise daraus ergab. Es war nicht zu leugnen – dieser Dr. Hagen lebte. Erst war er von Lampedusa geflohen und hatte anschließend Geld auf das maltesische Konto überwiesen. Was auch immer der Grund sein mochte, es sah auf jeden Fall so aus, als sei der flüchtige Arzt unterwegs, um sich abermals mit dem Direktor des Ozeanographischen Museums von Malta zu treffen.

»Die Frage ist daher«, sagte sie, klappte den Aktenordner zu und schlug die Beine übereinander, »ob Sie sich das Ganze nicht einmal genauer ansehen wollen.«

»Ich werde mehr tun, als es mir nur anzusehen«, versprach Kurt.

Ein dankbarer Blick belohnte ihn. »Dann treffe ich Sie dort, sobald ich sicher sein kann, dass alle Patienten bestens untergebracht und versorgt sind. Ich muss Sie allerdings bitten, nichts zu unternehmen, bevor ich dort eintreffe.«

Kurt erhob sich lächelnd. »Beobachten und berichten«, sagte er. »Das werde ich wohl schaffen.«

Sie wussten beide, dass dies eine Lüge war. Wenn er Hagen sähe, würde Kurt ihn einkassieren, und wenn er ihn eigenhändig von der Straße holen müsste.

13

Ägypten, Weiße Wüste, sieben Meilen westlich der Pyramiden
11:30 Uhr

Die Stille der Weißen Wüste wurde durch den Stakkatorhythmus von Hubschrauberrotoren gestört, als eine SA-342-Gazelle in knapp zweihundert Metern Höhe über die geschuppten Sanddünen hinwegjagte.

Der Helikopter mit dem Wüstentarnanstrich war ein älteres Modell. Er war Eigentum der ägyptischen Armee gewesen, ehe er gegen einen geringen Preis seinem augenblicklichen Eigentümer übergeben wurde. Als der Hubschrauber die höchste der mächtigen Dünen überquert hatte, schwenkte er seitlich ab und drosselte das Tempo.

Das seltsame Flugmanöver erlaubte Tariq Shakir die ungehinderte Sicht auf eine Gruppe von Fahrzeugen, die unter ihm durch den glühenden Sand rasten. Es waren insgesamt sieben, aber nur fünf bewegten sich. Zwei Fahrzeuge waren heftig miteinander kollidiert und standen nun in einem tiefen Graben zwischen den letzten beiden Dünen.

Shakir schob sich die teure verspiegelte Sonnenbrille auf die Stirn und setzte ein Fernglas an die Augen. »Zwei sind draußen«, sagte er zu einem anderen Passagier. »Die Männer sollen sie einsammeln. Die anderen sind noch im Rennen.«

Die restlichen Fahrzeuge erkletterten die letzte riesige Düne, zeichneten tiefe Kerben in die glatte Oberfläche, nämlich mit Stollenreifen, die den Sand in breiten Schleiern hochschleuderten, während die Vierradantriebe bis an ihre Grenzen belastet wurden. Einer der Wagen hatte seine Gegner anscheinend abgehängt, vielleicht weil er festeren Sand oder einen besseren Weg zur Kuppe gefunden hatte.

»Nummer vier«, informierte eine Stimme Shakir über seinen Kopfhörer. »Ich hab dir doch gesagt, dass er nicht zu besiegen sei.«

Shakir blickte in den hinteren Teil der Hubschrauberkabine. Dort saß ein Mann in schwarzem Kampfanzug und grinste breit von einem Ohr zum anderen.

»Sei dir nicht so sicher, Hassan«, warnte Shakir. »Der Sieg eines Rennens gehört nicht immer den Schnellsten.«

Damit drückte Shakir auf die Sprechtaste des Funkgeräts. »Es ist so weit«, sagte er. »Gestattet den anderen, ihn einzuholen, dann legt sie alle still. Wir werden sehen, wer Kampfgeist hat und wer lieber aufgibt.«

Der Funkspruch wurde von einem Verfolgungswagen empfangen, der hinter der Gruppe Rennwagen herfuhr. Ein Techniker, der zugehört hatte, befolgte die Anweisung und tippte schnell auf mehrere Tasten seines Laptops, ehe er die Enter-Taste betätigte.

In den Dünen begann der Motor des führenden SUV zu qualmen. Der Wagen wurde langsamer und blieb schließlich ganz stehen. Die anderen holten zu ihm auf, verteilten sich und trafen Vorbereitungen, den unglücklichen Fahrer auf dem Weg zur anderen Seite der Düne und der Ziellinie dieses seltsamen Wettrennens zu passieren. Das Rennen selbst war der Höhepunkt eines strapaziösen Monats voller Tests, die dazu dienten herauszufinden, wen Shakir auswählte, um ihn in die oberen Ränge seiner wachsenden Organisation aufzunehmen.

»Sehr unfair von dir«, rief Hassan aus dem rückwärtigen Teil der Hubschrauberkabine.

»Das Leben ist meistens unfair«, erwiderte Shakir. »Ich habe nichts anderes getan, als soeben das Spielfeld gewechselt und gleiche Voraussetzungen geschaffen. Jetzt werden wir sehen, wer ein echter Mann und wer des umkämpften Postens nicht würdig ist.«

Draußen auf dem Sand wurden die Fahrzeuge kurz nacheinander langsamer, und schon bald ersetzten wilde Flüche und lautes Türenschlagen den Lärm röhrender Motoren und knirschender Getriebe. Die Fahrer, in Schweiß gebadet, die Kleidung schmutzig und ramponiert, als wären sie soeben aus dem Krieg oder aus der Hölle oder aus beidem zurückgekehrt, kletterten in einem Zustand fassungslosen Unglaubens aus ihren Vehikeln.

Einer öffnete die Motorhaube seines Wagens, um nachzuschauen, ob er das Problem beseitigen könnte. Ein anderer versetzte dem Wagenheck einen wütenden Tritt und hinterließ eine hässliche Delle im Karosserieblech des teuren Mercedes SUV. Andere reagierten ihren Frust auf ähnliche Weise ab. Müdigkeit und Erschöpfung schien sie einiges an Geisteskraft gekostet zu haben.

»Sie kapitulieren«, sagte Shakir.

»Nicht alle«, widersprach Hassan.

Unten auf dem Sand hatte einer der Männer die Wahl getroffen, die Shakir sich erhofft hatte. Er hatte kurz zu den anderen hingesehen, die Entfernung zum höchsten Punkt der Düne überschlagen und war dann im Laufschritt gestartet.

Mehrere Sekunden verstrichen, ehe die anderen begriffen, was er beabsichtigte: Offenbar wollte er das Rennen zu Fuß beenden und den Siegespreis einheimsen. Die Ziellinie war nicht mehr als fünfhundert Meter weit entfernt, und sobald er die Düne erklommen hätte, ginge es vorwiegend bergab.

Die anderen jagten hinter ihm her, und schon bald wühlten sich fünf Männer die Düne hinauf, über ihren Kamm hinweg und auf der anderen Seite wieder herunter.

Durch den tiefen Sand abzusteigen, war auf gewisse Weise strapaziöser als aufzusteigen. Der Wind hatte diese Düne zu einer steilen Woge geformt, und zwei Männer gerieten ins Stolpern, stürzten und begannen dann unkontrollierbar den Steilhang hinabzurollen. Einer erkannte, dass es vielleicht besser sei abzurutschen. Als er den steileren Abschnitt vor sich hatte, vollführte er einfach einen weiten Sprung und glitt auf dem Bauch gut sechzig Meter abwärts.

»Am Ende werden wir trotz allem einen Sieger haben«, sagte Shakir zu Hassan und wandte sich dann an den Piloten. »Zur Ziellinie.«

Der Hubschrauber wendete und ging in den Sinkflug, wobei er einem narbenähnlichen Sandwulst folgte, der die Wüste in gerader Linie durchschnitt. Diese Narbe markierte die Zandrian Pipeline. Eine Pumpstation an ihrem Ende diente als Ziellinie des Wettrennens.

Der Gazelle-Helikopter landete neben der Pumpstation, wirbelte Staub und feines Geröll auf und erzeugte einen kleinen Sandsturm. Shakir nahm das Headset ab und öffnete die Kabinentür. Dann kletterte er aus dem Cockpit und hielt den Kopf gesenkt, während er zu mehreren Männern hinüberging. Ebenso wie Hassan trugen sie schwarze Kampfanzüge.

Zu einer anderen Zeit und an einem anderen Ort hätte Shakir ein Leinwand-Idol sein können. Hochgewachsen und schlank, mit gebräuntem Gesicht, gekräuselten braunen Haaren und einem ausgeprägten Kinn, das sogar einem Kameltritt standgehalten hätte, war er auf jene sonnenverbrannte Art des sprichwörtlichen Naturburschen attraktiv. Er strahlte Selbstvertrauen aus. Und obgleich er die gleiche Uniform trug wie die Männer, die neben ihm standen, unterschied sich seine Körperhaltung von ihrer, so wie ein König sich von einem Gemeinen unterschied.

Vor Jahren war Shakir Mitglied der ägyptischen Geheimpolizei gewesen. Unter Präsident Mubarak, der Ägypten dreißig Jahre lang regiert hatte, war er der zweithöchste Offizier des Geheimdienstes gewesen, hatte Regierungsgegner gejagt und die Flut von Aufständischen im Zaum gehalten, bis der sogenannte Arabische Frühling angebrochen war, Ägypten vollkommen auf den Kopf gestellt und, wie es Shakir und anderen wie ihm erschien, ein Zeitalter des Chaos eingeläutet hatte. Jahre später begann sich das Chaos nach und nach zu ordnen, in nicht geringem Maß auch durch die Hilfe Shakirs und anderer, die von ihren neuen einflussreichen Positionen im Schatten der Privatindustrie aus die alten Machtstrukturen wiederherzustellen begannen.

Indem er sich der Fertigkeiten bediente, die er während seiner Tätigkeit für den Staat perfektioniert und verfeinert hatte, war es ihm gelungen, eine Organisation namens Osiris aufzubauen. Ihr hatte er auch seinen Reichtum zu verdanken. Im strengen Sinn war Osiris zwar keine kriminelle Organisation, und doch betrieb sie ihre Geschäfte mit einem gewissen Spürsinn für gesetzliche Lücken und Freiräume. Wenn Shakir seinen Zeitplan einhielt, würde Osiris schon bald nicht nur Ägypten, sondern auch den größten Teil Nordafrikas unter Kontrolle haben.

Im Augenblick konzentrierte er sich auf das Wettrennen, den Abschluss eines zermürbenden Wettstreits, zu dem zwanzig Männer gegeneinander angetreten waren, die um die Chance kämpften, in seine spezielle Operative Abteilung aufgenommen zu werden. Er verfügte bereits über Dutzende Männer und Frauen, die über Nordafrika und Europa verstreut waren, aber um erfolgreich zu sein, brauchte er weit mehr. Er benötigte frisches Blut, Rekruten, die begriffen, was es bedeutete, für ihn zu arbeiten.

Auf der Düne hatten sich die Fahrer eins und vier von ihren restlichen Konkurrenten abgesetzt. Als sie das ebene Gelände am Fuß der Düne erreichten, sprinteten sie in Richtung Pumpstation. Nummer eins führte, aber Nummer vier, Hassans handverlesener Favorit, holte zu ihm auf. In dem Moment, als es so aussah, als würde Hassan den Beweis für die Richtigkeit seiner Einschätzung erhalten, leistete sich Nummer vier einen fatalen Fehler. Er deutete den Charakter des Wettstreits, der wie das Leben selbst keine Regeln hatte und einen Sieg mit allen Mitteln zuließ, völlig falsch.

Er übernahm die Führung, doch gleichzeitig warf sich der andere Fahrer nach vorn, rammte ihm eine Faust in den Rücken, sodass er zu Boden stürzte. Sein Gesicht schlug auf dem Sand auf, und der andere Fahrer trat ihm auch noch wie zum Hohn auf den Rücken, als er ihn passierte.

Als Nummer vier aufblickte, war alles vorüber. Fahrer Nummer eins hatte ihn besiegt. Die anderen trudelten nach und nach ebenfalls ein und stolperten an ihm vorbei, während er niedergeschlagen und verbittert im Sand liegenblieb.

Als auch sie die Ziellinie überquert hatten, hielt Shakir eine kurze Ansprache. »Jeder von euch hat das Rennen beendet«, sagte er. »Jeder von euch hat die einzigen Regeln des Lebens gelernt, die von Bedeutung sind: Man darf niemals aufgeben, man darf kein Erbarmen zeigen, man muss um jeden Preis gewinnen!«

»Was ist mit den anderen?«, wollte Hassan wissen.

Shakir dachte darüber nach. Zwei Fahrer waren auf der Düne zurückgeblieben, nicht gewillt, nach allem, was sie durchgemacht hatten, auch noch an einem Wettlauf teilzunehmen. Und dann waren da die beiden anderen, deren Fahrzeuge miteinander kollidiert waren. »Sie sollen zum ersten Kontrollpunkt zurückwandern.«

»Wandern?«, wiederholte Hassan sichtlich geschockt. »Aber das sind von hier aus dreißig Meilen!«

»In diesem Fall sollten sie lieber gleich losmarschieren.«

»Zwischen diesem Ort und dem Kontrollpunkt ist nichts außer Sand. Sie werden in der Wüste umkommen«, erwiderte Hassan.

»Wahrscheinlich«, gab Shakir zu. »Aber wenn sie überleben, werden sie eine wichtige Lektion gelernt haben, und dann überlege ich es mir vielleicht anders und stelle sie doch noch ein.«

Hassan, ein alter Mitstreiter aus Geheimdienstzeiten, war Shakirs engster Berater. Bei seltenen Gelegenheiten gestattete Shakir seinem alten Freund, seine Entscheidungen zu beeinflussen, das galt aber nicht für die heutige. »Tu, was ich befohlen habe.«

Hassan griff nach dem Sprechfunkgerät und gab die Anweisung durch. Eine Gruppe von Shakirs schwarz gekleideten Kriegern erschien, um die Nachzügler auf einen Marsch zu schicken, in dessen Verlauf wahrscheinlich alle von ihnen den Tod finden würden. In der Zwischenzeit raffte Fahrer Nummer vier sich auf und taumelte über die Ziellinie.

Hassan hielt ihm einladend eine Flasche Wasser hin.

»Nein«, sagte Shakir. »Er muss ebenfalls laufen.«

»Aber er hat fast gewonnen«, protestierte Hassan.

»Und dennoch hat er kurz vor dem Ziel aufgegeben«, sagte Shakir. »Eine Schwäche, die ich bei keinem meiner Leute dulden kann. Er geht mit den anderen. Und falls ich erfahren sollte, dass ihm jemand geholfen hat, wäre es für denjenigen besser, sich selbst umzubringen, als das zu erleiden, womit ich ihn bestrafen werde.«

Fahrer Nummer vier blickte Shakir ungläubig an, aber anstelle von Angst erschien ein trotziges Funkeln in seinen Augen.

Shakir gefiel die Wut in diesem Blick, und für einen kurzen Moment spielte er mit dem Gedanken, seinen Befehl zu widerrufen. Dann aber entschied er doch, dass er bestehen bleiben musste. »Der Marsch beginnt in diesem Augenblick«, erklärte Shakir.

Nummer vier schüttelte Hassans Hand ab, machte wortlos kehrt und begann den qualvollen Rückmarsch, ohne sich noch einmal umzudrehen.

Während er sich entfernte, las Shakir einen Bericht, der ihm vor dem Start von einem Helfer übergeben worden war. »Das ist eine schlechte Nachricht.«

»Was ist passiert?«, fragte Hassan neugierig.

»Ammon Tas Tod wurde bestätigt«, sagte Shakir. »Er wurde von zwei Amerikanern getötet, bevor er mit dem italienischen Arzt Kontakt aufnehmen konnte.«

»Von Amerikanern?«

Shakir nickte. »Anscheinend sind es Mitglieder dieser Organisation namens NUMA.«

»NUMA«, wiederholte Hassan.

Jeder der beiden sprach die Abkürzung mit einem Ausdruck von Abscheu aus. Sie waren schon lange genug im Geheimdienstgeschäft tätig, um Gerüchte von den Unternehmungen dieser amerikanischen Agentur aufgeschnappt zu haben. Angeblich sollten sie Ozeanographen sein oder etwas Ähnliches.

»Das kann zu nichts Gutem führen«, fügte Hassan hinzu. »Wir beide wissen, dass sie mehr Verdruss gestiftet haben als die CIA.«

Shakir nickte. »Soweit ich mich erinnere, war es ein Angehöriger der NUMA, der vor ein paar Jahren den Nasser Staudamm in Assuan und damit halb Ägypten vor der Zerstörung gerettet hat.«

»Als wir noch alle auf derselben Seite standen«, bemerkte Hassan. »Treten wir irgendwo in Erscheinung?«

Shakir schüttelte den Kopf. »Weder der Frachter noch Ammon Ta noch die Fracht selbst können bis zu uns zurückverfolgt werden.«

»Was ist mit Hagen, unserem Agenten auf Lampedusa? Ammon Ta sollte ihm den Schwarzen Nebel übergeben, damit er ihn einsetzen kann, um die Regierungen in Europa in unserem Sinn zu *beeinflussen.*«

Shakir las weiter. »Hagen konnte fliehen und ist nach Malta zurückgekehrt. Er wird noch einmal versuchen, die Artefakte zu erwerben, ehe sie der Öffentlichkeit zugänglich gemacht werden. Falls er keinen Erfolg hat, wird er versuchen, sie zu stehlen. Er verspricht, sich in zwei Tagen wieder zu melden.«

»Hagen ist zurzeit das einzige Verbindungsglied zu uns«, sagte Hassan. »Wir sollten ihn besser eliminieren. Sofort.«

»Nicht bevor er diese Artefakte beschafft hat. Ich will, dass diese Schrifttafeln in unserem Besitz sind oder derart gründlich zerstört werden, dass niemand sie rekonstruieren kann.«

»Sind sie überhaupt eine so große Mühe wert?«, fragte Hassan. »Wir wissen ja noch nicht einmal, was sich auf ihnen befindet.«

Shakir war Hassans ständige Fragen leid. »Hör mir gut zu«, knurrte er. »Wir sind im Begriff, die Führer Europas in den Schwitzkasten zu nehmen, sodass wir carte blanche haben, die Kontrolle über den wertvollsten Teil dieses Kontinents ohne nachteilige Konsequenzen für uns zu übernehmen. Falls jemand auf diesen Schrifttafeln einen Hinweis auf das Gegengift findet – falls irgendjemand dahinterkommt, wie man sich vor dem Schwarzen Nebel schützen kann –, dann wird unser Plan, der vollständig von diesem Druckmittel abhängt, grandios scheitern. Ist das wirklich so schwer zu begreifen?«

Hassan wich zurück. »Natürlich nicht, aber was bringt dich auf die Idee, dass die Informationen auf diesen Artefakten zu finden sind?«

»Weil Napoleon genau danach gesucht hat«, sagte Shakir. »Er hatte Gerüchte von dem Schwarzen Nebel aufgeschnappt, schickte daraufhin seine Männer in die Totenstadt und hat dort alles einsammeln und mitnehmen lassen, was die Männer finden konnten. Es war ein reiner Glücksfall, dass wir die Formel mit Hilfe dessen rekonstruieren konnten, was wir aus der Bucht geborgen haben. Das bedeutet, dass der größte Teil der Informationen entfernt wurde. Entfernt und von unseren Vorvätern nach Europa transportiert. Ich werde nicht zulassen, dass sie diese Informationen gegen uns einsetzen. Falls irgendwelche Hinweise auf diesen Relikten zu finden sind, müssen sie zurückgeholt oder zerstört werden. Und erst wenn das geschehen ist, werden wir Hagen eliminieren.«

»Er ist zu schwach, um es selbst zu tun«, gab Hassan zu bedenken.

Shakir ließ sich das kurz durch den Kopf gehen. »Ich gebe dir recht. Schicke einige von den neuen Agenten auf die Reise, damit sie ihm Rückendeckung geben. Und befiehl ihnen, Hagen verschwinden zu lassen, wenn alles vorbei ist oder wenn er zu einer Belastung wird.«

Hassan nickte. »Natürlich. Ich suche die Männer persönlich aus«, sagte er. »In der Zwischenzeit sind auch die anderen eingetroffen. Sie warten unten im Bunker auf dich.«

Shakir seufzte. So unangenehm es war, aber auch er musste Anweisungen befolgen und Rechenschaft ablegen. Osiris war eine private militärische Organisation und der Grundstock eines Imperiums, das Regierungen kontrollieren sollte, anstatt sich nach ihren Wünschen zu richten. Aber in vieler Hinsicht, zumindest so lange, bis sein Plan aufging, war es auch ein Wirtschaftsunternehmen – mit Shakir als Präsident und CEO.

Die anderen, wie Hassan sie genannt hatte, waren die Aktienbesitzer und Angehörigen des Aufsichtsrats, obgleich sie alle höhere Ziele verfolgten als den reinen geschäftlichen Erfolg. Selbst grenzenloser Reichtum war diesen Männern nicht genug. Sie gierten nach Macht und Kontrolle, sie wollten ihre eigenen Imperien, und Shakir war genau der Mann, der ihnen dazu verhalf.

14

Shakir ging an der glänzenden Pipeline entlang auf den langgestreckten Bau aus grauen Betonsteinen zu, der eine der zahlreichen Pumpstationen beherbergte. Zwei seiner Männer hielten dort Wache. Sie öffneten die Türflügel und zogen sie weit auf, wobei sie starr geradeaus blickten. Sie wagten nicht, Shakir ins Gesicht zu blicken.

Shakir ging zum Ende des Gebäudes. Vor der Gittertür eines Bergwerksfahrstuhls blieb er stehen. Er öffnete sie, betrat den Käfig, der groß genug war, um mehreren Männern und umfangreicher Ausrüstung Platz zu bieten, und drückte auf den Abwärts-Knopf.

Zwei ganze Minuten später und einhundertdreißig Meter tiefer öffnete sich die Gittertür, und Shakir befand sich in einem höhlenartigen unterirdischen Komplex, der von Lampen erhellt wurde, die in die Wände und den Fußboden eingelassen waren. Ein Teil der Höhle war natürlichen Ursprungs. Den Rest aber hatte Shakirs Bergbauteam mit den Ingenieuren geschaffen. Ihre Länge maß in etwa zweihundert Meter. Zum größten Teil war sie mit riesigen Pumpen, so groß wie kleine Häuser, und Dutzenden von dicken Rohren gefüllt, die sich kreuz und quer durch den gigantischen Innenraum schlängelten, sich in der Mitte zu einem mächtigen Bündel vereinigten und im Höhlenboden verschwanden.

Shakir nahm seine Sonnenbrille ab, wie immer zutiefst beeindruckt von seinem Werk. Er ging an den Maschinen vorbei zu einem Kontrollzentrum, auf dessen großen Bildschirmen die Umrisse Ägyptens und eines großen Teils von Nordafrika zu sehen waren. Zahlreiche Linien verliefen über die Ländergrenzen hinweg kreuz und quer auf der Landkarte. Zahlen neben jeder dieser Linien gaben Auskunft über Druck, Fließgeschwindigkeiten und Durchflussmengen. Winzige Kontrolllämpchen, die grün blinkten, zauberten ein zufriedenes Lächeln auf seine Gesichtszüge.

Schließlich erreichte er den luxuriösen Konferenzraum. Abgesehen von einem Panorama – es gab keins – entsprach der Saal den üblichen Versammlungsräumen, wie man sie überall auf der Welt in wolkenkratzerhohen Bürotürmen finden konnte. Der Mahagonitisch in der Nähe war von Polsterstühlen umgeben, die von korpulenten Männern besetzt wurden. Bildschirme an der Wand am Kopfende des Tisches zeigten das Oriris-Logo.

Shakir nahm auf einem Stuhl am Kopfende des Tisches Platz und studierte die Versammelten, die auf ihn gewartet hatten. Fünf Ägypter, drei Vertreter Libyens, zwei Algerier und je ein Repräsentant aus dem Sudan und aus Tunesien. Shakir hatte Osiris praktisch aus dem Nichts geschaffen und innerhalb weniger Jahre in einen internationalen Konzern verwandelt. Die Formel für Erfolg bestand im Wesentlichen aus vier Elementen: harte Arbeit, rücksichtslose Cleverness, nützliche Beziehungen und natürlich Geld. Das Geld anderer Leute.

Shakir und seine Kumpel vom Geheimdienst hatten die ersten drei Elemente beigesteuert, die Männer am Tisch hatten für das vierte gesorgt. Sie alle waren reich, die meisten waren einst mächtig gewesen – *gewesen* deshalb, weil der Arabische Frühling Shakir aus seiner Position katapultiert, die meisten anderen aber noch viel heftiger heimgesucht hatte.

Alles hatte in Tunesien begonnen, wo ein verarmter Straßenhändler, der seit Jahren von der Polizei drangsaliert worden war, sich aus Protest selbst in Brand gesetzt hatte.

Damals war es absolut unmöglich erschienen, dass dieser Akt eine dauerhafte Reaktion auslösen würde und von längerer Wirkung wäre, dass er mehr bedeuten würde als ein sinnlos geopfertes Leben. Schließlich stellte sich jedoch heraus, dass dieser einzelne Mann zu dem Zündholz wurde, das die ganze arabische Welt in Brand setzte und sie fast zur Hälfte vernichtete.

Tunesien fiel zuerst, und diejenigen, die das Land jahrzehntelang regiert hatten, flohen nach Saudi-Arabien. Algerien war als Nächstes an der Reihe. Und dann breitete sich das Feuer aus und erfasste Libyen, wo Muammar Gaddafi länger und strenger als alle anderen regiert hatte: zweiundvierzig Jahre mit einer eisernen Faust. Alle, die ihm nahestanden, waren durch das Öl reich und mächtig geworden. Als der Bürgerkrieg ausbrach, konnten viele von ihnen nicht einmal ihr Leben retten, aber diejenigen, die so klug gewesen waren, Geld und ihre Familien nach Übersee zu schicken, hatten mehr Glück – obgleich auch sie, wie ihre tunesischen Leidensgenossen, schon bald ihr Dasein als Flüchtlinge fristen mussten: Männer ohne Heimat und ohne Bestimmung.

Danach zerfiel Ägypten, und die dadurch einhergehenden Erschütterungen erfassten mit unterschiedlichen Auswirkungen den Jemen, Syrien und Bahrain. All das war durch einen winzigen Funken ausgelöst worden.

Nun, da die Flammen erloschen waren, wollten die Männer, die den Feuersturm überstanden hatten, wieder die Kontrolle übernehmen.

»Ich gehe davon aus, dass Sie alle eine angenehme Reise hatten«, sagte Shakir.

»Wir sind aber nicht hierhergekommen, um Konversation zu machen«, sagte einer der Ägypter, ein Mann mit schlohweißem Haar, bekleidet mit einem eleganten Anzug in westlichem Schnitt und mit einer großen Breitling-Uhr am Handgelenk. Er hatte sein Vermögen mit dem Geld der ägyptischen Luftwaffe verdient, dafür dass er die Flugzeuge benutzte, die man ihm für ein Butterbrot verkauft hatte. »Wann beginnt die Operation? Wir sind alle gespannt.«

Shakir wandte sich an einen Untergebenen. »Sind die Pumpstationen in Bereitschaft?«

Der Mann nickte bejahend, tippte auf der Tastatur, die vor ihm auf dem Tisch lag, und rief auf dem Bildschirm die gleiche Karte von Afrika auf, die der Bildschirm im Kontrollraum wiedergegeben hatte.

»Wie Sie sehen können«, sagte Shakir, »ist das Netz geschlossen und komplett.«

»Gibt es irgendwelche Anzeichen dafür, dass unsere Bohrtätigkeit bemerkt wurde?«, wollte einer der ehemaligen libyschen Generäle wissen.

»Nein«, antwortete Shakir. »Indem wir den Bau der Ölpipeline ausgenutzt haben, um unsere Erdarbeiten zu verschleiern, konnten wir jeden Verdacht vermeiden, während wir gleichzeitig dazu imstande waren, jeden wichtigen Bereich des unter der Sahara gelegenen Wasserspeichers anzuzapfen. Der, wie Sie wissen, jede Quelle und jede Wüstenoase von hier bis zur Westgrenze Algeriens speist.«

»Was ist mit den höher gelegenen und seichteren Wasserspeichern?«, fragte ein anderer Libyer. »Unser Volk hat sich seit Jahren daraus bedient.«

»Unsere Studien zeigen, dass sämtliche Süßwasserquellen von diesem tieferen Wasservorrat abhängig sind«, sagte Shakir. »Sobald wir damit anfangen, größere Wassermengen aus diesem Reservoir abzupumpen, wird ihre Versorgung nicht mehr gesichert sein.«

»Ich möchte, dass sie vollkommen abgeschnitten werden«, verlangte der Tunesier.

»Sie abzutrennen, ist unmöglich«, erwiderte Shakir, »aber dies ist eine Wüste. Wenn Tunesien, Algerien und Libyen über Nacht mit einer Kürzung ihrer Wasserversorgung um achtzig oder neunzig Prozent konfrontiert werden, sind sie von unserer Gnade abhängig. Sogar Rebellen müssen trinken. Die Wasserversorgung wird in dem Augenblick hochgefahren, wenn Sie alle hier wieder die Macht ergriffen haben. Dank unserer Zusammenarbeit wird Osiris dann ganz Nordafrika unter Kontrolle haben.«

»Und was geschieht mit dem Wasser?«, fragte der Vertreter Algeriens. »Man kann wohl kaum jeden Tag ein paar Milliarden Liter Wasser in die Wüste pumpen, ohne dass es jemandem auffällt.«

»Es fließt durch die Pipelines«, erklärte Shakir und deutete auf das Netz kreuz und quer verlaufender Linien auf der Landkarte, »und von dort kommt es in unterirdische Kanäle – hier, dort und dort. Danach fließt es in den Nil, mit dem es dann die Reise ins Meer antritt, sozusagen anonym.«

Die Vertreter der aus ihren Ämtern verjagten Machteliten sahen einander zustimmend an. »Genial«, bemerkte einer von ihnen.

»Was ist mit den Europäern und den Amerikanern, die vielleicht gegen unsere plötzliche Rückkehr protestieren werden?«, fragte der Libyer.

Shakir grinste. »Darum kümmert sich unser Mann in Italien«, erklärte er. »Ich habe das seltsame Gefühl, dass sie keine Probleme machen werden.«

»Sehr schön«, sagte der Libyer. »Und wann geht es los? Brauchen Sie noch mehr?«

Shakir hegte und pflegte ihre Begeisterung. Um ihre alten Machtpositionen gebracht, waren diese Männer derart begierig, wieder in die alten Stellungen zurückzukehren, dass sie bereit waren, ihm alles zu geben, nur um diesen einen Traum wahrzumachen. Aber er hatte sich, was Geld und Zugeständnisse betraf, bereits genug von ihnen geholt. Nun wurde es Zeit zu handeln.

»Die meisten Pumpen sind schon seit Monaten in Betrieb«, informierte er sie. »Der Absaugprozess hat längst begonnen. Die entscheidende Phase kann sofort gestartet werden.« Er winkte einem Techniker. »Geben Sie den anderen Stationen das Zeichen, alle Pumpen hochzufahren.«

Während der Techniker Shakirs Befehl ausführte, drang der dumpfe Klang startender Turbinen und Pumpen durch die Wände. In wenigen Sekunden wäre es hier zu laut für eine verbale Kommunikation. Shakir entschied, das letzte Wort zu haben.

»In der Wüste nennen wir den heißen Wind Scirocco. Heute entfesseln wir ihn. Er wird über Afrika hinwegfegen, diesem Arabischen Frühling ein Ende bereiten und ihn durch einen knochentrockenen und glühendheißen Sommer ersetzen.«

15

Gafsa, Tunesien

Paul Trout stand in der Nachmittagshitze, schwitzte in seine Kleidung hinein und hatte trotz des sombrerogroßen Hutes auf seinem Kopf das Gefühl, dass sein Gesicht brannte. Während die Sonne tiefer sank, krochen die Sonnenstrahlen unter die Hutkrempe und malträtierten seine Haut mit besonderer Schadenfreude, als wollten sie ihm klarmachen, dass käseweiße New-England-Abkömmlinge in diesem Teil der Welt nichts zu suchen hatten.

Mit zwei Metern Körperlänge war Paul der größte einer Gruppe von Wanderern, die einen ganz und gar kahlen Felsenhügel hinaufstiegen. Außerdem war er der bei weitem Unsportlichste. Ein paar Schritte vor ihm spazierte seine Frau Gamay den Berghang hinauf, als machte sie mit ihrem Hund zu Hause lediglich eine gemütliche Runde um den Block. Sie trug Laufhose und Lauftrikot und auf dem Kopf eine braune Baseballmütze. Ihr rotes Haar war zu einem Pferdeschwanz zusammengerafft, den sie durch die hintere Öffnung der Mütze gefädelt hatte und der bei jedem Schritt fröhlich hin und her schwang.

Paul zuckte die Achseln. Einer musste schließlich der Athlet in der Familie sein und einer die Stimme der Vernunft. »Ich finde, wir sollten eine Pause machen.«

»Komm schon, Paul«, rief Gamay nach hinten, »es ist nicht mehr weit. Noch ein Hügel, und du kannst ein Bad in den wunderbaren Fluten des jüngsten Sees der Welt nehmen und dich am Gafsa Beach ausruhen.«

Die Gegend um die Stadt Gafsa war bereits zur Zeit des Römischen Imperiums eine Oase gewesen. Quellen, Tümpel und medizinische Tauchbecken verteilten sich über die gesamte Region.

Die meisten sollten besondere Heilkräfte besitzen. Tatsächlich hatten Paul und Gamay in ihren Pausen während des intensiven Studiums der antiken Ruinen und nach gelegentlichen Ausflügen zur berühmten Kasbah viel Zeit in einem von einer Quelle gespeisten und von den Römern angelegten Heilbad verbracht, das von hohen Mauern umgeben war.

»Im Hotel gibt es auch eine Menge frisches Zauberwasser«, erklärte er eigensinnig.

»Ja sicher«, sagte Gamay. »Aber die Wasserstellen sind da schon seit einigen tausend Jahren. Dieser See hingegen erschien erst vor sechs Monaten aus dem Nichts. Reizt dich das nicht?«

Paul war Geologe. In Massachusetts aufgewachsen, hatte er viel Zeit auf dem Wasser und in nächster Nähe der Woods Hole Oceanographic Institution verbracht. Schließlich besuchte er die Scripps Institution of Oceanography und promovierte in Meeresgeologie mit dem Schwerpunkt auf Meeresbodenstrukturen der Tiefsee. Sein Name erschien auf mehreren Patenturkunden in Verbindung mit hochentwickelten Technologien, die eine eingehende Untersuchung geologischer Formationen noch unterhalb des Meeresbodens ermöglichten. Daher reizte ihn im Hinblick auf seinen Werdegang die Vorstellung von einem See, der aus dem Nichts erschien, tatsächlich, aber sein Interesse hatte Grenzen, und nach einer Stunde Fahrt über eine Piste, die jemand unverfroren als Straße bezeichnete, gefolgt von einem halbstündigen Marsch in glühender Sonne, gelangte er allmählich an seine Grenzen.

»Wir sind fast am Ziel«, rief Gamay ein weiteres Mal nach hinten.

Paul konnte seine Frau nur bewundern. Sie verfügte über eine unerschöpfliche Energie und war ständig in Bewegung. Selbst im Haus schien sie niemals über einen längeren Zeitraum still sitzen zu können. Sie hatte in Meeresbiologie promoviert, nebenbei jedoch an genug Kursen in anderen Disziplinen teilgenommen, um zu weiteren akademischen Ehren zu gelangen, sofern sie es gewollt hätte. Nachdem er sie über die Jahre hatte beobachten können, wusste Paul, dass sie von allem, was sie beherrschte, schon nach kurzer Zeit gelangweilt wurde und daher ständig neue Herausforderungen suchte.

Mit einem Augenzwinkern erklärte sie oft, dass er unendlich frustrierend sei, und das war zugleich der Schlüssel zu ihrer langen, glücklichen Ehe. Dies und eine allzeit vorhandene Bereitschaft, gemeinsam Abenteuer zu erleben, was ihnen ihre Arbeit bei der NUMA stets ermöglichte und nicht selten auch ihre Freizeitaktivitäten bestimmte.

An der Spitze der Gruppe erreichte Gamay den Gipfelkamm also noch vor ihrem Führer. Sie blieb stehen, nahm das Panorama in sich auf und legte die Hände auf ihre schmalen Hüften.

Der Führer holte wenige Sekunden später zu ihr auf, aber anstelle eines erstaunten Ausdrucks zeigte sein Gesicht nur eine vollständige Verwirrung. Er nahm seinen Hut ab und kratzte sich ratlos am Kopf.

Als Paul den Hügelkamm erreichte, sah er, weshalb. Was ein tiefer See gewesen war, umgeben von Felshügeln, war nun ein Schlammbecken mit einer Pfütze brackigen Wassers von drei Metern Durchmesser in der Mitte. Eine schmutzig weiße horizontale Linie auf den Felswänden ringsum markierte den Höchststand des Gewässers auf ähnliche Weise, wie ein Ring aus Seifenschaum in einer Badewanne zurückbleibt, wenn das Wasser abgelassen wurde.

Einige der anderen Touristen traten kurz nach Paul auf die Kuppe. Ebenso wie er waren sie erst einmal sprachlos. Nachdem sie eine Serie atemberaubender Fotos gesehen hatten, mit denen für diesen Ausflug geworben worden war, und sie zu ihrer Fahrt in die Wüste gestartet waren, entpuppte sich dies keinesfalls als das, was sie erwartet hatten.

»Wirklich ein jämmerlicher Anblick«, sagte eine Frau mit deutlichem Südstaatenakzent. »Dort, wo ich herkomme, würde das nicht mal als Fischteich durchgehen.«

Der Führer, ein Einheimischer, der seinen Lebensunterhalt damit verdiente, Touristen den See zu zeigen, war vollkommen ratlos. »Das verstehe ich nicht. Wie ist das möglich? Vor zwei Tagen war der See noch zu sehen!«

Er deutete auf den Wasserstandsstreifen auf den Uferfelsen.

»Verdunstet«, meinte ein Besucher aus Schottland. »Hier draußen ist es verdammt heiß.«

Während er den Schlamm betrachtete, vergaß Paul seine Schmerzen und den Sonnenbrand. Er wusste, dass sie vor einem Mysterium standen. Die Entstehung eines Sees war die eine Sache – heiße und kalte Quellen schafften es immer wieder, bis zur Erdoberfläche aufzusteigen –, aber dass ein See praktisch über Nacht verschwand … das schien ihm etwas vollkommen anderes zu sein.

Er ließ den Blick in die Runde schweifen, da er sich eine Vorstellung von der Ausdehnung und der Tiefe machen wollte, um das Volumen des Sees grob schätzen zu können. »So viel Wasser kann nicht innerhalb von zwei Monaten verdunsten«, sagte er. »Geschweige denn von zwei Tagen.«

»Wohin ist es dann verschwunden?«, fragte die Frau aus den Südstaaten.

»Vielleicht hat es jemand gestohlen«, schlug der Schotte vor. »Schließlich befinden wir uns hier mitten in einer Dürreperiode.«

Damit hatte der Mann recht. Was Tunesien durchmachte, hatte katastrophale Auswirkungen, selbst nach nordafrikanischen Maßstäben. Aber sogar eintausend Tankwagen, bis zum Rand gefüllt, hätten einen See von dieser Größe nicht leeren können. Paul suchte nach einem Spalt oder Riss in der Landschaft oder auch nur nach einem Weg, über den das Wasser hätte abfließen können. Er entdeckte jedoch nichts dergleichen.

Fliegen wurden vom Schweißgeruch der Wanderer angelockt, umkreisten summend ihre Köpfe, und die Gruppe verstummte. Schließlich hatte die Frau aus den Südstaaten genug gesehen. Sie klopfte dem Fremdenführer auf die Schulter und machte kehrt, um abzusteigen. »Ich fürchte, jemand hat Ihnen den Stopfen rausgezogen, mein Freund. Tut mir aufrichtig leid für Sie.«

Die anderen folgten ihr eilig, da sie kein Interesse daran hatten, ein Schlammloch zu besichtigen. Sogar der Fremdenführer wandte sich zum Gehen und redete während des gesamten Abstiegs, indem er verzweifelt zu beschreiben versuchte, wie der See nur wenige Tage zuvor ausgesehen hatte. Dann wies er sehr kühl darauf hin, dass – auch wenn der See verschwunden war – keiner der Touristen einen Anspruch auf Rückzahlung des Führerhonorars habe.

Paul blieb zurück, dachte über das nach, was er vor sich sah, und beobachtete eine Kindergruppe, die sich einen Weg durch den Schlamm suchte, um zu den letzten Wasserresten zu gelangen.

»Sie hat recht«, sagte er zu Gamay, als sie auf ihn zukam.

»Mit was?«

»Damit, dass jemand den Stopfen rausgezogen hat«, sagte er. »Quellteiche wie diese werden ziemlich oft von Grundwasserspeichern an die Erdoberfläche gedrückt. Gewöhnlich geschieht es zu einem Zeitpunkt, wenn tiefer liegende Fels- und Erdschichten brechen oder sich verschieben. Manchmal werden diese Gewässer durch ihre ursprüngliche Quelle auch weiterhin gespeist, und manchmal ist es ein einmaliges Ereignis. Aber auch wenn die Erdschichten abermals in Bewegung geraten sollten und den Wasserzustrom blockieren, bleibt der jeweilige See für einige Monate erhalten, bis die Sonne ihn allmählich austrocknet. Dass dieser See so plötzlich verschwunden ist, kann nur bedeuten, dass sich das Wasser einen anderen Weg gesucht haben muss. Aber hier gibt es nirgendwo einen Fluss oder auch nur einen Bach. Im Grunde ist diese Gegend hier nichts als eine einzige riesige Felsschüssel.«

»Wenn es nicht verdunsten oder abfließen konnte, muss es wohl nach unten verschwunden sein«, sagte sie. »Ist das Ihre Theorie, Mr. Trout?«

Er nickte. »Und zwar wird es dorthin verschwunden sein, woher es ursprünglich kam.«

»Hast du jemals gehört, dass so etwas früher schon einmal passiert ist?«

»Nein«, sagte Paul. »Das habe ich nicht.«

Während sie das bizarre Panorama staunend betrachteten und einige Fotos schossen, kam ein Mann, der an einem anderen Uferabschnitt das Gleiche gemacht hatte, zu ihnen herüber. Er war nicht sehr groß, vielleicht eins fünfundsechzig. Ein zerknautschter Leinenhut bedeckte seinen Kopf, ein grauer Dreitagebart sein gebräuntes Gesicht. Rucksack, Wanderstock und Fernglas ließen auf einen Wanderer schließen. Dann aber entdeckte Paul ein gelb-schwarzes Nivelliergerät in seiner Hand.

»Hallo«, sagte der Mann und tippte mit einem Finger gegen die Krempe seines Hutes. »Ich konnte eben mit anhören, wie Sie sich über das Verschwinden des Sees unterhalten haben. Den ganzen Tag über kamen Leute hier heraus, schauten sich um, schüttelten enttäuscht die Köpfe und gingen wieder weg. Sie sind die Ersten, die ernsthaft darüber nachdenken, was geschehen sein mag und wohin das Wasser sich verflüchtigt haben könnte. Sie sind nicht zufälligerweise Geologen?«

»Ich komme tatsächlich von der Geologie«, sagte Paul und streckte dem Fremden die Hand entgegen. »Paul Trout. Dies ist meine Frau, Gamay.«

Der Mann schüttelte erst Paul, dann Gamay die Hand. »Mein Name ist Reza al-Agra.«

»Wie geht es Ihnen?«, fragte Gamay.

»Mir ging es schon mal besser«, gestand er.

Paul deutete mit einem Kopfnicken auf das Nivelliergerät. »Sind Sie hierhergekommen, um den See zu vermessen?«

»Nein, eigentlich nicht deswegen«, entgegnete er. »Genauso wie Sie habe ich versucht dahinterzukommen, wie und warum das Wasser verschwunden ist. Mein erster Schritt bestand darin zu bestimmen, wie viel Wasser dieser See anfangs gefasst hat.«

»Wir haben uns mit einer groben Schätzung zufriedengegeben«, gab Paul zu und dachte, dass eine genaue Vermessung und Bestimmung der Schlammmenge vollkommen übertrieben war und wenig Sinn hatte.

»Ja, nun …«, sagte Reza, »diesen Luxus kann ich mir nicht

leisten. Ich bin Direktor des Amts für Wasserschutz der libyschen Regierung. Da wird von mir erwartet, dass ich präzise Daten liefere.«

»Aber wir sind hier in Tunesien«, warf Gamay ein.

»Das ist mir klar«, erwiderte er. »Ich dachte dennoch, ich sollte es mir ansehen. In meinem Gewerbe sind verschwindende Seen ein böses Omen.«

»Dies ist doch nur ein kleiner Tümpel mitten in der Wüste«, sagte Gamay.

»Aber nicht nur dieser See ist verschwunden«, erklärte al-Agra. »In meinem Land schrumpfen seit einem Monat sämtliche Wasserspeicher. Von Quellen gespeiste Seen trocknen aus, Flüsse versiegen zu mickrigen Rinnsalen. Ganz davon zu schweigen, dass sich jede Oase im Land braun färbt – von denen waren früher mal einige grüne Inseln, seit der Zeit, als die Karthager das Land regierten. Bisher haben wir den Verlust ausgleichen können, indem wir Grundwasser ans Tageslicht pumpten, aber in jüngster Zeit melden viele unserer Pumpstationen drastisch reduzierte Durchflussmengen. Wir nahmen an, es sei ein örtliches Problem. Aber als wir von diesem verschwindenden See hörten – und nachdem ich ihn jetzt mit eigenen Augen vor mir sehe –, wird mir immer klarer, dass dieses Problem offenbar größere Dimensionen hat, als ich zuerst angenommen hatte. Es deutet auf eine drastische Veränderung der Grundwasserverhältnisse hin.«

»Wie ist so etwas möglich?«, wollte Gamay wissen.

»Das weiß niemand«, antwortete er mit entwaffnender Offenheit. »Besteht die Chance, dass Sie mir dabei helfen, die Antwort auf diese Frage zu finden?«

Paul warf seiner Frau einen Seitenblick zu. Ein stummer Dialog entspann sich zwischen ihnen. »Es wäre uns eine Freude«, sagte er. »Wenn Sie uns später zu unserem Hotel bringen, würden wir unsere Siebensachen aus dem Tourbus holen und die Gruppe ohne uns die Reise fortsetzen lassen.«

»Wunderbar«, sagte Reza lächelnd. »Mein Landrover steht unten an der Straße.«

16

Valletta Grand Harbour, Malta

In den Grand Harbour von Valletta einzufahren, war wie ein Ausflug in die Vergangenheit, zurück in eine Epoche, in der winzigen Außenposten wie Malta, beherrscht von den Mächtigen ihrer Zeit, eine lebenswichtige Bedeutung für den internationalen Handel und die Kontrolle des Mittelmeers zukam.

Als die *Sea Dragon* um die Hafenmole herumfuhr, war das Hafenpanorama nahezu das gleiche wie zu den Glanzzeiten der Insel, und Kurt fiel es nicht schwer, sich vorzustellen, im neunzehnten, achtzehnten oder gar im siebzehnten Jahrhundert dort gelebt zu haben.

Genau vor ihnen, von den Strahlen der untergehenden Sonne vergoldet, beherrschte die alles überragende Kuppel der Karmelitenkirche das Stadtpanorama. Um sie drängten sich historische Bauten und noch mehr Kirchen. Der Hafen selbst wurde von nicht weniger als vier wuchtigen Forts mit Bastionen und Zitadellen beschützt, die immer noch über den schmalen Kanal wachten.

Fort Manoel war auf einer Insel in einem Teil des mehrarmigen Einschnitts erbaut worden, während Fort St. Elmo die Spitze der Halbinsel beherrschte. Nach fast fünfhundert Jahren erschienen seine fleckigen Mauern abweisend und uneinnehmbar. Fort Ricasoli, direkt gegenüber und über die rechte Seite des Hafens wachend, zeigte einen vollkommen anderen Baustil und erschien niedrig und schmal, da seine Mauern in die Mole übergingen, an deren Ende ein kleiner Leuchtturm stand. Und schließlich, innerhalb des Hafens, thronte Fort Saint Angelo auf einem kleinen Streifen Festland unmittelbar am Wasser.

Und wenn die Forts nicht ausreichten, um darauf hinzuweisen, dass Malta eine einzige Festung war, bestanden die Kaimauern, die Gebäude und natürlich erscheinenden Felsbastionen auch noch aus dem gleichen hellbraunen Stein.

Es konnte einem so vorkommen, als wäre die gesamte Insel aus einem einzigen gigantischen Kalksteinblock herausgemeißelt worden, anstatt im Laufe der Jahrhunderte Stein auf Stein erbaut worden zu sein.

»Da fragt man sich verwundert, wie ein Fremder es schaffen konnte, die Insel zu erobern«, sagte Joe, während er staunend die Befestigungen betrachtete.

»Auf die gleiche Art und Weise, wie man stets erfolgreich auf brutale Gewalt reagiert«, erwiderte Kurt. »Durch Irreführung und List. Napoleon machte während seiner Seefahrt nach Ägypten einen Abstecher in den Hafen, um Proviant für seine Schiffe zu kaufen. Gute Geschäfte witternd, ließen ihn die Einheimischen herein. Sobald seine Flotte die Forts unbehelligt passiert hatte, ließ er die Armee an Land gehen und richtete die Kanonen auf die Häuser.«

»Die klassische Trojanisches-Pferd-Taktik – nur ohne ein Pferd«, fasste Joe zusammen.

Mittlerweile war die *Sea Dragon* in den inneren Hafen gelangt und näherte sich einem offeneren Bereich der Kaianlagen. Sie sahen dort ein wenig moderner aus, kleine Tanker löschten Benzin und Heizöl neben Rohöltankern und Schüttgutfrachtern.

Ohne abzuwarten, bis das Schiff ordnungsgemäß vertäut war, sprangen Kurt und Joe auf den Kai und eilten in Richtung Stadt.

»Zwei Mann sollen ständig Wache halten!«, rief Kurt zur Kommandobrücke hinauf. »Hier treibt sich gewiss eine Menge zwielichtiges Gesindel herum.«

»Meinen Sie solche Männer wie Sie beide?«, rief Reynolds zurück.

Kurt lachte.

»Versuchen Sie, nicht allzu viel Unruhe zu stiften«, fügte Reynolds hinzu. »Unsere Kautionskasse ist ziemlich leer.«

Kurt quittierte die Warnung mit einem Winken. Er und Joe hatten eine Verabredung mit dem Direktor des Maltesischen

Ozeanographischen Museums, zu der sie jedoch mit Sicherheit zu spät kämen.

»Meinst du, der Direktor wartet noch auf uns?«, fragte Joe, während sie nach einem freien Taxi Ausschau hielten.

Kurt schaute zum Himmel hinauf. Es war kurz vor dem Anbruch des Abends. »Ich schätze unsere Chancen auf fifty-fifty.«

Ein Taxi hielt neben ihnen, und sie stiegen ein.

»Ozeanographisches Museum«, nannte Kurt das Ziel.

Der Taxifahrer machte einiges an Zeit gut, als er seinen Wagen in waghalsigem Tempo durch die engen Straßen lenkte, mehrere Kreuzungen trotz gelbem Ampelsignal überquerte und sie vor dem Museum neben einer Poseidon-Statue absetzte.

Die Fassade des Maltese Oceanic Museum erinnerte Kurt Austin an die New York Public Library mit ihren beiden steinernen Löwen auf der rechten und der linken Seite. Als sie zum Eingang kamen, erklärte Kurt einem Angehörigen des Sicherheitsdienstes ihr Anliegen, woraufhin er und Joe einige Zeit warten mussten, während der Nachtwächter den Hörer des Telefons am Empfang abnahm und eine Nummer wählte.

Kurz darauf erschien ein hagerer Mann in einem Tweedsakko mit Lederflecken auf den Ärmeln.

Kurt reichte ihm die Hand. »Dr. Kensington?«

»Nennen Sie mich William«, sagte der Mann und schüttelte Kurt die Hand. Er war gebürtiger Engländer, der schon seit Jahren im Ausland lebte, und einer von vielen Expatriierten auf einer Insel, die seit über einem Jahrhundert Teil des britischen Weltreichs war.

»Verzeihen Sie, dass wir uns verspätet haben«, sagte Kurt. »Der Wind hat uns aufgehalten.«

Mit einem Lächeln nahm Kensington die Entschuldigung zur Kenntnis. »Das tut er meistens. Deshalb wurde ja auch das Motorboot erfunden.«

Ein amüsiertes Lachen der beiden Besucher belohnte die schlagfertige Bemerkung Kensingtons, während er sie ins Gebäude eintreten ließ und hinter ihnen die Tür abschloss. Mit einem Kopfnicken signalisierte er dem Nachtwächter, dass alles in Ordnung sei, aber ehe er sie durch die Eingangshalle und in einen Flur geleitete, bemerkte Kurt, wie der Museumsdirektor noch einmal durch das Fenster in der Tür schaute und mit den Fingern den Spalt zwischen zwei Lamellen der Innenjalousie vergrößerte, um einen besseren Überblick über den Vorplatz des Museums zu haben.

Kensington ließ die Lamellen zurückschnellen und führte sie durch den Eingangsbereich, wo offenbar die Vorbereitungen für die Party und die Auktion, die in ein paar Tagen stattfinden sollten, in vollem Gange waren. Schließlich gelangten sie in Kensingtons Büro, das aus einem bescheidenen rechteckigen Raum in einem abgelegenen Winkel des dritten Stocks bestand. Er war fast bis zur Decke mit kleinen Artefakten, Stapeln von Fachzeitschriften und fachwissenschaftlichem Papierkram vollgestopft. Das Fenster, ein schmaler Streifen bunten Glases, wirkte in dieser nüchternen und von intensiver Arbeit geprägten Umgebung irgendwie fehl am Platze.

»Ein Überbleibsel aus der Vergangenheit des Gebäudes, in dem im achtzehnten Jahrhundert ein Mönchsorden residierte«, erklärte Kensington.

Während sich Gastgeber und Besucher niederließen, flammten draußen vor dem Gebäude Flutlichter auf, und der Lärm intensiver Bautätigkeit setzte ein, bestehend aus dem Stakkato von Presslufthämmern, dem gelegentlichen Surren und Knirschen von Kränen und – gleichzeitig – dem lauten Rufen der Arbeiter.

»Für umfangreiche Abbrucharbeiten dürfte es zu spät sein, meinen Sie nicht?«, sagte Kurt.

»Sie gestalten den Innenhof neu«, sagte Kensington, »und arbeiten abends und nachts, um die Touristen nicht zu behindern.«

»Ich wünschte, sie würden mit dem Ausbessern der Schnellstraßen in D.C. genauso verfahren«, sagte Joe. »Für Pendler wie mich wäre es ein wahrer Segen.«

Kurt reichte Kensington seine Visitenkarte.

»NUMA«, las der Museumsdirektor und drehte die Karte zwischen den Fingern hin und her. »Ich habe schon früher mit Ihren Leuten zusammengearbeitet. Es war jedes Mal ein ausgesprochenes Vergnügen. Wie kann ich Ihnen helfen?«

»Wir sind zu Ihnen gekommen, um einiges über den Empfang zu erfahren, der vor der Auktion geplant ist.«

Kensington legte die Visitenkarte beiseite. »Ja«, sagte er. »Das wird ein aufregendes Ereignis. Die Party soll in zwei Tagen stattfinden. Geplant ist ein Fest mit allem Drum und Dran, Abendkleider, Smoking, Sie wissen schon. Ich würde Sie ja einladen, aber ich fürchte, es ist eine geschlossene Gesellschaft.«

»Was können wir bei dieser Party erwarten?«

»Die Gäste erhalten die Gelegenheit, die einzelnen Auktionslose aus nächster Nähe zu begutachten«, erklärte Kensington, »und sie können einander kennenlernen, damit sie in etwa wissen, gegen wen sie unter Umständen bieten.« Er grinste. »Nichts treibt die Preise so sicher in die Höhe wie ein wenig Egobezogener Wettstreit.«

»Kann ich mir gut vorstellen«, sagte Kurt.

»Sie glauben gar nicht«, fügte der Museumsdirektor hinzu, »wie tief manche Leute in die Tasche greifen, um etwas sehen zu dürfen, was seit hunderten oder tausenden von Jahren niemand mehr zu Gesicht bekommen hat.«

»Und noch mehr zahlen sie dafür, den betreffenden Gegenstand nach Hause mitzunehmen, um ihn dort allein betrachten zu können.«

»Ja«, gab Kensington zu. »Aber daran ist nichts Illegales. Und es geschieht ausschließlich zum Nutzen des Museums. Wir sind eine private Organisation und würden die Kosten für aufwendige Restaurierungen niemals ausschließlich durch den Verkauf von Eintrittskarten decken können.«

»Haben Sie eine Liste der zum Verkauf anstehenden Objekte?«

»Die habe ich allerdings«, sagte Kensington, »aber ich fürchte, dass ich sie Ihnen nicht weitergeben darf. Vorschriften und so weiter.«

»Vorschriften?«, fragte Kurt.

»Und so weiter«, wiederholte Kensington.

»Ich glaube, ich verstehe nicht.« Kurt sah den Museumsdirektor irritiert an.

Ein Schweißtropfen erschien auf Kensingtons Stirn. »Sie wissen ja, wie das ist. Sobald etwas geborgen und der Welt vorgestellt wurde, fangen die Leute einen heftigen Streit an, wessen Eigentum es ist. Wenn Gold aus einer spanischen Galeone gefunden wird – wem gehört es? Zuerst erhebt das Bergungsteam Anspruch darauf. Die Spanier argumentieren, es sei schließlich ihr Schiff, und die Nachfahren der Inkas pochen darauf, dass das Gold ursprünglich ihnen gehört habe und dass schließlich sie es waren, die es aus der Erde geholt haben. Wussten Sie, dass die Ägypter Klage erhoben haben und den Rosetta-Stein von England zurückfordern? Und den Lateran-Obelisken von Rom? Dieser stand ursprünglich vor dem Amun-Tempel in Karnak, ehe Konstantin II. ihn von dort abtransportieren ließ. Er wollte ihn eigentlich nach Konstantinopel bringen lassen, aber der Obelisk hat es schließlich nur bis Rom geschafft.«

»Demnach erwarten Sie …«

Kensington war ganz offen. »Wir erwarten, verklagt zu werden, sobald die Objekte der Öffentlichkeit zugänglich gemacht werden. Wir möchten uns wenigstens einen Tag lang daran erfreuen dürfen, ohne gegen die vereinte Anwaltschaft der Welt kämpfen zu müssen.«

Es war eine gute Geschichte, dachte Kurt, vielleicht sogar zur Hälfte wahr. Aber Kensington verbarg auch irgendetwas. »Mr. Kensington«, begann er.

»William, bitte.«

»Ich möchte es eigentlich nicht tun«, fuhr Kurt fort, »aber Sie lassen mir keine Wahl.«

Er holte die Fotos hervor, die Dr. Ambrosini ihm gegeben hatte, und schob sie über den Tisch.

»Was soll dort zu sehen sein?«

»Das sind Sie«, sagte Kurt. »Nicht besonders gut getroffen, das gebe ich zu, aber Sie sind es ganz eindeutig. Sie tragen sogar dasselbe Tweedsakko.«

»In der Tat. Na und?«

»Es geht um die anderen Männer auf diesem Foto«, sagte Kurt, »die nicht gerade die Art von Zeitgenossen sind, mit denen man sich gerne fotografieren lässt. Ich bezweifle, dass sie sich jemals auf Ihrer Party blicken ließen.« Kensington starrte auf das Foto.

»Erkennen Sie einen von ihnen?«, fragte Joe.

»Diesen Mann dort«, sagte Kensington und deutete auf den vermissten Dr. Hagen. »Er ist eine Art Schatzsucher, ein nicht allzu bedeutender Sammler. Ein Arzt, wenn ich mich recht erinnere. Die anderen beiden sind Kollegen von ihm. Aber ich wüsste nicht, was das mit …«

»Er ist wirklich Arzt«, unterbrach Kurt den Museumsdirektor. »In diesem Punkt haben Sie recht. Aber er wird auch des Terrorismus verdächtigt und in Verbindung mit dem Zwischenfall gesucht, der sich gestern auf Lampedusa ereignete. Die anderen Personen auf dem Foto könnten ebenfalls darin verwickelt sein.«

Kensington wurde kreidebleich. Die Nachrichten waren voll von dieser Meldung und nannten den Vorfall die schlimmste industrielle Katastrophe seit Bhopal. »Von Terrorismus habe ich nichts gehört«, sagte er. »Ich hatte angenommen, es sei ein chemischer Unfall gewesen, ausgelöst durch diesen Frachter, der auf Grund gelaufen ist.«

»So wurde es in der Öffentlichkeit dargestellt«, sagte Kurt. »Aber das trifft nicht zu.«

Kensington schluckte krampfhaft und räusperte sich. Er trommelte mit den Fingern auf der Schreibunterlage, dann ergriff er einen Kugelschreiber und drehte ihn hektisch hin und her, während draußen ein Kran rumpelnd in Gang gesetzt wurde.

»Ich … ich weiß wirklich nicht, was ich Ihnen erzählen soll«, stammelte er. »Ich erinnere mich noch nicht einmal an den Namen des Mannes.«

»Hagen«, sagte Joe Zavala, stets die Hilfsbereitschaft in Person.

»Ja, richtig … Hagen.«

»Sie müssen sehr vergesslich sein«, stellte Kurt Austin fest. »Laut den Personen, die dieses Foto geschossen haben, haben Sie sich drei Mal mit Hagen getroffen. Wir hoffen, dass Sie sich wenigstens noch daran erinnern können, was er von Ihnen wollte.«

Kensington seufzte und sah sich um, als suchte er Hilfe. »Ich sollte ihn zu der Party einladen«, sagte er schließlich. »Ich erklärte ihm jedoch, dass ich ihm diesen Gefallen nicht tun könne.«

»Weshalb nicht?«

»Wie ich vorhin schon erklärte, es ist eine sehr private Veranstaltung. Reserviert für nur ein paar Dutzend extrem reiche Persönlichkeiten und Freunde des Museums. Dr. Hagen könnte sich kaum einen Platz am Tisch leisten.«

Kurt lehnte sich zurück. »Noch nicht einmal mit zweihunderttausend Euro?«

Das weckte schlagartig Kensingtons Interesse, aber der Museumsdirektor sammelte sich schnell wieder. »Noch nicht einmal mit einer Million.«

Kurt hatte bisher angenommen, dass mit dem Geld die Artefakte erworben werden sollten, aber vielleicht hatte es damit auch eine ganz andere Bewandtnis. »Für den Fall, dass er Ihnen das Geld als Belohnung für Ihre Bemühungen angeboten hat, sollten Sie wissen, dass diese Leute nicht zu denen gehören, die am Ende auch zahlen. Viel eher verwischen sie ihre Spuren. Vielleicht zeigen sie Ihnen die gesamte Summe, geben Ihnen vielleicht sogar eine kleine Anzahlung und lassen Sie das Geld für ein paar Sekunden in der Hand halten – sozusagen um Ihren Appetit zu wecken. Aber wenn sie von Ihnen bekommen haben, was sie sich wünschten, dann sorgen sie dafür, dass Sie nicht mehr lange genug leben, um auch nur einen kleinen Teil davon auszugeben.«

Keine empörte Reaktion von Seiten Kensingtons folgte, kein

entrüsteter Widerspruch, er saß nur schweigend da, als ließe er sich Kurts Worte durch den Kopf gehen.

»Aber das wissen Sie längst«, fügte Kurt hinzu. »Sonst hätten Sie nicht aus dem Fenster geschaut, als stünde der Tod persönlich vor der Tür.«

»Ich …«

»Sie warten darauf, dass sie zurückkommen«, sagte Kurt. »Sie haben Angst vor ihnen. Und, glauben Sie mir, diese Angst ist in jeder Hinsicht berechtigt.«

»Ich habe ihnen nichts gegeben«, versuchte Kensington sich zu verteidigen. »Ich forderte sie auf, mich in Ruhe zu lassen. Aber was Sie nicht verstehen, Mr. Austin, ist, dass diese Leute …«

Kensington verstummte und hantierte mit irgendetwas auf seinem Schreibtisch herum, ehe er nach unten griff und eine Schublade öffnete.

»Immer sachte«, warnte Kurt.

»Ich habe keine Pistole«, sagte Kensington und holte eine kleine Glasflasche mit Magentabletten hervor.

»Wir können Sie beschützen«, sagte Kurt. »Wir können Sie sicher zur Polizei bringen, die Sie in ihre Obhut nimmt, aber zuerst müssen Sie uns helfen.«

Kensington stopfte sich ein paar Tabletten in den Mund. Sie halfen ihm offenbar, sein inneres Gleichgewicht wiederzufinden.

»Es gibt nichts, vor dem man mich beschützen müsste«, sagte er, während er die Tabletten zerkaute. »Ich finde, das ist doch lächerlich. Zwei Sammler liegen mir wegen ein paar Antiquitäten in den Ohren, und plötzlich soll ich ein Erzverbrecher sein? Ein Massenmörder?«

»Niemand behauptet das«, sagte Kurt. »Aber diese Männer waren darin verwickelt. Und Sie stehen mit ihnen in Verbindung, ob gewünscht oder nicht gewünscht, tut nichts zur Sache. So oder so sind Sie in Gefahr.«

Kurt sah einen Menschen vor sich, der sich in einem schrecklichen inneren Aufruhr befand. Er wollte nichts anderes, als das Wissen um die Katastrophe auf Lampedusa, den Baustellenlärm vor dem Museum, den Stress dieser Situation hinter sich zu lassen.

»Ich versichere Ihnen«, sagte Kensington, »ich weiß nichts über diese Männer. Sie wollten sich, ebenso wie Sie, über einige Stücke informieren, die bei der Auktion angeboten werden, Stücke, über die ich mich auf Grund einer Verpflichtung zu absoluter Vertraulichkeit nicht äußern darf. Aber ehe Sie irgendwelche abenteuerlichen Schlüsse daraus ziehen, kann ich Ihnen so viel verraten: Die Stücke, um die es geht, sind in keiner Weise ungewöhnlich. Nichts unterscheidet sie von anderen Artefakten dieser Art.«

Der Presslufthammer vor dem Museum war endlich verstummt, und in der einsetzenden Stille griff Kensington mit deutlich zitternder Hand wieder nach einem Kugelschreiber.

»Sie sind wertloser Plunder«, fuhr er beinahe geistesabwesend fort und setzte den Kugelschreiber auf einen Bogen Papier. »Noch nicht auf Echtheit überprüfte Fundstücke aus Ägypten. Nichts von hohem Wert.«

Eine Maschine heulte unten im Innenhof des Museums auf. Der Lärm war ohrenbetäubend und irgendwie völlig fehl am Platz. Kurt spürte, wie sich ihm die Nackenhaare sträubten. Er wandte sich um und nahm einen Schatten wahr, der an dem bunten Glasfenster vorbeischwang.

»Achtung!«, brüllte er und ließ sich von seinem Stuhl auf den Fußboden fallen.

Ein lautes Krachen folgte, als das Ende eines Kranauslegers wie ein Rammbock durch das Fenster stieß.

Glasscherben und Steintrümmer wirbelten durch die Luft, als der schwarz-gelbe Gitterarm hereinfuhr, Kensingtons Schreibtisch traf, diesen durch das Büro schob und Kensington an der rückwärtigen Zimmerwand festnagelte.

Der Ausleger fuhr ein paar Meter zurück, und Kurt erreichte Kensington mit einem Sprung, packte ihn und zog ihn aus dem Weg, ehe der Kranausleger mit einem zweiten Rammstoß die Reste des Schreibtisches wegfegte und ein Loch in die Mauer dahinter stanzte.

Ein dritter Rammstoß brachte beinahe das Dach über ihnen zum Einsturz.

»Kensington!«, rief Kurt Austin und starrte den Mann an.

Kensingtons Gesicht war verwüstet, seine Nase gebrochen. Lippen und Zähne waren eine blutige Masse. Das Ende des Kranauslegers hatte seinen Kopf getroffen. Er reagierte nicht, schien jedoch zu atmen.

Kurt bettete ihn behutsam auf den Fußboden und bemerkte das zerknüllte Blatt Papier in seiner Hand. Er griff danach, während Joe einen Warnruf brüllte.

»Kopf runter!«

Der Ausleger schwenkte zur Seite. Kurt deckte Kensington mit seinem Körper zu und machte sich so dünn wie möglich, während die Angreifer eine weitere Mauer wegfegten.

Diesmal verkeilte sich der Ausleger im Mauerwerk unter dem Fenster. Ein halbherziger Versuch, ihn zu befreien, folgte noch, dann aber stoppte der Gitterarm.

Kurt stürzte zum Loch in der Mauer. Er sah einen Mann in der Kabine des kleinen Krans hektisch an den Kontrollen hantieren, während ein anderer Mann mit einer Maschinenpistole im Anschlag hinter ihm stand.

Als er Kurt entdeckte, hob der Mann die Waffe und gab einen kurzen Feuerstoß ab. Kurt wich zurück, während die Kugeln in das Mauerwerk neben der Öffnung einschlugen, ihr Ziel jedoch verfehlten.

Mittlerweile hatte sich Joe den Telefonhörer vom Schreibtisch geangelt und forderte Hilfe an. Er beschrieb ihre Notlage, während draußen weitere Schüsse fielen.

Kurt stellte sofort fest, dass die Schüsse in eine andere Richtung abgefeuert worden waren. Dann schaute er wieder nach draußen. Die Angreifer flüchteten und schossen über die Köpfe der Menschen hinweg, um freie Bahn zu haben.

»Kümmere dich um Kensington«, rief Kurt. »Ich verfolge sie!«

Ehe Joe protestieren konnte, kletterte Kurt durch die Fensterhöhle und hangelte sich am Kranausleger entlang.

17

Kurt kletterte am Kranturm hinab und benutzte dabei die Leiter im Innern des Gitterfachwerks. Während seines Abstiegs beobachtete er drei Männer mit Maschinenpistolen, die zu einem Minivan rannten, der auf der gegenüberliegenden Straßenseite geparkt war. Er ließ sich einfach fallen, als er das Ende der Leiter fast erreicht hatte, und musste bei seiner Landung feststellen, dass mehrere Arbeiter direkt oder von Querschlägern getroffen worden waren, als die Gangster sich ihren Fluchtweg freigeschossen hatten.

Die Scheinwerfer des kleinen Lieferwagens flammten auf, und sein Motor sprang an.

Kurt schaute sich nach einem geeigneten Fahrzeug um, mit dem er sie verfolgen könnte. Als einzige Möglichkeit bot sich ein kleiner Citroën-Kipplastwagen an. Er hatte ein schmales Fahrgestell und einen hohen Heckaufbau, der ihm ein für amerikanische Maßstäbe seltsames Aussehen verlieh, war für die schmalen Straßen einer kleinen Insel jedoch weitaus besser geeignet.

Kurt sprintete zu ihm hinüber, schwang sich hinein und stellte zu seinem Glück fest, dass der Schlüssel im Zündschloss steckte. Während der Motor ansprang, legte er den Gang ein und lenkte den Wagen quer über den Museumsvorplatz und eine breite Treppe hinab – immer in dem verzweifelten Bemühen, dem Minivan den Weg abzuschneiden.

Doch der kleine Lieferwagen war viel zu wendig, um auf diese Weise aufgehalten zu werden. Er schlingerte um den Citroën herum, fuhr etwa dreißig Meter weit auf dem Bürgersteig und kehrte dann auf die Fahrbahn zurück.

Kurt legte den Rückwärtsgang ein, setzte zurück und kurbelte am Lenkrad, bis die Nase des Kipplasters in die richtige Richtung zeigte.

Gerade wollte er Vollgas geben, als eine vertraute Gestalt aus dem Museum auftauchte.

»Steig ein!«, rief er.

Joe hechtete ins Führerhaus des Lastwagens, und Kurt trat aufs Gaspedal.

»Konntest du dir nicht was Kleineres aussuchen?«, fragte Joe.

»Das war ein kostenloses Upgrade. Da hat man nicht immer die freie Auswahl«, erwiderte Kurt. »Man muss nehmen, was man kriegt.«

»Und was meinst du, was geschieht, wenn sich die Polizei auf den Standpunkt stellt, dass es strafbar ist, Kipplaster von Verbrechensstandorten zu entfernen?«

»Hängt davon ab«, sagte Kurt.

»Von was?«

»Ob wir die Bösen schnappen oder nicht.«

Trotz des Motorenlärms des Kipplasters war diese Aussicht nicht sehr wahrscheinlich. Der Minivan der Flüchtigen mochte zwar keine PS-Bombe sein, aber er war agil und wendig und hängte sie schnell ab. Im Vergleich mit ihm war der Kipplaster langsam und schwerfällig.

Eine Stauzone sorgte einen Moment lang für eine gewisse Chancengleichheit, aber der kleine Lieferwagen schlängelte sich bereits Sekunden später geschickt durch den ruhenden Verkehr. Kurt hatte diese Möglichkeit leider nicht. Er schaltete sämtliche Scheinwerfer und Warnlichter ein und stützte sich ausgiebig auf den Hupknopf.

Als Reaktion auf den scheinbar entfesselten Lastwagen machten ihm zwar halbwegs vernunftgesteuerte Autofahrer den Weg frei, aber mehrere am Straßenrand geparkte Fahrzeuge hatten dieses Glück nicht. Gewiss nicht aus freien Stücken touchierte Kurt sie und rasierte auf diese Art und Weise fünf Außenspiegel ab.

»Einen hast du, glaube ich, vergessen«, tadelte Joe.

»Ich hol ihn mir auf der Rückfahrt.«

Den Fuß unverrückbar fest auf dem Gaspedal, steigerte Kurt

stetig das Tempo des Lasters. »Ich dachte, ich hätte dich gebeten, bei Kensington zu bleiben.«

»Das bin ich auch«, sagte Joe. »Aber ich konnte nicht viel für ihn tun. Außerdem kam Hilfe.«

Mittlerweile holten sie zu dem Minivan auf, als sich die Straße leerte und zur Bucht hinabsenkte, wo sie sich am Hafenkai und den dort vertäuten Luxusjachten und Fischerbooten entlangschlängelte. Jemand in dem Van schien mit dieser Idee nicht sonderlich glücklich zu sein und überschüttete den verfolgenden Lastwagen mit einem Trommelfeuer.

Kurt zog reflexartig den Kopf ein, als die Windschutzscheibe von unzähligen Geschossen zertrümmert wurde. Gleichzeitig wechselte er nach rechts auf eine Nebenstraße, die einen weiten Bogen landeinwärts beschrieb und sie vom Hafen wegführte.

»Das ist die falsche Richtung«, bemerkte Joe Zavala.

Doch Kurt behielt den Fuß auf dem Gaspedal. Er schaltete einen Gang herunter und hielt Drehzahl und Motorleistung damit hoch.

»Immer noch die falsche Richtung – aber jetzt viel schneller«, aktualisierte Joe sein Urteil über Kurts Fahrkünste.

»Wir nehmen eine Abkürzung«, sagte Kurt. »Die Küstenlinie gleicht hier Fingern, die in den Hafen hineinragen. Während unsere Freunde den Umrissen dieser Finger folgen, überqueren wir die Handfläche.«

»Oder verfahren uns«, fügte Joe hinzu. »Da wir keine Landkarte zur Verfügung haben.«

»Wir brauchen nur darauf zu achten, dass sich der Hafen immer links von uns befindet«, erklärte Kurt.

»Und wir müssen hoffen, dass sie nicht plötzlich kehrtmachen.«

Den Sichtkontakt zum Hafen zu halten, war einfach, da alle Forts und wichtigen Bauwerke in seiner direkten Nachbarschaft von Scheinwerfern angestrahlt wurden. Aus ihrer höheren Position konnten sie sogar gelegentlich die weiter unterhalb verlaufende Straße einsehen.

»Dort sind sie«, sagte Joe und deutete schräg voraus.

Kurt sah es ebenfalls. Der kleine Minivan war nach wie vor auf der Flucht, und zwar ebenso schnell wie zuvor. Offenbar hatte der Fahrer kein Interesse daran, sich im fließenden Verkehr zu verstecken.

Der Kipplaster gelangte auf die Gefällestrecke und steigerte sein Tempo. Er zitterte und schaukelte, und die Ladung Zement- und Stahlbetonschutt auf der Ladefläche veranstaltete einen ohrenbetäubenden Lärm.

Sie näherten sich der Kreuzung.

»Was hast du vor?«, fragte Joe.

»Das Gleiche wie die Römer, ich ramme sie!«

Joe ging hastig auf die Suche nach Sicherheitsgurten und fand keinen.

»Festhalten!«

Sie erreichten die Spur zum Einfädeln, schossen auf die Uferstraße hinaus und verfehlten ihr Ziel um Haaresbreite. Da sie auf der Gefällestrecke so viel Tempo aufgenommen hatten, war Kurts Timing ein wenig durcheinandergeraten. Sie hatten die Führung übernommen.

»Wir liegen jetzt vor der Karre, die wir eigentlich verfolgen sollten«, stellte Joe überflüssigerweise fest.

»Dann tu was dagegen.«

Joe reagierte auf die einzige Weise, die ihm in diesem Moment einfiel. Er betätigte den Hebel für die hydraulische Kippvorrichtung. Das vordere Ende der Ladefläche stieg hoch, und tausende Pfund Betontrümmer, Moniereisenschrott und anderer Bauschutt gerieten ins Rutschen.

Die Ladung ergoss sich auf die Straße und traf den Minivan wie eine kleine Gesteinslawine. Kühlergrill und Motorhaube wurden beim ersten Kontakt eingedrückt. Die Windschutzscheibe wurde von faustgroßen Betonbrocken zertrümmert, und der Wagen geriet außer Kontrolle, verließ die Straße und überschlug sich.

Kurt rammte den Fuß aufs Bremspedal, und der Kipplaster

kam schlingernd zum Stehen. Er sprang aus dem Führerhaus und rannte zu dem umgekippten Lieferwagen. Joe folgte ihm mit einem Stemmeisen als Waffe in der Hand.

Sie erreichten den Lieferwagen, aus dessen Kühler zischend Dampf aufstieg. Die Karosserie war zerbeult, Rahmen und Chassis waren vollkommen deformiert. Betäubender Benzingeruch schwängerte die Luft.

Eine schnelle Kontrolle ergab, dass der Mann auf dem Beifahrersitz tot war. Ein Betonbrocken hatte die Windschutzscheibe durchschlagen und ihn an der Stirn getroffen. Aber er war der einzige Insasse.

»Wo sind die anderen?«, fragte Joe.

Wenn Fahrzeuge sich überschlugen, kam es häufig vor, dass die Insassen herausgeschleudert wurden, aber als er sich suchend umsah, konnte Kurt niemanden entdecken. Dann, in einiger Entfernung, machte er zwei Gestalten aus, die über eine Felsschulter in Richtung der Lichter von Fort Saint Angelo rannten.

»Hoffentlich hast du daran gedacht, deine Laufschuhe anzuziehen«, sagte er und spurtete hinter ihnen her. »Es ist noch nicht vorbei.«

18

Angetrieben von einem alles beherrschenden Gefühl des Schocks und der Angst, hatte Dr. Hagen nur noch Augen für das Fort in der Ferne, während er über die Uferstraße rannte. Die Lage verschlechterte sich zusehends. Über eine Wanze hatte er mithören können, wie Kensington den Männern von der NUMA beinahe verraten hätte, hinter welchen antiken Fundstücken er her war. Da war er in Panik geraten und hatte verlangt, dass die Männer von Osiris den Museumsdirektor töten sollten, ehe er sie verriet, was sie, wie er sich ziemlich sicher war, auch getan hatten. Aber alles, was seitdem geschah, nahm katastrophale Ausmaße an: die Verfolgungsjagd, der Unfall und der Verlust ihrer Waffen, als sich der Wagen überschlug.

»Wir brauchen Hilfe!«, rief Hagen. »Fordern Sie Unterstützung an!«

Glücklicherweise hing das Sprechfunkgerät noch am Gürtel des anderen Auftragskillers. Der Mann hakte es los, drückte auf die Sprechtaste und rannte weiter.

»Shadow, hier ist Talon«, meldete er sich. »Wir müssen verschwinden.«

»Was ist geschehen, Talon?« Die Stimme klang aufgeregt.

»Kensington hat sich mit den Amerikanern getroffen. Er war im Begriff, uns auffliegen zu lassen. Wir mussten ihn töten. Jetzt sind sie hinter uns her.«

»Dann schaltet sie aus.«

»Das können wir nicht«, antwortete er. »Sie sind bewaffnet.« Das war zwar eine Lüge, aber das brauchte das Einsatz-Team ja nicht zu wissen. »Wir haben ein Opfer zu beklagen. Ein Mann ist tot. Wir müssen hier rausgeholt werden.«

Fort Saint Angelo ragte vor ihnen auf, die imposanten Mauern von einer Batterie Flutlichter grell orange erleuchtet. Je mehr sie sich dem Fort näherten, desto heller wurde die Umgebung. Es war, als würden sie über den Times Square rennen. Aber sie hatten keine andere Wahl. Die Sicherheit lag auf der anderen Seite.

»Nun?«, rief Hagen. »Was hat er gesagt?«

»Shadow, hören Sie uns?«

Für einen Moment herrschte Stille, dann meldete sich die Stimme wieder. »Das Boot wartet im Kanal. Schüttelt eure Verfolger ab und dann schwimmt hin. Ihr dürft nicht versagen. Ihr wisst, was sonst geschieht.«

Hagen hörte mit. Es war zwar nicht die Antwort, die er sich gewünscht hatte, aber sie war besser als nichts. Er wurde langsamer, als er die Rampe zum Fort hinaufeilte. Talon, der Mann, der ihm als Helfer zugeteilt war, wartete nicht und rannte mit unvermindertem Tempo weiter. Er war besser in Form als Hagen. Und ihm war es anscheinend gleichgültig, ob Hagen geschnappt wurde.

19

Kurt Austin und Joe Zavala holten stetig zu den beiden Attentätern auf, aber die Männer hatten immer noch einen großen Vorsprung, und sie erreichten das Fort und verschwanden.

Kurt gelangte zur Rampe, an deren oberem Ende ein schmaler Durchgang ins Innere der Festung führte. Joe war dicht hinter ihm.

Kurt verfiel in einen lockeren Trab. Der grelle Schein der orangefarbenen Scheinwerfer und die Schatten überall dort, wo ihr Licht abgeschirmt wurde, erschwerten die Sicht. Kurt hielt sich von den Mauern fern, weil er wenig Interesse daran hatte, aus irgendeiner dunklen Nische oder Gasse angegriffen zu werden.

Selbst aus diesem Blickwinkel betrachtet war das Fort ein imposantes Bauwerk. Auf einer Landzunge erbaut, die weit in den Grand Harbour von Valletta hineinragte, sah die Festung wie eine aus mehreren Schichten bestehende Hochzeitstorte aus. Die Feuerstellungen in den Etagen waren in unterschiedlichen Winkeln so gegeneinander versetzt, dass ein angreifendes Schiff kaum eine Position finden konnte, aus der es einigermaßen gefahrlos auf das Fort hätte feuern können.

Kurt verlangsamte den Schritt. Die Festungsmauer ragte rechts von ihm auf, der Hafen erstreckte sich auf der linken Seite. Er passierte eine verschlossene Tür und gelangte zu einer schmalen Treppe, die wie eine enge Schlucht in die Felswand hineinführte. Dort befand sich ebenfalls eine Tür, aber ein schneller Blick verriet Kurt, dass die Männer sie benutzt hatten.

»Sie haben das Schloss aufgebrochen«, sagte er und drückte die Tür auf.

Nach einem kurzen Blick nach oben stieg Kurt die Treppe hinauf. Dabei schob er sich dicht an einer Wand entlang, wurde jedoch am oberen Ende überrascht. Hinter einem Mauervorsprung tauchte ein Mann auf, der deutlich humpelte. Er hielt ein Schwert in der Hand und attackierte ihn sofort.

Kurt schaffte es, sich unter der Klinge wegzuducken, warf sich auf den Boden, rollte ein Stück weit und sprang in dem Augenblick auf, als Joe erschien. Der Mann mit dem Schwert trat zurück, blickte auf Joe und das Brecheisen in seiner Hand und konzentrierte sich sofort wieder auf Kurt.

Kurt bemerkte eine Ritterrüstung, die als sinnfälliges Zeugnis für die wechselvolle Geschichte des Forts an dieser Stelle aufgestellt worden war. Vor der Rüstung lag ein Eisenhandschuh auf dem Boden. Diesem war das Schwert offensichtlich entrissen worden.

Der Mann richtete die Schwertspitze abwechselnd auf Kurt und Joe. Kurt erkannte ihn.

»Sie müssen Hagen sein«, sagte er, »der Feigling, der von der sterbenden Insel geflohen ist.«

»Sie wissen nichts von mir«, knurrte Hagen.

»Wir wissen, dass Sie über ein Gegengift für das verfügen, das den Menschen auf Lampedusa zustieß. Wenn Sie uns alles darüber erzählen, bleibt Ihnen vielleicht die Hinrichtung erspart.«

»Schnauze!«, rief Hagen, täuschte einen Angriff auf Kurt vor und schwang das Schwert in weitem Bogen gegen Joe.

Die antike Klinge schnitt pfeifend durch die Luft, aber Joe wich blitzartig zurück und wehrte den Schlag mit dem Brecheisen ab. Funken sprühten und zuckten durch die Dunkelheit, als die Waffen klirrend gegeneinanderprallten.

»Diese Situation hat plötzlich etwas eindeutig Mittelalterliches«, sagte Joe.

Hagen griff schon wieder an. Er führte mehrere Schwerthiebe gegen Joe und versuchte, ihn die Treppe hinunterzutreiben, wohl in der Hoffnung, dass er auf den Stufen zu Fall käme. Aber jeder Schwertstreich wurde abgewehrt, bis Joe die Schwertspitze zur Seite schlug und Hagen einen Fuß gegen den Brustkorb schmetterte. Hagen zog sich einige Schritte weit zurück und wappnete sich für den nächsten Angriff.

»Du kannst verdammt gut mit dem Ding umgehen«, stellte Kurt fest.

»Ich habe schließlich alle Star-Wars-Filme gesehen, und das sogar mehrmals«, erwiderte Joe voller Stolz.

»Hast du diesen Kerl also unter Kontrolle, ja?«

»Absolut«, erwiderte Joe. »Schnapp du dir seinen Partner. Wenn du zurückkommst, liegt dieser Kerl hier als handliches Paket verschnürt zur Abholung bereit.«

Während sich Kurt entfernte, fasste Joe seinen Gegner entschlossen ins Auge. Gleichzeitig packte er das Brecheisen mit einem beidhändigen Griff wie einen japanischen Kampfstock.

»Ärzte sagen doch so gern: ›Es tut gar nicht weh‹«, meinte Joe im Plauderton. »Ich glaube jedoch nicht, dass es auf diesen Fall zutrifft. Im Gegenteil, es dürfte sehr schmerzhaft werden.«

Hagen schwang das Schwert wild hin und her und ging auf Joe zu. Er kämpfte mit dem Mut der Verzweiflung, brüllte und spuckte Joe sogar an.

Joe nahm die Kampfhaltung eines Taekwondo-Kämpfers ein und bewegte sich mit dessen blitzartiger Schnelligkeit. Seine Fußarbeit war so fließend wie ökonomisch. Er fing jeden Schwerthieb ab oder wich ihm geschickt aus.

Gleichzeitig ging er zum Gegenangriff über, fintierte mit einem Ende des Stocks und schlug mit dem anderen Ende zu. »Ich habe nicht nur alle Star-Wars-Filme gesehen«, warnte er. »Ich bin auch ein großer Fan von Errol Flynn.«

»Wer ist Errol Flynn?«, fragte Hagen.

»Soll das ein Witz sein?«

Hagen schenkte sich eine Antwort, und Joe griff sofort an. Er benutzte das Brecheisen als kurze Lanze, stieß nach dem Arzt und trieb ihn zurück, dann schwang er das andere Ende des Eisens herum und wie einen Schlagstock abwärts. Ein gedämpftes Knacken kam von Hagens Schulter, und der Arzt stieß einen Schmerzensschrei aus.

»Das dürfte das Gelenk gewesen sein«, sagte Joe. »Was soll ich mir als Nächstes vornehmen?«

Hagen ächzte. »Das war das Schlüsselbein.« Seine schiefe Haltung erinnerte an einen Vogel mit gebrochenem Flügel.

»Okay, dann auf ein Neues«, sagte Joe und holte mit dem Brecheisen zum nächsten Schlag aus.

»Stopp«, keuchte der Arzt und warf das Schwert zu Boden. »Ich gebe auf.«

Hagen sank auf die Knie, fasste nach seinem gebrochenen Schlüsselbein und krümmte sich vor Schmerzen. Als Joe sich aber zu ihm hinunterbückte, versuchte der Arzt es mit einem letzten Trick. Er zog eine Injektionsspritze aus einem Futteral in seiner Tasche und wollte die Nadel in Joes Bein stechen. Joe bemerkte seine Absicht gerade noch rechtzeitig und blockierte die Hand auf dem Weg nach unten, sodass die Nadel sich in Hagens eigenen Oberschenkel bohrte.

Was immer sich in dem Zylinder befand, es entfaltete augenblicklich seine Wirkung. Hagen verdrehte die Augen und kippte zur Seite auf seine verwundete Schulter, ohne den leisesten Schmerzlaut von sich zu geben.

»Na toll«, sagte Joe. »Jetzt muss ich dich auch noch tragen.«

Er ging in die Hocke, ergriff Hagens Arm und suchte nach seinem Puls. Zu seiner Erleichterung wurde er fündig. Er zog die Nadel heraus und brach sie ab, ehe er den Zylinder in die Tasche steckte. Vielleicht wäre es sinnvoll, den Inhalt zu untersuchen.

Während Joe noch überlegte, was er mit dem bewusstlosen Arzt tun sollte, hielt Kurt mit gesteigerter Vorsicht Ausschau nach dem zweiten Flüchtigen. Er vermutete, dass dem Mann entweder die Munition ausgegangen oder dass ihm seine Waffe abhandengekommen war, da er keinen Schuss mehr abgefeuert hatte. Das bedeutete jedoch nicht, dass kein weiterer Hinterhalt in Vorbereitung war.

Während er sich vorwärts bewegte, lauschte er angestrengt in die Dunkelheit und glaubte, das Knirschen von Schritten auf losem Geröll hören zu können. Es schien von einer anderen Treppe zu kommen. Kurt drückte sich an die Wand zu seiner Rechten und wagte einen Blick um die Gangbiegung. Die Treppe, die zur nächsten Ebene der Wehrgänge hinaufführte, vollzog auf halber Höhe eine Kehre. Es war kein langer Aufstieg, aber die Steinmauern verhinderten, dass man mehr als nur ein paar Stufen weit blicken konnte.

Kurt verharrte völlig regungslos und lauschte. Mehrere Sekunden lang kam überhaupt kein Geräusch mehr. Dann hörte er plötzlich das Echo von jemandem, der durchstartete und die letzten Stufen im Laufschritt überwand.

Kurt tauchte in den Treppenschacht und stürmte hinauf. Dreißig schmale eng gewendelte Stufen, die für Menschen des achtzehnten Jahrhunderts gebaut worden waren, die eine kürzere Schrittlänge und eine kleinere Statur hatten. Viel Bewegungsraum hatte er nicht, aber Kurt schlängelte sich so schnell wie möglich durch den Treppenaufgang und kam rechtzeitig am oberen Ende heraus, um deutlich beobachten zu können, wie der Mann quer über den Bastionshof rannte.

Er wollte zur anderen Seite, wo eine Batterie antiker Kanonen ihre Mündungen aufs Meer hinaus richtete. Kurt sprintete hinter ihm her, setzte über eine niedrige Mauer und überquerte den freien Innenraum der Bastion. Kurt holte auf, als sein Jagdwild gerade über die Brustwehr am anderen Ende kletterte und zweieinhalb Meter auf den darunterliegenden Bastionshof hinabsprang.

Kurt erreichte die brusthohe Abschlusswand, stützte sich mit beiden Händen auf ihrer Krone ab, schwang sich darüber und gelangte ebenfalls auf den nächsttieferen Bastionshof. Er federte die Landung mit gebeugten Knien ab und richtete sich sofort wieder auf, aber der Attentäter war schon mehr als zehn Meter weit entfernt und sprang bereits über die nächste Mauer.

Kurt folgte ihm und stellte fest, dass es diesmal mehr als drei Meter abwärts ging. »Würde mich nicht wundern, wenn sich am Ende herausstellt, dass der Kerl, den ich verfolge, eine Bergziege ist«, murmelte er.

Kurt nahm mit den Augen Maß, wagte den Sprung auf eine abfallende Rampe hinunter und setzte die Verfolgungsjagd sogleich fort.

Dabei blieb der Vorsprung seines Zielobjekts konstant. Der Mann näherte sich einer weiteren Mauer. Diese befand sich auf der Seite des Forts, die dem Hafen zugewandt war. Bisher waren sie bis zum höchsten Punkt der Festung gelangt, dann zwei Etagen des Hochzeitskuchens abwärts gestiegen. Sie befanden sich jetzt auf der unteren Etage des Forts, und jenseits der Mauer ging es zwanzig bis fünfundzwanzig Meter senkrecht in die Tiefe, mit nichts als nackten Felsen am Fuß der Festungsbasis.

Der Mann erkannte dies offenbar, da er seinen Lauf abrupt abbremste, ehe er die Mauer erreichte und sich zu Kurt umwandte. Nach kurzem Zögern startete er wieder durch, rannte geradewegs auf die Mauer zu und stürzte sich in die Tiefe. Es war eine Selbstmordaktion wie aus dem Lehrbuch.

Kurt erreichte den Rand des Bastionshofs, schaute über die Mauer und erwartete, einen bis zur Unkenntlichkeit zerschmetterten Körper unten auf den Felsen zu sehen. Stattdessen fiel sein Blick auf einen schmalen rechteckigen Einschnitt, der wie ein Kanal in das solide Gestein gegraben worden war. Nicht nur war der Mann, der hinabgesprungen war, noch am Leben, sondern er schwamm sogar wie ein Olympiasieger auf ein wartendes Motorboot zu.

Kurt konnte nichts anderes tun, als mit einem Gefühl widerwilliger Bewunderung zu verfolgen, wie der Schwimmer an Bord des Bootes gezogen wurde, das anschließend mit hohem Tempo in der Nacht verschwand.

»Was ist passiert?«, rief eine Stimme von der Etage über ihm herab.

Kurt legte den Kopf in den Nacken und sah Joe, der Dr. Hagen gegen die Brustwehr gelehnt hatte und am Kragen hochhielt.

»Er konnte entkommen«, sagte Kurt. »Das muss man ihm lassen, er hat es sich hart verdient.«

»Wenigstens haben wir diesen hier«, sagte Joe.

Er hatte den Satz noch nicht beendet, als ein scharfer Knall erklang und der Gefangene auf die Knie sackte und dann zur Seite kippte. Kurt und Joe hechteten gleichzeitig in Deckung, aber kein weiterer Schuss fiel.

Von seinem Platz hinter der Brustwehr aus lugte Kurt vorsichtig hervor. Er und Joe waren klug genug, die Köpfe unten zu halten und sich aus ihren sicheren Positionen hinter den Steinmauern untereinander zu verständigen.

»Joe«, rief Kurt. »Sag mir, dass es dir gut geht!«

»Ich bin okay«, rief Joe zurück, wenn auch mit einem niedergeschlagenen Unterton. »Aber unser Gefangener ist tot.«

Kurt hätte es sich denken können. »Verdammt«, murmelte er. »All das für nichts.«

»Hast du irgendeine Ahnung, von wo der Schuss kam?«

Angesichts von Joes Position auf der oberen Bastionsebene und der Art und Weise, wie der Detonationsknall von den Mauern des Forts reflektiert wurde, musste der Schuss irgendwo am gegenüberliegenden Ufer abgefeuert worden sein. »Von der anderen Seite des Hafens«, vermutete Kurt.

Er wagte einen Blick in diese Richtung. Das Schnellboot war verschwunden, aber es war ganz sicher nicht die geeignete Plattform, um einen präzisen Schuss abzufeuern. Am anderen Ufer befanden sich weitere Bauten inklusive der Befestigungen und Bastionen noch eines Forts.

»Das sind mindestens dreihundertfünfzig Meter«, sagte Joe.

»Dazu ist es dunkel und windig«, sagte Kurt. »Ein Superschuss.«

»Vor allem gleich beim ersten Versuch«, fügte Joe hinzu. »Er brauchte sich nicht zu korrigieren.«

Es war kein Hang zum Morbiden, der sie über das soeben Erlebte reden ließ. Sie versuchten nur, sich über Natur und Absichten ihres Gegners klar zu werden. »Und sie haben einen ihrer eigenen Leute getötet – anstatt uns«, meinte Kurt.

»Denkst du, was ich denke?«, fragte Joe. »Dass wir es mit Profis zu tun haben?«

»Und zwar mit ganz schweren Kalibern«, sagte Kurt. »Hagen war nur ein willkommenes Werkzeug.«

Mittlerweile rasten Streifenwagen die Straße zum Fort herauf. Rotierende blaue und rote Lichter auf einem Schnellboot, das sich ihnen aus dem inneren Hafen kommend näherte, zeigten ihnen, dass die Polizei auch dort draußen im Einsatz war. Zu spät, dachte Kurt. Die Schuldigen hatten sich aus dem Staub gemacht.

Während er weiterhin in Deckung blieb für den Fall, dass der Heckenschütze noch immer seine Position einnahm, holte er den Zettel aus der Tasche, auf dem Kensington in seinem Büro etwas hatte notieren wollen. Das Papier war zwar mit Blutflecken übersät, aber ein Teil der Schrift war noch lesbar. Es schien ein Name zu sein.

Sophie C …

Das sagte ihm nichts. Aber zurzeit schien ohnehin nur wenig einen Sinn zu ergeben. Er steckte den Zettel wieder ein und wartete auf die Ankunft der Polizei und fragte sich gleichzeitig, wann sich für sie das Blatt wenden würde.

Auf der anderen Seite des Hafenbeckens, in einer Ruine, die so alt und günstig gelegen war wie die Befestigungen des Forts St. Angelo, war eine andere Gestalt davon überzeugt, dass sich in diesem Augenblick das Blatt für sie gewendet hatte. Er erhob sich und beobachtete die Auswirkungen seines Schusses.

Er hatte den Gegner ins Visier genommen, den Wind berechnet und das plötzliche Verschwimmen seiner Sicht weggeblinzelt, bis er das Ziel wieder scharf und deutlich erkennen konnte. Und dann hatte er abgedrückt. Die kurze Sehstörung ging mit allmählich abheilenden Brandblasen und den Geschwüren in seinem Gesicht einher.

Nummer vier trug diese Narben voller Stolz. Er hatte den Todesmarsch zum Kontrollpunkt überlebt und eine zweite Chance erhalten, Osiris zu dienen. Mit einem einzigen Schuss hatte er bewiesen, dass er diese Chance verdient hatte.

Er zerlegte das langläufige Präzisionsgewehr und betrachtete das Digitalfoto von dem tödlichen Schuss, das er gemacht hatte.

Doch er fragte sich, ob er stattdessen nicht lieber die Amerikaner hätte töten sollen. Aber die Zeit hatte nur für einen einzigen Schuss ausgereicht, und Hagen musste zum Schweigen gebracht werden. Er hatte die richtige Wahl getroffen. Die Amerikaner würde er beim nächsten Mal töten.

Nachdem er das Gewehr eingepackt hatte, wickelte er sorgfältig ein Halstuch um sein Gesicht und achtete darauf, einen mit einer Heilsalbe getränkten Verband in seinem Nacken zu bedecken. Dann verließ er sein Versteck und verschwand in der Nacht.

20

»Ich hatte angenommen, Sie wollten auf meine Ankunft warten, ehe Sie aktiv werden.« Diese Worte kamen von Renata Ambrosini.

Sie saß mit Kurt Austin und Joe Zavala in einer luxuriösen Suite im obersten Stockwerk des teuersten Hotels auf Malta. Kurt hielt sich ein Glas Scotch on the Rocks gegen die Stirn, um eine hässliche Beule zu kühlen, die er nicht hatte vermeiden können. Joe streckte seinen Rücken, um einen Krampf in seinem Nacken zu lösen.

Dass sie nicht im Gefängnis saßen, war ein kleines Wunder. Aber nachdem sie verhaftet und in Gewahrsam genommen worden waren, hatten Telefonanrufe von der amerikanischen und der italienischen Regierung sowie ein Augenzeugenvideo von ihren Heldentaten zu ihren Gunsten gesprochen und den Ausschlag gegeben. Innerhalb von zwei Stunden hatten sich angedrohte fünfzig Jahre Zwangsarbeit in die ernsthafte Überlegung einer Ehrenmitgliedschaft im Ritterorden der Johanniter verwandelt. Nicht übel für einen Tag Arbeit, aber beide hätten die Ehrung liebend gern gegen einen handfesten Hinweis auf die Hintermänner der Ereignisse eingetauscht.

»Glauben Sie mir, wir haben uns bemüht«, sagte Kurt. »Aber was hätten wir denn anderes tun können, nachdem sie erst die Mauer im Museum eingerissen und dann die Flucht ergriffen hatten?«

Renata schenkte sich einen frischen Drink ein und ließ sich neben Kurt in einen Sessel sinken. »Wenigstens ist Ihnen beiden nichts zugestoßen. Kensington und Hagen sind tot.«

Niedergeschlagen ließ Joe den Kopf hängen. »Ich hätte ihn liegen lassen sollen. Er war noch halb bei Bewusstsein, als ich ihn zur Mauer schleppte.«

»Mach dir keine Vorwürfe«, sagte Kurt. »Du konntest nicht wissen, dass sie einen Heckenschützen in Position gebracht hatten, um ihre Flucht zu decken.«

Joe nickte. »Wissen wir eigentlich, was in dieser Spritze war?«

»Ketamin«, sagte Renata. »Ein handelsübliches Anästhetikum. Also nicht das, was uns auf Lampedusa erwischt hat.«

»Irgendeine Chance, dass Ketamin das Gegenmittel ist?«, fragte Kurt hoffnungsvoll.

»Ich habe Dr. Ravishaw gebeten, es auszuprobieren«, sagte sie. »Für alle Fälle. Aber keine Wirkung. Wir stehen wieder am Anfang.«

Kurt trank einen Schluck von seinem Scotch und betrachtete den zerknüllten Zettel, den Kensington ihm gegeben hatte.

»Haben Sie irgendwelche Namen und Telefonnummern erfahren können?«, fragte Renata.

»Kensington hatte dies hier gerade aufgeschrieben, als der Kranausleger durch die Wand brach.«

Er reichte ihr den Zettel.

»Sophie C … da klingelt nichts bei mir.«

»Bei uns auch nicht«, sagte Kurt. »Aber er wollte uns irgendetwas mitteilen.«

»Vielleicht wollte Kensington, dass wir diese Person suchen«, äußerte Joe eine Vermutung. »Vielleicht kann sie uns helfen. Vielleicht ist Sophie C. die geheimnisvolle Mäzenin, die diese antiken Fundstücke für die große Auktion spendet.«

»Zu schade, dass er nicht schneller geschrieben hat«, sagte Kurt.

»Weshalb hat er überhaupt geschrieben?«, fragte Renata. »Warum hat er es Ihnen nicht einfach gesagt?«

Kurt hatte sich diese Frage auch schon gestellt. »So wie er geredet und sich ständig in seinem Büro umgesehen hatte, hätte man meinen können, dass der Raum verwanzt war. Oder zumindest dass Kensington etwas derartiges vermutete.«

Sie trank einen Schluck aus ihrem Glas. »Demnach schrieb er eine Notiz, um Ihnen irgendeine Information zu geben, und erklärte gleichzeitig, er wisse von nichts.«

Kurt nickte. »Ich vermute, er ging davon aus, dass sie ihn hören, aber nicht sehen konnten. Wahrscheinlich versuchte er, uns zu helfen und trotzdem nicht erwischt zu werden.«

»Warum haben sie ihn dann getötet, wenn sie ihn doch sicher unter Kontrolle hatten?«, fragte die Ärztin.

»Aus dem gleichen Grund, weshalb sie Hagen erschossen haben«, sagte Kurt. »Um ihre Spuren zu verwischen. Sie müssen damit gerechnet haben, dass er früher oder später zusammenbrechen würde. Unsere Ankunft hat die Dinge wahrscheinlich beschleunigt.«

»Sie könnten Sie alle drei im Visier gehabt haben«, meinte sie.

»Möglich«, sagte Kurt. Die Gründe taten in diesem Moment jedoch nichts zur Sache. Das Ergebnis zählte. Und das sprach nun, da sie ihre beiden besten Anknüpfungspunkte verloren hatten, zugunsten ihres Widersachers. Wenigstens waren sie noch immer im Spiel. »Wir müssen diese Sophie finden«, sagte Kurt und wandte sich an Renata. »Sie haben besseren Zugang zu Namen und Archiven als wir. Meinen Sie, Ihre Freunde bei Interpol könnten uns behilflich sein? Vielleicht ist sie eine Freundin von Kensington oder Mitglied der Museumsführung oder eine der Spenderinnen.«

»Oder sie gehört zu den Gästen, die zu der Party eingeladen wurden«, sagte Joe.

Renata nickte. »Ich lasse das von der AISE und der Interpol überprüfen«, versprach sie. »Es ist eine kleine Insel. So schwierig kann es nicht sein, sie aufzustöbern. Wenn nicht sofort ein Hinweis auftaucht, weite ich die Suche aus. Vielleicht ist ›Sophie C‹ auch ein Code oder eine Bezeichnung oder ein Kontoname oder ein Computerprogramm … was auch immer.«

»Sie könnte sogar Joes Scharfschütze sein«, schlug Kurt vor.

»Warum nicht?«, sagte Renata. »Wir leben in einer modernen Welt. Heutzutage stehen einer Frau wirklich alle Möglichkeiten offen.«

Kurt nickte mit grimmiger Miene und trank von seinem Scotch. Das kalte Feuer des Alkohols, kombiniert mit der betäubenden Wirkung des eiskalten Glases an seiner Stirn, hatte den Schmerz bis auf ein erträgliches Maß abgemildert. Er spürte schon, wie sein Kopf klar wurde. »Alles läuft auf etwas in diesem Museum hinaus. Kensington sagte, dass die Männer es auf Artefakte aus Ägypten abgesehen hätten – er nannte sie wertlosen Plunder –, aber wer weiß schon, ob er die Wahrheit gesagt hat. Wir müssen uns einen eigenen Eindruck verschaffen. Was bedeutet, dass Joe und ich an dieser Party teilnehmen werden.«

»Im Abendanzug mache ich eine sensationelle Figur«, sagte Joe.

»Lass den Smoking vorerst im Schrank. Wir sollten eher ein wenig underdressed auftreten. Nach dem, was heute Nacht passiert ist, möchte ich nur ungern die Aufmerksamkeit auf uns lenken.«

»Irgendetwas sagt mir, dass ich in naher Zukunft mit einer Verkleidung rechnen kann«, sagte Joe.

»Mit etwas noch viel Besserem als einer Verkleidung«, sagte Kurt, ohne näher darauf einzugehen.

»Ich bin zutiefst geschockt, dass die Party trotz allem stattfindet«, sagte Renata.

Kurt pflichtete ihr bei. »Das bin ich auch. Aber manchmal haben solche Ereignisse eine vollkommen entgegengesetzte Wirkung. Nach dem, was ich gehört habe, hat der Vorfall das Interesse noch gesteigert und nicht gemindert. Als ob die Gefahr die Menschen anlockt. Anstatt abzusagen, haben sie das Sicherheitspersonal verdreifacht und weitere potentielle Käufer eingeladen.«

»Und dann sollen wir einfach hingehen, an der Tür klingeln und um Einlass bitten?«, fragte Joe. »Während eine dreifache Streitmacht der erfahrensten Leibwächter in die andere Richtung schaut?«

»Es wird noch besser«, erwiderte Kurt. »Sie werden uns persönlich hineingeleiten.«

21

Südlibyen

Das Cockpit der alten DC-3 bebte und zitterte, während das Flugzeug die Wüste in einer Höhe von fünfhundert Fuß und mit einer Geschwindigkeit von fast zweihundert Knoten überquerte. Der heftigen Vibration nach zu urteilen vermutete Paul Trout, dass die Propeller asynchron liefen oder zumindest ein wenig unrund. Immer mit dem Schlimmsten rechnend, stellte er sich vor, wie sich einer von ihnen von der Achse löste und in die leere Wüste hinauswirbelte oder sich wie ein rachsüchtiger Dosenöffner in den Flugzeugrumpf hineinfraß.

Wie üblich teilte Gamay keine seiner Befürchtungen. Sie saß auf dem Sitz auf der rechten Seite, den normalerweise der Kopilot einnahm. Und genoss die Aussicht aus dem Fenster und kostete den besonderen Reiz aus, bei so hoher Geschwindigkeit in derart geringer Flughöhe unterwegs zu sein.

Reza, ihr neuer Bekannter, stand mit Paul hinter dem Platz des Piloten.

»Müssen wir so schnell fliegen?«, fragte Paul. »Und so niedrig?«

»Es ist besser so«, erklärte Reza al-Agra. »Sonst erleichtern wir es den Rebellen, uns unter Beschuss zu nehmen.«

Das war nicht die Antwort, die Paul sich erhofft hatte. »Rebellen?«

»Wir befinden uns noch immer in einem Zustand des latenten Bürgerkriegs«, erläuterte Reza. »Wir haben Milizen, die abwechselnd für uns arbeiten oder gegen uns kämpfen. Hinzu kommen ausländische Agenten, vor allem aus Ägypten, wie die Muslim-Bruderschaft oder sogar Mitglieder des alten Gaddafi-Regimes – alle ringen um die Macht. Libyen ist zurzeit ein äußerst komplizierter Ort.«

Plötzlich wünschte sich Paul, sie hätten noch einen zusätzlichen Tag in Tunesien verbracht und wären erst dann in die Staaten zurückgeflogen. Er hätte in diesem Augenblick auf seiner Veranda sitzen, eine Pfeife rauchen und Radio hören können, anstatt hier draußen sein Leben aufs Spiel zu setzen.

»Keine Sorge«, wiegelte Reza ab. »Sie wären einfach dumm, wenn sie für eine alte Kiste wie diese eine Rakete vergeudeten. Gewöhnlich veranstalten sie nicht mehr als ein fröhliches Scheibenschießen mit ihren Gewehren, und bis jetzt haben sie uns noch nicht getroffen.«

Bei diesen Worten griff Reza um Paul herum und klopfte gegen die Holzverkleidung der Kabinenwand. Wie alles andere in der DC-3 stammte sie im wahrsten Sinne des Wortes aus einer anderen Epoche und war an den Stellen nahezu vollständig durchgewetzt, wo Leute während der letzten fünfzig Jahre entlanggescheuert waren, wenn sie das Cockpit betreten oder verlassen hatten.

Die Kontroll- und Steuerinstrumente befanden sich im gleichen Zustand. Große, klobige Metallhebel mit Rillen und Mulden in der Oberfläche, wo Männer und Frauen sie jahrzehntelang umfasst und bewegt hatten. Der Steuerknüppel des Piloten war ein altes halbes Lenkrad, das sogar in der Mitte eingedellt war. Der Steuerknüppel vor Gamays Sessel sah eindeutig besser aus.

»Vielleicht hätten wir lieber fahren sollen«, überlegte Paul.

»Mit dem Lastwagen dauert die Reise acht Stunden«, erwiderte Reza. »Auf dem Luftweg nur neunzig Minuten.

Außerdem ist es hier oben viel kühler.«

Neunzig Minuten, dachte Paul und sah auf die Uhr. Gott sei Dank. Das hieß, dass sie bald dort wären.

Immer noch mit hoher Reisegeschwindigkeit passierten sie gerade eine Reihe von Felswällen, die aus dem Sand auftauchten wie die Rücken von Seeungeheuern aus einem Ozean. Sie blieben auf südlichem Kurs und flogen einen weiten Bogen um eine, wie sie zu erkennen glaubten, Salzpfanne herum, ehe sie den Landeanflug zu einer Geröllpiste begannen, die neben einem, wie Paul vermutete, Ölbohrfeld komplett mit Bohrtürmen, Derrick-Kränen und mehreren großen Gebäuden angelegt worden war.

Die Landung verlief relativ glatt, mit einem einzigen Hüpfer, auf den dann eine lange Ausrollphase folgte, während der das Flugzeug kontinuierlich langsamer wurde. Wie die meisten Maschinen aus der Anfangszeit der Zivilluftfahrt war die DC-3 ein Spornradflugzeug. Sie hatte zwei große Räder unter den Tragflächen und ein kleines lenkbares Rad unter dem Heck. Daher hatte man bei der Landung das seltsame Gefühl, in perfekt horizontaler Lage herunterzukommen, um gleich darauf zu erleben, dass die Nase sich wieder aufrichtete, während die Maschine in den Stand rollte. Alles war rückständig, dachte Paul, und eng mit der Vergangenheit verhaftet, aber er war froh, wieder festen Boden unter den Füßen zu haben.

Sobald seine Stiefel im Sand einsanken, wandte er sich um und reichte Gamay die Hand, um ihr beim Aussteigen zu helfen. Sie ergriff sie und vollführte einen kleinen Sprung ins Freie. »Das war aufregend«, sagte sie. »Wenn wir nach Hause zurückkommen, möchte ich das Fliegen erlernen. Joe könnte es mir beibringen.«

»Eine grandiose Idee«, sagte Paul und gab sich alle Mühe, so zu tun, als ob er ihren Einfall aus vollem Herzen unterstützte.

»Hast du die Berber-Oase gesehen?«, fragte sie.

»Nein«, antwortete Paul nach kurzem Nachdenken. »Wann haben wir sie überflogen?«

»Kurz bevor wir zur Landung eingeschwenkt sind«, sagte Reza.

»Meinen Sie dieses ausgetrocknete Gebiet?«

Reza nickte. »Innerhalb einer Woche hat es sich von einem blühenden tropischen Paradies in eine Salzwüste verwandelt. Den gleichen Prozess, den wir in Gafsa gesehen haben, können wir jetzt überall in der Sahara beobachten.«

»Das ist doch unmöglich«, staunte Paul.

Reza hob eine Hand und schirmte seine Augen vor der Sonne ab. »Wir sollten hineingehen«, sagte er.

Er ging voraus zum Hauptgebäude, vorbei an einer langen Reihe von Pumpen und einer Batterie dicker Rohrleitungen, die in die Wüste und zurück nach Bengasi verliefen. Nach der Wüstenhitze wirkte die klimatisierte Luft wie eine Wohltat. Sie gingen auf eine Gruppe Arbeiter zu.

»Gibt es irgendwelche Veränderungen?«, wollte Reza wissen. »Zum Positiven, meine ich.«

Der leitende Techniker schüttelte den Kopf. »Unsere Förderleistung ist um weitere zwanzig Prozent gesunken«, sagte er mit sorgenvoller Miene. »Wir mussten noch drei Pumpen ausschalten. Sie liefen heiß und förderten ausschließlich Schlamm zutage.«

Während er der Unterhaltung folgte, schaute Paul sich um. Der Raum wurde von Displays und Computermonitoren beherrscht. Die wenigen Fenster waren schwarz und reflektierten die Deckenbeleuchtung. Die Umgebung erinnerte ihn an ein Flugverkehrskontrollzentrum.

»Willkommen an der Quelle des Great Man-Made Rivers«, sagte Reza al-Agra zu ihm. »Es ist das größte Bewässerungsprojekt der Welt. Von hier und mehreren anderen Orten ziehen wir Wasser aus dem Nubischen Sandstein-Aquifer und leiten es durch achthundert Kilometer Wüste zu den Städten Tripolis und Tobruk.«

Reza tippte auf ein Display, und nun wurde eine Serie von Fotografien von mächtigen Pumpen, Brunnenbohrungen und Wassermassen gezeigt, die durch riesige Rohrleitungen schäumten.

»Wie viel Wasser pumpen Sie nach oben?«, fragte Gamay.

»Bis vor Kurzem waren es sieben Millionen Kubikmeter täglich«, sagte er. »Das sind nach amerikanischer Maßeinheit fast zwei Milliarden Gallonen.«

Paul studierte die Anzeigetafeln. Er sah gelbe, orangefarbene und rote Markierungen. Keine einzige grüne. »Wie stark macht sich der Wassermangel bemerkbar?«

»Die Menge hat um fast siebzig Prozent abgenommen«, antwortete al-Agra, »und es wird schlimmer.«

»Haben in dieser Region Erdbeben stattgefunden?«, fragte Paul. »Manchmal können seismische Aktivitäten das Versiegen von Brunnen zur Folge haben oder die Stabilität von Grundwasserspeichern beeinflussen, sodass die Wassergewinnung beeinträchtigt wird.«

»Keine Erdbeben«, sagte Reza. »Noch nicht einmal leichte Erdstöße. Geologisch betrachtet ist diese Region unglaublich stabil. Wenn auch nicht politisch.«

Paul war ehrlich verwirrt und stellte die einzige Frage, die sich in diesem Moment als halbwegs logisch anbot: »Ich bin mir sicher, dass niemand wagen würde, es ernsthaft auszusprechen, aber ist es möglich, dass das Grundwasservorkommen austrocknet?«

»Eine sehr gute Frage«, erwiderte Reza. »Das Grundwasser in dieser Region ist ein Überbleibsel aus der letzten Eiszeit. Während wir es anzapfen, wird es offensichtlich nicht ersetzt. Aber die meisten Schätzungen kommen zu dem Ergebnis, dass es eigentlich für fünfhundert Jahre reichen müsste. Besonders vorsichtige Berechnungen garantieren immerhin noch einen Vorrat für mindestens einhundert Jahre. Aus dem Speicher bedienen wir uns jedoch erst seit fünfundzwanzig Jahren. Und dennoch, ebenso wie Sie habe ich keine andere Antwort. Ich weiß nicht, wohin das Wasser verschwindet.«

»Was wissen Sie denn?«, fragte Gamay.

Reza trat an eine Wandkarte. »Ich weiß, dass sich die Dürreperiode ausweitet, dass die Trockenheit zunimmt. Sie scheint sich außerdem in westlicher Richtung auszubreiten. Die ersten Brunnen, deren Versiegen gemeldet wurde, befinden sich hier an der Ostgrenze.« Er deutete auf einen Punkt südlich von Tobruk, wo Libyen und Ägypten aneinandergrenzten. »Das war vor neun Wochen. Kurz danach nahm der Druck der Brunnen in Sarir und Tazerbo, also in der Landesmitte, ab. Und vor dreißig Tagen registrierten wir die erste Abnahme der Förderleistung im Bereich der westlichen Brunnenanlagen, südlich von Tripolis. Der Rückgang erfolgte ziemlich abrupt, und die Wassermenge wurde innerhalb weniger Tage halbiert. Deshalb bin ich auch in Gafsa gewesen.«

»Weil Gafsa noch weiter westlich liegt«, stellte Paul fest.

Reza nickte. »Ich musste mich mit eigenen Augen vergewissern, ob die Entwicklung andauert und sich fortsetzt, und genau das ist der Fall. Meine Fachkollegen in Algerien registrieren die Auswirkungen ebenfalls. Aber keines dieser Länder ist so dringend auf das Grundwasser angewiesen wie wir. In den fünfundzwanzig Jahren, die wir an einer besseren Versorgung arbeiten, hat sich die Bevölkerung Libyens verdoppelt. Unsere Landwirtschaft, die erst durch die künstliche Bewässerung ermöglicht wird, hat um fünftausend Prozent zugenommen. Der industrielle Wasserverbrauch um fünfhundert Prozent. Jeder ist mittlerweile davon abhängig.«

Paul nickte. »Und wenn jemand den Wasserhahn aufdreht, und nichts kommt heraus, dann werden Sie Probleme bekommen.«

»Die haben wir bereits«, sagte Reza al-Agra.

»Abgesehen von Ihnen, beschäftigt sich noch jemand anderer mit dieser Angelegenheit?«, fragte Gamay.

Al-Agra zuckte die Achseln. »Eigentlich nicht. Es gibt niemanden, der ausreichend qualifiziert wäre. Und wie Sie sich vorstellen können, hat die Regierung angesichts eines Bürgerkriegs zurzeit andere Probleme, mit denen sie sich befassen muss. Zumindest ist das die vorherrschende Meinung. Sie haben mich gefragt, ob die Rebellen dafür verantwortlich sind. Ich hätte diese Frage mit Ja beantworten sollen. Dann hätten sie mir alle Ressourcen zur Verfügung gestellt, um der Angelegenheit auf den Grund zu gehen. Aber ich habe es verneint. Mehr noch, ich habe erklärt, eine solche Vermutung sei lächerlich.« Rezas Miene verzog sich schmerzlich, als er sich an dieses Gespräch erinnerte. »Lassen Sie sich eines gesagt sein, es ist niemals besonders klug, einem Politiker zu erklären, seine Frage sei lächerlich. Zumindest nicht in meinem Land.«

»Weshalb?«

»Ich könnte mir denken, das ist offensichtlich.«

»Nein«, korrigierte sich Gamay. »Ich meine, weshalb können die Rebellen nicht dafür verantwortlich sein?«

»Rebellen sprengen alles Mögliche in die Luft«, sagte er. »Aber dies hier ist ein natürliches Phänomen, mit dem wir es zu tun haben. Der Beginn einer Naturkatastrophe. Außerdem braucht jeder Mensch Wasser. Jeder braucht Trinkwasser. Wenn das Wasser verschwindet, ist immer noch Krieg, aber es gibt nichts mehr, um das zu kämpfen sich lohnen würde.«

»Wie sichert das Land sein Überleben?«, wollte Paul wissen.

»Vorläufig reichen die Speicher außerhalb von Bengasi, Sirte und Tripolis noch aus, um die Versorgung zu gewährleisten«, sagte Reza. »Aber es wurde bereits mit der Rationierung begonnen. Und wenn es so weitergeht und sich nichts ändert, werden wir schon in wenigen Tagen bestimmte Wohngebiete von der Wasserversorgung abtrennen müssen. Und dann werden die Menschen reagieren, wie sie es in solchen Situationen gewöhnlich tun. Sie geraten in Panik. Und dann versinkt das Land im Chaos.«

»Aber man wird Sie doch gewiss ernst nehmen, wenn Sie diese Berechnungen präsentieren«, meinte Gamay.

»Ich habe den zuständigen Stellen alles vorgelegt, was ich gesammelt habe«, sagte Reza. »Daraufhin wurde mir erklärt, ich solle gefälligst das Problem lösen, sonst würde man mich ersetzen und mich wegen Missmanagements zur Rechenschaft ziehen. So oder so muss ich eine Lösung präsentieren, ehe ich mich wieder an die Regierung wende. Oder wenigstens eine Theorie zu diesem laufenden Geschehen.«

»In welcher Tiefe liegt der Nubische Sandstein-Aquifer?«, fragte Paul.

Reza rief eine Schnittbilddarstellung des Bohrverlaufs auf. »Die meisten Bohrungen reichen bis in eine Tiefe von fünf- bis sechshundert Metern.«

»Können Sie auch tiefer bohren?«

»Das war mein erster Gedanke«, antwortete Reza. »Zwei Testbohrungen haben wir bis in eintausend Meter Tiefe vorangetrieben. Aber wir fanden nichts. Dann gingen wir auf zweitausend Meter. Und noch immer Fehlanzeige.«

Paul studierte das Schaubild. Das Diagramm zeigte die Pumpstation auf der Erdoberfläche als eine Ansammlung kleiner grauer Rechtecke an. Der Brunnenschacht war hellgrün gefärbt, sodass leicht zu erkennen war, dass er sich durch Schichten aus Erdreich und solidem Gestein und weiter in rötlichen Sandstein bohrte, wo sich das Wasser aus der Eiszeit angesammelt hatte. Unterhalb des Sandsteins erstreckte sich eine dunklere Erdschicht. Sie reichte bis in eintausend Meter Tiefe. Der Bereich darunter war grau und frei von Markierungen.

»Was befindet sich unter dem Sandstein?«, fragte Paul.

Reza zuckte die Achseln. »Dessen sind wir uns nicht sicher. Keine Untersuchung ist bisher tiefer als bis zweitausend Meter vorgedrungen. Ich tippe auf noch mehr solides Gestein.«

»Vielleicht sollten wir genauer nachschauen«, sagte Paul. »Möglicherweise ist gar nicht der Sandstein das Problem. Was, wenn es darunterliegt?«

»Wir haben keine Zeit, um eine derart tiefe Bohrung durchzuführen«, sagte Reza.

»Wir könnten es mit einem seismischen Experiment versuchen«, schlug Paul vor.

Reza verschränkte die Arme vor der Brust und nickte. »Das würde ich sehr gern tun, aber um durch diese Gesteinsschicht zu dringen, müssten wir eine enorme Explosion auslösen, damit ausreichend starke Schwingungen erzeugt werden. Unglücklicherweise ist unser Sprengstoffvorrat aber einkassiert worden.«

»Ich denke, das ist auch vernünftig. Die Regierung kann nicht zulassen, dass Rebellen diesen Sprengstoff in ihren Besitz bringen«, sagte Gamay.

»Die Rebellen haben sich den Vorrat geholt«, sagte Reza. »Und die Regierung hat entschieden, ihn nicht zu ersetzen. Auf jeden Fall habe ich hier nichts mehr zur Verfügung, um einen akustischen Impuls auszulösen, der die Felsschicht durchdringt und ausreichend stark reflektiert wird, um ein klares Signal zu liefern.«

Für einen kurzen Moment war Paul ratlos. Dann hatte er eine Idee, die so verrückt war, dass sie vielleicht sogar funktionieren könnte. Er blickte zu Gamay. »Jetzt weiß ich, wie Kurt sich fühlen muss, wenn ihn der Geist erleuchtet und ihm eine Inspiration schickt. Es ist wie eine Mischung aus Wahnsinn und Genialität.«

Gamay lachte glucksend. »Bei Kurt kann es jederzeit ebenso gut das eine wie das andere sein.«

»Ich hoffe, dass es in diesem Moment nicht auch auf mich zutrifft«, sagte Paul, ehe er sich wieder an Reza wandte. »Verfügen Sie hier über die technischen Möglichkeiten, um ein akustisches Signal aufzuzeichnen?«

»Unsere Geräte gehören zu den besten der Welt.«

»Dann bereiten Sie alles vor«, sagte Paul. »Und sosehr es mir widerstrebt, aber lassen Sie auch Ihre fliegende Klapperkiste auftanken. Wir werden eine Runde mit ihr drehen müssen.«

22

Die DC-3 raste die Sandpiste hinunter, passierte die Pumpstation und kletterte in den Himmel. Die Maschine hatte Mühe, an Höhe zu gewinnen, obgleich ihre beiden Curtiss-Wright-Cyclone-Motoren mit Maximaldrehzahl arbeiteten. Frisch vom Fließband war ihre Leistung seinerzeit mit 1000 PS angegeben worden, aber auch die sorgfältigsten Wartungsarbeiten konnten nicht garantieren, dass dieser Wert heute, siebzig Jahre später, noch immer erreicht wurde. Trotzdem nahm die Maschine Tempo auf und begann mit südlichem Kurs zu steigen, bis sie zehntausend Fuß erreichte, wo die Luft kühl und trocken war. Nachdem sie sich horizontal ausgerichtet hatte, wendete sie und kehrte zum Flugplatz zurück.

Im Cockpit bediente Reza al-Agras Pilot die Kontrollen, während Paul und Gamay in der Mitte der Kabine standen, zwischen sich einen Rollwagen.

Der stählerne Karren hatte vier Räder, eine ebene, mit Dellen übersäte Ladefläche und an jeder Seite einen Handgriff. Beladen war der Karren mit einem Betonklotz, der fast vierhundert Pfund wog. Paul und Gamay gaben sich alle Mühe, dafür zu sorgen, dass sich weder der Betonklotz noch der Karren vorzeitig selbständig machten.

Während sie einen Haltegurt löste, schaute Gamay zu Paul hinüber. »Du hast doch auf deiner Seite alles im Griff, nicht wahr?«

Paul hatte sich auf den Kabinenboden gekauert und hielt den Wagen fest, um zu verhindern, dass er zum Heck der Maschine rollte, ehe sie für das bereit waren, was sie vorhatten.

»Noch zwei Minuten bis zur Abwurfzone«, meldete der Pilot.

»Es wird Zeit, sich zu vergewissern, ob es funktioniert«, sagte Paul. »Ganz langsam jetzt.«

Während Gamay den Haltegriff umklammerte und Paul auf

seiner Seite an dem Wagen zog, bewegten sie sich langsam zum hinteren Ende der Kabine. Die Sitze waren ausgebaut worden, desgleichen die Frachtklappe. Windböen schlugen pfeifend in die weite Öffnung. Eine Öffnung, durch die Paul und Gamay den Wagen hinausschieben wollten – in der Hoffnung, ihm nicht unfreiwillig folgen zu müssen.

Alles verlief planmäßig, bis sie knapp zwei Meter von der Frachtöffnung entfernt waren. Was niemanden überraschte, war, dass die Nase des Flugzeugs hochstieg, als sie zum Heck gelangten. Während sie den Betonklotz auf dem Karren fixierten, bewegten Paul und Gamay eine Last von siebenhundertfünfzig Pfund vom vorderen bis zum hinteren Ende der Maschine. Dadurch veränderten sich die Gewichtsverhältnisse in der Maschine und machten sie hecklastig. Infolgedessen stieg ihre Nase nach oben.

»Runterdrücken!«, rief Gamay.

»Ich glaube, das weiß er selbst«, rief Paul von seiner Seite und stemmte sich gegen den Wagen, um ihn am Weiterrollen zu hindern.

»Warum tut er es dann nicht?«, erwiderte sie.

Tatsächlich drückte der Pilot die Nase herunter, aber die Steuerung reagierte außerordentlich träge. Also erhöhte er den Druck und nahm die Trimmflächen zu Hilfe. Als Reaktion senkte sich die Nase wie gewünscht – genau genommen sogar zu stark –, während das Flugzeug gleichzeitig hinabtauchte. Plötzlich wollte der Wagen zum Cockpit rollen und Gamay dabei plattwalzen.

»Paul!«, rief sie verzweifelt.

Paul konnte kaum mehr tun, als zu versuchen, den ausreißwilligen Wagen unter Kontrolle zu behalten. Er schaffte es, ihn im gleichen Moment abzubremsen, als Gamay gegen eine der restlichen Sitzbänke gedrückt wurde.

Das nach vorn gleitende Gewicht verstärkte den Trimmversuch des Piloten, und das Flugzeug drohte in den Sturzflug zu gehen.

Gamay hatte das Gefühl, zerquetscht zu werden. Sie stemmte sich mit aller Kraft gegen den Karren. »Das ist die idiotischste Idee des Jahrhunderts!«, schimpfte sie. »Nicht viel besser als all der andere Wahnsinn, der Kurt bisher eingefallen ist!«

Paul zog an dem Wagen, so gut er konnte, um Gamay von seiner erdrückenden Last zu befreien. Diesmal konnte er ihr nicht widersprechen.

»Hoch die Nase!«, rief er dem Piloten zu. »Hoch!«

Reza al-Agra und sein Team hatten Sensoren im Erdreich vergraben und warteten auf die Rückkehr des Flugzeugs und seiner Betonbombe, die es an Bord hatte. Sie hörten die Maschine, beobachteten, wie sie schlingerte und schaukelte, während ihre Motoren lautstark gegen diese Behandlung protestierten. Man hätte meinen können, die DC-3 befände sich auf einer Achterbahnfahrt.

»Was treiben die da oben?«, wollte einer der Männer von Reza wissen.

»Die Amis sind verrückt«, sagte ein anderer.

Oben im Flugzeug dachte Paul das Gleiche. Als die Nase hochstieg, wurde der Wagen wieder manövrierbar, und sie konnten ihn zum Kabinenheck schieben. Diesmal war der Pilot vorbereitet und hatte die Reaktion der DC-3 viel besser unter Kontrolle.

Damit befand sich Paul nun in der Nähe der offenen Heckklappe, wo er den Wagen mit seiner Betonlast bereithielt und überlegte, wie er ihn hinausschieben könnte, ohne selbst aus dem Flugzeug zu stürzen.

Er könnte ihm einen kräftigen Stoß versetzen, aber wie sollte er vermeiden, ebenfalls ins Rutschen zu geraten und dem Karren zu folgen?

»Wir sind gleich über dem Abwurf-Punkt!«, meldete der Pilot.

Paul warf einen Blick zu Gamay. »Als ich es mir ausgedacht habe, erschien es viel einfacher.«

»Ich habe eine Idee«, sagte sie und rief dem Piloten zu: »Rolle nach links!«

Der Pilot drehte sich um. »Was?«

Sie vollführte mit der Hand eine Rollbewegung und wiederholte ihre Aufforderung. Der Pilot schien sie nicht zu verstehen. Paul hingegen schon. »Tolle Idee«, sagte er. »Kannst du es ihm nicht zeigen?«

Gamay ließ den Wagen los und rannte die paar Schritte zum Cockpit. Dort setzte sie sich wieder in den Sessel des Kopiloten und ergriff den radförmigen Steuerknüppel. »Das meine ich.«

Sie drückte die Säule nach links. Der Pilot folgte ihrem Beispiel, und die DC-3 legte sich auf die Seite.

Im Heck hatte Paul einen Arm in einen Frachtgurt eingehängt und presste sich mit dem Rücken gegen die Innenwand des Flugzeugrumpfs. Als die Maschine zur Rollbewegung ansetzte, stieß er den Karren mit den Füßen von sich und verfolgte, wie er mitsamt dem Betonklotz durch die Öffnung verschwand.

Während sich das Flugzeug wieder horizontal ausrichtete, hangelte er sich vorsichtig zur Frachtraumöffnung. Hinter und unter der Maschine stürzten Wagen und Betonklotz wie zwei separate Bomben dem Erdboden entgegen – sie wirbelten und drehten sich nicht, sondern sanken glatt und stumm durch die Luft abwärts.

Gamay kam ebenfalls nach hinten, um das Schauspiel zu verfolgen. »Das war die beste Idee, die du je hattest!«, rief sie und gab ihm einen Kuss auf die Wange. Paul grinste stolz und wartete gespannt auf das grandiose Finale seiner Bemühungen.

Unten verfolgten Reza und die anderen Techniker, wie der Betonklotz zur Erde fiel.

»Da kommt er«, sagte Reza. »Sind alle bereit?«

Über ein paar Morgen Land hatten sich vier Teams von Technikern verteilt. Jedes Team hatte Löcher in den Untergrund gebohrt und Sensoren eingesetzt. Die Mikrofone würden in der Tiefe reflektierte Tonwellen aufzeichnen, nachdem der Betonklotz auf dem Boden aufgeschlagen war. Und daraus hofften sie dann ablesen zu können, was sich unterhalb der Sandsteinschicht befand.

»Grün!«, rief jemand.

»Grün!«, bestätigten die anderen kurz darauf.

Die Kontrolllampen auf Rezas Anzeigetafel leuchteten ebenfalls grün. Die Sensoren funktionierten fehlerfrei. Er blickte ein letztes Mal zum Himmel, ortete das fallende Objekt und hatte den Eindruck, als stürzte es genau auf ihn herab. Das kann nicht sein, sagte er sich.

Er wartete genau eine Sekunde, dann rannte er los und hechtete in den Sand.

Der Betonblock verfehlte ihn um fünfzig Meter, aber der Aufprall hallte über die Wüste wie ein dumpfer Donner, den Reza ebenso in seiner Brust und seinen Gliedmaßen spürte, wie er ihn mit den Ohren wahrnahm. Genau diese Wirkung hatten sie sich gewünscht.

Er raffte sich auf, rannte durch die aufwallende Staubwolke und warf einen Blick auf seinen Computer. Das grüne Licht blinkte, die Skala auf dem Monitorschirm rührte sich nicht.

»Komm schon, bitte«, flehte er. Schließlich liefen einige zitternde Linien über die Skala. Sie wurden mit jedem Ton zahlreicher. Unterschiedliche Frequenzen aus unterschiedlicher Tiefe.

»Wir empfangen Daten«, rief er. »Klare, ablesbare Daten!«

Er riss sich den Hut vom Kopf und schleuderte ihn begeistert in die Luft, während sich die DC-3 von der Abwurfzone entfernte. Daten waren aber nur die eine Sache. Jetzt mussten sie noch herausfinden, was sie bedeuteten.

23

Tariq Shakir stand in der Kammer, die früher einmal für die Pharaonen und ihre Priester reserviert worden war. Es war ein geheimes Grab, bislang von Grabräubern unberührt, das mit persönlichen Besitztümern und Schätzen gefüllt war, deren Wert alles überstieg, was man im Grab Tutenchamuns gefunden hatte. Bilder und Hieroglyphen aus der Blütezeit der Ersten Dynastie bedeckten die Wände. Eine kleinere Ausgabe der Sphinx, beschichtet mit Blattgold und verziert mit Halbedelsteinen, beherrschte das eine Ende des Raums, und in seinem Zentrum waren ein Dutzend Sarkophage aufgereiht. In jedem ruhte ein Pharao, von dem man annahm, dass er schon vor Jahrtausenden gestohlen und entweiht worden war. Mumifizierte Tiere waren um die Särge herum aufgestellt worden, um den toten Herrschern im Jenseits zu dienen, und außerdem lag das Gerippe eines aus Holz gefertigten Bootes in der Nähe.

Die Welt wusste nichts von dieser Grabkammer, eine Tatsache, die publik zu machen Shakir nicht die Absicht hatte. Aber er rief von Zeit zu Zeit Experten zusammen, die sie erforschten, und er sah keinen Grund, weshalb er und seine Leute sich nicht in dem vollkommen wiederhergestellten Glanz des Ruhms der Alten sonnen sollten. Wenn seine Pläne Erfolg hätten, würde seine eigene Dynastie über ganz Nordafrika herrschen.

Aber gegenwärtig hatte er ein Problem.

Er verließ die Grabkammer und begab sich zum Kontrollraum. Dort kniete sein treuer Helfer, Hassan, auf Shakirs Befehl von Wächtern mit Pistolen in Schach gehalten.

»Tariq? Weshalb tust du das?«, fragte Hassan. »Was hat das alles zu bedeuten?«

Shakir ging auf seinen Freund zu und hob einen Finger. Die Geste reichte aus, um Hassan verstummen zu lassen. »Ich zeige es dir.«

Mit einer Fernbedienung schaltete er einen Flachbildmonitor an der Wand ein. Nach und nach nahm das Bild des von der Sonne verbrannten Gesichts von Kandidat Nummer vier Gestalt an.

»Ich habe einen Bericht aus Malta erhalten«, sagte Shakir. »Hagen und zwei Mitglieder deines handverlesenen Teams waren mit der Aufgabe betraut, die Amerikaner zu eliminieren. Einer von ihnen wurde getötet, Hagen wurde gefangen und einer ist entkommen. Ich bin sicher, dir ist klar, weshalb es absolut zwingend ist, dass keiner von unseren Agenten lebendig in die Hände unserer Gegner fällt.«

»Natürlich ist mir das klar«, erwiderte Hassan. »Aus diesem Grund habe ich …«

»Du hast einen Kandidaten eingesetzt, der mich enttäuscht hat«, unterbrach Shakir seinen Vertrauten. »Einen Mann, von dem ich angenommen hatte, dass er vor drei Tagen in der Wüste umgekommen ist.«

»Ich habe niemals behauptet, dass er tot ist.«

»Du hast mir sein Überleben verschwiegen«, sagte Shakir. »Das ist kein Vergehen, das auch nur um einen Deut geringer wäre.«

»Nein«, wehrte sich Hassan. »Er hat überlebt. Du hast nicht nachgefragt. Ich habe es persönlich übernommen, entsprechend deinem Angebot zu handeln, dass jeder, der es schafft, zum Kontrollpunkt zurückzukehren, eine zweite Chance erhalten solle.«

Shakir hasste es, wenn seine eigenen Anweisungen gegen ihn ins Feld geführt wurden. »Obwohl es doch unmöglich ist, dass jemand den Marsch zurück zum Kontrollpunkt lebend schaffen konnte. Nicht dreißig Meilen weit durch die Wüste und in glühender Sonne, ohne Wasser oder Schatten. Nicht nach Wochen eines Kraft raubenden Wettstreits und mit so wenig Schlaf.«

»Ich sage dir aber, er hat es geschafft«, widersprach Hassan. »Und zwar ohne fremde Hilfe. Sieh dir sein Gesicht an. Und seine Hände. Er hat sich in den Sand eingegraben, als er glaubte, sterben zu müssen. Er hat sich bis zum Einbruch der Abenddämmerung versteckt. Dann hat er sich ausgegraben und seinen Weg fortgesetzt.«

Shakir hatte die Narben gesehen. *Clever*, dachte er. *Einfallsreich.* »Weshalb wurde das nicht von den Männern berichtet?«

»Der Kontrollpunkt war verwaist, als er dort eintraf«, berichtete Hassan. »Die Männer hatten ihn verlassen, da sie ebenso wie du annahmen, dass niemand den Marsch lebend überstehen würde. Nummer vier verschaffte sich Eintritt und meldete sich bei mir. Als ich sein Durchhaltevermögen und seine Entschlossenheit sah, entschied ich, dass er die passende Wahl sei, um unsere eigenen Leute zu überwachen. Für den Fall, dass sie versagten, lautete sein Befehl, sie auszuschalten und damit zu verhindern, dass wir bloßgestellt wurden.«

Shakir war der unbestrittene Chef von Osiris, aber er hatte keine Hemmungen, eigene Fehler einzugestehen. Wenn Hassan die Wahrheit sagte, dann war Nummer vier tatsächlich der einzige Kandidat, der einer Position würdig war – und, was genauso wichtig schien, eines Namens.

Nachdem er Hassan befohlen hatte zu schweigen, öffnete Shakir die Satellitenverbindung und begann, Nummer vier zu befragen. Seine Antworten waren nahezu identisch. Shakir spürte, dass er die Wahrheit hörte und keine konstruierte und abgesprochene Schilderung.

Er warf den Wächtern hinter Hassan einen auffordernden Blick zu. »Lasst ihn aufstehen.«

Die Wächter traten zurück, und Hassan kam auf die Füße. Shakir wandte sich an Nummer vier.

»Ich will dir eine Geschichte erzählen«, begann er. »Als ich noch ein Kind war, lebte meine Familie am Rand von Kairo. Mein Vater sammelte auf den Müllhalden Altmetall, um es zu verkaufen. Auf diese Weise konnten wir überleben. Eines Tages fanden wir in unserem Haus einen großen Skorpion. Er stach mich. Ich wollte ihn mit einem Stein erschlagen, doch mein Vater hielt meine Hand fest.

Er sagte, er wolle mich eine Lektion lehren. Daher sperrten

wir den Skorpion in ein Glas und versuchten, ihn zu ertränken, zuerst in kaltem Wasser, dann in heißem. Dann ließen wir ihn draußen in der Sonne stehen, tagelang. Dann überschütteten wir ihn mit Wundbenzin. Er versuchte zu schwimmen, aber das schaffte er nicht und sank schließlich auf den Boden des Glases hinab. Am nächsten Tag leerten wir den Alkohol aus und warfen den Skorpion auf einen Erdhaufen neben unserem Haus. Er war nicht nur immer noch am Leben, sondern er wollte uns auch sofort angreifen. Ehe er mir nahe genug kommen konnte, fegte mein Vater ihn mit einem Besen so weit weg wie möglich. *Der Skorpion ist unser Bruder*, sagte er zu mir. *Unbeugsam, giftig und schwierig zu töten. Der Skorpion ist ein edles Tier.*«

Nummer vier auf dem Bildschirm nickte.

»Du hast deinen Wert bewiesen«, sagte Shakir. »Du bist jetzt einer von uns. Ein Bruder. Dein Geheimname sei Skorpion, denn du hast dich als unbeugsam, als schwierig zu töten und, ja, auch als von Adel erwiesen. Du hast mich in der Wüste nicht um Gnade angebettelt. Du hast dich nicht von Furcht besiegen lassen. Dafür belobige ich dich.« Auf dem Bildschirm neigte der Mann mit dem neu erworbenen Titel den Kopf.

»Trage diese Narben mit Stolz«, sagte Shakir.

»Das werde ich tun.«

»Wie lauten deine Befehle?«, fragte Hassan, um sich wieder ins Gespräch zu bringen, aber vorwiegend froh, dass er noch am Leben war.

»Es sind die gleichen wie vorher«, sagte Shakir. »Holt die Artefakte, bevor sie der Öffentlichkeit vorgestellt werden, und beseitigt im Museum sämtliche Spuren. Diesmal werde ich die Aktion persönlich überwachen.«

24

Malta
19:00 Uhr

Ein schrilles, quietschendes Geräusch schnitt durch die Nacht, als ein Lastwagen rückwärts an die Laderampe eines Lagerhauses manövriert wurde. Das Lagerhaus gehörte zum Ozeanographischen Museum von Malta und enthielt zahlreiche Fundstücke der gegenwärtig laufenden Projekte.

Vom Tor des Lagerhauses aus beobachteten zwei Wächter und ein Gabelstaplerfahrer den rangierenden Lastwagen.

»Ist es zu fassen, dass wir hier herumstehen und irgendwelche Lieferungen in Empfang nehmen müssen«, klagte einer der Wachmänner, »während die anderen drüben im Museum sind und die tollsten Sachen zu sehen kriegen?«

Ein Stück die Straße hinunter fuhren ständig Mietlimousinen und Luxuswagen vor dem Hauptgebäude des Museums vor, wo der festliche Empfang stattfinden sollte. Einige Gäste kamen per Motorboot direkt von ihren Yachten.

Angesichts der Autos, Ehefrauen und Konkubinen, ganz zu schweigen von den Hostessen – deren Kleider in der Festbeleuchtung silbern und golden schimmerten –, war der Wachmann überzeugt, dass er eine ganze Menge versäumte.

Der zweite Wachmann zuckte die Achseln. »Warte ab, bis jemand einen Ohrring verliert, und schon ist da drüben die Hölle los, während wir hier gemütlich sitzen und melden können, dass bei uns alles in Ordnung ist.«

»Vielleicht hast du recht«, meinte der erste Wachmann und ergriff ein Klemmbrett. »Mal sehen, was wir da haben.«

Er trat auf die Laderampe hinaus, während ein anderer Wachmann das nahe gelegene Tor der Einfahrt schloss. Ein Zaun mit einer Krone aus Klingendraht bildete die erste Verteidigungslinie. Lagerhaustüren mit elektronischen Sicherheitsschlössern, die sich nur mit codierten Magnetkarten öffnen ließen, bildeten die zweite Linie, aber die Wachmänner selbst hatten das Lagerhaus rund um die Uhr ständig im Auge. Und seit dem Attentat, bei dem Kensington den Tod gefunden hatte, war die Anzahl der Wachmänner verdreifacht worden.

Der Lastwagen stieß gegen die Laderampe, und gnädigerweise verstummte damit auch das nervtötende Piepen des Rückfahr-Alarms. Der Fahrer sprang aus dem Führerhaus, kam zum Wagenheck und öffnete die Tür, die mit einem lauten Klappern hochfuhr.

»Was haben Sie für uns?«, fragte der Wachmann.

»Eine Eillieferung.«

Der Wachmann warf einen Blick in den Lastwagen. Auf der Ladefläche stand eine einzelne Holzkiste, gut drei Meter lang, einen Meter zwanzig breit und etwa anderthalb Meter hoch.

»Lieferscheinnummer?«, fragte er.

»SN-5417«, sagte der Fahrer und warf einen prüfenden Blick auf sein eigenes Klemmbrett.

Der Wachmann suchte auf der ersten Seite seiner Frachtpapiere und fand nichts. Er blätterte zur zweiten Seite. »Da ist es. Der letzte Posten. Wo waren Sie denn? Sie hätten schon vor einer Stunde liefern sollen.«

Der Fahrer reagierte sichtlich verärgert auf die Frage. »Wir sind erst spät gestartet, und dank eurer großen Party ist der Verkehr zurzeit der reinste Alptraum. Ihr könnt froh sein, dass ich überhaupt noch hergekommen bin.«

Der Wachmann zuckte gleichmütig die Achseln. »Schauen wir mal nach.«

Er schob die Klinge eines langen Schraubenziehers unter den Kistendeckel und hebelte ihn hoch. Im Innern der Kiste, auf einem Ballen Stroh ruhend, lag eine kleine Kanone, mit der Kartätschen abgefeuert wurden. Laut Lieferschein stammte sie aus dem achtzehnten Jahrhundert und hatte zur Bewaffnung einer englischen Sloop gehört. Daneben lagen, eingewickelt in säurefreies Papier und geschützt durch Luftpolsterfolie, mehrere antike Schwerter.

Zufrieden mit dem Ergebnis seiner Überprüfung, gab der Wachmann dem Gabelstaplerfahrer ein Zeichen. »Bringen Sie die Kiste durch den hinteren Eingang herein und suchen Sie einen Platz, wo sie nicht im Weg steht. Wir kümmern uns nach der Party darum.«

Der Gabelstaplerfahrer nickte. Im Gegensatz zu den Wachmännern war er froh, an dieser Stelle Dienst tun zu können. Eine Nachtschicht bedeutete einen höheren Verdienst. Reichte sie über Mitternacht hinaus, durfte er sogar mit doppeltem Lohn rechnen. Er setzte den Gabelstapler in Gang, hob die Kiste von der Ladefläche herunter und lenkte sein Hubfahrzeug rückwärts ins Lagerhaus. Dort wendete er fast auf der Stelle und rollte wenig später durch den Mittelgang der Lagerhalle. Als er eine freie Fläche erreichte, wo die neue Kiste niemanden stören würde, hielt er an.

Er setzte die Kiste mit einem leichten Knirschen ab. Ein kurzer Blick verriet ihm, dass die alte Holzpalette unter der Kiste zerbrochen war. Er zuckte die Achseln. So etwas passierte immer wieder und ließ sich offenbar nicht vermeiden.

Er setzte rückwärts, zog die Gabel unter der Kiste hervor und fuhr zurück zur Laderampe. Vorerst würde wohl Ruhe herrschen. Er beschloss, die Zeit zu nutzen und sich im Pausenraum vor den Fernseher zu setzen.

Er parkte den Gabelstapler, nahm den Schutzhelm ab und trat durch die Tür. Das Erste, was ihm auffiel, waren mehrere Körper, die auf dem Fußboden lagen. Zwei von ihnen erkannte er. Es waren die Wachmänner, die gerade eben die neue Lieferung angenommen hatten.

Auf der anderen Seite des Raums standen mehrere andere Wachmänner mit gezückten Pistolen. Er machte kehrt, wollte zur Tür zurück, aber er schaffte es nicht. Drei Kugeln trafen ihn nahezu gleichzeitig, begleitet von einem dreifachen leisen Knall einer automatischen Pistole mit Schalldämpfer.

Er sackte auf die Knie, und ein vierter Schuss erlöste ihn von seinem Leiden. Sein Körper sank zur Seite und streckte sich neben einem der anderen toten Lagerarbeiter aus.

Wenn der Gabelstaplerfahrer noch lange genug gelebt hätte, um seine Umgebung genauer in Augenschein zu nehmen, hätte er in den Männern mit den Pistolen seine neuen Kollegen erkannt – Zeitarbeiter, die eingestellt worden waren, um die Sicherheitstruppe anlässlich der bevorstehenden Auktion zu verstärken. Ihm wäre sicherlich auch aufgefallen, dass ein Mann mit sonnenverbranntem Gesicht hinter ihnen stand. Doch er war schon gestorben, ehe sein Gehirn diese Informationen aufnehmen und verarbeiten konnte.

25

Eingesperrt in eine klaustrophobisch enge Zelle, blickte Kurt Austin durch die Scheibe einer Tauchermaske in das Nichts vollkommener Dunkelheit. Er atmete glatt und gleichmäßig durch einen kleinen Lungenautomaten und versuchte zu schätzen, wie viel Zeit verstrichen war. Es war schwer zu entscheiden. Vollkommen reglos in der tiefen Dunkelheit und Stille zu liegen, entsprach dem Aufenthalt in einem von sämtlichen Reizen abgeschirmten Meditationstank.

Er versuchte, seine Beine zu strecken, die eingeschlafen waren und sich durch einen gelegentlich stechenden Schmerzimpuls bemerkbar machten. Während er seine Füße hin und her drehte – ähnlich einem kleinen Tier, das sich durch das Erdreich gräbt –, schlängelte er sie durch das Verpackungsmaterial wie jemand, der sich von den zu stramm gezogenen Laken eines Hotelbetts befreien will.

»Nimm dich in Acht«, machte sich eine Stimme bemerkbar. »Du trittst mir gegen die Rippen.«

Kurt spuckte das Mundstück des Lungenautomaten aus. »Pardon«, sagte er.

Die Streckübung hatte ein wenig geholfen, aber er fühlte sich noch immer unbehaglich. Irgendetwas Scharfkantiges bohrte sich in seinen Rücken, und das Stroh, das als Polstermaterial diente, verursachte ein Jucken auf seiner Haut. Schließlich hatte er genug.

Nachdem er einen Arm durch die lockere Polsterung gewunden hatte, bis sich die Hand vor seinem Gesicht befand, konnte er die winzigen Leuchtsymbole auf seiner Doxa-Armbanduhr erkennen.

»Halb elf«, sagte er. »Mittlerweile müsste die Party in vollem Gange sein. Zeit, wie Zikaden aus dem Boden zu kriechen und den Gesang anzustimmen.«

»Diese Dinger hasse ich«, sagte Joe. »Aber ich bin sofort bereit, sie zu imitieren, wenn du dann aufhörst, mich zu treten.«

Kurt grub sich nach oben, stieß durch die Schicht aus Stroh und Styropor und lauschte auf bedrohliche Geräusche von außerhalb der Kiste. Als er nichts dergleichen wahrnahm, betätigte er einen kleinen Schalter an seiner Tauchermaske. Eine einzelne weiße LED leuchtete auf, die an ein Leselicht erinnerte. In ihrem Schein konnte Kurt erkennen, wie Joe sich ihm gegenüber in seinem lockeren Bett aus Verpackungsmaterial aufrichtete.

»Das könnte durchaus die schlechteste Idee sein, die du je hattest«, flüsterte Joe. »Als ich Paul und Gamay davon erzählte, wollten sie nicht glauben, dass es funktionieren könnte.«

»Etwas Besseres ist mir nun mal nicht eingefallen«, sagte Kurt ungerührt.

»Sehr witzig«, sagte Joe. Sein Tonfall signalisierte, dass er nicht im Mindesten amüsiert war. »Wie lange hast du diese Nummer mit dir rumgetragen, um sie irgendwann mal ausprobieren zu können?«

»Mindestens eine Stunde«, sagte Kurt. »Ich weiß jetzt, wo ich einen Fehler gemacht habe. Das nächste Mal nehmen wir eine größere Kiste.«

»Das nächste Mal«, erwiderte Joe, »kannst du dich allein als FedEx-Paket verkleiden.«

Obgleich sie sich bemüht hatten, so etwas wie einen doppelten Boden zu schaffen, hatten sich das Stroh und die Styroporflocken um sie herum nach und nach gesetzt. Dann war der Lastwagen zeitweise im Verkehr stecken geblieben, und am Ende, sozusagen in Umkehrung des Sprichworts, dass alle guten Dinge drei sind, waren sie am Ende der Lieferfahrt aus fast einem Meter Höhe unsanft auf den Boden geprallt.

»Nur gut, dass sie deine Kanone nicht allzu genau inspiziert haben«, fügte Joe hinzu. »An der einen Rohrseite ist nämlich ›Made in China‹ zu lesen.«

»Wär es dir lieber gewesen, wenn du unter einer echten Kanone gelegen hättest?«, fragte Kurt.

»Das klingt nicht unbedingt gemütlicher«, gab Joe zu.

Kurt war der gleichen Meinung. »Bleibt nur zu hoffen, dass sie uns an die richtige Adresse geliefert haben.«

Kurt befreite seine andere Hand und öffnete ein mit Klettband an seinem Arm befestigtes Futteral. Er holte ein dünnes schwarzes Kabel aus der Tasche und entwirrte es. Nachdem er ein Ende mit seiner Tauchermaske verbunden hatte und das andere mit einem winzigen Zylinder, der in Wirklichkeit eine winzige Kamera war, traf er Vorbereitungen, ihre Umgebung zu überprüfen.

»Periskop auf«, flüsterte er.

Und dann aktivierte er die Kamera mit einem Knopfdruck und fädelte das Kabel durch ein winziges Loch, das in den Kistendeckel gebohrt worden war.

Während sich die Optik scharf stellte, wurde ein Bild auf die Innenseite der Scheibe seiner Tauchermaske projiziert. Es war ziemlich körnig, da das Ende der Lagerhalle nur sparsam erleuchtet war.

»Irgendwelche japanischen Zerstörer da oben?«, fragte Joe im Flüsterton.

Kurt verschaffte sich einen Rundblick, indem er den Draht langsam zwischen den Fingern drehte. »Nichts als offenes Meer, Mr. Zavala. Bringen Sie uns an die Oberfläche.«

Kurt zog die Kamera wieder herein und trennte die Verbindung mit seiner Tauchermaske, während Joe den Kistendeckel aufzuhebeln begann. Kurt tat das Gleiche auf seiner Seite, schaltete die Maskenbeleuchtung aus, und gemeinsam schoben sie den Deckel behutsam zur Seite.

Joe kletterte als Erster hinaus, Kurt folgte Sekunden später, und beide Männer versteckten sich hinter der Kiste und warteten ab, bis sich die Durchblutung in ihren Gliedmaßen normalisiert hatte und das Gefühl darin vollständig zurückgekehrt war.

»Diese Halle ist sehr viel größer, als es von außen betrachtet den Anschein hatte«, stellte Joe fest.

Ein schneller Blick aus ihrer Deckung verriet Kurt, dass sie sich in einem Labyrinth anstatt in einer nach Abteilungen geordneten Umgebung befanden. Im hinteren Teil der Halle, in der ihre Kiste stand, waren die meisten Gegenstände auf dem Fußboden aufgestapelt worden, aber der restliche Raum war mit Regalen gefüllt, die an einigen Stellen drei Stockwerke hoch aufragten.

»All das zu untersuchen, werden wir wohl kaum innerhalb von zwei Stunden schaffen«, sagte Joe.

»Das meiste ist unwichtig«, sagte Kurt. »Wir müssen uns auf die Stücke konzentrieren, die für die Auktion vorgesehen sind. Speziell alles, was ägyptischer Herkunft ist. Ich vermute, dass alles, was sie verkaufen wollen, auf dem Boden gelagert wird, vielleicht sogar in einem separaten Bereich. Wir sollten die Regale ignorieren, es sei denn, uns fällt dort etwas Ungewöhnliches auf. Nimm du dir die linke Seite vor, ich schau auf der rechten Seite nach. Auf diese Weise arbeiten wir uns bis nach vorne.«

Joe nickte und steckte sich einen winzigen Lautsprecher ins Ohr, der mit einem Funkempfänger verbunden war, und Kurt folgte seinem Beispiel. Außerdem zückten beide Männer Digitalkameras, die Bilder im Infrarotbereich aufnahmen. Bilder, die sie später in aller Ruhe analysieren könnten.

»Halt die Augen offen«, riet Kurt. »Nach dem, was hier vorgefallen ist, dürfte der Sicherheitsdienst ziemlich nervös sein. Und ich möchte lieber nicht unter Beschuss geraten oder gezwungen werden, einen von ihnen auszuschalten, um uns zu schützen. Sollte irgendetwas in dieser Richtung passieren, treffen wir uns entweder hier oder gehen vorübergehend in volle Deckung.«

»Das brauchst du mir nicht zweimal zu sagen«, murmelte Joe. »Taser und Pfefferspray werden uns gegen Pistolen und Schrotflinten keine große Hilfe sein.«

Da sie wussten, dass sie es mit unschuldigen Wachleuten zu tun hätten, hatten sie sich mit nicht tödlichen Waffen zum Ausschalten möglicher Widersacher ausgerüstet.

»Dann sieh zu, dass du nicht ausgerechnet den Leuten mit Pistolen und Schrotflinten in die Quere kommst«, sagte Kurt trocken.

»Danke für diesen wahrlich weisen Rat.«

Kurt grinste und reckte zwei Finger zum Victory-Zeichen in die Höhe, ehe er sich entfernte und mit seiner Suche in dem schwach erleuchteten Bereich der Lagerhalle begann.

26

Kurz vor Beginn der Party war Hassan auf Malta mit dem Befehl eingetroffen, die Leitung der Operation zu übernehmen. Er sollte jede Aufzeichnung über die Schrift- und Bildtafeln, derer er habhaft werden konnte, einsammeln, aus dem Museum herausholen und jeden Hinweis auf ihre Existenz vernichten. Glücklicherweise hatten seine Männer den Sicherheitsdienst des Museums bereits infiltriert. Als legitime Wachleute auftretend, hatten sie mittlerweile die Lagerhalle besetzt und hielten sich bereit, die Artefakte zu suchen und zu entfernen. Damit sein Plan aufging, musste Hassan lediglich noch dafür sorgen, dass der Aufseher und Koordinator des Sicherheitsdienstes seine restlichen Männer weiterhin in ihre Aufgaben einwies.

Hassan stand mit gezückter Pistole hinter dem Sicherheitschef, während der Mann per Funkgerät mit den Wächtern kommunizierte, die im Ballsaal ihren Dienst versahen. Dabei war es ein geradezu unglaublicher Glücksfall, dass drei Viertel des Sicherheitskommandos im Ballsaal und in seiner näheren Umgebung stationiert waren. Damit blieben nur acht Männer in der Lagerhalle übrig. Und von diesen arbeiteten zwei unerkannt für Osiris.

Hassan wusste, dass die Fundstücke in der Lagerhalle wertvoll waren, aber ihm bedeuteten sie nichts – ganz im Gegensatz zu den Industriekapitänen mit ihren Privatyachten und -flugzeugen, die sich danach drängten, sie für ihre Privatsammlungen zu erwerben.

Per Funk kam eine Meldung. »Wir haben unseren Rundgang jetzt abgeschlossen. Jede Menge Diamanten und Perlen. Aber hier ist alles sicher.«

Der Sicherheitschef zögerte.

»Antworten Sie«, befahl Hassan und stieß dem Mann den Lauf seiner Pistole in den Rücken.

Der Aufseher schaltete sein eigenes Mikrofon ein. »Sehr gut«, sagte er. »Nächste Meldung in einer halben Stunde.«

»Verstanden. Wollen Sie nicht ein paar Leute austauschen? Sie langweilen sich dort zu Tode.«

Hassan schüttelte ablehnend den Kopf. Es war niemand mehr am Leben, den man hätte austauschen können.

»Diesmal nicht«, erwiderte der Aufseher. »Machen Sie dort weiter wie bisher.«

Hassan schätzte, dass sie für einige Zeit Ruhe hätten. »Zeigen Sie mir, wo die Lose einunddreißig, vierunddreißig und siebenundvierzig deponiert sind«, sagte er.

Der Aufseher überlegte eine Sekunde zu lange. Hassan schlug ihm mit dem Handrücken ins Gesicht, und der Mann fiel mitsamt seinem Stuhl um.

»Sie werden schon noch begreifen, dass ich nur ungern warte«, sagte Hassan.

Der Aufseher der Nachtschicht hob abwehrend die Hände. »Ich zeige es Ihnen.«

Hassan wandte sich an Skorpion. »Halt den Sprengstoff bereit und organisier etwas, um die Artefakte abzutransportieren. Wenn es sein muss, zerstören wir sie, aber lieber wäre mir, wenn wir sie heil nach Ägypten zurückbringen könnten, wohin sie gehören.«

Er deutete auf einen zweiten Mann. »Infiziere den Computer mit dem Cyan-Virus. Sämtliche Hinweise auf diese Artefakte müssen gelöscht werden.«

Der Mann nickte, und Hassan grinste zufrieden. Alles schien wie geplant zu verlaufen. Aber niemand achtete auf die flackernden TV-Bildschirme, die mit den Überwachungskameras verbunden waren. Auf zwei Bildschirmen waren schwarz gekleidete Gestalten zu sehen, die durch die dunkle Lagerhalle schlichen.

Skorpion kehrte mit einem vierrädrigen Wagen zurück.

»Hervorragend«, lobte Hassan. »Fangen wir mit Los einunddreißig an.«

Joe Zavala stand vor einer stabilen Kunststoffkiste. Daneben befand sich ein Schild mit der Aufschrift *XXXI*.

»Einunddreißig«, sagte er.

Joe zog die Kiste heraus und öffnete den Reißverschluss einer Schutzplane aus feuerfestem Nomex-Gewebe. Darunter lag das Teil einer mit ägyptischen Darstellungen bedeckten zerbrochenen Bildtafel.

Zu sehen war auf dem Steinfragment ein hochgewachsener grünhäutiger Mann, der eine Hand über eine Gruppe von Personen hielt, die auf den Steinplatten eines Tempels lagen. Männer oder Frauen in weißen Gewändern standen hinter ihnen. Linien, die von der Hand des grünhäutigen Mannes zu den schlafenden oder toten Personen ausstrahlten, erzeugten den Eindruck, als versetzte er die Personen in einen Schwebezustand. In einer der oberen Ecken der Platte war eine Scheibe zu erkennen, die den Mond oder die Sonne darstellen sollte und zur Hälfte abgedeckt war, als wiese sie auf eine Sonnen- oder Mondfinsternis hin.

Joe hatte einige Zeit in Ägypten verbracht. Er hatte sich sogar an archäologischen Ausgrabungen beteiligt. Daher erkannte er einige der Symbole und Zeichen.

Joe hielt einen Draht in der Hand, der mit einem Ohrhörer verbunden war. Wenn er auf einen Knopf drückte, konnte er sich mit Kurt unterhalten. »Ich habe eine Tafel mit ägyptischer Kunst darauf gefunden«, sagte er. »Du solltest dir mal diesen grünen Typen ansehen – er ist riesig.«

»Bist du sicher, dass es keine altertümliche Version des Unglaublichen Hulk ist?«, fragte Kurt leise.

»Das wär aber ein wirklich dickes Ding«, flüsterte Joe.

Er brachte die Kamera in Position, fotografierte die Darstellung und deckte die Kiste wieder zu, ehe er weiterschlich.

Auf der anderen Seite der Lagerhalle hatte Kurt weniger Glück, aber er ging so schnell wie möglich weiter. Wie die meisten Museen besaß auch dieses weitaus mehr Kunstwerke, als es ausstellen konnte. Infolgedessen wurden gelegentlich Objekte aus dem

Fundus ausgeliehen oder hausintern ausgetauscht. Die meisten Stücke blieben jedoch eingelagert.

Dies und der Mangel jedweder Ordnung erschwerten die Suche. Bisher hatte Kurt Abteilungen gefunden, die auf den Peloponnesischen Krieg und das Römische Reich datierten und sich in nächster Nähe von Artefakten aus beiden Weltkriegen befanden. Außerdem war er auf Abteilungen mit Objekten aus der Französischen Revolution, auf britische Waffen aus der Schlacht von Waterloo und sogar auf ein Halstuch gestoßen, das angeblich benutzt worden war, um die Blutung Lord Nelsons zu stillen, nachdem er bei Trafalgar verwundet worden war.

Kurt konnte sich vorstellen, dass dieses Tuch für die Royal Navy eine geradezu reliquienhafte Bedeutung haben musste, wenn es denn echt war. Die Tatsache, dass es in Malta zum Kauf angeboten wurde, weckte bei ihm erhebliche Zweifel hinsichtlich seiner Provenienz. Aber es war schon häufig vorgekommen, dass auf Dachböden oder in Rumpelkammern wahre Schätze gefunden wurden.

Als Nächstes entdeckte er einige Artefakte aus napoleonischer Zeit, darunter mehrere, die mit Hinweisschildern gekennzeichnet waren. Eins dieser Schilder war mit der Zahl *XVI* beschriftet.

Ein Schritt in die richtige Richtung, sagte er sich.

Das Erste, was er dort fand, war eine Anzahl Briefe, darunter handschriftliche Befehle Napoleons an seine Kommandeure, die er dazu anhielt, sorgfältiger auf die Disziplin unter den Soldaten zu achten. Das nächste Konvolut an Dokumenten enthielt eine Bitte um weitere finanzielle Mittel. Dieser Brief war nach Paris gesandt und von den Engländern abgefangen worden. Schließlich stieß er auf ein kleines Buch, das mit dem Titel *Tagebuch Napoleons* gekennzeichnet war.

Trotz des Zeitdrucks, unter dem sie sich befanden, konnte Kurt der Versuchung nicht widerstehen, einen Blick hineinzuwerfen. Von Napoleons Tagebuch hatte er noch nie etwas gehört. Er öffnete den Container und zog den Reißverschluss der feuerfesten Schutzhülle auf, die das Buch umgab. Der Inhalt entpuppte sich gar nicht als Tagebuch, stattdessen war es eine Ausgabe von Homers *Odyssee* in griechischer Sprache. Er blätterte darin. Notizen auf Französisch bedeckten stellenweise die Seitenränder. Stammten sie von Napoleon? Joe vermutete, dass dieser Eindruck erweckt werden sollte, aber auch das erschien zweifelhaft und bedurfte gewiss einer genaueren Untersuchung.

Während er die Seiten studierte, fiel ihm etwas auf: Bestimmte Worte waren eingekreist, und einige Seiten fehlten. Aufgrund der ausgefransten Ränder gelangte Kurt zu dem Schluss, dass diese Seiten herausgerissen worden waren. Aus einer Beschreibung, die eine ganze Seite lang und dem Tagebuch beigefügt war, ging hervor, dass sich das Buch bis zum Tod des verbannten Kaisers auf St. Helena in seinem Besitz befunden hatte.

Trotz seiner Neugier klappte Kurt das Buch zu, steckte es in seine Schutzhülle, deponierte es im Container, verschloss diesen und ging weiter. Sicher war das interessant, aber die Männer, die Kensington getötet hatten, suchten ägyptische Fundstücke.

In der nächsten Abteilung erwarteten Kurt zwei gläserne Becken, so groß wie Lieferwagen. Das erste enthielt verschiedene wertvolle Exponate in einem Abtropfgitter und sah fast wie ein überdimensionaler Geschirrspüler aus. Im zweiten Becken befanden sich zwei große Kanonenrohre, die in Bandschlingen aufgehängt waren. Eine Aufschrift mit Fettstift auf einer Glaswand informierte den Betrachter, dass die Behälter mit destilliertem Wasser gefüllt waren, der nötigen Substanz für eine weit verbreitete Methode, um Salze aus Eisen- oder Messingobjekten herauszuwaschen, die aus dem Meer geborgen worden waren.

Er blickte durch die Glaswände. Nichts Ägyptisches in beiden Behältern.

»Ist ja wie im Supermarkt«, murmelte er. »Ich suche immer in der falschen Abteilung.«

Er bog in den nächsten Regalgang ein und kauerte sich in den Schatten. In einiger Entfernung nahm er im schwachen Lichtschein am Ende des Ganges eine Bewegung wahr. Ein Mann und eine Frau. Seltsamerweise waren sie wie Partygäste gekleidet. Und jeder der beiden hielt eine Pistole in der Hand.

27

Kurt drückte auf die Sprechtaste seiner Kopfhörer-Mikrofon-Kombination und sagte zu Joe: »Ich habe hier Gesellschaft.«

»Ich bin auf meiner Seite auch nicht allein«, erwiderte Joe.

»Wir treffen uns in der Mitte«, entschied Kurt. »Wir müssen uns ein Versteck suchen.«

Er kehrte auf dem Weg zurück, auf dem er bis zu diesem Punkt vorgedrungen war, und traf in der Nähe der beiden mit destilliertem Wasser gefüllten Behälter mit Joe zusammen.

»Eine Gruppe von Männern kam aus dem Büro, bis an die Zähne bewaffnet«, berichtete Joe. »Sie waren gekleidet wie Wächter, aber bei ihnen war ein Mann, der sie mit einer Pistole in Schach hielt. Daher meine ich, dass dies eine Übernahme der feindlichsten Art sein dürfte. Ich schlage vor, wir verstecken uns oder verlassen schnellstens die Bühne nach links.« Er deutete hinter sich in den Gang.

»Diese Richtung ist tabu«, sagte Kurt. »Von dort nähern sich zwei Personen.«

»Noch mehr Wachpersonal?«

»Sicher nicht, es sei denn, Wächter tragen neuerdings Smoking und Abendkleid. Sie müssen Gäste der Party sein.«

Ehe sie ihre kurze Unterhaltung fortsetzen konnten, hörten sie das dumpfe Rollen von schweren Rädern auf dem Zementboden. Zwei Lichtstrahlen aus Stablampen tanzten träge über die Regale vor ihnen, als die Gruppe, die Joe gesehen hatte, um die Ecke bog.

»Sollten wir nicht lieber zu unserer Kanonen-Kiste zurückkehren?«, fragte Joe.

Kurt schaute sich um. Er hatte die zweite Gruppe aus den Augen verloren. Und ihm gefiel die Vorstellung gar nicht, durch die Lagerhalle zu schleichen und ständig damit rechnen zu müssen, mit irgendwelchen schießwütigen Irren zusammenzutreffen. Vor allem wenn so viele von der Sorte die Szene bevölkerten.

»Nein«, sagte er. »Wir müssen abtauchen.«

»Okay. Aber so viele Verstecke wird es hier kaum geben.«

Joe täuschte sich nicht. Die Regalfächer waren entweder zu überladen oder zu klein, um ausreichenden Schutz zu gewähren. Kurts Blicke irrten suchend durch die Halle, bis sie an den aquariumähnlichen Wasserbecken und den Kanonenrohren in einem von ihnen hängen blieben. Sie waren seine und Joes einzige Hoffnung. »Dann ist es wohl an der Zeit, sich nasse Füße zu holen.«

Joe drehte sich um, sah den Wassertank und nickte. Sie kletterten eine kurze Leiter seitlich neben dem Tank hinauf und ließen sich so langsam und unauffällig wie möglich hineingleiten. Während sich das Wasser beruhigte, suchten sie sich einen Platz hinter dem ersten Kanonenlauf und lugten wie ein Alligatorenpaar, das sich hinter einem abgestorbenen Baumstamm in einem Sumpf versteckte, über ihn hinweg.

Die erste Gruppe marschierte vorbei: fünf Männer – drei mit Pistolen, einer, der einen Wagen schob, und ein weiterer, der sich offenkundig in ihrer Gewalt befand, da eine Pistole auf seinen Rücken gerichtet war. Sie alle waren Joes Beschreibung entsprechend gekleidet wie ein Teil des Sicherheitsteams. Ohne den Wassertanks Beachtung zu schenken, setzten sie ihren Weg fort, bogen bald in einen anderen Regalgang ein und verschwanden.

»Offensichtlich sind sie hier, um irgendetwas herauszuholen«, flüsterte Kurt.

Ehe Kurt noch etwas hinzufügen konnte, erschien das Paar. Aber anstatt sich den anderen anzuschließen, wählte es einen anderen Regalgang – und versäumte nicht, jedes Fach eingehend zu inspizieren.

Kurt konnte die beiden flüstern hören. Die Rückwand des Wasserbeckens, die höher war als die vordere Wand, machte aus dem Becken eine Art Echokammer, die jeden Laut sammelte und verstärkte.

»Jetzt verstehe ich, was du über die Frau sagtest«, flüsterte Joe.

Sie war groß und schlank und trug ein schwarzes Abendkleid mit einem langen Seitenschlitz. Seltsamerweise steckten ihre Füße in Schuhen mit flachen Absätzen. Sie beugte sich gerade zu einem der Regalfächer hinab.

»Da ist noch eins«, hörten sie ihre Stimme. »Aber ich kann das Schild nicht lesen. Es ist zu dunkel.«

Der Mann im Smoking sah sich prüfend um. »Im Augenblick sind wir sicher«, stellte er fest. »Schirmen Sie das Displaylicht Ihres Telefons ab.«

Das matte Leuchten des Displays, von ihrer Hand halb abgedeckt, erschien in der Dunkelheit. Sie studierte das Hinweisschild. »Das ist nicht das, wonach wir suchen«, sagte sie und klang enttäuscht und ungehalten.

Der Mann warf einen Blick in den Regalgang und traf eine, wie es schien, weise Entscheidung. »Sehen wir zu, dass wir schnellstens verschwinden. Ich habe für Menschenmassen nicht viel übrig.«

Pistolen mit Schalldämpfern an den Läufen schussbereit in den Händen, entfernte sich das Paar.

»Irgendein Vögelchen flüstert mir, dass sie nicht zu den anderen gehören«, sprach Kurt aus, was in diesem Moment eigentlich offensichtlich war.

»Wie viele Leute wollen diesen Schuppen eigentlich ausräumen?«, fragte Joe.

»Zu viele«, meinte Kurt. »Dies dürfte zurzeit das unsicherste Lager der westlichen Hemisphäre sein.«

»Und wir sind die Einzigen ohne Waffen«, klagte Joe. »Ein ganz entscheidender Nachteil, wenn du mich fragst.«

Kurt hätte es nicht besser formulieren können, aber irgendetwas störte ihn zusätzlich. »Dieser Mann im Smoking«, begann er. »Ist dir seine Stimme nicht irgendwie bekannt vorgekommen?«

»Vage«, gab Joe zu. »Ich wüsste aber nicht, woher.«

»Ich auch nicht«, sagte Kurt. »Ich konnte von seinem Gesicht nicht allzu viel sehen, aber ich weiß, dass ich diese Stimme schon mal gehört habe.«

Der Regalgang war zurzeit gerade frei. »Sollen wir nicht lieber schnellstens das Feld räumen?«, fragte Joe.

»Ich glaube nicht, dass wir unbehelligt bis zur Tür kämen«, bremste Kurt seinen Elan. »Wir müssen alle anderen Leute so weit abschrecken, dass sie sich schnellstens zurückziehen, und gleichzeitig die Polizei alarmieren. Der einzige Weg dürfte ein Alarm sein. Hast du irgendwo einen Feuermelder gesehen?«

Joe deutete zur Decke. »Was ist damit?«

Kurt folgte seinem Finger. Ein Röhrensystem bildete ein dichtes Gitter an der Decke. An verschiedenen Punkten waren Düsen und trichterförmige Sensoren mit grün leuchtenden LEDs markiert. Kurt tippte auf Wärme- oder Rauchdetektoren.

»Kommst du an sie heran?«, fragte er.

»Na klar. Du hast immerhin den Sieger des Tarzan-Imitator-Wettbewerbs des Sankt-Ignatius-Kindergartens vor dir«, erklärte Joe mit stolzgeschwellter Brust.

»Keine Ahnung, was das sein soll«, sagte Kurt. »Aber ich interpretiere es als ein Ja.«

»Vertrau mir«, sagte Joe. »Dank der Regalleitern wird es eine meiner leichtesten Übungen sein.«

Nach einem sichernden Blick in den Gang stieg Joe aus dem Wassertank, schlich zum Regal hinüber und begann mit dem Aufstieg. Sobald er die zweite Etage erreicht hatte, hangelte er sich zu einer anderen Leiter hinüber. Er war fast bis zur Hallendecke gelangt, als mehrere Schüsse fielen und die Hölle losbrach.

28

Kurt fuhr herum, als sich in den Eingeweiden der Lagerhalle eine wilde Schießerei entspann.

»Verdammt«, murmelte er und richtete sich halb auf, um einen besseren Überblick zu bekommen.

Joe suchte sich eine Deckung, während Kurt seine Aufmerksamkeit wieder auf das Feuergefecht konzentrierte. Der Mann im Smoking und die Frau im Abendkleid lieferten sich mit den Mitgliedern der falschen Sicherheitstruppe einen heftigen Schusswechsel. Sie wurden von zwei Seiten beharkt, aber das schien sie nicht aus der Ruhe zu bringen. Stattdessen entfernten sie sich Schritt für Schritt vom Kampfgeschehen und deckten ihren Rückzug mit einzelnen präzise gezielten Schüssen.

Sie beschleunigten ihre Absetzbewegungen, als einer der Wächter die Nerven verlor, mit seiner Maschinenpistole wild um sich schoss und einen Stapel Tongefäße zertrümmerte. Tonscherben wirbelten durch den Regalgang, und Tonstaub wallte durch die Luft. Querschläger sirrten durch die Lagerhalle. Mehrere trafen den Wassertank und hinterließen sternförmige Sprünge und lange Risse im Glas der Seitenwände.

Der Mann im Smoking warf sich auf den Boden, um dem Kugelhagel zu entgehen, kam jedoch gleich danach wieder auf die Füße. Er ergriff die Hand der Frau und zog sie hinter sich her. An einer Gangkreuzung hielt er inne, weil er dort genügend Deckung fand, offenbar um sich zu orientieren und sein weiteres Vorgehen zu planen. Kurt hörte seine halblaute Stimme. »MacD, hier spricht der Chairman. Wir liegen unter Dauerfeuer. Jemand muss uns rausholen. Pronto!«

Der Chairman …

Die Frau wandte sich um und schoss in eine andere Richtung. »Sie umzingeln uns, Juan. Wir müssen weg von hier. Sofort!«

Juan, dachte Kurt. Juan Cabrillo?

Juan Cabrillo, Chairman der Corporation, ein Mann, der ein Bein verloren hatte, als er vor Jahren Dirk Pitt bei einer NUMA-Operation geholfen hatte. Er war der Kapitän der *Oregon*, eines Frachters, der von außen wie ein schwimmendes Wrack erschien, in Wirklichkeit jedoch bis zur Unterkante Oberdeck mit den modernsten Waffen, dem technisch anspruchsvollsten Schiffsantrieb und der raffiniertesten Elektronik vollgestopft war.

Kurt war sich nicht sicher, was um alles in der Welt Juan und seine Freundin in diesem Lagerhaus zu suchen hatten, aber er wusste, dass sie in Schwierigkeiten, in der Unterzahl und im Begriff waren, von ihren Gegnern in eine tödliche Zange genommen zu werden. Heftiges Kreuzfeuer nagelte sie in ihrer augenblicklichen Position fest, während eine dritte Wächtergruppe erschien, durch den Gang vor Kurts und Joes Stellung rannte und eine C-4-Ladung vorbereitete, um Cabrillo damit anzugreifen.

Kurt wurde aktiv, sprang auf, stemmte sich mit der Schulter gegen die Kanone und wuchtete sie gegen die Glasscheibe. Sie geriet in ihrem Schlingenbett in Schwingung und krachte mit der Mündung gegen die Seitenwand des Behälters. Risse zogen sich blitzartig durch das massive Glas, aber die Wand gab nicht nach.

Das Kanonenrohr schwang zurück und änderte wieder die Richtung. Kurt unterstützte den Schwung, so gut er konnte. Diesmal wirkte die fünfhundert Pfund schwere Masse wie ein Rammsporn. Die Glaswand barst. Vierzigtausend Liter Wasser strömten hinaus und schäumten über den Boden der Halle. Sie rissen die Männer mit dem Sprengstoff von den Füßen und schoben sie gegen die Regalbauten am anderen Ende des Ganges.

Kurt wurde herausgespült und landete auf einem der bewaffneten Wachleute. Er richtete sich auf und versetzte dem Mann einen mörderischen Kinnhaken.

Der zweite Angreifer kämpfte sich auf die Füße, als ein Gegenstand gegen seinen Kopf krachte, irgendwo über ihm abgefeuert von Joe Zavalas starker Hand.

Kurt interessierte sich in diesem Moment ausschließlich für die Sprengladung, riss die beiden Elektroden aus dem C-4-Würfel und rief in Cabrillos Richtung: »Juan, hier entlang!«

Cabrillo blickte in den Regalgang und zögerte, als witterte er eine Täuschung.

»Tempo!«, rief Kurt. »Sie werden umzingelt!«

Der Moment der Unsicherheit verstrich. »Los«, sagte Cabrillo zu seiner Partnerin.

Sie rannte, ohne zu zögern, los, während Cabrillo einen weiteren Schuss abfeuerte, ehe er ihr folgte und neben Kurt in Kauerstellung ging.

»Kurt Austin«, sagte er und schüttelte ungläubig den Kopf. »Was treiben Sie denn auf dieser seltsamen Fete?«

»So wie es aussieht, bin ich gerade dabei, Ihnen das Fell zu retten«, sagte Kurt. »Und Sie?«

»Lange Geschichte«, erwiderte Cabrillo. »Es hängt mit diesem Vorfall in Monaco zusammen.«

Auch wenn er in letzter Zeit intensiv beschäftigt gewesen war, hatte Kurt doch von dem Banküberfall während des Grand Prix von Monaco gehört. Während der letzten Tage hatte er in den Vierundzwanzig-Stunden-Nachrichten mit der Katastrophe auf Lampedusa im Kampf um Sendezeit in einem heftigen Wettstreit gelegen. Kurt schnappte sich die Pistole des Mannes, den er vorübergehend ausgeschaltet hatte, und stürzte sich in den Kampf.

Die Männer, die sich als Wächter eingeschlichen hatten, gingen in Deckung. Als sie sich drei statt nur zwei Verteidigern gegenübersahen und erleben mussten, dass ihre Verstärkung von der Springflut weggeschwemmt worden war, wurden sie erheblich vorsichtiger. Einstweilen ging es weder vor noch zurück.

»Will mir mal jemand verraten, was hier los ist?«, fragte die Frau.

Cabrillo reagierte wie üblich lakonisch. »Ein alter Freund«, war alles, was er erwiderte.

Kurt betrachtete sie. Er fragte sich, wer sie sein mochte. »Ihr Name lautet nicht zufälligerweise Sophie?«

Sie funkelte ihn nicht sehr freundlich an. »Nein, Naomi«, erwiderte sie.

Kurt zuckte die Achseln. »Einen Versuch war es wert.«

Cabrillo quittierte den kurzen Dialog mit einem Grinsen, dann sagte er zu Kurt. »Was tun Sie wirklich hier?«

Kurt deutete auf die Männer, gegen die sie kämpften. »Diese Typen haben etwas mit der Katastrophe auf Lampedusa zu tun.«

»Ist die NUMA an dieser Angelegenheit dran?«

»Im Auftrag der Regierung«, sagte Kurt.

Cabrillo nickte. »Klingt, als ob wir beide alle Hände voll zu tun hätten. Kann ich irgendwie helfen?«

Weitere Schüsse fielen. Die drei drückten sich tiefer in den Schatten unter dem untersten Regalfach. Als sie das Feuer erwiderten, zogen sich die Angreifer wieder zurück.

»Weiß ich nicht«, sagte Kurt. »Es geht um einige ägyptische Antiquitäten, die ich hier zu finden hoffte.«

»Viel Glück … in diesem Durcheinander«, wünschte Cabrillo. »Wir suchen ein Buch, das Napoleon auf St. Helena besaß.«

Die Frau schickte ihm einen eisigen Blick, den Juan jedoch ignorierte.

»Eine alte Ausgabe der *Odyssee*?«, fragte Kurt. »Mit handschriftlichen Randnotizen?«

»Genau das. Haben Sie es gesehen?«

Kurt deutete in Richtung ihrer Gegner. »Dort entlang.« Mittlerweile war das heftige Pistolenfeuer bis auf vereinzelte Schüsse von der anderen Seite eingeschlafen. Jede Partei hatte sich in einen geschützten Bereich zurückgezogen, mit einem Stück Niemandsland als tödliche Zone zwischen den Fronten.

»Sie wollen offensichtlich um jeden Preis verhindern, dass wir diesen Weg nehmen«, stellte Juan fest.

»Ich glaube, ich weiß eine Lösung«, sagte Kurt. Er blickte nach oben und stieß einen Pfiff aus.

Joe setzte seine Kletterpartie zum Rauchmelder fort.

Er gelangte zum höchsten Punkt des obersten Regalfachs, kam jedoch nicht vollständig an den Sensor heran. Also verschob er eine Kiste und streckte sich, ein Manöver, das ihn zwang, seine Deckung zu verlassen. Ein Schütze feuerte sofort. Kugeln stanzten rund um Joe Löcher in die Hallendecke.

Kurt warf einen Blick in den Gang zwischen den Regalen und brachte die Pistole in Anschlag, aber Cabrillo feuerte zuerst. Der Angreifer wurde getroffen und stellte keine Gefahr mehr dar.

Nicht mehr in Gefahr, sich eine Kugel einzufangen, streckte sich Joe abermals nach dem Rauchsensor aus und drückte den Taser dagegen. Die Hitze eines knisternden Lichtbogens von viertausend Volt wurde sofort als potentielles Feuer registriert. Alarmsirenen heulten auf, Warnlichter begannen hektisch zu blinken und Wolken von CO_2-Gas wurden zischend in die Lagerhalle geblasen.

Die Angreifer warteten nur wenige Sekunden, ehe sie die Flucht ergriffen. Das CO_2 versiegte, kurz nachdem Joe den Taser vom Sensor zurückgezogen hatte, aber Polizei und Feuerwehr würden trotzdem anrücken.

»Etwa dreizehn Meter nach dieser Kreuzung«, sagte er zu Cabrillo. »Das erste Fach auf der linken Seite. An Ihrer Stelle würde ich mich beeilen.«

Cabrillo streckte ihm die Hand entgegen. »Bis zum nächsten Mal.«

Kurt erwiderte den Händedruck. »Dann aber bei einer Runde Drinks anstatt Kugeln, die uns um die Ohren fliegen.«

Danach machten sich Cabrillo und die Frau auf den Weg, während Joe wieder zu Kurt hinunterkletterte.

»Habe ich richtig gesehen, wer das war?«, fragte Joe, als er den letzten Meter bis zum Zementboden mit einem Sprung überwunden hatte.

Kurt nickte. »In Lagerhäusern wie diesem trifft man gelegentlich die nettesten Menschen. Komm, lass uns von hier verschwinden.«

Sie gelangten zur Laderampe und sahen sich einer Kavalkade von Feuerwehrautos und Streifenwagen gegenüber, die soeben in den Museumshof einbogen. Dazwischen waren auch ein paar eher neutrale Fahrzeuge zu sehen, in denen die Mitglieder des offiziellen Sicherheitsdienstes saßen, der einen reibungslosen Ablauf des Galaempfangs gewährleisten sollte.

»Zum Nebenausgang«, schlug Joe vor.

Sie kehrten in die Lagerhalle zurück und durchquerten sie auf ihrem Weg zu einem anderen Ausgang. Joe schaute kurz durch die Tür in eine schmale Gasse. »Scheint, als sei die Luft rein.«

Sie traten auf die Gasse hinaus, aber ehe sie fünf Schritte zurückgelegt hatten, hellte gleißendes Licht die Einmündung auf. Ein Suchscheinwerfer schwenkte in ihre Richtung und nagelte sie fest, während der rot-blaue Lichtbalken auf dem Dach des Polizeiwagens aufgeregt blinkte. Beide Männer blieben abrupt stehen und streckten die Hände zum Himmel.

»Vielleicht sind es dieselben Cops, die uns neulich einkassiert haben«, meinte Joe hoffnungsvoll. »Die waren doch wahnsinnig nett.«

»Das wäre wirklich Glück im Unglück«, sagte Kurt.

Der Streifenwagen hielt an, und zwei Beamte mit gezückten Pistolen stiegen aus. Kurt und Joe leisteten keinerlei Widerstand. Sie wurden mit Handschellen gefesselt, in den Wagen verfrachtet und in Rekordzeit abtransportiert. Kurt bemerkte, dass sie sich vom Stadtzentrum entfernten, anstatt dorthin und zu der leider allzu vertrauten Polizeistation gebracht zu werden. »Wir dürfen doch ein Telefongespräch führen, oder nicht?«

Ein lächelndes Gesicht wandte sich zu ihnen um. »Das wurde bereits getan«, sagte der Mann. Seltsamerweise sprach er mit breitem Louisiana-Akzent, keine Spur von südländischem Klang. »Vom Chairman persönlich.«

Der Beamte ließ einen Schlüssel in Kurts Schoß fallen. »MacD«, stellte sich der Mann vor. »Ihr Freund, wenn Sie richtig down sind.«

Kurt grinste, schloss erst seine, dann Joes Handschellen auf. Die rotierenden Blinklichter und die Sirene wurden abgeschaltet, der Wagen setzte seine Fahrt fort, und einige Minuten später wurden Kurt und Joe zwei Blocks von ihrem Hotel entfernt abgesetzt.

»Danke für die Fluchthilfe«, sagte Kurt Austin. »Bestellen Sie Juan, dass der erste Drink auf mich geht.«

MacD grinste. »Er wird Sie zwar niemals zahlen lassen, aber ich sage ihm, dass Sie es angeboten haben.« Kurt schloss die Tür. MacD gab dem Fahrer ein Zeichen, und der Wagen entfernte sich wieder.

»Gibt es irgendeine Chance, Juan und seine Leute bei dieser Mission einzuspannen?«, fragte Joe.

»Es scheint, als hätten sie genug eigene Probleme zu lösen«, erwiderte Kurt.

Er schlug den Weg zum Hotel ein und marschierte los. Sie waren frei und unbehelligt, troffen vor Nässe, hatten von der Schießerei ein Klingeln in den Ohren, aber die Straße war leer, und ringsum herrschte nächtliche Ruhe. Und trotz allem, was sie riskiert hatten, waren sie einer Antwort keinen Deut näher als am Tag zuvor.

»Seltsamer Abend«, sagte Kurt.

»Das dürfte die Untertreibung des Jahres sein«, meinte Joe.

Sie schlichen sich ins Hotel, fuhren mit dem Lastenfahrstuhl hinauf zu ihrem Stockwerk und trotteten müde in ihr Zimmer, wo Renata Ambrosini sie bereits erwartete. Im Gegensatz zu ihnen strahlte sie übers ganze Gesicht.

»Sie beide sehen schrecklich aus.«

Daran zweifelte Kurt nicht im Mindesten. »Irgendwie habe ich das Gefühl, als wäre Ihre Nacht viel besser verlaufen als unsere«, sagte er, schloss die Tür und ließ sich in den nächstbesten Sessel fallen.

»Ich hätte wissen müssen, dass dieser Aufmarsch des halben Fahrzeugparks der Polizei von Valletta Ihr Werk war.«

»Nicht nur unser Werk«, sagte Joe. »Es war eine Party, die eine ganze Reihe Bekannter und nicht Bekannter so bald nicht vergessen wird.«

Kurt hoffte, dass Renata einen triftigen Grund für ihr Lächeln hatte. »Sagen Sie mir, dass Sie Sophie C. gefunden haben.«

»Das habe ich tatsächlich«, erwiderte Renata. »Und sie ist gar nicht weit von hier entfernt.«

29

Die Nachricht versetzte Kurt einen wahren Energieschub. »Wann können wir uns mit ihr treffen?«

»Hoffentlich noch sehr lange nicht«, entgegnete Renata. »Sie ist nicht mehr unter den Lebenden.«

Das war eine schlechte Nachricht. Zumindest glaubte Kurt dies. »Sie scheinen nicht besonders enttäuscht zu sein.«

»Nun, es ist schon eine ganze Weile her«, sagte Renata. »Sie starb 1822.«

Kurt sah Joe fragend an. »Ergibt das für dich irgendeinen Sinn?«

Joe schüttelte den Kopf. »Das CO_2 hat offenbar mein Logikzentrum in Mitleidenschaft gezogen, aber vielleicht habe ich auch nicht richtig gehört.«

»Ich weiß, dass Sie sich herrlich über uns amüsieren«, sagte er, »aber kommen wir mal zur Sache. Wer ist Sophie C.? Und welche Verbindung könnte zwischen einer Frau, die 1822 gestorben ist, und Dr. Kensington und dem Angriff auf Lampedusa bestehen?«

»Sophie C.«, sagte Renata, »ist eine Abkürzung für *Sophie Celine.*«

»Ich war so nah dran«, sagte Joe.

Kurt reagierte noch nicht einmal darauf. »Machen Sie weiter.«

»Sophie Celine war eine Cousine dritten Grades und heimliche Liebe von Pierre Andeen, einem angesehenen Mitglied der französischen gesetzgebenden Versammlung, die sich nach der Revolution konstituierte. Weil beide noch anderweitig verheiratet waren, konnten sie nicht offiziell zusammen sein, was sie aber nicht davon abhielt, ein gemeinsames Kind zu haben.«

»Ein Skandal«, sagte Kurt.

»In der Tat«, pflichtete Renata ihm bei. »Aber ob Skandal oder nicht, die Geburt dieses Kindes muss für Andeen ein aufregendes Ereignis gewesen sein, und er nutzte seinen Einfluss bei der französischen Admiralität, um ein Schiff auf den Namen der Mutter taufen zu lassen.«

»Das ist wirklich ein tolles Geschenk«, sagte Kurt.

»Glaub mir«, sagte Joe. »Die meisten Frauen bevorzugen Schmuck.«

»Richtig«, kommentierte Renata.

»Und was ist nun mit Sophie geschehen?«, wollte Kurt wissen.

Renata lehnte sich zurück und legte entspannt die Füße auf den Tisch. »Sie erreichte ein hohes Alter und wurde auf einem Privatfriedhof vor den Toren von Paris begraben, nachdem sie im Schlaf gestorben war.«

Kurt konnte erkennen, worauf das Ganze hinauslief. »Ich vermute, es ist *Sophie Celine*, das Schiff, worauf Kensington verweisen wollte.«

Renata nickte und reichte Kurt den Ausdruck einer kurz gefassten Geschichte des Schiffes. »Die *Sophie C.* gehörte zur Mittelmeerflotte Napoleons und lag während der kurzen Periode der französischen Herrschaft in Malta vor Anker. Wie das Schicksal so spielt, sank das Schiff in einem Unwetter, nachdem es Malta, beladen mit französischen Schätzen, die aus Ägypten stammten, verlassen hatte. Man fand die *Sophie C.*, und das Wrack wurde von Mitgliedern der D'Campion Conservancy, einem auf die Bergung und den Erhalt von kulturell bedeutenden Altertümern spezialisierten Non-profit-Unternehmen, das von einer reichen Familie hier auf Malta gegründet wurde und finanziert wird, ausgegraben und sein Inhalt geborgen. Nachdem die Artefakte über Jahre zu ihrer privaten Sammlung gehört hatten, entschlossen sie sich vor kurzem, einige Stücke zu verkaufen. Das Museum sollte gegen eine prozentuale Beteiligung als Vermittler auftreten.«

»Dieselben Stücke, die unsere gewalttätigen Freunde gerade erst mitgenommen haben, ohne einen Penny dafür zu bezahlen«, sagte Joe.

»Kensington erklärte ihnen, zweihunderttausend reichten noch nicht einmal für einen Platz am Tisch, daher holten sie sich gleich das gesamte Buffet.«

Joe stellte die nächstliegende Frage: »Aber warum sollte Kensington unsere Aufmerksamkeit denn auf die *Sophie Celine* lenken, wenn er uns noch nicht einmal andeutungsweise verraten wollte, welche Stücke für die Auktion vorgesehen waren?«

»Aus dem gleichen Grund, weshalb diese Kerle ihn nicht getötet und die Artefakte nicht gestohlen haben, bis wir auftauchten und anfingen, unbequeme Fragen zu stellen. In dem Wrack muss irgendetwas sein, auf das sie noch immer scharf sind, etwas, das bisher noch nicht aufgetaucht ist.«

»Die ägyptischen Schrift- und Bildtafeln, die ich gesehen habe, waren zerbrochen«, erinnerte sich Joe. »Es waren Fragmente. Vielleicht sind sie hinter den restlichen Teilen her.«

Kurt wandte sich an Renata. »Wo liegt das Wrack?«

»Dort ist die Position«, sagte sie und reichte Kurt ihre restlichen Notizen. »Etwa fünfundvierzig Kilometer östlich von Valletta.«

»Soweit ich weiß, liegt dieser Punkt nicht auf dem Weg nach Frankreich«, sagte Kurt.

»Der Kapitän der *Sophie C.* wollte englischen Schiffen aus dem Weg gehen. Er plante eine Route nach Osten und dann nach Norden, entweder an der Küste von Sizilien entlang oder durch die Straße zwischen Sizilien und dem italienischen Festland. Offenbar geriet er aber in schlechtes Wetter, ehe er die Chance hatte, einen der beiden Wege zu nehmen. Ich vermute, er machte kehrt, schaffte es jedoch nicht mehr zurück in den Hafen von Valletta.«

Zum ersten Mal seit Tagen hatte Kurt das Gefühl, dass sie merkliche Fortschritte machten und den Verlauf des Spiels ein wenig mitbestimmen konnten.

»Ich nehme an, dann kennen wir unseren nächsten Schritt«, sagte Joe. »Und auch deren Schritt. Wenn sie herausfinden, dass es sich bei diesen Tafeln und Bildern nur um Fragmente handelt, werden sie sich das Wrack vornehmen und selbst versuchen, alles herauszuholen, was sich noch darin verbirgt.«

»Das würde ich zumindest tun«, sagte Kurt. »Ich habe noch immer keine Vorstellung davon, wie das alles miteinander zusammenhängt oder was sie eigentlich suchen, aber wenn es nicht äußerst wichtig wäre, hätten sie ihre Bemühungen längst abgebrochen und sich aus dem Staub gemacht. Ich denke, wir sollten schnellstens zu diesem Wrack hinabtauchen, ehe sie uns zuvorkommen.«

30

Als die *Sea Dragon* Valletta verließ, befanden sich Kurt Austin, Joe Zavala, Dr. Ambrosini und eine Minimalbesatzung an Bord. Aus übergroßer Vorsicht hatte Kurt alle anderen Mannschaftsmitglieder nach Hause in die Staaten geschickt.

»Behalten Sie diese Richtung bei«, wies er Kapitän Reynolds an.

»Aye«, sagte Reynolds. »Aber Ihnen ist schon klar, dass wir das Wrack um fünf Meilen verfehlen, wenn wir nicht nach Norden abdrehen.«

»Ich hoffe, dass diese Abweichung für einen Überraschungseffekt sorgt, der für uns günstig sein wird.«

Reynolds nickte und warf einen prüfenden Blick auf den Navigationsbildschirm. »Sie sind der Boss.«

Darauf vertrauend, dass sie auf dem richtigen Kurs waren, ging Kurt nach achtern, wo Joe und Renata damit beschäftigt waren, den Drachen zusammenzubauen. »Bereit, ihn steigen zu lassen?«

»Fast«, sagte Renata. Gerade überprüfte sie die Gurte, die die Nutzlast des Drachens an Ort und Stelle fixierten, und schaltete eine Kamera mit starkem Zoomobjektiv ein. »Alles klar.«

Kurt nahm seinen Platz an den Bedienelementen der Winde ein, die gewöhnlich benutzt wurde, um die Bewegungen eines Schleppsonars zu steuern. Nun war jedoch das stählerne Schleppkabel gegen eine dünne Nylonschnur ausgetauscht worden, die an dem Gleitdrachen befestigt war, den Joe in diesem Augenblick zum Schiffsheck trug.

»Bereit!«, meldete Renata.

Joe baute sich am Heckspiegel auf und hielt den Drachen hoch über den Kopf. Er sprang geradezu aus seiner Hand, als die Tragflächen vom Sog erfasst wurden, den das Schiff bei seiner Vorwärtsfahrt erzeugte.

Während der Drachen aufstieg, ließ Kurt die Drachenschnur nach, und das dünne faseroptische Kabel begann sich von der zweiten Trommel der Winde abzuwickeln. Gleichzeitig ergriff Renata eine kleine Fernbedienung, mit der sie die Aktivitäten des Gleitdrachens steuerte, der hinter dem Schiff weiterhin zügig in den Himmel aufstieg.

Als er eine Höhe von knapp zweihundert Metern erreicht hatte, gab sie Kurt ein Zeichen. »In dieser Position anhalten«, sagte sie.

Kurt stoppte die Winde, und der Drachen blieb stehen und folgte der *Sea Dragon* auf ihrer Fahrt zum Wrack der *Sophie Celine*. »Wie machen wir uns denn so aus der Vogelperspektive?«

Renata testete die Verbindung zur Drachenkamera und verfolgte, wie auf einem Computermonitor rechts neben ihr ein Videobild Gestalt annahm. Zuerst war alles verschwommen, doch dann sorgte die Autofokus-Funktion für Bildschärfe, und die *Sea Dragon*, die durch die tiefblaue See pflügte, war deutlich zu erkennen.

»Wir sehen großartig aus«, antwortete sie. »Mal schauen, was unsere Freunde machen.«

Sie schwenkte die Kamera nach Norden, wo zwei Boote in Sicht kamen. Anfangs waren sie nur winzige Punkte auf dem Ozean, nicht mehr als zwei Reiskörner auf einer dunkelblauen Tischdecke. Doch als Renata das starke Zoomobjektiv der Kamera aktivierte, wurden sie schnell größer.

»Ein Tauchboot und eine Schute«, sagte sie.

»Geht es noch ein wenig größer?«, fragte Kurt.

»Kein Problem.«

»Zuerst die Schute«, bat er.

Sie konzentrierte sich auf den Lastkahn und steigerte den Vergrößerungsfaktor des Objektivs, bis auch kleinere Details zu erkennen waren. Weiße Lettern auf dem roten Schiffsrumpf bildeten den Schriftzug *D'Campion Conservancy*. An dem einen Ende des Lastkahns stand ein kleiner Derrick-Kran. Er hatte ein langes PVC-Rohr am Haken. Wasser und Sediment sprudelten in dickem Strom heraus. Die Mischung ergoss sich auf ein stählernes Sieb, in dem alles hängen blieb, was größer als eine Faust war, während Schlick und Meerwasser ungehindert durch die Maschen rannen, ins Meer zurückflossen und einen milchigen Teppich bildeten, der sich westlich des Schiffes auf dem Meer ausbreitete.

»Das sieht wie ein Großreinemachen aus«, sagte Joe.

»Sie saugen den Meeresboden ab«, meinte Kurt.

Auf dem Bild, das die Kamera lieferte, waren zwei Männer zu sehen, die verschiedene Objekte untersuchten, die vom Sieb aufgefangen wurden. Nach kurzer Überprüfung wurden sie über Bord geworfen.

»Steine, Muscheln oder Bruchstücke von Korallen«, vermutete Kurt.

»Offenbar halten sie Ausschau nach ganz besonderen Kostbarkeiten«, erwiderte Joe. »Nach weiteren Tafeln wie der, die ich im Museum gesehen habe. Was interessiert es sie da, wenn kleinere Fundstücke ins Meer zurückwandern?«

»Es würde ihnen etwas ausmachen, wenn sie tatsächlich für den Conservancy-Verein arbeiteten«, sagte Kurt, »aber ich glaube nicht, dass sie das tun.«

Er gab Renata mit der Hand ein Zeichen. »Können Sie das andere Boot ins Visier nehmen?«

Sie drehte die Kamera und richtete sie auf das zwanzig Meter lange Tauchboot. Auf seinem Vorderdeck waren Gestelle zu erkennen, in denen Sauerstoffflaschen und anderes Tauchgerät bereitlagen. Am Bug hatten sich mehrere Männer versammelt, die mit übereinandergeschlagenen Beinen in der Sonne saßen.

»Entweder absolvieren sie gerade einen Yoga-Kurs, oder sie …«

In der Nähe der Männer war eine andere Gestalt zu erkennen. Ein Mann, der hinter ihnen stand, hielt in der Armbeuge ein langläufiges Gewehr.

Renata versuchte, das Gesicht näher heranzuzoomen, aber die Kamera hatte bereits Mühe, das Gesicht des Mannes in der Bildmitte zu fixieren. »Von seinen Zügen kann ich kaum etwas erkennen«, sagte Renata enttäuscht.

»Das brauchen wir auch nicht«, tröstete Kurt sie. »Ich glaube, wir alle wissen, mit wem wir es zu tun haben.«

»Vielleicht sollten wir die Küstenwache oder das maltesische Militär alarmieren«, schlug Renata vor. »Sie könnten ein paar Boote schicken, dann wären wir in der Lage, die ganze Bande geschlossen aus dem Verkehr zu ziehen.«

»Der Gedanke gefällt mir«, sagte Kurt, »außer dass dann wahrscheinlich die Taucher dran glauben müssen. Diese Typen kennen kein Pardon. Wir haben bereits erleben müssen, dass sie ihre eigenen Leute umbringen, um zu verhindern, dass wir irgendwelche Informationen aus ihnen herausholen. Sie haben Hagen und Kensington und die halbe Wachmannschaft im Museum getötet. Und dann haben sie sogar versucht, die Lagerhalle in die Luft zu sprengen. Wenn wir das maltesische Militär rufen, töten sie bloß die Taucher und suchen das Weite. Selbst wenn sie geschnappt oder eingekreist werden sollten, rechne ich damit, dass sie es auf eine Schießerei ankommen lassen und lieber mit fliegenden Fahnen untergehen oder sich sogar selbst in die Luft sprengen. Und in diesem Fall stünden wir wieder ganz am Anfang, allerdings mit einem weiteren Dutzend Leichen auf unserem Konto.«

Renata nickte und beugte sich widerstrebend seiner Logik. Sie seufzte und blies sich eine Locke aus dem Gesicht. »Ich nehme an, Sie haben recht. Aber wir können sie mit unseren bescheidenen Mitteln nicht selbst dingfest machen.«

»Vielleicht schaffen wir es mit einem Überraschungseffekt«, sagte Kurt.

»Ich gestehe dir das nur ungern, aber ich habe unsere Tarnkappen in Washington zurückgelassen«, sagte Joe.

»Ich hatte doch gar nicht davon gesprochen, dass wir uns auf der Wasseroberfläche an sie heranmachen sollten«, sagte Kurt.

»Demnach verlagern wir den Kampf in die Tiefe«, vermutete Joe.

»Das Überraschungsmoment ist auf unserer Seite. Und wir finden vielleicht Verbündete.«

»Wo?«

»Wenn diese Leute eigene Taucher hätten, bräuchten sie die Männer nicht auf Deck in Schach zu halten. Wenn die Taucher der Conservancy auf dem Meeresgrund arbeiten, um zu verhindern, dass ihre Freunde auf dem Boot erschossen werden, sind sie vielleicht zu einer Meuterei bereit, wenn sich die Gelegenheit dazu ergibt.«

»Demnach gehen wir ins Wasser, schließen Freundschaft und starten eine Rebellion«, sagte John.

»Das ist die klassische Infiltrationstechnik, um einen übermächtigen Feind zu besiegen«, sagte Kurt.

Zwanzig Minuten später wurden Kurt und Joe in den motorisierten Tauchanzügen mitsamt eines ROVs namens *Turtle* ins Wasser abgelassen. Sie waren immer noch drei Meilen vom Wrack entfernt, wahrscheinlich weit genug, damit die bewaffnete Mördertruppe keinen Verdacht schöpfte. Um aber ganz sicherzugehen, drehte Kapitän Reynolds mit der *Sea Dragon* ab. Falls sie per Radar oder mit Ferngläsern beobachtet wurden, sähe es so aus, als wären sie mit Kurs nach Süden unterwegs.

Als die Plattform ins Wasser eintauchte, wurden Kurt, Joe und das ROV heruntergespült. Sie regulierten ihren Auftrieb und verschwanden unter der Wasseroberfläche. Während sie langsam absanken, hielten sie sich am Rahmen des ROV fest und manövrierten sich in die runden Aussparungen hinter der knollenförmigen hydrodynamischen Nase. In einer Tiefe von knapp zwanzig Metern stieß Kurt einen hochgereckten Daumen nach oben, und die Propeller des *Turtle* begannen zu rotieren.

Normalerweise wurde das *Turtle* vom Mutterschiff aus gesteuert, aber weil es konstruiert war, um mit den Tauchern auf dem Meeresgrund zusammenzuarbeiten, konnten die Kontrollen auf die Tauchanzüge übertragen werden, die Kurt und Joe trugen. In diesem Fall war Joe der Chauffeur.

»Bring uns nach unten«, sagte Kurt. »Und zwar bis auf den Grund.«

»Verstanden«, erwiderte Joe.

Die Gewässer östlich von Malta waren relativ flach, was vor allem auf das Malta-Plateau zutraf, eine Region, die sich einerseits nach Osten und andererseits nach Norden in Richtung Sizilien erstreckte. Die *Sophie Celine* hatte in einer Tiefe von dreißig Metern auf dem Grund aufgesetzt. Tief genug, um vor Freizeittauchern sicher zu sein, aber durchaus in einem Bereich, in dem Berufstaucher gewöhnlich ihrer Arbeit nachgingen. Was an natürlichem Licht von der Meeresoberfläche bis dorthin vordrang, war verschwindend gering.

»Wir sind gleich auf Grund«, meldete Joe.

Außer mit den Kontrollen war Joe auch noch mit der Telemetrie des ROV verbunden. Auf einem Display innerhalb seines Helms konnte er die Werte für Tauchtiefe, Kurs und Geschwindigkeit ablesen.

Der Meeresboden kam in Sicht, erhellt von den vorderen Scheinwerfern des ROV. Joe fing das Vehikel ab, richtete es horizontal aus, korrigierte seinen Kurs und beschleunigte dann.

»Ich schalte lieber die Scheinwerfer aus«, sagte er. »Ich möchte nicht, dass uns jemand kommen sieht.«

»Achte gleichzeitig darauf, dass uns nichts in die Quere kommt«, sagte Kurt.

Die Scheinwerfer erloschen, und sie reisten für einige Zeit vollkommen blind durch einen dunklen Tunnel. Bis sich ihre Augen an das Dämmerlicht gewöhnt hatten. »Es ist doch heller als erwartet«, sagte Joe.

»Das Meer ist ruhig«, sagte Kurt. »Das ist immer eine Hilfe. Hier unten treibt auch nicht übermäßig viel Sediment im Wasser.«

»Ich schätze, die Sicht liegt bei zwanzig Metern.«

»Dann achte darauf, dass wir nicht näher als vierzig Meter an das Wrack herankommen.«

Das *Turtle* war für ein ROV ziemlich schnell. Mit einer leichten Strömung im Rücken schafften sie fast sieben Knoten, aber sie brauchten trotzdem fast zwanzig Minuten, ehe sie sich dem Fundort des Wracks näherten, der als heller Schein in der Ferne zu erkennen war.

»Mindestens drei oder vier Taucherlampen«, schätzte Joe.

Kurt bestätigte Joes Beobachtung und sah dann, wie eine fünfte und eine sechste Lampe erschienen, als jemand hinter einem Hügel Sediment hervorkam.

Die Lichter verschwammen, als würden sie von einer Staubwolke verhüllt werden. Kurt konnte bereits das seltsame Pulsieren einer unter Wasser arbeitenden Saugvorrichtung spüren.

»Bring uns noch ein wenig näher heran, und dann setz mich ab«, sagte Kurt. »Ich suche mir den nächsten Taucher und frage ihn, ob er Hilfe braucht.«

Kurt öffnete eine schmale Klappe im Ärmel seines Hard Suit. Ein wasserdichtes Display übertrug alles, was er sagte, in Schriftform und ermöglichte ihm die Kommunikation mit anderen Tauchern.

»Und wenn er einer von den Bösen ist?«

»Dafür habe ich *das*.«

Einer Werkzeughalterung entnahm Kurt eine Picasso-Zwillingsharpune. Die beiden Harpunenpfeile waren nebeneinander angeordnet, während die Abzughebel hintereinander lagen. Zurzeit waren beide Harpunenpfeile gesichert.

»Für den Fall, dass du so etwas brauchst, habe ich auch eine für dich mitgebracht«, fügte Kurt hinzu. »Aber halt dich einstweilen vom Ort des Geschehens fern und lass die Augen offen. Wenn ich in Schwierigkeiten gerate, weißt du, was du tun musst.«

Sie waren mittlerweile etwa dreißig Meter vom Zentrum der Aktivität entfernt. Kurt bezweifelte, dass jemand sie sehen konnte, genauso wie jemand in einem erleuchteten Zimmer nichts in der Dunkelheit außerhalb erkennen kann. Aber er wollte kein unnötiges Risiko eingehen.

»Hier ist meine Haltestelle«, sagte er. Danach stieß er sich vom *Turtle* ab, schaltete seine eigenen Strahldüsen ein und entfernte sich. Mit einem letzten Blick vergewisserte er sich, dass Joe in Position blieb, so wie er es angeordnet hatte.

31

Kurt Austin bewegte sich nahezu lautlos durchs Wasser, da das leise Summen seiner eigenen Antriebsdüsen kaum zu hören war. Auf der linken Seite des Wracks herrschte anscheinend mehr Aktivität. Mindestens fünf Taucherlampen sah er dort sowie die Taucher in der Standardausrüstung, die mit dem Saugschlauch arbeiteten. Er schwamm nach rechts, wo er nur zwei Lampen erkennen konnte.

Während er sich durch die Wolke aufgewirbelten Sediments näherte, erkannte er, dass die Taucher etwas auszugraben versuchten, das unter dem versteinerten Knochengerippe des alten Schiffes verborgen war.

Im Gegensatz zu Ausgrabungen, die von der NUMA geplant und durchgeführt wurden – und zu allen meeresarchäologischen Projekten, von denen Kurt je gehört hatte –, zertrümmerten diese Männer das Wrack, brachen große Teile ab und behandelten diese als wertlosen Müll.

Wenn jemand einem eine Pistole vor die Nase hält, dann verflüchtigt sich jeder Gedanke an die Erhaltung von Fundstücken aus der Vergangenheit.

Mittlerweile hatte sich Joe zu weit entfernt, um Funksignale aufzufangen, daher war Kurt auf sich allein gestellt. Er tastete sich von hinten an zwei Taucher heran, die nichts von seiner Anwesenheit bemerkten.

»Schriftliche Kommunikation ermöglichen«, flüsterte er.

Ein kleines grünes Kästchen mit dem Buchstaben *T* für »Text« erschien auf seinem Helmdisplay.

Er hatte nur eine begrenzte Zeichenmenge zur Verfügung, daher wählte er die simpelste Aussage, die ihm zu diesem Zeitpunkt einfiel. »Ich bin hier, um zu helfen.«

Der kleine Flachbildschirm im Ärmel seines Taucheranzugs

leuchtete auf, und Kurt ließ sich von den Strahldüsen vorwärts schieben.

Er streckte die Hand aus und klopfte dem Mann, der ihm am nächsten war, auf die Schulter und erwartete, dass sich der Taucher umsah und bei seinem Anblick erschrak oder zumindest überrascht war. Doch der Taucher arbeitete einfach weiter.

Kurt klopfte ihm erneut auf die Schulter, diesmal kräftiger. Als noch immer nichts geschah, packte er die Schulter des Tauchers und wirbelte ihn herum.

Der Taucher sah ihn mit einem Ausdruck benommenen Erschreckens an. Kurt konnte erkennen, dass das Gesicht blau angelaufen war. Seine Augen waren halb geschlossen. Diese Männer mussten schon lange Zeit hier unten sein. Viel zu lange.

Kurt deutete auf seinen Arm und die Displayscheibe.

Der Mann las die Nachricht und nickte langsam. Dann griff er nach einem kleinen Whiteboard, das in einer Tasche seines Tauchanzugs steckte, und kritzelte darauf die Antwort: *Grabe so schnell ich kann.* Und nahm seine Arbeit wieder auf.

Er denkt, dass ich einer von den Bösen bin. Das bedeutete, dass sich hier unten innerhalb der Tauchmannschaft Aufseher befanden.

Kurt machte sich abermals bei dem Mann bemerkbar.

»Ich rette Sie.«

Der Mann blinzelte kurz, wobei sich seine Augen weiteten. Jetzt erst schien er zu begreifen. Er wurde so hektisch, dass Kurt ihn festhalten musste, um seinen Bewegungsdrang zu bremsen.

»Wie viele Wächter?«

Der Mann schrieb die Zahl *9*.

»Alle hier unten?«

5! … 4!

Fünf oben und vier im Wasser. Das war schlechter, als Kurt erwartet hatte.

»Zeigen.«

Ehe der Mann die Chance erhielt, Kurt auf irgendetwas aufmerksam zu machen, strich ein Lichtbalken über sie hinweg. Die Augen des Tauchers verrieten alles. Kurt fuhr herum und erblickte einen Mann, der ihn mit einer Harpune angriff.

32

Kurt stieß den Taucher zur Seite und riss die Picasso hoch, um abzudrücken, aber der angreifende Taucher war bereits zu nahe herangekommen, und zwischen ihnen entspann sich ein wütender Ringkampf, der verhinderte, dass sie versuchten, einander mit ihren Harpunen aufzuspießen.

Zu Kurts deutlichem Nachteil trug der Mann einen Vollgesichtshelm und nur Teile eines Hard Suit. Anderenfalls hätte Kurt dem Mann die Maske einfach vom Gesicht gerissen. Stattdessen drehten und wanden sie sich, bis Kurt den Mann in den Schwitzkasten nahm, seine Strahldüsen aktivierte und auf eine aus dem Meeresboden ragende Struktur aus Holz und Korallen zuhielt, die der Form nach einst der Bug der *Sophie C.* gewesen sein musste.

Der Angreifer trennte sich von seiner Harpune und griff nach seinem Messer, aber ehe er es zücken und benutzen konnte, zog Kurt ihn zur Bugspitze hinauf und schmetterte die Rückseite des gegnerischen Taucherhelms mit aller Kraft dagegen.

Der Taucher wurde sofort schlaff, ließ das Messer fallen und sank auf den Meeresgrund. Zumindest war er bis auf weiteres bewusstlos und außer Gefecht.

Zwei Männer kamen vom hinteren Teil der Arbeitszone auf Kurt zu. Ebenso wie der erste Mann trugen diese Taucher Vollgesichtshelme, aber im Gegensatz zu ihrem glücklosen Kollegen wurden sie durch eigene Antriebssysteme durchs Wasser gelenkt.

Eine Harpune schoss an Kurt vorbei und hinterließ eine Spur aus Luftblasen im Wasser. Kurt tauchte augenblicklich ab und wirbelte als Tarnung eine dichte Schlammwolke auf.

Er schaltete die Strahldüsen seines Taucheranzugs auf volle Leistung, sodass sich die Wolke dank der stärkeren Turbulenzen weiter aufblähte. Er erinnerte sich an eine alte Weisheit, die er von einem Jagdflieger aus dem Zweiten Weltkrieg gehört hatte, mit dem er vor Jahren zusammengearbeitet hatte: *In den Wolken immer links halten.* Weshalb links und nicht rechts, wusste er zwar nicht, aber wenn es für den Himmel über Midway galt, dann traf es gewiss auch auf den Meeresgrund zu.

Die Strahlruder seines Taucheranzugs lieferten weiterhin ihre volle Leistung, als Kurt nach links schwenkte und einen Fuß über den Meeresboden schleifen ließ, um mehr Schlamm aufzuwirbeln. Für einen Moment war diese Taktik erfolgreich, doch dann drang das Licht eines Froschmanns durch die Wolke und näherte sich rasant. Der Taucher hatte Kurt entdeckt und brachte eine Waffe in Anschlag.

So gut es ging, schlug Kurt einen Haken, und anstelle des von einer Harpune erzeugten Rauschens hörte er das abgehackte, gedämpfte Hämmern eines Gewehrs. Das Geräusch war dem der ehrwürdigen Kalaschnikow verdammt ähnlich.

Eine der an den Schultern seines Anzugs befestigten Stabilisierungsflossen zerschellte. Kurt blieb in Bewegung und paddelte kraftvoll mit den Beinen, um die Wirkung der Strahldüsen zu verstärken.

Er schaffte es bis hinter das Wrack. »Joe, wenn du mich hören kannst – ich brauche dringend Hilfe. Hier sind drei gegen einen, und diese Kerle schießen mit Unterwassergewehren. Ihre Antriebsaggregate sehen russisch aus, daher dürften die Waffen es ebenfalls sein.«

Kurt kannte zwei verschiedene Gewehre, die die Russen für ihre Speznas-Kommandos und ihre Froschmänner entwickelt hatten. Das eine war eine Waffe mit der Bezeichnung APS, die dreizehn Zentimeter lange stählerne Projektile, Bolzen genannt, verschoss. Diese schweren Bolzen glitten weitaus besser durch das Wasser als gewöhnliche Bleiprojektile, hatten jedoch abhängig von der tiefenbedingten unterschiedlichen Dichte des Wassers auch gewisse Nachteile. In dieser Tiefe konnte ihre Reichweite nicht mehr als achtzehn bis zwanzig Meter betragen, aber wie Kurts schmerzender Rücken ihm meldete, steckte immer noch eine ansehnliche Wucht hinter ihnen, wenn auch keine tödliche.

»Joe, hörst du mich? Joe?«

Was durch hohen Druck verdichtetes Wasser außerdem einschränkte, war sogar die Leistung der höchstentwickelten Kommunikationssysteme. Joe befand sich außer Reichweite. Kurt schaute nach links zum Heck der *Sophie Celine*, von wo sich Lichter näherten. Ein Blick nach rechts zum Bug lieferte das gleiche Ergebnis.

»Drei Killer, die es auf mich abgesehen haben, und nur zwei Harpunen«, murmelte er. »Das nächste Mal packe ich gleich ein ganzes Sortiment Harpunen ein.«

Er entschied sich für die rechte Seite, schwamm vorwärts und ergriff mit beiden Händen seine Harpune. Die Lichter des anderen Froschmanns drangen aus dem Dunkel. Kurt zielte darauf und drückte ab. Der Speer schoss durchs Wasser, traf den Angreifer dicht unterhalb des Schlüsselbeins in die Schulter – und trat auf der anderen Seite wieder aus.

Eine dichte Wolke Luftblasen wirbelte auf, während sich der Mann wie ein aufgespießter Thunfisch vor Schmerzen wand. Anstatt abzusinken, stieg er nach oben, während er eine Hand auf seine Wunde presste und dazu sein Gewehr losließ.

Kurt überließ ihn sich selbst und folgte dem Gewehr, das in der Dunkelheit verschwand.

»Licht an«, befahl er.

Die linke Flosse war zersplittert, aber das Licht in der rechten Flosse flammte augenblicklich auf. Es wurde von der sinkenden Waffe reflektiert und verriet gleichzeitig Kurts Position.

Das war zu erwarten gewesen.

Kurt tauchte senkrecht abwärts und vernahm den dumpfen Knall eines anderen Gewehrs. Bolzen wühlten sich vor ihm in den Schlick, und er hatte keine andere Wahl, als kehrtzumachen und zu versuchen, sich der Gefahr zu stellen, wenn er nicht sofort den Tod finden wollte.

Die letzten beiden Taucher kamen auf ihn zu. Kurt suchte sich eine stabile Position und feuerte seine letzte Harpune auf den Mann mit dem Gewehr ab. Sie traf ihn tödlich, mitten durch den Hals. Der Mann streckte sich, während sich eine Blutwolke um ihn ausbreitete.

Kurt wandte sich sofort wieder dorthin, wo seiner Berechnung nach das herrenlose Gewehr gelandet sein musste. Er erreichte die Stelle im selben Moment wie der letzte Überlebende der Angriffstruppe.

Beide Männer griffen nach der Waffe. Kurt erwischte den Kolben, während sein Gegner den Lauf packte. Kurts Position war die bessere, und er riss das Gewehr an sich.

Er versuchte, es zu sich herumzudrehen und abzufeuern, aber der andere Taucher war zu nahe. Er schlang einen Arm um Kurts Helm und streckte die andere Hand nach seinem Luftschlauch aus.

Kurt rammte ihm ein Knie in die Magengrube, und der Mann ließ den Luftschlauch los, holte jedoch etwas hervor, womit Kurt nicht gerechnet hatte: einen sogenannten Bang Stick, dafür konstruiert, Haifische oder alles, was mit ihm berührt wird, mit einer in seiner Spitze verborgenen Sprengladung zu töten. Kurt blockte den Arm des Tauchers ab und umklammerte sein Handgelenk, um zu verhindern, dass die explosive Spitze des Sticks seinen Brustkorb berührte, wo sie eine grässliche Wunde hinterlassen würde. Er hatte mit eigenen Augen gesehen, wie diese Waffen fünf Meter lange Haifische schon bei der leisesten Berührung töteten. Und er hatte ganz und gar nicht den Wunsch, auf die gleiche Weise – oder auch irgendeine andere – das Zeitliche zu segnen.

Die beiden Männer hatten sich in einem wirbelnden gewichtslosen Zweikampf ineinander verkrallt. Das Licht in Kurts Schulterflosse wurde von der Tauchermaske des Mannes reflektiert. Es blendete beide Männer, aber sie setzten den Zweikampf verbissen fort.

Erst jetzt wurde Kurt bewusst, wie viel größer sein Gegner war. Er erwischte Kurts Schulterflosse, entwickelte eine größere

Hebelkraft, und trotz Kurts Anstrengungen kam die Spitze des Bang Sticks seinen Rippen unaufhaltsam näher.

Der Angreifer hatte ihn fest im Griff, und er wusste es. Kurt sah das irre Grinsen in seinem Gesicht, während er zum tödlichen Stoß ansetzte.

Und dann wurden sie von einer Lichtwolke eingehüllt, als ein gelber Schemen aus der Dunkelheit heranschoss und Kurts Gegner wie ein außer Kontrolle geratener Autobus rammte. Kurt vollführte einen Salto rückwärts und verfolgte dankbar, wie Joe den Mann mit dem *Turtle* vor sich herschob, einem Stier nicht unähnlich, der einen Matador auf die Hörner genommen hatte.

Joe gab sich nicht eher zufrieden, als bis er den Mann mit dem Gewicht und der Wucht des ROV in den Meeresgrund gestampft und halb im Schlick vergraben hatte.

Kurt erreichte mit wenigen Schwimmstößen den Meeresboden, ergriff wieder das Gewehr und wartete darauf, dass Joe drehte und zu ihm zurückkehrte.

Das *Turtle* glitt neben Kurt. Joes grinsendes Gesicht war in seinem Helm deutlich zu erkennen. »Wäre es übertrieben, das Symbol eines getöteten bösen Buben auf den Rumpf des *Turtle* zu malen?«, fragte Joe.

»Ganz gewiss nicht, wenn du mich fragst«, erwiderte Kurt. »Warum hast du so lange gebraucht?«

Joe grinste. »Von weitem konnte ich nicht erkennen, ob ihr nur ein kleines Tänzchen aufgeführt habt oder ob du tatsächlich in Schwierigkeiten warst. Erst als ich die Gewehre hörte, wurde mir klar, dass du ohne Waffe kaum eine Chance hattest.«

Ironischerweise bewegte sich ordinärer Schall unter Wasser schneller als Projektile oder Radiowellen.

»Eines muss man den Russen lassen«, sagte er. »Von Zeit zu Zeit entwickeln sie sehr interessante Schusswaffen.«

»Diese passt ganz gut in deine Sammlung«, sagte Joe.

Kurt hatte ein Faible für ungewöhnliche Waffen, die er aus allen Winkeln der Welt zusammengetragen hatte. Begonnen hatte er mit Duellpistolen, gefolgt von mehreren seltenen automatischen Bowen-Revolvern, und seit kurzem interessierte er sich auch für Sechsschüsser aus dem Wilden Westen, darunter ein Colt '45, mit dem er den letzten Übeltäter ausschaltete, den sie zur Strecke gebracht hatten.

»Das tut sie ganz bestimmt«, bestätigte er. »Wenn ich auch das Gefühl habe, dass sie noch des Öfteren benutzt werden wird, bevor man sie in den Status eines Ausstellungsstücks versetzt.«

»Dir ist sicherlich klar, dass wir uns zurzeit rückwärts vorarbeiten«, sagte Joe. »Bisher haben wir sehr viel Mühe darauf verwendet, unsere Position zu halten anstatt anzugreifen. Nicht gerade die klassische militärische Strategie.« »Mit ein wenig Glück auf unserer Seite wissen sie nicht, dass wir noch hier sind«, sagte Kurt.

Er aktivierte die Strahldüsen und schwamm zum Wrack zurück, wo sich die Berufstaucher, die zur Sklavenarbeit gezwungen wurden, soeben auf der Versorgungsplattform frische Sauerstoffflaschen holten.

Sie erwarteten Kurts und Joes Eintreffen mit einer unmissverständlichen Abwehrhaltung.

»Schalte lieber die Untertitel-Funktion ein«, riet Joe.

»Bin schon dabei«, sagte Kurt und aktivierte das Display im Ärmel seines Taucheranzugs. »Wächter tot. Wir holen Sie raus.«

Einer der Taucher deutete nach oben und notierte etwas auf seinem Whiteboard.

Ein schlimmeres Krickelkrakel hatte Kurt nie zuvor gesehen.

»Wie lange sind Sie schon hier unten?«, fragte er.

Vier Finger wurden hoch gereckt.

»Vier Stunden bei dreißig Metern«, übersetzte Joe.

Demnach mussten sie Nitrox oder Trimix atmen, auf keinen Fall reinen Sauerstoff. Aber sogar dann würden sie, nachdem sie sich so lange auf dem Meeresgrund aufgehalten hatten, während des Auftauchens Stunden für die Dekompression brauchen. Eine eilige Inventur ergab, dass nicht mehr genug Luftflaschen vorhanden waren. Nicht einmal annähernd genug. Die Taucher wären dem Tod geweiht, wenn sich keine andere Möglichkeit finden ließ.

Kurt legte dem Wortführer der Tauchmannschaft eine Hand auf die Schulter und schüttelte demonstrativ den Kopf. »Sie dürfen nicht auftauchen.«

Der Taucher schüttelte ebenfalls heftig den Kopf und deutete abermals zur Meeresoberfläche.

»Ihnen droht die Taucherkrankheit«, sagte Kurt.

Der Taucher las die Worte auf dem kleinen Display und deutete wieder nach oben. Danach vollführte er mit den Händen eine seltsame Geste.

»Ich habe keine Ahnung, was Sie meinen«, erwiderte Kurt.

Der Taucher reagierte aufgeregt wie in Panik. Kurt musste ihn beruhigen. Er deutete auf das Whiteboard. »Schreiben Sie deutlich.«

Der Taucher ergriff das Whiteboard, löschte, was er vorher darauf gekritzelt hatte, und schrieb diesmal langsam und sorgfältig wie ein Schulkind bei einer Schönschreibübung. Als er fertig war, drehte er das Whiteboard um und zeigte Kurt, was er geschrieben hatte.

Es war nur ein einziges Wort. Und es war deutlich zu lesen.

BOMBE!

33

Der Taucher deutete mit heftigen Bewegungen auf das zur Hälfte freigelegte Schiffswrack und schrieb dann wieder etwas auf das Whiteboard.

Als Sie angriffen – deponierten sie Bombe.

Kurt erkannte allmählich die Taktik. Diese Kerle wollten die Fundstücke. Aber wenn es ihnen nicht gelänge, sie in ihren Besitz zu bringen, wären sie entschlossen, um jeden Preis zu verhindern, dass sie jemand anderem in die Hände fielen. »Das will ich sehen.«

Der Taucher zögerte.

»Zeigen Sie es mir!«

Widerstrebend machte der Taucher kehrt und führte Kurt mit langsamen Schwimmbewegungen zum Wrack. Dort angekommen, leuchtete der Taucher mit seiner Lampe ins Innere des Schiffsrumpfs. Das Team hatte Tonnen von Schlick entfernt. Sie hatten Gegenstände aus dem Sediment aussortiert und achtlos alles abgelegt, das nicht ägyptischen Ursprungs war. Musketen, verrottete Fässer und altes Schuhwerk lagen wie Müll auf einem Haufen neben dem Wrack.

Das Schiff war nur noch ein Gerippe. Der größte Teil der äußeren Beplankung war verschwunden, und nur die Querrippen, aus massiveren Balken gezimmert, waren noch vorhanden. Als er über diese Rippen hinwegglitt, konnte Kurt erkennen, was der Taucher mit seiner Warnung meinte. Nicht nur eine Bombe war das, vielmehr sah er zwei C-4-Blöcke, die mit Zeitzündern versehen waren und der Ladung glichen, die die Gegenseite in der Lagerhalle hatte zur Explosion bringen wollen. Das Problem war allerdings, dass diese Sprengladungen ins Schiff hineingeworfen worden waren wie Fleischbrocken in einen Raubtierkäfig.

Kurt manövrierte sich näher heran, stützte sich auf dem mit Muscheln und Korallen verkrusteten Holz des Wracks ab und beugte sich so weit wie möglich hinab, um Genaueres zu erkennen. Die Zeitangaben auf den Digital-Timern waren alarmierend – *2:51* und rückwärts zählend.

Kurt versuchte, sich zwischen den Balken hindurchzuzwängen, um an die Sprengladungen heranzukommen, aber es gelang ihm nicht. Auch der Versuch, sie zu ergreifen, scheiterte. Seine Arme waren zu kurz, die Finger konnten sie nicht berühren. Die Bomben befanden sich mindestens dreißig bis vierzig Zentimeter außerhalb seiner Reichweite.

»Joe«, rief er, »ich könnte hier ein wenig Hilfe gebrauchen.«

Joe und das *Turtle* erschienen neben ihm, als die Zeitangabe *2:00* aufleuchtete. Das ROV verfügte über einen Greifarm, den Joe eilig ausfuhr, aber auch dieser war zu kurz.

»Wir sollten lieber von hier verschwinden«, entschied Joe. »Ich kann die Männer mit dem ROV ins Schlepptau nehmen.«

»Zu spät«, erwiderte Kurt. »Wir kommen niemals weit genug von hier weg. Bei der Menge C-4 da unten werden wir von der Druckwelle getroffen wie ein U-Boot, das mit einer Wasserbombe angegriffen wurde. Lass uns eine andere Möglichkeit finden.«

Etwas stieß gegen seinen Rücken, und Kurt wandte sich um und sah, dass der Taucher, mit dem er kommuniziert hatte, das Saugrohr im Arm hielt.

»Glänzende Idee«, sagte er.

Das Saugaggregat war noch in Betrieb und transportierte eine geringe Wassermenge zur Meeresoberfläche. Kurt bugsierte das Rohr durch das Gerippe des Schiffs und öffnete das Ventil.

Bereits beim ersten Versuch saugte das Rohr die erste Sprengladung an, die sich in der Öffnung verkeilte. Kurt zog das Rohr hoch, und sobald die Öffnung in Reichweite war, angelte Kurt die Ladung heraus.

Die Zünddrähte aus dem Sprengstoff herauszureißen, war dann ein Werk von Sekunden. Für alle Fälle stoppte Joe auch die Zeituhr.

»Vierzig Sekunden«, sagte er mit einem Blick auf das Display. »Wir sollten uns mit der zweiten Ladung ein wenig beeilen.«

Kurt zielte bereits mit dem Saugrohr nach der zweiten Bombe, aber anstatt ebenfalls in der Rohröffnung hängen zu bleiben wie die erste, verschwand die baseballgroße Sprengladung im Saugrohr.

Kurt und Joe blickten nach oben und folgten dem Verlauf des Rohrs.

»Was meinst du, wo diese Apparatur endet?«, fragte Joe.

Kurt schenkte sich einen Kommentar, aber sie kannten beide die Antwort. Die einzige Frage war, ob die Bombe den Aufstieg im Rohr innerhalb von vierzig Sekunden schaffte oder unterwegs hängen blieb. Kurt hoffte inständig, dass das Paket seine Adressaten rechtzeitig erreichte. An der Meeresoberfläche hatte der ratternde Kompressor, der die Saugpumpe antrieb, vom Leerlauf in den Betriebsmodus gewechselt. Farouk, der Mann, der die Anlage bediente, nickte zufrieden. Er hatte bereits vermutet, dass die Arbeit am Wrack unterbrochen worden war.

Bisher hatten sie nur Plunder zutage gefördert, nichts von Bedeutung oder Wert. Allmählich begann er sich Sorgen zu machen. Jedes Mal, wenn ein Schiff am Horizont auftauchte, fragte er sich, ob es eines der NATO oder ein Patrouillenboot der maltesischen Küstenwache war.

Dann ging er zum Ende der Saugvorrichtung hinüber, deren Auslassöffnung sich über dem Stahlsieb befand, und beobachtete gespannt, wie sich das Meerwasserrinnsal wieder in einen schäumenden Strahl verwandelte, der fast ausschließlich aus reinem Wasser bestand und nur wenig Sediment enthielt. Aber das könnte sich jeden Moment ändern. Schließlich ergoss sich eine Ladung Schlick aus dem Rohr und dazwischen etwas Festes. Es blieb auf dem Sieb liegen, und einer der Männer bückte sich und griff danach.

»Nein!«, brüllte Farouk.

Die Explosion verschluckte seinen Warnruf und fegte Farouk und den Mann vom Deck der Schute. Das Gitter, der Kompressor und ein großer Teil des Rumpfs der Schute wurden zertrümmert.

Schäumende Wassermassen schossen in die Luft, und das Heck der Schute sackte ab.

Der einzige Überlebende auf der Schute kam auf dem Deck dicht hinter dem Bug auf die Beine. Mit einem Klingeln in den Ohren und halb benommen sah er, wie eine grünliche Springflut das Deck überspülte. Er spürte, wie das Boot Schlagseite bekam, und vergeudete keine Sekunde damit, darüber nachzudenken, was geschehen war. Er hechtete über Bord und schwamm mit kräftigen Zügen zum anderen Boot hinüber.

Als er die Leiter erreichte, erschien einer der Männer, um ihm beim Aufstieg zu helfen, aber ehe er einen Fuß auf die unterste Sprosse setzen konnte, packte etwas Scharfkantiges seine Beine, umklammerte sie mit brutaler Gewalt und zerrte seinen Körper ins Wasser zurück. Hilflos rutschte er von der Leiter herab.

Ein Haifisch, dachte er und rechnete mit dem schlimmsten aller Tode. Als er sich aber umdrehte, gewahrte er einen gelben Schimmer. Es war ein Unterseeboot, das rückwärts fuhr, die Greifklauen um seine Beine geschlungen, und ihn unter Wasser zog.

Als er im Begriff war, das Bewusstsein zu verlieren, lockerte sich der Griff, und er kam frei. Er brach durch die Wasseroberfläche und sah, dass er gut einhundert Meter vom Tauchboot entfernt war und nicht viel mehr tun konnte, als zu husten und Wasser zu treten. Er sah sich um; das Unterseeboot war nirgendwo zu sehen.

Die beiden Männer auf dem Tauchboot hielten ihre Waffen im Anschlag und suchten die Wasserfläche in ihrer Umgebung ab. Sie wussten, dass sie angegriffen wurden.

»Siehst du etwas?«, rief einer von ihnen.

»Nein.«

»Schau auf der anderen Seite nach!«

»Hier drüben!«, rief der Zweite.

Er eröffnete das Feuer auf eine Erscheinung, die er für das Unterseeboot hielt. Seine Kugeln peitschten in den Ozean. Was immer er entdeckt zu haben glaubte, verschwand so schnell, wie es erschienen war.

»Dort!«, rief der erste Mann und deutete auf einen gelblichen Schatten.

Das U-Boot hielt sich dicht unter der Wasseroberfläche und kam direkt auf sie zu. Im Sonnenschein war sein Rumpf deutlich zu erkennen. Beide Männer nahmen es ins Visier und feuerten. Wasserfontänen wurden durch den Kugelhagel in die Höhe geschleudert.

Aber die gelbe Bestie ließ sich nicht beirren. Sie brach durch die Wasseroberfläche, nunmehr ein deutliches Ziel. Die Männer überschütteten das U-Boot mit einem Trommelfeuer, aber es behielt seine schnelle Fahrt bei, bis es das Tauchboot rammte.

Das Tauchboot wurde von der Wucht der Kollision durchgeschüttelt und auf die Seite gedrückt. Aber die Männer behielten das Gleichgewicht, während der Angreifer seitlich abglitt. Er schrammte am Rumpf des Tauchboots entlang und entfernte sich.

Erst in diesem Augenblick wurde den Männern klar, dass sich niemand auf oder in dem U-Boot befand.

Ein schriller Pfiff vom Heck des Tauchboots lieferte den Männern die Erklärung. Sie wandten sich um und erblickten einen Mann mit silbergrauem Haar in einem Nasstauchanzug, der auf dem Achterdeck stand und mit einem APS-Gewehr auf sie zielte.

Kurt war hinter ihnen an Bord geklettert, während sie damit beschäftigt waren, das gelbe Vehikel zu attackieren.

»Werft die Gewehre ins Meer«, befahl er.

Die Männer gehorchten und streckten die Hände in die Luft.

»Mit dem Bauch aufs Deck«, sagte er. »Hände hinter die Köpfe.«

Auch diesen Befehl befolgten sie blitzartig.

Während er sie mit seinem Gewehr in Schach hielt, ging der Mann zum Kapitän des Tauchboots hinüber und benutzte sein Messer, um seine Fesseln zu durchschneiden und den Knebel aus seinem Mund zu entfernen.

»Meine Männer sind noch unten«, sagte der Tauchmeister in gebrochenem Englisch.

»Keine Sorge«, sagte Kurt. »Ihre Leute sind wohlauf.«

Der Tauchmeister schüttelte den Kopf. »Sie sind seit Tagesanbruch auf Tauchstation, und die Dekompressionskammer stand auf der Schute.«

»Wir haben eine auf unserem Schiff«, sagte Kurt. »Wir bringen sie hierher.« Er rief die *Sea Dragon* über das Seefunkgerät.

»Was ist mit den D'Campions?«, fragte der Tauchmeister. »Sie leiten die Bergungsaktion.«

»Was soll mit ihnen sein?«

»Diese Leute haben sie in ihrer Gewalt.«

»Das hätte ich mir eigentlich denken können«, sagte Kurt Austin. Er richtete sein Gewehr auf einen der Gangster. »Funkgerät oder Telefon?«

»Telefon«, erwiderte der Mann. »Im Rucksack.«

Kurt holte ein Satellitentelefon aus einem grünen Rucksack und zwang seinen Gefangenen, die Nummer einzutippen.

»Rede schon«, sagte eine barsche Stimme. »Wie kommt ihr voran?«

Kurt nahm das Telefon an sich. »Sind Sie der Kerl, der die D'Campions als Geiseln genommen hat?«

»Wer ist da?«

»Mein Name ist Austin«, antwortete Kurt. »Und mit wem habe ich das Vergnügen?«

»Wenn Sie meinen Namen nicht kennen, ist es wohl das Klügste, wenn es so bleibt«, sagte der Mann.

»Ich finde Sie sowieso«, sagte Kurt. »Sobald wir Ihre Männer verhört haben, wissen wir alles über Sie – und auch, worauf Sie es abgesehen haben.«

Die erste Reaktion war lautes Gelächter. »Diese Männer wissen so gut wie nichts. Nur zu, foltern Sie sie. Sie werden nichts erfahren, was Sie nicht längst schon wissen.«

Kurt war in diesem Moment im Nachteil, was er sofort ändern musste. »Schon möglich«, sagte er. »Aber wir werden ganz sicher etwas aus den Artefakten schließen können, die sie geborgen haben. Ägyptische Antiquitäten müssen ein aufregendes Hobby sein. Ich bin gespannt, was es mit diesem großen grünen Typen auf sich hat. Es scheint, als ob er magische Kräfte besitzt, um Tote zum Leben zu erwecken.«

Es war ein riskanter Versuch, aber anscheinend hatte er gewirkt. Diesmal hörte er Schweigen anstatt Gelächter. Eine weitaus bessere Reaktion, dachte Kurt. Er wusste, dass er einen Nerv getroffen hatte.

»Haben Sie die Tafeln?«

»Tatsächlich habe ich sogar drei Stück.«

»Ich schlage Ihnen einen Handel vor«, sagte der Mann am anderen Ende der Telefonverbindung.

»Ich höre.«

»Sie bringen mir die Tafeln, und ich übergebe Ihnen die D'Campions lebend.«

»Abgemacht«, sagte Kurt. »Verraten Sie mir, wo wir uns treffen.«

34

»Halten Sie es für klug, diese Kerle mitzunehmen?«, fragte Renata und deutete auf die Männer, die gefesselt auf dem Vorderdeck saßen. Sie waren mit Höchstgeschwindigkeit zu dem verabredeten Treffen unterwegs.

»Wir haben ihnen einen Tauschhandel versprochen«, sagte Kurt. »Also sollten wir ihnen zumindest einen Blick auf die Ware gestatten.«

»Was meinst du, was geschieht, wenn sie herausbekommen, dass wir nur gefangene Männer tauschen können und keine Tafeln?«, wollte Joe wissen.

»Eine wilde Schießerei, Explosionen und allgemeines Chaos«, erwiderte Kurt.

»Also … das Übliche«, sagte Joe.

»Wie an jedem Arbeitstag«, bekräftigte Kurt.

Joe lachte verhalten, aber Renata fand das gar nicht witzig und brachte nur ein verkniffenes Lächeln zustande.

»Das Problem ist doch folgendes«, sagte sie schließlich, »selbst wenn wir die Tafeln besäßen, könnte es sein, dass sie die D'Campions gar nicht ausliefern wollen, erst recht nicht, wenn sie wissen, wonach diese Kerle wirklich suchen. Die Objekte im Museum stammen aus der D'Campion-Sammlung. Sie haben die *Sophie C.* vor Jahren ausgegraben. Damit sind die D'Campions für sie genauso eine Gefahr wie die Artefakte selbst.«

Kurt ließ den Blick übers Meer schweifen, wobei er seine blauen Augen zusammenkniff, weil ihn der grelle Sonnenschein blendete. Eine schwere Aufgabe lag vor ihnen, und daran konnten auch sämtliche Scherze der Welt nichts ändern. »Wir müssen sie überrumpeln. Was steht uns an Waffen zur Verfügung, Soldat?«

Joe hatte den Vorrat an Munition und Gewehren, die sie den Gefangenen abgenommen hatten, überprüft. »Zwei AK-47 und ein APS-Gewehr. Keine Reservemagazine und insgesamt neunzig Schuss, verteilt auf die drei Gewehre.«

»Ich besitze eine 9-mm-Beretta und ein volles Magazin mit achtzehn Schuss«, fügte Renata hinzu.

»Und ich habe einen Block C-4«, sagte Kurt.

»So viel zu unserer Bewaffnung. Was wissen wir über die Gegend, in der das Rendezvous stattfinden soll?«

Mit ihrem Smartphone lud Renata ein Satellitenbild von der entsprechenden Region herunter. »Das ist der Ort, den sie ausgewählt haben.«

Das Bild einer Bucht war deutlich zu erkennen. Tränenförmig und von hohen Kalksteinfelsen umgeben. In der Rundung der Bucht erstreckte sich ein Sandstrand. Das Wasser war glasklar und schimmerte im Licht der Nachmittagssonne türkis.

»Was ist das?«, fragte Kurt und tippte auf einen bestimmten Bereich des Bildes.

Renata vergrößerte den Ausschnitt. »Gebäude«, sagte sie. Sie standen auf den Kalksteinklippen, waren mehrere Stockwerke hoch, mit breiten Balkonen und in Terrassen angelegt. Eine schmale Fußgängerbrücke überspannte einen Teil der Bucht.

»Ein stillgelegtes Hotel«, sagte sie und rief einige Informationen über die Örtlichkeit auf. »Dies ist das Hauptgebäude. Die Brücke wurde erbaut, damit die Gäste auf bequeme Weise vom Hotel zum Strand gelangen.«

»Schwimmt die Brücke auch auf dem Wasser wie in diesen Hotels auf Bali?«, wollte Joe wissen.

»Ich glaube nicht«, sagte Renata. »Sieht so aus, als würde sie auf Pfeilern ruhen, damit Boote darunter herfahren können. Soweit ich erfahren konnte, soll die Anlage aussehen wie das Blaue Fenster. Das ist eine Felsformation an der Küste, nicht weit von hier.«

Kurt hatte das Blaue Fenster Jahre zuvor besichtigt. Ein atemberaubendes Felsentor, etwa einhundert Meter lang und zwanzig Meter hoch, das sich übers Meer spannte. Einige Adrenalin-Junkies, die seinerzeit zu seiner Reisegruppe gehörten, hatten Interesse bekundet, das Naturmonument für Klippensprünge zu benutzen. Kurt hatte ihnen versprochen, dass er nach erfolgtem Sprung ihre nächsten Angehörigen benachrichtigen werde.

»Diese Brücke wird ein Problem sein«, sagte er. »Desgleichen die Klippen rund um die Bucht. Sie bieten Scharfschützen hervorragende Schusspositionen. Und wie wir bereits erfahren durften, haben sie ja einen oder zwei dieser Spezialisten in ihren Reihen.«

»Vielleicht können wir nach ihnen dort eintreffen«, schlug Joe vor. »Damit wir diesmal alles unter Kontrolle haben.«

Renata rief eine Totale auf und untersuchte den Randbereich des Bildes. Das Hotel war wie ein Vorposten, weit entfernt vom nächsten Wohngebiet, und man konnte dort nur über eine unbefestigte Straße hinfahren. Vom Meer aus war diese Straße lediglich über eine halb verfallene Treppe zu erreichen, die in scharfen Kehren neben dem Hotel auf die Klippen hinaufführte.

»Wir könnten diese Kerle als menschliche Schilde benutzen«, meinte Renata kühl.

»Würde ich gern tun«, sagte Kurt. »Aber sie haben anscheinend überhaupt keine Hemmungen, ihre eigenen Leute zu erschießen. Vielleicht wären sie uns sogar dankbar.«

»Was sollte sie davon abhalten, uns mit einer RPG anzugreifen und das Boot in dem Moment aufs Korn zu nehmen, wenn es in die Bucht einfährt?«

»Nichts«, sagte Kurt und erkannte sofort, wie recht er hatte. »Vor allem wenn es ihnen eigentlich egal ist, ob sie die imaginären Artefakte in ihren Besitz bringen oder sie zerstören. Aber ich setze darauf, dass sie erst einmal sehen wollen, was wir haben. Und wenn sie uns versenken oder in die Luft sprengen, dann werden sie niemals sicher sein können, ob wir die Tafeln an Bord hatten. Wir müssen einfach bereit sein, sofort zu reagieren, wenn sie erkennen, dass wir nichts in Händen haben.«

»Irgendwelche Ideen in dieser Richtung?«, fragte Joe.

»Du bist doch das technische Genie«, sagte Kurt. »Was kannst du mit dem, was wir haben, anfangen?«

Joe ließ den Blick über das Deck wandern. Sie verfügten über Tauchflaschen, Schläuche, einen Bootshaken und einige Seile. »Nicht viel, wenn ich es mir genau überlege«, sagte er. »Aber mir wird schon etwas einfallen.«

35

Mit Kurt oben auf der Flybridge am Ruder, jagte das Tauchboot zu der abgeschiedenen Bucht und dem verlassenen Hotel, wobei es eine weiße Kiellinie in die blauen Fluten furchte. Während Kurt lenkte, baute Joe eine Art Bunker, indem er leere Sauerstoffflaschen zusammenschnürte.

»Explodieren diese Dinger nicht, wenn sie von Projektilen getroffen werden?«, fragte Renata.

»Nur im Kino«, antwortete Joe. »Aber ich habe sie für alle Fälle vollständig entlüftet. Jetzt sind sie nicht mehr als dicke, doppelwandige Stahlbehälter, die dem Schutz dienen, und da sie perfekt angeordnet sind, können wir uns dahinter verstecken.«

»Sie sind sehr mutig«, sagte die Ärztin bewundernd. »Sie beide, natürlich.«

»Denken Sie daran, dies auch all Ihren Freundinnen zu erzählen, nachdem wir die Welt für die Menschheit gerettet haben.«

Sie lächelte. »Ich habe tatsächlich ein paar Freundinnen, die glücklich wären, Ihre Bekanntschaft zu machen.«

»Ein paar?«

»Drei oder vier«, präzisierte sie. »Sie werden sich um Sie schlagen müssen.«

»Das könnte interessant werden«, sagte Joe mit einem hinterhältigen Grinsen. »Aber ich habe ein großes Herz, in dem viel Platz ist.«

»Ich hoffe, dass es funktioniert«, sagte er zu Kurt. »Ich verspüre plötzlich den brennenden Wunsch, um jeden Preis zu überleben.«

Er befestigte die letzte Luftflasche an Ort und Stelle, während sie sich den aufragenden Klippen näherten, die der ihnen zugewandten Seite von Gozo Island ihr charakteristisches Aussehen verliehen. »Dein Krähennest ist so sicher, wie ich es unter diesen

Bedingungen hinbekommen konnte«, sagte er zu Kurt. »Ich geh mal nach unten.«

Kurt nickte und wandte sich an Renata. »Sie müssen auf jeden Fall außer Sicht bleiben. Noch wissen unsere Freunde nichts von Ihnen.«

»Ich werde mich ganz bestimmt nicht unter Deck verstecken, während Sie sich mit den Typen herumschlagen, die meine Heimat angegriffen haben«, erklärte sie mit Nachdruck.

»Tatsächlich werden Sie genau das tun«, widersprach Kurt. »Die hintere Kabine hat ein Oberlicht. Entriegeln Sie es und warten Sie, bis der richtige Moment gekommen ist. Dann können Sie handeln.«

»Weshalb die hintere Kabine?«

»Weil ich rückwärts in die Bucht fahre für den Fall, dass wir schnellstens verschwinden müssen.«

Diese Vorstellung schien ihr zwar nicht zu gefallen, aber sie widersprach nicht. »Okay, gut«, sagte sie. »Für dieses Mal.«

Sie legten ihre Kommunikationsgeräte an. Nachdem sie ihr Kopfhörer-Set getestet hatte, stieg Renata aufs Hauptdeck hinunter und ging zur hinteren Kabine. Wie Kurt empfohlen hatte, löste sie die Verriegelung des Oberlichts, ließ es jedoch geschlossen, und dann zückte sie die Beretta und wartete.

Als sie sich der Lücke in den Kalksteinklippen näherten, beschrieb Kurt einen weiten Bogen und manövrierte das Boot in mäßiger Fahrt rückwärts in die Bucht hinein. Während sie die Klippen passierten, die die Einfahrt der Bucht bewachten, kauerte er sich mit seinem Gewehr hinter die Luftflaschen und kontrollierte die Felsbastionen über sich nach Anzeichen für eine drohende Gefahr und rechnete schon fast damit, sofort und direkt unter Beschuss zu geraten.

»Noch sind wir am Leben«, sagte er, als sich die Bucht vor ihnen weitete.

»Bis jetzt«, knurrte Joe unten auf dem Hauptdeck.

Kurt setzte ein Spektiv ans Auge und sondierte die Lage am Ufer vor ihnen. »Ich sehe drei Männer mit Gewehren, die auf dem Betonkai neben der Brücke warten. Zwei Fahrzeuge stehen am Ende der Straße. Keine Boote in Sicht.«

»Sie müssen auf dem Landweg gekommen sein«, sagte Renata. »Hilft uns das?«

»Na ja«, sagte Joe. »Wenn sie nicht gerade extrem schnelle Schwimmer sind, können sie uns wahrscheinlich nicht verfolgen, falls wir die Flucht ergreifen.«

»Bleibt in Deckung«, warnte Kurt. »Da ist ein möglicher Scharfschütze auf dem Hoteldach. Eben habe ich einen Reflex seines Zielfernrohrs gesehen.«

»Sie sind es doch, der da oben für jeden zu sehen ist«, gab Renata zu bedenken.

»Aber ich habe einen soliden Schädel«, erwiderte Kurt. »Also wird mir schon nichts zustoßen. Außerdem werden sie nicht schießen, ehe sie bekommen haben, was sie wollen.«

Kurt nahm Gas zurück, bis der Motor im Leerlauf blubberte, und das Tauchboot wurde noch langsamer. Es trieb weiter, bis das Heck gegen den Betonkai stieß. Ein Weg führte vom Kai zur Treppe und dann hinauf zur Brücke. Ein zweiter Weg führte zu einem baufälligen Werkstattschuppen.

Einer der drei Männer näherte sich mit einer Leine in der Hand.

»Festmachen ist nicht nötig«, rief Kurt und lugte zwischen zwei Luftflaschen hervor. »Wir werden nicht lange bleiben. Wo ist Ihr Boss?«

Ein kleiner, stämmiger Mann trat aus dem Schuppen. Er trug eine Sonnenbrille mit verspiegelten Gläsern und hatte militärisch kurz geschnittenes Haar. »Ich bin hier.«

»Sie müssen Hassan sein«, sagte Kurt.

Der Mann verzog ungehalten das Gesicht.

»So viel und noch ein wenig mehr haben wir aus Ihren Männern herausgeholt«, klärte Kurt ihn auf.

»Das heißt gar nichts«, erwiderte der Mann. »Aber ich gestatte Ihnen, mich mit meinem Namen anzusprechen, wenn Sie es wünschen.«

»Ein nettes Häuschen haben Sie hier«, sagte Kurt, immer noch in Deckung hinter der Wand aus Tauchflaschen. »Für das Anwesen eines Erzgauners macht es allerdings einen ziemlich vernachlässigten Eindruck.«

»Ihr Humor verfängt bei mir nicht«, bellte Hassan. »Vielleicht wollen Sie endlich aufstehen und sich zeigen wie ein Mann.«

»Gern«, sagte Kurt. »Vorher müssen Sie aber Ihrem Meisterschützen befehlen, seine Flinte in die Bucht zu werfen.«

»Welchem Meisterschützen?«

»Dem auf dem Hoteldach.«

Durch eine schmale Lücke zwischen den Atemflaschen konnte Kurt den verärgerten Ausdruck im Gesicht des Mannes erkennen.

»Jetzt oder nie!«, rief Kurt und erhöhte die Drehzahl der Motoren, als wollte er durchstarten.

Der Gangster schaltete ein Sprechfunkgerät ein, flüsterte etwas ins Mikrofon und wiederholte es mit mehr Nachdruck. Oben auf dem Dach richtete sich der Scharfschütze aus seiner liegenden Position auf, ergriff ein langläufiges Gewehr und schleuderte es über die Dachkante. Es wirbelte träge durch die Luft und tauchte mit einem Klatschen in das nahezu spiegelglatte Wasser der Bucht.

»Zufrieden?«, fragte Hassan.

»Man kann nur hoffen, dass er kein zweites hat«, flüsterte Joe. »Oder dass nicht noch mehr Scharfschützen auf der Lauer liegen.«

»Du kannst einem wirklich Mut machen«, erwiderte Kurt halblaut. »Es gibt nur eine einzige Möglichkeit, das herauszufinden.«

Kurt erhob sich langsam, brachte das APS-Gewehr mit hoch und zählte drei identische Waffen, die auf ihn gerichtet waren. Hassan trug anscheinend ebenfalls eine Pistole, die bislang jedoch noch in einem Schulterhalfter steckte.

»Wo sind die D'Campions?«, fragte Kurt.

»Zeigen Sie mir zuerst die Tafeln«, forderte Hassan.

Kurt schüttelte den Kopf. »Ich glaube eher nicht. Um ehrlich zu sein, ich weiß gar nicht mehr, was ich damit getan habe.«

Der verärgerte Gesichtsausdruck kehrte zurück. Hassan stieß einen schrillen Pfiff aus, und eine Bewegung auf der Brücke erregte Kurts Aufmerksamkeit. Zwei Gestalten wurden auf die Füße hochgezogen und an den Rand geschoben. Die D'Campions, ein älteres Ehepaar, waren aneinandergekettet und wurden gezwungen, bis zur Kante zu schlurfen, wo das Geländer abgebrochen war. In den Händen des Mannes entdeckte Kurt einen Gegenstand mit halbrundem Schenkel am unteren Ende. Er war mit einer Kette an seinen Füßen befestigt.

»Es gibt ein Problem«, murmelte Kurt Austin.

»Was sehen Sie?«, fragte Renata.

»Die Geiseln sind aneinandergekettet. Außerdem hängt ein Bootsanker an den Fesseln.«

»Ein Anker?«

»So sieht es jedenfalls aus. Er ist nicht sehr groß«, fügte er hinzu, »wahrscheinlich nicht schwerer als zwanzig Pfund. Aber das reicht aus, um einen Mann in die Tiefe zu ziehen. Einen Mann und seine Frau.«

Hassan wurde ungeduldig. »Wie Sie sehen können, sind sie am Leben. Allerdings nicht mehr lange, wenn Sie mir nicht übergeben, was ich haben will. Ich erkenne nur zwei von meinen Männern.«

»Die restlichen dürften mittlerweile Haifischfutter sein«, sagte Kurt. Das entsprach nur zur Hälfte der Wahrheit. Zwei von den verwundeten Gangstern waren in der Krankenstation der *Sea Dragon* zusammengeflickt worden. Man würde sie der Polizei übergeben, sobald das Schiff im Hafen angelegt hatte.

»Und die Tafeln?«, rief Hassan.

»Befreien Sie zuerst die D'Campions von ihren Fesseln«, verlangte Kurt. »Sozusagen auf Treu und Glauben.«

»Ich handle nicht nach Treu und Glauben.«

Das bezweifelte Kurt nicht im Mindesten. »Okay, gut«, sagte er. »Hier ist, was Sie wollen.«

Er ergriff eine Nylonschnur und zog eine Abdeckplane weg, die sie auf dem Achterdeck ausgebreitet hatten. Als die Plane zur Seite rutschte, kam darunter ein großer Koffer zum Vorschein, der normalerweise zum Aufbewahren von Tauchgeräten benutzt wurde. »Darin sind die Tafeln.« Hassan zögerte.

»Ich werde sie ganz bestimmt nicht zu Ihnen bringen«, sagte Kurt.

Offensichtlich war Hassan misstrauisch. »Wo ist Ihr Freund, der Schwertkämpfer?«

Kurt hätte beinahe gelächelt.

»Ich bin hier!«, rief Joe und öffnete ein Fenster der hinteren Kabine. Ebenso wie Kurt wurde Joe durch eine Wand aus Atemflaschen geschützt. Im Gegensatz zu Kurts Schutzwall standen die zwei Flaschen vor Joe noch unter Druck und waren mit einem Schlauch verbunden, der unter der Plane verschwand und in ein Loch auf der Rückseite des Koffers gefädelt worden war.

»Na schön«, sagte Hassan. Er gab zwei Männern ein Zeichen.

Sie kamen zur Kante des Kais, sprangen auf das Tauchboot hinunter und kamen vorsichtig auf den Koffer zu.

»Wenn das ein Trick ist …«, sagte Hassan.

»Ich weiß, ich weiß«, unterbrach Kurt. »Dann töten Sie uns alle und ertränken die D'Campions. Diese Ansprache hab ich schon mal gehört.«

Die beiden bewaffneten Gangster näherten sich dem Koffer, als ob er ein wildes Tier wäre, das jeden Moment brüllend aufspringen und sich auf sie stürzen könnte. Kurt grinste spöttisch, als ob ihn das Geschehen köstlich amüsierte, und achtete unauffällig darauf, dass sein Gewehr nicht auf sie gerichtet war.

Als sie den Koffer erreichten, ging einer der Männer auf ein Knie hinunter, um ihn zu öffnen.

Der andere blieb wachsam stehen.

In der Kabine legte Joe die Hände auf die Ventile der Sauerstoffflaschen, die bereits ein wenig geöffnet waren und einen leichten Überdruck im Glasfiberkoffer erzeugten. Doch als sich einer der Männer zu dem Koffer hinabbeugte, öffnete Joe beide Ventile bis zum Anschlag.

Der Kofferdeckel flog auf und traf den Mann im Gesicht. Eine geringe Menge Benzin, die Joe im Koffer verteilt hatte, spritzte mit dem schlagartig ausströmenden Sauerstoff in die Luft, während ein Feuerstein, den er am Kofferschloss befestigt hatte, einen Funken erzeugte. Der Funke zündete einen hollywoodreifen Explosionsblitz, begleitet von einem beeindruckenden Feuerball, der kaum Schaden anrichtete, die Männer jedoch nach hinten schleuderte und jeden der Anwesenden auf dem Kai mit einer orangefarbenen Stichflamme und einer hochwallenden Wolke schwarzen Qualms ablenkte.

Kurt riss das Gewehr an die Schulter. Die Männer auf dem Boot, die durch die Explosion zu Fall gekommen waren, und Hassan, der seine Waffe noch nicht gezückt hatte, ignorierte er zunächst und feuerte zwei Schüsse auf die Gangster auf dem Kai ab. Beide Schüsse trafen ins Schwarze, und die Männer brachen zusammen, ohne das Feuer zu erwidern.

Dann schwenkte Kurt den Gewehrlauf nach rechts und feuerte einen dritten Schuss ab – auf Hassan. Doch der Mann duckte sich und brachte sich nach einem kurzen Sprint in dem Werkstattschuppen in Sicherheit.

Kurt drehte sich nach links in der Hoffnung, ein freies Schussfeld auf den Mann auf der Brücke zu haben, aber ehe er abdrücken konnte, flogen ihm Querschläger wie ein Hornissenschwarm um die Ohren. Das metallische Klirren von Projektilen, die die leeren Sauerstoffflaschen trafen, zwang ihn, sich schnellstens zu ducken.

Er ging in Deckung, während weitere Kugeln in die Wand aus Stahlflaschen einschlugen. Dellen erschienen in den stählernen Flaschenkörpern, als bestünden sie aus Weichmetall, das mit einem Kugelhammer bearbeitet wurde. Kurt rollte sich zur Seite, als ein dritter Schuss die Flasche in seiner nächsten Nähe traf und ihm Stahlsplitter ins Gesicht spritzten.

»Joe, ich bin in der Klemme!«

»Es kommt vom Hoteldach«, erwiderte Joe und feuerte zwei Schüsse auf das Gebäude ab, um Kurt ein wenig zu entlasten.

Kurt entdeckte den Scharfschützen, kurz bevor sich dieser hinter eine niedrige Mauer am Dachrand duckte. Er konnte erkennen, dass er nur ein reguläres Gewehr ohne Zielfernrohr zur Verfügung hatte.

»Der Bursche ist ein absolutes Ass mit dem Gewehr«, sagte Kurt, suchte sich kriechend eine neue Position und nahm ebenfalls das Dach ins Visier.

Mittlerweile hatten sich die Männer auf dem Tauchboot, die von der Explosion überrascht worden waren, auf die Füße gekämpft. Einer hatte sein Gewehr aufgehoben und richtete es auf die Kabine, in der Joe sich versteckte. Ehe der Mann abdrücken konnte, kam Renata durch das Oberlicht hoch und schoss zweimal. Beide Kugeln trafen den Mann in die Brust, und er stürzte vom Boot ins Wasser.

Sein Partner ergriff die Flucht.

Renata zielte auf seine Beine, erwischte ihn in einer Kniekehle und schickte ihn auf die Deckplanken, ließ ihn jedoch am Leben, damit er später verhört werden konnte.

Weitere Schüsse kamen vom Hoteldach, und die Gangster, die Kurt und Joe gefesselt hatten, kippten um wie Bowlingkegel. In Anbetracht der Tatsache, dass sie die Taucher gezwungen hatten, beinahe zu Tode zu schuften, vergoss Kurt wegen ihnen keine einzige Träne.

»Werft sie rein«, war Hassans Stimme zu hören. »Ins Wasser mit ihnen!«

Oben auf der Brücke wurden die D'Campions vorwärts gestoßen. Sie stürzten zehn Meter tief, tauchten mit einem lauten Klatschen in die Bucht und verschwanden unter der Wasseroberfläche.

»Die Geiseln sind im Wasser!«, rief Kurt und duckte sich, während eine weitere Gewehrsalve ins Boot einschlug. »Ich sitze noch immer fest. Ich komme nicht aus meiner Deckung heraus. Joe, kannst du dich um sie kümmern?«

»Bin schon unterwegs«, antwortete dieser.

Er musste sich vor gelegentlichen Schüssen aus der Richtung der geparkten Fahrzeuge und aus dem Schuppen, in dem Hassan sich verkrochen hatte, in Acht nehmen. Dann schloss er das Ventil einer Sauerstoffflasche, durchschnitt mit seinem Messer die Schnur, mit der sie im Schutzwall befestigt war, und zog sie heraus.

Er kroch zur anderen Seite der Kabine, benutzte die Stahlflasche, um das Fenster zu zertrümmern, und warf sie hinaus.

»Zavala meldet sich ab!«, verkündete er.

Er nahm Anlauf und hechtete in vorbildlicher Haltung durch das zerschmetterte Fenster und tauchte ins Wasser ein, ohne dass ein Schuss auf ihn abgefeuert wurde.

Sobald er untergetaucht war, schwamm er mit kräftigen Beinschlägen abwärts und erreichte die Sauerstoffflasche.

Er öffnete das Ventil, ließ einige Gasblasen herausströmen und steckte sich den Schlauch in den Mund. Es war zwar nicht unbedingt die ideale Methode, um sich mit Atemluft zu versorgen, aber sie funktionierte zufriedenstellend.

Er machte kehrt, manövrierte sich unter das Tauchboot und schlug die Richtung zur Brücke ein. Die Bucht war klar wie ein Swimmingpool, und er ortete schon bald die D'Campions, die im goldenen Licht der nachmittäglichen Sonnenstrahlen verzweifelt um ihr Leben kämpften.

Mit der Sauerstoffflasche unter einem Arm katapultierte sich Joe mit wilden Beinschlägen vorwärts und ruderte gleichzeitig mit seinem freien Arm. Für jemanden, der an den Gebrauch von Schwimmflossen bei seinen Tauchfahrten gewöhnt war, kam er nur quälend langsam voran. Er erreichte den sandigen Grund der Bucht in fünf Metern Tiefe und stieß sich mit den Füßen ab, um unter die Brücke zu gelangen. Er hatte es fast geschafft, als die ersten Kugeln ins Wasser einschlugen und ihn, lange Blasenspuren hinter sich herziehend, zu verfolgen schienen.

Aus seiner Position auf der Flybridge erkannte Kurt auf Anhieb die drohende Gefahr. Das Wasser in der Bucht war klar wie Glas und auch fast genauso flach. Der Schütze auf der Brücke konnte Joe ohne Schwierigkeiten verfolgen. Sobald Joe die D'Campions erreichte, wäre er heftig unter Druck.

Regelrecht festgenagelt von feindlichem Gewehrfeuer, aber nicht bereit zuzulassen, dass die D'Campions noch länger Todesängste ausstehen müssten oder sein Freund voll Blei gepumpt würde, tat Kurt das Einzige, was ihm in dieser Situation vernünftig erschien: Er brachte seinen höchsten Trumpf ins Spiel.

Er angelte sich den Block C-4, stellte den Timer auf fünf Sekunden ein und drückte auf die Enter-Taste. Dann holte er aus und schleuderte die Sprengladung in Richtung des Werkstattschuppens. Die Bombe landete dicht davor, und die Explosion schüttelte das armselige Gebäude durch, riss das halbe Dach herunter und brachte gleichzeitig die vordere Wand zum Einsturz.

Hassan hielt sich jedoch gar nicht mehr in dem Schuppen auf. Er hatte ihn bereits verlassen und rannte auf die geparkten Pkw zu.

Da die Explosion für ein ausreichendes Überraschungsmoment sorgte und das auf das Tauchboot gerichtete Gewehrfeuer für einen Moment nahezu vollkommen einschlief, schob Kurt die Gashebel nach vorn und kurbelte am Ruder. Da sie für den Fall einer überstürzten Flucht rückwärts in die Bucht eingefahren waren, zeigte der Bug auf das offene Mittelmeer. Doch als Kurt das Ruder bis zum Anschlag drehte, drehte das Boot und hielt geradewegs auf die Brücke zu.

In etwa sieben Metern Tiefe schwamm Joe auf dem Rücken und balancierte die Sauerstoffflasche zwischen sich und den Blasenspuren, die den Weg jedes Projektils markierten, das auf ihn abgefeuert wurde.

Er nahm den Luftschlauch aus dem Mund und ließ eine dichte Wolke Luftblasen aufsteigen, die, wie er hoffte, seine genaue Position verschleierte. Die Kugeln schlugen jedoch weiterhin um ihn herum ein wie ein Meteorschwarm. Eine streifte seinen Arm und schlitzte eine dünne Linie in seine Haut, aus der sofort Blut austrat. Eine andere prallte gegen das untere Ende der Atemflasche, perforierte sie jedoch nicht.

Mehr oder weniger unbehelligt gelangte er also in den Schatten neben den D'Campions und gestattete jedem von ihnen einige Atemzüge aus der Tauchflasche.

Auf der Brücke geriet der Schütze allmählich in Rage. Hassan und die anderen hatten die Pkw gekapert und suchten bereits das Weite. »Schalt sie aus, bevor du verschwindest«, hatte Hassan befohlen.

Der Schütze ersetzte das leere Magazin durch ein volles und schaltete die Waffe auf Dauerfeuer. Während er durch ein Loch in der Brücke zielte, packte er den Lauf seines Gewehrs. Die Luftblasen waren zwar verwirrend, aber jedes Mal, wenn seine Jagdbeute einen Atemzug am Schlauch machte, wurden die Luftblasen spärlicher. Er fasste sein Ziel ins Auge und hielt sich bereit, den Abzug zu betätigen.

Ein rot-graues Objekt flog durch die Luft und krachte gegen den Pfeiler, auf dem die Brücke ruhte. Das altersschwache Bauwerk erzitterte und ächzte.

Für einen kurzen Moment glaubte der Schütze, dass die Brücke nachgeben und umkippen würde, aber sie kam wieder zur Ruhe, und der Staub setzte sich. Der Schütze blickte erneut durch sein Schussloch ins Wasser.

Das grinsende Gesicht des silberhaarigen Amerikaners blickte zu ihm hoch. Der Mann hielt eins der APS-Gewehre in der Hand.

»Tu's lieber nicht«, sagte der Amerikaner.

Der Schütze versuchte es trotzdem und stieß den Lauf des Gewehrs so schnell wie möglich nach unten.

Er war nicht schnell genug. Ein einzelner, seltsam klingender Schuss erklang.

In einem Winkel seines Verstands erkannte der Schütze dieses Geräusch als den Aufprall des schweren Schlagbolzens des APS-

Gewehrs, das normalerweise unter Wasser abgefeuert wurde, in diesem Fall jedoch in die Luft schoss. Der Gedanke war nur ein kurzes Flackern, weggewischt durch den Einschlag eines zwölfeinhalb Zentimeter langen Projektils.

36

Südlibyen

Zwei Tage nachdem sein Urlaub hätte zu Ende sein sollen, tat Paul alles andere, als sich zu entspannen. Er studierte die geologischen Ausdrucke, führte mit einem Programm, das er aus der NUMA-Zentrale heruntergeladen hatte, eine Computeranalyse von Klangwellen durch und brühte eine frische Kanne Kaffee auf – und zwar alles gleichzeitig. Dabei war er allein, da Reza al-Agras ursprünglicher Geologe vor mehreren Wochen entweder entführt worden oder weggelaufen war, um sich den Rebellen anzuschließen.

»Sieh dir das an«, sagte Paul, als der Computer endlich eine Interpretation der Klangwellen ausdruckte.

Gamay schaute mit trüben Augen zu ihm hinüber. »Was ist es denn? Noch mehr verschnörkelte Kurven? Wie aufregend.«

»Dein Enthusiasmus ist auch nicht mehr das, was er einmal war«, erwiderte Paul.

»Wir sehen uns dieses Zeug schon seit Stunden an«, sagte sie. »Eine Grafik nach der anderen, jede besteht aus verschnörkelten Kurven. Wir schicken die Daten durch Filter und Computerprogramme und vergleichen sie mit Bildern aus verschnörkelten Kurven, die wir uns aus anderen Teilen der Welt geholt haben. In diesem Moment habe ich das Gefühl, als würdest du nur noch meine Geduld testen. Ganz zu schweigen von meinem gesunden Menschenverstand.«

»Prüfungen, die du nicht gerade mit fliegenden Fahnen bestehst«, stichelte Paul.

»In diesem Fall kann ich dich umbringen und vorübergehende geistige Umnachtung für mich in Anspruch nehmen. Also gut, was sehe ich denn?«

»Es ist Sandstein«, sagte Paul und deutete auf einen Abschnitt des Ausdrucks. »Aber unterhalb des Sandsteins befindet sich eine flüssige Schicht. Dort unten ist noch immer Wasser.«

»Warum können es die Pumpen dann nicht heraufholen?«

»Weil es in Bewegung ist«, sagte Paul. »Es zieht sich zurück, hinunter in diese tiefer liegende Schicht aus Fels und Lehm.«

»Was heißt das?«

»Wenn ich recht habe, befindet sich unter dem Nubischen Aquifer noch ein anderer Aquifer.«

»Ein anderer Grundwasserleiter?«

Paul nickte. »Zweieinhalbtausend Meter unter der Erdoberfläche. Diese Formationen deuten darauf hin, dass sie förmlich vor Wasser bersten. Aber diese Tonwellenverzerrungen hier und dort lassen vermuten, dass dieses Wasser in Bewegung ist.«

»Wie ein unterirdischer Fluss?«

»Ich bin mir nicht sicher«, sagte er, »aber das ist das Einzige, dem der Computer dieses Muster zuordnen kann.«

»Und wo fließt es hin?«

»Keine Ahnung.«

»Weshalb fließt es?«

Paul zuckte die Achseln. »Es fließt einfach. Das ist alles, was uns diese verschnörkelten Kurven mitteilen können.«

Ein dumpfes Dröhnen ließ die Fenster klirren, und beide schauten auf.

»In dieser Wüste gibt es keinen Donner«, bemerkte Gamay kühl.

»Vielleicht war es ein Überschallknall«, sagte Paul. »Die habe ich ständig gehört, als ich in der Nähe der Luftwaffenbasis gewohnt habe.«

Zwei dumpfe Schläge folgten, begleitet von lauten Rufen und dem hektischen Stakkato fernen Gewehrfeuers.

Paul legte den Ausdruck auf den Tisch und eilte zum Fenster. Weit entfernt in der Wüste sah er einen weiteren Blitz, als einer der Pumptürme von einem orangefarbenen Feuerball eingehüllt wurde, ehe er zur Seite umkippte.

»Was ist das?«, fragte Gamay.

»Explosionen.«

Reza platzte Sekunden später herein. »Wir müssen verschwinden«, rief er. »Die Rebellen sind da.«

Paul und Gamay reagierten nur langsam.

»Beeilen Sie sich«, drängte Reza und eilte in den angrenzenden Raum. »Wir müssen das Flugzeug erreichen.« Paul raffte die Ausdrucke zusammen, und er und Gamay sprinteten hinter Reza her. Sobald sie alle zusammengetrommelt hatten, rannten sie zur Treppe. Draußen auf der Schotterpiste lief die DC-3 warm, wobei ihre Motoren dichte Wolken öligen Qualms aushusteten, als sie ansprangen.

»Es ist genug Platz für uns alle da«, sagte Reza. »Aber wir müssen sofort aufbrechen.«

Sie rannten über die Rampe zur DC-3 und drängten sich durch die Frachtklappe. Hinter ihnen kam es zu einer weiteren Explosion, als das Kontrollzentrum von einer Rakete getroffen wurde.

»Nach vorne weitergehen!«, rief Paul, während andere durch die Tür in der Nähe des Hecks einstiegen.

Reza zählte seine Schäfchen. Einundzwanzig Menschen befanden sich in der Maschine, sowie der Pilot. Das gesamte Personal der Station plus Paul und Gamay.

»Los!«, rief er.

Der Pilot schob die Gashebel nach vorn, und die Maschine schwenkte auf die Rollbahn ein und nahm Geschwindigkeit auf, während weitere Blitze die Wüste hinter ihnen erhellten.

Paul sah Reza fragend an. »Ich dachte, die Rebellen müssten ebenfalls trinken?«

»Da habe ich mich vielleicht geirrt.«

Die Motoren dröhnten mit voller Kraft und erstickten jedes Gespräch, als das Flugzeug zügig an Tempo gewann. Die Beschleunigung war stetig, aber eine voll beladene Maschine brauchte eine sehr lange Startstrecke, und als das Ende der Rollbahn vor ihnen auftauchte, musste der Pilot eine Entscheidung treffen.

Er zog den Steuerknüppel weit genug zurück, um das Flugzeug vom Boden abheben zu lassen, dann senkte er die Nase und fuhr das Fahrwerk ein. Für weitere dreißig Sekunden blieben sie in sieben Metern Höhe, in der Luft gehalten durch das, was Piloten als Bodeneffekt bezeichnen, eine geringe Zunahme des dynamischen Auftriebs, der sich in geringer Flughöhe bemerkbar macht. Er gestattete dem Flugzeug zu fliegen, bevor es die vorgeschriebene Startgeschwindigkeit erreicht hatte, und schenkte ihm Zeit, weiter zu beschleunigen und in einen ordnungsgemäßen Steigflug zu gehen. Außerdem half er ihnen über einen Konvoi von Pick-up-Trucks mit Maschinengewehren auf den Ladeflächen hinweg.

»Achtung!«, rief der Pilot, schwenkte nach rechts und zog die Maschine hoch.

Vom Lärm der feuernden Maschinengewehre hörten sie nichts, nicht bei dem Lärm dieser mächtigen Motoren. Aber die Kabine war plötzlich mit Metallsplitterkonfetti und sprühenden Funken erfüllt.

»Paul«, schrie Gamay.

»Ich bin okay«, rief er. »Und du?«

Gamay sah an sich herab. »Kein Treffer«, sagte sie.

Die DC-3 jagte weiter, stieg hoch genug auf, um Probleme zu vermeiden, und raste in die Dunkelheit. Die Männer und Frauen in der Kabine zitterten, waren jedoch unverletzt. Bis auf einen.

»Reza!«, rief jemand.

Reza al-Agra hatte versucht aufzustehen und war im Mittelgang zusammengebrochen.

Paul und Gamay waren als Erste bei ihm. Er blutete aus einer Bauch- und einer Unterschenkelwunde.

»Wir müssen die Blutung stoppen«, sagte Paul.

Laute Rufe gingen hin und her.

Gamay sagte: »Er muss sofort in ein Krankenhaus gebracht werden. Gibt es eine Stadt in der Nähe?«

Die Männer ringsum schüttelten die Köpfe.

»Bengasi«, stieß Reza ächzend hervor. »Wir müssen nach Bengasi fliegen.«

Paul nickte. Neunzig Minuten. Plötzlich erschien diese Zeitspanne wie eine halbe Ewigkeit.

»Halten Sie durch«, flehte Gamay. »Bitte, halten Sie durch.«

37

Gozo, Malta

Auf dem Grund der seichten Bucht teilte sich Joe den Sauerstoff mit den D'Campions, beruhigte sie, so gut es unter diesen Umständen ging, und hielt sie am Leben, bis Kurt und Renata einen Weg fanden, sie aus dem Wasser zu ziehen und an Land zu bringen.

Sie in das Tauchboot zu schaffen, war ein mühseliger Prozess, und die Ketten zu entfernen, dauerte auch einige Zeit, aber schon bald waren sie frei. Mittlerweile machte sich jedoch ein neues Problem bemerkbar.

»Wir sinken anscheinend«, stellte Joe fest.

Tatsächlich war das Tauchboot erheblich in Mitleidenschaft gezogen worden und hatte den größten Schaden erlitten, als Kurt mit ihm die Brücke gerammt hatte.

»Die gesamte vordere Kabine ist überflutet«, sagte Renata.

»Wie gut, dass wir nicht weit vom Strand entfernt sind«, gab Kurt zurück.

Er nahm Kurs auf die Küste und gab Gas. Das angeschlagene Boot wühlte sich durch die Lagune und schob sich kurz darauf auf den Sandstrand. Die Insassen kletterten heraus und wateten die letzten Meter bis aufs Trockene.

»Wir sollten zur Zufahrtsstraße gehen«, sagte Kurt. »Vielleicht können wir einen Wagen anhalten, der uns mitnimmt.«

Sie wanderten am Strand entlang und schauten unterwegs nach ihren besiegten Gegnern.

»Alle sind tot«, sagte Renata. »Auch der Mann, dem ich nur ins Bein geschossen habe.«

»Dieser Verein hat eine verdrehte, rückständige Auffassung von dem Motto der U.S. Marines, das da lautet: *Wir lassen keinen zurück*«, sagte Joe.

Kurt untersuchte den Mann, dem Renata in die Beine geschossen hatte, ein wenig genauer. Weiße Schaumbläschen quollen zwischen seinen Lippen hervor. »Zyankali. Wir haben es hier mit Fanatikern zu tun. Offenbar stehen sie unter dem ständigen Befehl, sich nicht gefangen nehmen zu lassen.«

»Ist es nicht sehr einfach, einen solchen Befehl zu geben, aber ziemlich schwierig, ihn zu befolgen?«, fragte Mr. D'Campion.

»Für gewöhnliche Menschen schon«, sagte Kurt. »Aber wer weiß, mit was für einer Organisation wir uns eigentlich herumschlagen?«

»Mit Terroristen«, schlug Mr. D'Campion vor.

»Sie kennen sich mit terroristischen Methoden aus«, warf Renata ein. »Aber ich glaube, ihr Ziel besteht aus mehr, als Angst zu verbreiten.«

Kurt untersuchte den Mann gründlich. Er fand keinen Ausweis, keine anderweitigen Identifikationspapiere, auch keine religiösen Talismane, keinen Schmuck und keine Tätowierungen, auch keine Initiationsnarben, die fanatische Gruppierungen häufig benutzten, um ihre eigenen Leute kenntlich zu machen. Tatsächlich gab es nichts, was irgendeine Information lieferte, wer die Männer waren oder für wen sie arbeiteten.

»Setzen Sie sich mit der maltesischen Regierung in Verbindung«, sagte er zu Renata. »Erkundigen Sie sich, ob das hiesige Militär und die Geheimdienste in diesem Fall nicht behilflich sein können. Es heißt zwar, Tote erzählen keine Geschichte, aber nach meiner Erfahrung trifft das so gut wie niemals zu. Ihre Waffen, ihre Kleidung, ihre Fingerabdrücke – manchmal können solche Dinge zurückverfolgt werden. Diese Leute kommen nicht aus dem Nichts, sie müssen eine Vergangenheit haben. Und wenn man sich ansieht, wie sie gekämpft haben, dann waren sie ganz bestimmt keine Musterschüler oder Chorknaben.«

Renata nickte zustimmend. »Vielleicht können wir aus den beiden, die wir in der Nähe der *Sophie C.* geschnappt haben, noch was herausholen.«

»Wenn sie sich nicht auch schon vergiftet haben«, sagte Kurt.

Danach nahm die kleine Gruppe einen langen Aufstieg in Angriff, zuerst zur Zufahrtsstraße und vorbei an den verlassenen Hotelbauten und schließlich zur Straße auf den Klippen.

Ein paar Stunden später, geduscht und umgezogen, saßen sie bei Einbruch der Abenddämmerung im barocken Wohnzimmer der D'Campion-Villa. Polstersofas und -sessel beherrschten die untere Ebene. Gemälde, Skulpturen und bibliothekshohe Bücherregale kündeten von dem künstlerischen und geistigen Interesse der Hausbewohner. Ein Balkon in halber Höhe des hohen Raums blickte auf sie herab. In einem offenen Kamin in der Mitte einer Wand knisterte ein Feuer.

Die Eingangshalle und die Bibliothek, in denen die Eindringlinge Bücher aus den Regalen herausgerissen und Steh- und Deckenlampen zerschlagen hatten, um die D'Campions einzuschüchtern, boten einen trostlosen Anblick.

Nicole D'Campion tat ihr Bestes, um ein wenig Ordnung zu schaffen, bis ihr Mann sie davon abhielt. »Lass es, meine Liebe. Bevor wir aufräumen können, müssen sich doch die Polizei und die Versicherungsleute noch alles ansehen.«

»Natürlich«, sagte sie. »Nur liegt es nicht in meiner Natur, angesichts eines solchen Durcheinanders untätig zu bleiben.« Sie setzte sich und sah Kurt, Joe und Renata aufmerksam an. »Meinen innigsten Dank für die Rettung.«

»Das gilt auch für mich«, schloss sich ihr Mann an.

»Irgendwie habe ich das Gefühl, dass wir Ihnen einiges schuldig sind«, erwiderte Kurt. »Es könnte durchaus unser Erscheinen gewesen sein, das Sie in Gefahr gebracht hat.«

»Nein, nein«, widersprach Etienne D'Campion und nahm eine Kristallkaraffe von einem Tablett aus Sterling-Silber. »Diese Männer kamen doch schon zwei Tage vor Ihnen hier an. Kognak?«

Kurt lehnte dankend ab.

Joe hingegen nickte lebhaft. »Ich könnte etwas brauchen, das meine Knochen wärmt.«

Etienne schenkte die goldene Flüssigkeit in ein tulpenförmiges Glas. Joe bedankte sich, dann trank er einen Schluck und ließ ihn auf der Zunge zergehen, wobei er Aroma und Geschmack gleichermaßen genoss. »Unglaublich.«

»Das sollte er auch sein«, sagte Kurt nach einem Blick zuerst auf die Karaffe und dann zu seinem bescheidenen Freund hinüber. »Wenn ich mich nicht irre, ist das ein Delamain Le Voyage. Achttausend Dollar die Flasche.«

Joes Gesicht rötete sich vor Verlegenheit, aber Etienne wollte nichts davon wissen. »Das ist das Mindeste, das ich für den Mann tun kann, der mir das Leben gerettet hat.«

»Sehr richtig«, sagte Nicole.

Sehr richtig in der Tat. Kurt war stolz auf seinen Freund, der so viel zu geben hatte und häufig so wenig Anerkennung fand.

Etienne stellte die Baccarat-Kristallkaraffe auf das Serviertablett zurück, setzte sich, nippte an seinem eigenen Glas und blickte nachdenklich ins Kaminfeuer.

»Es bleibt mal wieder mir überlassen, den Stimmungskiller zu spielen«, sagte Kurt, »aber was genau haben diese Männer von Ihnen gewollt? Was hat es mit diesen ägyptischen Artefakten auf sich, dass Menschen bereit sind, dafür zu töten?«

Die D'Campions wechselten einige Blicke. »Sie haben mein Arbeitszimmer auf den Kopf gestellt«, sagte Etienne. »Und in unserer Bibliothek wie die Vandalen gewütet.«

Kurt gewann den Eindruck, dass die D'Campions nicht darüber sprechen wollten. »Nehmen Sie es mir nicht übel, aber das ist keine Antwort«, sagte er. »Anstatt mit dem Argument zu kommen, dass Sie uns etwas schuldig sind, appelliere ich an Ihre Mitmenschlichkeit. Tausende von Leben sind in diesem Augenblick bedroht. Ihr Schicksal könnte durchaus von dem abhängig sein, was Sie wissen. Also bitte ich Sie, absolut ehrlich zu sein.«

Etienne schien durch diese Feststellung verletzt zu sein. Er saß stocksteif da. Nicole fingerte am Saum ihres Kleides herum.

Kurt stand auf und ging zum Kamin, wodurch er Zeit gewann, um darüber nachzudenken, was er gesagt hatte. Über dem

Kamin hing ein großformatiges Gemälde. Es zeigte eine Flotte englischer Schiffe, die sich mit einer französischen Armada, die in einer Bucht vor Anker lag, ein heftiges Gefecht lieferte.

Kurt betrachtete das Bild. In Anbetracht seiner historischen Kenntnisse und der momentanen Situation kam er recht schnell darauf, was er da vor sich sah: die Schlacht am Nil.

»The boy stood on the burning deck,
Whence all but he had fled;
The flame that lit the battle's wreck
Shone round him o'er the dead.«

Zwar sprach Kurt die Verse im Flüsterton, doch Renata bekam es mit.

»Was war das?«

»›Casabianca‹«, antwortete er. »Das berühmte Gedicht der englischen Poetin Felicia Hemans. Es handelt von einem zwölf Jahre alten Jungen, dessen Vater der Kapitän der *L'Orient* war. Während der gesamten Schlacht stand er auf seinem Posten, bis zu ihrem Ende, als das Schiff explodierte, nachdem es in Brand geriet und die Flammen bis zum Pulvermagazin vordrangen.«

Kurt wandte sich an Etienne. »Das ist die Bucht von Abukir, nicht wahr?«

»Ganz richtig«, sagte Etienne. »In Geschichte kennen Sie sich gut aus. Und in der Lyrik auch.«

»Seltsam, dass ein solches Gemälde ausgerechnet im Haus eines im Ausland lebenden Franzosen hängt«, meinte Kurt. »Die meisten von uns halten wenig davon, an die Niederlagen der eigenen Nation erinnert zu werden.«

»Ich habe meine Gründe.«

In der linken unteren Ecke hatte der Künstler seine Signatur hinterlassen: *Emile D'Campion.* »Einer Ihrer Vorfahren?«

»Ja«, erwiderte Etienne. »Er war einer von Napoleons *Savants.* Mit anderen nahm er an der unseligen Expedition zur Lösung der Rätsel Ägyptens teil.«

»Wenn er dieses Bild gemalt hat, dann heißt das, er hat die Schlacht überlebt«, sagte Kurt. »Ich vermute, dass er auch einige Souvenirs mitgebracht hat.«

Die D'Campions wechselten abermals ein paar Blicke.

Schließlich gab sich Nicole einen Ruck. »Erzähl es ihnen, Etienne. Wir haben nichts zu verbergen.«

Etienne D'Campion nickte, trank den Rest seines Kognaks und stellte das Glas zurück auf den Tisch. »Emile hat die Schlacht tatsächlich überlebt und das Ereignis mit diesem Gemälde gewürdigt. Wenn Sie in die Ecke gegenüber von seinem Namen schauen, erkennen Sie dort ein kleines Ruderboot mit einer Gruppe Männer darin. Das sind er und einige von Napoleons Gelehrten, die an der Expedition teilnahmen. Sie kehrten gerade zum Flaggschiff *L'Orient* zurück, als die Kampfhandlungen begannen.«

»Ich vermute, dass sie die *L'Orient* nicht erreicht haben«, sagte Kurt.

»Nein«, bestätigte Etienne. »Sie waren gezwungen, an Bord eines anderen Schiffes Zuflucht zu suchen. Sie kennen es als die *William Tell* – oder auf Französisch *Guillaume Tell.*«

Kurt hatte sich sein halbes Leben lang mit Seeschlachten beschäftigt, daher war ihm der Name vertraut. »Die *Guillaume Tell* war Admiral Villeneuves Schiff.«

»Konteradmiral Pierre-Charles Villeneuve war der Vizekommandeur der Flotte. An diesem Tag führte er das Kommando über vier Schiffe. Aber selbst als sich das Schlachtenglück gegen seine Kameraden wendete, weigerte er sich einzugreifen.«

Etienne kam zum Kamin und deutete auf ein Schiff, das einen größeren Abstand zu den anderen hatte. »Das ist Villeneuves Schiff«, erklärte er. »In Warte- und Beobachtungsposition. Endlos lange, wie es den anderen vorgekommen sein muss. Am Morgen tobte die Schlacht immer noch, und sie waren im Nachteil, aber die Gezeiten in der Bucht hatten gewechselt. Villeneuve lichtete den Anker, setzte die Segel, stach mit der Flut in See und entkam mit seinen vier Schiffen und meinem Ur-Ur-Großvater.«

Er wandte sich von dem Gemälde ab und sah Kurt Austin an. »Es dürfte Sie nicht überraschen, dass Villeneuves Handlungsweise bei mir stets eine gemischte Reaktion hervorgerufen hat. Während sie ein schlechtes Licht auf den französischen Mut und den *esprit de corps* wirft, würde ich wahrscheinlich heute nicht hier sitzen, wenn Villeneuve nicht die Flucht ergriffen hätte.«

»Vorsicht ist nun mal der bessere Teil der Tapferkeit«, bemerkte Renata. »Wobei ich mir allerdings einigermaßen sicher bin, dass der Rest der Flotte diese Sicht nicht geteilt hat.«

»Nein«, sagte Etienne D'Campion, »ganz und gar nicht.«

Kurt fügte die Puzzleteile im Kopf zusammen und überlegte laut. »Nach der Schlacht kam Villeneuve hierher nach Malta und wurde von den Engländern geschnappt, als sie die Insel in Besitz nahmen.«

»Korrekt«, sagte Etienne.

»Normalerweise pflege ich epische Seefahrergeschichten nicht zu unterbrechen«, fiel Joe Zavala an dieser Stelle ein, »aber können wir nicht zu Ihrem Vorfahr zurückkehren und zu dem, was er in Ägypten gefunden hat?«

»Natürlich«, sagte Etienne. »Aus seinem Tagebuch konnte ich entnehmen, dass er mehrere Grabmäler und Monumente ausgegraben hat. Allesamt an Orten, wo die Ägypter in früher Zeit ihre Pharaonen bestattet haben. Und mit *ausgegraben* meine ich, dass Napoleons Männer sich geholt haben, was sie tragen konnten: Kunstwerke, Obelisken und Steinschnitzereien. Sie haben ganze Paneele von den Wänden gemeißelt, haben unzählige Gefäße weggeschafft und einen ständigen Strom von Material zur Flotte geschickt. Doch unglücklicherweise befand sich der größte Teil ihrer Funde auf der *L'Orient*, als sie explodierte.«

»Das meiste, aber nicht alles«, sagte Kurt.

»Genau«, bestätigte Etienne. »Die letzte Charge – wenn man es so nennen will – lag bei ihm und den Matrosen in diesem Boot, als ein Streit entstand. Emile hatte den Befehl, alles, was er fand, in die Obhut von Admiral Brueys auf der *L'Orient* zu überstellen, aber die Engländer hatten bereits die Schlachtlinie durchbrochen, und drei ihrer Schiffe umzingelten das französische Flaggschiff.«

Etienne warf einen kurzen Blick zu Renata. »Jetzt kam wieder *Vorsicht* ins Spiel«, sagte er und bezog sich auf das, was sie vorhin so treffend ausgedrückt hatte. »Sie nahmen Kurs auf die einzigen Schiffe, die nicht in die Schlacht verwickelt waren, und die letzten Koffer, gefüllt mit ägyptischen Kunstwerken, gelangten in die Hände Villeneuves und entgingen der Vernichtung, als er nach Malta segelte und zwei Wochen nach der Schlacht hier eintraf.«

»Und diese Koffer wurden mehrere Monate später an Bord der *Sophie Celine* gebracht«, sagte Kurt.

»So wird es wenigstens vermutet«, sagte Etienne. »Obgleich die Berichte und Aufzeichnungen darüber nicht ganz eindeutig sind. Auf jeden Fall wollten unsere gewalttätigen Freunde genau das sehen, als sie hier auftauchten – alles, was Emile in Ägypten gesammelt hatte, speziell in Abydos, der Stadt der Toten.«

»Totenstadt«, murmelte Kurt Austin, starrte sekundenlang in das Kaminfeuer und wandte sich dann an Joe. Diesen Begriff hatte Joe benutzt, als er die Lage auf Lampedusa beschrieben hatte. Lampedusa war ganz gewiss eine Insel der Toten oder der fast Toten. »Diese Artefakte hatten nicht zufälligerweise irgendetwas mit einem Nebel zu tun, der Tausende von Menschen gleichzeitig töten kann, oder?«

Etienne war perplex. »Tatsächlich beziehen sie sich auf etwas, das Schwarzer Nebel genannt wird.«

So viel immerhin hatte Kurt vermutet.

»Aber das ist nicht alles«, sagte Etienne D'Campion. »In Emiles Übersetzung ist auch noch von etwas anderem die Rede. Er nennt es Engelshauch. Die richtigere Bezeichnung, die ursprüngliche ägyptische, wäre ›Nebel des Lebens‹, ein Nebel, der so fein war, dass man glaubte, er stamme aus einer anderen Welt – aus dem Jenseits –, wo der Gott Osiris ihn benutzt haben soll, um zu den Lebenden zurückkehren zu lassen, wen immer er dafür auswählte. Wortwörtlich genommen soll dieser Engelshauch fähig gewesen sein, die Toten zum Leben zu erwecken.«

38

»Fähig, Tote zum Leben zu erwecken?«, wiederholte Joe Zavala. Er wusste sofort, was damit gemeint war. Es musste das Heilmittel gegen den Schwarzen Nebel sein, genau die Substanz, die den Angreifer auf Lampedusa am Leben und bei Bewusstsein erhalten hatte, als alle anderen der lähmenden Dunstwolke zum Opfer fielen.

»Es ist das Gegengift«, sagte er.

»Gegengift?«, fragte Etienne. »Gegen was? Sicher nicht gegen den Tod.«

»Gegen eine ganz besondere Art des Todes«, sagte Kurt.

»Ich verstehe nicht«, sagte Etienne.

Kurt schilderte die Ereignisse auf Lampedusa, wie die Bewohner auf dieser Insel ins Koma gefallen waren und nun dem Tod entgegendämmerten. Und wie sie jemandem begegnet waren, der anscheinend gegen das immun war, was die Luft vergiftet hatte.

»Wollen diese Leute das Gegenmittel?«, fragte Nicole.

»Nein.« Kurt schüttelte den Kopf. »Sie haben es bereits.

Sie wollen nur, dass niemand anderer es findet, sonst wäre ihre Waffe nutzlos. Aber genau das ist das, was wir tun müssen.«

Kurt sah sich um und betrachtete die Schäden, die von den Eindringlingen angerichtet worden waren. »Davon ausgehend, dass Sie nicht mutiger sind als ich – und auch nicht besser pokern können –, vermute ich, dass die Artefakte nicht hier sind.«

»Nichts von diesem Schiff befindet sich hier im Haus«, sagte Etienne. »Wir haben das meiste von dem, was geborgen wurde, dem Museum überlassen. Diese Männer haben den Rest weggeschafft. Sie haben auch Emiles Tagebuch und alles andere mitgenommen, das einen Bezug zu Ägypten hat, inklusive seiner Zeichnungen und aller sonstigen Notizen.«

»Und soweit wir sehen konnten, wurde die *Sophie C.* vollständig ausgeräumt«, fügte Joe hinzu.

»Ganz richtig«, sagte Etienne. »Genau das habe ich ihnen auch erklärt. Das Schiff ist vom Bug bis zum Heck sorgfältig durchsucht worden, nachdem es entdeckt worden war. Alles, was irgendwie von Wert war, wurde bei dieser Gelegenheit herausgeholt.«

»Was wäre denn, wenn sich gar nicht alle Artefakte auf dem Schiff befunden haben?«, fragte Kurt. »Sie sagten, die Aufzeichnungen seien nicht eindeutig. Was haben Sie damit gemeint?«

Er erklärte es. »Aus den Frachtpapieren ging hervor, dass die *Sophie C.* überladen war.«

»Weshalb?«

»Ich denke, das ist offensichtlich«, erwiderte Etienne.

»Sobald Villeneuve hier eintraf, verbreitete sich die Nachricht von dem Desaster bei Abukir wie ein Lauffeuer. Jeder Franzose, der Dinge von Wert besaß – und so vernünftig war, sie zu beschützen –, war daran interessiert, so schnell wie möglich seine Zelte abzubrechen und nach Frankreich zurückzukehren. Oder zumindest seine Besitztümer dorthin auf die Reise zu schicken. Sie können sich gewiss die Hektik vorstellen, die hier ausbrach. Ein großer Teil der Reichtümer Maltas war während der kurzen Zeit der Besetzung in französische Hände übergegangen. Schiffe wurden bis an die Bordkante beladen, jeder freie Raum wurde vollgestopft. Frachtgut hat man auf dem Kai zurückgelassen oder wurde in der letzten Minute auf andere Schiffe gebracht, die noch Platz an Bord und eine Chance zur Flucht hatten.« Etienne hielt kurz inne. Dann fuhr er fort: »In all dem Chaos war es möglich, dass Artefakte auf die *Sophie C.* gelangten, aber nirgendwo verzeichnet wurden. Andererseits ist auch möglich, dass sie Malta gar nicht verlassen haben. Oder mit einem anderen Schiff auf die Reise gingen. Im Logbuch des Hafenmeisters sind zwei andere Schiffe verzeichnet, die an diesem Tag nach Frankreich in See stachen. Eines sank im selben Unwetter wie die *Sophie C.*, das andere wurde von den Engländern gekapert.«

Joe hob eine Hand. »Wenn die Engländer die Artefakte gefunden haben, dann dürften sie zusammen mit dem Stein von Rosette und den Elgin Marbles in einem Museum liegen.«

»Und wenn sie auf dem Kai zurückgelassen oder irgendwo auf Malta versteckt wurden«, sagte Kurt, »wären sie schon längst wieder aufgetaucht. Ich denke, diese beiden Möglichkeiten können wir ausschließen. Woraus sich ergibt, dass sie höchstwahrscheinlich als Fracht auf einem der gesunkenen Schiffe gelandet sind. Aber wie du selbst festgestellt hast, die *Sophie C.* wurde vollkommen gefleddert.«

»Wir könnten das andere Schiff suchen«, schlug Renata vor.

Etienne schüttelte den Kopf. »Ich suche schon seit Jahren danach«, sagte er.

»Irgendein Wrack zu finden, ist einfach«, erklärte Joe. »Ein bestimmtes Wrack zu finden, ist dagegen wesentlich schwieriger. Auf dem Grund des Mittelmeers wimmelt es von ihnen. Die Menschen segeln seit sieben Jahrtausenden kreuz und quer über diesen zu groß geratenen Teich. In dem Monat, bevor Kurt und ich die Trireme fanden, katalogisierten wir vierzig Wracks und zwanzig als *möglich* deklarierte Fundorte weiterer Wracks.«

»So viel Zeit haben wir nicht«, bemerkte Renata.

Kurt hörte nicht mehr richtig zu. Sein Blick wurde wieder von dem Gemälde angezogen. Irgendetwas war ungewöhnlich, etwas, das sie übersehen hatten. »Die Schlacht von Abukir fand im Jahr 1799 statt«, sagte er.

»Richtig«, meinte Etienne.

»Siebzehnhundertneunundneunzig …«, wiederholte er. Plötzlich dämmerte es ihm. Er wandte sich um. »Sie sagten, Emiles Übersetzung verwies auf diesen Nebel des Lebens, aber bis zum Stein von Rosette und einer ersten Entschlüsselung ägyptischer Hieroglyphen dauerte es noch mindestens fünfzehn Jahre.«

Etienne atmete zischend aus. Der Gedanke machte ihn sichtlich betroffen. »Was wollen Sie damit andeuten? Dass Emile seine Übersetzung gefälscht hat?«

»Hoffen wir um unseretwillen, dass er es nicht getan hat«,

sagte Kurt. »Aber wenn die Artefakte mit der *Sophie C.* untergegangen sind, Jahre bevor der Stein von Rosette übersetzt wurde, wie konnte dann irgendjemand wissen, was die Inschriften auf den Tafeln bedeuteten?«

Etienne schien etwas sagen zu wollen, verschluckte jedoch seine Worte. »Das … das ist nicht möglich«, sagte er schließlich. »Außer … ich weiß, dass es getan wurde.«

39

Die Tür zu D'Campions Arbeitszimmer war aufgebrochen. Etienne ging voraus, ignorierte den demolierten Türrahmen und das Durcheinander, das nach dem Raubzug zurückgeblieben war, und trat sofort zu einer Anrichte, die umgekippt war und auf der Seite lag.

»Dort drin«, sagte er. »Etwas ergibt für mich plötzlich einen Sinn. Etwas, worüber ich schon seit Jahren gerätselt habe.«

Kurt und Joe halfen ihm, die schwere Anrichte wieder aufzustellen. Und dann traten sie zurück, während D'Campion ihren Inhalt zu durchstöbern begann.

»Dies haben sie in Ruhe gelassen, weitestgehend jedenfalls«, sagte er und holte sorgfältig geordnete und mit Klarsichtfolie konservierte Papiere heraus, warf einen kurzen Blick darauf und setzte die Suche fort. »Alles, was sie haben wollten, waren die Artefakte und Emiles Tagebuch sowie Notizen aus seiner Zeit in Ägypten. An dem ganzen Rest waren sie nicht interessiert. Und warum nicht?«, fügte er hinzu. »Weil sie kein Französisch verstanden. Dummköpfe.«

Kurt und Joe sahen einander stirnrunzelnd an. Keiner von ihnen beherrschte die französische Sprache, aber das behielten sie in diesem Augenblick für sich.

Etienne suchte weiter in der Schublade und holte schließlich eine Heftmappe heraus. Darin befand sich ein Stapel alter Dokumente.

»Das ist es«, sagte er.

Er machte einen Platz auf dem Schreibtisch frei, während Kurt eine Stehlampe aufhob, zurechtrückte und anknipste. Die Gruppe drängte sich um den Tisch und betrachtete einen handgeschriebenen Brief. Er stammte ausgerechnet von Admiral Villeneuve.

»Mein geschätzter Freund Emile«, übersetzte Etienne D'Campion den Text und las gleichzeitig laut vor. »Mit großem Vergnügen habe ich Ihre letzte Korrespondenz gelesen. Nach der Schande von Trafalgar und meiner Zeit in der Obhut der Briten hätte ich niemals davon zu träumen gewagt, dass ich eine weitere Gelegenheit, meine Ehre wiederherzustellen, erhalten sollte.«

»Trafalgar?«, fragte Renata.

Kurt lieferte die Erklärung. »Außer in der Bucht von Abukir befehligte Villeneuve die französische Flotte in der Schlacht von Trafalgar, in deren Verlauf Nelson die gemeinsame Armada der Spanier und der Franzosen besiegte und damit der Welt demonstrierte, dass England niemals erobert werden könne. Gleichzeitig zerschlug sich damit jede Hoffnung Napoleons, in England einzufallen.«

Renata war angemessen beeindruckt. »An Villeneuves Stelle hätte ich aufgehört, mich mit den Engländern im Allgemeinen und mit Nelson im Besonderen anzulegen.«

Joe lachte. »Er muss Nelson zu diesem Zeitpunkt ziemlich gehasst haben.«

»Tatsächlich hat er während seiner Gefangenschaft in England an Nelsons Begräbnis teilgenommen«, wusste Etienne zu berichten.

»Wahrscheinlich nur, um ganz sichergehen zu können, dass er tot war«, meinte Renata.

Etienne widmete seine Aufmerksamkeit wieder dem Brief und fuhr mit einem Finger unter den Textzeilen entlang, während er weiter übersetzte. »Sie haben häufig erwähnt, dass ich Ihnen das Leben gerettet habe, indem ich Sie an Bord meines Schiffes aufgenommen habe und die Nilmündung verließ. Ich übertreibe gewiss nicht, wenn ich dazu bemerke, dass Sie diese Gefälligkeit erwidert haben. Mit diesem Durchbruch kann ich mich wieder bei Napoleon vorstellen. Ich bin von Freunden gewarnt worden, dass er meinen Tod wünsche, aber wenn ich ihm diese Waffe aller Waffen präsentiere – diesen Nebel des Todes –, dann wird er mich gewiss auf beide Wangen küssen und mich belohnen, wie ich es mit Ihnen tun werde. Es ist von größter Wichtigkeit, dass dieses Geheimnis unter uns bleibt, aber ich verspreche Ihnen bei meiner Ehre, dass Sie Ihren angemessenen Lohn als *Savant* und als Held der Revolution und des Kaiserreichs erhalten werden. In meinem Besitz befinden sich die Darstellung und die teilweise Umwandlung, die Sie angefertigt haben. Bitte schließen Sie sie ab, und schicken Sie mir, was Sie über den Engelshauch haben erfahren können, damit wir sicher sein können, während unsere Feinde fallen. Ich hoffe, den Kaiser im Frühling in wohlwollender Stimmung anzutreffen. Eine Hand wäscht die andere. 29. Thermidor, XIII. Jahr, Pierre-Charles Villeneuve.«

»*Umwandlung* ist ein anderes Wort für *Übersetzung*«, bemerkte Renata.

»Wann hat das alles stattgefunden?«, wollte Kurt wissen.

Renata wagte den Versuch einer Antwort und bemühte sich, sich den von Napoleon eingeführten Revolutionskalender zu vergegenwärtigen, der für ein Jahrzehnt seiner Herrschaft den Gregorianischen Kalender ersetzt hatte. »Der neunundzwanzigste Thermidor im dreizehnten Jahr der Republik war …«

Etienne D'Campion kam ihr zuvor. »Der siebzehnte August«, sagte er. »Das Jahr war 1805.«

»Das ist ein ganzes Jahrzehnt vor der Erforschung des Steins von Rosette«, sagte Kurt.

»Das ist unglaublich«, fügte Joe hinzu. »Und damit meine ich, dass einige Leute annehmen, dass es wirklich *nicht glaubhaft* ist.«

»Wenn wir Emiles Tagebuch noch zur Verfügung hätten, ließe es sich beweisen«, sagte Etienne. »Darin befanden sich Zeichnungen von Hieroglyphen sowie verschiedene Übersetzungsversionen. Sogar eine Art Wörterbuch. Der zeitliche Zusammenhang ist mir bisher nicht aufgefallen.«

Kurt betrachtete es als eine denkbare Möglichkeit. Geschichte wurde ständig neu geschrieben. Früher galt es als Amen in der Kirche, dass Kolumbus Amerika entdeckt hatte. Mittlerweile wurde sogar den Kindern in der Schule beigebracht, dass ihm die Wikinger und möglicherweise auch andere zuvorkamen.

»Wie kommt es, dass ihm dafür niemals gebührende Anerkennung zuteilwurde?«, fragte Renata.

»Es klingt, als hätte Villeneuve darauf bestanden, dass es als Staatsgeheimnis behandelt wurde«, sagte Kurt. »Wenn es damit zusammenhing, dass eine neue Waffe gefunden wurde, dann wäre das Letzte, was sich einer von ihnen hätte wünschen können, gewesen, dass die Wahrheit an die Öffentlichkeit drang.«

»Vor allem wenn man bedenkt, dass die Engländer die Kontrolle über Ägypten innehatten und Emiles Freundschaft mit einem französischen Admiral mit Misstrauen betrachteten«, meinte Etienne. »Tatsächlich …« Er blätterte in den anderen Briefen und Korrespondenzen. »Hier irgendwo muss es sein«, sagte er.

»Was muss hier sein?«

»Dies …«, sagte er und hielt ein weiteres konserviertes Schriftstück hoch. »Dies ist die Ablehnung eines Reisegesuchs, von den Engländern an Emile gerichtet. Anfang 1805 bat er um die Erlaubnis, nach Ägypten zurückzukehren und seine Studien fortzusetzen. Der Gouverneur von Malta hat das Gesuch befürwortet, die britische Admiralität hat es jedoch abschlägig beschieden, und so wurde ihm die Reise nach Ägypten untersagt.«

Kurt fand ein Schreiben mit amtlichem Briefkopf. »›Wir können zurzeit für Ihre Sicherheit im Landesinnern von Ägypten keine Garantie übernehmen‹«, las er laut vor. »Welches Reiseziel hatte er angegeben?«

»Das weiß ich nicht«, sagte Etienne.

Renata seufzte. »Zu schade. Das zu wissen, hätte uns weitergeholfen.«

»Hat er es irgendwann ein zweites Mal versucht?«, fragte Kurt.

»Nein. Leider erhielt er dazu keine Gelegenheit mehr. Er und Villeneuve sind kurze Zeit später gestorben.«

»Beide?«, fragte Joe misstrauisch. »Wie?«

»Emile starb eines natürlichen Todes«, sagte Etienne. »Es geschah hier auf Malta. Er ist eingeschlafen und nicht mehr aufgewacht. Man nimmt an, dass er einen Herzinfarkt erlitten hat.

Konteradmiral Villeneuve starb in Frankreich einen Monat später, allerdings war sein Tod nicht so friedvoll. Er erhielt sieben Messerstiche in die Brust. Es wurde als Selbstmord deklariert.«

»Selbstmord? Mit sieben Stichwunden?«, wunderte sich Renata. »Ich habe schon des Öfteren von solchen zweifelhaften Entscheidungen gehört. Aber das ist einfach lächerlich.«

»Außerordentlich schwer zu glauben«, pflichtete Etienne ihr bei. »Sogar damals wurde in der Presse darüber gespottet. Vor allem in England.«

»Wollte Villeneuve nicht im Frühling mit Napoleon zusammentreffen?«, fragte Kurt.

Etienne nickte. »Ja«, sagte er. »Die meisten Historiker sind der Meinung, dass Napoleon mit dem Tod des Admirals etwas zu tun hatte. Entweder weil er Villeneuve misstraute oder weil er ihm seine häufigen Misserfolge nicht verzeihen konnte.«

Kurt hielt beide Motive für möglich. Aber sein vordringliches Interesse galt der Übersetzung der ägyptischen Glyphen. »Wenn Villeneuve zu diesem Zeitpunkt die Übersetzungen vorlagen, was geschah dann nach seinem Tod mit ihnen? Wissen Sie etwas über seinen Nachlass und dessen Verbleib?«

Etienne zuckte die Achseln. »Ich bin mir nicht sicher. Ich fürchte, es gibt kein Museum der in Ungnade gefallenen Admiräle der französischen Marine. Und Villeneuve war am Ende seines Lebens verarmt. Er wohnte in einer Pension in Rennes. Vielleicht hat der Pensionswirt seinen gesamten Besitz an sich genommen.«

»Vielleicht hat Villeneuve die Übersetzung an Napoleon gegeben und wurde trotzdem ermordet«, vermutete Renata.

»Das kann ich nicht glauben«, sagte Kurt. »Villeneuve war mit einem ausgeprägten Überlebensinstinkt gesegnet. Er hatte immer wieder bewiesen, wie clever und vorsichtig er war.«

»Außer als er in See stach, um bei Trafalgar gegen Nelson zu kämpfen«, gab Joe zu bedenken.

»Sogar dort«, sagte Kurt, »waren seine Aktionen wohlüberlegt. Soweit ich mich entsinne, war ihm zu Ohren gekommen, dass

Napoleon ihn ablösen und möglicherweise verhaften, einsperren oder sogar auf der Guillotine hinrichten lassen wollte. Mit diesem Schicksal vor Augen traf Villeneuve die für ihn einzig richtige Entscheidung. Er zog in die Schlacht, wohl wissend, dass er im Fall eines Sieges als Held gefeiert würde und unantastbar wäre. Und wenn er verloren hätte, wäre er wahrscheinlich gestorben oder von den Engländern gefangen genommen worden, was im letzteren Fall bedeutet hätte, dass er sicher nach England gebracht worden wäre. Was auch geschah.«

»Es war seine letzte Chance«, sagte Joe. »Alles oder nichts.«

»Ein brillanter Schachzug«, sagte Renata lächelnd. »Zu schade, dass die Briten nicht mitspielten und ihn nach Frankreich zurückschickten.«

»Man kann nicht immer gewinnen«, sagte Kurt philosophisch. »Aber wenn man bedenkt, wie sorgfältig er jeden seiner Schritte plante, wie raffiniert Villeneuve vorging, bezweifle ich, dass er mit Napoleon zusammentraf und ihm sein einziges Druckmittel aushändigte. Eher dürfte er ihnen eine Kostprobe überlassen und die Details zurückgehalten und irgendwo versteckt haben, da dies das Einzige war, das seine Sicherheit garantierte.«

»Warum hat Napoleon ihn dann töten lassen?«, fragte Renata.

»Wer weiß?«, sagte Kurt. »Vielleicht hat er nicht geglaubt, was Villeneuve ihm erzählte. Vielleicht war er die Winkelzüge des Admirals leid. Villeneuve hatte ihn mittlerweile so oft verbrannt, dass der Kaiser ganz einfach die Nase voll hatte.«

Joe rekapitulierte. »Demnach hat Napoleon in seinem Bestreben, Villeneuve loszuwerden, den Admiral getötet und nicht erkannt – oder geglaubt –, was Villeneuve ihm anbot. Die Übersetzung und alle Hinweise auf den Nebel des Todes und den Nebel des Lebens verschwanden spurlos – bis jetzt. Bis dieser Verein, mit dem wir es da zu tun haben, das Geheimnis wiederentdeckt hat.«

»Das ist auch meine Vermutung«, sagte Kurt.

Renata stellte die nächste logische Frage. »Falls Villeneuve Napoleon die Übersetzung niemals überlassen hat, wo ist sie geblieben?«

»Genau das müssen wir in Erfahrung bringen«, sagte Kurt. Er wandte sich an Etienne. »Haben Sie irgendeine Idee, wo wir mit der Suche beginnen könnten?«

Etienne D'Campion überlegte einen Moment, dann sagte er: »In Rennes?«

Es klang eher wie eine Frage als wie eine Empfehlung, aber es war der einzige Ort, der Kurt in den Sinn kam. Er nickte.

»Uns läuft die Zeit davon«, sagte er. »Wir müssen uns aufteilen und uns in verschiedene Richtungen bewegen. Im Süden nach Ägypten auf der Suche nach Hinweisen, was dieser Nebel des Lebens ist oder woraus er hergestellt werden kann, und im Norden nach Frankreich auf der Suche nach Spuren, die Villeneuve hinsichtlich D'Campions Hieroglyphen-Übersetzung hinterlassen hat.«

»Wir könnten nach Frankreich reisen«, bot Etienne an.

»Tut mir leid«, sagte Kurt. »Ich kann Sie beide unmöglich weiteren Gefahren aussetzen. Renata, Sie sind für diese Aufgabe viel besser geeignet.«

Renata blickte auf ihr Smartphone und las eine Nachricht, die soeben eingegangen war. »Keine Chance«, sagte sie und blickte auf. »Ich weiß, dass Sie auf meine Sicherheit bedacht sind. Aber was wichtiger ist, ich habe neue Informationen. AISE und Interpol haben die Identität der Leute ermittelt, die das Zyankali geschluckt haben. Sie waren Mitglieder eines aufgelösten Regiments der ägyptischen Special Forces. Es handelt sich da um ein Regiment, das der alten Garde und dem Mubarak-Regime treu gedient hat und zahlreicher Verbrechen verdächtigt wird.«

»Das klingt, als wäre Ägypten unser Hauptziel«, stellte Kurt fest.

»Und wir haben eine Spur«, fügte Renata hinzu. »Wir haben die Signale eines Satellitentelefons zurückverfolgen können, das die Männer benutzt haben, während sie auf Malta waren. Die Anrufe kamen von hier. Und aus dem Hafen – nach Ihrem Kampf im Fort. Das Telefon befindet sich zurzeit in Kairo. Meine Befehle lauten, demjenigen zu folgen, der es mit sich führt.«

Kurt tippte auf Hassan, den Mann, mit dem er verhandelt hatte. »In Ordnung, ich begleite Sie.«

»Daraus schließe ich, dass ich wohl nach Frankreich gehen werde«, sagte Joe. »Das ist ausgezeichnet. Ich wollte schon immer Land und Leute kennenlernen. Und mich eine Zeit lang ausschließlich von Wein und Käse ernähren.«

»Sorry«, sagte Kurt. »Der Sommer in Paris muss warten. Du kommst mit uns.«

»Und wen schicken wir dorthin?«

»Paul und Gamay«, erwiderte Kurt. »Deren Urlaub ist schon vor ein paar Tagen zu Ende gegangen. Wird Zeit, dass sie wieder ihren Dienst beginnen.«

40

Bengasi, Libyen

In der Stadt waren Unruhen ausgebrochen. Aufgrund der Wasserknappheit drohte sogar ein Bürgerkrieg. Die Notaufnahme des Krankenhauses war überfüllt, als sie eintrafen. Einige Patienten hatten Stichverletzungen, andere waren in Schlägereien verwickelt gewesen, und auf ein paar war geschossen worden.

Paul und Gamay fanden eine freie Nische, in der sie warten konnten. Ein Beamter des libyschen Sicherheitsdienstes befragte sie eine Stunde lang über die Ereignisse im Pumpwerk. Sie beschrieben, welcher Tätigkeit sie dort nachgingen und wie sie Reza al-Agra geholfen hatten, die Ursache für die akuten Grundwasserprobleme zu ermitteln.

Dass der Agent ihren Bericht mit erheblicher Skepsis zur Kenntnis nahm, war nicht zu übersehen. Meistens nickte er wortlos und machte sich Notizen, auch als die anderen Arbeiter der Pumpstation den Bericht der beiden Amerikaner bestätigten. Besonders aufmerksam hörte er sich die Schilderung des Angriffs und ihrer Flucht an.

Ein Moment nachdenklicher Stille folgte, unterbrochen durch lautes Stimmengewirr, als eine weitere Gruppe Verwundeter von der Straße hereingebracht wurde. Der Regierungsbeamte musterte sie mit einem Ausdruck, der nichts Gutes verhieß.

»Wann hat all das hier angefangen?«, fragte Gamay, die überrascht war, wie viel Betrieb in diesem Krankenhaus herrschte.

»Die Demonstrationen begannen, kurz nachdem die Regierung die Wasserversorgung in einigen Teilen der Stadt unterbrochen hatte. Zu ersten Gewaltexzessen kam es heute Nachmittag. Man hat angefangen, das Wasser zu rationieren, aber diese Maßnahme wird nicht ausreichen. Die Menschen sind verzweifelt. Und irgendjemand wiegelt sie auf.«

»Irgendjemand?«, fragte Paul.

»Heutzutage mischen sich viele Elemente in die inneren Angelegenheiten Libyens ein«, sagte der Agent. »Es gibt eindeutige Hinweise, dass sich in zunehmendem Maße ägyptische Spione und Agenten in unseren Städten tummeln. Mit welchem Motiv? Das wissen wir nicht. Aber es werden immer mehr.«

»Ist das der Grund, weshalb Sie uns nicht trauen?«, fragte Gamay. »Glauben Sie etwa, wir seien für Rezas Zustand verantwortlich?«

»Im vergangenen Monat wurde ein Mordanschlag auf ihn verübt«, sagte der Agent. »Und das aus gutem Grund. Er ist der Schlüssel zu einer funktionierenden Wasserversorgung. Er weiß mehr über Grundwassersysteme und Geologie als jeder andere. Ohne ihn wären wir wahrscheinlich verloren.«

»Wir haben nur versucht zu helfen«, beteuerte Gamay.

»Wir werden sehen«, erwiderte der Agent, hüllte sich jedoch weiterhin in Schweigen.

Schließlich trat ein Chirurg aus dem Operationssaal und blickte in ihre Richtung. Er kam mit müden Schritten auf sie zu und zog sich eine Maske vom Gesicht. Er hatte dunkle Ringe unter den Augen und das abgespannte Aussehen eines Mannes, der schon viel zu lange Dienst tat, ohne dass ein Ende in Sicht war.

»Bitte geben Sie uns gute Nachrichten«, sagte Gamay.

»Reza lebt und erholt sich«, berichtete der Arzt. »Eine Kugel drang durch seinen Oberschenkel, und ein Granatsplitter kratzte seine Leber an, aber das größte Metallfragment verfehlte lebenswichtige Bereiche. Glücklicherweise – oder vielleicht auch unglücklicherweise – sind die Ärzteteams mittlerweile auf diese Art von Verletzungen spezialisiert. Das ist die Folge des Bürgerkriegs.«

»Wann können wir mit ihm reden?«, fragte Gamay.

»Er ist gerade erst aus der Narkose aufgewacht. Sie sollten mindestens eine halbe Stunde warten.«

»Ich spreche jetzt gleich mit ihm«, sagte der Agent, erhob sich und zückte seine Dienstmarke.

»Das ist kein guter Moment«, sagte der Arzt.

»Ist er ansprechbar?«

»Ja.«

»Dann bringen Sie mich zu ihm.«

Der Arzt seufzte ungehalten. »Na schön«, sagte er. »Aber Sie müssen einen Kittel anziehen.«

Während der Arzt mit dem Agenten die Kleiderkammer aufsuchte, zwitscherte Gamays Telefon. Sie blickte auf das Display. »Es ist Kurt. Wahrscheinlich möchte er wissen, weshalb wir während der letzten beiden Tage bei der Arbeit gefehlt haben.«

Paul sah sich eilig um und deutete zum Balkon. »Lass uns ein wenig frische Luft schnappen.«

Sie traten nach draußen, und Gamay drückte auf die Antworttaste.

»Wie war euer Urlaub?«

Die Nachtluft war warm und samtweich, durchsetzt mit jenem einzigartigen südeuropäisch-afrikanischen Aroma, das nur dem Mittelmeer zu eigen war. Aber der Lärm von kreisenden Hubschraubern und das Rattern fernen Gewehrfeuers waren deutlich zu hören. »So richtig entspannend ist es nicht gewesen«, erwiderte Gamay.

»Das ist wirklich schade«, sagte Kurt. »Wie wäre es mit zweiten Flitterwochen im ländlichen Frankreich? Die NUMA übernimmt alle Kosten.«

»Klingt reizvoll«, sagte Gamay. »Auch wenn ich sicher bin, dass ein Haken dabei ist.«

»Der ist doch immer dabei«, sagte Kurt.

Paul hörte aufmerksam mit. »Sag ihm, wir müssen hierbleiben.«

Gamay nickte. »Besteht die Chance, dass wir das auf einen späteren Zeitpunkt verschieben können? Wir sind hier an einer Sache dran. Etwas, das eingehender untersucht werden muss.«

»Worum geht es?«

»Eine schwere Dürreperiode in Nordafrika.«

Kurt schwieg einige Sekunden lang und sagte dann: »Ist das für die Sahara nicht so gut wie normal?«

»Das ist nicht das, was ich meine«, sagte Gamay und erkannte in diesem Augenblick, dass sie sich nicht klar ausgedrückt hatte. »Keine Dürre im Sinne von wenig Regen, sondern eine, bei der die Austrocknung von unten kommt. Flüsse, die an sich von Quellen gespeist werden, verwandeln sich in Wattlandschaften. Pumpen und Brunnen, die seit Jahrzehnten in Betrieb waren, liefern nur noch mickrige Rinnsale.«

»Klingt ungewöhnlich«, sagte Kurt.

»Es kommt schon zu Unruhen und wird sicher noch zu wer weiß was führen.«

»Das tut mir leid zu hören«, sagte Kurt, »aber darum wird sich jetzt wohl jemand anderer kümmern müssen. Ich brauche eure Hilfe in Frankreich. Wir haben einen Flug von Bengasi nach Rennes gechartert. Ihr solltet so bald wie möglich abfahren.«

»Möchtest du uns nicht verraten, weshalb und bei was wir helfen sollen?«

»Ihr erfahrt es, wenn ihr ins Flugzeug steigt«, versprach Kurt.

Sie deckte die Mikrofonöffnung ihres Telefons zu. »Irgendetwas ist da los. Kurt ist normalerweise nicht so zugeknöpft.«

Paul blickte zu der Nische, wo der libysche Sicherheitsbeamte sie befragt hatte. »Wir können nur hoffen, dass man uns erlaubt, die Stadt zu verlassen.«

Diese Frage hatte sich Gamay auch schon gestellt. »Möglich, dass wir mit den Behörden Ärger kriegen. Es ist eine lange Geschichte, aber wir kommen, sobald wir können.«

»Haltet mich auf dem Laufenden«, sagte Kurt. »Wenn ihr euch nicht loseisen könnt, brauchen wir jemand anderen – und zwar schnell.«

Kurt trennte die Verbindung, und Gamay verstaute ihr Telefon wieder in der Tasche. »Es ist niemals nur ein leichter Regen, sondern immer gleich ein ganzer Wolkenbruch«, sagte sie.

»Aber nicht hier in der Wüste«, erwiderte Paul. »Sag lieber, ein Unglück kommt selten allein.«

»Du hast recht«, sagte sie mit einem traurigen Lächeln.

Mittlerweile war der libysche Agent aus dem Operationssaal zurückgekommen. Er steuerte in ihre Richtung und trat zu ihnen auf den Balkon.

»Ich muss mich entschuldigen«, sagte er. »Reza hat Ihre Darstellung nicht nur bestätigt, sondern er beharrt auch darauf, dass Sie ihm das Leben gerettet und durch Ihre Hilfe in der Pumpstation das Schlimmste verhindert haben.«

»Schön zu hören, dass wir entlastet wurden«, sagte Paul.

Ein Blitz erhellte einen entfernten Bereich der Stadt. Der Knall erreichte sie Sekunden später. Irgendeine Explosion hatte dort stattgefunden.

»Ja, Sie wurden entlastet«, sagte der Agent, »und Reza ist noch am Leben, aber der Schaden ist enorm. Zwei weitere Pumpwerke sind angegriffen worden, und die restlichen arbeiten nur noch mit einem Bruchteil ihrer Leistung. Reza wird einige Tage hierbleiben, und es könnte Wochen dauern, ehe er seine Arbeit fortsetzen kann. Wenn er wieder auf die Beine kommt, wird sich dieses Land zum dritten Mal in den vergangenen fünf Jahren selbst zerstören.«

»Vielleicht können wir helfen«, sagte Paul.

Der Blick des Agenten richtete sich in die Ferne. Rauch stieg in den Nachthimmel und verdeckte, was an elektrischem Licht in der Stadt noch brannte. »Ich empfehle Ihnen, die Stadt zu verlassen, solange es noch möglich ist. Schon sehr bald wird es für jeden schwierig werden, hier herauszukommen. Außerdem könnten Sie mit anderen Regierungsvertretern aneinandergeraten, die nicht so aufgeschlossen sind wie ich. Die suchen Sündenböcke. Verstehen Sie?«

»Wir würden uns gerne noch von Reza verabschieden«, bat Gamay.

»Und danach«, fügte Paul hinzu, »wäre ein Taxi zum Flughafen ein Geschenk des Himmels.«

41

Rom

Vizepräsident James Sandecker saß in einem überfüllten Konferenzsaal des italienischen Parlaments im Zentrum Roms. Mehrere Berater begleiteten ihn, darunter auch Terry Carruthers. Im Raum verstreut waren ähnliche Gruppen aus jedem Land Europas.

Anlass der Konferenz waren Beratungen über ein neues Handelsabkommen gewesen. Aber diese waren nun von den Ereignissen in Libyen, Tunesien und Algerien verdrängt worden.

Innerhalb von atemberaubenden zwölf Stunden hatten sich die Regierungen sowohl von Tunesien als auch von Algerien aufgelöst. Neue Koalitionen waren gebildet worden, und die Macht schien in die Hände derer zurückgefallen zu sein, die auch schon vorher die Kontrolle innegehabt hatten. Dass dieser Vorgang durch Gewalt und Wasserknappheit begünstigt wurde, war nicht einmal das Schockierende, sondern wirklich schockierend war die Tatsache, dass jede Regierung bis zum unerwarteten Rücktritt der wichtigsten Minister und Unterstützer von ihrem Fortbestand ausgegangen war.

Vor allem der Zusammenbruch der algerischen Regierung überraschte, da er damit begonnen hatte, dass der Premierminister sein Amt zur Verfügung stellte und zahlreiche Mitglieder der Regierung des Verrats bezichtigte.

»Jemand kocht hier irgendein Süppchen«, sagte Sandecker zu Carruthers.

»Ich habe gestern die CIA-Berichte zur Lage in Nordafrika gelesen«, erwiderte Carruthers. »Nichts von alldem ist zu erwarten gewesen.«

Sandecker erwiderte: »Die Männer und Frauen in der Agency machen die meiste Zeit einen guten Job, aber sie vermuten auch schon mal Geister, wo keine sind, und sehen gelegentlich den Wald vor lauter Bäumen nicht.«

»Wie schlimm ist es?«, fragte Carruthers.

»Algerien und Tunesien sind problematisch, aber Libyen ist am schlimmsten und hängt am seidenen Faden.«

»Ist das der Grund, weshalb die Italiener in Libyen einen Regierungswechsel fordern?«

Da in Libyen ein Bürgerkrieg drohte, war ein seltsamer Vorschlag laut geworden, formuliert und unterstützt von dem italienischen Abgeordneten Alberto Piola, einem einflussreichen Mitglied der Regierungspartei, der jedoch selbst nicht im Ministerrang war. Piola führte die Handelsdelegation, aber anstatt sich zur Tagesordnung zu äußern, warb er unter den Konferenzteilnehmern um die Bereitschaft zu einem aktiven Eingreifen in Libyen.

»Wir müssen die libysche Regierung zum Rücktritt drängen«, verlangte er. »Bevor sie ganz auseinanderbricht.«

»Welchen Sinn sollte das haben?«, fragte der kanadische Botschafter.

»Wir könnten eine neue Regierung unterstützen, die vom Volk gewählt wurde«, sagte Piola.

»Und wie könnte dies die Wasserknappheit beseitigen?«, wollte der deutsche Vizekanzler wissen.

»Zunächst einmal würde ein Blutvergießen verhindert werden«, erwiderte Piola.

»Und was ist mit Algerien?«, fragte der französische Regierungsvertreter.

»In Algerien werden Neuwahlen stattfinden«, antwortete Piola. »Genauso wie in Tunesien. Die neuen Regierungen in diesen Ländern werden über weitere Schritte entscheiden und auch darüber, wie die Lösung des Wasserproblems in Angriff genommen wird. Aber Libyen ist eindeutig der Unruheherd in dieser Region.«

Sandecker hielt sich während dieser Diskussion zurück. Ihn wunderte Piolas Hartnäckigkeit, mit der er das libysche Problem in den Vordergrund rückte, vor allem deshalb, weil Italien sich noch nicht von den Ereignissen auf Lampedusa erholt hatte. Wie seine eigenen Erfahrungen bei der NUMA ihn gelehrt hatten, war eine einzelne Krise zu einer bestimmten Zeit mehr als genug.

Schließlich beugte sich Carruthers vor und flüsterte in Sandeckers Ohr: »Was er fordert, kann nicht geschehen. Selbst wenn in diesem Raum Einigkeit herrschen sollte, müssten wir zuerst die Regierungen unserer Länder konsultieren und davon überzeugen, den Vorschlag anzunehmen und entsprechend zu handeln.«

Sandecker deutete ein Kopfnicken an. »Alberto ist ein alter Hase. Er weiß das ebenso gut wie wir alle.«

»Also weshalb sollten wir uns dann Gedanken machen?« Sandecker hatte sich schon während des ganzen Vormittags den Kopf über Piolas Absichten zerbrochen. Er äußerte die seiner Meinung wahrscheinlichste Schlussfolgerung. »Er ist nicht so dumm, die Zustimmung zu etwas zu fordern, das sowieso niemals geschehen wird. Er schafft eher die Grundlage und die Voraussetzungen für die Zustimmung zu etwas, das längst geschehen ist.«

Carruthers lehnte sich zurück und blickte den Vizepräsidenten irritiert an. Dann schien er zu begreifen. »Sie meinen …?«

»Die libysche Regierung ist dem Untergang geweiht«, sagte Sandecker. »Und so wie er sich verhält, hat Alberto Piola das schon lange erwartet.«

Carruthers nickte abermals. Und ergriff dann die Initiative, ein Schritt, der Sandecker gefiel. »Ich setze mich mit der CIA in Verbindung und erkundige mich, was man dort über die Bäume in diesem Wald hier weiß.«

Sandecker grinste. »Gute Idee.«

42

Kairo

Kurt Austin lenkte den schwarzen Mietwagen durch die überfüllten Straßen von Kairo, während Joe Zavala auf der Rückbank saß und Renata Ambrosini vorn auf dem Beifahrerplatz wachsam die Umgebung im Auge hatte – und auf ihrem Schoß lag ein iPad, das über eine Satellitenverbindung Daten empfing.

»Er fährt weiter geradeaus«, sagte sie.

»Zumindest sein Telefon«, korrigierte Kurt, überholte ein paar langsamere Fahrzeuge und ratterte durch einen von Straßenbauarbeitern aufgerissenen Abschnitt voller Schlaglöcher mit den Ausmaßen mittlerer Mondkrater.

Sie folgten dem Signal des Satellitentelefons, das auf Malta benutzt worden war, und nahmen an, dass es sich in Hassans Besitz befand. Doch sie konnten sich dessen selbstverständlich nicht sicher sein, bevor sie ihn zu Gesicht bekommen hatten.

»Wie sollen wir eigentlich an die Informationen herankommen?«, fragte Joe vom Rücksitz aus. »Ich hatte bisher angenommen, dass die Satelliten-Kommunikation abhörsicher sei.«

Renata hatte eine Erklärung parat. »Der fragliche Satellit ist eine von Ägypten und den Saudis gemeinsam entwickelte Kommunikationseinheit, die von den Geheimdiensten beider Länder benutzt wird. Die European Space Agency hatte den Satelliten auf seine Umlaufbahn gebracht. Vor dem Start wurde er in einem speziellen technischen Zentrum vorbereitet und auf eine Rakete gesetzt. Und bevor das geschah, hatten Agenten einer europäischen Nation, deren Name nirgendwo auftaucht, eine nicht autorisierte Änderung seines Telemetrie-Systems vorgenommen.«

»Ein Grund mehr, eigene Satelliten zu benutzen«, sagte Joe.

»Oder für die Übermittlung von Geheimnissen lieber das klassische Dosentelefon zu verwenden«, sagte Kurt.

»Vielleicht können wir ihn einfach anrufen und bitten anzuhalten«, schlug Joe vor.

»Dann werden wir niemals erfahren, wohin er unterwegs ist«, sagte Renata.

»Das ist auch wieder richtig.«

»Die nächste links«, sagte Renata, während sie den Bildschirm im Auge behielt. »Er wird langsamer.«

Kurt bog um die Ecke und sah auch schon bald, weshalb. Die Straße war mit Läden und Restaurants gesäumt. Fußgänger drängten sich auf den Gehsteigen und quollen stellenweise auf die Fahrbahn. Der Autoverkehr bewegte sich nur noch im Kriechtempo vorwärts.

Sie manövrierten vorsichtig durch diese Straße und passierten flackernde Neonschriften, überladene Obststände und Verkaufsbuden voller Schmuck, Elektronik und Teppiche. Einige Blocks später kamen sie zu einem Yachthafen, der am Ostufer des Nils lag.

In einem Bereich luden Kräne säckeweise Getreide aus Frachtern, die an den Kais ankerten, während Fähren in einem regen Hin und Her Autos und Menschen über den Fluss transportierten. Weiter flussabwärts lag eine ganze Flotte von Fischer- und Vergnügungsbooten an einem Kai aufgereiht.

»Willkommen am Nil«, sagte Kurt. »Wo ist unser Zielobjekt?«

Renata studierte das Display ihres Tablets und zog einen blinkenden Punkt in die Mitte. Er wanderte über eine Straßenkarte des Viertels. »Sieht so aus, als wolle er zum Fluss.« Sie deutete auf einen Fußweg, der über einen überdachten Treppenabschnitt zum Flussufer hinunterführte.

Kurt lenkte ihren Wagen auf einen Parkplatz neben dem Bootshafen und suchte sich einen günstigen Stellplatz. »Nichts wie hinterher«, sagte er.

Sie stiegen aus dem Wagen und setzten den Weg zu Fuß fort, angeführt von Renata, die ihr iPad weiterhin als Wegweiser benutzte. Nachdem sie die Treppe hinuntergerannt waren, blieben sie für einen Moment stehen, während Kurt den schmalen Kai absuchte. »Dort ist er«, sagte er schließlich. »Wie ich vermutet hatte – das ist Hassan.«

Hassan stieg ohne Eile an Bord eines anthrazitgrauen Schnellboots und ließ sich auf dem Achterdeck in einen Liegesessel fallen, während die Leinen losgemacht wurden und das Boot vom Kai ablegte.

»Ich glaube, wir brauchen auch so einen schwimmfähigen Untersatz«, sagte Renata.

Sie gingen weiter auf den Kai und näherten sich einem auffällig bunten Ausflugsboot mit einem Wassertaxi-Logo auf der Seite und einem Bimini-Verdeck auf wackligen Pfählen über dem Achterschiff. Der Kapitän saß auf einem Poller und rauchte eine Zigarette.

Nachdem er sich vergewissert hatte, dass der Mann Englisch sprach, übernahm Joe die Initiative und erklärte: »Wir müssen ein Boot mieten.«

Der Kapitän schaute auf seine Uhr. »Zu spät«, sagte er. »Ich habe Feierabend.«

Kurt kam näher und winkte mit einem Bündel Geldscheine. »Wie wäre es mit ein paar Überstunden?«

Der Mann schien im Kopf eine Überschlagsrechnung anzustellen, während er das Geldbündel betrachtete. »Dürfte reichen«, sagte er schließlich, schnippte die Zigarette in den Fluss und hieß sie mit einer einladenden Geste an Bord willkommen.

Sie folgten der Einladung, suchten sich Plätze im Schatten des Bimini-Verdecks und schauten über das Wasser, während das Boot seinen Liegeplatz verließ.

»Flussaufwärts«, sagte Kurt.

Der Bootseigner nickte, wendete das Boot und gab leicht Gas.

Das Boot nahm Tempo auf und kämpfte gegen die Strömung, während Kurt, Renata und Joe ein Touristen-Trio mimten. Sich gegenseitig mit ausladenden Gesten auf Sehenswürdigkeiten aufmerksam machend, fingen sie an, Fotos zu schießen und sich den kühlen Fahrtwind genussvoll um die Ohren wehen zu lassen. Kurt holte sogar ein kleines Fernglas hervor. Gleichzeitig achteten sie jedoch auf das Display, das ihnen den Weg ihres Zielobjekts anzeigte.

Das Signal wanderte flussaufwärts. Mit mäßiger Geschwindigkeit.

»Wie weit soll die Fahrt gehen?«, fragte der Skipper. »Bis nach Luxor?«

»Behalten Sie einfach den Kurs bei«, sagte Kurt. »Eine nette, gemütliche Spazierfahrt. Ich gebe Ihnen Bescheid, wenn wir genug haben.«

Der Kapitän achtete darauf, das Tempo zu halten. Sie passierten ein Schubschiff mit mehreren Frachtkähnen vor dem Bugschild und eine mit Touristen dicht besetzte Fähre, die aus Gründen, die niemand nachvollziehen konnte, mehrere Nebelhornsignale von sich gab.

Am Flussufer folgte ein Zementbau auf den anderen. Apartmenthäuser, Hotels und Bürotürme ragten auf beiden Seiten des Stroms auf.

Sie fuhren unter der Brücke des 6. Oktober entlang, über die dichter Verkehr strömte. Hupen veranstalteten ein ohrenbetäubendes Konzert, und Abgase sanken als dichte Wolke auf das Wasser herab.

»Nicht gerade eine romantische Kreuzfahrt«, sagte Renata. »Ich hatte eher Feluken und Fischerboote aus verwittertem Holz erwartet. Und Männer, die im seichten Uferwasser ihre Netze auswerfen.«

»Wenn es das gäbe, müsste man das Gleiche auch auf dem Hudson erwarten, wo er an Manhattan vorbeifließt«, erwiderte Kurt. »Kairo ist die größte Stadt im Nahen Osten. Acht Millionen Menschen leben dort.«

»Eigentlich ist es eine Schande«, sagte sie.

»Stromaufwärts ist das Leben weitaus primitiver«, versprach Kurt. »Wie ich gehört habe, kann man im Nassersee sogar wieder Krokodile antreffen. Allerdings hoffe ich, dass wir nicht so weit fahren müssen.«

»Sie wünschen sich Romantik, Renata?«, fragte Joe. »Dann sehen Sie sich dies da an.«

In der Ferne überragten die Pyramiden von Gizeh die Dächer der Stadt. Die Nachmittagssonne tönte den Himmel orangefarben, und die Pyramiden selbst schimmerten lachsrosa und leuchteten gleichsam in der Gluthitze.

Der Anblick schien Renatas Enttäuschung eher noch zu vertiefen. »Ich habe mir immer gewünscht, die Pyramiden aus der Nähe betrachten zu können. Aber jetzt sind sie vor lauter Häusern kaum zu sehen. Sieht so aus, als hätten sie die Häuser bis dicht an die Sphinx herangebaut.«

Sogar Kurt war überrascht. »Als ich mal als Kind hier gewesen bin, sind wir auf die Cheops-Pyramide geklettert. So hoch es ging. Zwischen dem Fluss und den Pyramiden gab es nichts außer Palmen, grünen Wiesen und Feldfrüchten.«

Er fragte sich oft, ob es irgendwann dazu käme, dass jeder Quadratzentimeter der Welt zubetoniert wäre. Dann wäre sie kein Ort mehr, wo er leben wollte. »Was treibt unser Freund?«, wechselte er das Thema.

»Ist immer noch nach Süden unterwegs«, flüsterte sie. »Aber er schwenkt jetzt zur anderen Flussseite ab.«

Kurt machte den Steuermann mit einem leisen Pfiff auf sich aufmerksam. »Bringen Sie uns zum anderen Ufer«, sagte er und deutete in die gewünschte Richtung.

Der Skipper änderte den Kurs, und das Rundfahrtboot querte den Fluss, als steuerte es direkt die Pyramiden an. Als das Westufer näher kam, verdeckte die Skyline von Kairo die Spitzen der Altertümer, die in der Ferne lagen. Dafür kam aber etwas Neues in Sicht: ein umfangreiches Neubauprojekt am Flussufer, mit Kränen, Planierraupen und Betonmischern.

Ein längerer Uferabschnitt wurde dort neu gestaltet.

Gebäude, Parkplätze und Landschaftsgestaltung standen offenbar kurz vor der Fertigstellung. Die Umzäunung der Baustelle war mit großen Spruchbändern verkleidet, deren Aufschrift auf Arabisch und Englisch *Osiris Construction* verkündete.

Die Landarbeiten waren zwar beeindruckend, aber was Kurts Aufmerksamkeit erst recht fesselte, waren die Baumaßnahmen im Fluss.

Von ihrer augenblicklichen Position aus konnte er eine Rinne erkennen, die ins Flussufer hineingeschnitten worden war. Sie war mindestens dreißig Meter breit und etwa achthundert Meter lang. Auf dem Satellitenbild, das auf dem Display von Renatas Computer zu sehen war, verlief die Rinne wie ein Kanal parallel zur gesamten Baustelle. Eine massive Betonwand trennte den künstlichen Wasserarm vom Fluss, und mit weißem Schaum bedeckte Wassermassen strömten an seinem Ende heraus.

»Welchen Sinn hat diese Anlage?«, fragte Joe.

»Der Anblick erinnert mich an die Stromschnellen in einer Schlucht in Montana«, erwiderte Kurt.

Der Steuermann ihres Bootes klärte sie auf. »Das ist ein Wasserkraftwerk«, sagte er. »Osiris Power and Light.«

Renata hatte es bereits auf dem Tablet aufgerufen. »Er hat recht. Laut Internet wird Wasser aus dem Fluss abgezapft und in den Kanal und durch Unterwasserturbinen umgeleitet. Die Leistung liegt bei fünftausend Megawatt pro Stunde. Auf ihrer Website brüstet sich Osiris Construction damit, insgesamt neunzehn identische Kraftwerke am Flussufer zu erbauen, deren Leistung ausreicht, um den Strombedarf von ganz Ägypten während der nächsten Jahre zu decken.«

»Keine schlechte Methode der Energieerzeugung«, sagte Joe. »Man vermeidet sämtliche Probleme und Schäden an den ökologischen Systemen des Flusses, die mit dem Bau eines Staudamms einhergingen, während man gleichzeitig eine bedeutende Strommenge erzeugt.«

Kurt konnte dem nicht widersprechen. Tatsächlich ähnelte die Anlage dem Generator-System, das die NUMA eingesetzt hatte, um die Trireme in ihrem Bett anzuheben, um sie vollständig ausgraben zu können. Aber irgendetwas an dieser Konstruktion war dennoch seltsam. Kurt brauchte einige Zeit, um zu erkennen, was es war. »Weshalb dann dieser Wasserfall am Ende des Kanals?«

»Ich sehe keinen Wasserfall«, meinte Renata.

»Ich rede auch nicht von den Niagara-Fällen«, sagte Kurt, »aber schaut doch mal genau hin. Der Wasserstand im Kanal ist ein anderer als der des Flusses. Er ist um einige Meter höher.«

Sie und Joe schirmten die Augen vor der Sonne ab, um zu erkennen, was Kurt meinte.

»Du hast recht«, sagte Joe. »Das Wasser fließt durch den Kanal und am Ende hinaus, wie man es bei einem Überlaufkanal beobachten kann.«

»Geschieht so etwas nicht gewöhnlich bei einem Staudamm?«, fragte Renata.

»Nur dass es hier keinen Staudamm gibt«, sagte Kurt. »Nach dem Gesetz der kommunizierenden Röhren müssten die Wasserstände im Kanal und im Fluss gleich sein. Und nicht nur das – die Fließgeschwindigkeit im Kanal müsste eigentlich sogar geringer sein als die im Fluss, da das Wasser im Kanal die großen Turbinen antreiben muss. Bei derartigen Projekten muss man eher mit einem Rückfluss rechnen als mit einem Überlauf.«

»Vielleicht haben sie eine Methode gefunden, die Fließgeschwindigkeit des Wassers zu steigern«, sagte Joe.

»Möglich«, sagte Kurt. »Wie dem auch sei, das ist nicht unser Problem.« Er wandte sich an Renata. »Wo ist unser Freund zurzeit?«

»Vielleicht liegt da unser Problem«, sagte Renata und blickte vom Bildschirm hoch. »Er hat direkt neben dem Bauplatz angelegt und setzt seinen Weg jetzt zu Fuß fort. Sieht so aus, als wolle er ins Hauptgebäude.«

Kurt setzte das kleine Fernglas ans Auge und richtete es auf die Baustelle. Selbst aus dieser Entfernung konnte er das erhöhte Aufkommen an Sicherheitspersonal erkennen. Wächter mit Hunden patrouillierten am Zaun entlang, andere überprüften jeden Wagen, der durch die Einfahrt auf das Gelände rollte. »Ich finde, es sieht eher wie eine militärische Basis aus und weniger wie eine Baustelle.«

»Eine regelrechte Festung«, sagte Joe. »Und unser Freund Hassan hat dort Schutz gesucht.«

»Was nun?«, fragte Renata.

»Wir graben alles aus, was wir über Osiris International in Erfahrung bringen können«, entschied Kurt. »Und wenn Hassan nicht bald wieder herauskommt, müssen wir eben einen Weg suchen, um hineinzukommen.«

»Das dürfte um einiges schwieriger sein, als in das Museum auf Malta einzudringen«, meinte Renata.

»Was wir brauchen, ist eine offizielle Begründung, um da reinzugelangen«, sagte Kurt. »Irgendetwas mit dem Stempel der Regierung. Könnten Ihre Freunde bei der AISE dabei behilflich sein?«

Renata schüttelte den Kopf. »Wir haben hier in etwa genauso viel Einfluss wie Ihr Land im Iran. Nämlich überhaupt keinen.«

»Demnach sind wir ganz auf uns allein gestellt – wie üblich.«

»Vielleicht auch nicht«, sagte Joe mit einem breiten Grinsen. »Ich kenne jemanden, der uns vielleicht helfen kann. Einen Vertreter der ägyptischen Regierung, der mir einen Gefallen schuldet.«

»Hoffentlich ist es ein großer«, sagte Renata.

»Den größten«, sagte Joe.

Renata hatte offensichtlich keinen Schimmer, wie sie das verstehen sollte, aber Kurt begriff plötzlich, worauf Joe hinauswollte. Er hatte beinahe vergessen, dass Joe in Ägypten so etwas wie ein Nationalheld war und einer der wenigen Ausländer, denen der Nil-Orden verliehen worden war. Er konnte wahrscheinlich sogar damit rechnen, dass ihm jeder Wunsch erfüllt wurde. »Major Edo«, sagte Kurt, als ihm der Name des Mannes einfiel, dem Joe geholfen hatte.

»Dank mir wurde er zum Brigadegeneral befördert«, sagte Joe.

»Ist er Ihnen deshalb einen Gefallen schuldig?«, fragte Renata.

»Das ist eigentlich noch der geringste Grund«, nahm Kurt seinem Freund die Antwort ab. »Sie sehen den Mann vor sich, der Ägypten gerettet hat, indem er den Bruch des Assuan-Staudamms verhinderte.«

»Sie waren das?«, staunte Renata. Der Vorfall hatte seinerzeit auf der ganzen Welt Schlagzeilen gemacht.

»Ich hatte schon ein wenig Hilfe«, gab Joe bescheiden zu.

Sie lächelte. »Aber Sie waren derjenige welcher.«

Er nickte.

»Ich bin beeindruckt, Joe«, sagte sie. »Damit dürften wir tatsächlich einen berechtigten Anspruch auf ein wenig Hilfe haben.«

Kurt war der gleichen Meinung. Er ging zum Bug des Wassertaxis und sagte zu seinem Lenker: »Vielen Dank, dass Sie uns Ihre Zeit geopfert haben. Fahren Sie gern wieder zurück. Sie haben sich Ihren Feierabend verdient.«

Das Boot wendete. Jetzt mussten sie nur noch Brigadegeneral Edo finden, bevor Hassan das Osiris-Gebäude verließ.

43

Joe Zavala saß in einem Plüschsessel in einem eleganten Büro im Stadtzentrum von Kairo. Die moderne Einrichtung, die gedämpfte Beleuchtung und die leise Musik erzeugten zusammengenommen eine Aura des Erfolgs. Diese Umgebung war Lichtjahre weit entfernt von jener stürmischen Nacht mehrere Jahre zuvor, als er Major Edo in einem verrauchten Verhörraum kennengelernt hatte.

Und das verhieß nichts Gutes.

»Ich schließe daraus, dass Sie nicht mehr beim Militär sind«, sagte Joe.

Edos Haare waren jetzt länger, seine Ähnlichkeit mit Clark Gable noch offensichtlicher, und mittlerweile hatte er seinen Kampfdrillich gegen einen maßgeschneiderten Anzug eingetauscht.

»Werbung«, sagte Edo. »Das ist inzwischen der Name meines Gewerbes. Sie ist viel lukrativer. Und gestattet mir« – er wies mit einer ausholenden Geste auf seine Umgebung – »kreativ zu sein.«

»Kreativ?«, fragte Joe.

»Sie würden sich wundern, wie verpönt diese Eigenschaft beim Militär ist.«

Joe seufzte. »Das freut mich für Sie«, sagte er und bemühte sich, aufrichtig und überzeugend zu klingen. »Ich bin nur überrascht. Was ist denn geschehen? Das Letzte, was ich hörte, war, dass Sie zum General befördert wurden.«

Edo lehnte sich in seinem Sessel zurück und zuckte die Achseln. »Veränderungen«, sagte er. »Bedeutende Veränderungen, wissen Sie? Zuerst die Proteste. Dann die Kämpfe. Sie steigerten sich zu einer Revolution. Eine Regierung stürzte. Eine neue Regierung trat an. Und dann, natürlich, begannen auch wieder die Proteste, und diese Regierung stürzte ebenfalls. Viele Angehörige des Militärs wurden entfernt. Ich bin gezwungen worden, den Dienst zu quittieren – ohne Anspruch auf eine Pension.«

»Und Sie entschieden sich ausgerechnet für die Werbung als neues Tätigkeitsfeld?«

»Mein Schwager hat ein Vermögen damit verdient«, sagte Edo. »Scheint so, als wolle jeder irgendwem etwas verkaufen.«

Joe fragte sich, ob es noch immer irgendeine Möglichkeit gab, dass Edo ihnen behilflich sein könnte. »Ich nehme nicht an, dass Sie uns ein Treffen mit den Häuptlingen von Osiris Construction ermöglichen können?«

Edo beugte sich vor und musterte Joe stirnrunzelnd. »Osiris?«, fragte er besorgt. »In was sind Sie verwickelt, mein Freund?«

»Es ist kompliziert«, sagte Joe.

Edo zog eine Schublade auf und holte eine Packung Zigaretten hervor. Er schob sich eine zwischen die Lippen, zündete sie an und wedelte damit herum, während er weitersprach, und steckte sie nicht wieder in den Mund. Wenigstens einige Dinge hatten sich nicht geändert. »An Ihrer Stelle würde ich lieber die Finger von Osiris lassen«, warnte er.

»Weshalb?«, fragte Joe. »Wer sind diese Leute?«

»Wer sind sie *nicht*«, erwiderte Edo. »Sie sind jeder, der früher mal das Sagen hatte.«

»Könnten Sie das vielleicht ein wenig präzisieren?«

»Die alte Garde«, sagte Edo. »Die Angehörigen des Militärs, die vor ein paar Jahren aus ihren Machtpositionen verdrängt wurden. Das Militär ist in Ägypten an der Macht, seit die Bewegung der freien Offiziere im Jahr 1952 diese Macht übernahm. Nasser gehörte zum Militär. Sadat gehörte zum Militär. Mubarak ebenfalls. Sie hatten alles unter Kontrolle. Aber es ist mehr als das. Sicherlich haben Sie schon mal den Begriff *militärisch-industrieller Komplex* gehört. In Ägypten haben wir dies auf eine neue Stufe gehoben. Die Angehörigen des Militärs besaßen die meisten Firmen, sie entschieden, wer eingestellt und dort beschäftigt wurde. Sie engagierten Freunde, um sie zu belohnen, und Feinde, um sie einzuschüchtern. Aber seit der Revolution hat sich vieles geändert. Es wird streng darüber gewacht, dass nicht wieder die alten Verhältnisse einreißen. Daraus ist Osiris entstanden. Geleitet wird Osiris von einem Mann namens Tariq Shakir. Er war Oberst bei der Geheimpolizei und hatte den Ehrgeiz, eines Tages das Land zu führen. Er weiß jedoch, dass ihm seine Vergangenheit im Weg steht. Daher hat er mit Hilfe anderer Angehöriger der alten Garde einen anderen Weg gefunden. Osiris ist das mächtigste Unternehmen in Ägypten.«

»Dann ist Shakir ein Königsmacher und kein König«, schlussfolgerte Joe.

Edo nickte. »Er wird sich niemals in den Vordergrund spielen, sondern übt seine Macht hier und in anderen Ländern im Hintergrund aus. Haben Sie gesehen, was in Libyen, Tunesien und in Algerien geschehen ist?«

»Natürlich«, sagte Joe.

»Die neuen Regierungen in diesen Ländern bestehen aus Shakirs Freunden. Seinen Verbündeten.«

»Ich hörte, sie hätten in ihren eigenen Ländern ebenfalls zur alten Garde gehört«, sagte Joe.

»Richtig. Jetzt erkennen Sie, wie alles miteinander zusammenhängt.«

Joe gewann den Eindruck, dass sie mit jedem Schritt tiefer hineingerieten, als sie erwartet hatten, fast so, als ob sie einen kleinen Fisch an die Angel bekommen hätten, der von einem größeren Fisch gefressen wurde, auf den wiederum ein riesiger gefräßiger Hai Jagd machte.

»Osiris hat eine eigene Privatarmee«, fuhr Edo fort. »Ausgestoßene aus den regulären Einheiten, Männer, die bei den Special Forces gedient haben, Attentäter der Geheimpolizei. Jeder, der für das reguläre Militär zu heiß ist, kann bei Osiris ein neues Zuhause finden.«

Joe massierte sich die Stirn. »Wir müssen trotzdem in dieses Gebäude reinkommen«, sagte er. »Und wir haben nicht die Zeit, um auf eine Einladung zu warten. Tausende Menschenleben stehen auf dem Spiel.«

Edo klopfte die Asche von seiner Zigarette, erhob sich und ging auf und ab. Joe glaubte, in Edos Augen einen anderen Ausdruck wahrzunehmen, nachdenklicher, konzentrierter. Er stützte sich mit einer Hand gegen die Wand und blickte zur Decke des Raums. Es war, als fühlte er sich durch das Büro eingeengt, fast so, als wäre er zu groß, um von diesen Wänden eingeschlossen zu werden.

Dann wandte er sich ruckartig zu Joe um. »Es bedeutet wahrscheinlich das Ende meiner Karriere in der Werbung, wenn ich Gegnern von Osiris behilflich bin, aber ich stehe in Ihrer Schuld. Ägypten steht in Ihrer Schuld. Außerdem steht mir dieses Geschäft bis zum Hals. Sie haben keine Ahnung, wie es ist, für den eigenen Schwager zu arbeiten. Das ist schlimmer als der Dienst in der Armee.«

Joe lachte. »Wir wissen Ihre Hilfe zu schätzen.«

Edo nickte. »Aber wie haben Sie und Ihre Freunde sich gedacht, in das Osiris-Gebäude einzudringen? Ich nehme an, ein Direktangriff und ein Absprung aus einem Hubschrauber kommen nicht in Frage.«

Joe deutete mit einem Kopfnicken in Richtung Empfang, wo Kurt und Renata die ganze Zeit Diagramme und Grundrisszeichnungen studierten, die Renata in ihren PC heruntergeladen hatte. »Ich bin mir noch nicht sicher. Meine Freunde arbeiten daran. Ich würde selbst gern hören, was ihnen eingefallen ist.«

Edo winkte sie herein. Nachdem sie sich miteinander bekannt gemacht hatten, kamen sie sofort zur Sache.

»Meine Kollegen haben mir die Pläne des Osiris-Kraftwerks geschickt«, begann Renata und legte das iPad auf den Tisch, sodass jeder auf das Display blicken konnte. »Davon ausgehend, dass diese Blaupausen genau sind, glauben wir, einen Schwachpunkt gefunden zu haben.«

Sie tippte mit einem Finger so oft auf den Bildschirm, bis ein Foto mit hoher Auflösung erschien, das das Werksgelände zeigte. Zu sehen waren außerdem der Fluss und die nähere Umgebung. »Der zur Straße gelegene Sicherheitsgürtel ist mehrfach gestaffelt und nahezu unmöglich zu überwinden, woraus sich ergibt, dass man nur vom Fluss aus auf das Gelände vordringen kann. Wir brauchen ein Boot, Taucherausrüstungen für drei Personen und einen Mittelfrequenz-Laser – ein grün leuchtender wäre am besten, aber auch jeder andere würde ausreichen, der wie ein beim Militär gebräuchlicher Lasermarkierer funktioniert.«

Edo nickte. »An solche Geräte komme ich heran. Aber was dann?«

An dieser Stelle übernahm Kurt. »Wir fahren mit dem Boot flussaufwärts bis zu diesem Punkt knapp einen Kilometer südlich des Werksgeländes. Renata, Joe und ich steigen ins Wasser und lassen uns am westlichen Ufer stromabwärts treiben. Wir schlüpfen in den Wasserkanal, schlängeln uns an den Turbinen der ersten Stufe vorbei und setzen dann den Weg bis zu dem zweiten Impeller fort … dort.«

»Klingt einfach«, sagte Edo.

»Ich bin sicher, dass es Komplikationen geben wird«, fügte Joe hinzu.

»Natürlich«, sagte Kurt und wandte sich an Renata. »Würden Sie zu dem Plan umschalten?«

Renata tippte auf den Bildschirm, und eine Blaupause des Wasserkanals erschien.

»Wir sollten kein Problem damit haben, in den Kanal zu gelangen«, sagte Kurt. »Aber dann müssen wir an den Turbinen vorbei. Da wir bei Nacht eindringen, können wir wohl davon ausgehen, dass sie nur minimale Energie liefern, aber das kann sich jeden Moment ändern. Und selbst wenn sie auf Leerlauf geschaltet sind, rotieren sie langsam.«

»Dann sollte man ihnen möglichst nicht zu nahe kommen«, sagte Joe.

»Genau. Und das schafft man am besten, wenn man sich so dicht wie möglich an die Innenwand drückt. Bei den ersten Turbinen ist reichlich Platz. Sobald wir an ihnen vorbei sind, folgt der Impeller der zweiten Stufe. Und dort wird es dann interessant.«

Während er die Zeichnung betrachtete, fielen Joe zwei Dinge auf. Die zweite Turbine war größer. Und es gab zwei längliche Erhebungen in der Innenwand dicht vor dem Rand der großen rotierenden Scheibe. Sie sahen wie die Flipper eines Flipperautomaten aus. Er deutete darauf.

»Ablenktore«, erklärte Kurt. »Sie leiten je nach Stellung mehr Wasser auf die Turbinenflügel, wenn mehr Leistung gefordert wird. In Ruhestellung sind sie so in der Wand des Hydrokanals versenkt, dass ein Teil der Wassermenge am Turbinenrad vorbeiströmt. In der offenen Stellung schließen sie mit dem Gehäuse der Turbinenscheibe bündig ab. Daran kommen wir nicht vorbei, es sei denn, wir steigen vorher aus dem Wasser.« Er deutete auf einen Punkt in der Zeichnung. »Auf dieser Seite wurde eine Serviceleiter am Tor angeschweißt. Wir bleiben dort dicht an der Wand des Kanals, halten uns an der Leiter fest, sobald wir daran vorbeitreiben, und klettern hoch.«

»Das sieht noch recht einfach aus, solange die Tore eingefahren sind«, sagte Joe. »Aber was ist, wenn sie ausgefahren wurden? Wissen wir, inwieweit sie die Strömung beeinflussen?«

»Vollständig ausgefahren, verdoppeln sie die Strömungsgeschwindigkeit, und der genaue Wert hängt von der Flussströmung ab. Die beträgt um diese Jahreszeit normalerweise zwei Knoten.«

»Zwei Knoten sind kein Problem«, sagte Joe, »vier Knoten hingegen schon.«

Kurt nickte. Das war das Risiko, das sie eingingen.

Joe berechnete im Kopf ihre Chancen. Es gab keinen Grund, weshalb die Anlage um Mitternacht ihre Höchstleistung entfalten sollte. Die Periode des höchsten Stromverbrauchs war gewöhnlich der Nachmittag.

»Unter der Voraussetzung, dass wir nicht püriert werden«, fügte Kurt hinzu, »erwartet uns das nächste Problem an der Wasseroberfläche.«

»Sie haben höchstwahrscheinlich Überwachungskameras installiert«, sagte Edo.

Nun ergriff Renata das Wort. »Das haben sie. Hier und dort.

Aber diese beiden Kameras sind nach außen gerichtet und sollen jeden aufzeichnen, der sich dem Gebäude nähert. Sobald das erste Turbinenpaar hinter uns liegt, haben wir es nur noch mit einer einzigen Kamera zu tun. Diese befindet sich dort«, sagte sie und deutete auf einen dritten Punkt. »Sie fängt den gesamten Laufsteg ein, der sich an der Innenwand erstreckt. Den gleichen Laufsteg, den auch wir benutzen müssen.«

»Dafür wollten Sie den Laser haben«, sagte Edo.

»Genau«, bestätigte Renata. »Ein Laserstrahl kann den Sensor überladen. Dafür werden Sie sorgen. Ihr bester Standort ist ein schmaler Strandabschnitt flussaufwärts am gegenüberliegenden Ufer. Sobald Sie den Laserstrahl auf die Kamera richten, bekommt der Sensor Probleme, das Signal zu verarbeiten, und man sieht nichts als einen leeren Bildschirm.«

Kurt fuhr fort: »Sobald die Kamera geblendet ist, können wir aus dem Wasser steigen. Dann schleichen wir über diesen Laufsteg und gehen durch diese Tür dort hinein.«

»Wie lange bleibt der Laser eingeschaltet?«

»Zwei Minuten«, sagte Renata. »Mehr Zeit brauchen wir nicht.«

»Was ist mit möglichen Alarmsignalen und internen Überwachungskameras?«, fragte Edo.

»Die kann ich lahmlegen, sobald wir drin sind«, versprach sie. »Sowohl die Alarmanlagen als auch die Kameras werden von einer Software namens Halifax gesteuert. Die Leute in unserer technischen Abteilung haben mir eine Möglichkeit gezeigt, wie ich das Überwachungssystem hacken kann.«

Renata rief die Risszeichnung des Gebäudeinneren auf. »Wir wissen, dass Hassan durch diese Tür ins Gebäude gelangt ist«, sagte sie. »Sein Signal war gleichbleibend stark, während er durch den Flur ging und vermutlich diesen Fahrstuhl betrat. Da das Signal danach schwächer wurde und schließlich vollständig verstummte, müssen wir annehmen, dass er abwärts und nicht aufwärts fuhr. Was darauf schließen lässt, dass er sich zurzeit im Kontrollraum des Kraftwerks aufhält.«

»Sind Sie sicher, dass Sie da nicht in eine Falle tappen?«, fragte Edo. »Ich brauche Sie nicht extra darauf aufmerksam zu machen, dass Sie, wenn Sie erst einmal drin sind, zwecks möglicher Hilfe nicht mehr erreicht werden können.«

»Das wissen wir«, sagte Kurt. »Und glauben Sie mir, ich kann mir nicht vorstellen, weshalb sich Hassan in diesem Gebäude aufhält und sich die Leistungskurven der Turbinen ansieht. Aber sein Telefon sendete von dort, bis es dunkel wurde, und es wurde seitdem nicht wieder vom Satelliten gerufen. Und selbst wenn er nicht dort sein sollte, Osiris hat irgendetwas damit zu tun. Woraus sich ergibt, dass es nicht schaden kann, wenn man sich dort umsieht.«

»Sie alle sind sehr mutig«, sagte Edo. »Was soll ich tun, während Sie sich innerhalb des Gebäudes aufhalten?«

»Flussabwärts auf uns warten«, antwortete Kurt. »Wenn wir Hassan finden, bringen wir ihn mit nach draußen. Und wenn nicht, dann werden wir einen Rundgang machen, verzichten aber auf den Abstecher in den Souvenirladen und kommen sofort nach Hause.«

44

Ein paar Stunden später waren sie wieder auf dem Nil und in einem Boot stromaufwärts unterwegs, das ihnen einer von Edos Freunden geliehen hatte. Drei Tauchausrüstungen sowie ein Laser auf einem Stativ befanden sich ebenfalls in dem Boot.

Die Nacht hatte bereits ihre schwarze Decke der Dunkelheit über der Region ausgebreitet. Auf dem Fluss herrschte viel weniger Betrieb als tagsüber. Noch war der Mond nicht aufgegangen, aber Licht aus den Fenstern hoher Apartmentbauten und Hotels wurde vom Fluss reflektiert und sorgte für ein Mindestmaß an Helligkeit.

Während sie sich dem Osiris-Kraftwerk näherten, blickte Kurt flussabwärts. »Das Wasser am Ende des Kanals fließt jetzt sehr ruhig.«

»Demnach erzeugen sie zurzeit also nur wenig Energie«, vermutete Renata.

»Gutes Zeichen«, fügte Joe hinzu.

»Das ist noch immer etwas, das keinen Sinn ergibt«, erwiderte Kurt. »Aber in den Kanal vorzudringen und an Land zu gehen, wird bei ruhigem Wasser sicherlich um einiges einfacher sein.«

Joe inspizierte den Hydrokanal durch ein Nachtsichtgerät. »Sieht so aus, als seien die Ablenktore vollständig in der Kanalwand versenkt. Offenbar war meine Vermutung richtig.«

Edo brachte sie weiter flussaufwärts, ehe er den Kurs änderte und das Westufer ansteuerte. Während er das Boot in Position manövrierte, machten sich Kurt, Joe und Renata für den Tauchgang bereit.

Unter ihrer Straßenkleidung trugen sie bereits schwarze Nasstauchanzüge, aber sie mussten auch noch ihre Tarierwesten anziehen, sie mit den Luftflaschen verbinden und ihre Lungenautomaten überprüfen. Die rostfreien Stahlzylinder waren so matt und abgenutzt, dass sie nicht allzu viel Licht reflektierten. Split-Fins, wasserdichte Taschen in ihren Anzügen und Low-Intensity-Tauchlampen, die ihnen gestatteten, sich ständig gegenseitig im Auge zu behalten, vervollständigten die Ausrüstung.

Das Einzige, was fehlte, waren propellergetriebene Tauchscooter und ein Unterwasser-Kommunikationssystem. Sie müssten sich mit Handzeichen begnügen.

»Wir befinden uns in Position«, meldete Edo.

Kurt nickte, dann glitten er und Joe ins Wasser und hielten sich am Bootsrand fest. Renata zog noch einmal ihren Computer zu Rate, ehe sie sich zu ihnen gesellte.

»Bedenken?«, fragte Kurt.

»Nein«, erwiderte sie. »Ich wollte mich nur vergewissern, dass unser Zielobjekt das Gebäude inzwischen nicht verlassen hat, ehe wir uns die Mühe machen einzudringen.«

»Ich nehme an, sein Telefon ist nach wie vor nicht im Netz aufzuspüren«, meinte Kurt.

Sie nickte.

»Worauf warten wir dann noch?«, fragte Kurt. »Auf geht's.«

Er justierte die Tauchermaske, nahm das Mundstück des Atemschlauchs zwischen die Zähne und stieß sich von dem Boot ab.

45

Nächtliche Tauchfahrten waren auch unter idealen Verhältnissen äußerst schwierige Unternehmungen. Bei nahezu totaler Dunkelheit durch einen Fluss zu treiben – mit seinen Querströmungen, Sandbänken und anderen Hindernissen –, machte das Ganze noch bedeutend heikler. Aber solange sie sich dicht am westlichen Ufer hielten, mussten sie ihr Ziel eigentlich finden.

In der öligen Schwärze benutzte Kurt ausschließlich seine Beine, mit denen er langsame und gleichmäßige Schläge ausführte, während er die Arme glatt an seinen Körper drückte. Er schätzte ihre Geschwindigkeit, gesteigert durch die Strömung, auf drei Knoten. Bei diesem Tempo würde es bis zum Erreichen der Einmündung in den Hydrokanal zehn Minuten dauern.

Kurt ließ sich absinken, bis das Wasser um ihn herum teerschwarz war und von der Oberfläche nur ein matter Schimmer zu erkennen war. In dieser Tiefe wäre er für jeden Beobachter an Land unsichtbar geblieben, auf der anderen Seite reichte die winzige Lichtmenge seinen Sinnen aber aus, sich genau zu orientieren.

Er korrigierte seinen Kurs, hielt sich weiter nach links und blickte zurück. In der Dunkelheit konnte er zwei matt leuchtende LEDs erkennen – die befanden sich an den Stablampen an Joes und Renatas Handgelenken. Die beiden schwammen in Formation. Sein eigenes Licht war nach hinten gerichtet, sodass sie ihm folgen konnten.

Vor ihnen erschien ein schwaches Leuchten. Es war der Widerschein der Baustellenscheinwerfer, deren Licht die Oberfläche des Flusses erhellte.

Sie waren auf dem richtigen Weg.

Bei dem hellen Schein über ihm ließ sich Kurt noch ein wenig tiefer sinken.

Er schwamm vorwärts, tauchte unter der ersten Lichtbank hindurch und erblickte die massige Betonwand, die den Hydrokanal vom restlichen Fluss trennte. Er musste sich links davon halten, sonst riskierte er, durch den Rückfluss oder den Strömungssog auf die falsche Seite gezogen zu werden.

Ohne Probleme gelangte er in den Kanal. Die Strömung blieb gleichmäßig, aber die Umgebung veränderte sich grundlegend. Eine zweite Lichtwelle erhellte das Wasser, und in ihrem Schein konnte er die Mauer zu seiner Rechten und den ausbetonierten Boden des Kanals erkennen.

Vor ihm ragten einige rautenförmige Hindernisse aus dem Kanalgrund, die für eine stärkere Turbulenz des Wassers sorgen sollten. Er überquerte sie, schwamm näher an die innere Kanalwand heran und wurde dann immer langsamer, bis er nur noch von der Strömung in Bewegung gehalten wurde. Er hielt die Luft an und stoppte einen Strom von Luftblasen, die an der Wasseroberfläche vielleicht aufgefallen wären, bis er wieder in den Schatten der Wand eintauchte.

Die Turbinen der ersten Stufe erschienen und wuchsen in der Dunkelheit in die Höhe wie ein Schiff, das aus einer Nebelwand auftaucht. Mattgrau und auf den ersten Blick kaum zu erkennen, erinnerten sie Kurt an die Triebwerke einer 747. Jede hatte einen Durchmesser von sechzehn Metern und Dutzende von dicht gestaffelten Flügelblättern, die wie bei einem Ventilator an einer zentralen Achse befestigt waren. Er konnte ein leises klickendes Geräusch hören, während die Flügel träge in der Strömung rotierten.

Kurt blieb dicht an der Innenwand und schlüpfte durch den Spalt zwischen der nächsten Turbine und der Wand. Mit einem Blick nach hinten vergewisserte er sich, dass Joe und Renata ihm folgten.

Nachdem sie zum mittleren Abschnitt des Kanals vorgedrungen waren, begann die zweite Stufe. Kurt wurde hier noch langsamer, ließ sich nur noch treiben und benutzte den Beinschlag ausschließlich, um sich in der Nähe der Wand zu halten. Er wollte nicht an der Serviceleiter vorbeihuschen, die ihre einzige Fluchtmöglichkeit darstellte.

Ein anderes Geräusch war zu hören. Diese Vibrationen waren intensiver und drohender und klangen wie das Dröhnen einer Schiffsschraube in der Ferne.

Sie näherten sich der Hauptturbine. Diese hatte fast den doppelten Durchmesser der ersten und nahm fast den gesamten Kanal ein. Kurt hörte das Geräusch, lange bevor er die Flügel erkennen konnte, als das vordere Ende des Ablenktors in Sicht kam.

Wie sie es gehofft hatten, befand es sich in eingefahrener Position und lag flach auf der Kanalwand auf. Die Oberfläche des Stahlkeils war mit hellgelber Korrosionsschutzfarbe beschichtet. Und obgleich das helle Leuchten der Farbe durch das Wasser stark gemildert wurde, bildete es einen scharfen Kontrast zur mattgrauen Betonwand.

Am Tor entlangtreibend, hielt Kurt Ausschau nach der Serviceleiter, streckte sich dann nach ihr aus und griff mit beiden Händen zu, sobald sie in Reichweite kam. Die Sprossen bestanden aus gekrümmtem Betonstahl, der an die Stahltore geschweißt worden war – stabil und leicht zu ergreifen.

Kurt bückte sich, öffnete den Verschluss seiner Schwimmflossen und ließ zu, dass sie von der Strömung davongetragen wurden. Er verfolgte, wie sie stromabwärts verschwanden.

Die Strömung im Kanal war nicht stärker als die Flussströmung, aber Wasser ist dichter als Luft, und seine Position gegen die Strömung zu halten, fühlte sich an, als kämpfte er gegen starken Wind an.

Er verfolgte, wie Joe und Renata sich näherten. Renata erreichte die Leiter zuerst und erwischte eine Sprosse in Kurts Nähe. Joe konnte sich an einer Stufe unter ihnen festhalten. Ebenso wie Kurt befreiten sie sich von ihren Schwimmflossen und fanden mit den Füßen sicheren Halt auf der Leiter.

Joe stieß den Daumen nach oben. Kurt blickte in Renatas Tauchermaske, die nur wenige Zentimeter von seiner entfernt war. Ihr Gesicht strahlte. Mit den Fingern machte sie das *Okay*-Zeichen.

Ein schneller Blick auf seine Doxa-Armbanduhr bestätigte ihm, dass sie gut in der Zeit lagen. Nun müssten sie warten. Sie hatten ganze drei Minuten vor sich, ehe Edo den Laser einschaltete und die Kamera auf dem Laufsteg über ihnen blendete.

Edo hatte das Boot bereits auf den Strand bugsiert, den Laser ausgepackt und aufs Stativ gesetzt. Zwar war es ein ziviles Gerät und für Vermessungsarbeiten konstruiert, aber es unterschied sich nicht wesentlich von den Zielsystemen, die Edo beim Militär benutzt hatte.

Als das Gerät einsatzbereit war, blickte Edo durch das Suchfernrohr und lokalisierte die spezielle Kamera, die sie lahmlegen mussten. Er visierte sie an, brachte das Fadenkreuz der Visiereinrichtung mit der Kameraoptik zur Deckung und trat dann zurück.

Er sah auf die Uhr. Noch zwei Minuten. Er hatte nichts anderes mehr zu tun, als auf den Knopf zu drücken.

Er sehnte sich nach einer Zigarette, weil damit die Zeit schneller verging. Der Fluss vor ihm war wie tot, aber ein Geräusch störte den Frieden: das eines im Anflug befindlichen Helikopters.

Am Himmel war ein Licht zu sehen, das sich dem Osiris-Gebäude näherte. Edo brauchte einen Moment, um sicher zu sein, dass dies auch tatsächlich die Flugrichtung des Hubschraubers war. Während die Maschine landete, fragte er sich, wer es wohl war, der Osiris mitten in der Nacht so dringend einen Besuch abstatten musste.

Während sie sich zehn Meter unter der Wasseroberfläche im Hydrokanal an die Leiter klammerten, ahnten weder Kurt noch Joe noch Renata etwas von der Landung des Helikopters. Sie mussten sich mit anderen Veränderungen befassen: mit einem lauten metallischen Klirren, gefolgt von einer deutlichen Zunahme der Strömung.

Stromaufwärts von ihrer Position öffnete sich ein rundes Tor in der Kanalwand. Es hatte den Durchmesser eines großen Abflussrohrs, das zu einem System von Regenkanälen gehörte. Während seine Tore aufglitten, wurde die Strömung im Hydrokanal stärker, und dann schäumte eine große Wassermenge durch die Rohröffnung.

Die Eindringlinge klammerten sich an die Leitersprossen und bemühten sich, dem vorbeiströmenden Wasser eine möglichst geringe Angriffsfläche zu bieten. Kurt riskierte einen Blick auf seine Uhr.

Noch eine Minute.

Ein zweites Rumpeln erschütterte ihre Umgebung heftig. Die Vibration erfasste die Leiter und ihre Körper, als sich das Ablenktor in Bewegung setzte.

Kurt und Renata wechselten einen Blick. Renatas Augen flackerten besorgt. Das überraschte Kurt nicht, denn dies war ein weitaus größeres Problem. Das Tor fuhr in seine offene Position, wodurch die Strömungsgeschwindigkeit des Wassers erheblich gesteigert würde.

Stromabwärts begann die Turbine schneller zu rotieren, als sich die Durchlauföffnung verkleinerte, und das dröhnende Geräusch wurde nun lauter. Sobald die Tore mit dem Turbinengehäuse bündig waren, würde die Strömung zu stark, um sich lange dagegen zu behaupten, und sie würden von der Leiter gerissen und durch das Flügelrad gespült werden.

Kurt deutete nach oben, und Renata nickte. Er öffnete den Verschluss seiner Tarierweste, drehte sich seitwärts in die Strömung und wand sich aus dem Geschirr heraus. Die Tarierweste, der Sauerstofftank und die Tauchermaske wurden von der zunehmenden Strömung erfasst und stromabwärts gerissen. Kurt kletterte als Erster, ließ immer nur mit einer Hand los und arbeitete sich langsam und vorsichtig die Leiter hinauf. Jede Sprosse kostete ihn Mühe. Jede Hand- und Fußbewegung war ein Kampf gegen die erdrückende Last des Wassers.

Als sich Kurt dem oberen Ende der Leiter näherte, blickte er nach unten. Renata und Joe folgten seinem Beispiel. Er warf einen weiteren Blick auf die Uhr. *Zehn Sekunden.*

Kurt zählte.

Drei … zwei … eins …

Es wurde Zeit.

Er brach durch die Wasseroberfläche und kletterte auf die obere Kante des Ablenktors. Es tat gut, vom Druck des strömenden Wassers befreit zu sein, aber die Gefahr war noch nicht gebannt. Das sich bewegende Tor war nur einen Meter breit, und der gehärtete und mit gelber Farbe bedeckte Stahl war nass und glitschig.

Kurt blieb in stabiler und sicherer Kauerstellung. Neben dem Tor, wo die Strömung in Richtung der Turbine gelenkt wurde, wölbte sich eine Wasserwalze hoch, während der Wasserstand hinter dem Tor einige Meter niedriger war und einen schäumenden Wirbel bildete. Weiße Gischt wallte hinter dem Turbinengehäuse und erzeugte ein infernalisches Rauschen, das den Kanal ausfüllte und von den Gebäuden widerhallte.

Das Getöse war zu laut, um sich dabei mit Rufen zu verständigen, daher streckte Kurt, als Renata auftauchte, nur deutend eine Hand aus. Ebenso wie er hatte sie ihre Tauchausrüstung abgelegt. Sie nickte und tastete sich ebenfalls über die Oberkante des Ablenktors. Joe bildete die Nachhut, ebenfalls befreit von seiner Luftflasche. Sie folgten Renata über das Ablenktor zum Laufsteg und auf diesem zu einer Servicetür.

In der Ferne gewahrte Kurt das grüne Leuchten, wo der Laserstrahl auf die Kameraoptik traf.

Gute Arbeit, Edo.

»Schlechtes Timing, die Tore ausgerechnet jetzt zu öffnen«, sagte Joe ungehalten.

»Das Abflussrohr hat mich wesentlich mehr überrascht«, sagte Kurt. »Ich habe auf den Blaupausen nichts von einem Umgehungsrohr gesehen.«

»Ich auch nicht«, sagte Joe. »Aber wenn es kein Umgehungsrohr ist, woher kommt dann diese Menge Wasser?«

»Darüber müssen wir uns später den Kopf zerbrechen.« Kurt schaute abermals auf die Uhr und wandte sich an Renata. »Wir haben weniger als eine Minute, ehe Edo den Laser ausschaltet.«

Sie war bereits an der Arbeit. »Wir haben jede Menge Zeit«, sagte sie.

Sie hatte die wasserdichte Tasche ihres Nasstauchanzugs geöffnet und einen Satz Lockpicks herausgeholt. Dann öffnete sie das Schloss, und das Trio hatte freie Bahn.

Drei Meter hinter der Tür fand Renata die Tafel des Alarmsystems. Sie öffnete die Klappe und steckte einen kleinen Datenträger in den USB-Slot. Zahlen und Buchstaben strömten in rasendem Tempo über das Display des Datenträgers, als er Millionen von möglichen Kombinationen durchging und das Alarmsystem deaktivierte. Nach fünf Sekunden schalteten die Kontrollleuchten auf Grün.

»Das war's«, sagte Renata. »Das Alarmsystem ist ausgeschaltet, und die internen Kameras sind lahmgelegt. Während der nächsten fünfundzwanzig Minuten liefern sie ein neutrales Bild. So lange können wir uns frei bewegen.«

»So viel zu dem Alarmsystem, das ich im vergangenen Frühjahr für teures Geld angeschafft habe«, sagte Kurt.

»Erinnere mich daran, einen Hund anzuschaffen«, erwiderte Joe. »Low-Tech funktioniert immer noch am besten.«

Renata nickte, verstaute den Datenträger wieder in ihrer Tasche und zog den Reißverschluss zu.

»Dann nichts wie los«, sagte Kurt.

Sie gingen durch den Korridor und gelangten zur Treppe. Drei Treppenfluchten tiefer hörten sie ein lautes Summen.

»Der Generatorsaal«, sagte Joe.

Kurt öffnete die Tür einen Spaltbreit und schaute hinein. Sie befanden sich noch eine Etage über dem Boden. Der Saal war riesig und maß einige hundert Meter bis zur gegenüberliegenden Wand und zwanzig Meter bis zur Decke. Eine Reihe kreisrunder Gehäuse bedeckte die Grundfläche. Jedes hatte einen Durchmesser von zehn Metern und war mindestens halb so hoch.

»Hier sieht es aus wie im Innern der Hoover-Talsperre«, stellte Joe fest.

»Das ist das Kraftwerk«, sagte Kurt, »wie es auf den Plänen angezeigt wurde.«

»Hatten Sie etwas anderes erwartet?«, fragte Renata.

»Ich bin mir nicht sicher«, erwiderte er. »Ich hatte die Vorstellung, vielleicht mehr vorzufinden, wenn Hassan sich hier unten versteckte.«

»Ich finde, das sieht alles vollkommen legal aus«, sagte Joe. »Das Wasser treibt den großen Impeller draußen im Fluss an, der durch eine Reduktionsvorrichtung mit diesen Generatoren verbunden ist.«

»Das denke ich auch«, sagte Kurt. »Aber es wirkt verlassen. Nicht nur ist von Hassan nichts zu sehen, ich kann auch sonst niemanden entdecken. Vielleicht hat er das Telefon ausgeschaltet und die Anlage verlassen. Könnte er bemerkt haben, dass wir ihn verfolgen?«

»Das bezweifle ich«, sagte Renata.

Nachdem er die Tür hinter ihnen geschlossen hatte, ging Kurt geduckt weiter. Joe und Renata blieben hinter ihm.

Die Fahrstuhltür am anderen Ende des langgestreckten Saals öffnete sich. Eine Gruppe Männer kam heraus. Drei von ihnen trugen schwarze Uniformen, drei andere unterschiedliche Kleidung in arabischem Schnitt, und der letzte Mann war mit einem dunklen Businessanzug und einem weißen Oberhemd bekleidet. Eine Krawatte trug er nicht.

Für wenige Sekunden waren die Männer außer Sicht, ehe sie auf der anderen Seite eines Generators wieder erschienen. Fast im selben Moment veränderte sich das hohe Summen und wurde leiser.

»Jemand schaltet die Maschinen aus«, stellte Joe fest.

»Hätten sie das vor fünf Minuten getan, wäre uns eine Menge Stress erspart geblieben«, sagte Kurt.

Die jaulenden Generatoren gingen in den Leerlauf und stoppten schließlich ganz. Grüne Kontrollleuchten auf jedem Dynamogehäuse wechselten zu orange und schließlich zu rot. Die Männer im Saal gingen weiter zu einem Punkt an der gegenüberliegenden Wand, wo sie vor einer Computerstation stehenblieben.

»Sie haben gesehen, wie wir Strom erzeugen«, sagte einer der Männer. Seine Stimme hallte durch den nun stillen Saal und war von den drei Eindringlingen deutlich zu verstehen. »Jetzt kennen Sie auch den Grund, weshalb Sie kaum eine andere Wahl haben, als unsere Forderungen zu erfüllen.«

»Das ist lächerlich«, sagte einer der arabisch gekleideten Männer. »Wir sind hergekommen, um mit Shakir zu reden.« Sein Englisch hatte einen starken Akzent. Das Kopfnicken und andere Gesten seiner arabischen Begleiter machten deutlich, dass er ihr Wortführer war.

»Und das werden Sie auch«, erwiderte der Mann im Anzug. »Er ist bereit, mit Ihnen zu verhandeln.« Dieser Mann klang, als sei er Europäer, entweder Italiener oder Spanier. Englisch war offenbar ihre gemeinsame Sprache.

»Verhandeln?«, fragte der Araber. »Uns wurde Hilfe zugesagt. Welche Trickserei haben Sie im Sinn, Piola?«

»Keine Trickserei«, entgegnete Piola. »Aber Sie müssen sich erst über Ihre Position klar werden, bevor Sie über Ihr Angebot nachdenken. Sonst machen Sie am Ende einen dummen Fehler.«

Neben ihnen tippte einer der uniformierten Männer auf einer Tastatur. Als er zurücktrat, fuhr ein Wandabschnitt in die Höhe wie ein Garagentor. Dahinter lag ein dunkler Tunnel. Das Einzige, was Kurt erkennen konnte, waren zwei matt glänzende stählerne Schienen und die Wölbung eines Rohrs mit großem Durchmesser. Ein weißer Schienenwagen mit stumpfer Nase stand bereit. Er erinnerte Kurt an die fahrerlosen SkyTrain-Wagen, die man mittlerweile auf zahlreichen Flughäfen sehen konnte.

»Dem Aussehen nach zu urteilen ist dies dasselbe Rohr, das uns beinahe von der Leiter geschwemmt hat«, sagte Joe.

Renata blickte sich um, um sich zu orientieren. »Ich bin keine Hydro-Ingenieurin, aber ergibt ein Umgehungstunnel irgendeinen Sinn, der in einem Winkel von neunzig Grad zum Fluss verläuft?«

»Nein«, erwiderte Joe schnell, »und ich bin Ingenieur. Das Wasser muss von woanders herkommen.«

Unten im Saal entspann sich eine weitere Diskussion, diesmal jedoch viel gedämpfter, und sie war zu hektisch, um die Worte zu verstehen.

»Wahrscheinlich diskutieren sie darüber, ob sie in den Wagen einsteigen sollen«, vermutete Joe. »Ich würde es nicht tun.«

»Aber leider«, sagte Kurt, »werden wir genau das müssen.« Er öffnete den Reißverschluss seiner eigenen wasserdichten Tasche, holte eine 9-mm-Beretta heraus und stieg die Treppe hinunter. »Gehen wir.«

46

Im Sicherheitszentrum des Osiris-Wasserkraftwerks war die defekte Kamera entdeckt worden. Ein diensthabender Wachmann war sämtliche Optionen für einen Neustart der Kamera durchgegangen und hatte alles versucht – vom Verändern der Einstellungen für Kontrast und Helligkeit bis zu einem mehrmaligen Aus- und Einschalten. Als jedoch alle Bemühungen erfolglos blieben, machte er seinem Vorgesetzten Meldung.

»Was denken Sie?«, fragte er.

»Sieht so aus, als sei der Sensor durchgebrannt«, sagte der Aufseher. »Man kann einige Details an den Rändern erkennen, aber alles andere ist verzerrt. Können Sie den Sensor ersetzen?«

»Klar, wenn wir einen neuen Sensor auf Lager haben«, antwortete der Techniker, ging ins Ersatzteillager und kramte in den Kisten herum, die in einem hohen Regal aufgestapelt waren. Und schließlich fand er, was er suchte. »Da ist das gute Stück.«

»Wie lange wird es dauern?«

»Nicht mehr als zwanzig Minuten.«

»Dann fangen Sie lieber sofort an«, sagte der Aufseher, ließ sich in den Sessel vor dem Computermonitor sinken und machte es sich gemütlich. »Ich warte hier. Melden Sie sich, wenn Sie so weit sind, dass wir einen Test durchführen können.«

Der Techniker suchte sein Werkzeug zusammen und wollte schon den Raum verlassen, als sich das Kamerabild wieder stabilisierte.

»Das ist seltsam«, meinte der Aufseher. Er ließ den Computer eine Selbstdiagnose starten, und alles sah wieder einwandfrei aus. *Aber für wie lange?*

»Tauschen Sie den Sensor lieber trotzdem aus«, sagte er. »Wenn er bereits einen Defekt hat, kann er jeden Moment wieder ausfallen.«

Der Techniker nickte und ging hinaus. Der Aufseher warf einen Blick auf die Wanduhr. Er musste nur noch eine knappe Stunde Dienst tun, ehe die dritte Schicht übernahm.

Knapp zwei Kilometer vom Osiris-Gelände entfernt packte Edo bereits seine Geräte ein. Er klappte das Stativ zusammen und verstaute es, stülpte die Schutzkappen auf den Laser-Emitter und die Suchoptik und legte das Gerät in einen Transportkasten. Diesen deponierte er auf dem freien Sitz im Cockpit, damit er ihn sofort über Bord werfen konnte, falls jemand das Boot stoppen sollte.

Dann versetzte er dem Boot einen kräftigen Stoß, schob es in den Fluss und kletterte an Bord. Er startete den Motor und gab mäßig Gas. Er hatte keinen Grund, sich zu beeilen, und wollte nicht auffallen.

Der Plan sah vor, dass er sich zwei Kilometer flussabwärts vom Osiris-Kraftwerk entfernt bereithielt. Er würde sich eine Position am Westufer suchen, dort vor Anker gehen und sämtliche Lichter einschalten. Wenn die drei Eindringlinge unbeschadet wieder herauskämen, würden sie sich flussabwärts treiben lassen, ihn ohne Schwierigkeiten orten, zum Boot kommen und am Heck in Deckung bleiben.

Es war ein simpler Plan. Die simplen Pläne waren die besten. Es gab nur wenig, das schiefgehen konnte. Aber, so warnte ihn ein übervorsichtiger Teil seines Geistes, *wenig* bedeutete nicht automatisch *nichts*.

Er holte eine in Russland hergestellte Pistole aus einem Schulterhalfter und lud sie durch. Zwar wünschte er sich, sie nicht benutzen zu müssen, aber er war immer gern auf alles vorbereitet.

47

Joe und Renata folgten Kurt eilig und leise die Treppe hinunter. Hintereinander huschten sie quer durch die Generatorhalle und erreichten den offenen Wandabschnitt, als er sich gerade wieder zu schließen begann.

»Hinein«, sagte Kurt und tauchte in die Dunkelheit ein. Joe und Renata zögerten nicht, und alle drei befanden sich im Tunnel, als das Tor wieder an Ort und Stelle war.

Es schloss mit dem Boden ab, und dann herrschte nahezu totale Dunkelheit. Weit voraus konnten sie die Lichter des Schienenwagens über die Wände und die Decke wandern sehen, während er sich entfernte.

Ein weiterer unbesetzter Schienenwagen stand neben ihnen auf dem Gleis.

»Soll ich mal nachsehen, ob ich das Ding starten kann?«, fragte Joe. »Oder gehen wir zu Fuß?«

Kurt schaute hinter dem anderen Wagen her. Er beschleunigte und machte keinerlei Anstalten, wieder anzuhalten.

Der Lärm seines Motors hallte von den Tunnelwänden wider. Das vielfache Echo erschwerte es, die Entfernung einzuschätzen, aber diese Akustik würde es andererseits seinen Insassen ebenso schwer machen festzustellen, dass sie verfolgt wurden.

»Wir nehmen den Wagen«, entschied Kurt Austin. »Ich hatte für heute genug sportliche Aktivitäten.«

Joe stieg in den Schienenwagen ein und fand die Kontrollen. Während Renata ebenfalls einstieg, ging Kurt nach vorn, um die Frontscheinwerfer zu zertrümmern.

»Man könnte auch den AUS-Schalter benutzen«, sagte Joe. »Nur so eine Idee.«

Kurt hielt inne. »Und eine gute dazu.«

Joe betätigte einige Schalter und suchte vorsichtshalber den

Sicherungskasten, um den Wagen wenn nötig schnell zum Stehen zu bringen. Dann drückte er auf den Startknopf. Drei kleine Kontrollleuchten flammten auf der Kontrolltafel auf, aber sonst geschah nichts. Wie bei einem Golfwagen rührte sich der batteriegetriebene Motor nicht, bevor er aufs Gaspedal trat.

»Alle Mann an Bord.«

Kurt nahm neben Renata auf der Rückbank Platz, während Joe den Fahrthebel behutsam nach vorn schob und die Elektromotoren zum Leben erwachten. Mit einem leisen Summen startete der Wagen in die Dunkelheit. Er rollte langsam vorwärts und behielt den Abstand von mehreren zig Metern zum ersten Wagen bei.

Der Tunnel zeigte keinerlei Richtungsänderung, und die Pipeline zu ihrer Linken blieb ihre ständige Begleitung.

»Welchen Sinn hat dieses Rohr?«, fragte Renata mit leiser Stimme. »Es führt eindeutig vom Fluss weg.«

»Könnte ein Regenkanal sein … für überschüssiges Wasser«, antwortete Joe ebenso leise.

»Er erscheint mir ein wenig groß für eine Wüstenstadt, die nicht viel Regen abbekommt«, wandte Renata ein.

»Vielleicht sammelt die Kanalisation der Stadt das Regenwasser an einer Stelle, wo es in dieses Rohr eingeleitet wird.«

»Das ist kein Regenkanal«, sagte Kurt. »Das Wasser strömte unter hohem Druck aus, als wir das Rohr im Flusskanal passierten. Dabei hat es hier seit Wochen nicht geregnet.«

»Woher kommt das Wasser dann?«, fragte Joe Zavala.

»Keine Ahnung«, sagte Kurt.

»Vielleicht von einem anderen Osiris-Projekt, von dem wir nichts wissen«, sagte Renata.

»Vielleicht«, meinte Kurt und wechselte dann das Thema. »Der Mann im Anzug. Einer der Araber nannte ihn Piola. Sie haben den Namen offensichtlich erkannt. Wissen Sie, wer er ist?«

»Schon möglich«, erwiderte Renata. »Alberto Piola ist einer unserer führenden Parlamentarier. Er ist ein leidenschaftlicher

Kritiker amerikanischer Einmischungsversuche in Ägypten und vor allem in Libyen. Für ihn ist dies ein besonders wunder Punkt wie für viele Menschen in meinem Land, weil Libyen früher unsere Kolonie war.«

»Aber was könnte er hier zu suchen haben?«, fragte Kurt. »Zumal jetzt, wo der halbe Kontinent in der Auflösung begriffen ist.«

»Wenn ich richtig gehört habe, ist er hier, um über irgendetwas zu verhandeln. Aber was genau das sein soll, kann ich nicht einmal vermuten. Vielleicht fällt Ihnen dazu etwas ein.«

»Ich glaube«, sagte Kurt, »dass er hier ist, um über irgendeinen Tribut an Osiris zu feilschen.«

»Tribut?«, fragte Renata.

»Überlegen Sie mal«, sagte Kurt. »Nach dem, was Edo uns erzählt hat, ist Osiris praktisch aus dem Nichts entstanden und hat sich zu einer Machtinstitution entwickelt. Shakir, der Mann, der die Firma leitet, betrachtet sich als Königsmacher. Er unterhielt Verbindungen zur alten Garde. Und die alte Garde, die vor zwei Jahren so schnell ausgemerzt wurde, ist jetzt in allen anderen Ländern wieder im Kommen und gewinnt mit großem Tempo an Einfluss. All das begleitet und unterstützt durch eine plötzliche Wasserknappheit, die sich niemand erklären kann.«

Er sah Joe und Renata an, aber sie warteten auf weitere Erklärungen aus seinem Mund.

»Ehe wir Paul und Gamay aus ihrem Urlaub geholt haben, arbeiteten sie mit einem libyschen Hydrologen zusammen. Ich habe den Bericht während des Flugs hierher gelesen. Es ging vorwiegend um Geologie. Aber laut einiger Tests, die Paul durchgeführt hat, existiert unter Libyen ein Grundwasserleiter, der den Grundwasserspeicher in den höheren Erdschichten gespeist hat. Plötzlich ist dieses Wasser dann in Bewegung geraten und hat einen negativen Druck erzeugt – statt eines positiven – und ließ die Pumpen trockenfallen. Und jetzt sind wir hier, unter der Sandwüste Ägyptens, neben einer Pipeline, die so groß ist, dass man mit einem Lastwagen hindurchfahren könnte, und durch die pro Sekunde Tonnen von Wasser geströmt sind, das in den Nil floss.«

»Wollen Sie damit andeuten, dass Osiris die Dürre bewirkt hat, um die Aufstände auszulösen?«, fragte Renata.

»Falls es eine von Menschen inszenierte Ursache gibt, wüsste ich niemand anderen mit einem entsprechenden Motiv. Oder mit den nötigen Mitteln.«

»Und Piola?«

»Er will Einfluss in Libyen. Das kostet Geld. Er ist hier, um entweder zu bezahlen oder zu kassieren. So oder so ist er beteiligt. Und die Dürre hilft ihm.«

Joe betrachtete die Rohrleitung. »Ich weiß nicht, wie viel Wasser man aus einem Aquifer abzapfen muss, um das auszulösen, was Paul vermutet hat«, sagte Joe.

»Es ist ein dickes Rohr«, sagte Kurt.

»Klar«, gab Joe ihm recht. »Aber nicht dick genug.«

»Und wie wäre es mit insgesamt neunzehn Stück von dieser Sorte?«, fragte Kurt. »Laut der Website von Osiris International sind neunzehn Kraftwerke entlang des Nils geplant. Wenn sie nun alle Wasser aus dem Grundwasserleiter abzapfen?«

Joe nickte. »Und zwar mit Hilfe der Energie, die sie aus dem Fluss gewinnen. Genial.«

»Demnach hängt alles miteinander zusammen. Der Schwarze Nebel, die Dürre … alles führt zu Osiris.«

Zehn Minuten später veränderte sich die Umgebung. »Ein Licht am Ende des Tunnels«, flüsterte Renata.

Kurt hatte eine Ahnung, dass es nicht ganz das Ende des Tunnels war, sondern allenfalls eine weitere Station auf dem Weg dorthin.

Mehr als zwanzig Minuten lang waren sie durch vollkommene Dunkelheit gerollt. Das einzige Licht kam vom matten Schein des Armaturenbretts und von den Scheinwerfern des Schienenwagens weit vor ihnen.

»Sie werden anscheinend langsamer«, sagte Joe.

»Wir sollten nicht zu dicht aufholen«, warnte Kurt.

»Wenn sie anhalten, möchte ich nicht, dass sie hören, wenn wir ebenfalls bremsen.«

Joe drosselte ihre Fahrt bis auf Kriechtempo. Das Fahrzeug vor ihnen wurde weiter stetig langsamer, bog dann auf ein Nebengleis ab und verließ den Tunnel.

Joe hielt etwa einhundert Meter vor der Gangöffnung an, und nun setzten sie die Verfolgung des anderen Wagens zu Fuß fort.

Als er den Nebentunnel erreichte, wagte Kurt einen vorsichtigen Blick um die Ecke.

Was er sah, überraschte ihn. Er wandte sich um und blickte seine Freunde verwundert an.

»Nun?«, flüsterte Joe. »Sind wir allein?«

»Das sind wir – wenn du ein Paar zweieinhalb Meter großer Typen mit den Köpfen von Schakalen und Speeren in den Händen nicht mitzählst«, antwortete Kurt. »Anubis.«

»Meinst du den ägyptischen Gott?«

»Ja.«

Kurt trat zur Seite, sodass die anderen einen Blick in den Raum werfen konnten. Es war eine Höhle mit gewölbter Decke und Wänden aus sandfarbenem Gestein, erhellt von mehreren Lampen, die untereinander mit einem schwarzen Kabel verbunden waren. In einem Teil der Höhle waren ägyptische Kunstwerke und Hieroglyphentafeln zu sehen, während ein anderer Teil offenbar eingestürzt war. Die beiden großen Statuen standen neben dem Eingang zu einem von Hand gegrabenen Tunnel in der hinteren Wand der Höhle.

»Wo sind wir?«, fragte Renata.

»Fragen Sie lieber, in welcher Zeit wir sind«, sagte Joe.

»Wir sind in einem modernen Wasserkraftwerk gestartet und im antiken Ägypten gelandet. Ich komme mir vor wie auf einer Zeitreise viertausend Jahre zurück in die Vergangenheit.«

Sowohl die Pipeline als auch der Tunnel verliefen anscheinend schnurgerade in westlicher Richtung. Wenn er sich die Satellitenbilder vom Osiris-Kraftwerk in Erinnerung rief, wusste er, dass sich im Westen nichts anderes befand als verstopfte Straßen mit Läden, Lagerhäusern und Bürotürmen. Danach folgten Apartmentblocks und kleinere Häuser bis in die Wüste, wo …

»Du liegst vielleicht gar nicht so weit daneben«, sagte Kurt.

»Das wäre das erste Mal«, meinte Joe.

»Der Geschwindigkeit des Schienenwagens und der Zeit nach zu urteilen, die wir im Tunnel unterwegs waren, schätze ich, dass wir uns hier fünf oder sechs Meilen westlich des Flusses befinden.« Er wandte sich an Renata. »Ich glaube, Ihr Wunsch geht doch noch in Erfüllung.«

»Welcher Wunsch?«

»Die Pyramiden aus nächster Nähe betrachten zu können«, sagte er. »Nach meinen Berechnungen stehen wir genau unter ihnen.«

48

»Unter den Pyramiden?«, fragte Renata.

»Oder zumindest unter dem Plateau von Gizeh«, sagte Kurt.

»Wie tief darunter?«

»Unmöglich festzustellen, aber wir sind während eines Teils unserer Reise abwärts gefahren, und Gizeh liegt mindestens siebzig Meter über Flussniveau. Demnach könnten wir uns in wenigstens einhundertsiebzig Metern Tiefe befinden – oder mehr.«

»Dann bekommen wir die Pyramiden eigentlich doch nicht zu sehen, oder?«

Kurt schaute sich in dem Raum um. Abgesehen von dem Tunnel mit den Schienen und der Pipeline führte der einzige Weg aus dem Raum an den beiden Anubis-Statuen vorbei. »Sicher nicht, es sei denn, wir holen die anderen Mitglieder unserer Reisegruppe noch ein.«

»Ich bin überrascht, dass hier keine Wachen sind«, sagte Renata.

Kurt erwiderte: »Wachen stehen auf dem Turm und blicken hinaus. Wir hingegen befinden uns bereits mitten in der Festung.«

Der Tunnel war dürftig beleuchtet, erhellt durch nackte Glühbirnen im Abstand von jeweils zwanzig Metern. An einigen Stellen folgte der Felsengang einer natürlichen Gesteinsspalte, an anderen war er mit primitivem Werkzeug aus dem Fels gehauen worden, und in weiteren Abschnitten hatte man ihn mit moderneren Methoden erweitert.

Nach einer Gefällestrecke flachte der Tunnel ab und verlief völlig eben. In den Seitenwänden befanden sich ausgemeißelte Höhlen, ähnlich den Katakomben in Rom. Jedoch enthielten sie keine menschlichen Toten, sondern mumifizierte Tiere. Krokodile, Katzen, Vögel und Kröten. Hunderte und Aberhunderte von Kröten.

»Die Ägypter haben alles Mögliche mumifiziert«, erklärte Joe. »Vor allem Krokodile. Man findet sie in zahlreichen Gräbern, nämlich wegen ihrer Verbindung zu Sobek, einem ihrer Götter. Katzen, weil sie böse Geister abhalten konnten. Auch Vögel. Es gibt ein großes Grabmal in einer dunklen Höhle neben den Pyramiden – vielleicht steht es sogar direkt über uns –, das den Namen *Grab der Vögel* trägt. Dort liegen hunderte Vögel. Keine Menschen.«

»Was ist mit Fröschen?«, fragte Kurt, während er die zur Hälfte von ihren Grabtüchern befreite Mumie eines Ochsenfrosches oder einer Kröte untersuchte. »Gab es auch so etwas wie einen Froschgott?«

Joe zuckte die Achseln. »Nicht dass ich wüsste.«

Sie wanderten weiter und gelangten schon bald zum Eingang eines hell erleuchteten Raums. Kurt näherte sich vorsichtig der Öffnung. Er kam sich vor, als stünde er auf einem Balkon in einer Oper, etwa in halber Höhe des Zuschauerraums und seitlich neben der Bühne. In der Höhle unter ihm war genügend Platz, um einen kleinen Kongress zu veranstalten. Moderne Beleuchtungselemente erhellten den Raum, doch alles andere schien antiken Ursprungs zu sein.

Die Wände waren sorgfältig geglättet und mit Hieroglyphen und Malereien bedeckt. Auf einer Wand hatte man einen Pharao dargestellt, dem Anubis zu Diensten war, auf einer anderen Wand war ein grünhäutiger Ägypter zu sehen, der einen toten Pharao erweckte. Ein drittes Wandbild zeigte Männer mit Krokodilsköpfen, die in einem Fluss schwammen und Frösche oder Schildkröten sammelten und herausholten.

»Du bist unser Ägyptologe vom Dienst«, sagte Kurt zu Joe. »Was hat das alles zu bedeuten?«

»Der Typ mit der grünen Haut ist der gleiche, den wir auch auf den Tafeln im Museum gesehen haben. Er heißt Osiris und ist der Gott der Unterwelt. Er entscheidet, wer bei den Toten bleibt und wer ins Leben zurückkehren kann. Er hat auch etwas damit zu tun, dass die Saat der Feldfrüchte gedeiht und am Ende der Erntezeit in einen totenähnlichen Schlaf verfällt.«

»Osiris holt die Toten ins Leben zurück«, sagte Kurt. »Wie praktisch.«

»Diese Krokodilsmänner sind Anhänger Sobeks«, sagte Joe. »Sobek hat ebenfalls mit Tod und Wiederauferstehung zu tun, nachdem er Osiris einst gerettet hat, als er verraten und in Stücke gehackt wurde.«

Kurt nickte und sah sich weiter um. In der Mitte des Raums stand eine lange Reihe von Sarkophagen. Am hinteren Ende thronte eine kleine Version der Sphinx, mit Blattgold beschichtet und mit glitzerndem blauem Lapislazuli verziert. Am anderen Ende, fast direkt unter ihnen, befand sich eine Grube, gefüllt mit etwa einem halben Meter Wasser und vier großen Krokodilen.

Eines von ihnen stieß ein heiseres Fauchen aus und schlug heftig mit dem Schwanz, als ihm einer seiner Gefährten zu nahe kam.

»Irgendwie haben mir die mumifizierten besser gefallen«, sagte Kurt.

»Sie waren auf jeden Fall kleiner«, sagte Joe.

Es sah so aus, als wäre die Grube um einige Meter abgesenkt worden. Sie war auf jeden Fall tief genug, um die Krokodile am Ausbrechen zu hindern. Gerade gingen zwei Männer völlig unbesorgt an ihnen vorbei und verschwanden in einem Tunnel am anderen Ende des Raums.

»Sind Sie sicher, dass wir uns nicht innerhalb einer der Pyramiden befinden?«, fragte Renata.

Joe schüttelte den Kopf. »Ich war drei Mal in Gizeh«, fügte er hinzu. »Ich kann mich nicht erinnern, dass dies hier zu unserer Besichtigungstour gehört hat.«

»Es ist unglaublich«, sagte Kurt. »Ich habe zahlreiche Gerüchte von den Höhlen und Grabkammern unter den Pyramiden gehört, aber eigentlich nur in diesen TV-Sendungen, in denen darüber diskutiert wird, dass Besucher von den Sternen gekommen sind und alles erst erbaut und dann zurückgelassen haben.«

»Wie sollte jemand so etwas erbauen?«, fragte Renata. »Wie konnten sie hier unten in dieser Dunkelheit arbeiten?«

Joe ging in die Hocke und betastete den Boden, dann kratzte er eine Probe Bimsstein ab. Der größte Teil der Höhle war offenbar damit bedeckt. »Das ist Natriumkarbonat«, sagte er. »Die Ägypter nannten es Natron. Es ist ein Trocknungsmittel und wurde verwendet, um den Prozess der Mumifizierung zu beschleunigen. Aber, in Verbindung mit bestimmten Ölen, kann man damit ein rauchloses Feuer anzünden. So erzeugten sie das notwendige Licht, um in den Gräbern und den Bergwerken arbeiten zu können. Dies hier könnte beides gewesen sein.«

»Ein Grabmal und ein Bergwerk?«

Joe nickte. »Trotzdem ist es seltsam«, sagte er. »Natron wird gewöhnlich dort gefunden, wo Wasser eindringt und dann trocknet.«

»Vielleicht wurde es herausgepumpt«, vermutete Renata.

Kurt überlegte. »Warum wurde das Bergwerk dann in ein Grabmal umgewandelt?«

»Damit schlug man zwei Fliegen mit einer Klappe. Indem sie hier das Grabmal einrichteten, konnten sie einerseits das Salz und das Natron abbauen und dann die Toten hereinbringen und das vorgefundene Material benutzen, um sie an Ort und Stelle zu mumifizieren.«

»Das muss man sich vorstellen«, sagte Renata. »Ein vergessenes Grabmal mit mehr Gold und Kunstschätzen, als man im Grab Tutenchamuns gefunden hat, und niemand weiß etwas davon.«

»Weil Osiris International es zuerst gefunden hat«, sagte Kurt. »Diese Schrifttafel muss etwas mit dem Schwarzen Nebel zu tun haben.«

»Vielleicht haben sie auch gefunden, was D'Campion und Villeneuve hier unten gesucht haben.«

»Das ergäbe einen Sinn«, sagte Kurt. »Und nachdem sie das Geheimnis aufgedeckt und festgestellt hatten, dass es tatsächlich funktionierte, haben sie diesen Ort verschlossen, diesen Tunnel gegraben und dafür gesorgt, dass niemand dabei beobachtet wurde, wie er ihn betrat oder wieder verließ.«

Unter ihnen erklang das Geräusch eines kleinen Motors. Kurt zog sich in den Schatten der Öffnung zurück, als ein breitspuriges, mit zwei Männern besetztes ATV aus einem der Tunnel herauskam. Es hatte zwei Vordersitze, einen Überrollkäfig und hinten eine ebene Ladefläche.

Zwei Männer in schwarzen Kampfanzügen saßen vorne. Hinter ihnen, auf der Ladefläche, befanden sich zwei weitere Männer, allerdings in Laborkitteln. Jeder hielt sich mit einer Hand am Querbalken des Überrollkäfigs fest und hatte den anderen Arm um einen kleinen Kühlbehälter geschlungen, als wollten sie verhindern, dass er umkippte.

Das ATV rollte unter ihnen durch den Raum, passierte die Sphinx und bog in einen anderen Tunnel ein.

»Sofern diese Typen nicht ein Zwölferpack zu irgendeinem geheimen unterirdischen Baseballstadion bringen, würde ich auf irgendetwas Pharmazeutisches tippen«, sagte Kurt.

»Genau das dachte ich auch gerade«, sagte Renata.

Kurt machte Anstalten, dem ATV zu folgen, als er Stimmen in der Grabkammer hörte. Mehrere Männer gingen an der Sphinx vorbei, steuerten auf eine Reihe Steinsärge zu und näherten sich dem Tümpel mit den Krokodilen.

Dann blieben sie daneben stehen und erhielten von zwei weiteren Männern Gesellschaft.

»Hassan«, flüsterte Kurt.

»Wer ist der Kerl neben ihm?«, fragte Joe.

Kurt sagte: »Ich habe das Gefühl, es könnte Shakir sein.«

49

»Sie drei bekommen eine Chance, Libyen wieder aufzubauen«, erklärte Shakir seinen Gästen.

»Als was? Als Ihre Satrapen?«, erwiderte einer von ihnen. »Und was dann? Müssen wir uns Ihren Forderungen beugen? Wollen Sie über uns herrschen? Wie die Engländer einst über Ägypten geherrscht haben? Und Sie, Piola, was bedeutet das Ganze für Sie? Einen neuen Versuch in Sachen Kolonialismus?«

»Hören Sie …«, begann Piola.

Shakir brachte ihn mit einer Handbewegung zum Schweigen. »Jemand wird über Sie herrschen«, sagte er zu den drei Männern aus Libyen. »Dann sollte es doch lieber ein Araber sein, auf keinen Fall aber die Amerikaner oder die Europäer.«

»Das wollen wir lieber selbst entscheiden«, sagte der Libyer, der schon vorher widersprochen hatte.

»Wie oft muss ich es noch erklären?«, fragte Shakir. »Ohne Wasser werden Sie sterben. Sie alle. Wenn nötig, werde ich es zulassen und Ihre Nation mit Ägyptern bevölkern.«

Die drei Männer schwiegen. Nach einer kurzen Pause begannen zwei von ihnen zu beraten.

»Was tut ihr?«, wollte der dritte wissen, offensichtlich war er der Führer der Delegation.

»Wir können diesen Kampf nicht gewinnen«, erwiderten sie fast im Chor. »Wenn wir nicht nachgeben, werden andere es tun. In diesem Szenario verlieren wir sämtliche Macht … statt nur auf einen Teil verzichten zu müssen.«

»Ich würde an Ihrer Stelle auf sie hören«, sagte Shakir. »Aus ihnen spricht die Stimme der Vernunft.«

»Nein!«, rief der Delegationsführer. »Ich weigere mich!«

Er wandte sich mit zornblitzenden Augen zu Shakir um. Aber Shakir zielte in aller Ruhe mit einer kleinen Röhre auf den Mann und drückte auf einen Knopf an ihrem Ende. Ein Pfeil schoss heraus und traf den libyschen Widerstandsführer mitten in die Brust.

Die Augen des Mannes weiteten sich überrascht, dann wich alles Leben aus seinem Gesicht. Er sackte auf die Knie. Seine beiden Begleiter reagierten geschockt, hoben dann aber die Hände. Sie hatten kein Interesse an einem Kampf.

»Eine weise Entscheidung«, lobte Shakir sie. »Ich schicke Sie in Ihr Land zurück. Wo Sie auf weitere Befehle warten werden. Wenn die Regierung stürzt, wird Alberto jemanden nominieren, der die Zügel übernimmt. Sie werden diese Person in jeder Hinsicht unterstützen, ganz gleich wie schlecht oder gut Ihre Beziehungen vorher waren.«

»Und dann?«, wagte einer der Libyer zu fragen.

»Dann werden Sie belohnt«, sagte Shakir. »Das Wasser wird wieder fließen, und zwar mehr als zuvor, und Sie werden froh sein, eingelenkt zu haben.«

Die Männer sahen einander an und warfen dann einen Blick auf ihren Führer, der reglos auf dem Boden lag. »Was geschieht mit ihm?«

»Er ist nicht tot«, erklärte Shakir. »Er hat lediglich Bekanntschaft mit meiner neuesten Waffe gemacht. Einer neuen Version des Schwarzen Nebels, der eine vollständige Lähmung hervorruft. Dies ist eine mildere Form. Sie erzeugt ein Wachkoma. Die Ärzte nennen es Locked-in-Syndrom. Er kann alles sehen und hören und spüren, so wie ein völlig gesunder Mensch. Aber er kann nicht reagieren, antworten oder Schmerzlaute von sich geben.«

Shakir beugte sich zu dem Libyer hinab und klopfte mit einem Finger gegen seine Stirn. »Du bist doch noch da drin, nicht wahr?«

»Lässt die Wirkung nach?«

»Irgendwann sicher«, sagte Shakir. »Aber dann ist es für ihn zu spät.«

Shakir schnippte mit den Fingern, und die Wächter gingen zu

dem reglosen Mann. Ohne zu zögern, hoben sie ihn hoch und wuchteten ihn über die Steinmauer in den Tümpel mit den Krokodilen.

Zwei der Bestien reagierten sofort und griffen an. Ein Krokodil schnappte nach einem Arm, das andere nach einem Bein. Sie waren schon im Begriff, den Mann zu zerreißen, als ein drittes Krokodil erschien, seine Zähne in den Oberkörper des Mannes grub und ihn in einen tieferen Bereich des Tümpels schleifte.

»Wir sorgen dafür, dass sie immer hungrig sind«, meinte Hassan grinsend.

Die beiden Libyer waren totenblass vor Entsetzen.

»Die Krokodile halten nichts von Erbarmen und Mitleid«, sagte Shakir. »Sie kennen keine Gnade. Ich übrigens auch nicht. Und jetzt folgt mir.«

Die Gruppe entfernte sich, ließ die Krokodile ihr blutiges Werk vollenden und verschwand im nächsten Tunnel.

Kurt, Joe und Renata hatten das grässliche Geschehen aus ihrem Versteck verfolgt. Jegliche Zweifel, dass sie es mit einem ausgewachsenen Soziopathen zu tun hatten, waren verflogen.

»Hoffen wir, dass wir nicht so enden wie dieser arme Kerl«, sagte Joe.

»Ich habe kein Interesse, zum Reptilienimbiss zu werden«, pflichtete Kurt seinem Freund bei. »Die beiden Weißkittel auf dem ATV sahen wie medizinisches Personal aus. Dort unten existiert sicher ein Labor. Das müssen wir finden.«

»Und sie haben einen anderen Tunnel genommen«, erklärte Joe.

Kurt war bereits auf den Füßen. »Mal sehen, ob wir es fertigbringen, sie aufzustöbern, ohne in ernste Schwierigkeiten zu geraten.«

50

Der Sicherheitsaufseher im Osiris-Wasserkraftwerk blieb am Kontrollpult sitzen und blickte wiederholt sehnsüchtig auf die Wanduhr. Die Bilder auf dem Computerbildschirm vor ihm flackerten und wechselten in monotoner Folge, und der Aufseher widerstand dem Wunsch, seinen Augen eine Pause zu gönnen. Hauptgelände, Nebengelände, nördliche Außenseite, südliche Außenseite, danach alle Bilder der internen Kameras. Auf der ganzen Welt gab es keinen langweiligeren Job als die Kontrolle von Sicherheitsvideos. Es war immer das Gleiche.

Als dieser Gedanke dem Aufseher gerade durch den Kopf ging, wurde er schlagartig hellwach. Ein winziger Adrenalinstoß war durch irgendetwas ausgelöst worden.

Immer das Gleiche.

Ihm dämmerte, dass nicht immer die gleichen Bilder auf dem Computerbildschirm erscheinen konnten. Er hätte den Techniker auf den letzten drei Kamerabildern sehen müssen, wie er den Laufsteg in der Nähe des Hydrokanals betrat, um den defekten Sensor auszutauschen.

Er griff nach dem Sprechfunkgerät und drückte auf die Sprechtaste. »Kaz, hier ist die Zentrale. Wo sind Sie?«

Nach einer kurzen Pause antwortete Kaz' Stimme: »Ich bin jetzt auf dem Laufsteg und mache die Kamera wieder betriebsbereit.«

»Wie sind Sie dorthin gekommen?«, fragte der Aufseher.

»Was meinen Sie?«

»Erzählen Sie es einfach.«

»Ich bin durch den Hauptkorridor zur östlichen Treppe gegangen«, sagte Kaz. »Welchen anderen Weg hätte ich nehmen sollen?«

Er war nirgendwo auf dem Bildschirm erschienen.

»Gehen Sie zurück zur Treppe«, befahl der Aufseher. »Schnell.«

»Warum?«

»Tun Sie's einfach.«

Der Aufseher trommelte nervös mit den Fingern auf der Computerkonsole. Plötzlich war er wie elektrisiert. Durch seinen Körper pulsierte mittlerweile reines Adrenalin.

»Okay, ich bin jetzt auf der Treppe«, meldete der Techniker. »Ist etwas nicht in Ordnung?«

Der Aufseher schaltete von Kamera zu Kamera, bis die östliche Treppe auf dem Bildschirm erschien. Der Schirm teilte sich automatisch in vier Quadranten auf – für je eine Kamera für jedes Stockwerk. Doch nichts veränderte sich. »Auf welcher Etage sind Sie?«

»Der dritten. Ich stehe hier. Können Sie mich nicht sehen?«

Der Aufseher sah ihn nicht. Er wusste sofort, dass etwas nicht in Ordnung war, absolut nicht in Ordnung, etwas, das nicht auf eine Fehlfunktion zurückzuführen war.

»Nein, ich kann Sie nicht sehen«, antwortete der Aufseher. »Ist die Kamera beschädigt?«

»Nein«, sagte Kaz. »Sie ist offensichtlich vollkommen in Ordnung.«

Der Aufseher zählte zwei und zwei zusammen. Die Kamera am Hydrokanal war ausgefallen. Die internen Videoleitungen waren unterbrochen und die Bilder eingefroren. Sie hatten ein Sicherheitsleck. Es gab einen Eindringling.

Er drückte auf die Taste für den stummen Alarm, der die Wachen warnte, und schaltete das Sprechfunkgerät auf alle Kanäle. »Das gesamte Gebäude muss abgeriegelt und durchsucht werden«, sagte er. »Jeder Quadratzentimeter. Wir haben möglicherweise einen Eindringling oder sogar mehrere, und wir können uns nicht mehr auf die Kameras oder die automatischen Systeme verlassen. Jeder Winkel muss sofort vom Personal kontrolliert werden.«

Weit entfernt von der Sicherheitszentrale hatten die Eindringlinge das zweisitzige ATV mit dem Überrollkäfig gefunden und die beiden schwarz gekleideten Wachen, die darin saßen, überrumpelt. Sie hatten sie ohne Probleme ausgeschaltet und schleiften die betäubten Wächter gerade in einen Nebentunnel, wo sie das Labor entdeckten.

Eine gläserne Außentür mit einer Gummidichtung an allen vier Kanten war unverschlossen. Kurt drückte sie auf. Joe und Renata standen dicht hinter ihm. Die beiden Weißbekittelten blickten geschockt von ihrer Arbeit hoch.

»Nicht bewegen«, befahl Joe, eine Pistole in der Hand.

Der Mann erstarrte, aber die Frau wollte mit einem Sprung einen Alarmknopf oder das Intercom erreichen. Renata fing sie ab und schlug sie nieder.

»Erstaunlich, wie oft Leute sich bewegen, kaum dass man sie aufgefordert hat, sich nicht zu rühren«, sagte Joe.

Kurt wandte sich an Renata. »Erinnern Sie mich daran, bei der nächsten Kneipenschlägerei in Ihrer Nähe zu bleiben.«

Der Mann streckte die Hände zur Decke und entschied sich für eine Politik der Nichtkonfrontation.

»Sie sind Wissenschaftler, nehme ich an«, sagte Kurt zu ihm.

»Biologe«, sagte der Mann.

»Amerikaner? Ihr Name?«

»Brad Golner.«

»Sie arbeiten für Osiris«, sagte Kurt. »Oben in der realen Welt in einer pharmazeutischen Abteilung.«

»Ich wurde eingestellt, um in einem Labor in Kairo zu arbeiten. Es gibt auch ein Labor in Alexandria«, sagte er. »Zia arbeitet mit mir zusammen.« Er deutete auf die bewusstlose Frau.

»Aber die Spezialprojekte werden hier unten abgewickelt, nicht wahr?«, sagte Kurt.

»Wir haben keine Wahl. Wir tun, was von uns verlangt wird.«

»Eine Wahl hatten die Nazis auch nicht, wie sie immer wieder beteuert haben«, sagte Kurt. »Ich vermute, Sie wissen, weshalb wir hier sind und wofür wir uns interessieren.«

Golner nickte langsam. »Natürlich. Ich zeige Ihnen, was Sie haben wollen.«

Der Biologe führte Kurt durch das Labor, das in dem antiken Tunnelkomplex vollkommen fehl am Platze schien. Es war hell erleuchtet und mit modernster Technik inklusive Zentrifugen, Inkubatoren und Mikroskopen ausgestattet. Der Fußboden, die Wände und die Decke waren mit glänzendem antiseptischem Plastikmaterial beschichtet, was eine Sterilisation nach einem Unglücksfall enorm vereinfachte. Sie kamen zu einer rundum verglasten Luftschleuse, die einen kleineren Teil des Raums vom Hauptlabor abtrennte.

Golner ging zur Luftschleuse und streckte eine Hand nach dem Zahlenfeld der elektronischen Schließvorrichtung aus.

»Vorsichtig«, warnte Kurt, trat hinter ihn und bohrte dem Mann den Pistolenlauf in den Rücken. »Es sei denn, Sie kommen ohne Ihre Leber aus.«

Der Biologe hob wieder die Hände. »Ich möchte nicht sterben.«

»Das macht Sie zum ersten Nichtfanatiker, den ich auf dieser Tour kennenlerne.«

Kurt drehte sich zu Joe und Renata um. »Zieht die Wachen aus«, sagte er. »Schlüpft in ihre Kampfanzüge. Ich habe das untrügliche Gefühl, als könnten wir es schon bald verdammt eilig haben, von hier zu verschwinden. Dann ist es sicher besser, dass wir so aussehen, als gehörten wir zur Belegschaft.«

Sie nickten und zogen Zia und die beiden Männer aus dem ATV tiefer in das Labor hinein.

Kurt wandte sich wieder an den Biologen. »Und jetzt ganz langsam.«

Der Mann tippte einen Code, und die Luftschleuse öffnete sich mit einem leisen Zischen. Der Mann ging hinein. Kurt folgte ihm.

Kurt hatte erwartet, er würde hier von hinten beleuchtete Kühlregale, gefüllt mit winzigen Glasschalen und Reagenzröhren vorfinden, wahrscheinlich mit einem Warnzeichen vor Giftstoffen versehen. Stattdessen gingen sie durch eine zweite Tür und betraten einen anderen großen Raum in der Höhle. Im Gegensatz zu allen anderen Räumlichkeiten hatte er einen rötlichen Lehmboden. In diesem Raum war es glühend heiß, die Luft war knochentrocken, und die Beleuchtung bestand aus rot leuchtenden Heizlampen. Kurt fühlte sich in eine Marslandschaft versetzt.

Im Hauptkontrollraum, weit entfernt vom Labor, standen Shakir, Hassan und Alberto Piola vor einer Batterie Computerbildschirme, die eine gesamte Wand bedeckte. Die Bildschirme zeigten das verschlungene Netzwerk von Pumpen, Brunnen und Pipelines, die Wasser aus dem Grundwasserleiter sogen und in den Nil leiteten.

An einer anderen Wand kündeten Tabellen und Diagramme von einem weiteren Projekt, das von Shakirs Männern verlangte, das Labyrinth von Tunneln ringsum zu kartografieren.

»Ich kann über diesen Ort nur staunen«, sagte Piola. »Wie weitläufig sind diese Tunnel?«

»Wir sind nicht sicher«, erwiderte Shakir. »Sie reichen über alles hinaus, was wir bisher erforscht haben. Die Pharaonen haben hier Gold und Silber abgebaut und danach Salz und Natron gefördert. Es gibt hunderte von Tunneln, die wir noch untersuchen müssen, ganz zu schweigen von den Spalten und Kammern des Höhlensystems.«

Piola war noch nie an diesem Ort gewesen. Er hatte das meiste, was Shakir versprochen hatte, unbesehen geglaubt – schmackhaft gemacht durch eine hohe Summe Bargeld. »Und all dies stand unter Wasser, als Sie es fanden?«

»Die unteren Bereiche ja«, sagte Shakir. »Wir fingen an, sie leerzupumpen, und entdeckten antike Zeichnungen, aus denen hervorging, dass das Wasser regelmäßig hochstieg. Dadurch stießen wir auf den Aquifer – er befindet sich hier ziemlich dicht unter der Erdoberfläche, aber er sinkt ab, je weiter man nach Westen kommt.«

Piolas Augen wurden härter, berechnender, als sie zum Geschäftlichen kamen. »Demnach bedeckt der Aquifer die gesamte Sahara, oder?«

»Man sollte lieber sagen, dass die Sahara ihn bedeckt«, erklärte Shakir. »Aber ja, er reicht bis zur marokkanischen Grenze.«

»Wie können Sie sicher sein, dass die anderen Nationen nicht ebenfalls darauf stoßen oder ihn leerpumpen werden? Dass sie tiefer graben als bisher?«

»Die geologischen Bedingungen erschweren eine erfolgreiche Suche«, sagte Shakir, »allerdings werden sie den Grundwasserleiter irgendwann finden.« Er zuckte die Achseln, als wäre das bedeutungslos. »Bis dahin haben wir sie alle unter unserer Kontrolle und lenken ein Imperium, das vom Roten Meer bis zum Atlantik reicht. Sogar Marokko wird fallen. Ganz Nordafrika wird unter meinem Einfluss stehen, und Sie und Ihre Freunde werden auf alles zugreifen können – zu einem fairen Preis, versteht sich.«

»Natürlich«, sagte Piola lächelnd. Seine Beteiligungen an mehreren Bergwerksgesellschaften und Ölbohrunternehmen waren geschickt verschleiert worden, aber sie würden sich als sehr lukrativ erweisen, sobald man die ersten Verträge mit ihnen abgeschlossen hätte.

»Und wie haben Sie dieses Grabmal überhaupt gefunden?«, wollte er wissen. »Archäologen suchen doch schon seit mindestens einhundert Jahren nach solchen verborgenen Gräbern.«

»Zweifellos«, sagte Shakir. »Aber es gibt keinerlei Aufzeichnungen über diesen Ort. Wir kamen erst darauf, als ein Archäologe des Ministeriums für Archäologie uns mehrere Fragmente eines Papyrus anbot. Das brachte uns dazu, Gegenstände zu suchen, die von den Franzosen und den Engländern mitgenommen worden waren, aber den Schlüssel fanden wir auf dem Grund der Bucht von Abukir. Aus unserem Fund ging hervor, wie Echnaton die Leichname der alten Pharaonen aus ihren Gräbern herausholte und sie an einen neuen Ort brachte, wo sie von der aufgehenden Sonne beschienen werden. Und dass die Priester des Osiris es als Abscheulichkeit betrachteten. Sie übertrafen Echnaton noch, indem sie die Sarkophage der zwölf Könige aus der Grabkammer stahlen und hierher brachten, bevor Echnatons Getreue an sie herankamen.«

»Und wie haben Sie den Schwarzen Nebel entdeckt?«

»Die Schrifttafeln von Abukir haben uns den Weg gewiesen«, erklärte Shakir. »Die Aufzeichnungen, die wir gefunden haben, führten uns zum Geheimnis des Schwarzen Nebels. Sie schilderten, dass die Priester des Osiris einmal im Jahr ins Land Punt reisten, um sich zu beschaffen, was sie dazu brauchten, das Serum herzustellen. Natürlich mussten wir es modifizieren, aber dadurch fanden wir auch Wege und Möglichkeiten, es zu verbessern.«

»Und die wären?«

Shakir lachte. »Seien Sie froh, dass es mir nicht herausgerutscht ist und ich es Ihnen verraten habe, Alberto, denn dann müsste ich Sie den Krokodilen zum Fraß vorwerfen.« Beschwichtigend hob Piola eine Hand. »Das macht nichts. Ich hoffe nur, dass Ihre Demonstration ausgereicht hat, um unsere Freunde davon zu überzeugen, dass ihr Widerstand sie höchstens das Leben kostet.«

»Das hat sie ganz gewiss«, sagte Shakir zuversichtlich. »Aber die Frage ist, was geschieht nachher? Libyen wehrt sich. Es wäre hilfreich, wenn Sie in der Lage wären, in Ihrem Parlament eine Mehrheit für ein Protektorat über das Land zu schaffen, sobald es auseinandergebrochen ist. Eine vereinte ägyptisch-italienische Operation würde uns gestatten, die Ordnung wiederherzustellen.«

»Wir brauchen mehr Stimmen«, sagte Piola. »Doch die bekomme ich nicht, ohne etwas anbieten zu können. Ich brauche eine weitere Lieferung des Nebels, um die Lieferung zu ersetzen, die auf Lampedusa zerstört wurde. Wenn wir zehn zusätzliche Minister einschüchtern könnten, würde sich bei den maßgeblichen Abstimmungen die Waagschale zu unseren Gunsten neigen. Wir wären vielleicht sogar in der Lage, eine neue Regierung zu bilden – mit mir als Premierminister.«

Darauf ergriff Hassan das Wort. »Eine neue Charge wird vorbereitet«, sagte er. »Aber sie wird nicht viel nützen, wenn die Libyer unsere Hilfe ablehnen. Obwohl alles dafür spricht, dass sie dicht vor dem Zusammenbruch stehen, wollen sie nicht aufgeben.«

Shakir nickte. »Wir müssen dafür sorgen, dass sich die Lage für sie verschlimmert.«

»Können Sie das?«, fragte Piola. »Soweit ich verstanden habe, wurden die wichtigsten Zapfstationen geschlossen, aber einige der kleineren sind noch in Betrieb. Und es gibt eine große Entsalzungsanlage in der Nähe von Tripolis, die auf vollen Touren läuft.«

»Ich lasse diese Anlage von jemandem außer Betrieb setzen«, sagte Shakir. »Außerdem können wir den Grundwasserleiter noch stärker belasten, indem wir die Pumpen im Dauerbetrieb laufen lassen anstatt phasenweise. In vierundzwanzig Stunden können sich die Libyer keine Tasse Wasser mehr teilen, geschweige denn es gibt genug, um das zu kämpfen sich lohnen würde.«

»Das müsste dann ihren Zusammenbruch auslösen«, sagte Piola.

Hassan war davon angetan. »Außerdem liefert es uns den Vorwand einzugreifen. Es hat eine weitaus bessere Wirkung, unsere Soldaten dabei zu zeigen, wie sie durstige Familien mit Wasser versorgen, als bei einem bewaffneten Sturm über die Grenze.«

Shakir nickte. Tausende mehr würden sterben. Vielleicht zehntausende. Aber das Endergebnis wäre das gleiche. Ägypten würde Libyen kontrollieren. Ägyptische Bevollmächtigte würden das Gleiche mit Algerien und Tunesien tun. Und Shakir hätte die Kontrolle über alle.

»Dann sind wir uns einig«, sagte Piola. »In diesem Fall kehre ich am besten sofort nach Italien zurück.«

Ehe noch mehr dazu gesagt wurde, summte ein Schnurtelefon. Hassan nahm den Hörer ab. Er sprach kurz, dann legte er auf. Seine Miene hatte sich verfinstert.

»Das war der Sicherheitsdienst des Kraftwerks«, sagte er. »Es gab ein Sicherheitsleck. Sie suchen seit einiger Zeit erfolglos nach einem Eindringling. Aber sie haben soeben festgestellt, dass einer der Schienenwagen fehlte. Sie haben ihn im Tunnel gefunden, keine dreißig Meter vom Anubis-Tor entfernt.«

Shakir kniff die Lippen zusammen. »Was bedeutet, dass sie keinen Eindringling haben. Wir haben einen.«

Kurt schritt durch die marsähnliche Landschaft und ertrug nur mühsam die Hitze der rot leuchtenden Lampen.

»Das ist unser Brutkasten«, sagte Golner.

»Brutkasten für was?« Als er sich umsah, konnte er nichts anderes sehen als hunderte winziger Hügel, die in einem präzisen geometrischen Muster angeordnet waren.

»Was bauen Sie hier an?«

»Hier wächst nichts«, sagte der Biologe. »Hier wird geschlafen. Winterschlaf.«

»Das will ich sehen.«

Golner schritt in einen weiter entfernten Teil des Raums voraus, verließ den Fußweg und ging neben einem der kleinen Hügel auf ein Knie herunter. Mit einer Gartenschaufel kratzte er lose Erde beiseite und grub eine softballgroße Lehmkugel aus. Er wischte die Erde von der Kugel ab und begann anschließend, eine erste Lage abzupellen.

Kurt rechnete schon fast mit einer sich windenden, vollkommen fremden Kreatur. Als aber die äußere Schicht entfernt wurde, kam das aufgeblähte, halb mumifizierte Exemplar eines Frosches oder einer Kröte zum Vorschein.

»Das ist ein Afrikanischer Ochsenfrosch«, sagte der Biologe.

»Ich habe hunderte davon in den Katakomben gesehen.«

»Dieser hier lebt aber«, sagte der Biologe. »Er ist nur inaktiv. Er hält gerade seinen Winterschlaf. Wie ich schon sagte.«

Kurt ließ sich diese Aussage durch den Kopf gehen. In kälteren Klimazonen hatten Lebewesen ihre Inaktivitätsphase im Winter, aber in Afrika half dieser Zustand, Dürreperioden zu überleben. »Er hält seinen Winterschlaf«, wiederholte Kurt, »weil Sie ihn im Schlamm vergraben und die Heizung aufgedreht haben?«

»Ja, das ist richtig. Die übermäßige Wärme und der Mangel an Luftfeuchtigkeit bewirken, dass Frösche in den Überlebensmodus umschalten. Sie graben sich im Schlamm ein und lassen sich neue Hautschichten wachsen, die austrocknen und sie wie einen Kokon umschließen und abschirmen. Ihre Körper werden inaktiv, ihre Herzen bleiben praktisch stehen, und sie verfallen in einen scheintoten Zustand. Nur ihre Nasenlöcher bleiben frei, damit sie atmen können.«

Kurt staunte. »Daher stammt der Schwarze Nebel? Von inaktiven Ochsenfröschen?«

»Ich fürchte, so ist es.«

»Wie funktioniert das?«

»Als Reaktion auf die trockenen Umweltbedingungen«, erklärte Golner, »produzieren Drüsen in den Leibern der Frösche einen Cocktail aus Enzymen, der eine hochkomplexe Mischung aus verschiedenen Chemikalien darstellt, die den Zustand der Inaktivität auf Zellebene auslöst. Nur die niedersten Bereiche des Gehirns bleiben in Betrieb.«

»Wie ein menschliches Gehirn in einem komatösen Zustand.«

»Ja«, sagte der Biologe. »Es ist fast identisch.«

»Dann haben Sie und Ihr Team den Fröschen diesen chemischen Cocktail entnommen und ihn so modifiziert, dass er seine Wirkung auch bei menschlicher Biologie entfaltet.«

»Wir haben die chemische Mischung verändert, damit sie auch bei größeren Lebewesen wirkt«, sagte Golner. »Leider verkürzt sich dadurch die Haltbarkeit. Wenn die Mischung eingefroren wird, kann sie unbegrenzt lange aufbewahrt werden. Aber bei Zimmertemperatur bleibt sie nur acht Stunden lang wirksam. Bei Kontakt mit Luft reduziert sich diese Zeitspanne auf zwei oder drei Stunden, nach denen sie in einfache organische Bestandteile zerfällt.«

»Deshalb haben wir auf Lampedusa keine Spur davon gefunden«, sagte Kurt.

Golner nickte.

»Das ist aber eine sehr kurzlebige Waffe«, stellte Kurt fest.

»Es sollte gar keine Waffe sein. Jedenfalls nicht zu Anfang. Es war eine Art Medizin. Ein Mittel, um Leben zu retten.«

Kurt mochte es eigentlich nicht glauben, aber er war bereit, sich die Erklärung des Mannes anzuhören. »Wie das?«

»Ärzte bedienen sich bei der Behandlung ihrer Patienten häufig eines künstlichen Komas. Zum Beispiel bei Traumapatienten oder bei Verbrennungsopfern oder im Fall von schwersten Verletzungen. Es ist eine Möglichkeit, den Heilungsprozess wirksam zu unterstützen. Aber die dabei eingesetzten Medikamente sind sehr gefährlich. Sie schädigen Leber und Nieren. Diese Substanz hingegen hat natürliche Wirkstoffe und ist weitaus weniger schädlich.«

Er klang wie ein wahrer Gläubiger und wie jemand, der sich selbst zu überzeugen versuchte, und das zur gleichen Zeit.

»Ich sage es nur ungern, Brad, aber man hat Ihnen einen vom Pferd erzählt.«

»Ich weiß«, erwiderte Golner. »Ich hätte es von Anfang an wissen müssen. Sie interessierten sich vor allem für Liefermethoden. Ist es in Wasser löslich? Kann es in der Luft verteilt werden? Es gab keinen medizinischen Grund, solche Fragen zu untersuchen. Nur Waffen lassen sich auf diese Weise einsetzen.«

»Weshalb arbeiten Sie weiter daran?«

»Einige von den anderen haben Fragen gestellt und sind sofort verschwunden«, sagte Golner.

Kurt verstand, was er meinte. »Ich habe gesehen, wie Shakir diejenigen behandelt, die sich ihm entgegenstellen. Ich habe die Absicht, dem ein Ende zu machen.«

»Das wird nicht einfach sein«, sagte Golner bitter. »Schon bald wird der gesamte Prozess automatisiert. Dann brauchen sie mich nicht mehr.« Er legte den Ochsenfrosch in seine Schlafmulde zurück. »Kommen Sie mit.«

Sie gingen durch eine weitere Luftschleuse und gelangten in ein typisches Forschungslabor. Sauber, dunkel und still, ausgestattet mit Kühlschränken und Labortischen, auf denen kleine Zentrifugen standen und langsam rotierten.

Brad Golner überprüfte die erste, dann die zweite. »Die neue Charge ist noch nicht ganz fertig«, sagte er und ging von der Zentrifuge zu einem der stählernen Kühlschränke. Er öffnete die Tür, und kalte Luft drang heraus. Er holte ein paar kleine Flaschen aus einem Tiefkühlfach, legte sie in eine Styroporbox und verteilte Kältekissen drum herum.

»Sie haben acht Stunden Zeit, bis sie sich über die kritische Temperatur hinaus erwärmt hat. Danach ist die Substanz nichts mehr wert.«

»Wie benutze ich sie?«, wollte Kurt wissen.

»Was meinen Sie mit *benutzen*?«

»Um die Menschen auf Lampedusa wieder aufzuwecken«, sagte Kurt. »Die Menschen, die Shakir ins Koma versetzt hat.«

Golner schüttelte den Kopf. »Nein«, sagte er mit beschwörender Stimme. »Dies ist nicht das Gegenmittel. Es ist der Schwarze Nebel.«

»Ich brauche aber das Gegenmittel«, erklärte Kurt. »Ich will Menschen aufwecken, nicht in Schlaf versetzen.«

»Das wird hier nicht hergestellt«, sagte Golner. »Das erlauben sie uns nicht. Anderenfalls würden wir zu viel wissen. Wir wären eine Bedrohung.«

Eine weitere von Shakirs Methoden, seine Leute im Ungewissen zu lassen und sich ihrer Dienstbarkeit zu versichern, dachte Kurt. »Wissen Sie, was es ist?«

Golner schüttelte abermals den Kopf.

»Sie wissen es vielleicht nicht«, sagte Kurt. »Aber Sie können es erraten.«

»Es müsste eine Form von …«

Ehe der Biologe seinen Satz beenden konnte, schwang die Tür hinter ihm auf. Das rote Leuchten der marsähnlichen Brutkammer drang in den Lagerraum. Kurt wusste, dass weder Joe noch Renata die Tür geöffnet haben konnten. Er warf sich augenblicklich zur Seite, packte gleichzeitig Golner am Arm und versuchte ihn in Sicherheit zu bringen.

Doch er war den Bruchteil einer Sekunde zu langsam. Mehrere Pistolenschüsse ertönten. Eine Kugel streifte Kurts Arm, zwei andere trafen den Biologen mitten in die Brust.

Kurt zog Golner hinter einen der Zentrifugentische. Er atmete nur noch schwach. Offenbar wollte er etwas sagen. Kurt beugte sich zu ihm hinab.

»… die Häute … in luftdicht verschlossenen Behältern … alle drei Tage abgeholt …« Golner spannte sich an, als wogte eine neue Schmerzwelle durch seinen Körper, dann entspannte er sich, und sein Körper wurde schlaff.

»Kurt Austin«, erklang eine viel lautere Stimme in der Türöffnung.

Kurt blieb hinter dem Tisch in Deckung. Er war vor Sicht geschützt, aber das dünne Holz des Tisches würde keine Kugel aufhalten. Er erwartete, jeden Moment erschossen zu werden. Doch nichts geschah. Vielleicht wollten die Männer keine Schießerei in ihrem Labor riskieren. Schließlich war es mit lauter Giften gefüllt.

»Leider kann ich Sie nicht gebührend begrüßen. Ich sitze ein wenig in der Klemme«, rief Kurt zurück.

»Das kann man wohl sagen«, erwiderte die Stimme.

Kurt schaute um den Unterbau des Tisches herum. Er gewahrte drei Silhouetten in der Türöffnung. Er vermutete, dass die Silhouette in der Mitte Shakir war, aber umflossen von dem roten Schein der Brutkammer hinter ihnen sahen die drei Männer eher so aus, als seien sie der Teufel und seine Gefolgsleute, die gekommen waren, um eine schon lange ausstehende Schuld einzutreiben.

51

»Sie müssen der große Shakir sein«, rief Kurt.

»Der große?«, fragte sein Gegner. »Hmm … ja. Der Ton gefällt mir.«

Kurt konnte ihn noch immer nicht deutlich sehen, nur dass er groß und schlank war und von zwei Männern mit Gewehren flankiert wurde.

»Sie können jetzt aufstehen«, sagte Shakir.

»Das tue ich lieber nicht«, erwiderte Kurt. »Das würde mich zu einem einfachen Ziel machen.«

Immerhin hatte Kurt seine Pistole noch. Aber er lag auf dem Boden. Und mit mindestens zwei Gewehren, die auf ihn gerichtet waren, würde er aus keiner Schießerei als Sieger hervorgehen, selbst wenn er es schaffen sollte, ein oder zwei Mal abzudrücken.

»Vertrauen Sie mir«, sagte der Mann. »Wir können Sie ohne Schwierigkeiten dort erwischen, wo Sie gerade sind. Und jetzt werfen Sie Ihre Pistole zu uns herüber und stehen Sie langsam auf.«

Indem er es aussehen ließ, als griffe er nach seiner Pistole, schob er das eiskalte Päckchen Glasflaschen in seine wasserdichte Tasche und zog den Reißverschluss zu. Als er seine Hand wieder zurückzog, sodass jeder sie sehen konnte, hatte er die Pistole im Griff. Er legte sie auf den Zementboden und schubste sie quer durch den Raum. Sie rutschte ein Stück weiter und kam erst zur Ruhe, als Shakir mit einem Stiefel darauf trat.

»Hoch mit Ihnen«, sagte er mit einer unmissverständlichen Geste.

Kurt kam vorsichtig auf die Füße und fragte sich, weshalb sie ihn nicht einfach erschossen hatten. Vielleicht wollten sie wissen, wie er diesen Ort gefunden hatte.

»Wo sind Ihre Freunde?«, fragte Shakir.

»Freunde?«, erwiderte Kurt. »Ich habe keine. Es ist eine traurige Geschichte, wirklich. Es fing schon in meiner Kindheit an, dass …«

»Wir wissen, dass Sie mit zwei anderen Personen hereingekommen sind«, unterbrach Shakir und schnitt ihm das Wort ab. »Dieselben beiden, mit denen Sie schon die ganze Zeit zusammenarbeiten.«

Kurt hatte keine Idee, wo Joe und Renata sein mochten. Er war froh, auf diese Weise zu erfahren, dass sie sich nicht in Shakirs Gewalt befanden. Sie mussten die nahende Gefahr gesehen oder gehört und sich irgendwo versteckt haben. Auf die ungewisse Chance hin, dass sie Befehle befolgten und sich auf eigene Faust in Sicherheit brachten, wollte Kurt vermeiden, dass Shakir ihre Spur aufnahm. »Als ich sie das letzte Mal gesehen habe, suchten sie gerade die Toilette. Zu viel Kaffee. Sie wissen ja, wie das so geht.«

Shakir wandte sich an den Mann zu seiner Linken. »Lass die Pumpen kontrollieren, Hassan«, sagte er. »Ich will nicht, dass sich jemand daran zu schaffen macht.«

»Ach ja«, bemerkte Kurt. »Sie und Ihre Pumpen. Tolle Idee, ein Wasserkraftwerk zu bauen, um zu verbergen, was Sie wirklich tun. Aber lange wird das nicht funktionieren. Jeder mit einem Quäntchen Verstand und technischem Grundwissen wirft einen Blick auf Ihren Hydrokanal und erkennt sofort, dass da mehr Wasser herauskommt, als in ihn hineinfließt.«

»Und dennoch, bisher hat uns niemand irgendwelche Fragen dazu gestellt. Und Sie haben es sich gerade erst zusammengereimt.«

Kurt zuckte die Achseln. »Ich sagte, jeder mit einem Quäntchen Verstand. Da draußen gibt es eine Menge Leute, die um einiges cleverer sind als ich.«

Shakir gab ihm ein Zeichen, zu ihm zu kommen. »Das macht nichts«, sagte er. »Es ist sowieso bald vorbei. Dann hört auch das Abzapfen auf. Und das Wasserkraftwerk wird seine eigentliche Funktion ausüben. Und niemand wird erfahren, dass es jemals anders gewesen ist. Aber bis dahin sind Sie schon längst tot. Und Libyen, wie der Rest Nordafrikas, wird Teil meines Herrschaftsbereichs sein.«

Kurt ging widerstrebend einige Schritte.

»Die Hände.«

Kurt ließ die Hände sinken und hielt die Handgelenke nebeneinander. Shakir deutete Hassan mit einer Geste an, sie zu fesseln, und Hassan trat vor, schlang einen Kabelbinder um Kurts Handgelenke und zurrte ihn fest.

»Weshalb tun Sie das alles?«, fragte Kurt, während er durch die Brutkammer eskortiert wurde.

»Macht«, sagte Shakir. »Stabilität. Nachdem wir sie jahrzehntelang ausgeübt haben und mit ansehen mussten, was für ein Chaos durch ein Machtvakuum entstehen kann, haben ich und ein paar andere beschlossen, die alte Ordnung wiederherzustellen. Sie sollten dankbar sein, dass Ihr Land es vielleicht vorziehen wird, mit mir und denen, die unter meinem Befehl stehen, zu verhandeln anstatt mit untereinander zerstrittenen Gruppierungen. Es wird in diesem Fall sehr viel einfacher sein, Dinge zu entscheiden und in die Tat umzusetzen.«

»Dinge?«, fragte Kurt, während sie sich der Luftschleuse näherten. »Wie fünftausend Bewohner von Lampedusa zu töten? Oder Tausende von Libyern, die nichts mit Ihnen zu tun haben, verdursten oder in den Wirren eines Bürgerkriegs umkommen zu lassen?«

»Lampedusa war ein unglücklicher Zwischenfall«, sagte Shakir. »Unglücklich vorwiegend deshalb, weil er Sie in meine Welt hineingezogen hat. Was Libyen betrifft, wird ein Massensterben den entscheidenden Impetus auslösen. Je schlimmer die Verhältnisse sind, desto eher werden sie beendet. Aber in der Geschichte hat es schon immer Beispiele von Blutvergießen gegeben, die sich als heilsam erwiesen.« Shakir weidete sich an seinen eigenen Worten. »Blut ist die beste Schmiere für die Räder des Fortschritts.«

Sie ließen die Luftschleuse hinter sich. Mehrere zusätzliche Wächter in schwarzen Uniformen warteten auf der anderen

Seite. Einer trat vor, packte Kurts Handgelenke, zerrte ihn zu dem wartenden ATV und stieß ihn auf die Ladefläche. Zwei Wächter saßen auf den Vordersitzen.

»Bringt ihn zu …«

Shakirs Worte gingen in einem plötzlich aufbrandenden Motorenlärm unter, als der Wächter auf dem Fahrersitz den Zündschlüssel umdrehte, die Maschine aufheulen ließ und aufs Gaspedal trat.

Die Räder drehten für einen kurzen Moment durch, und Kurt wurde beinahe von der Ladefläche geschleudert.

Das ATV raste in den Tunnel und ließ eine geschockte Truppe zurück.

»Sie sind es!«, hörte Kurt jemanden rufen.

Pistolenschüsse hallten durch die Höhle, und Funken stoben von den Wänden, als die Kugeln ihr Ziel verfehlten. Kurt hielt sich fest, so gut es ging, und versuchte, sich so klein wie möglich zu machen, während der Kugelhagel anhielt, bis die erste Tunnelbiegung hinter ihnen lag.

Er schaute nach vorn und erkannte Joe und Renata in den Uniformen, die sie Shakirs Männern abgenommen hatten. Renata hatte ihr Haar unter eine Mütze gestopft.

»Wie gefällt dir diese Art von Rettungsaktion?«, fragte Joe.

»Für den Anfang sensationell«, sagte Kurt, während sie durch den Tunnel rasten.

Und es war tatsächlich nur ein Anfang. Denn ein paar Sekunden später erschienen die Scheinwerfer zweier identischer ATVs hinter ihnen im Tunnel.

»Festhalten, Leute!«, rief Renata. »Jetzt zeige ich diesen Kerlen mal, wie wir bei uns in Italien durch die Berge kutschieren.«

Sie hatte einen Bleifuß auf dem Pedal und flinke Hände am Lenkrad. So ließ sie das ATV um eine Kurve driften, touchierte die Tunnelwand und nahm die nächste Kurve und bog in einen anderen Tunnel ein, der geradeaus verlief und sie wieder zurückbrachte.

Die Verfolger navigierten jedoch vorsichtiger und geschickter, und als sie den neuen Tunnel erreichten, hatten sie erheblich aufgeholt. Die Folge war heftigeres Pistolenfeuer.

Kurt duckte sich, aber die schwankende Fahrt machte ein genaues Zielen unmöglich. Wenn sie keinen extremen Glückstreffer einfingen, würden sie es wohl schaffen, sich in Sicherheit zu bringen.

»Wie habt ihr das geschafft?«, rief Kurt. »Ich dachte, ihr beide wäret längst über alle Berge.«

»Wir hatten uns gerade umgezogen, da hörte ich, dass in nächster Nähe irgendwas passierte«, berichtete Joe. »Als ich nachschaute, gab dieser Shakir diesen Typen in Schwarz seine Befehle. Daher reihten wir uns ein.«

»Genial«, sagte Kurt. »Ich glaube, jetzt bin ich dir einen zweiten Gefallen schuldig.«

Sie rollten inzwischen durch einen engeren Tunnel, der ihnen an den Seiten nur wenig Spielraum bot. Ein Buckel auf ihrer Fahrbahn schüttelte sie durch, und das ATV hob für eine Sekunde ab, sodass der Überrollbügel gegen die Decke knallte.

Dann erreichten sie das Ende des Tunnels. »Achtung!«

Renata rammte den Fuß aufs Bremspedal, und das ATV kam schlingernd zum Stehen. Sie schaltete in den Rückwärtsgang, jagte in Rückwärtsfahrt ihren Verfolgern entgegen und tauchte in einen Nebentunnel ein, den sie vorher im Vorbeifahren gesehen hatte. Sie bremste ein weiteres Mal, kurbelte am Lenkrad und gab Gas. Das ATV schoss vorwärts, in den neuen Tunnel hinein und abwärts über einen Geröllabschnitt.

Sie gelangten in einen großen Raum, in dem wahrscheinlich jahrzehntelang Bergbau betrieben worden war. Auch er besaß keine andere Ausfahrt.

»Wir müssen wieder zurück«, rief Renata, als die Scheinwerferstrahlen über eine massive Felswand tanzten.

Sie wendete, während die Lichter der verfolgenden Fahrzeuge in der Einfahrt heller wurden.

»Das schaffen wir niemals«, sagte Joe.

Renata lenkte das ATV zur Seite und schaltete die Scheinwerfer aus. Sie blieb ganz ruhig, als das erste ATV durch die Einfahrt schoss und die mit Geröll übersäte Schräge hinunterratterte. Seine Scheinwerfer leuchteten jedoch geradeaus, sodass Renata, Kurt und Joe im Dunkeln blieben.

Das zweite Fahrzeug folgte. Sobald sich eine Lücke auftat, trat Renata wieder aufs Gaspedal und steuerte auf die Ausfahrt zu. Auf halbem Weg schaltete sie wieder die Scheinwerfer ein.

Das Getriebe knirschte und protestierte, während die Reifen durchdrehten und das ATV schließlich aber doch vorwärts katapultierten. Sie tauchten in den Tunnel ein und fuhren den Weg zurück, den sie gekommen waren.

Die Verfolger gaben nicht auf und schlossen zügig die Lücke zwischen ihnen.

»Joe!«, rief Kurt. »Meine Fesseln!«

Joe griff nach hinten und fasste nach Kurts Armen. Sie so ruhig haltend wie möglich, bugsierte Joe eine Messerklinge unter den Kabelbinder und zog mit einem kräftigen Ruck. Das Plastikband riss, und Kurt war frei.

Er öffnete die wasserdichte Tasche auf der Vorderseite seines Nasstauchanzugs, holte das Päckchen mit den Kühlkissen heraus und angelte eins der Fläschchen heraus.

»Ist es das, was ich vermute?«, fragte Joe.

»Der Schwarze Nebel«, bestätigte Kurt.

Noch mehr Schüsse fielen. Kugeln flogen ihnen wieder um die Ohren.

»Was nun?«, fragte Joe.

»Zeit für einen kleinen Mittagsschlaf unserer Verfolger.« Kurt schleuderte das Glasfläschchen so weit wie möglich hinter ihrem ATV gegen die Gangwand. Es zerschellte und verteilte seinen Inhalt im Tunnel, sodass sich das grelle Licht der Scheinwerfer des ATV, das zu ihnen aufholte, für einen kurzen Moment verdunkelte.

Die Verfolgerfahrzeuge tauchten in den Nebel ein. Die Scheinwerferstrahlen des ersten Verfolgers schwenkten zur Seite und trafen auf die Gangwand. Das Fahrzeug wurde von der Gangwand zurückgeworfen und geriet ins Taumeln. Das zweite Verfolgerfahrzeug rammte es, und die Männer wurden von ihren Sitzen in den Tunnel geschleudert. Keiner erhob sich.

Renata nagelte das Gaspedal weiterhin aufs Bodenblech, und jetzt blieben die Wracks schnell hinter ihnen zurück.

»Praktisch, das Zeug«, sagte Joe.

»Wir dürfen nicht alles verbrauchen«, erwiderte Kurt. »Einen Rest brauchen wir, um ihn in einem Labor analysieren zu lassen.«

»Deshalb die Kühlkissen?«

»Der Wissenschaftler erklärte mir, dass wir acht Stunden Zeit hätten, ehe es zerfällt.«

»Das war richtig nett von ihm«, sagte Joe.

»Er war kein übler Bursche«, sagte Kurt. »Er steckte nur bis zum Hals in dieser Sache drin.«

Vor ihnen gabelte sich der Tunnel. Im linken waren Lichtreflexe zu erkennen.

»Man trifft immer dann auf Verkehr, wenn man ihn nicht brauchen kann«, sagte Renata. Sie lenkte das ATV nach rechts. Der Tunnel brachte sie bis zu einem Punkt, wo er sich ebenfalls gabelte, und ihre Wahl führte sie zu einem deutlich breiteren Tunnel. Als sie ihm folgte, fand Renata mehrere Abzweigungen. Einige verliefen abwärts, andere aufwärts.

»Das muss so etwas wie der zentrale Verteiler sein«, vermutete Joe.

»Ich schlage vor, wir sollten die nächste Möglichkeit nutzen, um wieder nach oben zu kommen«, erwiderte Kurt. »Irgendwo muss dieses Bergwerk doch einen Ausgang haben.«

»Nicht zurück zur Pipeline?«, fragte Renata.

»Die dürfte jetzt strengstens bewacht werden«, sagte Kurt. »Entweder finden wir einen Weg aus diesem Labyrinth heraus, oder wir verbringen hier unten eine Ewigkeit, so wie die Pharaonen, die Krokodile und die Frösche.«

52

Edo stand auf dem Vorderdeck des kleinen Bootes und suchte mit einem Nachtsichtgerät den Fluss ab. Mehrere Stunden waren bereits verstrichen, seit Joe und seine Freunde in das Osiris-Gebäude eingedrungen waren.

Der Helikopter hatte das Betriebsgelände eine Dreiviertelstunde zuvor verlassen. Die Wassermenge, die durch den Hydrokanal abfloss, hatte sich mittlerweile wieder zu einem reißenden Strom gesteigert, der sich am Ende des Kanals schäumend in den Nil ergoss, und noch immer gab es kein Lebenszeichen von ihnen.

Während die Sekunden vertickten und zu Minuten wurden, nahm Edos Unruhe stetig zu. Er machte sich Sorgen wegen seines Freundes – das auf jeden Fall –, aber als ehemaliger hochrangiger Angehöriger des Militärs kannte er auch die Gefahren einer fehlgeschlagenen Angriffsoperation. Jeder Gegenangriff bedeutete eine Verwundung.

Falls einer von ihnen gefangen genommen worden war, würde er gefoltert werden, bis er zusammenbrach. Irgendwann würde Edos Name fallen. Das brächte ihn in Gefahr. In Gefahr, getötet, verhaftet oder eingesperrt zu werden. Und selbst wenn nichts derart Schlimmes geschähe, würde er dort enden, wo er angefangen hatte: unter der Fuchtel seines Schwagers in einem Job, den er hasste und der ihn jeder Möglichkeit beraubte, frei zu sein.

Seltsamerweise erschien ihm dies als das schlimmste Schicksal von allen denkbaren.

Er entschied, dass die Zeit gekommen war. Er begann herumzutelefonieren. Gespräche zu führen, die er eigentlich gleich hätte führen sollen, als Joe zu ihm gekommen war. Anfangs wurde er von seinen Freunden ignoriert.

»Du musst verstehen«, erzählte er einem alten Freund, der mittlerweile bei der ägyptischen Terrorabwehr arbeitete, »mir kommen noch immer viele Dinge zu Ohren. Ich habe nach wie vor Kontakt zu Leuten, die Angst haben, sich an jemanden wie dich zu wenden. Sie berichten mir, dass Shakir einen Schlag gegen die Europäer plant. Dass er für den Vorfall auf Lampedusa verantwortlich ist. Dass er und Osiris hinter allem stecken, was in Libyen geschieht. Wir müssen intervenieren, sonst wird Ägypten als geeinter Staat nicht überleben.«

Die Männer, mit denen er sich unterhielt, waren eine gemischte Gruppe: ehemalige Kommando-Soldaten, derzeitige Angehörige des Militärs, Freunde, die in die Politik gegangen waren. Dennoch waren ihre Reaktionen bemerkenswert ähnlich.

Natürlich stellen Shakir und Osiris eine Gefahr dar, sagten sie, aber was erwartest du, das wir tun sollen?

»Wir müssen in das Kraftwerk eindringen«, sagte Edo daraufhin. »Wenn wir beweisen können, was sie im Schilde führen, werden sich die Menschen hinter uns versammeln, und das Militär wird dieses Land auch noch ein weiteres Mal retten.«

Zuerst wurde diese Forderung mit eisigem Schweigen quittiert, doch nach und nach begannen seine Gesprächspartner, die Lage genauso einzuschätzen wie er. »Wir müssen sofort handeln«, beharrte Edo. »Noch ehe die Sonne aufgeht. Schon morgen früh wird es zu spät sein.« Einer nach dem anderen willigte schließlich ein.

Ein Oberst, der eine Spezial-Kommandoeinheit führte, bot seine Hilfe an. Mehrere Politiker erklärten, dass sie die Entscheidung befürworteten. Ein Freund, der noch immer bei der Inneren Sicherheit arbeitete, erklärte sich bereit, einige Agenten für das Unternehmen zur Verfügung zu stellen.

Dank der breiten Unterstützung fühlte sich Edo, als stünde er unter Strom. Wenn diese Aktion glückte, wenn er die Truppen für diese Bewegung gewinnen konnte, dann wäre er ein Held des neuen Ägypten. Und wenn gleichzeitig auch noch dem Blutvergießen in Libyen ein Ende bereitet würde, wäre sein Name sogar in Nordafrika ein Begriff. Er wäre eine lebende Legende. Er könnte vielleicht sogar der nächste Führer der Nation sein.

»Gib mir Bescheid, wenn deine Männer ihre Positionen eingenommen haben«, sagte Edo. »Ich werde sie selbst hineinführen.«

Tief unten im Zentrum des weit verzweigten Netzes von Tunneln und Höhlen, knapp acht Kilometer vom Wasserkraftwerk entfernt, konnte Tariq Shakir seine Wut kaum bändigen. Er raste vor Zorn über das Versagen, das er soeben hatte mit ansehen müssen. Und – vor seinen eigenen Männern bloßgestellt – wollte er zu diesem Zeitpunkt nichts anderes, als diesen Zorn an jemandem auszulassen. Hassan wäre das nächstliegende Opfer.

Shakir spielte mit dem Gedanken, ihn an Ort und Stelle zu erschießen, aber er brauchte Hassan noch, um die Suche zu koordinieren.

»Finde sie!«

Hassan wurde sofort aktiv, organisierte eine Suchmannschaft und forderte Verstärkung an. Die ATVs am Ort des Geschehens flitzten durch den Tunnel, in dem die Gefangenen verschwunden waren. Als weitere Männer eintrafen, schickte er sie sofort los, damit sie sich an der Suche beteiligten.

Ein paar Minuten später kam ein ATV zurück, und sein Fahrer sprach kurz mit Hassan, ehe er zu einer neuen Suchfahrt startete.

»Nun?«, fragte Shakir. »Was hast du gehört?«

»Keine Spur von den Eindringlingen, aber zwei von unseren ATVs wurden in demoliertem Zustand aufgefunden. Es gibt keinen Hinweis darauf, wie es zu dem Unfall kam. Als zwei Angehörige des Vorauskommandos näher herangingen, um sich einen genaueren Eindruck zu verschaffen, brachen sie zusammen.«

»Der Schwarze Nebel. Sie haben den Schwarzen Nebel«, sagte Shakir. »Wo ist es passiert?«

»Viereinhalb Kilometer von hier, in Tunnel neunzehn.«

Shakir blickte auf seinen Lageplan. »Neunzehn ist eine Sackgasse.«

Hassan nickte. Er hatte es von dem Fahrer gehört, der ihm Meldung gemacht hatte. »Unsere ATVs waren anscheinend in dieser Richtung unterwegs, als sie den Unfall hatten. Nicht weit davon entfernt verzweigt sich der Tunnel. Da die Eindringlinge nicht mehr hier vorbeigekommen sind, müssen sie nach oben in die Haupthalle gelangt sein.«

»Die Haupthalle«, sagte Shakir, »ist wie der Stamm einer alten Eiche. Mindestens fünfzig Tunnel zweigen davon ab und Dutzende weitere von jedem ihrer Äste.«

Hassan nickte wieder. »Sie könnten jetzt überall sein.«

Shakir sprang auf, war mit wenigen stampfenden Schritten bei Hassan, packte ihn am Hals und schmetterte ihn gegen die Höhlenwand. »Drei Mal hattest du die Chance, sie zu töten. Drei Mal hast du versagt.«

»Shakir«, flehte Hassan, »hör mir zu.«

»Schick deine Männer hinter ihnen her. Setze jeden, den du hast, auf sie an!«

»Wir finden sie nie!«, rief Hassan.

»Ihr müsst!«

»Es wäre eine Vergeudung von Arbeitskraft«, platzte Hassan heraus. »Du weißt genauso gut wie ich, wie verzweigt und umfangreich das Tunnelsystem ist. Wie du selbst Piola erklärt hast, es gibt tausende von Tunneln und Räumen, hunderte Kilometer Felsengänge, von denen viele noch nicht einmal auf unseren Plänen eingezeichnet sind.«

»Wir haben zweihundert Männer, die sich dort umsehen können«, sagte Shakir.

»Und jede Gruppe ist allein«, gab Hassan zu bedenken. »Funkgeräte sind da unten nicht zu gebrauchen. Sie haben keine Möglichkeit, untereinander oder mit uns zu kommunizieren. Wir haben keine Möglichkeit zur Koordination oder festzustellen, welche Fortschritte gemacht wurden.«

»Willst du damit etwa andeuten, dass wir die Eindringlinge laufen lassen sollen?«, brüllte Shakir.

»Ja«, sagte Hassan ruhig.

Selbst in seiner blinden Wut spürte Shakir, dass Hassan auf irgendetwas Bestimmtes hinauswollte. »Erklär mir das.«

»Es gibt nur fünf Ausgänge aus dem Bergwerk«, sagte Hassan. »Zwei befinden sich versteckt unter Pumpstationen, auf denen unsere Leute arbeiten. Die drei anderen lassen sich leicht überwachen. Anstatt sie durch das Labyrinth zu hetzen, sollten wir an jedem Ausgang schwer bewaffnete Gruppen stationieren und darauf warten, dass die Eindringlinge irgendwo herauskommen. Lass einen von den Helikoptern starten, die mit Raketen bestückt sind. Oder sogar zwei oder drei, wenn du willst.«

Als Shakir einen, wie es schien, vernünftigen Plan hörte, ließ er seinen Leutnant los. »Und wenn es weitere Ausgänge gibt? Schächte oder Tunnel, von denen wir noch nichts wissen?«

Hassan schüttelte den Kopf. »Wir haben während des vergangenen Jahres diesen Komplex vermessen und kartografiert. Die Chancen, dass sie einen Fluchtweg gefunden haben könnten, den wir nicht schon längst entdeckt haben, sind gering. Viel eher ist damit zu rechnen, dass sie da unten herumirren und sterben, ehe sie überhaupt irgendeinen Weg nach draußen finden. Und sollten sie tatsächlich auf einen Schacht stoßen, den wir noch nicht entdeckt haben, dann enden sie in der Weißen Wüste, in der sie für unsere Aufklärungs-Teams leichte Ziele sind. Und wenn sie einen der bekannten Ausgänge benutzen wollen, werden sie von unseren Männern erwartet und niedergeschossen.«

»Nein«, widersprach Shakir. »Ich will, dass sie vernichtet, ausradiert werden. Und wenn das geschehen ist, will ich ihre von Kugeln durchsiebten Kadaver mit eigenen Augen sehen.«

»Ich werde entsprechende Befehle geben«, versprach Hassan und strich seine Jacke glatt.

»Na gut«, sagte Shakir. »Aber ich warne dich, Hassan, enttäusch mich nicht noch einmal. Die Folgen würden dir nicht gefallen.«

53

Renata lenkte das ATV, als ob sie sich auf dem Rundkurs von Sebring befand, bis sich der Tunnel verengte und der Boden zunehmend mit Gesteinsschutt bedeckt war. Sie ging sparsamer mit dem Gaspedal um und versuchte, die Fahrt unter diesen Bedingungen fortzusetzen, aber der Abstand zwischen Boden und Tunneldecke nahm ständig ab, bis er schließlich so knapp war, dass das ATV nicht mehr in diese Lücke hineinpasste.

Sie drehte sich um, schaute nach hinten und legte den Rückwärtsgang ein.

»Gemach«, sagte Kurt, als er den Eindruck gewann, dass sie gleich wieder Vollgas geben wollte. »Ich glaube, wir haben sie abgehängt.«

Ein Blick in den Tunnel lieferte den Beweis, dass seine Feststellung tatsächlich zutraf. Kein Lichtschimmer war zu sehen, der ihnen folgte. Renata schaltete den Motor aus, und Dunkelheit und Stille verschmolzen miteinander.

»Sie sind offenbar nicht die Einzigen, die sich verfranzt haben«, sagte sie niedergeschlagen. »Hier finden wir niemals mehr hinaus. Ich weiß noch nicht mal, wo wir uns im Hinblick auf den Ort befinden, an dem wir gestartet sind.« »Wir haben uns nicht verirrt«, wiegelte Kurt in einem fröhlichen Tonfall ab. »Wir sind nur ortsmäßig zurzeit nicht festgelegt und richtungsmäßig noch unentschlossen.«

Renata starrte ihn für einen kurzen Moment wortlos an. Dann brach sie in schallendes Gelächter aus.

»Ortsmäßig?«, fragte Joe.

»Ein gutes Wort«, erwiderte Kurt. »Schlag's ruhig mal nach.«

Renata löste die Bremse und gestattete dem ATV, rückwärts zu rollen bis dorthin, wo der Tunnelboden nicht mehr unter einer Schuttdecke verschwand.

Joe schwang sich aus dem Wagen. »Ich seh mal nach, was sich hinter dem Schutthaufen da verbirgt.«

Der ATV stand jetzt in entgegengesetzter Fahrtrichtung, die Scheinwerfer auf den Tunnel gerichtet. Kurt rutschte von der Ladefläche und ging um das Fahrzeug herum zum vorderen Ende. »Das war wirklich erstklassig. Wo haben Sie so gut Fahren gelernt?«

»Mein Vater hat es mir beigebracht«, erwiderte sie. »Sie sollten mal eine der Bergstraßen sehen, auf denen ich mein Unwesen trieb, lange bevor ich einen Führerschein hatte.«

Er lächelte. »Vielleicht können Sie es mir zeigen, wenn dies alles hinter uns liegt.«

Mittlerweile hatte Joe die Spitze des Schutthaufens erreicht. Er lag auf dem Bauch und richtete den Lichtstrahl seiner Stablampe in die Kammer, die dahinter lag. »Also, das ist interessant«, sagte er.

»Haben wir einen Weg nach draußen gefunden oder nicht?«, wollte Kurt wissen.

»Ich glaube, wir haben den Wagenpark gefunden«, sagte Joe.

Kurt runzelte die Stirn. »Wovon redest du?«

»Sieh es dir selbst an«, forderte Joe ihn auf. »Du wirst nicht enttäuscht sein.«

Kurt und Renata kletterten auf den Hügel und streckten sich neben Joe aus. Nachdem sie ebenfalls ihre Lampen angeknipst hatten, war noch besser zu erkennen, was Joe überrascht hatte. Sie blickten in einen weiten offenen Raum, in dem dicht an dicht seltsame Automobile standen. Die Fahrzeuge hatten lange, flache Hauben, keine Verdecke, und sie standen auf großen Rädern und Reifen, die fast genauso hoch waren wie die Motorhauben und die Gepäckräume. Benzinkanister und Werkzeug waren mit Gurten an den Seiten befestigt, und schwere Maschinengewehre ruhten auf Dreibeinen zwischen Rück- und Vordersitzen.

»Was sind das denn?«, fragte Renata. »Humvees?«

Eine entfernte Ähnlichkeit war unverkennbar. »Eher Humvee-Vorfahren«, sagte Joe. »Diese Dinger sehen aus, als wären sie aus dem Zweiten Weltkrieg übrig geblieben.«

Kurt gab sich einen Ruck, schlängelte sich durch die Lücke zwischen Tunneldecke und Schutthaufen und kletterte den Schutthaufen hinunter in den nächsten Teil der Höhle. »Das sollten wir uns auch mal ansehen.«

Der Raum hatte in etwa die Ausmaße eines kleinen Flugzeughangars. Sieben von den seltsamen Fahrzeugen parkten dort. An verschiedenen Stellen waren die Felswände mit Zement geglättet worden. Und stählerne Pfeiler mit flachen Tellern am oberen und unteren Ende waren an einigen Punkten der Höhle aufgestellt worden, um die Decke zu stützen.

Das Design der Fahrzeuge vermittelte einen aggressiven Eindruck. Die abgeschrägten Hauben und die riesigen Reifen machten dem Betrachter klar, dass er Fahrzeuge vor sich hatte, die für unwegsames Gelände und weiche Sandpisten konstruiert waren. Selbst im geparkten Zustand vermittelten sie einen Eindruck von Schnelligkeit. Die Panzerplatten am hinteren Ende des Fahrzeugs waren teils durchlöchert, teils in Jalousieform, um eine ausreichende Luftkühlung des im Heck positionierten Motors zu gewährleisten.

Kurt kniete neben einem der Fahrzeuge und wischte den Staub von seiner Seitenwand. Es war braun lackiert, die beim Militär übliche Wüstenfarbe. Außerdem kamen unter der Staubschicht Zahlen und dann eine kleine Flagge zum Vorschein. Grün, weiß, rot, mit einem silbernen Adler im Zentrum. Die italienische Trikolore. Der silberne Adler kennzeichnete sie als Kriegsflagge.

»Die Fahrzeuge sind italienischer Herkunft«, sagte Kurt.

»Tatsächlich?«, sagte Renata überrascht.

Eine zweite Flagge erregte Kurts Neugier. Darauf befand sich eine schwarze Fläche mit einem seltsamen Symbol in der Mitte – ein Bündel von Stäben, an dem eine Axt festgebunden war, deren Klinge seitlich herausragte. Der Axtkopf war ein stilisierter Löwenkopf.

Renata ging neben Kurt in die Hocke und richtete ihre Stablampe auf die Darstellung. Sie erkannte sie auf Anhieb. »Die Flagge der Faschisten«, sagte sie. »Dieser Wagenpark gehörte Mussolini.«

»Persönlich?«

»Nein«, sagte Renata. »Was ich meine, ist, sie waren Teil einer italienischen militärischen Einheit aus, wie Joe vermutet hat, dem Zweiten Weltkrieg.«

»*Saharianas!*«, rief Joe von der anderen Seite des Fahrzeugs herüber.

»*Gesundheit*«, antwortete Kurt.

»Das war kein Niesen«, rief Joe. »So nannte man damals diese Fahrzeuge. Sie wurden bei der Fernaufklärung eingesetzt und in Nordafrika benutzt. Von Tobruk bis El Alamein und überall dazwischen.«

»Was haben sie so weit von der Küste zu suchen? Die italienische Armee ist doch nicht mal bis in die Nähe von Kairo vorgedrungen.«

»Vielleicht gehörten diese Fahrzeuge zu einem Vorauskommando«, sagte Joe. »Denn dafür waren sie eigentlich konstruiert: kundschaften und aufklären.«

Sie hielten in dem Raum nach anderen Hinweisen Ausschau und fanden Ersatzteile, leere Benzinkanister, Waffen und Werkzeug.

»Hier drüben«, rief Renata.

Kurt und Joe fanden sie in einer Nische hinter zwei Fahrzeugen. Vor ihr lag ein Leichnam, bekleidet mit einer italienischen Uniform aus jener Zeit. Sein Kopf ruhte auf einer staubigen Schlafrolle.

Ausgedörrt durch das Wüstenklima, war das Gesicht unfassbar hager und eingefallen, und die Knochenhand, immer noch von lederartiger Haut umhüllt, ruhte auf dem Griff einer Pistole. Ein kleines Häufchen Asche und nur zum Teil verbrannte Papiere lagen neben dem Toten.

Kurt stocherte in den Brandresten herum und fand einen angesengten Papierfetzen mit lesbarer Schrift darauf. Die Sprache war Italienisch, daher reichte er Renata seinen Fund.

»Befehle«, sagte sie nach einem kurzen Blick auf die Buchstaben. »Offenbar wollte er sie vernichten.«

»Können Sie irgendetwas entziffern?«

»›Stören und Unruhe stiften‹«, sagte sie, nachdem sie den verblichenen Zettel ins Licht gehalten hatte. »›Chaos erzeugen, bevor …‹ Das ist alles, was ich entziffern kann.«

»Typische Befehle für Scharmützler.«

Renata gab Kurt den angesengten Papierfetzen zurück und ergriff ein kleines Büchlein, das neben dem Aschehaufen lag. Sie schlug es auf. Ein persönliches Tagebuch. Die meisten Seiten waren herausgerissen. Die noch vorhandenen waren leer, außer einem Abschiedsgruß an jemanden namens Anna-Marie.

»›Das Wasser ist nahezu aufgebraucht. Wir sind jetzt seit drei Wochen hier. Wir haben keine Nachrichten gehört, aber wir müssen annehmen, dass die Engländer Rommel zum Umkehren gezwungen haben. Einige von den Jungs wollen trotzdem losziehen und kämpfen, aber ich habe sie nach Hause geschickt. Warum sollen sie für nichts sterben? Soldaten haben wenigstens die Möglichkeit zu kapitulieren. Wenn man uns schnappt, werden wir als Spione erschossen.‹«

»Ich frage mich, weshalb er damit rechnete, erschossen zu werden«, sagte Joe. »Eigentlich sieht er doch aus wie ein regulärer Soldat.«

»Vielleicht weil sie so weit hinter den feindlichen Linien waren«, sagte Kurt.

»Wie hat er sie dann nach Hause geschickt?«, fragte Joe. »Und warum wurden die Wagen hier zurückgelassen?«

Renata blätterte die restlichen Papiere durch. Sie fand nichts, was diese Fragen beantwortet hätte.

»Steht da noch mehr?«

»Seine Handschrift ist kaum lesbar«, sagte Renata. »›Spitfires überfliegen uns täglich … bisher haben sie mich nicht gefunden, aber ich kann nicht hoffen, fliehen zu können, ohne entdeckt zu werden. Ich habe den Tunnel gesprengt. Den Engländern sollen unsere Schlachtrösser nicht in die Hände fallen. Es ist zu schade. Wir hätten einiges ausrichten können. Wir hätten weniger Benzin und stattdessen mehr Wasser mitnehmen sollen. Meine Kehle ist vollkommen zu. Aus Mund und Nase kommt Blut. Ich könnte meine Pistole benutzen, um diese Qual zu beenden, aber das ist eine Todsünde. Wenn ich nur einschlafen und nicht mehr aufwachen könnte. Aber jedes Mal, wenn ich die Augen schließe, träume ich von frischem, kaltem Wasser – und wache dann genauso ausgetrocknet auf wie vorher. Ich werde hier sterben, ich werde verdursten.‹«

Sie klappte das Buch zu. »Das ist der letzte Eintrag.«

Kurt atmete tief durch. Das Geheimnis hinter dieser versteckten Basis und den antiken Geländefahrzeugen würde noch etwas warten müssen. Sie hatten ihre eigenen Probleme, und der Brief des Soldaten hatte sie nach Kurts Meinung offengelegt.

»Die gute Nachricht ist«, verkündete er, »dass in der Nähe ein Eingang existieren muss, durch den sie diese Fahrzeuge hereingebracht haben. Die schlechte Nachricht ist, dass unser tapferer Freund ihn offenbar gesprengt hat, um zu verhindern, dass die Engländer diese Wagen entdecken.«

»Wenn wir den Ausgang finden, vielleicht können wir uns einen Weg durch den Schutt graben«, sagte Renata.

»Möglich wäre es«, sagte Kurt. »Aber ich bin mir plötzlich nicht mehr sicher, dass dies die beste Idee ist.«

Die beiden sahen ihn an, als ob er den Verstand verloren hätte.

Kurt deutete mit einem Kopfnicken auf den italienischen Soldaten. »Er machte sich Sorgen wegen Spitfires. Wir müssen uns wegen etwas Ähnlichem Sorgen machen. Falls es euch noch nicht aufgefallen sein sollte, aber unsere Verfolger haben die Jagd offensichtlich aufgegeben. Und dafür kann ich mir nur zwei Gründe vorstellen. Entweder gibt es keinen Ausgang … oder aber es gibt einen, und Shakirs Männer liegen daneben auf der Lauer wie der Wolf, der sich vor einem Kaninchenloch hungrig die Lefzen leckt.«

Joe bot eine Lösung an. »Hier lagern genügend Waffen, Munition und Sprengstoff. Wenn wir eins dieser Vehikel in Gang setzen und den Sprengstoff benutzen könnten, um uns den Weg freizusprengen, schaffen wir es vielleicht, die Sperre, die sie vorbereitet haben, niederzuwalzen. Wenn sie hinter der Sperre auf uns warten, rechnen sie allenfalls damit, dass wir mit diesem zweisitzigen ATV erscheinen, aber nicht mit einem schwer gepanzerten Kampfwagen.«

»Das wäre wirklich eine nette Überraschung, die wir ihnen bereiten könnten«, sagte Kurt. »Aber wir haben sie bereits ziemlich heftig verwundet. Sie wissen, dass wir den Schwarzen Nebel haben. Und das bedeutet, dass sie uns alles entgegenwerfen werden, das ihnen zur Verfügung steht. Sie haben gar keine andere Wahl. Dein Freund Edo sprach doch davon, dass sie eine private Armee unterhalten. Das kann alles Mögliche bedeuten – Panzer, Hubschrauber, Kampfflugzeuge, was weiß ich. Aber selbst mit einem dieser Panzerwagen hätten wir nicht die geringste Chance.«

Joe nickte nachdenklich.

»Außerdem denke ich an die Lage in Libyen«, sagte Kurt und fuhr fort: »Ganze Städte leiden unter Durst. Hunderttausende sind ohne Wasser. Viele von ihnen werden genauso leiden und sterben wie dieser Soldat.«

»Nicht, dass am Tod irgendetwas gut sein kann«, sagte Renata. »Aber an Wassermangel zu sterben, ist qualvoll. Organe streiken, die Augen erblinden, aber der Körper kämpft, um durchzuhalten.«

Kurt nickte. »Wenn wir auf dem Weg zurückkehren, auf dem wir hierhergekommen sind, und eine Ladung von dem Sprengstoff mitnehmen, vielleicht können wir dann die Pipeline sprengen oder die Pumpen lahmlegen.«

Joe schien diese Vorstellung zu gefallen. Aber er würde Kurt ohnehin überallhin folgen. »So etwas erwarten sie niemals, das ist wohl sicher.«

»Was ist mit den Proben, die in ein Labor gebracht werden sollen?«, fragte Renata.

Kurt sagte: »Brad Golner erwähnte ein anderes Labor. Daher müssen wir – selbst wenn wir den Ausgang finden sollten, uns den Weg freisprengen und uns mit Shakirs Leuten herumschlagen – immer noch dieses Gift einem medizinischen Team übergeben, ehe es zerfällt.«

Renata hatte dem noch etwas Wichtiges hinzuzufügen. »Selbst wenn wir die Probe rechtzeitig zu einem Labor bringen, haben wir keine Garantie, dass eine Analyse dem Forschungsteam auch gleich den entscheidenden Hinweis liefert, wie man seine Wirkung neutralisieren kann. Das Beste, das wir erhoffen können, ist, die gefährliche Substanz zu isolieren und eine Versuchsreihe zu starten. Ich würde es als Wunder bezeichnen, wenn es weniger als ein paar Monate dauern würde, ehe wir eine Antwort finden.«

»Und laut Ihrer ersten Einschätzung haben die Opfer von Lampedusa höchstens noch ein paar Tage zu leben«, bemerkte Kurt.

Sie nickte. »Einige sind wahrscheinlich schon gestorben.«

So viel hatte Kurt bereits vermutet. Die Jungen und die Alten, die Schwachen und die Kranken. Sie traf es immer zuerst.

»Heißt das, zurück in die Löwengrube?«, fasste Joe zusammen. »Versuchen wir es mit einem Überraschungsangriff?«

Kurt nickte.

»Ich bin dabei«, sagte Joe.

»Es ist ein gewagtes Spiel«, sagte Renata. »Aber es klingt, als wäre es das einzige, das wir versuchen können.«

Kurt betrachtete es nicht als ein gewagtes Spiel, sondern als ein kalkuliertes Risiko. »Ein wichtiger Punkt spricht für uns«, sagte er. »Wenn uns die meisten Männer übertage erwarten, ist untertage sicherlich nur mit einer Notmannschaft zu rechnen.«

»Gib mir ein paar Stunden, und wir haben noch einen zweiten Punkt, der für uns spricht«, sagte Joe.

»Zwei Punkte?«

»Das Überraschungsmoment und einen eigenen *Sahariana*.«

Kurt grinste. Wenn diese Ankündigung von jemand anderem als Joe Zavala gekommen wäre, hätte Kurt ihm geraten, seine Zeit nicht zu vergeuden. Aber Joe war ein Virtuose in allem, was Mechanik betraf. Wenn der *Sahariana* wieder in Gang gebracht werden konnte, dann war Joe wahrscheinlich der Einzige, der es auch schaffen würde.

54

Irgendwo über dem Mittelmeer

Paul und Gamay Trouts Abflug von Bengasi wurde um fast vierundzwanzig Stunden verschoben, als der Flughafen wegen zunehmender Gewaltausbrüche vorübergehend geschlossen wurde. Ebenso wie die Trouts wollten auch die Piloten um jeden Preis die Stadt verlassen. Die Maschine war bereits aufgetankt und erhielt innerhalb einer Stunde die Startfreigabe. Sie befand sich nun in siebenunddreißigtausend Fuß Höhe über dem Mittelmeer.

Die Challenger 650 hatte eine für einen Firmenjet recht große Kabine, die der Maschine auf dem Boden ein gedrungenes Aussehen verlieh, jedoch für so große Menschen wie Paul Trout, sobald sie an Bord gingen, ein wahrer Segen war.

»Ich ziehe das hier der klapprigen alten DC-3 jederzeit vor«, verkündete er.

»Ich weiß nicht so recht«, erwiderte Gamay. »Die alte Kiste hatte doch einen gewissen rustikalen Charme.«

»Rostiger Charme würde besser passen«, korrigierte Paul Trout.

Einander in cremefarbenen Ledersesseln gegenübersitzend, erfreuten sich Gamay und Paul an einem dicken Teppich mit Streifenmuster unter ihren Füßen, der weich genug war, um das Ausziehen der Schuhe zu rechtfertigen.

Sie öffneten ihre Laptops, stellten sie auf die Klapptische und loggten sich auf der verschlüsselten NUMA-Website ein.

»Ich beschäftige mich mit Villeneuve und seinem Leben«, sagte Paul. »Mal sehen, ob ich einen Aufbewahrungsort für seine Hinterlassenschaft oder irgendeinen Hinweis darauf finden kann, was er mit den Briefen gemacht hat, die D'Campion ihm schickte.«

Sie nickte. »Und ich nehme mir die Korrespondenz zwischen diesen beiden Männern vor, die Kurt auf die NUMA-Site hochgeladen hat. Hoffentlich meldet sich mein College-Französisch zurück. Und wenn nicht, muss ich mich wohl auf das Übersetzungsprogramm verlassen.«

Die Ruhe in der Kabine und der dreistündige Flug schenkten ihnen ideale Bedingungen und genügend Zeit, um einen Großteil der Arbeit zu erledigen, die sie sich aufgehalst hatten. Nach der Hälfte der Zeit saß Gamay mit verschränkten Beinen auf ihrem Sitz, hatte sich das Haar nach hinten gebunden und erinnerte an eine Studentin, die für ihr Abschlussexamen paukt.

Paul blickte von seinem Laptop hoch. »Für einen Mann, der ein so interessantes Leben gelebt und solch eine wichtige Rolle in der Geschichte gespielt hat, gibt es nicht viel über Admiral Villeneuve zu finden.«

»Was hast du gefunden?«

»Er stammte aus einer adligen Familie«, sagte Paul. »Nach aller Logik hätte er mit Marie Antoinette und anderen auf der Guillotine enden müssen. Aber offensichtlich unterstützte er schon früh die Revolution und durfte seinen Posten in der französischen Marine behalten.«

»Vielleicht war er ein Charmeur«, vermutete Gamay.

»Das muss er wohl gewesen sein. Nach dem Desaster in der Bucht von Abukir wurde er von den Engländern geschnappt, kehrte dann nach Frankreich zurück und wurde wegen Feigheit angeklagt. Und dennoch wurde er ausgerechnet von Napoleon verteidigt. Er nannte Villeneuve ein Glückskind. Anstatt vor ein Kriegsgericht gestellt zu werden, wurde Villeneuve zum Vizeadmiral befördert.«

Gamay lehnte sich zurück. »Eine wahrlich überraschende Wende.«

»Vor allem, wenn man bedenkt, dass er Napoleon in Ägypten fast eigenhändig stranden ließ, was dessen Niederlage unvermeidlich machte.«

»Ich frage mich, ob sein Glück etwas mit dieser ›Waffe‹ zu tun hatte«, sagte Gamay. »Du musst wissen, dass die Bucht von Abukir nicht weit von Rosette entfernt ist. Ich habe in D'Campions Briefen mehrere Hinweise auf Artefakte gefunden, die sie von dort mitgenommen haben. Einige tragen dreisprachige Inschriften wie auch der Stein von Rosette. In einer der ersten von D'Campion verfassten Übersetzungen ist von der Macht des Osiris, Leben zu nehmen und Leben wieder zurückzugeben, die Rede. Was wäre, wenn Villeneuve diese Waffe schon bei seiner ersten Entlassung Napoleon gegenüber als Lockmittel benutzt hat?«

Paul überlegte. »Indem er ständig Versprechungen machte? Sich damit die Ernennung zum Vizeadmiral erkaufte, dann die Flotte in eine weitere Katastrophe führte, ehe er erneut zu Napoleon kam und behauptete, endlich einen Durchbruch erzielt zu haben?«

»Es war wie in der Fabel vom Hirtenjungen und dem Wolf. Wer einmal lügt, dem glaubt man nicht«, vermutete Gamay.

»Nur wollte Napoleon mittlerweile nichts mehr davon hören.«

Gamay nickte. »Aber Villeneuve konnte sich nicht bremsen. In seinen Briefen ist von Vorsehung und Verzweiflung die Rede. Von einer Chance, seine eigene persönliche Geschichte neu zu schreiben. Aber in dem letzten Brief, der sich in D'Campions Ordner befindet, klingt Villeneuve besonders besorgt. Er ist der Meinung, dass Napoleon seinen Behauptungen nicht länger glaubt.«

»Wann hat er das geschrieben?«

»Am 19. Germinal des Jahres XIV«, sagte Gamay. »Laut Computer ist das der … neunte April 1806.«

»Weniger als zwei Wochen, bevor er getötet wurde.«

»Napoleon war dafür bekannt, schnell und gelegentlich drastisch zu handeln«, fügte Paul hinzu. »Und für eine absolute Geringschätzung jedem und allem gegenüber, der oder das versuchte, ihm Schranken aufzuerlegen. Als die Invasion Englands verworfen wurde, entschied er, nach Osten zu marschieren und stattdessen in Russland einzufallen, nur um jemanden zu haben, den er unterwerfen und beherrschen konnte. Natürlich wartete am Ende nicht weniger als eine Katastrophe. Aber Villeneuve, der mit dieser Waffe winkt, ist anscheinend etwas, das sich Napoleon nicht allzu lange gefallen ließ.«

Gamay schaute auf die Uhr. »Wir landen bald. Hast du irgendeine Vorstellung, wo wir anfangen sollen?«

Paul seufzte. »Es gibt keine Bibliothek, in der Villeneuves Papiere gesammelt sind, kein Museum oder Denkmal, das man seinem Andenken gewidmet hat. Das Einzige, das ich gefunden habe, sind ein paar Zeitungsausschnitte von vor zwanzig Jahren, die auf eine Frau namens Camila Duchene verweisen. Sie versuchte damals, einige Papiere und Kunstwerke zu verkaufen, die sie im Haus ihrer Familie gefunden haben wollte und die angeblich Villeneuve und einem anderen Adligen gehört hätten.«

»Was ist mit den Papieren geschehen?«

»Sie wurden als Fälschungen verworfen«, sagte Paul. »Villeneuve hatte sich nie als Maler betätigt. Aber interessanterweise besaßen ihre Vorfahren die Pension, in der Villeneuve in den Wochen vor seinem Tod gewohnt hat.«

In diesem Moment veränderte sich der Klang der Triebwerke, und die Maschine ging in einen sanften Sinkflug. Gleichzeitig erklang die Stimme des Piloten aus den Kabinenlautsprechern. »Wir nähern uns Rennes. Wir landen in etwa fünfzehn Minuten.«

»Damit bleibt uns eine Viertelstunde, um Madame Duchene aufzuspüren«, empfahl Paul.

»Du nimmst mir die Worte aus dem Mund.«

55

Paul und Gamay Trout stiegen kurz nach Sonnenaufgang in einen Mietwagen. In der allgemein zugänglichen Datenbank der Stadt- und Bezirksverwaltung hatte Gamay die Adresse von Camila Duchene gefunden und agierte nun als Navigator, während Paul durch Straßen fuhr, die halb so breit und doppelt so verschlungen erschienen wie notwendig.

Der Straße zu folgen, die kreuz und quer verlief, scharfe Kurven beschrieb und gelegentliche Schwenks vollführte, sodass sie streckenweise in die entgegengesetzte Richtung führte, war schon schlimm genug; dies jedoch in einem Wagen zu tun, in dem er sich entsetzlich eingeengt fühlte, weil er sich geradezu hatte hineinfalten müssen, und gleichzeitig mit Nebelschwaden zu kämpfen, die ihm die Sicht versperrten, machte das Ganze noch um einiges schwieriger. Als ihnen aus einer solchen Dunstwolke ein Lastwagen in voller Fahrt entgegenkam und sie mit wenigen Zentimetern Abstand passierte, lenkte Paul den Mietwagen auf den Seitenstreifen und entwurzelte dabei einige ungünstig platzierte Zierpflanzen.

Gamay sah ihn von der Seite an.

»Das Grünzeug hätte sich da sowieso nicht lang gehalten«, sagte er.

Schließlich gelangten sie in die Nähe des Stadtzentrums. Paul rangierte den Wagen auf den ersten Parkplatz, den er finden konnte. »Den Rest des Weges können wir zu Fuß gehen«, entschied er.

Gamay öffnete die Tür. »Gute Idee. Das ist auch für jeden anderen Verkehrsteilnehmer sicherer. Und außerdem für die französische Pflanzenwelt.«

Mit einem Zettel in der Hand, auf der die Adresse stand, gingen sie über nasses Kopfsteinpflaster auf ein Bauwerk zu, das wie eine kleine Burg aussah. Zwei runde wehrhafte Türme, verbunden durch eine massive Mauer, versperrten den Weg. Ein gewölbter Tordurchgang in der Mitte der Mauer gestattete ihnen den Zugang zur Stadt.

»*Porte mordelaise*«, sagte Gamay nach einem Blick auf das Straßenschild an der Mauer.

Als sie den Durchgang passiert hatten, kam es ihnen so vor, als würden sie eine mittelalterliche Stadt betreten, und auf gewisse Weise taten sie das auch. Sie befanden sich jetzt im ältesten Stadtviertel von Rennes, und die Porte Mordelaise war einer der wenigen noch erhaltenen Abschnitte der Wehrmauer, die die Stadt einst umgeben hatte.

Sie folgten einer schmalen Straße, bis sie die gesuchte Adresse erreicht hatten. Es war noch ziemlich früh, aber als Paul an die Haustür klopfte, atmete er den Duft frisch gebackenen Brotes ein. Also war hier zumindest jemand wach.

»Ich spüre gerade, wie hungrig ich bin«, sagte Paul. »Ich habe seit zwölf Stunden nichts gegessen.«

Die Tür ging auf, und eine weißhaarige zierliche Frau von bestimmt neunzig Jahren stand in der Türöffnung. Sie war adrett gekleidet und trug eine Stola um ihre Schultern. Sie presste die Lippen zusammen und musterte die beiden Amerikaner mit ernster Miene.

»*Bonjour*«, sagte sie. »*Puis-je vous aider?*«

Gamay erwiderte: »*Bonjour, êtes-vous Madame Duchene?*«

»*Oui*«, sagte die alte Dame. »*Pourquoi?*«

Gamay hatte eine Rede auf Französisch mit Bezug auf die Briefe Admiral Villeneuves einstudiert. Sie trug sie langsam vor.

Madame Duchene neigte den Kopf leicht auf die Seite und hörte zu. »Sie sprechen ein gutes Französisch«, sagte sie dann auf Englisch, »für eine Amerikanerin. Sie beide sind doch Amerikaner, oder nicht?«

»Doch, das sind wir«, bestätigte Gamay und war sich bewusst, dass amerikanische Touristen in Europa häufig einen schlechten Ruf hatten.

Anstatt sie wegzuschicken, lächelte Madame Duchene und forderte sie mit einer Handbewegung auf einzutreten. »Kommen Sie«, sagte sie. »Ich bin gerade dabei, ein paar Crêpes zuzubereiten.«

Gamay sah Paul, der breit grinste, warnend an. »Ich bin wirklich ein Glückspilz.«

Der aromatische Duft in Madame Duchenes Küche war himmlisch. Zu dem Duft frischen Brotes, das sie soeben gebacken hatte, erfüllten auch noch die Aromen von frischen Aprikosen, Blaubeeren und Vanille den sonnendurchfluteten Raum.

»Bitte, setzen Sie sich«, sagte Madame Duchene. »Ich bekomme nicht oft Besuch, darum freue ich mich über diese unerwartete Abwechslung.«

Sie nahmen an einem kleinen Tisch in der Küche Platz, während Madame Duchene zur Anrichte zurückkehrte. Sie schlug Eier auf, fügte Mehl hinzu und hatte im Nu einen fertigen Pfannkuchenteig in einer Schüssel. Währenddessen sprach sie weiter und schaute gelegentlich zu Paul und Gamay.

»Mein erster Ehemann war Amerikaner«, erzählte sie. »Ein Soldat. Ich war fünfzehn, als ich ihn kennenlernte. Er kam mit der Army, um die Deutschen zu verjagen … Blaubeeren?«

»Madame Duchene«, unterbrach Gamay. »Ich weiß, dass es seltsam erscheinen muss, aber wir sind in großer Eile …«

»Blaubeeren klingen wundervoll«, unterbrach Paul.

Erneut traf ihn dieser gewisse Blick. Diesmal doppelt so streng. Paul erschien jedoch völlig unberührt. »Kein Grund, etwas zu überstürzen«, flüsterte er, während Madame Duchene ihre Vorbereitungen fortsetzte. »Irgendwann und irgendwo müssen wir ohnehin essen. Das kann auch gleich hier sein.«

Gamay verdrehte die Augen.

»Blaubeeren sind gesund«, fügte Madame Duchene hinzu, ohne sich umzudrehen. »Sie verhelfen zu einem langen Leben.«

»Nicht, wenn einen die Ehefrau vorher umbringt«, murmelte Gamay halblaut.

Paul quittierte den Scherz mit einem Grinsen. »Erzählen Sie mehr von Ihrem Mann«, bat er ihre Gastgeberin.

»Oh, er war ein großer attraktiver Mann. So wie Sie«, sagte sie, drehte sich um und sah Paul prüfend an. »Er hatte eine Stimme wie Gary Cooper. Wenn auch nicht ganz so tief wie Ihre.«

Gamay seufzte. Wenn schon eine andere Frau mit ihrem Mann flirten wollte, dann, so dachte sie, wäre sie bei einer neunzigjährigen französischen Lady, die Crêpes zubereitete, am ehesten auf der sicheren Seite. Außerdem war Gamay ebenfalls ausgehungert. Und wenn Paul seinen Charme erst richtig spielen ließ, erfuhren sie Camila Duchenes Geschichte mit seiner Taktik vielleicht schneller und vollständiger.

Es dauerte noch bis nach dem Frühstück, dann endlich folgte die Geschichte. »Mein Großvater hatte die Briefe in seinem Besitz«, berichtete Madame Duchene. »Er hat nie darüber gesprochen … Es hatte wohl etwas mit der Schande zu tun, dass jemand im Stammsitz der Familie erstochen wurde. Und Villeneuve war nicht gerade auf eine Art und Weise berühmt, dass man sich allzu gern an ihn erinnerte.«

»Aber Sie haben versucht, die Briefe zu verkaufen, nicht wahr?«, fragte Gamay.

»Ja, vor Jahren schon. Der Grund waren finanzielle Probleme. Wir hatten alles verloren. Nachdem mein Mann starb, kam der große Zusammenbruch für uns. Damals war man verrückt nach allem, was irgendwie historisch war. Besonders gefragt waren Dinge, die mit Napoleon zu tun hatten. Wenn man ein Buttermesser besaß, das er früher benutzt hatte, konnte man gut und gern zehntausend Francs dafür verlangen.«

»Und das erinnerte Sie dann an die Briefe«, vermutete Paul.

»*Oui*«, sagte Madame Duchene. »Ich dachte, wenn sie bei einer Auktion verkauft werden könnten, wären wir gerettet. Aber dazu sollte es nicht kommen. Wir wurden als Fälscher und Betrüger beschimpft, und niemand wollte akzeptieren, dass wir guten Glaubens gehandelt hatten.«

»Wir haben andere Briefe, die Villeneuve an D'Campion geschrieben hat«, sagte Paul. »Wenn die Handschriften übereinstimmen, wäre das doch eine Hilfe, um zu beweisen, dass Ihre Briefe echt waren.«

Die alte Dame lächelte so, dass ihr Gesicht trotz der zusätzlichen Falten noch schöner erschien. »Ich fürchte, das würde nicht viel nützen«, sagte sie. »Ich habe die Briefe weggegeben.«

Gamay schüttelte enttäuscht den Kopf. »Wem?«

»Der Bibliothek. Zusammen mit einem Stapel alter Bücher. Und den Gemälden.«

Paul sah auf die Uhr. »Besteht die Chance, dass die Bibliothek bereits geöffnet hat?«

Madame Duchene erhob sich und warf einen Blick auf die Uhr an der Wand. »Es müsste jeden Moment so weit sein«, sagte sie. »Bitte, warten Sie, ich packe Ihnen eine Kleinigkeit ein, damit Sie nicht verhungern.«

Die Bibliothek, zu der Camila Duchene sie verwiesen hatte, befand sich in einem vierstöckigen Gebäude und war auf seltene Bücher und alles Handgeschriebene und Gedruckte spezialisiert, das mit französischer Geschichte zu tun hatte. Sie schälte sich am Ufer des Kanals, der mitten durch Rennes verlief, aus dem grauen Morgendunst. Früher ein natürlicher Fluss, war er im Laufe der Jahrhunderte befestigt und eingemauert worden, um Überschwemmungen zu vermeiden und den Bau von Häusern an seinem Ufer zu ermöglichen. Wie bei vielen Flüssen in den alten Städten Europas war dort, wo er durch das Stadtzentrum floss, inzwischen nicht mehr viel von seinen natürlichen Ufern zu sehen.

Wie Paul und Gamay feststellen konnten, machte das Personal in der Bibliothek einen zwar reservierten, aber hilfsbereiten Eindruck. Sobald man sich vergewissert hatte, wer die Trouts waren, wurde ihnen ein Helfer zugeteilt. Er geleitete sie zu einem Bereich im hinteren Teil des Gebäudes und führte sie zu den Objekten, die Madame Duchene gespendet hatte.

»Den Papieren wurde nur wenig Wert beigemessen«, erklärte der helfende Bibliothekar. »Die Gemälde wurden auch nicht als besonders wertvoll eingestuft. Bei ihnen handelt es sich anscheinend um amateurhafte Darstellungen von Schlachtszenen. Niemand glaubt, dass Villeneuve sie gemalt hat, zum einen weil er kein Maler war und dann auch, weil die Bilder nicht signiert sind.«

»Und weshalb bewahren Sie sie weiter auf?«, wollte Gamay wissen.

»Weil dies die Bedingungen sind, unter denen sie gespendet wurden«, sagte der Bibliotheksangestellte. »Wir müssen sie mindestens einhundert Jahre lang verfügbar halten oder anderenfalls an Madame Duchene oder ihre Erben zurückgeben. Und da ihre Provenienz nicht vollständig in Zweifel gezogen werden konnte, erschien es vernünftig, sie anzunehmen, anstatt zuzulassen, dass sie auf Nimmerwiedersehen irgendwo verschwanden.«

Paul sagte: »Es wäre ja auch ärgerlich, wenn man am Ende feststellt, dass etwas, das bei einem Garagenbasar verscherbelt wurde, doch ein Vermögen wert ist.«

»Garagenbasar?«, wiederholte der Bibliothekar und demonstrierte jene spezielle Art von akademischem Missfallen, das die Franzosen bis zur höchsten Perfektion entwickelt haben.

»Wo man seinen Plunder und sein Gerümpel loswerden kann«, sagte Paul. »Die Leute in Amerika veranstalten sie ständig.«

»Das kann ich mir gut vorstellen.«

Gamay unterdrückte mühsam ein Lachen und blätterte weiter die Bücher durch. Eines behandelte das ptolemäische Griechisch, jenes Griechisch, das man auf vielen dreisprachigen Inschriften in Ägypten antreffen konnte. Was vielversprechend erschien, da Villeneuve und D'Campion angeblich an verschiedenen Übersetzungen gearbeitet hatten.

Das andere Buch war eine Abhandlung über den Krieg, geschrieben von einem französischen Autor, von dem sie noch nie gehört hatte. Als sie das Buch durchsah, fand sie keinerlei lose Blätter oder Notizen darin.

»Was ist mit den Briefen?«, fragte Gamay. »Mit den Handschriften?«

Der Bibliothekar holte ein anderes Buch hervor. Es war dünn und hatte einen modernen Einband, der auf ein Fotoalbum schließen ließ. Im Innern, eingeschweißt in Kunststofffolie, befanden sich zweihundert Jahre alte Papiere, die mit verblichenen verschnörkelten Schriftzeilen, geschrieben mit einem Federhalter oder gar einem Federkiel, bedeckt waren.

»Es gab fünf Briefe«, erklärte der Bibliothekar, »insgesamt siebzehn Seiten. Sie befinden sich alle in diesem Ordner.«

Gamay zog sich einen Stuhl heran, ließ sich darauf nieder und knipste eine Leselampe an. Mit einem Notizblock und einem Bleistift neben dem Ordner begann sie mit der Lektüre der Briefe. Sie kam nur langsam voran, da die Briefe auf Französisch geschrieben und im Stil der damaligen Zeit gehalten waren, der offensichtlich kurze und präzise Formulierungen vermied.

Während Gamay mit dem Übersetzen begann, fragte Paul: »Darf ich die Bilder sehen?«

»Sicher«, sagte der Bibliothekar.

Sie gingen ein Stück weiter an den Archivschränken entlang bis zu einer Schranktür, die der Bibliothekar mit einem Schlüssel öffnete. Im Innern des Schranks befanden sich ein Dutzend gerahmter Bilder in unterschiedlichen Formaten. Sie waren in vertikale schmale Fächer eingeordnet.

»Hat Villeneuve diese Bilder gemalt?«

»Nur drei«, antwortete der Bibliothekar. »Und ich muss Sie darauf aufmerksam machen, dass es keinen Beweis gibt, dass sie tatsächlich von ihm stammen.«

Paul hatte Verständnis für diese Warnung. Trotzdem wollte er sich ansehen, was Villeneuve vielleicht zustande gebracht hatte.

Der Bibliothekar zog das erste der drei Gemälde, das mit einem schlichten Holzrahmen versehen war, heraus, stellte es auf eine Staffelei und ging zum Schrank, um die beiden anderen Gemälde zu holen. Alle Rahmen sahen alt und abgenutzt aus.

»Sind das die originalen Rahmen?«, fragte Paul.

»Natürlich«, bestätigte der Bibliothekar. »Wahrscheinlich sind sie mehr wert als die Bilder.«

Paul knipste eine Lampe an und studierte die Werke. Die Ölfarbe war mit groben Pinselstrichen dick aufgetragen, und die Farbgebung wirkte insgesamt eher unsensibel und unharmonisch.

Das erste Bild war eine Dreiviertelansicht von einem ganz aus Holz gezimmerten Kriegsschiff. Die Perspektive war nicht allzu genau eingehalten worden, und das Schiff sah beinahe zweidimensional aus.

Auf dem zweiten Bild war eine Straßenszene zu sehen, eine düstere Gasse bei Nacht, voll von dunklem Nebel. In der rechten oberen Ecke entdeckte er drei Dreiecke auf einer fernen Ebene.

Das dritte Bild zeigte mehrere Männer in einem Langboot, die sich kraftvoll in die Riemen legten.

Nachdem er die Gemälde eine Minute lang betrachtet hatte, begriff Paul, was der Bibliothekar mit amateurhaft meinte. Da ertönte am Empfang ein lauter Ruf nach dem Bibliothekar. »Ich komme, Matilda«, antwortete er. Zu Paul sagte er: »Ich bin gleich zurück.«

Paul nickte. Und während sich der Bibliothekar entfernte, ging er zu Gamay hinüber. »Hast du in den Briefen irgendwas von Interesse gefunden?«

»Eigentlich nicht«, sagte sie. »Ich glaube, dass man sie noch nicht einmal als Briefe bezeichnen kann. Sie sind zwar datiert, aber nicht signiert. Außerdem sind sie an niemanden speziell gerichtet. Und selbst mit meinen begrenzten Französischkenntnissen kann ich erkennen, dass sie weitschweifig sind und von ständigen Wiederholungen wimmeln.«

»Wie ein Tagebuch?«, fragte Paul.

»Eher wie die Ergüsse eines Wahnsinnigen, der sich in etwas hineinsteigert«, sagte Gamay. »Der Selbstgespräche führt und immer wieder über die gleichen Dinge schimpft.«

Sie deutete auf den Brief, mit dem sie sich gerade beschäftigte. »Dieser Text zum Beispiel liest sich wie eine Wutrede gegen Napoleon und beschuldigt ihn, die Republik in ein persönliches Imperium zu verwandeln.«

Sie blätterte in dem Ordner zurück und deutete auf einen anderen Brief. »In diesem Text nennt er Napoleon *un petit homme sur un grand cheval* – ›einen kleinen Mann auf einem großen Pferd‹.«

»Klingt wie ein sicherer Weg, sich mehrere Messerstiche einzuhandeln«, stellte Paul fest.

»Das finde ich auch«, pflichtete sie ihm bei, dann blätterte sie zu einem anderen Brief weiter. »In diesem wird Napoleon vorgeworfen, ›den Charakter Frankreichs zu zerstören‹ und dass er ›ein Narr‹ ist. Da heißt es, ›ich biete ihm meine Dienste an, und er verhärtet sein Herz und stößt mich zurück. Weiß er denn nicht, was ich ihm anbiete? Irgendwann wird die Wahrheit enthüllt werden wie der Zorn Gottes.‹«

»›Der Zorn Gottes‹?«, wiederholte Paul.

Sie nickte. »Weil man Böses getan hat. Wie zum Beispiel eine alte Dame dazu zu bringen, einem ein üppiges Frühstück vorzusetzen, indem man ihr vorgaukelt, dass man sich für ihren verstorbenen Ehemann interessiert.«

»Das war es doch wert«, erwiderte Paul. »Das war die beste Mahlzeit, die ich seit Wochen hatte. Aber das ist es nicht, worüber ich mir gerade den Kopf zerbreche. Komm, sieh dir das an.«

Er zog Gamay zu den Gemälden hinüber. »Hier.«

Sie betrachtete die Bilder sekundenlang. »Was soll ich sehen?«

»Den Zorn Gottes.«

»Wenn es nicht der Name des Schiffes ist, dann weiß ich nicht, wovon du redest.«

Paul deutete auf die Straßenszene. »Zorn«, sagte er. »Im Stil des Alten Testaments. Das ist Ägypten. Man kann die Pyramiden als winzige Dreiecke weit entfernt im Hintergrund erkennen. Die Türen sind mit Rot markiert. Wahrscheinlich soll es Blut sein. Hammelblut. Und die Gasse ist mit etwas erfüllt, das ich für Staub gehalten habe. Aber es ist kein Staub. Es ist die letzte Plage, die über Ägypten hereinbrach, als der Pharao sich weigerte, die Israeliten ziehen zu lassen. Eine Plage, die ausbrach und jedes erstgeborene Kind eines jeden Ägypters tötete, der es versäumte, Hammelblut auf seinen Türbalken zu verteilen.«

Er deutete auf den unteren Rand des Bildes. »Sieh dort. Frösche. Das war die zweite Plage, glaube ich. Und dort. Heuschrecken. Ebenfalls eine Plage.«

Gamay bekam große Augen, als sie erkannte, worauf Paul hinauswollte. Sie griff nach dem Ordner mit den Briefen und las laut vor. »›*La vérité sera révelée à lui*‹ – ›die Wahrheit wird ihm offenbart‹ – ›*comme la colère de Dieu*‹ – ›wie der Zorn Gottes‹.«

»Könnte es sein, dass er malte, was er schrieb?«, fragte Paul. »Oder umgekehrt?«

»Vielleicht«, sagte sie, »aber ich habe eine Idee.«

Sie blätterte im Briefordner zu einem anderen Brief und begann zu lesen. »Das Gefäß enthält die Macht, das Schiff ist der Schlüssel zur Freiheit.«

Sie deutete auf das Gemälde des Kriegsschiffs und blätterte dann zu einem anderen Brief weiter.

»Dieser Brief war der verständlichste«, sagte sie. »Und dem Datum nach zu urteilen ist er der letzte in der Serie. Aus seinem Inhalt schließe ich, dass er an D'Campion gerichtet war, obgleich auch in diesem Fall eine Unterschrift und eine Anrede fehlen.«

Sie fuhr mit einem Finger an den Textzeilen entlang und las laut vor: »›Welche Waffe könnte diese Wirkung haben, fragt er. Es ist nichts als Aberglaube, meint er. Zumindest behaupten dies seine Agenten. Und dennoch verlangt er, dass ich ihm alles zeige und beweise, was ich weiß. Selbst wenn er haben will, was wir ihm bringen können, ist er nicht mehr bereit, dafür zu bezahlen. Sie sagen, ich stünde in seiner Schuld. Einer Schuld, die bezahlt werden muss. Ich fürchte, dass es für mich gefährlich ist, selbst wenn ich es nur versuche, aber wohin sonst soll ich mich wenden? Und, ehrlich gesagt, ich fürchte mich vor dem, was der Kaiser tun wird, wenn er die Waffe in Händen hat. Vielleicht reicht ihm die ganze Welt nicht aus. Vielleicht ist es am besten, dass die

Wahrheit niemals ans Tageslicht kommt. Dass sie bei Ihnen in Ihrem kleinen Boot bleibt, mit dem Sie den Schutz der *Guillaume Tell* aufsuchen.‹«

Sie schaute hoch und deutete auf das dritte Gemälde. »Kleines Boot, das mit großer Anstrengung irgendwohin gerudert wird.«

»Was denkst du?«, fragte Paul.

»Er musste verstecken, was D'Campion ihm geschickt hatte«, sagte Gamay. »Aber er musste es in Reichweite behalten. Irgendwo, wo es ihm sofort zur Verfügung stand.«

Den Rest konnte Paul erraten. »Gemälde, hastig ausgeführt von jemandem, der vorher niemals ein Bild gemalt hat. Meinst du, dass er die Wahrheit irgendwo in dem Gemälde versteckt hat?«

»Nein«, sagte sie. »Nicht im Gemälde selbst.«

Sie nahm das Gemälde von der ägyptischen Plage von der Staffelei herunter und drehte es um. Auf der Rückseite war ein großer Bogen schweren, rauen Papiers auf den Bilderrahmen geklebt. Sie legte das Gemälde auf den Tisch und holte ein Schweizer Armeemesser aus ihrer Handtasche. »Halt mal das Bild fest, während ich es aufschneide.«

»Bist du verrückt?«, flüsterte Paul. »Was ist mit dem Zorn Gottes, wenn man böse Dinge tut?«

»Deshalb mache ich mir keine Sorgen«, sagte Gamay. »Wir versuchen gerade, Leben zu retten.«

»Was ist mit dem Zorn des Bibliothekars?«

»Was er nicht weiß, macht ihn nicht heiß«, sagte sie. »Außerdem hast du ihn ja gehört. Ihm sind diese Gemälde gleichgültig. Wahrscheinlich würde er sie uns sogar für ein Almosen verkaufen, wenn es ihm gestattet würde.«

Paul ergriff den Bilderrahmen, während Gamay die schärfste Messerklinge aufklappte. »Beeil dich«, trieb Paul sie an.

Sie begann, das dicke Papier von der Leinwand zu trennen, und achtete darauf, mit dem Messer nicht zu tief einzudringen. Als sie den unteren Rand abgelöst hatte, schob sie die Finger tastend in den Rahmen.

»Und?«

Sie fuhr mit der Hand an der Innenseite des unteren Schenkels entlang und beugte sich dann vor, um in den Spalt zu blicken. »Nichts«, sagte sie. »Versuchen wir es bei den anderen.«

Mit Paul als willigem Komplizen öffnete sie als Nächstes die Rückseite des Schlachtschiff-Gemäldes. Eine schnelle Überprüfung förderte auch hier nichts zutage.

»Ich vermute, das Kriegsschiff war nicht der Schlüssel«, sagte Paul.

»Sehr lustig.«

Schließlich führte sie die gleiche Prozedur auch bei dem Bild von dem kleinen Ruderboot durch, das mit mehreren Männern besetzt war.

»Beeil dich«, sagte Paul. »Jemand kommt.«

Das Geräusch von Schritten, die als Echo vom Fliesenboden widerhallten, kam näher. Gamay klappte das Messer zu.

»Schnell.«

Der Bibliothekar erschien am Ende des Gangs, und Paul nahm Gamay das Gemälde eilig aus der Hand und schob es ins Regal zurück. Anstatt einen entrüsteten Ruf auszustoßen oder sogar geschockt zu reagieren, blieb der Bibliothekar bemerkenswert still.

Erst in diesem Moment bemerkte Paul, dass er steifbeinig vorwärtsstakste und sie noch nicht einmal ansah. Dann stürzte er nach vorn auf den Bauch, sodass das Messer zu sehen war, das in seinem Rücken steckte.

Ein anderer Mann erschien hinter ihm. Dieser Mann war jünger, und auf seiner Stirn und seinen Wangen befanden sich unvollständig verheilte Geschwüre. Er zog das Messer aus dem Rücken des Bibliothekars und wischte es ohne eine Gefühlsregung am Hemd des Bibliothekars ab. Zwei weitere Männer erschienen rechts und links neben ihm.

»Was immer Sie gerade tun – lassen Sie's«, sagte der Mann mit den Geschwüren. »Ab jetzt übernehmen wir.«

56

»Wer sind Sie?«, fragte Paul Trout.

»Sie können mich Skorpion nennen«, antwortete der Mann.

Offenbar war er stolz auf diesen Namen. Paul konnte sich nicht vorstellen, weshalb.

»Wie haben Sie uns gefunden?« Paul begriff, dass solche Fragen wenig Sinn hatten, versuchte jedoch, Zeit zu gewinnen. Er hatte diesen Mann noch nie zuvor gesehen, geschweige denn seinen Namen gehört. Obgleich er sich denken konnte, für wen Skorpion arbeitete, erschien es ihm unmöglich, dass die Männer wissen konnten, wer er und Gamay waren.

»Wir haben D'Campions Tagebuch«, sagte der Mann. »Er erwähnte Villeneuve des Öfteren. Danach kamen wir schnell auf Rennes und auf Camila Duchene.«

»Wenn Sie ihr etwas angetan haben ...«, drohte Gamay.

»Zu ihrem Glück waren Sie beide vor uns bei ihr. Uns erschien es sinnvoller, Ihnen zu folgen, als eine alte Dame zu drangsalieren. Und jetzt geben Sie mir den Ordner mit den Briefen.«

Paul und Gamay wechselten einen niedergeschlagenen Blick. Es gab nur wenig, was sie tun konnten. Paul schob sich vor Gamay, sodass sie unbemerkt das Taschenmesser in ihrer Hand verschwinden lassen konnte, obgleich es ihnen gegen die zwanzig Zentimeter langen Sägeschliffklingen, die die Männer an ihren Gürteln trugen, so gut wie nichts nützen würde.

»Da, nehmen Sie«, sagte er, klappte das Album zu und versetzte ihm einen kräftigen Schubs. Es rutschte über die polierte Tischplatte und blieb neben Skorpion liegen, der es sofort ergriff, flüchtig durchblätterte und sich unter den Arm klemmte.

»Warum verschwinden Sie nicht, ehe die Polizei eintrifft?«, schlug Gamay vor.

»Kein Polizist ist hierher unterwegs«, versicherte Skorpion.

»Woher wollen Sie das wissen?«, sagte Paul. »Jemand könnte Sie gesehen haben …«

»Was haben Sie mit diesem Gemälde gemacht?«, fragte Skorpion und schnitt Paul das Wort ab.

»Nichts«, antwortete Paul. Das Wort war kaum über seine Lippen gedrungen, als Paul begriff, dass er zu schnell reagiert hatte. Er war noch nie ein guter Lügner gewesen.

»Zeigen Sie her.«

Paul machte einen tiefen Atemzug und griff in das Regal. Als er den Rahmen herauszog, erkannte er, dass er das falsche Kunstwerk erwischt hatte. Es war das Kriegsschiff. Aber vielleicht war dieser Fehlgriff sogar von Vorteil, überlegte er.

Während er das Gemälde in die Horizontale drehte, als wollte er es auf den Tisch legen und zu Skorpion hinüberschieben, begriff Paul, dass ihm damit eine wirkungsvolle Waffe zur Verfügung stand. Er verdrehte seinen Oberkörper und schleuderte das gerahmte Kunstwerk wie eine Frisbee-Scheibe. Es traf Skorpion in der Magengrube und ließ ihn nach vorn einknicken.

Nach dieser Attacke machte Paul einen Satz nach vorn und versetzte dem Mann, der, vollkommen überrumpelt, gekrümmt dastand und nach Luft rang, einen wuchtigen Fußtritt. »Renn!«, rief er Gamay zu.

Pauls große Statur hatte zwar viele Vorteile, aber auch Nachteile. Wegen seiner Größe wurde er selten in Faustkämpfe verwickelt. Nur wenige Leute suchten sich einen zwei Meter großen Gegner aus, wenn sie mit jemandem die Kräfte messen wollten. Infolge des daraus resultierenden Trainingsmangels waren Faustkämpfe nicht gerade seine Stärke.

Andererseits, wenn er sein gesamtes Gewicht dahinterlegte, konnte er mächtige Fausthiebe und Fußtritte austeilen. Der Treffer mit dem Fuß schleuderte Skorpion rückwärts gegen seine beiden Freunde. Die drei waren sichtlich verblüfft über den Angriff und offenbar nicht ganz sicher, wie sie am besten auf diesen athletischen und offenbar wütenden Gegner reagieren sollten.

Paul wartete nicht ab, bis ihnen etwas Passendes einfiel. Er machte kehrt und rannte in die entgegengesetzte Richtung. Er schaffte es um die Gangbiegung und sah, dass Gamay auf eine entfernte Tür zusteuerte.

»Schnappt sie euch!«, befahl Skorpion.

Paul holte Gamay ein, als sie die Tür erreichte. Erst in diesem Moment erkannte er, dass sie das Bild von dem Ruderboot unterm Arm hatte.

»Ich dachte mir schon so was«, sagte er. »Weil du viel langsamer warst als sonst.«

»Ich musste es einfach mitnehmen«, erklärte sie im blasiertesten Highsociety-Tonfall.

»Hoffentlich können wir es behalten«, sagte er und stieß die Tür auf.

Sie waren zu einem Treppenhaus gelangt, dem asketischen Aussehen nach war es eine Feuertreppe. Paul drückte die schwere Stahltür auf.

»Hinauf oder hinunter?«, fragte Gamay.

»Ich denke, abwärts landen wir in einem Keller, also nichts wie aufwärts.«

Sie rannten die Treppe hinauf, erreichten die nächste Etage und versuchten ihr Glück an der Tür. Sie war abgeschlossen.

»Weiter!«, rief Paul.

Angetrieben von dem Geräusch, das entstand, als die Tür unter ihnen beim Öffnen gegen die Wand knallte, stürmten sie weiter.

Gamay drückte gegen die nächste Tür, neben der ein Schild mit der Aufschrift *L3* an der Wand befestigt war.

»Auch abgeschlossen«, sagte sie. »Sollten diese Türen nicht permanent offen sein?«

Sie gelangten ins nächste Stockwerk und sahen Licht, das durch ein Fenster hereindrang. »Das ist das Dach«, stellte Gamay fest.

Als Paul an der Tür rüttelte, war diese ebenfalls verriegelt. Gamay fackelte nicht lange und benutzte den Rahmen des Gemäldes, um das Türfenster zu zertrümmern. Nachdem sie die restlichen Scherben aus dem Rahmen entfernt hatte, schlängelte sie sich hindurch.

Paul folgte ihr und stolperte auf das Museumsdach hinaus. Ein kleiner Bereich, auf dem sie sich befanden, war eben und geteert, doch den Rest hatte man mit Dachpfannen gedeckt und abgeschrägt. »Es muss noch einen anderen Weg nach unten geben.«

Auf der anderen Seite des mit Dachpfannen gedeckten Sektors erstreckte sich eine zweite geteerte Fläche, auf der ein kleiner Aufbau stand. Er war mit dem Treppenhaus identisch, aus dem sie soeben herausgekommen waren. »Dort entlang«, entschied Paul.

Gamay machte sich zuerst auf den Weg, während Paul sich nach einer behelfsmäßigen Waffe umsah. Er fand aber nichts, was er für diesen Zweck hätte benutzen können, und eilte hinter seiner Frau her. Das mit grünen Ziegeln gedeckte Dach fiel zu beiden Seiten des Firsts steil ab. Die Ziegel waren nass und nach Jahrzehnten französischen Regens glatt gespült.

Sie überquerten den mittleren Dachabschnitt, sprangen auf die ebene geteerte Fläche hinunter und rannten zur Treppenhaustür. Sie war zwar auch abgeschlossen, aber das Fenster ließ sich ebenso schnell zertrümmern.

Hinter ihnen erreichten die Verfolger das Dach.

»Du gehst«, bestimmte Paul. »Ich halte sie auf.«

»Ganz bestimmt nicht«, widersprach Gamay. »Das im Haus eben war zwar eine nette Geste, aber wir wissen beide, dass du keine XXL-Version von Bruce Lee bist. Also, wir bleiben zusammen.«

»Gut«, sagte Paul, »aber dann Tempo.«

Sie reichte ihm das Gemälde, legte beide Hände auf den Fensterrahmen und schrie auf. Als Paul herumfuhr, sah er, dass jemand im Innern des Treppenaufbaus ihre Arme gepackt hatte und sie hineinzog. Er ergriff ihre Beine und zog ebenfalls. Ein Tauziehen entspann sich, das nur wenige Sekunden dauerte, und

Gamay kam regelrecht herausgeflogen. Ihr Mund war blutverschmiert.

»Bist du okay?«, fragte Paul.

»Erinnere mich daran, dass ich mir eine Tetanusspritze geben lasse, sobald wir wieder zu Hause sind.«

»Die brauchst du nur, wenn du gebissen wurdest«, beruhigte Paul sie. »Nicht wenn du selbst der Beißer warst.«

»Dann vergiss es«, sagte sie.

Nun saßen sie in der Falle. Paul klaubte ein handgroßes Stück Dachpfanne von der Teerfläche auf, aber das war keine ernstzunehmende Waffe. Der Mann im zweiten Treppenaufbau begann, die Tür zu attackieren, indem er sich mit seinem gesamten Körpergewicht dagegen warf.

»Was nun?«

»Der Kanal«, entschied Paul. »Wir springen.«

Sie betraten erneut den Dachabschnitt mit den Dachpfannen, tasteten sich diesmal jedoch die Schräge hinab. Gamay hatte den Gleichgewichtssinn einer Bergziege, Paul hingegen spürte, dass seine Körpergröße ihn eher behinderte. Ihm fiel es schwer, sich tief genug zu ducken, um nicht ständig das Gefühl zu haben, nach vorne umzukippen.

Dann entschied er sich dafür, auf dem Gesäß abwärts zu rutschen. Gamay machte es ihm nach, und gemeinsam bewegten sie sich auf die Dachkante zu. Damit befanden sie sich vier Stockwerke über dem Erdboden und mussten eine zweieinhalb Meter breite Distanz bis zum Kanal überwinden.

Paul meinte: »Es geht tiefer hinunter, als ich angenommen hatte.«

»Ich glaube nicht, dass wir eine andere Wahl haben«, sagte Gamay.

»Vielleicht haben sie Angst, uns zu folgen.«

Hinter ihnen betraten die Männer die Dachpfannen. »Ich glaube nicht. Du zuerst.«

Gamay ließ das Gemälde los. Es landete auf dem schmalen Plattenweg neben dem Kanal.

»Geben Sie uns das Bild«, rief einer der Verfolger. »Das ist alles, was wir haben wollen.«

»Jetzt endlich äußert er mal seinen Wunsch«, sagte Gamay. »Das hätte er auch früher tun können.«

»Bereit?«, fragte Paul.

Sie nickte.

»Los!«

Gamay nutzte die Kraft ihrer Beine so optimal wie möglich, duckte sich und stieß sich ab. Mit den Armen rudernd, segelte sie durch die Luft, wurde gut einen Meter über die Randmauer des Kanals hinweggetragen und tauchte in das dunkle Wasser ein.

Paul folgte ihr. Er hob ab und landete neben ihr.

Sie kamen im Abstand von Sekunden wieder an die Oberfläche. Das Wasser war eiskalt, fühlte sich nach der schweißtreibenden Hetzjagd jedoch wundervoll an. Sie schwammen zur Kanalwand, wo Paul seine Frau auf den Plattenweg hinaufstemmte und ebenfalls aus dem Wasser kletterte. Sie hatte soeben nach dem Rahmen des Bildes gegriffen, als ein erstes Klatschen gefolgt von zwei weiteren hinter ihr im Kanal erklang.

»Diese Kerle wissen nicht, wann es Zeit ist aufzugeben«, sagte Gamay.

»Wir aber auch nicht.«

Während die Männer auf sie zuschwammen, ergriffen Paul und Gamay zu Fuß die Flucht. Sie wurden von einem weiteren Paar ungemütlich aussehender Männer am Ende des Plattenwegs erwartet.

Ein kleines Außenbordmotorboot lag im Kanal tief im Wasser. Entweder schafften sie es damit oder gar nicht.

Paul sprang hinein und brachte die Nussschale beinahe zum Kentern. Gamay kam hinterher und machte die Leine los. »Gib Gas!«

Paul zog am Starterseil, und der Motor sprang an und spuckte eine Wolke blauen Qualms aus. Paul drehte am Gasgriff, und weitere Qualmwolken entströmten dem altersschwachen Motor, aber der Propeller wühlte immerhin das Wasser auf, und das schmale, kleine Boot startete mit aufsteigendem Bug.

Paul blickte aufmerksam voraus und achtete darauf, nicht mit einem der dutzendweise am Ufer angebundenen Boote und Yachten zu kollidieren. Er begann sich gerade ein wenig in Sicherheit zu wiegen, als ein weiteres Boot mit hoher Geschwindigkeit aus der Nebelbank hinter ihnen auftauchte und zügig aufholte.

57

»Schneller!«, rief Gamay.

Der Außenbordmotor lief zwar mit Vollgas, aber das Boot brach gewiss keine Geschwindigkeitsrekorde.

Paul versuchte sein Glück, indem er Gas wegnahm und gleich wieder Vollgas gab – in der Hoffnung, dass sie auf diese Weise ihr Tempo steigern würden. Er fand den Knopf für den Choke und zog ihn zur Hälfte heraus. Es war ein kalter, feuchter Morgen, und er glaubte, dass dies eine Hilfe sein werde. Aber der Motor spuckte und hustete stattdessen.

»Wir werden nicht schneller«, sagte Gamay.

»Ich glaube auch nicht, dass dieses Boot überhaupt schneller sein kann, als es das in diesem Moment ist«, sagte Paul. Er schloss den Choke und achtete wieder ausschließlich darauf, unbeschadet um Boote, die auf beiden Seiten des Kanals vertäut waren, herumzumanövrieren. Es war wie auf einer Hindernisbahn.

Das kleine Boot, das sie verfolgte, machte es ihnen nach und holte dabei zu ihnen auf. Nach einem engen Rechtsschwenk kollidierte der Bug des Verfolgerboots mit einer Heckseite von Pauls und Gamays Außenborder. Der Rammstoß ließ sie einen Satz vorwärts ausführen, und dann schrammten sie an der Kanalwand entlang.

Als sich der Flusslauf begradigte, gelangte das Verfolgerboot mit ihnen auf gleiche Höhe. Einer der Männer holte mit einem Messer aus, um es auf Paul zu werfen, als Gamay mit einem Ruder, das sie im Boot gefunden hatte, zuschlug. Sie erwischte den Angreifer seitlich am Kopf, und er kippte ins Wasser, aber ein zweiter Mann – in dem sie Skorpion erkannte – packte das Ende des Ruders und riss es zu sich heran.

Gamay wurde beinahe in das andere Boot hinübergezogen. Sie

ließ los und fiel nach hinten, während Skorpion das Ruder beiseiteschleuderte.

Die Boote wichen wieder auseinander, und jetzt sah sie, wie dieser zweite Mann sich ebenfalls mit einem Messer wurfbereit machte. »Näher ran«, rief er seinem Komplizen zu.

»Mach es für sie so schwierig wie möglich«, feuerte Gamay ihren Mann an. »Lenk dieses Ding, als wärst du in der Rushhour unterwegs.«

Paul nahm sich ihren Rat zu Herzen, und die beiden Boote kamen zweimal in Tuchfühlung, als sie einander rammten. Ein entgegenkommender Frachtkahn zwang sie, sich zu trennen, und dann wichen sie zu beiden Seiten des Kanals aus. Aber sobald sie den Frachter passiert hatten, schwenkten sie wieder aufeinander zu.

Diesmal verhakten sich die Boote ineinander und blieben zusammen. Das größere und schnellere Boot gewann das Duell und zwang Pauls und Gamays kleineres Boot gegen die Kanalwand. Sie touchierten die Wand und schrammten daran entlang, begleitet von einem dichten Funkenregen.

Als sie von der Kanalwand wieder freikamen, beugte sich Skorpion über den Heckspiegel und ergriff das Gemälde zu Gamays Füßen. Sie hielt einen Rand des Rahmens fest, aber der Mann warf sich nach hinten, und der altersschwache Holzrahmen zerbrach.

Gamay hielt nur noch ein zersplittertes Stück rot lackierten Eichenholzes in der Hand, während Skorpion mit dem restlichen Gemälde rückwärts ins Boot stürzte. Sein Partner warf das Ruder sofort herum, hielt auf die Mitte des Kanals zu und gab Gas.

»Er hat das Bild!«, rief Gamay.

Für einen Moment wechselten die Rollen, und Paul wurde zum Verfolger und riss das Ruder herum. Erneut kollidierten die Boote krachend, aber diesmal blieben sie nicht aneinander hängen. Allerdings rutschte durch den heftigen Ruck beim Zusammenprall Pauls Hand vom Gasgriff des Motors ab.

Bis er ihn wieder zu fassen bekam, begann der kleine Außenbordmotor zu spucken. Paul gab in seiner Verzweiflung mehrmals Vollgas, aber alles, was er erreichte, war, dass der Motor mit Benzin überflutet und abgewürgt wurde. Schlagartig nahm die Geschwindigkeit des Bootes ab, begleitet von einem Gefühl, als beginne es zu sinken.

Paul ergriff das Starterseil und zog heftig daran.

»Beeil dich!«, rief Gamay.

Das andere Boot raste davon. Paul zog ein zweites Mal am Starterseil, dann ein drittes Mal. Der Motor spuckte, hustete, fing sich, und sie nahmen wieder Tempo auf, aber das andere Boot war schon weit voraus und ließ sie förmlich in seinem Kielwasser schaukelnd zurück. Es verschwand nur Sekunden später im Nebel.

»Kannst du sie noch sehen?«, fragte Paul überflüssigerweise.

»Nein«, erwiderte Gamay und versuchte, in dem Dunst etwas zu erkennen.

Ein paar Minuten später stießen sie auf das Boot. Es war leer und verlassen und trieb auf der rechten Seite des Kanals.

»Sie sind verschwunden«, konstatierte Paul, was nicht zu übersehen war. »Wir haben sie verloren.«

Gamay murmelte eine undamenhaft klingende Verwünschung und sah Paul auffordernd an. »Wir müssen die Polizei benachrichtigen, den Notdienst alarmieren und sie ins Museum schicken.«

»Jemand sollte sich zumindest einmal nach Madame Duchenes Wohlergehen erkundigen«, sagte Paul.

Er lenkte das kleine Boot weiter durch den Nebel, bis sie am Ufer einen Anleger und eine Treppe fanden. Sie stiegen aus dem Boot und suchten einen Laden, der geöffnet hatte. Als sie fündig wurden, baten sie darum, telefonieren zu dürfen, und Gamay brachte mit Hilfe ihrer dürftigen Französischkenntnisse die Polizei auf Trab.

Danach blieb ihnen nichts anderes übrig, als zu warten.

58

Kairo

Tariq Shakir saß im abgedunkelten Kontrollzentrum und wartete auf Nachrichten. Es gab keine Sprechfunkgeräte, keine summenden Walkie-Talkies, sondern nur schnurabhängige Telefone und eine Datenleitung, die durch den Pipelinetunnel bis zum Osiris-Wasserkraftwerk verlief. Über diese Verbindungen kamen die Meldungen, dass sein Plan offenbar aufging.

Krisenkonferenzen wurden in Libyen einberufen. Shakirs Marionette, der Oppositionsführer, konnte sich einer wohlwollenden Presse erfreuen. Dafür hatten beträchtliche Geldbeträge gesorgt, und die allgemeine Stimmung wandte sich gegen die im Amt befindliche Regierung. Und das war unbezahlbar. In jeder Stadt brachen Unruhen aus. Die Staatsführung verhieß ihren Bürgern eine verbesserte Wasserversorgung, aber das Dröhnen der Pumpen in Shakirs unterirdischen Maschinenhallen signalisierte ihm, dass dies leere Versprechungen waren, die niemals eingelöst werden würden. Er bezweifelte, dass die amtierende Regierung die nächsten vierundzwanzig Stunden überleben würde.

Mittlerweile, auf der anderen Seite des Mittelmeers, berief Alberto Piola in Rom nächtliche Konferenzen ein und sammelte italienische Politiker hinter sich. Er meldete, dass sie sich bereithielten, um die neue Regierung in dem Moment anzuerkennen, in dem sie offiziell ihre Arbeit aufnahm, und eine Initiative Ägyptens zur Stabilisierung und Aufbauhilfe zu unterstützen. Die Franzosen würden folgen, und die offizielle Anerkennung der Regierungswechsel in Algerien und Libyen wäre gesichert.

Das Einzige, was ihm zu diesem Zeitpunkt Sorgen bereitete,

waren die amerikanischen NUMA-Mitarbeiter und die italienische Geheimdienstagentin. Sie hatten sich seinem Zugriff fünf Stunden zuvor entzogen und waren seitdem nicht mehr gesehen worden.

Ein Klopfen an der Tür unterbrach seinen Gedankenfluss. »Komm rein«, befahl er.

Die Tür öffnete sich, und Hassan trat über die Schwelle.

»Ich erwarte eine Erfolgsmeldung«, sagte Shakir.

»Skorpion ist gerade eben aus Frankreich zurückgekehrt. Seine Männer haben das amerikanische Ehepaar abgefangen. Es gab Tote, aber sie konnten übernehmen, woran die Amerikaner interessiert waren.«

»Hat es irgendeinen Wert?«

»In Grenzen«, gab Hassan zu. »Die Aufzeichnungen Villeneuves lesen sich wie die Ergüsse eines Wahnsinnigen. Die Bilder sind ebenso unbrauchbar. Laut Skorpion glaubten die Amerikaner, dass in den Bildern etwas versteckt sei, aber er und seine Männer haben die Gemälde inspiziert und zerlegt. Sie haben nichts gefunden, keine versteckten Aufzeichnungen, keine geheimen Nachrichten. Falls Villeneuve oder D'Campion jemals die Wahrheit hinter dem Schwarzen Nebel und seinem Gegenmittel erfuhren, ist sie in der Geschichte verschollen.«

Shakir war zwar zufrieden, jedoch nicht vollkommen überzeugt. »Was ist mit den Amerikanern geschehen?«

»Darüber ist nichts bekannt. Möglich, dass sie entkommen konnten.«

»Die Männer sollen sie suchen und eliminieren«, befahl Shakir.

»Ich denke, das könnte unnötige Aufmerksamkeit auf uns lenken …«

»Du hast weder die Aufgabe noch befindest du dich in der Position, irgendetwas zu denken«, wies ihn Shakir erbost zurecht. »Weiter, was ist mit den Störenfrieden hier? Gibt es irgendein Lebenszeichen von ihnen?«

»Noch nicht«, erwiderte Hassan. »Wie ich bereits sagte, es ist eher unwahrscheinlich, dass sie aus dem Höhlengewirr herausfinden.«

Die Beleuchtung im Kontrollzentrum flackerte und ließ Shakir verstummen. Die Computerbildschirme verdunkelten sich für einen kurzen Moment, als würden sie jeden Moment erlöschen, stabilisierten sich dann jedoch wieder. Shakir erhob sich und lauschte. Der Klang der Pumpen hatte sich ein wenig verändert.

Die Techniker an ihren Konsolen hörten es ebenfalls. Sie bearbeiteten hektisch ihre Computertastaturen. Gelbe Warnsymbole erschienen auf dem Hauptbildschirm.

»Was ist los?«, fragte Shakir.

»Wir hatten für eine Sekunde keinen Strom mehr. Er wurde durch das Notfallkabel umgeleitet.«

»Wie kann so etwas passieren?«, wollte Shakir wissen.

»Entweder gab es einen Kurzschluss im Hauptstromkreis, oder eine Sicherung ist durchgebrannt«, sagte einer der Techniker.

»Ich kenne mich in Elektrotechnik ein wenig aus«, sagte Shakir. »Was war die Ursache?«

Er erhielt die Antwort in Gestalt eines heftigen dumpfen Knalls, der die Höhle durchschüttelte. Dieser Erdstoß konnte nur eines bedeuten: eine Explosion.

Die Kommentare der Techniker ignorierend, ging Shakir hinaus in den Höhlengang.

Die Hälfte der Lichter war erloschen. Nur die Notbeleuchtung brannte. In der Ferne hörte er ein dumpfes Rumpeln ähnlich einem schweren Lastwagen, der in seine Richtung unterwegs war. Er blickte in den Tunnel, aus dem das Geräusch herausdrang. Etwas näherte sich, etwas Großes. Es kroch durch die Dunkelheit und füllte den Tunnel von Wand zu Wand aus. Während Shakir noch rätselte, was es sein konnte, flammte eine Batterie Scheinwerfer auf und blendete ihn.

Sie waren älteren Datums und hatten einen kräftigen Gelbstich. Nicht zu vergleichen mit den Scheinwerfern der Autos in seinem Fahrzeugpark. Mehrere seiner Männer rannten dem Vehikel entgegen, um es aufzuhalten, wurden jedoch unter dem hämmernden Klang eines schweren Maschinengewehrs niedergemäht.

Shakir zog sich blitzartig in den Kontrollraum zurück, als die Waffe in seine Richtung herumschwang. Mündungsblitze erhellten den Höhlengang hinter ihm, und großkalibrige Projektile sprengten Gesteinsbrocken aus den Tunnelwänden.

»Ruf deine Männer hierher«, rief er Hassan zu. »Die Eindringlinge haben sich nicht an dein Drehbuch gehalten. Anstatt abzuhauen, sind sie zurückgekommen.«

Hassan rannte zur Steuerkonsole und ergriff abermals den Telefonhörer. »Sektor Eins«, brüllte er. »Hier ist Hassan. Alle Männer sofort nach unten und hierher. Ja, auf der Stelle. Wir werden angegriffen.«

Noch während er redete, zertrümmerte Gewehrfeuer, das von dem unbekannten Vehikel ausging, die Fenster, die den Kontrollraum von der restlichen Höhle trennten. Hassan ging in Deckung und kroch über den Boden, während Glas- und Gesteinssplitter auf ihn herabregneten.

Zwei von Shakirs Männern versuchten zwar, das Feuer wirkungsvoll zu erwidern, wurden jedoch schnell zum Schweigen gebracht.

»Das ist keiner von unseren Wagen«, stellte Hassan fest.

»Es ist ein Militärfahrzeug.«

»Woher sollte das kommen?«, fragte Shakir.

»Ich habe nicht die geringste Ahnung.«

Nach dieser Auskunft stürmte Shakir durch die Seitentür hinaus und verschwand im Nebentunnel, der in die zentrale Grabkammer führte.

Hassan suchte sich einen Platz am Nebenausgang, während ein Trupp Wächter in Position ging, um die Kontrollzentrale zu verteidigen. Er zückte seine Waffe, eine 9-mm-Pistole. Er hatte nicht die geringste Absicht, sich gegen etwas zu wehren, von dem er nur wusste, dass es im Begriff war, die Höhle in Schutt und Asche zu legen. Aber eines war ihm in diesem Augenblick auch klar: Er würde auf jeden Fall besser aussehen, wenn er die Flucht mit einer Waffe in der Hand ergriff.

Draußen im Tunnel hatten Kurt, Joe und Renata die entgegengesetzte Absicht. Es würde an diesem Tag zu einem Ende kommen, hier und jetzt.

Joe hatte einem der AS-42 *Saharianas* eine längst überfällige Generalinspektion spendiert. Das war einfacher gewesen, als er erwartet hatte. Zum einen waren diese Motorwagen aus der längst vergangenen Epoche genau das: Motorwagen. Und sie waren nicht wie moderne Fahrzeuge vollgepackt mit Klimaanlagen, Abgasfiltern und jedem denkbaren technischen Schnickschnack. Als Joe die Motorhaube des AS-42 öffnete, war alles, was er vorfand, ein Motorblock und eine simple Treibstoffversorgung. Das vereinfachte die Arbeit. Und die trockene Wüstenluft bedeutete null Korrosion bei sämtlichen metallischen Bauteilen. Am wichtigsten war, dass die geheime Militärbasis mit einer umfangreichen Kollektion Werkzeug und Ersatzteilen ausgestattet worden war.

Das einzige Problem war der fehlende Treibstoff, um den Motor des AS-42 in Gang zu setzen. Jeder Tropfen Benzin, den die Italiener mitgeführt hatten, war schon vor Jahrzehnten verdunstet, ganz gleich, in welchem Behälter er sich befunden hatte. Nicht, dass er noch verwendbar gewesen wäre, wenn er die Zeit überdauert hätte.

Aber das ATV hatte einen vollen Tank, und eine Vorrichtung zum Abzapfen war leicht herzustellen. Außerdem verfügte es über eine Deep-Cycle-Batterie, und die ließ sich mit einfachen Mitteln mit der alten Maschine verbinden. Als der Motor des *Sahariana* ansprang, klopfte sich Joe vor Stolz selbst auf die Schulter. Kein Wunder, dass das dumpfe Blubbern der Maschine alle drei mit frischem Mut erfüllte. Nun würden sie mit dem annähernden Äquivalent eines Panzers in die Schlacht ziehen, wohingegen sämtliche ihrer Gegner nur zu Fuß operieren konnten.

Während Joe an dem Fahrzeug herumbastelte, mussten Kurt und Renata den deutlich undankbareren Job übernehmen, die

Zufahrt in den Haupttunnel freizuräumen. Sie benutzten das ATV, um größere Felsbrocken zur Seite zu ziehen, und entfernten den Rest schaufelnderweise, bis sie genügend Platz geschaffen hatten, um den AS-42 durch die Öffnung zu manövrieren.

Mit schmerzenden Rücken und Beinen von der ungewohnten Arbeit widmeten sie sich der zweiten wichtigen Aufgabe, die darin bestand, Waffen zu überprüfen und einzuladen. Das Fahrzeug, das Joe zum Leben erweckt hatte, war mit einem schweren Maschinengewehr Breda Modello 37 ausgerüstet, das große Projektile aus Magazinen mit jeweils zwanzig Schuss verfeuerte. Außerdem besaß der Kampfwagen eine 20-mm-Panzerabwehrkanone, die auf einer Lafette im Wagenheck installiert war. Kurt fand für jede Waffe reichlich Munition, die jedoch größtenteils unbrauchbar war. Er lud alles, was verwendbar aussah, in den hinteren Teil des Fahrzeugs und fügte zwei Maschinenpistolen hinzu, Beretta-Model-1918, bei denen die Magazine nach oben aus der Waffe herausragten anstatt nach unten wie bei den meisten automatischen Gewehren.

Als letzte Option hatte Kurt noch zwei Fläschchen Schwarzer Nebel. Zum Selbstschutz, falls sie eingesetzt werden müssten, suchten sie drei Gasmasken aus dem italienischen Ersatzteillager aus.

Derart ausgestattet starteten sie zur Rückfahrt. In die Haupthalle zurückzufinden erwies sich als einfach, aber zu entscheiden, in welchen Tunnel sie dort einbiegen sollten, war schon schwieriger. Nach mehreren erfolglosen Versuchen gelangten sie schließlich zu der Tunnelgabelung, an der sich die beiden ATVs überschlagen hatten.

Hassan hatte dort klugerweise Wachen postiert, aber die Männer rechneten nicht mit einem Kampf, und Kurt schaltete sie mit dem Breda aus, ehe sie wussten, wie ihnen geschah.

Von dort setzten sie den Weg zur zentralen Verteilerhöhle des Tunnelsystems fort und entdeckten unterwegs die isolierten Stromkabel. Mit Hilfe des Sprengstoffs aus den Vorratsschränken der italienischen Geheimbasis durchtrennten sie das Hauptkabel an einem Knotenpunkt. Sie hatten einen totalen Blackout erwartet, erreichten jedoch nur eine geringfügige Abnahme der Helligkeit.

»Offenbar gibt es noch eine andere Stromquelle«, sagte Joe.

»Darüber können wir uns im Augenblick nicht den Kopf zerbrechen«, erwiderte Kurt. »Ich habe das Gefühl, als hätten wir soeben unser Erscheinen angekündigt. Damit befinden wir uns in der Improvisationsphase. Wir müssen Shakir finden, ehe er fliehen kann.«

Sie rumpelten durch den Haupttunnel, hatten ein kleines Geplänkel mit einer zweiten Gruppe von Shakirs Männern und entdeckten Shakir selbst vor dem Kontrollzentrum. Kurt eröffnete das Feuer, allerdings nicht um ihn zu töten, sondern um ihn zu zwingen, sich ins Kontrollzentrum zurückzuziehen, wo er hoffentlich in der Falle säße. Mit einem zweiten Ausgang hatte er nicht gerechnet.

Während der Wagen vor dem Kontrollraum anhielt, sprang Kurt mit der Beretta im Anschlag herunter. Als er den Raum betrat, sah er zwei Computertechniker, die sich unter einer Konsole verkrochen hatten, aber keine Spur von Shakir.

»Der Vogel ist ausgeflogen!«, rief er Joe zu. »Er muss den Hinterausgang benutzt haben.«

»Mal sehen, ob wir irgendwie auf die andere Seite gelangen und ihm den Weg abschneiden können«, erwiderte Joe.

Kurt winkte ihm zu und verfolgte, wie sich der AS-42 in Bewegung setzte. Um Shakir am Umkehren zu hindern, betrat er den Kontrollraum. Er hielt seine Maschinenpistole auf die Techniker gerichtet und blieb neben der eingeschalteten Konsole stehen. Auf den Bildschirmen an der Wand darüber erkannte er die Umrisse von Nordafrika sowie ein Netz von Pumpen und Pipelines, mit denen Shakir den Grundwasserleiter leer saugte.

»Englisch?«, fragte Kurt.

Einer von ihnen nickte. Kurt richtete die Beretta auf sie.

»Es wird Zeit abzuschalten.«

Als sie sich nicht rührten, jagte Kurt einen Feuerstoß neben ihnen in den Fußboden. Beide Männer kamen blitzartig auf die Füße und traten an die Konsole. Sie tippten Befehle und betätigten Schalter. Kurt kannte sich mit Pumpen und Druckmessern aus, mit ihnen hatte er bei allen Bergungsaufträgen und Rückgewinnungsprojekten, die er jemals ausführen sollte, und auf jedem Schiff zu tun, auf dem er je stationiert gewesen war. Während er die schematische Darstellung analysierte, erkannte er sofort eine interessante Möglichkeit.

»Ich habe es mir anders überlegt«, sagte er. »Nicht abschalten.«

Die Männer sahen ihn fragend an.

»Prozess umkehren.«

»Wir wissen nicht, was passiert, wenn wir die Pumpen rückwärts laufen lassen«, sagte einer der Männer.

»Dann sollten wir es herausfinden«, sagte Kurt und hob den Lauf der Maschinenpistole um einen halben Zentimeter. Auf diese Weise verlieh er seinem Befehl Nachdruck.

Die Techniker beugten sich wieder über die Tastaturen, und Kurt verfolgte mit Genugtuung, wie die Werte für die Förderleistung auf dem Bildschirm abnahmen, während die Zahlen neben den Pumpen entlang des Nils bis auf null zurückzählten und dann, nach einer kurzen Pause, wieder aufwärts zählten, diesmal in Rot und mit einem Minus-Strich als Vorzeichen.

Kurz darauf wechselten die Richtungspfeile auf jeder Pipeline und zeigten an, dass das Wasser in ihnen in entgegengesetzter Richtung strömte, also weg vom Nil, zurück ins Rohrsystem und – wie Kurt hoffte – hinab in die Grundwasserleiter.

Während Kurt die Techniker im Kontrollraum in Schach hielt, lenkte Joe den AS-42 vorwärts. Das alte Schlachtross machte nur langsame Fahrt. Der Motor arbeitete einwandfrei, aber die Reifen streikten: Sie waren mürbe, zerbröselt und vollkommen platt. Es fühlte sich an, als bewegte sich der Wagen auf Reifen aus Mäusespeck. Allerdings brauchten sie in den Tunneln ja auch keinen Geschwindigkeitsrekord aufzustellen. Sie mussten nur langsam ihren Weg fortsetzen und jeden Widerstand ausschalten, was Renata mit tödlicher Effizienz mit dem Breda-Maschinengewehr erledigte.

An einer T-Kreuzung des Tunnels lenkte Joe den Kampfwagen in eine Kurve und schwankte um die Ecke. In einiger Entfernung hatten sich mehrere von Shakirs Männern hinter einem der ATVs verschanzt. Sie eröffneten sofort das Feuer und beharkten die Frontsektion des *Sahariana*.

Joe schaltete in den Rückwärtsgang und zog sich aus der Schusslinie zurück. Die Nase des Fahrzeugs war von Kugeln durchlöchert, aber glücklicherweise befand sich der Motor im Heck.

»Holen Sie eine dieser Panzerabwehrgranaten heraus«, sagte er zu Renata.

Renata angelte eines der kleinen, handgranatengroßen Geschosse aus einem Munitionsfach. Eigentlich wurden sie aus einer Waffe ähnlich einer modernen Bazooka abgefeuert, aber keines der Rohre, die sie gefunden hatten, schien das richtige Kaliber zu besitzen. Joe hatte die Geschosse trotzdem eingepackt für den Fall, dass sie eine Sprengung vornehmen mussten.

»Was soll ich damit tun?«, fragte Renata.

»Werfen Sie es in den Tunnel«, rief er. »Und wenn ich an der Mündung vorbeifahre und auf mich geschossen wird, kommen Sie um die Ecke und zielen auf die Granate. Sie müssen sie mit dem ersten Schuss treffen.«

»Ich schieße nicht oft daneben«, erklärte sie voller Selbstvertrauen.

»Umso besser.«

Sie stieg aus, in einer Hand die Granate und die Maschinenpistole an einem Riemen über der Schulter. Sie schlich sich an die Tunnelmündung heran, schleuderte die Granate in Richtung von Shakirs Männern hinein und zog sich sofort wieder zurück.

Joe ließ den Motor aufheulen und legte wieder den Gang ein. Das Fahrzeug ruckte auf den Reifenfragmenten schwankend vorwärts. Es passierte die Tunnelmündung, und sofort fielen Schüsse, von denen mindestens ein halbes Dutzend die Karosserie des Kampfwagens trafen. Joe duckte sich reflexartig. Als er die Tunnelmündung hinter sich hatte, drehte er sich um.

Renata hatte längst reagiert. Sie hatte gezielt und gefeuert. Ein ohrenbetäubender Knall rollte durch die Höhle, begleitet von einer dichten Staubwolke, die aus der Tunnelöffnung wallte. Als sie sich verzogen hatte, war das ATV am Ende des Tunnels auf die Seite gekippt. Mehrere Männer lagen verstreut auf dem Tunnelboden, die anderen waren verschwunden. Es schien, als ob Shakir und seine Leute die Flucht ergriffen hätten.

»Ich schaue mich im Labor um«, rief Renata, »ob ich dort irgendwas Nützliches finden kann.«

Sie rannte durch den Felsengang, von Kopf bis Fuß mit braunem Staub bedeckt. Es war eine ziemlich wirkungsvolle Tarnung.

Joe sah ihr nach, manövrierte das AS-42 wieder in Position, lenkte es mit einer Hand durch den Tunnel und feuerte mit der anderen das Breda ab, sobald sich eine Gruppe von Shakirs Männern zeigte.

Auf dem Bildschirm fiel Kurt ein lebhaft blinkendes Lichtsignal auf. »Was ist das?«, wollte er wissen.

»Ein Fahrstuhl«, antwortete einer der Techniker und deutete auf die Seitentür. »Am Ende dieses Tunnels. Er führt zum Pumpenhaus hinauf.«

Auf dem Bildschirm war zu erkennen, dass er aus einhundertdreißig Metern Höhe über ihnen abwärtsfuhr.

»Ein Fahrstuhl?«, murmelte Kurt. »Ich wünschte, jemand hätte mir schon früher davon erzählt. Kann man ihn anhalten?«

Die Männer schüttelten die Köpfe.

»Wie ich sehe, tragt ihr beiden keine Waffen«, sagte Kurt. »Deshalb lasse ich euch laufen. An eurer Stelle würde ich den nächsten Zug nehmen und von hier verschwinden.«

Die Männer sprangen von ihren Plätzen hinter der Konsole auf, und einer von ihnen wollte sich überschwänglich bei Kurt bedanken.

»Haut einfach ab!«, rief er.

Sie rannten den Felsengang hinunter in Richtung der Grabkammer und des Eingangs zum Tunnelsystem. Als Kurt sicher sein konnte, dass sie nicht umkehren würden, eilte er zum Nebenausgang.

Er traf auf Joe, der sich in diesem Moment mit dem italienischen Kampfwagen näherte.

»Neues Problem!«, rief Kurt und winkte ihm zu, damit er stehenblieb.

»Und welches?«

»Am Ende dieses Tunnels befindet sich ein Fahrstuhl.«

»Ein Fahrstuhl?«, fragte Joe.

»Offensichtlich«, bestätigte Kurt. »Wir müssen ihn lahmlegen, ehe die Kabine hier unten ankommt.«

»Haben wir dafür keine Verwendung?«, erwiderte Joe.

»Shakirs Männer benutzen ihn gerade. Ich tippe auf Verstärkung von oben.«

»Schon verstanden«, sagte Joe.

Kurt schickte sich an, auf den AS-42 zu klettern. »Wo ist Renata?«

Joe deutete in die Richtung, aus der er gekommen war. »Sie sucht das Labor.«

»Ich sehe zu, dass ich sie einhole«, sagte Kurt. »Wir treffen uns dort. Offenbar haben wir diese Kerle in die Flucht geschlagen.«

Während sich Kurt im Laufschritt entfernte, trat Joe aufs Gaspedal und lenkte den *Sahariana* in den Korridor, während er nach dem Fahrstuhl Ausschau hielt. Er hatte eigentlich kein Interesse daran, sich und seine Gefährten der schnellsten Fluchtmöglichkeit aus diesem Labyrinth zu berauben, aber wenn es sein müsste, würde er es, ohne zu zögern, tun.

59

Shakir und Hassan rannten durch den Korridor und gelangten in den großen Raum mit der goldenen Sphinx, dem antiken Schiff und der Kollektion von Sarkophagen. Als sie an dem Boot vorbeihasteten, planschten ihre Füße durch drei Zentimeter tiefes Wasser.

»Der Komplex wird geflutet«, sagte Shakir.

»Das ergibt keinen Sinn«, erwiderte Hassan. »Die Pumpen sind noch in Betrieb. Ich kann sie deutlich hören.«

Man konnte erkennen, wie in den Vertiefungen im Boden Wasser heraustrat. Shakir wusste genau, was geschehen war. »Sie haben die Fließrichtung umgedreht. Anstatt den Aquifer zu entleeren, füllen sie ihn auf.«

»Wenn das tatsächlich zutrifft, haben wir ein Problem«, sagte Hassan. »Dieser Raum war überflutet, als wir ihn fanden. Er wird sich also wieder mit Wasser füllen. Wir müssen hier raus.«

Shakir schüttelte ungehalten den Kopf. »Du bist wirklich ein Feigling, Hassan. Sie sind nur zu dritt! Wir sollten sie lieber töten und die Pumpen umschalten.«

»Aber sie haben so was wie einen Panzer.«

»Es ist höchstens ein Panzerwagen«, sagte Shakir, der einen Blick auf das Vehikel hatte erhaschen können. »Woher sie ihn haben, weiß ich nicht, aber er ist bestimmt nicht unzerstörbar. Alles, was wir brauchen, sind eine Falle und bessere Waffen. Geh zu unserem Arsenal, schnapp dir ein paar RPGs, und bring sie hierher.«

Hassan blickte sich suchend um. »Komm mit«, sagte er zu dem Wächter, der in der Nähe stand.

Während die beiden Männer den Raum verließen, begab sich Shakir in die Mitte der Grabkammer. Er entdeckte einen anderen seiner Männer, der offenbar zu dem Tunnel wollte, der nach draußen führte. »Bleib hier und kämpfe gefälligst!«, brüllte er.

Der Mann ignorierte ihn und rannte die Rampe zur Tunnelöffnung hinauf. Shakir hob seine Pistole, drückte mehrmals ab und traf den Mann, als er den Tunneleingang erreicht hatte. Der Deserteur taumelte bis zum Rand der Rampe, rutschte ab und versank im Tümpel mit den hungrigen Krokodilen. Als hätten sie auf ihn gewartet, stürzten sie sich sofort auf ihn.

Hassan benutzte seinen persönlichen Sicherheitscode, um die Tür zum Arsenal zu öffnen. Darin standen Regale, gefüllt mit Sturmgewehren, Munitionskisten und, vor der hinteren Wand, auch einige RPGs aus russischer Produktion. Eine reichte er dem Soldaten, der ihn begleitete. »Bring dies zu Shakir«, sagte er.

Der Mann stellte keine Fragen, sondern machte sofort auf dem Absatz kehrt und eilte im Laufschritt zur Grabkammer zurück.

Hassan inspizierte eine zweite RPG und ging dann, als er sicher sein konnte, dass er allein war, zu einem Telefon. Es war schnurgebunden und über die Telefonleitung durch den Kontrollraum mit der Übertage-Station verbunden. Er hoffte, dass die Leitung nicht unterbrochen war.

Nach einigen Sekunden atmosphärischen Rauschens erklang die Stimme des Sektionsführers in der Leitung. »Geben Sie mir Skorpion«, verlangte Hassan.

Skorpion meldete sich. »Ich bin mit zwei Trupps zum Fahrstuhl unterwegs.«

»Schick sie ohne dich hin«, erwiderte Hassan. »Und erwarte mich am dritten Ausgang, ganz am Ende des Tunnels zur alten Salzmine«, sagte er. »Komm mit einem Landrover. Wir haben es eilig.«

Skorpion stellte keine Fragen. Hassan legte auf. Das Wasser schwappte bereits um seine Knöchel. Es sickerte durch tausende von Rissen und Spalten im Untergrund herein. Hassan hatte keine Lust, hier unten zu ertrinken. Er ging zur Tür, warf einen Blick in den Tunnel, der zu der Grabkammer führte, und schlug eilig die entgegengesetzte Richtung ein.

Leb weiter, um an einem anderen Tag zu sterben.

Shakir wartete in der Grabkammer. Der erste Wächter kam mit einer RPG auf der Schulter herein, aber wo war Hassan?

Ehe er seinen Untergebenen fragen konnte, stürmte eine andere Gestalt in den Raum. Sie kam aus der entgegengesetzten Richtung.

Es war die italienische Frau. Sie durchquerte die Grabkammer und wollte offensichtlich zum Labortunnel. Wie es aussah, war sie mit Staub bedeckt. Auf Grund der reduzierten Beleuchtung befand sie sich bereits mitten im Saal, ehe Shakir sie bemerkte. Aber das besiegelte ihr Schicksal.

Shakir kauerte sich nieder und wartete. Sie wäre ein perfektes Tauschobjekt. Die Amerikaner waren von weichem Gemüt. Für eine schöne Frau könnten sie gar nicht schnell genug kapitulieren.

Als sie sich der Mitte der Kammer näherte, fauchten und knurrten die Krokodile in dem Tümpel, während sie sich um den überraschenden Imbiss stritten, der kurz zuvor bei ihnen gelandet war.

Die Laute lenkten die Frau ab, und Shakir erreichte sie mit einem Hechtsprung, packte sie und schlug ihr die Maschinenpistole aus den Händen.

Sie reagierte blitzartig, holte mit der Faust aus und erwischte ihn mit einem Kinnhaken, aber Shakir lachte nur. Er schleuderte sie zur Seite, gegen die Kante des nächsten Sarkophags, und sie schüttelte benommen den Kopf. Sie versuchte aufzustehen und zu flüchten, aber er brachte sie zu Fall, und dann riss er ihren Kopf hoch und schlug ihr mit der flachen Hand ins Gesicht.

»Unten bleiben«, befahl er.

Sie versuchte ein weiteres Mal sich aufzurichten, aber er versetzte ihr einen Fußtritt gegen die Rippen, der sämtliche Luft aus ihrer Lunge trieb, dann setzte er einen Fuß auf ihren Brustkorb. Diesmal spannte er seine Pistole und richtete sie auf ihren Kopf.

Renata rührte sich nicht mehr.

Sie wartete sicher auf die Kugel, dachte er. Wenn sie Glück hätte, war es eine perfekt gezielte. Aber er hatte andere Pläne.

»Keine Sorge«, sagte er. »Ich werde Sie noch früh genug töten. Ich möchte nur, dass Ihre Freunde dabei sind.

Sie sollen es miterleben. Persönlich und aus allernächster Nähe.«

Er wandte sich an den Wächter mit der RPG. »Klettere auf die Sphinx. Von dort oben hast du ein ideales Schussfeld.«

»Was ist mit Hassan?«

»Ich nehme an, Hassan hat der Mut verlassen.«

60

Joe fuhr zum Fahrstuhlsaal und fand dort eine stählerne Gitterkonstruktion, die abwärts aus einem vertikalen Schacht herausragte, der in das über dem Saal lastende Gestein gebohrt worden war. Der innere Durchmesser des Gitters war ziemlich groß, und die Gitterstäbe wirkten massiv und stabil. Joe schloss daraus, dass der Fahrstuhlkorb ebenso perfekt zum Transport schwerer Lasten, sperriger Ausrüstungsteile und zahlreicher Menschen geeignet war wie zahlreiche andere dieser Art, die er in Bergwerken überall auf der Welt gesehen hatte.

Der Korb war noch nicht angekommen, aber die Räder drehten sich bereits. In Anbetracht der Tatsache, dass sich dreißig bewaffnete Männer in dem Korb befanden, hinderte Joe ihn daran, das Stockwerk zu erreichen.

Unglücklicherweise wurde der Fahrstuhlkorb wie bei den meisten Fahrstühlen von oben gesteuert, wo eine schwere Stahltrommel, auf die das Tragseil aufgewickelt war, die Kabine in ihren Führungsschienen hob und senkte. Das Einzige, was Joe tun konnte, war, die Gitterkonstruktion zu rammen in der Hoffnung, die Führungsschienen zu verbiegen und auf diese Weise eine Abwärtsfahrt unmöglich zu machen.

Er brachte den *Sahariana* in Position und spielte mit dem Gaspedal, sodass der Motor mehrmals aufheulte. Er wollte gerade starten, als er bemerkte, dass Wasser aus dem Korridor in den Raum strömte und sich mit langen Rinnsalen, die wie tastende Finger aussahen, auf dem Boden ausbreitete.

»Offenbar sind wir irgendwo leckgeschlagen«, murmelte er halblaut.

Als er begriff, dass sie den Fahrstuhl möglicherweise noch brauchen würden, um damit zu flüchten, unterließ Joe es lieber, ihn zu rammen, und wechselte schnell zu Plan B.

Er parkte den AS-42, nahm den Platz des Maschinengewehrschützen ein und klappte eine Stahlplatte hoch, die ihm Schutz bot. Dann verriegelte und lud er die 20-mm-Panzerabwehrkanone und das schwere Breda-Maschinengewehr.

Der Schatten des Fahrstuhls kam in Sicht und dann der Boden der Kabine. Der breite Stahlkorb sank langsam in Ruheposition. Er hatte keine Türen. Er war nicht mehr als ein Käfig, der um einen Gitterboden herum errichtet worden war. Mindestens zwanzig von Shakirs Soldaten standen darin.

Joe hatte kein Interesse daran, eine Gruppe derart eingesperrter Männer einfach so niederzuschießen, aber falls einer von ihnen nervös reagieren sollte, würde er mit beiden Waffen so oft abdrücken, bis ihre Magazine leer wären.

Der Fahrstuhl setzte mit einem lauten Ruck auf dem Boden auf.

»Ich würde an eurer Stelle gleich wieder nach oben fahren«, rief Joe, beide Finger am Abzug und ein Auge an einem winzigen Schlitz in der Panzerplatte. Die Scheinwerfer des *Sahariana* blendeten die Männer im Fahrstuhlkäfig.

Die äußeren Türen des Fahrstuhls sprangen auf. Die Männer umklammerten ihre Waffen, standen jedoch so dicht aneinandergedrängt, dass sie nichts damit ausrichten konnten.

»Ihr braucht nicht unbedingt heute zu sterben!«, rief Joe.

Die inneren Türen öffneten sich. Joe erwartete, dass sie geschlossen ausbrechen und dabei getötet würden, aber niemand rührte sich.

Sie sahen ihn abwartend an, kniffen die Augen zusammen und starrten blinzelnd in das grelle Licht. Schließlich, ohne ein Wort, drückte einer der Männer auf einen Knopf. Die Türen schlossen sich wieder, die Stahlkabel spannten sich ächzend, und die Fahrstuhlkabine stieg erst ruckend, dann schneller und gleichmäßiger in die Höhe und verschwand in der Deckenöffnung.

Joe richtete die Maschinenpistole nach oben und behielt den Fahrstuhlkorb im Visier, bis er im Schacht nicht mehr zu sehen war. Er machte ein paar Schritte vorwärts und verfolgte weiterhin den Aufstieg des Gitterbodens. Dreißig Sekunden später war er überzeugt, dass sie nicht die geringste Absicht hatten zurückzukommen. Er schwang sich wieder in den Fahrersitz.

Nach Kurts früherer Einschätzung betrug die Entfernung bis zum Tageslicht einhundertdreißig Meter. Eine Fahrt von zwei Minuten mindestens. Vier Minuten hin und zurück. Er wusste, dass sie mindestens so viel Zeit hatten.

Er brachte die Maschine auf Touren und rumpelte zum Kontrollraum zurück. Als er ihn erreichte, rollte er durch dreißig Zentimeter hohes Wasser.

Er fand Kurt auf halbem Weg im Korridor, wo er von ein paar von Shakirs Männern festgenagelt wurde. Mit der Panzerabwehrkanone in den Tunnel zielend, gab Joe Feuer. Die schweren Projektile sprengten dicke Felsbrocken aus der Tunnelwand, und die gegnerische Truppe zerstreute sich schnell.

Kurt kam im Laufschritt zum Kampfwagen. »Wurde auch höchste Zeit«, sagte er. »Wie lief es am Fahrstuhl?«

»Ich hab sie wieder nach oben geschickt, nachdem ich ihnen ins Gewissen geredet habe«, sagte Joe.

»Meinst du, sie kommen zurück?«

Joe sah sich um. In der Höhle stank es nach Sprengstoffrauch und Pulverqualm. Sie war nur mager erleuchtet und füllte sich allmählich mit Wasser. »Würdest du das machen?«

»Nicht im Leben«, sagte Kurt und stieg in den Wagen.

»Ich vermute, du hast Renata nicht eingeholt«, sagte Joe.

Kurt schüttelte den Kopf. »Ich wurde von diesen Kerlen festgehalten. Wir sollten sie suchen und uns dann schnellstens empfehlen. Sonst müssen wir am Ende noch um unser Leben schwimmen.«

Joe setzte den Fuß aufs Gaspedal, und der *Sahariana* rollte los. Dabei schob er eine kleine Bugwelle vor sich her und hinterließ eine Kiellinie in der Dunkelheit. An einer niedrigen Stelle des Tunnels drohten sie beinahe zu versinken, aber die Luftansaugstutzen befanden sich hoch genug am Fahrzeugrahmen, und so überwanden sie die Senke und kamen auf der anderen Seite wieder hoch.

»Woher kommt diese Wassermenge?«, fragte Joe.

»Vom Nil«, erwiderte Kurt. »Ich habe die Förderrichtung der Pumpen geändert. Shakirs System transportiert jetzt das Flusswasser unter hohem Druck zurück in den Grundwasserleiter. Ich vermute, hier kommt es heraus.«

»Und füllt die ausgetrockneten Seen in Libyen und Tunesien«, sagte Joe.

Kurt grinste. »Ich fände es toll, wenn es mitten in Bengasi plötzlich natürliche Springbrunnen gäbe.«

Während ihrer weiteren Fahrt passierten sie zwei Leichname, die im Wasser trieben – Shakirs Männer.

»Renata dürfte diesen Weg genommen haben«, vermutete Kurt.

Nach einiger Zeit hatte der Wasserstand im Tunnel die halbe Wagenhöhe erreicht.

»Ich kann mir nicht vorstellen, dass wir in einem Amphibienfahrzeug sitzen, oder?«, fragte Kurt.

Joe schüttelte den Kopf. »Noch dreißig oder vierzig Zentimeter, und wir saufen ab.«

Sie verließen den Tunnel und gelangten in die zentrale Grabkammer. »Das Labor befindet sich auf der anderen Seite«, sagte Kurt.

Er suchte den Raum ab, während Joe den AS-42 hineinlenkte. Niemand war zu sehen, aber auf halber Strecke nahm er plötzlich eine schnelle Bewegung wahr.

Aus dem Augenwinkel gewahrte Kurt eine Rauch- und Feuerspur, die rasend schnell auf sie zukam. Es blieb keine Zeit mehr, um zu reagieren oder einen Warnruf auszustoßen. Die RPG schlug wenige Meter vor ihnen und zur Seite versetzt ein. Sie sprengte einen tiefen Krater in den überfluteten Höhlenboden, zerfetzte das vordere Ende des Kampfwagens und warf das Fahrzeug auf die Seite.

Kurt blieb bei Bewusstsein, aber in seinen Ohren war ein schrilles Klingeln, und in seinem Kopf arbeitete eine Dampframme. Er spürte, dass er im Wasser lag.

Dann sah er nach vorne zum Fahrersitz. »Bist du okay?«

»Meine Beine sind eingeklemmt«, sagte Joe. »Aber ich glaube nicht, dass was gebrochen ist.«

Er wand sich hin und her, um loszukommen. Kurt stemmte eine Schulter gegen das verbogene Blech des Armaturenbretts und drückte dagegen.

Joe rutschte aus der Umklammerung und landete neben Kurt im Wasser.

»Wir haben unheimliches Glück gehabt, dass dieser Schuss danebenging«, sagte er mit einer gepressten Stimme, die verriet, dass er heftige Schmerzen haben musste. »Ein direkter Treffer hätte uns getötet.«

»Ich vermute, dass dieser Komplex noch nicht vollständig aufgegeben wurde und verlassen ist«, sagte Kurt.

»Nein, das ist er auch nicht!«, rief eine Stimme aus nächster Nähe des gestrandeten Fahrzeugs.

Kurt erkannte die Stimme. Sie gehörte Tariq Shakir.

61

Kurt und Joe drückten sich an das Wrack des AS-42. Die Wasserflut, von der es umspült war, war mittlerweile über einen halben Meter hoch und stieg stetig weiter. Die Panzerabwehrkanone war nutzlos geworden, und Kurts Maschinenpistole hatte sich anscheinend auf Nimmerwiedersehen verabschiedet.

»Es ist völlig bedeutungslos, ob Sie uns töten oder nicht«, rief Kurt Austin. »Hier unten ist bald alles überflutet, und das Wasser wird draußen aus jedem Loch herausquellen. Das dürfte jedem auffallen. Sie sind am Ende, Shakir. Ihr Plan ist gescheitert.«

Die erste Reaktion war lautes Gelächter. »Ich finde ganz sicher einen Weg, den Wasserzufluss aufzuhalten und alles rückgängig zu machen, was Sie getan haben«, erwiderte Shakir. »Dies ist nicht mehr als eine vorübergehende Störung.«

»Stimmt nicht«, rief Kurt. »Ich habe Ihren Computer benutzt, um meinen Vorgesetzten eine Nachricht zu senden. Sobald Sie oben ankommen, wird die ganze Welt über Sie und über das, was Sie getan haben, Bescheid wissen. Jeder wird wissen, dass Sie für die Dürre verantwortlich sind. Sie wissen dann bereits von Piola und all den anderen, die Ihre sämtlichen Forderungen erfüllen, und sie wissen auch, dass dieses Gift, mit dem Sie Menschen in Schlaf versetzen, aus den Drüsen des Afrikanischen Ochsenfrosches gewonnen wird. Wenn Sie das nächste Mal jemandem erklären, Sie könnten ihn töten und wieder zum Leben erwecken, ernten Sie schallendes Gelächter.«

Mehrere Schüsse prallten mit blechernem Klang gegen die Unterseite des AS-42, und Kurt wusste, dass er eine empfindliche Stelle getroffen hatte.

»Ich weiß nicht, ob es eine gute Idee ist, den schießwütigen Irren auch noch zu reizen«, sagte Joe.

»Zwischen uns befindet sich immerhin ein solider Panzerwagen«, sagte Kurt.

»Vielleicht zielt er in diesem Moment auf den Benzintank.«

»Gutes Argument«, sagte Kurt. »Wenigstens sind wir triefnass, falls er einen Treffer landet.«

Mittlerweile reichte das Wasser bis zu Kurts Hüften und stieg mit jeder Minute weitere drei bis fünf Zentimeter. Kurt zog in Erwägung, sich schwimmend eine neue Deckung zu suchen, als er etwas erblickte, das ihn diese Idee verwerfen ließ. Nicht allzu weit von ihnen entfernt, auf der anderen Seite der Kammer, glitt etwas Langes, Flaches, Grünes über eine Mauer, die bislang seine Freiheit eingeschränkt hatte.

»Wir haben ein neues Problem«, meinte er.

Joe hatte es ebenfalls gesehen. »Schwierige Entscheidung«, sagte Joe. »Erschossen oder gefressen werden.«

Das Wasser, das in die Grabkammer geströmt war, hatte zuerst den Tümpel gefüllt, in dem die Krokodile lauerten.

»Sie glauben vielleicht, dass Sie tatsächlich fliehen können«, rief Kurt in Shakirs Richtung, »aber an den Krokodilen kommen Sie ganz bestimmt nicht vorbei.«

»Die werden viel zu sehr mit euch beiden beschäftigt sein, um auf mich zu achten«, erwiderte Shakir. »Wir haben die bessere Position.«

Kurt lugte durch einen Spalt in dem verbogenen Blech. Shakir stand auf einem Sarkophag in der Mitte des Raums. Irgendetwas lag vor seinen Füßen.

»Sie kriegen auch bald nasse Füße«, warnte Kurt. »Aber ich schlage Ihnen einen Handel vor. Sie und Ihre Männer verschwinden durch den Zufahrtstunnel, und wir ziehen uns zurück und nehmen den Fahrstuhl. Uns gegenseitig töten können wir später immer noch – und an einem Ort, wo es ein wenig trockener ist.«

Ein zweites Krokodil rutschte über die Mauer und dann noch zwei weitere. Sie verschwanden im Wasser, und Kurt bezweifelte, dass es lange dauern würde, bis sie den gestrandeten Kampfwagen und die beiden Appetithappen dahinter finden würden.

»Ich biete Ihnen ein besseres Geschäft an«, sagte Shakir. »Sie und Ihr Freund stehen mit erhobenen Händen auf, und ich erschieße Sie schnell und sauber.«

»Warum sollte dieses Geschäft das bessere sein?«, fragte Kurt.

»Weil Sie im anderen Fall, nämlich wenn Sie dort bleiben, wo Sie sind, mit anhören dürfen, wie ich der italienischen Frau in beide Knie schieße, ehe ich sie ins Wasser werfe.«

»Du wolltest es unbedingt wissen«, sagte Joe.

In hilfloser Verzweiflung schüttelte Kurt den Kopf. »Wenigstens ist jetzt klar, wo sie geblieben ist.«

»Er bringt mich sowieso um«, erklang Renatas Stimme. »Los! Los, flieht! Hauptsache, die Wahrheit kommt ans Licht!«

Kurt suchte sich eine andere Position hinter der verbeulten Karosserie und verschaffte sich erneut einen wenn auch eingeschränkten Überblick. »Er steht auf einem der Sarkophage. Renata befindet sich unterhalb seiner Position im Wasser. Aber die RPG kam aus der anderen Richtung. Hast du da drüben jemanden gesehen?«

Joe nickte. »Irgendjemand ist auf die Sphinx geklettert. Er hat offenbar keine zweite Rakete, sonst wären wir längst geröstet.«

Kurt blickte zu seinem Freund. Joe blutete aus einer Platzwunde über einem Auge und hatte einen Arm schützend über seine Rippen gelegt. »Allzu viele Optionen haben wir nicht, Kumpel.«

»Nee«, pflichtete Joe ihm bei. »So wie ich es sehe, können wir kämpfen und sterben oder kapitulieren und sterben. Oder abwarten, während das Wasser weiter steigt, und ertrinken. Falls wir nicht vorher bei lebendigem Leib gefressen werden.«

Während Joe noch sprach, hob er das Maschinengewehr von seinem Drehkranz herunter.

»Ich schließe daraus, dass du kämpfen willst«, sagte Kurt.

»Du etwa nicht?«

Kurt schüttelte den Kopf. »Ich ergebe mich«, sagte er mit einem Augenzwinkern.

Joes Miene spiegelte seinen Schock wider, aber Kurt öffnete die Hände und zeigte Joe die beiden Ampullen, die den Schwarzen Nebel enthielten. Sie schmiegten sich perfekt in seine Handflächen.

»Kannst du den Kerl auf der Sphinx erwischen?«, fragte Kurt.

Joe bewegte den Schlitten des Breda hin und her, um sich zu vergewissern, dass er nicht klemmte. »Ich habe noch zehn Schuss. Also – auf mindestens einer Patrone dürfte sein Name eingeritzt sein.«

Ein Schuss und ein Schrei ließen ihn vor Schreck zusammenzucken. »Das war nur eine Fleischwunde!«, rief Shakir höhnisch. »Die nächste Kugel trifft die Kniescheibe!«

Mit je einer Ampulle in jeder Handfläche verschränkte Kurt die Hände hinter dem Kopf und traf Vorbereitungen, sich aufzurichten.

»Wirf so direkt wie möglich«, sagte Joe. »Ohne Effet und ohne anzutäuschen.«

Kurt grinste und stand auf. Dabei rechnete er halb damit, dass auf ihn geschossen wurde, sobald er sich hinter dem umgekippten Fahrzeug erhob.

Er streckte sich und schaute Shakir in die Augen. Renata kauerte vor ihm auf den Knien.

»Ihr Freund ebenfalls«, verlangte Shakir.

Die Hände wie verlangt im Nacken verschränkt, sah Kurt zu Joe hinunter und dann wieder zu Shakir. »Sein Bein ist gebrochen. Er kann nicht stehen.«

»Sagen Sie ihm, er soll hüpfen.«

Joe nickte. Er war schussbereit.

»Sagen Sie ihm das selbst!«, rief Kurt. Er winkelte den rechten Arm an und schleuderte das erste Fläschchen auf den steinernen Sarkophag, auf dem Shakir stand. Er verfehlte ihn nur knapp, und das Fläschchen landete harmlos im Wasser und hüpfte ein kurzes Stück über seine Oberfläche wie ein flacher Stein.

Shakir sah, wie das Wurfgeschoss an ihm vorbeiflog, und duckte sich in Erwartung einer Explosion. Als diese nicht erfolgte, hob er seine Waffe und schoss auf Kurt.

Kurt hatte bereits die zweite Ampulle mit der rechten Hand

ergriffen und geworfen. Sie traf den steinernen Deckel des Pharaonensargs knapp unterhalb von Shakirs Füßen. Das Fläschchen zerschellte, und sein Inhalt spritzte von der abgeschrägten Deckelkante hoch.

Shakir wurde von dem Nebel eingehüllt und taumelte rückwärts, während sich seine Sicht trübte. Er wusste sofort, was geschehen war, aber es nützte ihm wenig: Der Nebel entfaltete seine volle Wirkung. Shakir feuerte nur noch ein Mal in Kurts Richtung und sackte dann nach hinten, als ihn der Rückstoß von den Füßen riss und ins Wasser kippen ließ.

Am anderen Ende des gestrandeten Panzerwagens war Joe aufgetaucht und legte das schwere Maschinengewehr auf dem vorderen Kotflügel auf. Er eröffnete das Feuer auf das menschliche Ziel auf der Sphinx. In der Grabkammer klang die Breda wie eine Kanone.

Der Soldat auf der Sphinx ging hinter der Statue in Deckung, als ihn die ersten Projektile verfehlten und an ihm vorbeirasten. Der nächste Feuerstoß hingegen traf den Kopfschmuck der Statue und stanzte Löcher hinein, als die Projektile ihn durchschlugen.

Der Soldat bemerkte seinen Irrtum zu spät. Die Sphinx bestand aus Gips und war mit Blattgold überzogen und mit Halbedelsteinen verziert. Die Munition, die Joe verfeuerte, war panzerbrechend. Die Projektile durchbohrten den Kopfschmuck wie Pappmaché.

Als ihn eine Kugel traf, sank der Soldat auf die Knie. Die nächste Kugel war tödlich, und jetzt fiel er auf die Seite und rutschte vom Rücken der Sphinx herab. Er stürzte bäuchlings ins Wasser und trieb langsam in die Mitte der Grabkammer.

62

Kurt Austin sah sich um und lauschte. In der Kammer war Ruhe eingekehrt. Kein Schusslärm störte mehr die Stille. In der Nähe der Sphinx-Statue entstand eine Turbulenz im Wasser, als eins der Krokodile mit seinen mächtigen Kiefern nach dem Leichnam des toten Soldaten schnappte und ihn, heftig mit dem Schwanz schlagend und sich um die Längsachse drehend, in die Tiefe zog.

»Wir sollten Renata holen«, empfahl Joe.

Kurt hatte bereits eine Gasmaske aus dem gestrandeten Panzerwagen geborgen, sie übergezogen und war gerade dabei, ihren dichten Sitz zu überprüfen.

Obgleich er sein halbes Leben im Wasser verbracht hatte, staunte er immer wieder, wie schwierig es war, sich im Laufschritt fortzubewegen, wenn das Wasser bis über die Knie reichte. Er watete vorwärts und fand Renata. Sie war bewusstlos und trieb auf dem Rücken. Er wuchtete sie sich auf die Schulter und kletterte auf den Steinsarg.

Von dort aus konnte er deutlich erkennen, in welchem Dilemma sie steckten. Die hungrigen Krokodile hatten ihren Tümpel verlassen. Auf der Suche nach einer Mahlzeit bewegten sie sich träge durch das Wasser, das die Grabkammer mehr und mehr füllte. Kurt zählte vier grüne Bestien, aber das hieß noch nicht, dass nur diese vier die Grabkammer unsicher machten.

Hinter ihm war Joe auf die Seitenwand des AS-42 geklettert und konnte sich vorläufig in Sicherheit wiegen. Aber der Wasserpegel stieg unaufhaltsam. Da in dem Bereich zwischen ihnen offenbar keinerlei Gefahr drohte, winkte Kurt seinen Freund zu sich herüber.

Ebenfalls durch eine Gasmaske geschützt, watete Joe zum nächsten Sarkophag und erkletterte ihn. Von dort aus hüpfte er so lange von einem Sarkophag zum nächsten, bis er neben Kurt stand.

»Wenn ich die Lage betrachte, würde ich in Abwandlung des bekannten Spruchs sagen, dass wir, wenn alles schiefgeht, ziemlich in den Hintern *gebissen* sind«, meinte Joe.

Kurt konnte den Galgenhumor in Joes Stimme, wenn auch stark gedämpft, durch die Maske deutlich hören. »Das wollen wir doch nicht hoffen«, sagte er.

In dem Wasser, das mittlerweile fast anderthalb Meter hoch in der Grabkammer stand, trieb Shakir auf dem Rücken. Neben ihm tanzte die letzte Ampulle Schwarzer Nebel auf den Wellen.

»Gib mir Feuerschutz«, sagte Kurt.

Er ließ sich ins Wasser gleiten und watete in Richtung Shakir und Glasfläschchen. Er wusste, dass sie beides zu ihrem Vorteil nutzen könnten. Shakir wäre vielleicht sogar noch wichtiger, wenn sie es schafften, ihn zum Reden zu bringen.

Er angelte die Ampulle aus dem Wasser und ergriff Shakir mit der anderen Hand. Ihn hinter sich herziehend, kam er noch langsamer vorwärts als zuvor.

»Beeil dich!«, rief Joe, brachte das Breda in Anschlag und feuerte über Kurts Kopf hinweg.

Kurt versuchte, den Rat seines Freundes zu befolgen, aber sein Auftrieb machte es schwierig, auf dem Höhlenboden ausreichenden Widerstand zu finden, und als er seine Schritte zu beschleunigen versuchte, rutschten seine Füße aus. Er erreichte den Sarkophag, schwang sich auf den Deckel und wollte Shakir heraufziehen.

Ähnlich der Bugwelle eines Schiffes rollte eine Wasserwalze auf die beiden Männer zu, hervorgerufen von einem vier Meter langen Krokodil, das seine grässlichen Beißwerkzeuge in Shakirs Beine schlug. Kurts Kraft reichte nicht aus, um den bewusstlosen Ägypter festzuhalten, und das Krokodil zerrte Shakirs Körper darum einfach mit sich, als es in einer tödlichen Spirale mit seiner Beute abtauchte.

Das Wasser schäumte grünlich und blutrot auf, als die anderen

Bestien erschienen und um das Festmahl stritten. Am Ende verließ eine der Kreaturen den Kampfplatz, während ihr die anderen hungrig folgten.

»Ich schätze, in Kürze wird er dem Gott der Totenwelt gegenübertreten«, sagte Joe.

»Irgendeine Stimme sagt mir, dass Osiris nicht gefallen wird, was er mit diesem Grabmal angestellt hat«, fügte Kurt hinzu.

»Nicht, dass er es nicht verdient hätte«, sagte Joe, »aber er war unsere letzte echte Chance, das Gegenmittel zu finden.«

Kurt richtete sich auf und ließ den Blick über das Wasser schweifen, das bereits über den Rand des Sarkophags unter seinen Füßen leckte. »Wenn wir nicht aufpassen, dürften wir ihm in Kürze folgen«, sagte er. »Diese winzige Insel ist kein ausreichender Schutz. Ich habe im Amazonas Krokodile gesehen, die anderthalb Meter aus dem Wasser schnellten, um Vögel von Baumästen zu pflücken. Und noch Schlimmeres habe ich an Wasserlöchern beobachtet, wo sie auf der Lauer lagen und Jagd auf Großwild machten.«

Joe nickte zustimmend. »Was hältst du davon, wenn wir uns jetzt gleich aus dem Staub machen, während sie noch weiterfressen?«

»Ich trage Renata. Nimm du das Maschinengewehr. Wir gehen zur Rampe rüber und von dort aus dann zurück zum Osiris-Kraftwerk. Ich verteile den Inhalt der Ampulle hinter uns. Du schießt auf alles, was vor uns auftaucht. Und außerdem bewegen wir uns so schnell es geht.«

»Okay«, sagte Joe. »Ich ahne, Letzteres dürfte der Schlüssel zum Erfolg sein.«

Kurt lud sich Renata wieder auf die Schulter und schlang den linken Arm um ihre Beine. Die Ampulle hielt er in der rechten Hand.

»Die Bahn ist frei«, sagte Joe.

Nur um sicherzugehen, feuerte er ein paar Schüsse ins Wasser vor ihnen. Er sprang vom Sarkophag herab und watete vorwärts. Dabei war Joe überzeugt, dass er bei lebendigem Leib verzehrt würde, ehe er die halbe Distanz zum Tunnel überwunden hätte. Er schoss auf etwas, das links von ihm auftauchte. Doch es war nur ein Schuh. Er wandte sich nach rechts, konnte dort jedoch nichts Ungewöhnliches erkennen.

Kurt ließ sich hinter ihm ins Wasser gleiten und öffnete mit dem Daumen das Fläschchen und begann, den Inhalt hinter sich auf dem Wasser zu verspritzen und gleichzeitig das Wasser umzurühren.

Er wandte sich um, als Joe abermals seine Waffe abfeuerte. Diesmal pflügte etwas in die entgegengesetzte Richtung durch die ansteigenden Fluten. Kurt beobachtete, wie die Erscheinung einen weiten Bogen beschrieb, hinter sie gelangte und zum Angriff ansetzte.

Er verfolgte, wie die Bestie rasant näher kam. »Joe! Achtung!«, rief er.

Das Breda bellte auf – zweimal – und versagte, als das Schloss klemmte. Das Krokodil blieb auf Angriffskurs und rammte Kurts Beine.

Der Aufprall warf ihn rücklings ins Wasser, aber die Kiefer öffneten sich nicht, und als Kurt auftauchte, sah er, dass das Krokodil wie eine Bade-Ente in einem Planschbecken harmlos in seiner Nähe trieb. Ob diese Reaktion dem Schwarzen Nebel oder Joes Schießkünsten zu verdanken war, würde Kurt niemals erfahren.

Joe erreichte die Rampe, und innerhalb weniger Sekunden befanden sich alle drei auf dem Trockenen und in sicherer Entfernung von ihren gefräßigen Mitschwimmern.

Sie ruhten sich einen Moment lang aus, aber das Wasser stieg unaufhörlich.

»Nichts wie weiter«, sagte Kurt. »Die Heimat wartet.«

Joe entlud das Breda, und sie wanderten zum Zufahrtstunnel, vorbei an den mumifizierten Fröschen, bis zum Anubis-Saal mit der Pipeline und dem Gleis. Ein Schienenwagen stand noch bereit, und sie stiegen ein, ließen seinen Motor an und starteten zu ihrer Rückfahrt zum Osiris-Komplex.

Als sie schließlich im Wasserkraftwerk eintrafen, stand die Tür zum Generatorsaal weit offen. Sie stiegen aus dem Schienenwagen und wurden von etwa einem Dutzend Männer in den Uniformen des ägyptischen Militärs empfangen. Gewehre waren auf sie gerichtet, und Joe legte seine Waffe auf den Boden und hob die Hände. Kurt folgte seinem Beispiel, so gut er es mit Renata auf seiner Schulter vermochte.

Ein Mann kam mit misstrauischem Blick, der nichts Gutes verhieß, auf sie zu. Auf seiner Uniform prangte der Adler Saladins und wies ihn als Major aus. Diesen Dienstrang hatte Edo seinerzeit bekleidet, als Joe ihn kennengelernt hatte.

Der Major betrachtete Renatas reglose Gestalt, dann musterte er Kurt und Joe von Kopf bis Fuß. »Sind Sie Amerikaner?«

Kurt nickte.

»Zavala und Austin?«

Sie nickten beide.

»Kommen Sie mit«, sagte der Offizier. »General Edo erwartet Sie.«

63

Edo trug seine alte Uniform, die ihm nach zwei Jahren Zivilleben immer noch wie angegossen passte.

»Haben Sie sich wiederverpflichtet, während wir im Untergrund waren?«, fragte Joe.

»Die Uniform trage ich nur wegen der Optik«, sagte er. »Ich habe diese Männer hineingeführt. Da dachte ich mir, ich sollte auch entsprechend aussehen.«

»Sind Sie auf starke Gegenwehr gestoßen?«

»Nicht hier«, erwiderte Edo. »Die Männer, die im Kraftwerk arbeiten, sind Zivilisten, aber wir sind mit mehreren Trupps der Spezialeinheiten von Osiris zusammengestoßen, als sie aus diesem Tunnel kamen. Außerdem wird Shakir das Ganze nicht hinnehmen, ohne entsprechend zu reagieren. Wir haben zwar zahlreiche Verbündete in der Regierung und beim Militär, aber die hat er ebenfalls.«

»Wegen Shakir würde ich mir keine Sorgen mehr machen«, sagte Joe. »Das einzige Problem, das er jetzt noch verursachen könnte, wäre eine Magenverstimmung in Krokodilskreisen.«

Kurt steuerte die Einzelheiten bei, beschrieb Shakirs Tod und zählte die Schätze auf, die sie am anderen Ende des Tunnels gefunden hatten und die nun wieder von Wasser bedeckt wurden.

Edo hörte fasziniert zu. »Ein grandioser Sieg«, schloss er.

»Aber ein unvollständiger«, sagte Kurt und hielt die leere Ampulle hoch. »Alles, was wir gefunden haben, war das Gift, aber nicht das Gegenmittel. Außerdem konnte Hassan entkommen. Sobald er die Osiris-Unterstützer zusammentrommelt, müssen Sie mit heftigen politischen Auseinandersetzungen rechnen, wenn nicht sogar mit Straßenkämpfen.«

»Hassan ist gerissen wie ein Fuchs«, sagte Edo. »Er hat mehr Säuberungen überstanden, als Sie für möglich halten würden.

Aber diesmal hat er eine Spur hinterlassen. Laut der Aussage einiger seiner Männer, die wir gefangen nehmen konnten, wurde er beobachtet, wie er das Bergwerk durch einen der Ausgänge in Begleitung eines Mannes verließ, dessen Gesicht durch zahlreiche Narben gezeichnet und stark bandagiert war. Ich habe gehört, dass sein Name Skorpion lautet.«

Kurt und Joe wechselten einen vielsagenden Blick. »Haben Sie irgendeine Ahnung, wohin sie sich abgesetzt haben?«

Edo schüttelte den Kopf. »Nein. Aber wir haben etwas anderes erfahren, von einigen ihrer Piloten. Ich zeige es Ihnen.«

Er führte sie zu einer Wandkarte. »Hier sind die Pumpstationen eingezeichnet, die Osiris benutzt hat, um das Wasser aus dem Grundwasserspeicher in den Nil umzuleiten. Es sind insgesamt neunzehn primäre Stationen und einige Dutzend Boosterpumpwerke, um den Druck hoch zu halten. Soweit wir wissen, arbeiten alle dieser Stationen automatisch. Bis auf diese eine hier.«

Edo deutete auf einen Punkt westlich von Kairo in einer nahezu vegetationslosen Region mit dem Namen Weiße Wüste. »Die Piloten, die wir geschnappt haben, flogen regelmäßig diesen Punkt an, beladen mit Lebensmitteln, Wasser und anderen Versorgungsgütern.«

»Ist das die bemannte Station?«, fragte Kurt.

Edo nickte. »Aber von oder mit wem bemannt? Die Piloten berichten, dass sie dort sowohl Zivilisten als auch Angehörige des Osiris-Sicherheitsdienstes angetroffen haben. Außerdem Wissenschaftler, die alle drei Tage Lieferungen spezieller absolut luftdicht verpackter Kisten in Empfang nahmen.«

Kurt Austin entsann sich, was ihm der Biologe Brad Golner praktisch mit seinem letzten Atemzug mitgeteilt hatte.

»Dort muss sich das Labor befinden, in dem das Gegenmittel hergestellt wird. Wir müssen uns da umschauen«, sagte Kurt.

»Ich bin personell gerade ziemlich schwach auf der Brust«, sagte Edo. »Bis wir mit der vollen Unterstützung der Armee rechnen können, müssen wir damit warten.«

»Sie brauchen uns nur einen Hubschrauber zur Verfügung zu stellen«, sagte Kurt.

»Ich habe keinen«, erwiderte Edo. »Aber«, fügte er hinzu, »auf dem Dach steht einer. Den können Sie haben, wenn es Ihnen nichts ausmacht, einen Firmenhelikopter von Osiris International zu benutzen.«

64

Nachdem sie Renata Ambrosini in der Obhut eines Teams erfahrener Ärzte zurückgelassen hatten, starteten Kurt Austin, Joe Zavala und Hassan Edo mit einem Aerospatiale-Gazelle-Hubschrauber, lackiert in den Farben und versehen mit dem Logo von Osiris International.

Edo steuerte den Helikopter, Joe saß im Sessel des Copiloten, und Kurt studierte die grell-weiße Sandwüste, die unter ihnen dahinglitt. Sie überflogen Meilen kahler Landschaft, endloser Dünen und vom Wind geformter Felsgebilde, die für ihre bizarre Schönheit berühmt waren. Zwei Fahrzeuge fielen ihnen ins Auge, aber eine kurze Inspektion verriet, dass sie verlassen und aufgegeben worden waren.

Wenig später entdeckte Kurt das lange, schlanke Rohr einer Pipeline, die quer durch die offene Wüste verlief. Sie endete neben einem Gebäude aus grauen Betonziegeln und verschwand in der Wüste wie eine Schlange, die sich ins Erdreich windet. »Dort ist es«, sagte er. »Dort kommt die Pipeline aus dcm Sand.«

Edo legte die Maschine auf die Seite, nahm Kurs auf den Komplex und ging in den Sinkflug. Neben dem niedrigen Gebäude parkte kein einziges Fahrzeug, und es gab keinen Hinweis auf ein Empfangskomitee.

»Sieht verlassen aus«, sagte Joe.

»Dessen dürfen wir uns aber nicht vollkommen sicher sein«, erwiderte Edo. »Vielleicht erwarten sie uns in dem Gebäude.«

»Ich kann einen Heli-Pad sehen«, sagte Kurt.

»Dann lande ich am besten dort«, entschied Edo.

Der Gazelle erzeugte einen kleinen Sandsturm, als Edo zur Landung ansetzte, aber die Staubwolken sanken schnell wieder herab, sobald die Rotoren langsamer wurden.

Kurt sprang als Erster auf den festen Untergrund hinab, wo er in geduckter Haltung nach allen Seiten sicherte und ein AR-15 im Anschlag hielt, für den Fall, dass jemand sie in diesem Moment, in dem sie am verwundbarsten waren, angriff. Er konzentrierte sich auf Türen und Fenster, bereit, sofort zu feuern. Aber niemand zeigte sich.

Joe und Edo leisteten ihm kurz darauf Gesellschaft. Kurt deutete geradeaus. Er hatte ein Poltern gehört, das von einem Fensterladen herrühren mochte, der von einem Sturm losgerissen worden war.

Er bildete die Spitze einer Dreiecksformation mit Joe und Edo weit auseinandergezogen rechts und links von ihm, sodass niemand sie mit einem einzigen Feuerstoß gleichzeitig treffen konnte. Sie fanden eine Tür, die offen gelassen worden war. Sie schwang im Wind hin und her und schlug gegen den Türpfosten, weil man den Schließbolzen vorgeschoben hatte.

Edo deutete auf die Klinke und zeigte durch eine Geste an, dass er die Tür weit aufziehen wolle. Kurt und Joe nickten.

Als Edo die Tür aufriss, zielten Kurt und Joe mit ihren Gewehren in das Gebäudeinnere, knipsten Hochleistungsstablampen an und ließen die Lichtstrahlen, über ein niedriges Treppengeländer hinweg leuchtend, durch den Raum wandern.

»Leer«, stellte Joe fest.

Kurt trat durch die Tür. Das Gebäude machte einen absolut zweckgerichteten Eindruck. Betonziegelmauern, Zementboden. Eine gewundene Gruppe von Rohren führte von der Hauptleitung zu einer Dreiergruppe Pumpen, die aussahen wie die Hochdruck-Booster, die Edo erwähnt hatte. Am Ende des Raums war die einzige Einrichtung zu sehen, die hier fehl am Platz schien. »Sieh dir das an.«

Joe folgte dem Lichtstrahl von Kurts Lampe und leuchtete in die gleiche Richtung. Die beiden Lichtstrahlen vereinigten sich auf einem Stahlkäfig und einem leistungsstarken Windensystem. »Dieser Apparat sieht genauso aus wie der Lastenaufzug in der Untertagehöhle.«

»Von dort sind wir hier mindestens dreißig Meilen weit nach Westen entfernt«, erwiderte Kurt. »Aber du hast recht. Es sieht hier genauso aus.«

Kurt fand den Hauptschalter, und der Fahrstuhl wechselte in den Betriebsmodus. »Gehen wir der Sache mal auf den Grund.«

Die drei betraten den Fahrstuhlkäfig. Joe nahm die Fernbedienung an sich, die an ihrem Kabel neben einer Kontrolltafel hing. Die Türen schlossen sich, und die Gitterkabine setzte sich mit einem Ruck abwärts in Bewegung.

Als die Türen wieder aufglitten, befanden sie sich fünfunddreißig Meter unter der Erdoberfläche in einem Raum, der mit weiteren Pumpen und Rohrleitungen vollgestopft war.

»Diese Pumpen sind viel größer als die auf der oberen Ebene«, stellte Edo fest. »Eher wie im Osiris-Wasserkraftwerk.«

Kurt machte seine Mitstreiter darauf aufmerksam, dass die Rohrleitungen in die Tiefe führten. »Sie müssen ungeheure Mengen Wasser aus dem Grundwasserleiter saugen.«

»Oder es dank dir in diesem Augenblick wieder dorthin zurückpumpen«, sagte Joe.

Sie gingen an den Pumpen vorbei und suchten das Labor, das sie dort zu finden gehofft hatten. Hinter einer Tür entdeckten sie die Kontrolltafel für das gesamte Netzwerk. Aus den Zeichen auf dem Display ging hervor, dass die Pumpen noch immer gegenläufig arbeiteten, so wie Kurt sie eingestellt hatte.

»Mich überrascht, dass sie die Förderrichtung nicht geändert haben, bevor sie geflüchtet sind«, sagte Joe.

Kurt hatte den gleichen Gedanken gehabt. Er tippte auf der Tastatur eine Symbolfolge und versuchte, einen Befehl einzugeben. Er wurde nach einem Passwort gefragt. Wahllos tippte er einige Ziffern ein und wurde zurückgewiesen. Ein Fenster mit einer Meldung erschien auf dem Display: *System gesperrt/Osiris-Kommando-Code erforderlich.*

»Dies ist eine ferngesteuerte Station«, sagte Kurt. »Die Pumprichtung wurde in der Kommandozentrale umgeschaltet. Diesen Befehl dürfen sie hier draußen offenbar nicht außer Kraft setzen, es sei denn, jemand mit den entsprechenden Befugnissen gibt das dazu nötige Passwort ein.«

Sie fuhren mit der Inspektion der Station fort.

»Seht euch das an«, sagte Joe.

Kurt wandte sich von der Kontrolltafel ab. Joe und Edo standen vor einer verschlossenen Tür, die denen im Labor neben der Grabkammer ähnelte. Neben dem Türrahmen leuchtete ein Keypad in einem matten Rot.

»Das dürfte das sein, was wir gesucht haben«, sagte er.

»Und wie kommen wir hinein?«, fragte Joe.

»Das ist die Frage«, sagte Kurt und tippte die gleiche Zahlenfolge ein, die Golner im Labor unter der Pyramide benutzt hatte.

Das Keypad verdunkelte sich für einen Moment. Brad Golners Name erschien auf dem Display, aber die Tür öffnete sich nicht. Dann leuchtete das Keypad wieder rot.

»Guter Versuch«, sagte Joe.

»Offenbar ist er zwar im System, aber für den Zugriff hier gesperrt«, stellte Kurt fest.

Kurt hatte den Satz noch nicht beendet, als das Keypad grün aufleuchtete, ein leises Zischen ertönte und die Tür langsam aufschwang. Zwei Männer und eine Frau kamen heraus. Sie waren mit Laborkitteln bekleidet. Der erste Mann der Gruppe war klein von Wuchs, mit buschigen Augenbrauen, die den oberen Rand seiner Brillengläser wie eine Zierhecke umrahmten.

»Brad?«, fragte er und sah sich suchend um.

»Ich fürchte, er ist nicht mitgekommen«, sagte Kurt.

Sie starrten gebannt auf Edos Uniform und gaben sich die Antwort auf ihre eigene Frage. »Sie sind vom Militär.«

Edo erwiderte: »Warum haben Sie sich dort versteckt?«

Sie sahen einander unsicher an. Ihre verbitterten Mienen verrieten, dass sie bedroht und zu ihrer Mitarbeit gezwungen worden waren.

»Als die Männer in dieser Station hörten, dass die Osiris-Zentrale angegriffen worden war, wurden sie äußerst nervös«, berichtete der Mann mit den buschigen Augenbrauen. »Sie fragten ständig nach Befehlen und forderten neue Nachrichten an, aber niemand antwortete ihnen. Dann schalteten die Pumpen auf Gegenbetrieb, und sie konnten diesen Befehl nicht umkehren. Kurz darauf hörten sie im Radio die Nachricht von der Razzia. Sie gerieten in Panik und flüchteten. Sie wollten das Labor zerstören, aber wir schlossen uns ein. Wir wissen, für was sie unsere Arbeit benutzt haben. Wir konnten nicht zulassen, dass das Gegenmittel vernichtet wird.«

»Demnach haben Sie es hier hergestellt, oder?«, fragte Kurt.

Der Mann nickte.

»Wie wirkt es?«

»Es kommt von den Ochsenfröschen«, sagte der Mann.

»Es muss irgendetwas in ihrer Haut sein«, sagte Kurt.

»Ja. Woher wissen Sie das?«

»Brad Golner hat versucht, es mir mitzuteilen«, sagte Kurt. »Shakir hat ihn jedoch erschossen, noch bevor er den Satz beenden konnte. Aber er dachte genauso wie Sie. Er wollte alles in Ordnung bringen. Er gab uns alle Informationen, die er besaß, ehe er starb. Er berichtete, dass die Froschhäute in luftdichte Behälter verpackt und versandt wurden.«

Der Techniker nickte. »Wenn die Haut, mit der sich der Frosch umhüllt hat, einem Regenguss ausgesetzt wird, gibt sie eine Substanz frei, die dem Nervensystem des Frosches signalisiert, dass es aufwachen und seine Tätigkeit wieder aufnehmen kann. Für den Frosch bedeutet dies das Ende seiner Ruhephase, nennen Sie es Winter- oder Trockenschlaf. Für die Anwendung bei Menschen mussten wir die Signalwirkung zwar modifizieren, aber im Prinzip funktioniert es genauso. So viel wissen wir bereits mit Sicherheit.«

»Wie viel von dem Gegenmittel steht zur Verfügung?«

»Ein ziemlich großer Vorrat«, sagte der Mann.

»Genug für fünftausend Menschen?«

»Auf Lampedusa?«, erkundigte sich der Techniker. »Ja, wir wissen, was dort geschehen ist. Es sollte eigentlich für fünftausend Patienten ausreichen.«

»Hoffentlich auch für fünftausendundeinen«, sagte Kurt. Er wandte sich an Edo. »Können Sie diese Leute und das Gegenmittel nach Kairo zurückbringen?«

»Soll das heißen, dass wir hierbleiben?«, fragte Joe.

Kurt nickte. »Ich glaube nicht, dass wir lange allein bleiben werden.«

Edo verstand, was Kurt damit meinte. Er wandte sich an den Techniker: »Brauchen Sie irgendwelche speziellen Geräte oder Vorrichtungen, um das Gegenmittel transportieren zu können?«

»Nein«, sagte der Wortführer der drei Techniker. »Das Gegenmittel ist bei Raumtemperatur vollkommen stabil.«

»Dann sollten wir so bald wie möglich starten«, entschied Edo.

Die Techniker begannen sofort, Kunststoffkisten auf einen Handwagen zu stapeln. Die Kisten waren mit Ampullen gefüllt, die das Gegenmittel enthielten.

Edo kam zu Kurt und Joe. »Ich kümmere mich darum, dass Ihre Freundin Renata als Erste versorgt wird.«

»Vielen Dank«, sagten Kurt und Joe wie aus einem Mund.

Aus dem Schatten des Betonbunkers verfolgten Kurt und Joe, wie Edo und die Techniker mitsamt der Ladung Gegenmittel und den Grundstoffen, die nötig waren, um noch mehr davon herzustellen, starteten. Auf Kurts Bitte stieg der Hubschrauber auf eine größere Reisehöhe als üblich, ehe er Kurs nach Osten und zurück nach Kairo nahm.

»Meinst du, dass Hassan das mitbekommen hat?«, fragte Joe.

Kurt nickte. »Wenn er sich hier irgendwo im Umkreis von zehn Meilen aufhält, dürfte es ihm nicht entgangen sein. Ich hoffe, er schließt daraus, dass dieser Ort jetzt wieder vollkommen verlassen ist.«

»Glaubst du wirklich, dass Hassan hierherkommt?«

»Wenn du an Hassans Stelle wärest und hättest nur noch zwei Chips, um sie beim Spiel einzusetzen, von denen beide sich in diesem Gebäude befinden, was würdest du tun?«

Joe zuckte die Achseln. »Ich würde mich an der Französischen

Riviera zur Ruhe setzen. Aber Hassan kommt mir nicht so vor, als hätte er für Ferien viel übrig.«

»Er wird nicht aufgeben«, sagte Kurt mit dem Brustton der Überzeugung. »Und als einzige Option, um Druck auszuüben, bleibt ihm, die Pumprichtung zu ändern und den Absaugprozess fortzusetzen. Wenn ihm das gelingt, könnte er noch immer die Niederlage in so etwas wie einen Sieg verwandeln. Aber er rechnet nicht damit, dass wir beide hier auf ihn warten. Also sollten wir lieber die Zeit nutzen und uns ein gutes Versteck suchen.«

Sie betraten das bunkerartige Gebäude, fuhren mit dem Aufzug nach unten und nahmen die örtlichen Gegebenheiten in Augenschein.

»Jedes Mal, wenn wir mit ihnen aneinandergeraten sind, hatten sie einen Mann in einer höheren, überlegenen Position«, sagte Kurt.

»Skorpion«, sagte Joe.

»Wenn Hassan ihn hierher mitnimmt, dann wird er sicher versuchen, ihn strategisch günstig zu postieren, so wie er es bisher immer getan hat«, sagte Kurt.

»Der einzige Gefahrenpunkt ist der Lastenaufzug«, sagte Joe. »Aber aus einer Position auf dem Käfig, der ihn umgibt, hätte man den gesamten Raum unter Kontrolle.« Kurt schaute nach oben und kletterte auch schon an der Gitterkonstruktion empor. Sie verschwand im Gestein, aber es war noch genügend Raum vorhanden, um sich innerhalb des Gitters ein Versteck zu suchen, ohne befürchten zu müssen, zerquetscht zu werden, wenn der Aufzug hinauf- oder hinabfuhr. »Schick die Kabine nach oben«, sagte er und suchte sich eine Position, wo seine Füße festen Halt hatten. »Wir wollen doch nicht so unhöflich sein und sie lange warten lassen.«

Joe drückte auf einen Knopf, und die Maschinerie setzte sich rasselnd in Bewegung. Der Fahrstuhlkorb begann seine lange, langsame Aufwärtsfahrt und passierte Kurt mit dreißig Zentimetern Abstand.

»Ich verstecke mich im Kontrollraum«, sagte Joe. »Wenn er die Pumpen umschalten will, dürfte er sich dort zuerst blicken lassen.«

65

Skorpion lenkte den Landrover durch dieselbe Wüste, die er bei glühendem Sonnenschein hatte bewältigen müssen. Plötzliche, blitzartige Erinnerungen an die Schmerzen und die Wut, die ihn diesen Marsch hatten überstehen lassen, unterbrachen seine Gedanken. Gelegentlich sah er schemenhafte Bilder von Männern, die aus dem Nichts entstanden und sich gleich wieder auflösten – wie Geister.

Seine Gedanken sprangen zu den Amerikanern, den Männern von der NUMA, die die Organisation innerhalb weniger Tage beinahe zerstört hätten. Er würde sie jagen. Selbst wenn Osiris erledigt und Hassans letzter Rettungsversuch gescheitert wäre, würde er sie jagen – bis ans Ende seiner Tage, wenn nötig.

Hassan saß auf dem Beifahrersitz und starrte schweigend auf die eintönige Landschaft. Von Zeit zu Zeit kam etwas Wind auf und überschüttete das SUV mit feinen Sandkörnern, die mit leisem Knistern auf die Karosserie niederprasselten, während die Sonne vom Himmel herabbrannte und das Land weiter aufheizte.

Als die Pumpstation in Sicht kam, brachte Skorpion den Landrover zum Stehen.

»Weshalb hältst du an?«, fragte Hassan.

»Sehen Sie.«

Hassan holte ein Fernglas aus dem Handschuhfach und richtete es auf das niedrige Gebäude. Seine alten Augen waren nicht mehr so scharf wie die seines Helfers und Leibwächters, aber durch das Fernglas konnte er deutlich den Gazelle-Helikopter auf dem Landeteller erkennen.

»Das ist unsere Maschine«, sagte er.

»Was hat sie hier zu suchen?«

Dass andere hatten flüchten und hierherkommen können, war fast zu schön, um wahr zu sein. Er nahm einen Transceiver aus dem Handschuhfach und wählte die Osiris-Frequenz. Er wollte gerade den Ruf senden, als er sah, wie die Labortechniker mit einem Handwagen aus dem grauen Betonsteingebäude herauskamen. Darauf gestapelte Kunststoffkisten luden sie in den Hubschrauber um. Ein Mann in einer Uniform des ägyptischen Militärs gab ihnen offenbar entsprechende Anweisungen.

Als das Umladen abgeschlossen war, stiegen alle vier in den Hubschrauber, und der Rotor setzte sich in Bewegung. Der Gazelle hob ab und entfernte sich im Steigflug nach Osten.

»Sie haben das Antidot mitgenommen«, sagte Hassan. »Aber wenigstens haben sie sich verzogen und stören nicht mehr.«

»Über kurz oder lang kommen sie sicher wieder zurück«, warnte Skorpion.

»Ich brauche nur ein paar Minuten, um die Pumpen umzuprogrammieren und gegen jeden Versuch zu sperren, den Befehl noch einmal rückgängig zu machen. Fahren wir weiter.«

Skorpion legte den Gang ein und startete zur letzten Etappe ihrer Wüstenfahrt.

Kurt wartete im Untertage-Saal. Lange Zeit gab es dort nur ein einziges Geräusch: das endlose Stampfen der Pumpen. Joe hatte sich zur gleichen Zeit im Kontrollraum versteckt.

Als der Windenmotor im Aufzugschacht ansprang, war dieses Geräusch erschreckend laut. Kurt blickte auf. Im gedämpften Licht der Deckenbeleuchtung war zu erkennen, wie sich der Fahrstuhlkorb in Bewegung setzte. Er war ein kleines Quadrat hoch oben im Schacht, das erstaunlich schnell herabsank. Auf halbem Weg passierte das Gittergehäuse eine in der Schachtwand eingelassene Lampe. Das Licht wurde für einen kurzen Moment von dem Boden und der Seitenwand des Fahrstuhlkorbs reflektiert, dann war es nicht mehr zu sehen.

Kurt drückte sich mit dem Rücken gegen die Felswand und rührte sich nicht in der Dunkelheit, als der Korb an ihm vorbeiglitt und weitere zehn Meter tiefer sank, ehe er auf der tiefsten Ebene anhielt.

Kurt hatte sein AR-15 gegen eine Pistole ausgetauscht – in diesem Fall war es eine Beretta Cougar .45 Automatik.

Die Türen öffneten sich mit einem metallischen Klirren. Zwei Männer kamen heraus. Kurt erkannte Hassan auf Anhieb. Er vermutete, dass sein Begleiter der Mann namens Skorpion war. Beide hatten Waffen gezückt, was dafür sprach, dass sie mit Schwierigkeiten rechneten. Hassan hielt eine kurzläufige Pistole in der Hand, Skorpion ein langläufiges Scharfschützengewehr.

»Wir sind offenbar allein«, sagte Hassan und schob seine Pistole ins Schulterhalfter.

»Wahrscheinlich nicht mehr lange«, sagte Skorpion.

Hassan nickte. »Such dir einen Platz, von dem aus du mich decken kannst für den Fall, dass unsere militärischen Freunde zurückkommen sollten.«

Skorpion blickte sich prüfend um und studierte die Umgebung. Er gelangte zur gleichen Entscheidung wie Kurt und Joe: Der einzige Ort, von dem aus sich der gesamte Saal überwachen und sichern ließ, war der Gitterkäfig um den Aufzugschacht. Er hängte sich das Gewehr über die Schulter und kletterte am Gitter hinauf genau dorthin, wo Kurt Position bezogen hatte.

Von seinem Platz in der Dunkelheit aus hätte Kurt beide Männer töten können, aber er hoffte, sie lebend zu überwältigen. Dennoch behielt er den Finger am Abzugsbügel, während er mit seiner Waffe weiterhin auf Skorpions Kopf zielte.

Hassan durchquerte den Saal, während sich Skorpion gut drei Meter unterhalb von Kurt einen Platz suchte. Von dort aus konnte er den gesamten Pumpensaal überblicken und sogar in den Kontrollraum hineinschauen. Dabei richtete er kein einziges Mal den Blick nach oben. Aber selbst wenn er es getan hätte, wäre Kurt für ihn unsichtbar geblieben, weil sich seine Augen nach der Fahrt durch die gleißende Helligkeit der Weißen Wüste immer noch an das Dämmerlicht in dem Betonziegelbau gewöhnen mussten.

Er machte es sich auf seinem Posten so bequem wie möglich, nahm das Gewehr von der Schulter und legte es griffbereit auf die Knie.

Hassan blieb an der Tür zum Kontrollraum stehen, sah sich sichernd um und ging hinein. Er machte ein paar vorsichtige Schritte und verschwand außer Sicht.

Skorpion wartete. Der Job eines Scharfschützen bestand im Wesentlichen darin, zu warten und sich still zu verhalten. Aber sein Geist gab keine Ruhe. Gedanken aus der Vergangenheit flackerten auf. Stimmen erklangen. Er konnte wieder hören, wie Shakir darauf bestand, dass er die Wüste zu Fuß durchqueren solle. Er konnte den Amerikaner hören, diesen Mann namens Austin, wie er ihn aufforderte, sein Gewehr in die Bucht an der Küste von Gozo zu werfen. Dabei hatte er genau in diesem Moment schießen wollen.

Er sagte sich, dass er wirklich hätte schießen sollen, dass er ihn bei dieser Gelegenheit hätte töten sollen, wenn nicht schon früher. Vielleicht hätte er ihn an Hagens Stelle im Fort ausschalten sollen. Aber so hatten seine Befehle nicht gelautet. Doch ein drittes Mal würde er nicht abwarten.

In der herrschenden Stille waren seine Sinne geschärft. Das Summen der Pumpen hatte etwas Beruhigendes. Aber die Art des Klangs hätte sich längst verändern müssen. Auf was wartete Hassan?

Skorpion blinzelte heftig, weil seine Augen noch immer streikten. Er sah grün leuchtende Blitze in der Dunkelheit, Nachwirkungen seiner Hitzefolter unter der glühenden Wüstensonne. Er schüttelte den Kopf, um die Trugbilder zu vertreiben, und konzentrierte sich auf seine Aufgabe. Er musste Hassan beschützen. Und dazu war seine uneingeschränkte Wachsamkeit gefordert.

Er verdrängte jeden störenden Gedanken und konzentrierte sich auf den Kontrollraum. Schließlich entdeckte er eine Gestalt, die aus dem hinteren Bereich auftauchte und sich in den freien Sessel vor der Steuerkonsole sinken ließ. Das Bild erschien anfangs nur verschwommen, aber dann schärften sich die Konturen. Er konnte einen Überraschungsseufzer noch im letzten Moment unterdrücken. Der Mann im Sessel war nicht Hassan.

Im Sessel saß Kurt Austin.

Wie ist das möglich?, dachte er.

Seine Gedanken überschlugen sich, aber er hob das Gewehr und legte den Kolben an die Schulter.

Der Helikopter, schoss es ihm durch den Kopf. Natürlich. Austin hatte sie abermals ausgetrickst. Er war zuerst eingetroffen und hatte im Kontrollraum gewartet. Und Hassan war vermutlich längst tot.

Skorpion, in derartigen Situationen normalerweise absolut kaltblütig, raste vor Wut. Er visierte, brachte Fadenkreuz und Austins silbergraues Haar zur Deckung und atmete aus. Als sein Körper für einen kurzen Moment vollkommen reglos war, drückte Skorpion ab.

Der Explosionsknall ertönte, das Projektil verließ den Gewehrlauf, traf Austin in den Rücken und tötete ihn auf der Stelle. Er sackte nach vorn auf die Instrumententafel.

Skorpion atmete ein und suchte den Raum nach Austins Partner ab. Er musste irgendwo in der Nähe sein. Skorpion schwenkte den Gewehrlauf hin und her, den Finger am Abzug, um bei der geringsten Bewegung zu schießen.

Während er seinen suchenden Blick durch den Saal wandern ließ, flog mit einem lauten Krachen die Tür des Kontrollraums auf, und von einer anderen Gestalt wurde ein Sessel hindurchgeschoben. Der Sessel rollte über den Zementboden, und Skorpion erkannte seinen Fehler. Es war Hassan, den er getötet hatte. Nicht Austin.

Er zielte auf die Gestalt, die den Sessel schob, wurde jedoch gestört, ehe er schießen konnte.

Skorpion warf sich herum und erkannte Austin, der seinen Oberarm gepackt hatte. Er hob die Waffe, aber der Lauf stieß gegen die Wand, ehe er ihn auf das Ziel richten konnte. Der Raum, der ihm zur Verfügung stand, war zu eng. Er schnellte nach vorn, erwischte Austin mit einem Kopfstoß, ließ das Gewehr fallen und zog ein Messer hervor.

Skorpion hatte erst Hassan erschossen und kämpfte nun wie ein Besessener. Kurt zielte mit der Pistole auf ihn und hielt sie dabei dicht an seinem Körper. Skorpion, das Messer angriffsbereit in der Faust, kam entschlossen auf Kurt zu.

Kurt feuerte und traf Skorpion in den Messerarm. Skorpion knickte ein und ließ das Messer fallen. Er hielt sich mit der unversehrten Hand am Gittergerüst fest. Das Messer landete klirrend auf dem Zementboden unter ihm.

»Geben Sie auf!«, rief Kurt.

Skorpion ignorierte die Aufforderung und holte eine andere Waffe aus der Tasche. Es war ein Messingschlagring mit einer dreieckigen Dolchklinge in der Mitte. Hassan hatte ihm dieses mörderische Werkzeug anlässlich seiner Begnadigung und Beförderung gegeben. Die Form der Klinge symbolisierte die wiederhergestellte Macht des Pharaos und der Pyramiden. Alle Attentäter von Osiris besaßen eine solche Waffe.

Er schob die Finger durch die Grifflöcher und ballte die Hand zur Faust.

»Lassen Sie das lieber bleiben!«, warnte Kurt Austin.

Skorpion, der sich nach wie vor mit der unverletzten Hand am Schutzgitter des Fahrstuhlschachts festhielt, schwang mit der zum Stoß erhobenen Dolchklinge herum, und Kurt feuerte abermals und traf die andere Schulter. Skorpion bäumte sich auf und verlor beinahe das Gleichgewicht. Er ließ dieser Attacke sofort eine zweite folgen, und nun schoss Kurt ihm in den Unterschenkel.

Er sah den besessenen Ausdruck im Gesicht des Killers. »Geben Sie niemals auf?«, rief er.

Skorpion grinste zähnefletschend. »Niemals!«

Er versuchte die nächste Attacke, aber Kurt zögerte nicht und schoss. Jetzt bohrte sich die Kugel in Skorpions Oberschenkel. Gleichzeitig wurde sein Angriff auf halbem Weg gestoppt. Er verlor den Halt, stürzte in den Schacht hinab, prallte auf das Dach des Fahrstuhlkorbs, rutschte an seiner Seite herab und schlug auf dem Boden der Pumpenhalle auf.

Er starb, die Augen blicklos nach oben und in die Dunkelheit gerichtet.

66

Als Kurt und Joe nach Kairo zurückkehrten, wurden die Bereiche von Osiris International, die das Auge der Öffentlichkeit scheuten, eingehend überprüft und Stück für Stück zerschlagen. Ermöglicht wurden diese Maßnahmen durch eine geheime Datenbank, die über die kriminellen Aktivitäten des Konzerns erschöpfend Aufschluss gab. Sie enthielt detaillierte Hinweise auf illegale Geldentnahmen, Schmiergeldzahlungen und Androhungen von Gewalt. Außerdem die Namen derer, die Geschäfte dieser Art eingefädelt hatten und an ihnen beteiligt waren, sowie genaue Angaben über verdeckte Auslandsvermögen und -beteiligungen.

Der rein wirtschaftliche Bereich des Konzerns würde laut Edo weiter bestehen, allerdings unter staatlicher Kontrolle, da die meisten Investoren und Teilhaber dem organisierten Verbrechen zuzurechnen waren.

Kurt machte sich Sorgen wegen Renata und fand sie schließlich bei Bewusstsein. In einem Krankenhaus der Stadt erholte sie sich von den Strapazen und schien noch ein wenig verwirrt. »Ich habe von Krokodilen geträumt«, erzählte sie, als Kurt sie besuchte.

»Das war kein Traum«, klärte Kurt sie auf.

Er beschrieb ihr die Wirkungsweise des Gegenmittels und wie sie es gefunden hatten. Und er blieb bei ihr, bis ein italienisches Ärzteteam eintraf und sie nach gründlicher Untersuchung zum Flughafen brachte, um sie in ihre italienische Heimat zurückzubringen.

Als Nächstes setzte er sich mit Paul und Gamay Trout in Verbindung. Sie schilderten ihm ihr französisches Abenteuer in allen dramatischen Einzelheiten.

»Gamay hatte sogar schon damit angefangen, die Gemälde Villeneuves zu zerreißen«, berichtete Paul, »weil sie annahm, dass er das Geheimnis in einem von ihnen versteckt hatte. Zwei dieser Werke enthielten nichts dergleichen. Aber dann konnte uns ein Mann namens Skorpion das dritte Gemälde abjagen.«

»Ich weiß eure Bemühungen zu schätzen«, sagte Kurt, »aber ich muss euch doch fragen, wie seid ihr darauf gekommen, dass D'Campions Übersetzung in einem der Gemälde versteckt sein könnte?«

»In den Briefen Villeneuves gab es Sätze, die so klangen, als hätte er damit einen Hinweis an seinen alten Freund hinterlassen.«

»In seinen Briefen?«

»Genau genommen in seinem letzten Brief«, erklärte Gamay. »Villeneuve schrieb von seinen Befürchtungen darüber, was Napoleon tun würde, wenn er tatsächlich über den Schwarzen Nebel verfügte. ›Vielleicht ist es am besten, dass die Wahrheit niemals ans Tageslicht kommt. Dass sie bei Ihnen in Ihrem kleinen Boot bleibt, mit dem Sie den Schutz der *Guillaume Tell* aufsuchen.‹ Als Paul und ich die Bilder betrachteten, die Villeneuve angeblich gemalt hat, sahen wir, dass auf einem Bild ein kleines Boot dargestellt war, besetzt mit mehreren Männern, die eifrig ruderten. Wir nahmen an, dass die Übersetzung in diesem Bild versteckt sein könnte.«

»Aber die Männer, die uns angegriffen haben, nahmen uns das Bild ab, ehe wir es gründlich überprüfen konnten«, fügte Paul hinzu.

»Ich habe nichts ertastet, was darin versteckt war, bevor ich mich gezwungenermaßen davon trennen musste«, sagte Gamay. »Es war eine dumme Idee.«

Kurt bekam zwar mit, was sie sagte, aber er hörte nicht richtig zu. Er verfolgte einen bestimmten Gedanken. »Was genau stand in dem Brief?«

Gamay wiederholte die fragliche Passage. »›Vielleicht ist es am besten, dass die Wahrheit niemals ans Tageslicht kommt. Dass sie bei Ihnen in Ihrem kleinen Boot bleibt, mit dem Sie den Schutz der *Guillaume Tell* aufsuchen.‹«

»›Dass sie bei Ihnen bleibt‹«, wiederholte Kurt, »›in Ihrem kleinen Boot.‹« Plötzlich ergab es einen Sinn. »Gamay, du bist ein Genie«, sagte er.

»Ein Genie? Weshalb?«, fragte sie.

»Wegen … allem«, sagte Kurt. »Fahrt sofort nach Malta. Verabredet euch mit den D'Campions. Bittet Etienne, euch das Gemälde seines Vorfahren von der Schlacht in der Bucht von Abukir zu zeigen. Sobald ihr es seht, werdet ihr erkennen, warum.«

67

Gozo, Malta
21:00 Uhr

Die Trouts wurden von den D'Campions bereits in ihrer Villa erwartet. Nicole geleitete sie in den großen Salon.

»Entschuldigen Sie das Durcheinander«, sagte sie. »Wir sind noch dabei aufzuräumen.«

Etienne stand neben dem offenen Kamin, in dem diesmal kein Feuer brannte. »Herzlich willkommen«, sagte er. »Freunde von Kurt Austin und Joe Zavala sind auch unsere Freunde. Und während ich mir durchaus darüber im Klaren bin, dass Kurt Sie zu uns geschickt hat, kann ich mir doch keinen Grund denken, weshalb.«

»Er wollte, dass Sie uns ein Gemälde zeigen«, sagte Gamay. »Ein Gemälde, das ihm offenbar sehr gut gefallen hat.«

»Er meint das Bild, das Emile gemalt hat«, erwiderte Etienne.

»Die Bucht von Abukir«, sagte Gamay.

Etienne trat beiseite. Hinter ihm, über dem Kamin, hing das Bild.

»Hätten Sie etwas dagegen, wenn wir es herunternehmen?«, fragte Paul.

Etiennes Miene nahm einen besorgten Ausdruck an. »Weshalb wollen Sie das tun?«

»Weil wir Grund zu der Annahme haben, dass Emile die Übersetzung dahinter versteckt hat – in der Absicht, sie zu einem späteren Zeitpunkt an Villeneuve zu schicken. Dieses Bild war der einzige Gegenstand, den kein hochrangiger Franzose für sich beanspruchen würde. Und daher konnte es als sicherer Aufbewahrungsort dienen. Es würde immer in seinem Besitz bleiben.«

»Das kann ich kaum glauben«, sagte Etienne.

»Es gibt nur einen Weg, es herauszufinden.«

Vorsichtig wurde das Gemälde von seinem Platz an der Wand heruntergenommen. Mit einer rasiermesserscharfen Klinge trennten sie die Schutzabdeckung hinter der Leinwand auf. Gamay schob ihre schlanken Finger unter die Abdeckung und stieß mit den Fingerspitzen gegen ein zusammengefaltetes Stück Papier. Als sie es hervorzog, sah es aus wie altes Pergament. Sie legten es auf den Glastisch im Esszimmer und falteten es mit äußerster Behutsamkeit auseinander.

Die Hieroglyphen waren deutlich zu erkennen. Die Übersetzung war darunter notiert. *Schwarzer Nebel. Engelshauch. Nebel des Lebens.* In einer Ecke war ein Datum zu lesen.

»Frimaire XIV«, sagte Etienne. »Dezember 1805.« Er blickte hoch. »Die ganze Zeit …«, sagte er. »Es war die ganze Zeit dort.«

»Es mag ein paar hundert Jahre gedauert haben«, sagte Gamay, »aber Emiles Beitrag zur Altertumsgeschichte wird jetzt endlich angemessen gewürdigt. Das Datum des Gemäldes und die Korrespondenz mit Villeneuve beweisen, dass er der Erste gewesen ist, der ägyptische Hieroglyphen übersetzt hat. Und speziell dieser Fund ist eine Sensation und in der Geschichte einzigartig. Man wird sich noch lange an ihn erinnern, und zwar als an den bedeutendsten von Napoleons Weisen, den sogenannten *savants.*«

68

Rom

Vierundzwanzig Stunden lang konnte sich Alberto Piola nicht vom Fernsehen losreißen. Bilder von Einheiten der Polizei und des regulären Militärs, die das Gelände des Osiris-Wasserkraftwerks in Kairo besetzten, wechselten sich in endloser Folge ab. Videoaufnahmen eines Nachrichtenhubschraubers von außerhalb des Geländes zeigten einen schäumenden Wasserstrudel vor dem Ausström-Rohr, wo das Wasser angesaugt wurde, um in den Grundwasserleiter gepumpt zu werden. Hunderte von Soldaten hatten das Kraftwerk besetzt. Jeeps, Schützenpanzerwagen und Truppentransporter füllten den Parkplatz.

Gerüchte, die Osiris mit der Katastrophe auf Lampedusa und mit der Dürre in Nordafrika in Verbindung brachten, waren in aller Munde. Als er erfuhr, dass Tariq Shakir und Hassan den Tod gefunden hatten, lebte in Piola die Hoffnung auf, dass seine Verbindung zu Osiris mit ihnen gestorben sein könnte. Aber wenn er ganz nüchtern darüber nachdachte, wusste er es besser. Daher begann er, seine Flucht zu planen und vorzubereiten.

Er öffnete seinen Wandsafe und holte eine 9-mm-Pistole und zwei Stapel Banknoten im Wert von insgesamt zwanzigtausend Euro heraus. Dem Schreibtisch seiner Sekretärin entnahm er die Autoschlüssel des unauffälligen Fiats, den sie fuhr. Niemand würde ihn darin vermuten.

Er verließ das Büro und ging durch den Flur, wobei er sich bemühte, vollkommen ruhig zu erscheinen. Er hatte bereits die Hälfte des Wegs zur Treppe zurückgelegt, als Beamte der Carabinieri am Ende des Flurs erschienen. Er machte kehrt und ging in die entgegengesetzte Richtung.

»Signore Piola!«, rief einer der Polizisten. »Bleiben Sie sofort stehen! Wir haben einen Haftbefehl für Sie!«

Piola fuhr herum und schoss.

Die Schüsse trieben die Polizisten auseinander und ließen die Zivilisten im Flur im Laufschritt Deckung suchen. Piola nutzte das Chaos zur Flucht. Er platzte in einen Vorraum und rempelte mehrere Menschen zur Seite, die ihm auf dem Weg zu einer Doppeltür im Weg standen. Einem Mann, der nicht schnell genug reagierte, schlug er mit dem Pistolenlauf ins Gesicht und feuerte einen Schuss auf die Polizisten ab, die hinter ihm den Raum betraten.

Er erreichte die Doppeltür, stieß sie auf und stürmte in den Hauptkonferenzsaal des Gebäudes. »Macht Platz!«, brüllte er. »Aus dem Weg!«

Als er mit hocherhobener Pistole weiterrannte, teilte sich die Schar der Anwesenden wie vormals das Rote Meer des Alten Testaments, bis auf einen Mann mit kurzgeschorenen roten Haaren und einem Van-Dyck-Bart. Dieser Mann kam von der Seite und erwischte ihn mit einem Cross-Check wie ein Eishockeyspieler.

Piola krachte gegen die nächste Wand und ging taumelnd zu Boden. Die Euroscheine flatterten wie Konfetti durch die Luft, die Pistole behielt er jedoch in der Hand. Er drehte sich halb um und wollte schon schießen. Aber dazu bekam er keine Chance mehr, weil ihm die Pistole von dem Mann, der ihn zu Fall gebracht hatte, aus der Hand geschlagen wurde.

Piola erkannte das Gesicht seines Angreifers: Es war James Sandecker, der amerikanische Vizepräsident. Sekundenbruchteile später traf Sandeckers rechte Faust sein Kinn und schickte ihn zurück auf den Boden.

Der Kinnhaken betäubte ihn so lange, dass die Polizei sich seiner annehmen und seinen Tatendrang bremsen konnte. Er wurde in Handschellen abgeführt, während er sich lauthals beschwerte. Das Letzte, was er sah, ehe er aus dem Raum geschoben wurde, war James Sandecker, der grinsend seine Fingerknöchel massierte.

Nachdem sich die Türen hinter Piola geschlossen hatten, nahm Sandecker seinen Platz am Kopfende des Konferenztisches wieder ein. Alle anderen Anwesenden im Raum waren sichtlich geschockt, aber auf Sandeckers Gesicht lag ein zufriedenes Lächeln.

Der Berater des Vizepräsidenten, Terry Carruthers, brachte einen Kübel mit Eiswürfeln für seine Hand.

»Falls in dem Eimer keine Flasche Champagner liegt, können Sie's vergessen.«

Carruthers stellte den Kübel auf den Tisch. »Ich fürchte nein, Sir.«

Sandecker zuckte die Achseln. »Zu schade.« Er griff in eine Tasche seines Jacketts, holte eine frische Zigarre heraus und zündete sie mit dem alten Zippo-Feuerzeug an.

Carruthers reagierte erwartungsgemäß. »Hier ist Rauchen verboten, Sir.«

Sandecker lehnte sich in seinem Sessel zurück. »Stellen Sie sich vor«, sagte er und blies einen nahezu perfekten Rauchkringel über den Tisch, »das ist mir auch schon zu Ohren gekommen.«

69

Ein paar Tage nachdem die Pumpen in Ägypten umgeschaltet worden waren, füllte das Wasser aus dem Nil den Grundwasserleiter auf und führte einen Bruch der Gesteinsschichten unterhalb von Libyen herbei, wodurch Millionen Kubikmeter Wasser freigesetzt wurden. Es trat an hunderten Stellen zutage und füllte Seen, Brunnen und städtische Trinkwasserreservoire.

Draußen auf der zerstörten Pumpstation in Libyen platzte das Wasser aus den beschädigten Rohrleitungen und ergoss sich als künstlicher Platzregen auf den ausgedörrten Boden. Der Geysir war noch nicht gebändigt worden, als Reza – der auf einen Krückstock angewiesen war – eintraf, um es sich mit eigenen Augen anzusehen. Anstatt sich einen trockenen Platz zu suchen, aalte er sich lieber darin und schickte Videos davon an Paul und Gamay Trout, verbunden mit einem herzlichen Dankeschön.

Die Lage in Libyen stabilisierte sich sehr schnell, sobald das Wasser wieder floss und die amtierende Regierung die Kontrolle zurückgewann und zahlreiche Personen verhaftete, die an dem versuchten Staatsstreich beteiligt gewesen waren. Die Regierungen in Tunesien und Algerien durchliefen einen schnellen Restrukturierungsprozess. Sobald das Mittel gegen den Schwarzen Nebel uneingeschränkt zur Verfügung stand, kehrten die Minister, die gezwungen worden waren, gegen die Regierung zu stimmen, auf ihre früheren Posten zurück.

In Ägypten erhob sich abermals das Volk, und es kam zu offenen Aufständen, die von neuen Führern, die um die Macht kämpften, weiter angeheizt wurden. Edo kehrte auf seine frühere Position beim Militär zurück und wurde zum Generalmajor befördert.

In Italien wurden die letzten Überlebenden der Katastrophe auf Lampedusa aus den Krankenhäusern entlassen, in denen man sie behandelt hatte. Die meisten von ihnen kehrten sofort nach Hause zurück, um ihr früheres Leben wieder aufzunehmen, während diejenigen, die in Italien Asyl gesucht hatten, auf Sizilien blieben und die italienische Staatsbürgerschaft erhielten.

Eine der Personen, die mit dem Schwarzen Nebel unliebsame Bekanntschaft gemacht hatten, ließ es sich jedoch nicht nehmen, Kurt Austin persönlich zu danken. Sie schlang die Arme um seine breiten Schultern und küsste ihn, während beide auf dem Achterdeck eines kleinen Fischerboots standen, das vor der idyllischen griechischen Insel Mykonos ankerte.

»Ich kann mir keine schönere Belohnung vorstellen«, sagte Kurt.

Er trug eine schwarze Badehose, während Renata in einem roten Bikini einen atemberaubenden Anblick bot. Beide waren tief gebräunt und so entspannt und ausgeruht wie seit einer gefühlten Ewigkeit nicht mehr, während sie sich eine Flasche Billecart-Salmon Brut Réserve teilten.

Renata trat einen Schritt zurück und ließ sich in eine Hängematte sinken, die Austin auf dem Deck aufgespannt hatte. »Ich frage mich immer noch, wie die Ägypter vor so vielen Jahrhunderten das Geheimnis des Nebels überhaupt entdeckt haben können«, sagte sie, nachdem sie einen Schluck aus ihrem Glas getrunken hatte.

»Durch jahrhundertelange Beobachtung«, erwiderte Kurt. »Dem Text zufolge, den Emile D'Campion übersetzt hat, bemerkten die Priester des Osiris, dass junge Krokodile nach dem Verzehr von Ochsenfröschen in einen hypnotischen Zustand verfielen. Durch entsprechende Experimente fanden sie heraus, dass die Frösche bei Menschen die gleiche Wirkung entfalten und sie in eine totenähnliche Trance versetzen konnten. Und schon bald züchteten sie in den Tempeln heimlich diese Frösche und verwendeten die von ihnen gewonnenen Substanzen bei ihren Zeremonien.«

»Aber wie sind sie darauf gekommen, Leute wieder aufzuwecken?«

»Das ist noch nicht so richtig klar«, antwortete Kurt. »Aber irgendwann müssen sie begriffen haben, dass die Haut der Frösche der Schlüssel ist. Dieselben Enzyme, die die Frösche geweckt haben, waren im Rauch gelöst. Sobald die Menschen ihn einatmeten, kehrte ihr Nervensystem wieder in den Normalzustand zurück. Soweit ich verstanden habe, dauerte es allerdings mehrere Monate, ehe sie sich wieder vollkommen erholt hatten.«

Renata Ambrosini seufzte. »Ich nehme an, ich sollte wohl dankbar dafür sein, dass die Biologen, die für Osiris International arbeiten, diesen Prozess entschieden verkürzt haben.«

Er nickte. »Noch besser ist, dass weitere Verwendungsmöglichkeiten des Extrakts intensiv erforscht werden. Wie die Biologen in Shakirs Labor andeuteten, wird die Substanz unter dem Aspekt getestet, dass man damit Traumapatienten ohne den Einsatz stärkerer Medikamente mit unerwünschten Nebenwirkungen in ein künstliches Koma versetzen kann. Denkbar wäre auch eine Verwendung in der Raumfahrt, um Astronauten für die Dauer langer Reisen – wie beispielsweise zum Mars und weiter – in Tiefschlaf zu versetzen.«

»Ich bin mal gespannt, was die alten Ägypter sonst noch wussten, wovon wir bisher keine Ahnung haben.«

»Nun, da sie das Wasser aus dem unterirdischen Grabmal abgepumpt haben, werden sich die Archäologen dort gründlich umsehen. Ich bin sicher, dass sie genügend neue Informationen und historische Fakten zutage fördern werden, um für viele Jahre beschäftigt zu sein.«

Renata hob ihr Glas und trank einen Schluck Champagner, ehe sie aufstand und sich an Kurt schmiegte. »Und was ist über die *Saharianas* bekannt?«, fragte sie. »Hast du herausbekommen, wie sie dorthin gekommen sind?«

Kurt nickte. »Der Soldat, den wir fanden, und die sechs anderen müssen sie in einer mondlosen Nacht durch die Wüste gelenkt haben. Sie sollten in dem Versteck abwarten und die englische Nachhut in Gefechte verwickeln, wenn Rommel und die restlichen Achsenmächte einen Frontalangriff durchführten.

Aber Rommel wurde in El Alamein zurückgeschlagen, bevor er Kairo erreichen konnte.«

»Demnach haben sie umsonst gewartet.«

Kurt nickte. »Das ist wahrscheinlich der einzige Grund, weshalb einer von ihnen überlebt hat. Wie sich herausstellte, waren die Fahrer reguläre italienische Soldaten. Die Mannschaften hingegen bestanden aus Italienern, die in Kairo lebten. Damals bildeten Italiener eine umfangreiche Gemeinde in der Stadt. Sogar die Frau des englischen Botschafters war Italienerin. Deshalb stand in dem Brief, dass die Männer als Spione erschossen würden, sollten sie in Gefangenschaft geraten.«

»Besteht die Chance, dass Anna-Maries Familie gefunden wird?«, fragte Renata. »Ich könnte mir vorstellen, dass sie wissen wollen, was passiert ist.«

Kurt leerte sein Champagnerglas und stellte es aufs Deck. Das Boot schwankte leicht im ruhigen Wasser. »Historiker ihres Landes sind zurzeit damit beschäftigt, sie und Angehörige der Soldaten zu suchen.«

Sie seufzte. »Ich hoffe, sie wird gefunden. Er hat das Richtige getan, als er seine Männer nach Hause schickte. Weshalb hätten sie für jemanden wie Mussolini sterben sollen? Warum hätte überhaupt jemand für ihn sterben sollen?«

»Genau meine Meinung«, sagte Kurt. »Vor allem da diese Panzerwagen in diesem Fall nicht dort gewesen wären und auf uns gewartet hätten. Wenn diese Männer in den Kampf gezogen wären, hätten die Engländer sie bis auf den letzten Mann getötet.«

»Und was nun?«, fragte Renata und streichelte einen seiner Arme. »Bleiben wir für immer hier und trinken Champagner, schwimmen im warmen Wasser und liegen in der Sonne?«

Kurt blickte auf das türkisfarbene Meer hinaus. »Ich wüsste keinen Grund, warum nicht.«

Unbemerkt war Joe Zavala hinter ihnen erschienen. Sich mit einer Hand außen an der Reling festhaltend, befreite er sich von seiner Tauchausrüstung und schob sie aufs Deck. »Sei lieber vorsichtig mit dem Prickelwasser. Du bist morgen mit dem Tauchen an der Reihe. Die Überreste dieses phönizischen Wracks, das du da unten gefunden hast, warten nicht ewig.«

»Du musst versprechen, dass du dich von meinem Weinkeller fernhältst«, erwiderte Kurt.

»Das soll wohl ein Witz sein.« Zavala verzog beleidigt das Gesicht. »Du hast jemanden vor dir, der nie im Leben eine so schlappe Brühe trinken würde.«

»Und was trinken Sie?«, fragte Renata.

Zavala grinste. »Meine Liebe, Sie sprechen mit einem Mann – einem echten Kerl –, der Tequila pur mit Zitrone und Salz trinkt und dazu Zigarren raucht.«